1812 — 1891

Иван
ГОНЧАРОВ

Обломов

*Роман
в четырех
частях*

АЗБУКА
Санкт-Петербург

УДК 821.161.1
ББК 84(2Рос-Рус)1-44
Г 65

Оформление обложки Валерия Гореликова

ISBN 978-5-389-01368-1

Жизнь и смерть Ильи Ильича Обломова

Главный герой романа Ивана Александровича Гончарова Илья Ильич Обломов более всего любил покой. Перемен и переездов боялся как огня и чумы и «в жизни совершил только одно путешествие, на долгих, среди перин, ларцов, чемоданов, окороков, булок, всякой вареной и жареной скотины и птицы и в сопровождении нескольких слуг». Волжанин Гончаров, создатель романа «Обломов», очень хорошо знал, что представляло собой такое путешествие, пожалуй даже странствие. По поводу одной поездки, гораздо менее комфортабельной, чем выпала на долю его изнеженному герою, он вспоминал: «Ехать „на долгих“ с каким-нибудь возвращающимся из Москвы на Волгу порожним ямщиком значило бы вытерпеть одиннадцатидневную пытку. Я и терпел ее прежде, когда еще мальчиком езжал с братом на каникулы.

Современный путешественник не поверит: одиннадцать дней ухлопал на семьсот верст! Американская поговорка „Time is money“ — до нас не доходила».

Временем в Обломовке — а это не только имение Ильи Ильича, но и символический образ всей бесконечной, безразмерной дремлющей России, неодобрительно взиравшей на суетный, деловой, «немецкий» Петербург, — дорожили мало, в отличие от денег, которые тратились в редчайших и чрезвычайных случаях — рождение, свадьба, смерть. Чаще всего в этом благословенном уголке земли появлялись на Божий свет новые обломовцы, что однажды и прославило необыкновенно плодоносный, но «почти непроезжий» и полузабытый «чудный край»: отличилась крестьянская вдова Марина Кулькова, родившая «зараз четырех младенцев, о чем уже умолчать никак было нельзя». Что же касается смерти, то она, можно сказать, почти не посещала

Обломовку или являлась неприметно, застенчиво, пряча свою ужасную косу: «В последние пять лет из нескольких сот душ не умер никто не то что насильственно, даже естественной смертью». Да и слово «смерть» здесь не очень подходит; «вечный сон» не эвфемизм, а точное и образное определение естественного и мирного, хотя и удивительного события: «А если кто от старости или от какой-нибудь застарелой болезни и почил вечным сном, то там долго после того не могли надивиться такому необыкновенному случаю».

Невозмутимая тишина, мир, покой, натурально и плавно переходящий в вечный покой, сон, воцарившийся с незапамятных времен, «какой-то всепоглощающий ничем не победимый сон, истинное подобие смерти», — сон, от которого и пробуждаться не хочется, разве что для невинных игр и гастрономических наслаждений. А еда в Обломовке вовсе не fast food из гамбургеров и чизбургеров, а обильный пир со сказочными пирогами: «Забота о пище была первая и главная жизненная забота в Обломовке. Какие телята утучнялись там к годовым праздникам! Какая птица воспитывалась! Сколько тонких соображений, сколько знания и забот в ухаживанье за нею! Индейки и цыплята, назначаемые к именинам и другим торжественным дням, откармливались орехами; гусей лишали моциона, заставляли висеть в мешке неподвижно за несколько дней до праздника, чтоб они заплыли жиром. Какие запасы были там варений, солений, печений! Какие меды, какие квасы варились, какие пироги пеклись в Обломовке!»

В наше беспокойное и страшноватое, жестокое время отрадно перенестись в безмятежный и волшебный мир старинного русского романа, и особенно в девятую главу первой части, имеющую, в отличие от других, подзаголовок «Сон Обломова», ранее текста всего произведения напечатанную в 1849 году в «Литературном сборнике с иллюстрациями» как анонс его: «Эпизод из неоконченного романа».

Гончарову было тогда уже 37 лет. Его первый роман «Обыкновенная история» появился в журнальном варианте весной 1847 года и имел шумный успех у читателей. Автор был обласкан авторитетнейшим критиком Виссарионом Григорьевичем Белинским, что в те годы было равносильно получению престижной литературной премии. Гончарову прочили большое будущее, и «Сон Обломова» весьма способствовал укреплению такого мнения.

«Сон Обломова» — шедевр в шедевре и зерно, из которого вырастет роман. Некоторые современники писателя (Д. В. Григорович, к примеру) считали «Эпизод...» самым лучшим творением писателя. Однако ожидания читателей, что и весь роман будет вскоре написан, были обмануты. В литературных кругах циркулировали слухи о том, что роман (под названием «Обломовщина») уже обещан такому-то журналу. Слухи не подтвердились. Роман Гончаровым был отодвинут в сторону, а писатель отправился на фрегате «Паллада» в долгое кругосветное путешествие, литературным итогом которого стала двухтомная книга очерков — художественный отчет о многолетней и многотрудной экспедиции и длинном пути возвращения через Дальний Восток и Сибирь в Европейскую Россию. Книгу приняли благосклонно, оценив наблюдательность автора и занимательность повествования, тонкий и добродушный юмор Гончарова; выдающийся филолог Б. М. Энгельгардт, увлеченно работавший в 1930-х годах над исследованием о «Фрегате „Паллада“», даже считал книгу «наиболее совершенным и законченным произведением» писателя. Книга действительно замечательная и занявшая достойное и особое место в русской литературе.

Но читатель с нетерпением, которое уже истощалось, ждал завершения с таким блеском начатого романа об Илье Ильиче Обломове, видя в путевой прозе литературу в некотором смысле «низшего» рода. Это несправедливо, хотя и соответствует сложившейся в середине XIX века иерархии литературных ценностей. Художник Райский в последнем романе Гончарова «Обрыв» сам пытается создать роман, полагая, что именно туда «укладывается вся жизнь, и целиком, и по частям», «всё уходит — это не то, что драма или комедия — это, как океан: берегов нет, или не видать; не тесно, всё уместится там». Более того — роман вбирает в себя все роды и виды искусства: «Есть одно искусство: оно лишь может удовлетворить современного художника: искусство слова, поэзия: оно безгранично. Туда уходит и живопись, и музыка — и еще там есть то, чего не даст ни то, ни другое... <...> ...только роман может охватывать жизнь и отражать человека!» Это и неизменное убеждение

Гончарова, считавшего, что в искусстве его времени самыми значительными художниками были Бальзак, Гюго, Диккенс, Теккерей, Лев Толстой. И, немного забегая вперед, замечу, что в полном соответствии с ожиданиями читающей публики наиболее яркими и значимыми событиями не только культурной, но и общественно-политической жизни России 1859 года стали романы Тургенева «Дворянское гнездо» и «Обломов» Гончарова, вместе составившие главу в истории русской литературы.

Об отодвинутом на время романе Гончаров никогда не забывал. Думал о нем и в кругосветном плавании, переносясь в грезах из промышленной Англии в дремотную Обломовку: там беззаветно спит, обливаясь потом, на трех перинах барин, густо облепленный мухами; английский будильник, разумеется, отсутствует, и о движении времени извещают «свистеньем, хрипеньем и всхлипываньем» старинные дедовские часы. Однако даже не эти удивительные, как будто спящие часы прерывают гомерический сон сибарита, а живой будильник — петух. Если у англичанина везде таблицы, машинки, пружинки, всемогущий «пар», то у хозяина Обломовки многочисленная челядь, толпа Захаров, исполняющая разнообразные функции: Параша, чьи «довольно жесткие кулаки» не производят на барина никакого воздействия, слуга в деревенских сапогах «на солидных подошвах, с гвоздями», сотрясающий половицы, постоянно разыскивающие друг друга Егорка, Ванька, Митька, чистящие платье помещика и обувающие его. Часто мирное, монотонное течение жизни прерывается приездом родственника или соседа, являющихся не на минуту с визитом вежливости на файф'о'клок, а на три дня со всем семейством и сопровождающими лицами (гувернер, гувернантка, кучера, лакеи). Естественно, возобновляется завтрак, после которого барин с гостем отправляются «по гумнам, по полям, на мельницу, на луга» («в этой прогулке уместились три английские города, биржа»), далее следуют гомерический обед, ужин с бесконечными беседами и финалом-апофеозом — подготовкой к гомерическому сну, когда параллель с английскими обычаями превращается уже в полнейший контраст: «Забыв вынуть ключи из тульских замков у бюро и шкафов, стелют пуховики, которых достанет всем, сколько бы гостей ни приехало. Живая машина стаскивает с барина сапоги, которые, может быть, опять затащит Мимишка (неорганизованное и дурно воспитанное русское животное, носящее кличку любимой собаки Гончарова) под диван, а панталоны Егорка опять забудет на дровах».

В русском патриархальном мире, где все происходит как будто случайно и господствует импровизация, существует сложная, давным-давно сложившаяся система отношений. Здесь нет и не может быть филантропии, возведенной в степень общественной обязанности, крепки душевные, теплые соседские и семейные (тайповые) связи. Благотворительность в этом иррациональном мире «деятельной лени и ленивой деятельности» традиционная и сердечная — из русских «щелей» бесконечным потоком «падает» милостыня в подставленные сумы убогих, обойденных, обделенных, нищих. Гончаров, сопоставляя русскую Обломовку и «поучительный и занимательный» Лондон, русскую сонную жизнь и динамичную английскую, высоко оценивая успехи современной цивилизации, невольно сердечно симпатизирует своему близкому, родному, пробивающемуся к нему отрадным видением сквозь «облако английского тумана, пропитанное паром и дымом каменного угля». Он тоскует по «врачующему простору», где истомившееся и измучившееся «сердце так и просится спрятаться в... забытый всеми уголок и жить никому не ведомым счастьем», где все «сулит... покойную, долговременную жизнь до желтизны волос и незаметную, сну подобную смерть».

Обломовка — край, с которым навеки сроднился автор «Фрегата „Паллада“», восклицающий в той же «английской» главе книги: «Мы так глубоко вросли корнями у себя дома, что, куда и как надолго бы я ни заехал, я всюду унесу почву родной Обломовки на ногах и никакие океаны не смоют ее!» Видимо, крайне необходимо было уехать за моря и океаны, чтобы издалека взглянуть на родную Обломовку, яснее представить себе в одиссее странствий тот ее облик, поэтический очерк которого был дан в эпизоде из неоконченного романа «Сон Обломова». Гончаров не спешил с завершением своего главного труда, инстинктивно чувствуя всю его важность и значительность. Делать «срочную» работу, как приходилось всю жизнь бедолаге Федору Михайловичу Достоевскому, Гончаров положительно не мог. Он всегда, за редчайшими исключениями, работал неспешно, обстоятельно, долго, проверяя себя частыми литературными чтениями отрывков из произведений в кругу друзей и литераторов (среди них были Тургенев, Анненков, Боткин, Дружинин и другие тонкие знатоки художественного слова), — нечто вроде длинного литературного путешествия по дорогам безбрежной России, где нет ни сроков, ни расписания движения карет, ни неожиданностей. Неудивительно, что «Эпизод...» от романа отделяет расстояние в десять лет.

Постепенно создавались другие эпизоды (интерьер петербургской квартиры героя, комические сцены с Захаром), а романа все не было. Отсутствовали сюжет и романическая интрига. Не было героини, а следственно, не было и любви. Роман же без любви — просто собрание «физиологических» очерков и летучих зарисовок. Гончаровым уже овладевало отчаяние — и вдруг волшебная перемена, все утряслось и легло на свое место, эпизоды выстроились в четкую сюжетную линию. Произошло то, что Гончаров назвал Мариенбадским чудом, а оно сделало невозможным произведение с критическим (даже обличительным) названием «Обломовщина». Между тем такое название было очень ко двору в эпоху, когда свирепствовала «благодетельная гласность» и некоторые отчаянные башибузуки звали Русь «к топору». Старое название с его подчеркнутым обличительным смыслом не соответствовало сильно обновленной концепции, по удачному выражению Н. И. Пруцкова, «русского органического романа». Критические тенденции, разумеется, остались, но заняли гораздо более скромное место в усложнившейся структуре романа.

В Мариенбад Гончаров приехал в июне 1857 года. К тому времени существовала только написанная вчерне первая часть романа. Именно здесь, в Мариенбаде, он «написал в течение семи недель почти все три последние тома „Обломова“, кроме трех или четырех глав». Вдруг разрешилось все, томительное сонное существование прервалось. Наступило — и такое больше не повторится в жизни Гончарова — время лихорадочного, напряженного труда. С какой-то дрожью обо всех этих фантастических переменах сообщает писатель друзьям, которые не узнают знаменитого своей медлительностью и эпикурейскими привычками апатичного литератора Гончарова. Куда что делось: «Ежедневно по возвращении с утренней прогулки, то есть с

10 часов до трех, я не встаю со стула, сижу и пишу... почти до обморока. Встаю из-за работы бледный, едва от усталости шевелю рукой... <...> ...я приехал сюда 21 июня нашего стиля, а сегодня 29 июля, у меня *закончена первая часть „Обломова", написана вся вторая часть* и довольно много *третьей*, так что лес уже редеет, и я вижу вдали... конец. <...> Главное, что требовало спокойствия, уединения и некоторого раздражения, именно главная задача романа, его душа — женщина — уже написана, поэма любви Обломова кончена: удачно ли, нет ли — не мое дело решать, пусть решают Тургенев, Дудышкин, Боткин, Дружинин, Анненков и публика, а я сделал что мог».

Больше всего места и времени как раз и взяла «поэма изящной любви». С появлением «барышни» Ольги Ильинской сюжет не просто приобрел ясные очертания. В самом прямом и точном смысле выросло здание романа. Потому-то и ликует Гончаров, повествуя о своем страстном «увлечении» другу: «Узнайте, что я занят... не ошибетесь, если скажете женщиной: да, ей; нужды нет, что мне 45 лет, а сильно занят Ольгой Ильинской (только не графиней). Едва выпил свои три кружки и избегал весь Мариенбад с шести до девяти часов, едва мимоходом напьюсь чаю, как беру сигару — и к ней: сижу в ее комнате, иду в парк, забираюсь в уединенные аллеи, не надышусь, не нагляжусь. У меня есть соперник: он хотя и моложе меня, но неповоротливее, и я надеюсь их скоро развести. Тогда уеду с ней во Франкфурт, потом в Швейцарию или прямо в Париж, не знаю: все будет зависеть от того, овладею я ею или нет. Если овладею, то в одно время приедем и в Петербург: Вы увидите ее и решите, стоит ли она того страстного внимания, с каким я вожусь с нею, или это так, бесцветная, бледная женщина, которая сияет лучами только для моих влюбленных глаз? Тогда, может быть, и я разочаруюсь и кину ее. Но теперь, теперь волнение мое доходит до бешенства: так и в молодости не было со мной».

Так шутливо описывает Гончаров овладевшую им творческую страсть, прибегая к эротическим ассоциациям в той, понятно, целомудренной форме, что была свойственна «реалистической» литературе XIX века.

Читателю сегодняшнему, искушенному и развращенному, привыкшему к вседозволенности, «поэма изящной любви» Ильи Обломова и Ольги Ильинской вполне может показаться однообразной, сентиментальной и фальшивой. Чего только стоят монотонные и пугливые причитания очень уж робкого и нежного героя по поводу неосторожного поведения невесты Ольги Ильинской и какой-то «бездны», грозящей ей. Измеряя поступки, речи, психологию героев Гончарова мерками и понятиями своего времени, читатель вряд ли будет прав, обнаруживая везде дань ханжескому и лицемерному веку, особенно в любовных эпизодах романа. Целомудренность романа и точки зрения автора несомненны. Но ничего лицемерного, ханжеского, фальшивого в романе нет. Поступки его героев безупречно сопряжены со свойствами их характеров (так, частые предупреждения Обломова Ольге, слова о «бездне», о соблюдении диктуемых обществом норм поведения маскируют страх нового Подколесина перед кардинальной переменой в жизни).

Гончаров имел все основания любоваться и гордиться Ольгой Ильинской. Ему удалось угадать и изобразить новый женский тип, что справедливо отмечали критики — современники радикального и либерального направлений (славянофилы и почвенники, естественно, негодовали и иронизировали) и феминистки нашего времени. Ольга Ильинская перевернула схему, согласно которой просветителем и руководителем женщины, поднимающим ее до своего культурного уровня, непременно был мужчина. В романе Ольге принадлежит верховная роль — с ее появлением негоциант и неизменный помощник Обломова и спасатель Штольц отошел в тень, стушевался. Не осуждения и насмешки, а удивления и восхищения достойна ее энергичная попытка «пробудить» от сна Илью Обломова, спасти его, вернуть к активной и полнокровной жизни. Сначала это была исполненная своеобразной гордыни игра. Любовь превратила увлекательную игру в трудную и опасную миссию, потерпевшую жестокое поражение. Все усилия Ольги, энергичной, уверенной в неотразимости своих чар, в безответной и покорной любви кроткого, нежного как голубь Обломова, оказались тщетными. Победила «обломовщина», неодолимая тяга героя ко все поглощающему покою, а также инстинктивное нежелание подчиняться, страх перед утратой независимости, к чему неизбежно привел бы брак с Ольгой.

Гончаров ни на йоту не отступил от художественной правды, оставшись верным как сложившейся логике характеров героев, так и — шире — поэтической мысли романа, а ее невозможно свести к броским контрастам и злободневным рационально-критическим тенденциям. Торжествует, напротив, коренное, почвенное, иррациональное. Комическая стихия плавно перетекает в драматическую. Именно драматическую, а не трагическую. Гуманный и толерантный писатель протягивает спасительную руку своим любимым героям. Ольга, оправившись от болезненного удара, становится спутницей жизни друга Обломова, деятельного и подвижного, хотя, пожалуй, и несколько суховатого, слишком прагматичного Андрея Штольца. Естественный, предугадываемый ход событий — семейная идиллия, гармония супружеских отношений, образцовый союз двух гордых (в Ольге, пожалуй, гордости больше, чем в Штольце, немецкая фамилия которого прямо указывает на эту черту характера) людей. Гончаров много сил потратил, обрисовывая идеальный, возвышенный образ их союза. Так много, что обнажил тем самым прямо авторскую тенденцию и — что еще хуже — впал в риторику. А риторика, как известно, дама коварная и одновременно холодная — не столько убеждает, сколько раздражает.

Но Гончаров не был бы великим писателем, если бы не почувствовал нежданно ворвавшейся фальшивой нотки или, скажем осторожнее, нежелательного диссонанса в сложившуюся структуру романа. Он вносит в идиллию, в совсем уже было «порозовевший» роман мятежный (сегодня сказали бы «экзистенциалистский») мотив — ропот Ольги, увидевшей «другой край жизни, не прозрачный и праздничный». Штольц объяснил смятение чувств жены превосходно: «Это грусть души, вопрошающей жизнь о ее тайне...»

Внес Гончаров, испытывая недовольство схематизмом фигуры Андрея Штольца, почти по всем статьям антипода Ильи Обломова, существенные коррективы и в облик этого деятеля эпохи великих политических реформ и бурного технического и экономического развития. Обеспокоенный ропотом Ольги, Штольц произносит слова, свидетельствующие о том, что он вовсе не сверхчеловек и машина, а уравновешенный и законопослушный работник, скромно оценивающий свои силы и возможности: «Мы не титаны с тобой... мы не пойдем с Манфредами и Фаустами на дерзкую борьбу с мятежными вопросами, не примем их вызова, склоним головы и смиренно переживем трудную минуту...» Штольц явно не титан и не борец, не смелый преобразователь или трибун, способный выкрикнуть магическое слово «вперед!». Он не так уж, в сущности, далеко ушел от сложившейся в Обломовке «нормы жизни», от пасторальной поэзии и уютной философии доморощенного Платона, Ильи Ильича. И это Штольц, а не барин Обломов (олицетворение круглого, мягкого, нежного, сонного) восстает в упрямом «пуританском фанатизме» против мнения о благотворном влиянии страстей, утверждая в полном согласии с Обломовым и автором романа, что «нормальное назначение человека — прожить четыре времени года, то есть четыре возраста, без скачков и донести сосуд жизни до последнего дня, не пролив ни одной капли напрасно, и что ровное и медленное горение огня лучше бурных пожаров, какая бы поэзия ни пылала в них».

Такая «норма жизни» может показаться чересчур простой и пресной, особенно на фоне драматических и трагических коллизий в романах современников Гончарова — Тургенева, Достоевского, Толстого, не говоря уже о тех поэтах и прозаиках начала XX века, кто слушал музыку революции. Но, оглянувшись — не во гневе, а смиренно и грустно — на те 150 лет, что промчались со времени написания романа «Обломов», хочется забыть или отбросить слишком распространенные клише о необычайной русской широкости, об удивительных свойствах русской души, которой душно и скучно в этой «мещанской» и меркантильной бездуховной Европе и т. д. Невольно с благодарностью вспоминаются тихие и скромные герои Гончарова, их простая и душевная «норма жизни», их любовь к «ровному и медленному горению» и нерасположенность к бунтам, бурям, страстям, пожарам.

Угасание Ильи Ильича Обломова выразительно очерчено в первой части романа. Самоубийственный неподвижный образ жизни неуклонно приближает его гибель. Из одного глаза героя — его с трудом открывает Илья — выглядывает паралич, а советы доктора развлечься верховой ездой и танцами, приятными разговорами с дамами, восьмичасовой ходьбой в сутки, охотой, балами, маскарадами в зимнем Париже и даже отправиться в морское путешествие в Англию и Америку настолько неосуществимы, что выглядят издевательством. Женщины, впрочем, действительно «развлекли» Обломова и отдалили его конец. Сначала перевернула Илью Ильича поэма любви с Ольгой Ильинской. Герой чуть было не возродился к новой жизни, в которой его все же немыслимо представить. Был бы, должно быть, послушной и мягкой, воркующей марионеткой в руках неопытного и импульсивного кукловода — Ольги Ильинской; столь же невозможно представить и превращение Ольги в помещицу, хозяйку Обломовки. «Разведя» героев, Гончаров спас их.

Этот «развод» давно входил в замыслы писателя, в чем убеждают письма Гончарова 1857 года к друзьям из Мариенбада. Ольга Ильинская и Агафья Матвеевна Пшеницына одновременно и дружно вошли в роман. В письмах не только ликование по поводу «рождения» Ольги, в которую влюблены автор и его неповоротливый герой, но дан легкий абрис другой женщины. Ее духовный облик еще в проекте, но телесный определен: формы, конечно, соблазнительны в соответствии с тяготением героя к круглому и полному и неистребимой тоской по сонной Обломовке. Гончаров пишет другу и коллеге И. И. Льховскому: «Локти уже давно на сцене. <...> Действие уже происходит на Выборгской стороне: надо изобразить эту выборгскую Обломовку, последнюю любовь героя и тщетные усилия друга разбудить его».

Пока еще нет ни имени, ни лица, но появилась «визитная карточка» Агафьи Матвеевны — мелькнули локти героини, неотразимо влекущие Обломова, полные, круглые, белые, беспрерывно мелькающие соблазнительные локти (они войдут озорным сюжетом в прелестный рассказ Николая Семеновича Лескова «Дух госпожи Жанлис»). Локти появляются на сцене весьма своевременно, где-то на закате поэмы любви Обломова и Ильинской, мелькают все чаще и чаще, способствуя ускорению драматической развязки. Было мгновение, правда, когда пристыженный Ольгой страшно медлительный и нерасторопный жених попытался одуматься, переменил тон, «сухо поблагодарил» (сухость от Ольги, заемная, чужая, Обломову она не идет) Агафью Матвеевну за заботу и даже «не подумал взглянуть на локти и извинился, что очень занят». Совершенно ясно, что это всего лишь маленькая заминка; Обломов сдался, ему теперь не уйти от локтей, принадлежащих хозяйке Выборгской Обломовки. Да он и не хочет уходить.

С точки зрения Андрея Штольца (и Ольги), последняя фаза жизни Ильи Ильича — погребение заживо, падение в «яму», «болото» («здесь та же Обломовка, только гаже»), а Агафья Матвеевна существо низшей породы, — «эта женщина». И сам Обломов говорит о «болоте», «гадости», «яме», к которой он «прирос... больным местом: попробуй оторвать — будет смерть». В этих резких определениях далеко не вся правда, а лишь часть ее, да и то увиденная пристрастными глазами Штольца, — отчасти сословный взгляд свысока на низкую действительность. «Эта женщина» станет ангелом-хранителем, любовницей и женой Обломова. Ее душевный такт и тонкое понимание натуры Обломова восхищают; совсем другими приемами, чем порывистая и насмешливая Ольга, она мягко, но настойчиво и систематично, будто закончила «немецкую» школу, окружает Обломова заботой, успешно продлевая его на глазах гаснущую жизнь.

В уютном «маленьком ковчеге домашней жизни», окруженный вниманием любящей жены, завершает Обломов свое последнее земное путешествие: «Илья Ильич жил как будто в золотой рамке жизни, в которой, точно в диораме, только менялись обычные фазисы дня и ночи и времена года; других перемен, особенно крупных случайностей, возмущающих со дна жизни весь осадок, часто горький и мутный, не бывало». Наконец-то Обломов удалился от тревог жизни (а она нет-нет да и «тронет»), стал «полным и естественным выражением... покоя, довольства и безмятежной тишины». В этой обретенной героем обетованной земле пироги обломовские и даже обломовский индейский петух «ходит и горланит» под его окном. И скончался Илья Ильич «по-видимому без боли, без мучений, как будто остановились часы, которые забыли завести», словно заснул. Агафья Матвеевна «застала его так же кротко покоящимся на одре смерти, как на ложе сна».

Обломов и умирая остается верен обломовским традициям, обломовской «норме жизни». Он, как и его «антипод» Андрей Штольц, вообще мало меняется в романе, ровно бредя по проложенной предками колее. Перемены — удел героинь Гончарова. Особенно разительно и одновременно превосходно психологически обосновано преображение Агафьи Матвеевны. «Локти» и другие полные, круглые, белые, фундаментальные части тела, сыграв свою соблазнительную роль, постепенно отходят на второй план, а под конец и вовсе не упоминаются. Свойственная «этой женщине» «тупость» — о ней неоднократно упоминается в романе — исчезает. Причиной такой метаморфозы стала любовь, о которой с явной увлеченностью повествует скромный, как и его герои, автор, открыто демонстрирующий свои симпатии к Агафье Матвеевне, а заодно и редчайший дар психолога и сердцеведа.

Вот отрывок из «поэмы любви» Агафьи Матвеевны, и, надо сказать, эта поэма убеждает и впечатляет гораздо больше пространных объяснений поступков и тонких, возвышенных чувств идеальной Ольги Ильинской: «Хотя любовь и называется чувством капризным, безотчетным, рождающимся, как болезнь, однако ж и она, как всё, имеет свои законы и причины. А если до сих пор эти законы исследованы мало, так это потому, что человеку, пораженному любовью, не до того, чтоб ученым оком следить, как вкрадывается в душу впечатление, как оковывает будто сном чувства, как сначала ослепнут глаза, с какого момента пульс, а за ним сердце начинает биться сильнее, как является со вчерашнего дня вдруг преданность до могилы, стремление жертвовать собою, как мало-помалу исчезает свое *я* и переходит в *него* или в *нее*, как ум необыкновенно тупеет или необыкновенно изощряется, как воля отдается в волю другого, как клонится голова, дрожат колени, являются слезы, горячка...»

Любовь изменила кардинально жизнь Агафьи Матвеевны, одухотворив ее. Смерть мужа довершила преображение: «Она поняла, что проиграла и просияла ее жизнь, что Бог вложил в ее жизнь душу и вынул опять; что засветилось в ней солнце и померкло навсегда... Навсегда, правда; но зато навсегда осмыслилась и жизнь ее: теперь уж она знала, зачем она жила и что жила не напрасно». Неизвестно, входило это или нет в художественный замысел Гончарова, скорее всего так само собой получилось, но союз Ильи Ильича Обломова и Агафьи Матвеевны Пшеницыной воистину «хрустальный», без единой трещинки и, конечно, сердечный. Обломова, заметим попутно, то и дело спасают от разных неприятностей или пытаются спасти.

И его любят. «Он умеет внушить любовь, даже обожание в Агафье Матвеевне. Припомните... воспоминание о нем Захара. Он, этот слабый, капризный, неумелый и изнеженный человек, требующий ухода, — он мог дать счастье людям, потому что сам имел сердце» (Иннокентий Анненский).

Страницы, посвященные Выборгской идиллии, любви, счастью и горю Агафьи Тимофеевны, болезни и смерти Обломова, принадлежат к лучшим в романе. Они сердцевина последней части «Обломова», которую с поразительной силой и свежестью завершает Гончаров «встречей» с Захаром и колоритным рассказом слуги Ильи Ильича о его петербургских злоключениях после смерти барина.

Повествовательное искусство Гончарова-романиста достигает в «Обломове», самом задушевном и известном произведении писателя, наивысшей точки. Дружинин — ему из критиков-современников был особенно близок художественный мир Гончарова — писал, что творец «Обломова» «поэтичен в малейших подробностях создания» и сравнивал стиль писателя с искусством фламандских живописцев: «Заспанный челядинец, дующий спросонья на квас, в котором сильно шевелятся утопающие мухи, и собака, признанная бешеною за то только, что бросилась бежать от людей, собравшихся на нее с вилами и топорами, и няня, засыпающая после жирного обеда, с предчувствием, что Ильюша пойдет затрагивать козла и лазить на галерею, и сотни других обворожительных... подробностей здесь необходимы, ибо соответствуют целости и высокой поэзии главной задачи. Тут сродство г. Гончарова с фламандскими мастерами бьет в глаза, сказывается во всяком образе».

Роман и начинается с симфонии «мелочей», искусно вылепленных, сгруппированных и освещенных. «Мы едва взглянули на героя, — писал Дмитрий Мережковский, — не слышали из уст его ни одного слова, но уже знакомы с ним по мельчайшим подробностям обстановки; по этой паутине, фестонами лепящейся около картин, по запыленным зеркалам, по пятнам на коврах, по забытому на диване полотенцу, по тарелке на столе, не убранной от вчерашнего ужина, с солонкой и обглоданной косточкой, по пыльным и пожелтевшим страницам давно развернутой и давно не читанной книги, по номеру прошлогодней газеты, по чернильнице, из которой, „если обмакнуть в нее перо, вырвалась бы разве только с жужжаньем испуганная муха“. Окраска характера так сильна, что она кидает свой отблеск на все приближающиеся предметы».

Мелочи (или подробности) гармонично слиты с характерами героев и ситуациями романа (так ария из оперы Беллини и ветка сирени — лирические лейтмотивы «поэмы любви» Обломова и Ильинской; густой слой снега, покрывший город, — символические похороны любви). Постоянная домашняя одежда Обломова — халат, с которым он нерасторжимо слился. Как будто специально для него сшитый — «настоящий восточный... без малейшего намека на Европу, без кистей, без бархата, без талии, весьма поместительный, так что и Обломов мог дважды завернуться в него», имевший в глазах наклонного к лежанью и сну героя «тьму неоцененных достоинств: он мягок, гибок; тело не чувствует его на себе; он, как послушный раб, покоряется самомалейшему движению тела». На короткий период романа с Ольгой халат отправляют в чулан, откуда его извлекают заботливые и умелые руки Агафьи Матвеевны. Возвращение на сцену заслуженного халата совпадает с «разводом».

Туфли Обломова (понятно, домашние — к другим он прибегает крайне редко) «длинные, мягкие и широкие; когда он, не глядя, опускал ноги с постели на пол, то непременно попадал в них сразу». До блеска отработанный механизм быта ленивца, предусматривающий минимум движений. Но и даже такие минимальные колебательные движения кажутся Илье Ильичу обременительными: «После чаю он уже приподнялся с своего ложа и чуть было не встал; поглядывая на туфли, он даже начал спускать к ним одну ногу с постели, но тотчас же подобрал ее». Руки Обломова «маленькие, белые». Он их с любовью рассматривает и гладит. Может быть, более всего в миниатюрные, изящные руки барина и влюбилась Агафья Матвеевна.

Пренебрегающий туалетом и с неодобрением воспринимающий как «немецкие» порядки стремление содержать квартиру в чистоте, еще в детстве определенный слугой к барину, чистокровный обломовец Захар отрастил необыкновенные бакенбарды (он ими «дорожил потому, что видел в детстве своем много старых слуг с этим старинным, аристократическим украшением») — каждой из них «стало бы на три бороды», Илье Ильичу кажется, что из одной необъятной бакенбарды вот-вот «вылетят две-три птицы». Руки фантастически неуклюжего и неопрятного Захара «никаким мылом не отмоешь», «какие-то две подошвы вместо рук». Выразителен портрет в эпилоге спившегося Захара, дважды осиротевшего после смерти барина и жены: «На нем была ветхая, совсем полинявшая шинель, из которой недоставало одной полы; обут он был в старые стоптанные галоши на босу ногу; в руках держал меховую, совсем обтертую шапку».

С такой же тщательностью, с тем же вниманием к подробностям изображены второстепенные персонажи романа. И потому-то они отчетливо запоминаются, занимая свою «нишу» в структуре романа, как, к примеру, «братец» Агафьи Матвеевны, все бесшумно мелькающий с большим бумажным пакетом, все украдкой поглядывающий. Манеры «братца» вкрадчивые, чем-то напоминающие ужимки Урии Хипа из романа «Дэвид Копперфилд» любимого писателя Гончарова. Иван Матвеич, кажется, готов стушеваться, испариться, дабы своим не совсем приличным видом не оскорбить начальников и благородных персон. У него «двойной взгляд»; он как будто стыдится своих рук — разговаривая, «старался прятать или обе за спину, или одну за пазуху, а другую за спину».

Слово «обломовщина» не стало названием романа, но оно в нем сохранилось как одно из ключевых понятий. Указаниями, разбросанными в романе, где это слово многократно прозвучало, воспользовался радикальный литературный критик Н. А. Добролюбов в статье «Что такое обломовщина?». Его публицистическая статья с острыми революционными обобщениями и лозунгами была написана собственно «по поводу» романа, представляла собой свободные вариации на тему «обломовщины». Добролюбов увидел в слове «обломовщина» «знамение времени», слово-разгадку, олицетворение того зла, которое необходимо было «сжечь и развеять». Тогда, в середине XIX века главными препятствиями прогрессивного движения «вперед» считались застой, косность государственного устройства, все еще сильные крепостнические порядки и нравы. Статья

Добролюбова имела оглушительный успех и воспитала несколько поколений русских читателей (ее по слишком понятным причинам высоко ценил и В. И. Ленин), она сильно повлияла на восприятие романа «Обломов», особенно в те годы, когда входила в обязательный минимум школьной литературы.

Гончарова несколько смущали крайности «отрицательного» направления и открытая публицистичность программной статьи Добролюбова — человек он был осторожный, благонамеренный, консервативный. И тем не менее он считал, что «обломовщина» была лучше всего разобрана Добролюбовым. Даже в конце 1880-х годов Гончаров писал датскому переводчику и литератору П. Г. Ганзену, что «кроме Добролюбова никто не отозвался в печати ласково» о романе (странно, но, похоже, Гончаров совершенно забыл о блестящей статье Дружинина).

Было бы несправедливо и легковесно объяснять позицию Гончарова благодарностью влиятельному критику за благожелательный и очень своевременный отзыв. Писатель действительно со многими рассуждениями критика был согласен. В письме к С. А. Никитенко 1860 года, вспоминая собственное воспитание, он оглядывается на недавно завершенный роман и добролюбовское объяснение «обломовщины». «А Вы представьте себе, — писал Гончаров одному из самых близких и дорогих ему людей, — обломовское воспитание, тучу предрассудков, всеобщее растление понятий и нравов, среди которых мы выросли и воспитались и из которых, как из летаргического сна, только что просыпается наше общество; если б Вы могли представить себе всю грубость и грязь, которая таится в глубине наших обломовок, потом в недрах казенных и частных училищ, потом в пустоте и разврате общественной жизни, где мелкое тщеславие заменяло всякие разумные устремления, за отсутствием их молодой человек задумывался над вопросом, что ему делать, или, не задумываясь, пил, ел, волочился, одевался франтом, потом женился и потом направлял детей своих по тому же пути, уча служить... и наслаждаться — в ущерб чести, нравственности и тому подобное». Далее Гончаров лаконично обобщал: «Воротить прошлого нельзя, исправиться некогда, идти вперед — нет сил: все увяло. Все, что я мог сделать, — это изобразить обломовщину — и эту заслугу я оказал».

Здесь все справедливо и исповедально. Однако Гончаров не только изобразил, найдя меткое и «ядовитое» слово, вошедшее в словарь В. И. Даля, отрицательные стороны русской жизни и русского характера, но и поэтически воспел Обломовку и своего чудаковатого и пассивного героя, которого, бесспорно, любил всем сердцем.

Критические стрелы со временем притупились и перестали попадать в цели. Да и цели исчезли. Время безжалостно обошлось с Обломовым и его «земным раем» Обломовкой, не пощадило Штольца со свойственным ему пафосом созидания, предпринимательства и мирного деятельного обновления жизни, Ольгу с ее грустью души, «вопрошающей жизнь о тайне», и Агафью Матвеевну Пшеницыну с ее пирогами. Цена «прогресса» оказалась чересчур велика. Неизбежно осмысление романа в XX (а отчасти уже и в XIX веке) пошло по пути постепенного освобождения от гипноза с большой силой произнесенных Добролюбовым обличительных слов. Это движение неровное, прерывистое, но неуклонное от пристального, преобладающего внимания к «обломовщине» — к другим глубинным духовным и психологическим пластам великого и многогранного произведения, в частности к идиллическим мотивам романа, в котором «показана исключительная человечность идиллического человека Обломова и его „голубиная чистота“» (М. М. Бахтин). А восходит такой взгляд к статье самого толерантного и художественного из критиков-современников Гончарова, А. В. Дружинина, — к его вдохновенной апологии Обломова: «Не за комические стороны, не за жалостную жизнь, не за проявление общих всем нам слабостей любим мы Илью Ильича Обломова. Он дорог нам как человек своего края и своего времени, как незлобный и нежный ребенок, способный, при иных обстоятельствах жизни и ином развитии, на дела истинной любви и милосердия. Он дорог нам как самостоятельная и чистая натура, вполне независимая от той схоластико-моральной истасканности, что пятнает собою огромное большинство людей, его презирающих. Он дорог нам по истине, какою проникнуто все его создание, по тысяче корней, которыми поэт-художник связал его с нашей родной почвой. И наконец, он любезен нам как чудак, который в нашу эпоху себялюбия, ухищрений и неправды мирно покончил свой век, не обидевши ни одного человека, не обманувши ни одного человека и не научивши ни одного человека чему-нибудь скверному».

Философ и поэт Владимир Соловьев в своей «Первой речи в память Достоевского» хорошо сказал о Гончарове и его романе: «Отличительная особенность Гончарова — это сила художественного обобщения, благодаря которой он мог создать такой всероссийский тип, как Обломов, равного которому *по широте* мы не находим ни у одного из русских писателей». Развивая эту мысль философа, В. В. Розанов создает своего рода лирическую миниатюру, стихотворение в прозе: «Нельзя о „русском человеке“ упомянуть, не припомнив Обломова, не приняв Обломова во внимание, не поставив около него вопроса, восклицания или длинного размышления. Таким образом, та „русская суть“, которая называется русскою душою, русской стихиею, и которая во всяком случае есть крупный кусок нашей планеты и большое место всемирной культуры, — эта душа или стихия получила под пером Гончарова одно из величайших осознаний себя, обрисований себя, истолкований себя, размышлений о себе. „Гончаров“ и „русский“, как „Крылов“ и „русский“, — это что-то неразъединимое. „Вот наш ум“, „вот наш характер“, „вот резюме русской истории“».

Сильный русский акцент в элегических рассуждениях Розанова вполне понятен, хотя не надо забывать, что Гончаров не только Обломовку захватил с собой в долгое кругосветное плавание, но и на разных широтах земного шара обнаружил Обломовки и обломовцев. Вряд ли сегодня разумно говорить о национальной исключительности содержания, героев, стиля романа «Обломов». Роман и его главный герой не триумфально (триумфы нередко бывают кратковременными), а медленно, постепенно завоевал мир, вошел в европейский быт, где целый ряд кафе и ресторанов носит мягкое и круглое название «Обломов».

Бесспорно, что «Обломов» является одним из самых известных русских романов на Западе и Востоке. Его ценили С. Цвейг, Г. Бёлль, С. Беккет и любил Томас Манн. Несомненны гончаровские аллюзии в романе «Волшебная гора» и других произведениях немецкого писателя, которого, как обломовцев и создателя «Фрегата „Паллада“» и «Обломова», страшили «категории архистихийного — пустыни, моря, высокие горы», а в крови живы были «традиции старинного города средней величины, умеренная цивилизация, которой свойственна сила воображения, знающая благоговейный ужас перед стихией, но и иронически ее неприемлющая».

Роман Гончарова, по обоснованному заключению профессора П. Тиргена, стал «пратекстом» или моделью для целого ряда произведений современной немецкоязычной литературы. О популярности «Обломова» в романских странах свидетельствуют не только суждения писателей и книги филологов (от А. Мазона до Ж. Бло во Франции), но и театральные версии произведения. Мечтал сыграть Илью Ильича Обломова и великий итальянский актер Марчелло Мастроянни; отчасти он и осуществил свою мечту, создав образ сицилийского Обломова в фильме Пьетро Джерми «Развод по-итальянски».

В. А. Туниманов

Обломов

*Роман
в четырех
частях*

ЧАСТЬ ПЕРВАЯ

I

В Гороховой улице, в одном из больших домов, народонаселения которого стало бы на целый уездный город, лежал утром в постели, на своей квартире, Илья Ильич Обломов.

Это был человек лет тридцати двух-трех от роду, среднего роста, приятной наружности, с темно-серыми глазами, но с отсутствием всякой определенной идеи, всякой сосредоточенности в чертах лица. Мысль гуляла вольной птицей по лицу, порхала в глазах, садилась на полуотворенные губы, пряталась в складках лба, потом совсем пропадала, и тогда во всем лице теплился ровный свет беспечности. С лица беспечность переходила в позы всего тела, даже в складки шлафрока.

Иногда взгляд его помрачался выражением будто усталости или скуки; но ни усталость, ни скука не могли ни на минуту согнать с лица мягкость, которая была господствующим и основным выражением не лица только, а всей души, а душа так открыто и ясно светилась в глазах, в улыбке, в каждом движении головы, рук. И поверхностно наблюдательный, холодный человек, взглянув мимоходом на Обломова, сказал бы: «Добряк должен быть, простота!» Человек поглубже и посимпатичнее, долго вглядываясь в лицо его, отошел бы в приятном раздумье, с улыбкой.

Цвет лица у Ильи Ильича не был ни румяный, ни смуглый, ни положительно бледный, а безразличный или казался таким, может быть, потому, что Обломов как-то обрюзг не по летам: от недостатка ли движения или воздуха, а может быть, того и другого. Вообще же тело его, судя по матовому, чересчур белому цвету шеи, маленьких пухлых рук, мягких плеч, казалось слишком изнеженным для мужчины.

Движения его, когда он был даже встревожен, сдерживались также мягкостью и не лишенною своего рода грации ленью. Если на лицо набегала из души туча заботы, взгляд туманился, на лбу являлись складки, начиналась игра сомнений, печали, испуга; но редко тревога эта застывала в форме определенной идеи, еще реже превращалась в намерение. Вся тревога разрешалась вздохом и замирала в апатии или в дремоте.

Как шел домашний костюм Обломова к покойным чертам лица его и к изнеженному телу! На нем был халат из персидской материи, настоящий восточный халат, без малейшего намека на Европу, без кистей, без бархата, без талии, весьма поместительный, так что и Обломов мог дважды завернуться в него. Рукава, по неизменной азиатской моде, шли от пальцев к плечу всё шире и шире. Хотя халат этот и утратил свою первоначальную свежесть и местами заменил свой первобытный, естественный лоск другим, благоприобретенным, но всё еще сохранял яркость восточной краски и прочность ткани.

Халат имел в глазах Обломова тьму неоцененных достоинств: он мягок, гибок; тело не чувствует его на себе; он, как послушный раб, покоряется самомалейшему движению тела.

Обломов всегда ходил дома без галстуха и без жилета, потому что любил простор и приволье. Туфли на нем были длинные, мягкие и широкие; когда он, не глядя, опускал ноги с постели на пол, то непременно попадал в них сразу.

Лежанье у Ильи Ильича не было ни необходимостью, как у больного или как у человека, который хочет спать, ни случайностью, как у того, кто устал, ни наслаждением, как у лентяя: это было его нормальным состоянием. Когда он был дома, — а он был почти всегда дома, — он всё лежал, и всё постоянно в одной комнате, где мы его нашли, служившей ему спальней, кабинетом и приемной. У него было еще три комнаты, но он редко туда заглядывал, утром разве, и то не всякий день, когда человек мел кабинет его, чего всякий день не делалось. В тех комнатах мебель закрыта была чехлами, сторы спущены.

Комната, где лежал Илья Ильич, с первого взгляда казалась прекрасно убранною. Там стояло бюро красного дерева, два дивана, обитые шелковою материею, красивые ширмы с вышитыми небывалыми в природе птицами и плодами. Были там шелковые занавесы, ковры, несколько картин, бронза, фарфор и множество красивых мелочей.

Но опытный глаз человека с чистым вкусом одним беглым взглядом на всё, что тут было, прочел бы только желание кое-как соблюсти decorum неизбежных приличий, лишь бы отделаться от них. Обломов хлопотал, конечно, только об этом, когда убирал свой кабинет. Утонченный вкус не удовольствовался бы этими тяжелыми, неграциозными стульями красного дерева, шаткими этажерками. Задок у одного дивана оселся вниз, наклеенное дерево местами отстало.

Точно тот же характер носили на себе и картины, и вазы, и мелочи.

Сам хозяин, однако, смотрел на убранство своего кабинета так холодно и рассеянно, как будто спрашивал глазами: «Кто сюда натащил и наставил всё это?» От такого холодного воззрения Обломова на свою собственность, а может быть и еще от более холодного воззрения на тот же предмет слуги его, Захара, вид кабинета, если осмотреть там всё повнимательнее, поражал господствующею в нем запущенностью и небрежностью.

По стенам, около картин, лепилась в виде фестонов паутина, напитанная пылью; зеркала, вместо того чтоб отражать предметы, могли бы служить скорее скрижалями для записывания на них, по пыли, каких-нибудь заметок на память. Ковры были в пятнах. На диване лежало забытое полотенце; на столе редкое утро не стояла не убранная от вчерашнего ужина тарелка с солонкой и с обглоданной косточкой да не валялись хлебные крошки.

Если б не эта тарелка, да не прислоненная к постели только что выкуренная трубка, или не сам хозяин, лежащий на ней, то можно было бы подумать, что тут никто не живет, — так всё запылилось, полиняло и вообще лишено было живых следов человеческого присутствия. На этажерках, правда, лежали две-три развернутые книги, валялась газета, на бюро стояла и чернильница с перьями; но страницы, на которых развернуты были книги, покрылись пылью и пожелтели; видно, что их бросили давно; нумер газеты был прошлогодний, а из чернильницы, если обмакнуть в нее перо, вырвалась бы разве только с жужжаньем испуганная муха.

Илья Ильич проснулся, против обыкновения, очень рано, часов в восемь. Он чем-то сильно озабочен. На лице у него попеременно выступал не то страх, не то тоска и досада. Видно было, что его одолевала внутренняя борьба, а ум еще не являлся на помощь.

Дело в том, что Обломов накануне получил из деревни, от своего старосты, письмо неприятного содержания. Известно, о каких неприятностях может писать староста: неурожай, недоимки, уменьшение дохода и т. п. Хотя староста и в прошлом, и в третьем году писал к своему барину точно такие же письма, но и это последнее письмо подействовало так же сильно, как всякий неприятный сюрприз.

Легко ли? предстояло думать о средствах к принятию каких-нибудь мер. Впрочем, надо отдать справедливость заботливости Ильи Ильича о своих делах. Он по первому неприятному письму старосты, полученному несколько лет назад, уже стал создавать в уме план разных перемен и улучшений в порядке управления своим имением.

По этому плану предполагалось ввести разные новые экономические, полицейские и другие меры. Но план был еще далеко не весь обдуман, а неприятные письма старосты ежегодно повторялись, побуждали его к деятельности и, следовательно, нарушали покой. Обломов сознавал необходимость до окончания плана предпринять что-нибудь решительное.

Он, как только проснулся, тотчас же вознамерился встать, умыться и, напившись чаю, подумать хорошенько, кое-что сообразить, записать и вообще заняться этим делом как следует.

С полчаса он всё лежал, мучась этим намерением, но потом рассудил, что успеет еще сделать это и после чаю, а чай можно пить, по обыкновению, в постели, тем более что ничто не мешает думать и лежа.

Так и сделал. После чаю он уже приподнялся с своего ложа и чуть было не встал; поглядывая на туфли, он даже начал спускать к ним одну ногу с постели, но тотчас же опять подобрал ее.

Пробило половина десятого, Илья Ильич встрепенулся.

— Что ж это я в самом деле? — сказал он вслух с досадой, — надо совесть знать: пора за дело! Дай только волю себе, так и...

— Захар! — закричал он.

В комнате, которая отделялась только небольшим коридором от кабинета Ильи Ильича, послышалось сначала точно ворчанье цепной собаки, потом стук спрыгнувших откуда-то ног. Это Захар спрыгнул с лежанки, на которой обыкновенно проводил время, сидя погруженный в дремоту.

В комнату вошел пожилой человек в сером сюртуке, с прорехою под мышкой, откуда торчал клочок рубашки, в сером же жилете, с медными пуговицами, с голым, как колено, черепом и с необъятно широкими и густыми русыми с проседью бакенбардами, из которых каждой стало бы на три бороды.

Захар не старался изменить не только данного ему Богом образа, но и своего костюма, в котором ходил в деревне. Платье ему шилось по вывезенному им из деревни образцу. Серый сюртук и жилет нравились ему и потому, что в этой полуформенной одежде он видел слабое воспоминание ливреи, которую он носил некогда, провожая покойных господ в церковь или в гости; а ливрея в воспоминаниях его была единственною представительницею достоинства дома Обломовых.

Более ничто не напоминало старины барского широкого и покойного быта в глуши деревни. Старые господа умерли, фамильные портреты остались дома и, чай, валяются где-нибудь на чердаке; предания о старинном быте и важности фамилии всё глохнут или живут только в памяти немногих оставшихся в деревне же стариков. Поэтому для Захара дорог был серый сюртук: в нем да еще в кое-каких признаках, сохранившихся в лице и манерах барина, напоминавших его родителей, и в его капризах, на которые хотя он и ворчал, и про себя, и вслух, но которые между тем уважал внутренно, как проявление барской воли, господского права, видел он слабые намеки на отжившее величие.

Без этих капризов он как-то не чувствовал над собой барина; без них ничто не воскрешало молодости его, деревни, которую они покинули давно, и преданий об этом старинном доме, единственной хроники, веденной старыми слугами, нянькамн, мамками и передаваемой из рода в род.

Дом Обломовых был когда-то богат и знаменит в своей стороне, но потом, бог знает отчего, всё беднел, мельчал и наконец незаметно потерялся между нестарыми дворянскими домами. Только поседевшие слуги дома хранили и передавали друг другу верную память о минувшем, дорожа ею, как святынею.

Вот отчего Захар так любил свой серый сюртук. Может быть, и бакенбардами своими он дорожил потому, что видел в детстве своем много старых слуг с этим старинным, аристократическим украшением.

Илья Ильич, погруженный в задумчивость, долго не замечал Захара. Захар стоял перед ним молча. Наконец он кашлянул.

— Что ты? — спросил Илья Ильич.

— Ведь вы звали?

— Звал? Зачем же это я звал — не помню! — отвечал он, потягиваясь. — Поди пока к себе, а я вспомню.

Захар ушел, а Илья Ильич продолжал лежать и думать о проклятом письме. Прошло с четверть часа.

— Ну, полно лежать! — сказал он, — надо же встать... А впрочем, дай-ка я прочту еще раз со вниманием письмо старосты, а потом уж и встану. — Захар!

Опять тот же прыжок и ворчанье сильнее. Захар вошел, а Обломов опять погрузился в задумчивость. Захар стоял минуты две, неблагосклонно, немного стороной посматривая на барина, и наконец пошел к дверям.

— Куда же ты? — вдруг спросил Обломов.

— Вы ничего не говорите, так что ж тут стоять-то даром? — захрипел Захар за неимением другого голоса, который, по словам его, он потерял на охоте с собаками, когда ездил с старым барином и когда ему дунуло будто сильным ветром в горло.

Он стоял вполуоборот среди комнаты и глядел всё стороной на Обломова.

— А у тебя разве ноги отсохли, что ты не можешь постоять? Ты видишь, я озабочен — так и подожди! Не належался еще там? Сыщи письмо, что я вчера от старосты получил. Куда ты его дел?

— Какое письмо? Я никакого письма не видал, — сказал Захар.

— Ты же от почтальона принял его: грязное такое!

— Куда ж вы его положили — почем мне знать? — говорил Захар, похлопывая рукой по бумагам и по разным вещам, лежавшим на столе.

— Ты никогда ничего не знаешь. Там, в корзине, посмотри! Или не завалилось ли за диван? Вот спинка-то у дивана до сих пор не починена; что б тебе призвать столяра да починить? Ведь ты же изломал. Ни о чем не подумаешь!

— Я не ломал,— отвечал Захар,— она сама изломалась; не век же ей быть: надо когда-нибудь изломаться.

Илья Ильич не счел за нужное доказывать противное.

— Нашел, что ли? — спросил он только.

— Вот какие-то письма.

— Не те.

— Ну так нет больше,— говорил Захар.

— Ну хорошо, поди! — с нетерпением сказал Илья Ильич,— я встану, сам найду.

Захар пошел к себе, но только он уперся было руками о лежанку, чтоб прыгнуть на нее, как опять послышался торопливый крик: «Захар, Захар!»

— Ах ты, Господи! — ворчал Захар, отправляясь опять в кабинет.— Что это за мученье? Хоть бы смерть скорее пришла!

— Чего вам? — сказал он, придерживаясь одной рукой за дверь кабинета и глядя на Обломова, в знак неблаговоления, до того стороной, что ему приходилось видеть барина вполглаза, а барину видна была только одна необъятная бакенбарда, из которой так и ждешь, что вылетят две-три птицы.

— Носовой платок, скорей! Сам бы ты мог догадаться: не видишь! — строго заметил Илья Ильич.

Захар не обнаружил никакого особенного неудовольствия или удивления при этом приказании и упреке барина, находя, вероятно, с своей стороны и то и другое весьма естественным.

— А кто его знает, где платок? — ворчал он, обходя вокруг комнату и ощупывая каждый стул, хотя и так можно было видеть, что на стульях ничего не лежит.

— Всё теряете! — заметил он, отворяя дверь в гостиную, чтоб посмотреть, нет ли там.

— Куда? Здесь ищи! Я с третьего дня там не был. Да скорее же! — говорил Илья Ильич.

— Где платок? Нету платка! — говорил Захар, разводя руками и озираясь во все углы. — Да вон он,— вдруг сердито захрипел он, — под вами! Вон конец торчит. Сами лежите на нем, а спрашиваете платка!

И, не дожидаясь ответа, Захар пошел было вон. Обломову стало немного неловко от собственного промаха. Он быстро нашел другой повод сделать Захара виноватым.

— Какая у тебя чистота везде: пыли-то, грязи-то, Боже мой! Вон, вон, погляди-ка в углах-то — ничего не делаешь!

— Уж коли я ничего не делаю... — заговорил Захар обиженным голосом,— стараюсь, жизни не жалею! И пыль-то стираю, и мету-то почти каждый день...

Он указал на середину пола и на стол, на котором Обломов обедал.

— Вон, вон, — говорил он, — всё подметено, прибрано, словно к свадьбе... Чего еще?

— А это что? — прервал Илья Ильич, указывая на стены и на потолок. — А это? А это? — Он указал и на брошенное со вчерашнего дня полотенце, и на забытую на столе тарелку с ломтем хлеба.

— Ну, это, пожалуй, уберу, — сказал Захар снисходительно, взяв тарелку.

— Только это! А пыль по стенам, а паутина?.. — говорил Обломов, указывая на стены.

— Это я к Святой Неделе убираю: тогда образа чищу и паутину снимаю...

— А книги, картины обмести?..

— Книги и картины перед Рождеством: тогда с Анисьей все шкапы переберем. А теперь когда станешь убирать? Вы всё дома сидите.

— Я иногда в театр хожу да в гости: вот бы...

— Что за уборка ночью!

Обломов с упреком поглядел на него, покачал головой и вздохнул, а Захар равнодушно поглядел в окно и тоже вздохнул. Барин, кажется, думал: «Ну, брат, ты еще больше Обломов, нежели я сам» а Захар чуть ли не подумал: «Врешь! ты только мастер говорить мудреные да жалкие слова, а до пыли и до паутины тебе и дела нет».

— Понимаешь ли ты, — сказал Илья Ильич, — что от пыли заводится моль? Я иногда даже вижу клопа на стене!

— У меня и блохи есть! — равнодушно отозвался Захар.

— Разве это хорошо? Ведь это гадость! — заметил Обломов.

Захар усмехнулся во всё лицо, так что усмешка охватила даже брови и бакенбарды, которые от этого раздвинулись в стороны, и по всему лицу до самого лба расплылось красное пятно.

— Чем же я виноват, что клопы на свете есть? — сказал он с наивным удивлением. — Разве я их выдумал?

— Это от нечистоты, — перебил Обломов. — Что ты всё врешь!

— И нечистоту не я выдумал.

— У тебя вот там мыши бегают по ночам — я слышу.

— И мышей не я выдумал. Этой твари, что мышей, что кошек, что клопов, везде много.

— Как же у других не бывает ни моли, ни клопов?

На лице Захара выразилась недоверчивость, или, лучше сказать, покойная уверенность, что этого не бывает.

— У меня всего много, — сказал он упрямо, — за всяким клопом не усмотришь, в щелку к нему не влезешь.

А сам, кажется, думал: «Да и что за спанье без клопа?»

— Ты мети, выбирай сор из углов — и не будет ничего, — учил Обломов.

— Уберешь, а завтра опять наберется, — говорил Захар.

— Не наберется, — перебил барин, — не должно.

— Наберется — я знаю, — твердил слуга.

— А наберется, так опять вымети.

— Как это? Всякий день перебирай все углы? — спросил Захар. — Да что ж это за жизнь? Лучше Бог по душу пошли!

— Отчего ж у других чисто? — возразил Обломов. — Посмотри напротив, у настройщика: любо взглянуть, а всего одна девка...

— А где немцы сору возьмут, — вдруг возразил Захар. — Вы поглядите-ко, как они живут! Вся семья целую неделю кость гложет. Сюртук с плеч отца переходит на сына, а с сына опять на отца. На жене и дочерях платьишки коротенькие: всё поджимают под себя ноги, как гусыни... Где им сору взять? У них нет этого вот, как у нас, чтоб в шкапах лежала по годам куча старого изношенного платья или набрался целый угол корок хлеба за зиму... У них и корка зря не валяется: наделают сухариков да с пивом и выпьют!

Захар даже сквозь зубы плюнул, рассуждая о таком скаредном житье.

— Нечего разговаривать! — возразил Илья Ильич, — ты лучше убирай.

— Иной раз и убрал бы, да вы же сами не даете, — сказал Захар.

— Пошел свое! Всё, видишь, я мешаю.

— Конечно, вы; всё дома сидите: как при вас станешь убирать? Уйдите на целый день, так и уберу.

— Вот еще выдумал что — уйти! Поди-ка ты лучше к себе.

— Да право! — настаивал Захар. — Вот хоть бы сегодня ушли, мы бы с Анисьей и убрали всё. И то не управимся вдвоем-то: надо еще баб нанять, перемыть всё.

— Э! какие затеи — баб! Ступай себе, — говорил Илья Ильич.

Он уж был не рад, что вызвал Захара на этот разговор. Он всё забывал, что чуть тронешь этот деликатный предмет, так и не оберешься хлопот.

Обломову и хотелось бы, чтоб было чисто, да он бы желал, чтоб это сделалось как-нибудь так, незаметно, само собой; а Захар всегда заводил тяжбу, лишь только начинали требовать от него сметания пыли, мытья полов и т. п. Он в таком случае станет доказывать необходимость громадной возни в доме, зная очень хорошо, что одна мысль об этом приводила барина его в ужас.

Захар ушел, а Обломов погрузился в размышления. Чрез несколько минут пробило еще полчаса.

— Что это? — почти с ужасом сказал Илья Ильич. — Одиннадцать часов скоро, а я еще не встал, не умылся до сих пор? Захар, Захар!

— Ах ты, Боже мой! Ну! — послышалось из передней, и потом известный прыжок.

— Умыться готово? — спросил Обломов.

— Готово давно! — отвечал Захар, — чего вы не встаете?

— Что ж ты не скажешь, что готово? Я бы уж и встал давно. Поди же, я сейчас иду вслед за тобою. Мне надо заниматься, я сяду писать.

Захар ушел, но чрез минуту воротился с исписанной и замасленной тетрадкой и клочками бумаги.

— Вот коли будете писать, так уж кстати извольте и счеты поверить: надо деньги заплатить.

— Какие счеты? Какие деньги? — с неудовольствием спросил Илья Ильич.

— От мясника, от зеленщика, от прачки, от хлебника: все денег просят.

— Только о деньгах и забота! — ворчал Илья Ильич. — А ты что понемногу не подаешь счеты, а все вдруг?

— Вы же ведь всё прогоняли меня: завтра да завтра...

— Ну так и теперь разве нельзя до завтра?

— Нет! Уж очень пристают: больше не дают в долг. Нынче первое число.

— Ах! — с тоской сказал Обломов. — Новая забота! Ну, что стоишь? Положи на стол. Я сейчас встану, умоюсь и посмотрю, — сказал Илья Ильич. — Так умыться-то готово?

— Готово! — сказал Захар.

— Ну, теперь...

Он начал было, кряхтя, приподниматься на постели, чтоб встать.

— Я забыл вам сказать, — начал Захар, — давеча, как вы еще почивали, управляющий дворника присылал: говорит, что непременно надо съехать... квартира нужна.

— Ну, что ж такое? Если нужна, так, разумеется, съедем. Что ты пристаешь ко мне? Уж ты третий раз говоришь мне об этом.

— Ко мне пристают тоже.

— Скажи, что съедем.

— Они говорят: вы уж с месяц, говорят, обещали, а всё не съезжаете; мы, говорят, полиции дадим знать.

— Пусть дают знать! — сказал решительно Обломов. — Мы и сами переедем, как потеплее будет, недели через три.

— Куда недели через три! Управляющий говорит, что чрез две недели рабочие придут: ломать всё будут... «Съезжайте, говорит, завтра или послезавтра...»

— Э-э-э! слишком проворно! Видишь, еще что! Не сейчас ли прикажете? А ты мне не смей и напоминать о квартире. Я уж тебе запретил раз; а ты опять. Смотри!

— Что ж мне делать-то? — отозвался Захар.

— Что ж делать? — вот он чем отделывается от меня! — отвечал Илья Ильич. — Он меня спрашивает! Мне что за дело? Ты не беспокой меня, а там, как хочешь, так и распорядись, только чтоб не переезжать. Не может постараться для барина!

— Да как же, батюшка, Илья Ильич, я распоряжусь? — начал мягким сипеньем Захар. — Дом-то не мой: как же из чужого дома не переезжать, коли гонят? Кабы мой дом был, так я бы с великим моим удовольствием...

— Нельзя ли их уговорить как-нибудь. «Мы, дескать, живем давно, платим исправно».

— Говорил, — сказал Захар.

— Ну, что ж они?

— Что! Наладили свое: «Переезжайте, говорят, нам нужно квартиру переделывать». Хотят из докторской и из этой одну большую квартиру сделать к свадьбе хозяйского сына.

— Ах ты, Боже мой! — с досадой сказал Обломов. — Ведь есть же этакие ослы, что женятся!

Он повернулся на спину.

— Вы бы написали, сударь, к хозяину, — сказал Захар, — так, может быть, он бы вас не тронул, а велел бы сначала вон ту квартиру ломать.

Захар при этом показал рукой куда-то направо.

— Ну хорошо, как встану, напишу... Ты ступай к себе, а я подумаю. Ничего ты не умеешь сделать, — добавил он, — мне и об этой дряни надо самому хлопотать.

Захар ушел, а Обломов стал думать.

Но он был в затруднении, о чем думать: о письме ли старосты, о переезде ли на новую квартиру, приняться ли сводить счеты? Он терялся в приливе житейских забот и всё лежал, ворочаясь с боку на бок. По временам только слышались отрывистые восклицания: «Ах, Боже мой! Трогает жизнь, везде достает».

Неизвестно, долго ли бы еще пробыл он в этой нерешительности, но в передней раздался звонок.

— Уж кто-то и пришел! — сказал Обломов, кутаясь в халат. — А я еще не вставал — срам да и только! Кто бы это так рано?

И он, лежа, с любопытством глядел на двери.

II

Вошел молодой человек лет двадцати пяти, блещущий здоровьем, с смеющимися щеками, губами и глазами. Зависть брала смотреть на него.

Он был причесан и одет безукоризненно, ослеплял свежестью лица, белья, перчаток и фрака. По жилету лежала изящная цепочка с множеством мельчайших брелоков. Он вынул тончайший батистовый платок, вдохнул ароматы Востока, потом небрежно провел им по лицу, по глянцевитой шляпе и обмахнул лакированные сапоги.

— А, Волков, здравствуйте! — сказал Илья Ильич.

— Здравствуйте, Обломов,— говорил блистающий господин, подходя к нему.

— Не подходите, не подходите: вы с холода! — сказал тот.

— О баловень, сибарит! — говорил Волков, глядя, куда бы положить шляпу, и, видя везде пыль, не положил никуда; раздвинул обе полы фрака, чтобы сесть, но, посмотрев внимательно на кресло, остался на ногах.

— Вы еще не вставали! Что это на вас за шлафрок? Такие давно бросили носить,— стыдил он Обломова.

— Это не шлафрок, а халат,— сказал Обломов, с любовью кутаясь в широкие полы халата.

— Здоровы ли вы? — спросил Волков.

— Какое здоровье! — зевая, сказал Обломов.— Плохо! приливы замучили. А вы как поживаете?

— Я? Ничего: здорово и весело,— очень весело! — с чувством прибавил молодой человек.

— Откуда вы так рано? — спросил Обломов.

— От портного. Посмотрите, хорош фрак? — говорил он, ворочаясь перед Обломовым.

— Отличный! С большим вкусом сшит,— сказал Илья Ильич,— только отчего он такой широкий сзади?

— Это рейт-фрак: для верховой езды.

— А! Вот что! Разве вы ездите верхом?

— Как же! К нынешнему дню и фрак нарочно заказывал. Ведь сегодня первое мая: с Горюновым едем в Екатерингоф. Ах! Вы не знаете? Горюнова Мишу произвели — вот мы сегодня и отличаемся, — в восторге добавил Волков.

— Вот как! — сказал Обломов.

— У него рыжая лошадь, — продолжал Волков, — у них в полку рыжие, а у меня вороная. Вы как будете: пешком или в экипаже?

— Да... никак, — сказал Обломов.

— Первого мая в Екатерингофе не быть! Что вы, Илья Ильич! — с изумлением говорил Волков. — Да там все!

— Ну, как все! Нет, не все! — лениво заметил Обломов.

— Поезжайте, душенька, Илья Ильич! Софья Николаевна с Лидией будут в экипаже только две, напротив в коляске есть скамеечка: вот бы вы с ними...

— Нет, я не усядусь на скамеечке. Да и что стану я там делать?

— Ну так, хотите, Миша другую лошадь вам даст?

— Бог знает что выдумает! — почти про себя сказал Обломов. — Что вам дались Горюновы?

— Ах! — вспыхнув, произнес Волков, — сказать?

— Говорите!

— Вы никому не скажете — честное слово? — продолжал Волков, садясь к нему на диван.

— Пожалуй.

— Я... влюблен в Лидию, — прошептал он.

— Браво! Давно ли? Она, кажется, такая миленькая.

— Вот уж три недели! — с глубоким вздохом сказал Волков. — А Миша в Дашиньку влюблен.

— В какую Дашиньку?

— Откуда вы, Обломов? Не знает Дашеньки! Весь город без ума, как она танцует! Сегодня мы с ним в балете; он бросит букет. Надо его ввести: он робок, еще новичок... Ах! ведь нужно ехать камелий достать...

— Куда еще? Полно вам, приезжайте-ка обедать: мы бы поговорили. У меня два несчастья...

— Не могу: я у князя Тюменева обедаю; там будут все Горюновы и она, она... Лидинька, — прибавил он шепотом. — Что это вы оставили князя? Какой веселый дом! На какую ногу поставлен! А дача! Утонула в цветах! Галерею пристроили, gothique. Летом, говорят, будут танцы, живые картины. Вы *будете бывать?*

— Нет, я думаю, не буду.

— Ах, какой дом! Нынешнюю зиму по средам меньше пятидесяти человек не бывало, а иногда набиралось до ста...

— Боже ты мой! Вот скука-то должна быть адская!

— Как это можно? Скука! Да чем больше, тем веселей. Лидия бывала там, я ее не замечал, да вдруг...

Напрасно я забыть ее стараюсь
И страсть хочу рассудком победить... —

запел он и сел, забывшись, на кресло, но вдруг вскочил и стал отирать пыль с платья.

— Какая у вас пыль везде! — сказал он.

— Всё Захар! — пожаловался Обломов.

— Ну, мне пора! — сказал Волков. — За камелиями для букета Мише. Au revoir.

— Приезжайте вечером чай пить, из балета: расскажете, как там что было, — приглашал Обломов.

— Не могу, дал слово к Муссинским: их день сегодня. Поедемте и вы. Хотите, я вас представлю?

— Нет, что там делать?

— У Муссинских? Помилуйте, да там полгорода бывает. Как что делать? Это такой дом, где обо всем говорят...

— Вот это-то и скучно, что обо всем, — сказал Обломов.

— Ну, посещайте Мездровых, — перебил Волков, — там уж об одном говорят, об искусствах; только и слышишь: венецианская школа, Бетховен да Бах, Леонардо да Винчи...

— Век об одном и том же — какая скука! Педанты, должно быть! — сказал, зевая, Обломов.

— На вас не угодишь. Да мало ли домов! Теперь у всех дни: у Савиновых по четвергам обедают, у Маклашиных — пятницы, у Вязниковых — воскресенья, у князя Тюменева — середы. У меня все дни заняты! — с сияющими глазами заключил Волков.

— И вам не лень мыкаться изо дня в день?

— Вот, лень! Что за лень? Превесело! — беспечно говорил он. — Утро почитаешь, надо быть au courant[1] всего, знать новости. Слава Богу, у меня служба такая, что не нужно бывать в должности. Только два раза в неделю посижу да пообедаю у генерала, а потом поедешь с визитами, где давно не был; ну а там... новая актриса, то на русском, то на французском театре. Вот опера будет, я абонируюсь. А теперь влюблен... Начинается лето; Мише обещали отпуск; поедем к ним в деревню на месяц для разнообразия. Там охота. У них отличные соседи, дают bals champêtres[2]. С Лидией будем в роще гулять, кататься в лодке, рвать цветы... Ах!.. — И он перевернулся от радости. — Однако пора... Прощайте, — говорил он, напрасно стараясь оглядеть себя спереди и сзади в запыленное зеркало.

— Погодите, — удерживал Обломов, — я было хотел поговорить с вами о делах.

— Pardon, некогда, — торопился Волков, — в другой раз! — А не хотите ли со мной есть устриц? Тогда и расскажете. Поедемте, Миша угощает.

— Нет, Бог с вами! — говорил Обломов.

— Прощайте же.

---

[1] В курсе *(фр.)*.

[2] Сельские балы *(фр.)*.

Он пошел и вернулся.

— Видели это? — спросил он, показывая руку, как вылитую в перчатке.

— Что это такое? — спросил Обломов в недоумении.

— А новые lacets![1] Видите, как отлично стягивает: не мучишься над пуговкой два часа; потянул снурочек — и готово. Это только что из Парижа. Хотите, привезу вам на пробу пару?

— Хорошо, привезите! — говорил Обломов.

— А посмотрите это: не правда ли, очень мило? — говорил он, отыскав в куче брелоков один, — визитная карточка с загнутым углом.

— Не разберу, что написано.

— Pr. — prince, M. — Michel, — говорил Волков, — а фамилия Тюменев не уписалась; это он мне в Пасху подарил вместо яичка. Но прощайте, au revoir. Мне еще в десять мест. Боже мой, что это за веселье на свете!

И он исчез.

«В десять мест в один день — несчастный! — думал Обломов. — И это жизнь! — Он сильно пожал плечами. — Где же тут человек? На что он раздробляется и рассыпается? Конечно, недурно заглянуть и в театр, и влюбиться в какую-нибудь Лидию... она миленькая! В деревне с ней цветы рвать, кататься — хорошо; да в десять мест в один день — несчастный!» — заключил он, перевертываясь на спину и радуясь, что нет у него таких пустых желаний и мыслей, что он не мыкается, а лежит вот тут, сохраняя свое человеческое достоинство и свой покой.

Новый звонок прервал его размышления.

Вошел новый гость.

Это был господин в темно-зеленом фраке с гербовыми пуговицами, гладко выбритый, с темными, ровно окаймлявшими его лицо бакенбардами, с утруж-

---

[1] Шнурки *(фр.)*.

денным, но покойно-сознательным выражением в глазах, с сильно потертым лицом, с задумчивой улыбкой.

— Здравствуй, Судьбинский! — весело поздоровался Обломов. — Насилу заглянул к старому сослуживцу! Не подходи, не подходи! Ты с холоду.

— Здравствуй, Илья Ильич. Давно собирался к тебе, — говорил гость, — да ведь ты знаешь, какая у нас дьявольская служба! Вон, посмотри, целый чемодан везу к докладу; и теперь, если там спросят что-нибудь, велел курьеру скакать сюда. Ни минуты нельзя располагать собой.

— Ты еще на службу? Что так поздно? — спросил Обломов. — Бывало, ты с десяти часов...

— Бывало — да; а теперь другое дело: в двенадцать часов *езжу*. — Он сделал на последнем слове ударение.

— А! догадываюсь! — сказал Обломов. — Начальник отделения! Давно ли?

Судьбинский значительно кивнул головой.

— К Святой, — сказал он. — Но сколько дела — ужас! С восьми до двенадцати часов дома, с двенадцати до пяти в канцелярии, да вечером занимаюсь. От людей отвык совсем!

— Гм! Начальник отделения — вот как! — сказал Обломов. — Поздравляю! Каков? А вместе канцелярскими чиновниками служили. Я думаю, на будущий год в статские махнешь.

— Куда! Бог с тобой! Еще нынешний год корону надо получить; думал *за отличие* представят, а теперь новую должность занял: нельзя два года сряду...

— Приходи обедать, выпьем за повышение! — сказал Обломов.

— Нет, сегодня у вице-директора обедаю. К четвергу надо приготовить доклад — адская работа! На представления из губерний положиться нельзя. Надо проверить самому списки. Фома Фомич такой мнительный: всё хочет сам. Вот сегодня вместе после обеда и засядем.

— Ужели и после обеда? — спросил Обломов недоверчиво.

— А как ты думал? Еще хорошо, если пораньше отделаюсь да успею хоть в Екатерингоф прокатиться... Да, я заехал спросить: не поедешь ли ты на гулянья? Я бы заехал...

— Нездоровится что-то, не могу! — сморщившись, сказал Обломов. — Да и дела много... нет, не могу!

— Жаль! — сказал Судьбинский, — а день хорош. Только сегодня и надеюсь вздохнуть.

— Ну, что нового у вас? — спросил Обломов.

— Да много кое-чего: в письмах отменили писать «покорнейший слуга», пишут «примите уверение»; формулярных списков по два экземпляра не велено представлять. У нас прибавляют три стола и двух чиновников особых поручений. Нашу комиссию закрыли... Много!

— Ну а что наши бывшие товарищи?

— Ничего пока; Свинкин дело потерял!

— В самом деле? Что ж директор? — спросил Обломов дрожащим голосом. Ему, по старой памяти, страшно стало.

— Велел задержать награду, пока не отыщется. Дело важное: «о взысканиях». Директор думает, — почти шепотом прибавил Судьбинский, — что он потерял его... нарочно.

— Не может быть! — сказал Обломов.

— Нет, нет! Это напрасно, — с важностью и покровительством подтвердил Судьбинский. — Свинкин ветреная голова. Иногда черт знает какие тебе итоги выведет, перепутает все справки. Я измучился с ним; а только нет, он не замечен ни в чем таком... Он не сделает, нет, нет! Завалялось дело где-нибудь; после отыщется.

— Так вот как: всё в трудах! — говорил Обломов, — работаешь.

— Ужас, ужас! Ну, конечно, с таким человеком, как Фома Фомич, приятно служить: без наград не оставляет; кто и ничего не делает, и тех не забудет. Как вышел срок за отличие, так и представляет; кому не вышел срок к чину, к кресту, — деньги выхлопочет...

— Ты сколько получаешь?

— Да что: тысяча двести рублей жалованья, особо столовых семьсот пятьдесят, квартирных шестьсот, пособия девятьсот, на разъезды пятьсот да награды рублей до тысячи.

— Фу! черт возьми! — сказал, вскочив с постели, Обломов. — Голос, что ли, у тебя хорош? Точно итальянский певец!

— Что еще это! Вон Пересветов прибавочные получает, а дела-то меньше моего делает и не смыслит ничего. Ну, конечно, он не имеет такой репутации. Меня очень ценят, — скромно прибавил он, потупя глаза, — министр недавно выразился про меня, что я «украшение министерства».

— Молодец! — сказал Обломов. — Вот только работать с восьми часов до двенадцати, с двенадцати до пяти да дома еще — ой-ой!

Он покачал головой.

— А что ж бы я стал делать, если б не служил? — спросил Судьбинский.

— Мало ли что! Читал бы, писал... — сказал Обломов.

— Я и теперь только и делаю, что читаю да пишу.

— Да это не то; ты бы печатал...

— Не всем же быть писателями. Вот и ты ведь не пишешь, — возразил Судьбинский.

— Зато у меня имение на руках, — со вздохом сказал Обломов. — Я соображаю новый план; разные улучшения ввожу. Мучаюсь, мучаюсь... А ты ведь чужое делаешь, не свое.

— Что ж делать! Надо работать, коли деньги берешь. Летом отдохну: Фома Фомич обещает выдумать командировку нарочно для меня... вот тут получу прогоны на пять лошадей, суточных рубля по три в сутки, а потом награду...

— Эк ломят! — с завистью говорил Обломов; потом вздохнул и задумался.

— Деньги нужны: осенью женюсь, — прибавил Судьбинский.

— Что ты! В самом деле? На ком? — с участием сказал Обломов.

— Не шутя, на Мурашиной. Помнишь, подле меня на даче жили? Ты пил чай у меня и, кажется, видел ее.

— Нет, не помню! Хорошенькая? — спросил Обломов.

— Да, мила. Поедем, если хочешь, к ним обедать...

Обломов замялся.

— Да... хорошо, только...

— На той неделе, — сказал Судьбинский.

— Да, да, на той неделе, — обрадовался Обломов, — у меня еще платье не готово. Что ж, хорошая партия?

— Да, отец действительный статский советник; десять тысяч дает, квартира казенная. Он нам целую половину отвел, двенадцать комнат; мебель казенная, отопление, освещение тоже: можно жить...

— Да, можно! Еще бы! Каков Судьбинский! — прибавил, не без зависти, Обломов.

— На свадьбу, Илья Ильич, шафером приглашаю: смотри...

— Как же, непременно! — сказал Обломов. — Ну а что Кузнецов, Васильев, Махов?

— Кузнецов женат давно, Махов на мое место поступил, а Васильева перевели в Польшу. Ивану Петровичу дали Владимира, Олешкин — его превосходительство.

— Он добрый малый! — сказал Обломов.

— Добрый, добрый; он сто́ит.

— Очень добрый, характер мягкий, ровный, — говорил Обломов.

— Такой обязательный, — прибавил Судьбинский, — и нет этого, знаешь, чтоб выслужиться, подгадить, подставить ногу, опередить... всё делает, что может.

— Прекрасный человек! Бывало, напутаешь в бумаге, не доглядишь, не то мнение или законы подведешь в записке, ничего: велит только другому переделать. Отличный человек! — заключил Обломов.

— А вот наш Семен Семеныч так неисправим, — сказал Судьбинский, — только мастер пыль в глаза пускать. Недавно что он сделал: из губерний поступило представление о возведении при зданиях, принадлежащих нашему ведомству, собачьих конур для сбережения казенного имущества от расхищения; наш архитектор, человек дельный, знающий и честный, составил очень умеренную смету; вдруг показалась ему велика, и давай наводить справки, что может стоить постройка собачьей конуры? Нашел где-то тридцатью копейками меньше — сейчас докладную записку...

Раздался еще звонок.

— Прощай,— сказал чиновник,— я заболтался, что-нибудь понадобится там...

— Посиди еще, — удерживал Обломов. — Кстати, я посоветуюсь с тобой: у меня два несчастья...

— Нет, нет, я лучше опять заеду на днях, — сказал он, уходя.

«Увяз, любезный друг, по уши увяз, — думал Обломов, провожая его глазами. — И слеп, и глух, и нем для всего остального в мире. А выйдет в люди будет со временем ворочать делами и чинов нахватает... У нас это называется тоже карьерой! А как мало тут человека-то нужно: ума его, воли, чувства — зачем это? Роскошь! И проживет свой век, и не пошевелится в нем многое, многое... А между тем работает с двенадцати до пяти в канцелярии, с восьми до двенадцати дома — несчастный!»

Он испытал чувство мирной радости, что он с девяти до трех, с восьми до девяти может пробыть у себя на диване, и гордился, что не надо идти с докладом, писать бумаг, что есть простор его чувствам, воображению.

Обломов философствовал и не заметил, что у постели его стоял очень худощавый, черненький господин, заросший весь бакенбардами, усами и эспаньолкой. Он был одет с умышленной небрежностью.

— Здравствуйте, Илья Ильич.

— Здравствуйте, Пенкин; не подходите, не подходите: вы с холода! — говорил Обломов.

— Ах вы чудак! — сказал тот. — Всё такой же неисправимый, беззаботный ленивец!

— Да, беззаботный! — сказал Обломов. — Вот я вам сейчас покажу письмо от старосты: ломаешь, ломаешь голову, а вы говорите: беззаботный! Откуда вы?

— Из книжной лавки: ходил узнать, не вышли ли журналы. Читали мою статью?

— Нет.

— Я вам пришлю, прочтите.

— О чем? — спросил сквозь сильную зевоту Обломов.

— О торговле, об эманципации женщин, о прекрасных апрельских днях, какие выпали нам на долю, и о вновь изобретенном составе против пожаров. Как это вы не читаете? Ведь тут наша вседневная жизнь. А пуще всего я ратую за реальное направление в литературе.

— Много у вас дела? — спросил Обломов.

— Да, довольно. Две статьи в газету каждую неделю, потом разборы беллетристов пишу да вот написал рассказ...

— О чем?

— О том, как в одном городе городничий бьет мещан по зубам...

— Да, это в самом деле реальное направление, — сказал Обломов.

— Не правда ли? — подтвердил обрадованный литератор. — Я провожу вот какую мысль и знаю, что она новая и смелая. Один проезжий был свидетелем этих побоев и при свидании с губернатором пожаловался ему. Тот приказал чиновнику, ехавшему туда на следствие, мимоходом удостовериться в этом и вообще собрать сведения о личности и поведении городничего. Чиновник созвал мещан, будто расспросить о торговле, а между тем давай разведовать и об этом. Что ж мещане? Кланяются да смеются и городничего превозносят похвалами. Чиновник стал узнавать стороной, и ему сказали, что мещане — мошенники страшные, торгуют гнилью, обвешивают, обмеривают даже казну, все безнравственны, так что побои эти — праведная кара...

— Стало быть, побои городничего выступают в повести как fatum древних трагиков? — сказал Обломов.

— Именно, — подхватил Пенкин. — У вас много такта, Илья Ильич, вам бы писать! А между тем мне удалось показать и самоуправство городничего, и развращение нравов в простонародье; дурную организацию действий подчиненных чиновников и необходимость строгих, но законных мер... Не правда ли, эта мысль... довольно новая?

— Да, в особенности для меня,— сказал Обломов,— я так мало читаю...

— В самом деле не видать книг у вас! — сказал Пенкин. — Но, умоляю вас, прочтите одну вещь; готовится великолепная, можно сказать, поэма «Любовь взяточника к падшей женщине». Я не могу вам сказать, кто автор: это еще секрет.

— Что ж там такое?

— Обнаружен весь механизм нашего общественного движения, и всё в поэтических красках. Все пружины тронуты; все ступени общественной лестницы перебраны. Сюда, как на суд, созваны автором и слабый, но порочный вельможа, и целый рой обманывающих его взяточников; и все разряды падших женщин разобраны... француженки, немки, чухонки, и всё, всё... с поразительной, животрепещущей верностью... Я слышал отрывки — автор велик! в нем слышится то Дант, то Шекспир...

— Вон куда хватили! — в изумлении сказал Обломов, привстав.

Пенкин вдруг смолк, видя, что действительно он далеко хватил.

— Вот вы прочтите, увидите сами, — добавил он уже без азарта...

— Нет, Пенкин, я не стану читать.

— Отчего ж? Это делает шум, об этом говорят...

— Да пускай их! Некоторым ведь больше нечего и делать, как только говорить. Есть такое призвание.

— Да хоть из любопытства прочтите.

— Чего я там не видал? — говорил Обломов. — Зачем это они пишут: только себя тешат...

— Как себя: верность-то, верность какая! До смеха похоже. Точно живые портреты. Как кого возьмут, купца ли, чиновника, офицера, будочника, — точно живьем и отпечатают.

— Из чего же они бьются: из потехи, что ли, что вот кого-де ни возьмем, а верно и выйдет? А жизни-то и нет ни в чем: нет понимания ее и сочувствия, нет того, что там у вас называется гуманитетом. Одно самолюбие только. Изображают-то они воров, падших женщин, точно ловят их на улице да отводят в тюрьму. В их рассказе слышны не «невидимые слезы», а один только видимый, грубый смех, злость...

— Что ж еще нужно? И прекрасно, вы сами высказались: это кипучая злость — желчное гонение на порок, смех презрения над падшим человеком... тут всё!

— Нет, не всё! — вдруг воспламенившись, сказал Обломов, — изобрази вора, падшую женщину, надутого глупца, да и человека тут же не забудь. Где же человечность-то? Вы одной головой хотите писать! — почти шипел Обломов. — Вы думаете, что для мысли не надо сердца? Нет, она оплодотворяется любовью. Протяните руку падшему человеку, чтоб поднять его, или горько плачьте над ним, если он гибнет, а не глумитесь. Любите его, помните в нем самого себя и обращайтесь с ним, как с собой, — тогда я стану вас читать и склоню перед вами голову... — сказал он, улегшись опять покойно на диване. — Изображают они вора, падшую женщину, — говорил он, — а человека-то забывают или не умеют изобразить. Какое же тут искусство, какие поэтические краски нашли вы? Обличайте разврат, грязь, только, пожалуйста, без претензии на поэзию.

— Что же, природу прикажете изображать: розы, соловья или морозное утро, между тем как всё кипит, движется вокруг? Нам нужна одна голая физиология общества; не до песен нам теперь...

— Человека, человека давайте мне! — говорил Обломов, — любите его...

— Любить ростовщика, ханжу, ворующего или тупоумного чиновника — слышите? Что вы это? И видно, что вы не занимаетесь литературой! — горячился Пенкин. — Нет, их надо карать, извергнуть из гражданской среды, из общества...

— Извергнуть из гражданской среды! — вдруг заговорил вдохновенно Обломов, встав перед Пенкиным. — Это значит забыть, что в этом негодном сосуде присутствовало высшее начало; что он испорченный человек, но всё человек же, то есть вы сами. Извергнуть! А как вы извергнете его из круга человечества, из лона природы, из милосердия Божия? — почти крикнул он с пылающими глазами.

— Вон куда хватили! — в свою очередь с изумлением сказал Пенкин.

Обломов увидел, что и он далеко хватил. Он вдруг смолк, постоял с минуту, зевнул и медленно лег на диван.

Оба погрузились в молчание.

— Что ж вы читаете? — спросил Пенкин.

— Я... да всё путешествия больше.

Опять молчание.

— Так прочтете поэму, когда выйдет? Я бы принес... — спросил Пенкин.

Обломов сделал отрицательный знак головой.

— Ну, я вам свой рассказ пришлю?

Обломов кивнул в знак согласия.

— Однако мне пора в типографию! — сказал Пенкин. — Я, знаете, зачем пришел к вам? Я хотел предложить вам ехать в Екатерингоф; у меня коляска. Мне завтра надо статью писать о гулянье: вместе бы наблюдать стали, чего бы не заметил я, вы бы сообщили мне; веселее бы было. Поедемте...

— Нет, нездоровится, — сказал Обломов, морщась и прикрываясь одеялом, — сырости боюсь, теперь еще не высохло. А вот вы бы сегодня обедать пришли: мы бы поговорили... У меня два несчастья...

— Нет, наша редакция вся у Сен-Жоржа сегодня, оттуда и поедем на гулянье. А ночью писать и чем свет в типографию отсылать. До свидания.

— До свиданья, Пенкин.

«Ночью писать, — думал Обломов, — когда же спать-то? А поди, тысяч пять в год заработает! Это хлеб! Да писать-то всё, тратить мысль, душу свою на мелочи, менять убеждения, торговать умом и воображением, насиловать свою натуру, волноваться, кипеть, гореть, не знать покоя и всё куда-то двигаться... И всё писать, всё писать, как колесо, как машина: пиши завтра, послезавтра; праздник придет, лето настанет — а он всё пиши? Когда же остановиться и отдохнуть? Несчастный!»

Он повернул голову к столу, где всё было гладко, и чернила засохли, и пера не видать, и радовался, что лежит он, беззаботен, как новорожденный младенец, что не разбрасывается, не продает ничего...

«А письмо старосты, а квартира?» — вдруг вспомнил он и задумался.

Но вот опять звонят.

— Что это сегодня за раут у меня? — сказал Обломов и ждал, кто войдет.

Вошел человек неопределенных лет, с неопределенной физиономией, в такой поре, когда трудно бывает угадать лета; не красив и не дурен, не высок и не низок ростом, не блондин и не брюнет. Природа не дала ему никакой резкой, заметной черты, ни дурной, ни хорошей. Его многие называли Иваном Иванычем, другие — Иваном Васильичем, третьи — Иваном Михайлычем.

Фамилию его называли тоже различно: одни говорили, что он Иванов, другие звали Васильевым или Андреевым, третьи думали, что он Алексеев. Постороннему, который увидит его в первый раз, скажут имя его — тот забудет сейчас, и лицо забудет; что он скажет — не заметит. Присутствие его ничего не придаст обществу, так же как отсутствие ничего не отнимет от него. Остроумия, оригинальности и других особенностей, как особых примет на теле, в его уме нет.

Может быть, он умел бы по крайней мере рассказать всё, что видел и слышал, и занять хоть этим других, но он нигде не бывал: как родился в Петербурге, так и не выезжал никуда; следовательно, видел и слышал то, что знали и другие.

Симпатичен ли такой человек? Любит ли, ненавидит ли, страдает ли? Должен бы, кажется, и любить, и не любить, и страдать, потому что никто не избавлен от этого. Но он как-то ухитряется всех любить. Есть такие люди, в которых, как ни бейся, не возбудишь никак духа вражды, мщения и т. п. Что ни делай с ними, они всё ласкаются. Впрочем, надо отдать им справедливость, что и любовь их, если разделить ее на градусы, до степени жара никогда не доходит. Хотя про таких людей говорят, что они любят всех и потому добры, а в сущности они никого не любят и добры потому только, что не злы.

Если при таком человеке подадут другие нищему милостыню — и он бросит ему свой грош, а если обругают, или прогонят, или посмеются — так и он обругает и посмеется с другими. Богатым его нельзя назвать, потому что он не богат, а скорее беден; но решительно бедным тоже не назовешь, потому, впрочем, только, что много есть беднее его.

Он имеет своего какого-то дохода рублей триста в год, и, сверх того, он служит в какой-то неважной должности и получает неважное жалованье: нужды не терпит и денег ни у кого не занимает, а занять у него и подавно в голову никому не приходит.

В службе у него нет особенного постоянного занятия, потому что никак не могли заметить сослуживцы и начальники, что он делает хуже, что лучше, так, чтоб можно было определить, к чему он именно способен. Если дадут сделать и то, и другое, он так сделает, что начальник всегда затрудняется, как отозваться о его труде; посмотрит-посмотрит, почитает-почитает, да и скажет только: «Оставьте, я после посмотрю... да, оно почти так, как нужно».

Никогда не поймаешь на лице его следа заботы, мечты, что бы показывало, что он в эту минуту беседует сам с собою, или никогда тоже не увидишь, чтоб он устремил пытливый взгляд на какой-нибудь внешний предмет, который бы хотел усвоить своему ведению.

Встретится ему знакомый на улице. «Куда?» — спросит. «Да вот иду на службу, или в магазин, или проведать кого-нибудь». — «Пойдем лучше со мной, — скажет тот, — на почту, или зайдем к портному, или прогуляемся», — и он идет с ним, заходит и к портному, и на почту, и прогуливается в противуположную сторону от той, куда шел.

Едва ли кто-нибудь, кроме матери, заметил появление его на свет, очень немногие замечают его в течение жизни, но, верно, никто не заметит, как он исчезнет со света; никто не спросит, не пожалеет о нем, никто и не порадуется его смерти. У него нет ни врагов, ни друзей, но знакомых множество. Может быть, только похоронная процессия обратит на себя внимание прохожего, который почтит это неопределенное лицо в первый раз достающеюся ему почестью — глубоким поклоном; может быть, даже другой, любопытный, забежит вперед процессии узнать об имени покойника и тут же забудет его.

Весь этот Алексеев, Васильев, Андреев, или как хотите, есть какой-то неполный, безличный намек на людскую массу, глухое отзвучие, неясный ее отблеск.

Даже Захар, который в откровенных беседах, на сходках у ворот или в лавочке, делал резкую характеристику всех гостей, посещавших барина его, всегда затруднялся, когда очередь доходила до этого... положим хоть, Алексеева. Он долго думал, долго ловил какую-нибудь угловатую черту, за которую можно было бы уцепиться, в наружности, в манерах или в характере этого лица, наконец, махнув рукой, выражался так: «А у этого ни кожи, ни рожи, ни ведения!»

— А! — встретил его Обломов. — Это вы, Алексеев? Здравствуйте. Откуда? Не подходите, не подходите; я вам не дам руки: вы с холода!

— Что вы, какой холод! Я не думал к вам сегодня, — сказал Алексеев, — да Овчинин встретился и увез к себе. Я за вами, Илья Ильич.

— Куда это?

— Да к Овчинину-то, поедемте. Там Матвей Андреич Альянов, Казимир Альбертыч Пхайло, Василий Севастьяныч Колымягин.

— Что ж они там собрались и что им нужно от меня?

— Овчинин зовет вас обедать.

— Гм! Обедать... — повторил Обломов монотонно.

— А потом все в Екатерингоф отправляются: они велели сказать, чтоб вы коляску наняли.

— А что там делать?

— Как же! Нынче там гулянье. Разве не знаете: сегодня первое мая?

— Посидите; мы подумаем... — сказал Обломов.

— Вставайте же! Пора одеваться.

— Погодите немного: ведь рано.

— Что за рано! Они просили в двенадцать часов; отобедаем пораньше, часа в два, да и на гулянье. Едемте же скорей! Велеть вам одеваться давать?

— Куда одеваться? Я еще не умылся.

— Так умывайтесь.

Алексеев стал ходить взад и вперед по комнате, потом остановился перед картиной, которую видел тысячу раз прежде, взглянул мельком в окно, взял какую-то вещь с этажерки, повертел в руках, посмотрел со всех сторон и положил опять, а там пошел опять ходить, посвистывая, — это всё, чтоб не мешать Обломову встать и умыться. Так прошло минут десять.

— Что ж вы? — вдруг спросил Алексеев Илью Ильича.

— Что?

— Да всё лежите?

— А разве надо вставать?

— Как же! Нас дожидаются. Вы хотели ехать.

— Куда это ехать? Я не хотел ехать никуда...

— Вот, Илья Ильич, сейчас ведь говорили, что едем обедать к Овчинину, а потом в Екатерингоф...

— Это я по сырости поеду! И чего я там не видал? Вон дождь собирается, пасмурно на дворе, — лениво говорил Обломов.

— На небе ни облачка, а вы выдумали дождь. Пасмурно оттого, что у вас окошки-то с которых пор не мыты? Грязи-то, грязи на них! Зги Божией не видно, да и одна штора почти совсем опущена.

— Да вот подите-ка заикнитесь об этом Захару, так он сейчас баб предложит да из дому погонит на целый день!

Обломов задумался, а Алексеев барабанил пальцами по столу, у которого сидел, рассеянно пробегая глазами по стенам и по потолку.

— Так как же нам? Что делать? Будете одеваться или останетесь так? — спросил он чрез несколько минут.

— А что?

— Да в Екатерингоф?..

— Дался вам этот Екатерингоф, право! — с досадой отозвался Обломов. — Не сидится вам здесь? Холодно, что ли, в комнате или пахнет нехорошо, что вы так и смотрите вон?

— Нет, мне у вас всегда хорошо; я доволен, — сказал Алексеев.

— А коли хорошо тут, так зачем и хотеть в другое место? Останьтесь-ка лучше у меня на целый день, отобедайте, а там вечером — Бог с вами!.. Да, я и забыл: куда мне ехать! Тарантьев обедать придет: сегодня суббота.

— Уж если оно так... я хорошо... как вы... — говорил Алексеев.

— А о делах своих я вам не говорил? — живо спросил Обломов.

— О каких делах? Не знаю, — сказал Алексеев, глядя на него во все глаза.

— Отчего я не встаю-то так долго? Ведь я вот тут лежал всё да думал, как мне выпутаться из беды.

— Что такое? — спросил Алексеев, стараясь сделать испуганное лицо.

— Два несчастья! Не знаю, как и быть.

— Какие же?

— С квартиры гонят; вообразите — надо съезжать: ломки, возни... подумать страшно! Ведь восемь лет жил на квартире. Сыграл со мной штуку хозяин: «Съезжайте, говорит, поскорее».

— Еще поскорее! Торопит, стало быть, нужно. Это очень несносно — переезжать: с переездкой всегда хлопот много, — сказал Алексеев, — растеряют, перебьют — очень скучно! А у вас такая славная квартира... вы что платите?

— Где сыщешь другую этакую, — говорил Обломов, — и еще второпях? Квартира сухая, теплая; в доме смирно: обокрали всего один раз! Вон потолок, кажется, и непрочен: штукатурка совсем отстала, — а всё не валится.

— Скажите, пожалуйста! — говорил Алексеев, качая головой.

— Как бы это устроить, чтоб... не съезжать? — в раздумье, про себя рассуждал Обломов.

— Да у вас по контракту нанята квартира? — спросил Алексеев, оглядывая комнату с потолка до полу.

— Да, только срок контракту вышел; я всё это время платил помесячно... не помню только, с которых пор.

— Как же вы полагаете? — спросил, после некоторого молчания, Алексеев, — съехать или оставаться?

— Никак не полагаю, — сказал Обломов, — мне и думать-то об этом не хочется. Пусть Захар что-нибудь придумает.

— А вот некоторые так любят переезжать, — сказал Алексеев, — в том только и удовольствие находят, как бы квартиру переменить...

— Ну пусть эти «некоторые» и переезжают. А я терпеть не могу никаких перемен! Это еще что, квартира! — заговорил Обломов. — А вот посмотрите-ка, что староста пишет ко мне. Я вам сейчас покажу письмо... где, бишь, оно? Захар, Захар!

— Ах ты, Владычица небесная! — захрипел у себя Захар, прыгая с печки, — когда это Бог приберет меня?

Он вошел и мутно поглядел на барина.

— Что ж ты письмо не сыскал?

— А где я его сыщу? Разве я знаю, какое письмо вам нужно? Я не умею читать.

— Всё равно поищи, — сказал Обломов.

— Вы сами какое-то письмо вчера вечером читали, — говорил Захар, — а после я не видал.

— Где же оно? — с досадой возразил Илья Ильич. — Я его не проглотил. Я очень хорошо помню, что ты взял у меня и куда-то вон туда положил. А то вот где оно, смотри!

Он тряхнул одеялом: из складок его выпало на пол письмо.

— Вот вы этак всё на меня!.. — Ну, ну, поди, поди! — в одно и то же время закричали друг на друга Обломов и Захар. Захар ушел, а Обломов начал читать письмо, писанное точно квасом, на серой бумаге, с печатью из бурого сургуча. Огромные бледные буквы тянулись в торжественной процессии, не касаясь друг друга, по отвесной линии, от верхнего угла к нижнему. Шествие иногда нарушалось бледно-чернильным большим пятном.

«Милостивый государь, — начал Обломов, — ваше благородие, отец наш и кормилец, Илья Ильич...»

Тут Обломов пропустил несколько приветствий и пожеланий здоровья и продолжал с середины:

«Доношу твоей барской милости, что у тебя в вотчине, кормилец наш, всё благополучно. Пятую неделю нет дождей: знать, прогневали Господа Бога, что нет дождей. Этакой засухи старики не запомнят: яровое так и палит, словно полымем. Озимь ино место червь сгубил, ино место ранние морозцы сгубили; перепахали было на яровое, да не знамо, уродится ли что? Авось милосердый Господь помилует твою барскую милость, а о себе не заботимся: пусть издохнем. А под Иванов день еще три мужика ушли: Лаптев, Балочов, да особо ушел Васька, кузнецов сын. Я баб погнал по мужей: бабы те не воротились, а проживают, слышно, в Челках, а в Челки поехал кум мой из Верхлёва: управляющий послал его туда: соху, слышь, заморскую привезли, а управляющий послал кума в Челки оную соху посмотреть. Я наказывал куму о беглых мужиках проведать; исправнику кланялся, сказал он: „Подай бумагу, и тогда всякое средствие будет исполнено водворить крестьян ко дворам на место жительства“ — и, опричь того, ничего не сказал, а я пал в ноги ему и слезно умолял; а он закричал благим матом: „Пошел, пошел! тебе сказано, что будет исполнено, — подай бумагу!“ А бумаги я не подавал. А нанять здесь некого: все на Волгу, на работу на барки ушли — такой нынче глупый народ стал здесь, кормилец наш, батюшка, Илья Ильич! Холста нашего сей год на ярмарке не будет: сушильню и белильню я запер на замок и Сычуга приставил денно и ночно смотреть: он тверезый мужик; да чтобы не стянул чего господского, я смотрю за ним денно и ночно. Другие больно пьют и просятся на оброк. В недоимках недобор: нынешний год пошлем доходцу, будет, батюшка ты наш, благодетель, тысящи яко две помене против того года, что прошел, только бы засуха не разорила вконец, а то вышлем, о чем твоей милости и предлагаем».

Затем следовали изъявления преданности и подпись: «Староста твой, всенижайший раб Прокофий Вытягушкин собственной рукой руку приложил». За неумением грамоте поставлен был крест. «А писал со слов оного старосты шурин его, Демка Кривой».

Обломов взглянул на конец письма.

— Месяца и года нет, — сказал он, — должно быть, письмо валялось у старосты с прошлого года; тут и Иванов день, и засуха! Когда опомнился!

Он задумался.

— А? — продолжал он. — Каково вам покажется: предлагает «тысящи яко две помене»! Сколько же это останется? Сколько, бишь, я прошлый год получил? — спросил он, глядя на Алексеева. — Я не говорил вам тогда?

Алексеев обратил глаза к потолку и задумался.

— Надо Штольца спросить, как приедет, — продолжал Обломов, — кажется, тысяч семь-восемь... худо не записывать! Так он теперь сажает меня на шесть! Ведь я с голоду умру! Чем тут жить?

— Что ж так тревожиться, Илья Ильич? — сказал Алексеев. — Никогда не надо предаваться отчаянию: перемелется — мука будет.

— Да вы слышите, что он пишет? Чем бы денег прислать, утешить как-нибудь, а он, как на смех, только неприятности делает мне! И ведь всякий год!

Вот я теперь сам не свой! «Тысящи яко две помене»!

— Да, большой убыток, — сказал Алексеев, — две тысячи — не шутка! Вот Алексей Логиныч, говорят, тоже получил нынешний год только двенадцать тысяч вместо семнадцати.

— Так двенадцать, а не шесть, — перебил Обломов. — Совсем расстроил меня староста! Если оно и в самом деле так: неурожай да засуха, так зачем огорчать заранее?

— Да... оно в самом деле... — начал Алексеев, — не следовало бы; но какой же деликатности ждать от мужика? Этот народ ничего не понимает.

— Ну, что бы вы сделали на моем месте? — спросил Обломов, глядя вопросительно на Алексеева, с слабой надеждой, авось не выдумает ли, чем бы успокоить.

— Надо подумать, Илья Ильич, нельзя вдруг решить, — сказал Алексеев.

— К губернатору, что ли, написать! — в раздумье говорил Илья Ильич.

— А кто у вас губернатор? — спросил Алексеев.

Илья Ильич не отвечал и задумался. Алексеев замолчал и тоже о чем-то размышлял.

Обломов, комкая письмо в руках, подпер голову руками, а локти упер в коленки и так сидел несколько времени, мучимый приливом беспокойных мыслей.

— Хоть бы Штольц скорей приехал! — сказал он. — Пишет, что скоро будет, а сам черт знает где шатается! Он бы всё уладил.

Он опять пригорюнился. Долго молчали оба. Наконец Обломов очнулся первый.

— Вот тут что надо делать! — сказал он решительно и чуть было не встал с постели, — и делать как можно скорее, мешкать нечего... Во-первых...

В это время раздался отчаянный звонок в передней, так что Обломов с Алексеевым вздрогнули, а Захар мгновенно спрыгнул с лежанки.

III

— Дома? — громко и грубо кто-то спросил в передней.

— Куда об эту пору идти? — еще грубее отвечал Захар.

Вошел человек лет сорока, принадлежащий к крупной породе, высокий, объемистый в плечах и во всем туловище, с крупными чертами лица, с большой головой, с крепкой, коротенькой шеей, с большими навыкате глазами, толстогубый. Беглый взгляд на этого человека рождал идею о чем-то грубом и неопрятном. Видно было, что он не гонялся за изяществом костюма. Не всегда его удавалось видеть чисто обритым. Но ему, по-видимому, это было всё равно; он не смущался от своего костюма и носил его с каким-то циническим достоинством.

Это был Михей Андреевич Тарантьев, земляк Обломова.

Тарантьев смотрел на всё угрюмо, с полупрезрением, с явным недоброжелательством ко всему окружающему, готовый бранить всё и всех на свете, как будто какой-нибудь обиженный несправедливостью или не признанный в каком-то достоинстве, наконец, как гонимый судьбою сильный характер, который недобровольно, неуныло покоряется ей.

Движения его были смелы и размашисты; говорил он громко, бойко и почти всегда сердито; если слушать в некотором отдалении, точно будто три пустые телеги едут по мосту. Никогда не стеснялся он ничьим присутствием и в карман за словом не ходил и вообще постоянно был груб в обращении со всеми, не исключая и приятелей, как будто давал чувствовать, что, заговаривая с человеком, даже обедая или ужиная у него, он делает ему большую честь.

Тарантьев был человек ума бойкого и хитрого; никто лучше его не рассудит какого-нибудь общего житейского вопроса или юридического запутанного дела: он сейчас построит теорию действий в том или другом случае и очень тонко подведет доказательства, а в заключение еще почти всегда нагрубит тому, кто с ним о чем-нибудь посоветуется.

Между тем сам, как двадцать пять лет назад определился в какую-то канцелярию писцом, так в этой должности и дожил до седых волос. Ни ему самому и никому другому и в голову не приходило, чтоб он пошел выше.

Дело в том, что Тарантьев мастер был только говорить; на словах он решал всё ясно и легко, особенно что касалось других; но как только нужно было двинуть пальцем, тронуться с места — словом, применить им же созданную теорию к делу и дать ему практический ход, оказать распорядительность, быстроту, — он был совсем другой человек: тут его не хватало — ему вдруг и тяжело делалось, и нездоровилось, то неловко, то другое дело случится, за которое он тоже не примется, а если и примется, так не дай Бог что выйдет. Точно ребенок: там не доглядит, тут не знает каких-нибудь пустяков, там опоздает и кончит тем, что бросит дело на половине или примется за него с конца и так всё изгадит, что и поправить никак нельзя, да еще он же потом и браниться станет.

Отец его, провинциальный подьячий старого времени, назначил было сыну в наследство искусство и опытность хождения по чужим делам и свое ловко пройденное поприще служения в присутственном месте; но судьба распорядилась иначе. Отец, учившийся сам когда-то по-русски на медные деньги, не хотел, чтоб сын его отставал от времени, и пожелал поучить чему-нибудь кроме мудреной науки хождения по делам. Он года три посылал его к священнику учиться по-латыни.

Способный от природы мальчик в три года прошел латынскую грамматику и синтаксис и начал было разбирать Корнелия Непота, но отец решил, что довольно и того, что он знал, что уж и эти познания дают ему огромное преимущество над старым поколением и что, наконец, дальнейшие занятия могут, пожалуй, повредить службе в присутственных местах.

Шестнадцатилетний Михей, не зная, что делать с своей латынью, стал в доме родителей забывать ее, но зато, в ожидании чести присутствовать в земском или уездном суде, присутствовал пока на всех пирушках отца, и в этой-то школе, среди откровенных бесед, до тонкости развился ум молодого человека.

Он с юношескою впечатлительностью вслушивался в рассказы отца и товарищей его о разных гражданских и уголовных делах, о любопытных случаях, которые проходили через руки всех этих подьячих старого времени.

Но всё это ни к чему не повело. Из Михея не выработался делец и крючкотворец, хотя все старания отца и клонились к этому и, конечно, увенчались бы успехом, если б судьба не разрушила замыслов старика. Михей действительно усвоил себе всю теорию отцовских бесед, оставалось только применить ее к делу, но, за смертью отца, он не успел поступить в суд и был увезен в Петербург каким-то благодетелем, который нашел ему место писца в одном департаменте, да потом и забыл о нем.

Так Тарантьев и остался только теоретиком на всю жизнь. В петербургской службе ему нечего было делать с своею латынью и с тонкой теорией вершить по своему произволу правые и неправые дела; а между тем он носил и сознавал в себе дремлющую силу, запертую в нем враждебными обстоятельствами навсегда, без надежды на проявление, как бывали запираемы, по сказкам, в тесных заколдованных стенах духи зла, лишенные силы вредить. Может быть, от этого сознания бесполезной силы в себе Тарантьев был груб в обращении, недоброжелателен, постоянно сердит и бранчив.

Он с горечью и презрением смотрел на свои настоящие занятия: на переписыванье бумаг, на подшиванье дел и т. п. Ему вдали улыбалась только одна последняя надежда: перейти служить по винным откупам. На этой дороге он видел единственную выгодную замену поприща, завещанного ему отцом и не достигнутого. А в ожидании этого готовая и созданная ему отцом теория деятельности и жизни, теория взяток и лукавства, миновав главное и достойное ее поприще в провинции, применилась ко всем мелочам его ничтожного существования в Петербурге, вкралась во все его приятельские отношения за недостатком официальных.

Он был взяточник в душе, по теории, ухитрялся брать взятки, за неимением дел и просителей, с сослуживцев, с приятелей, бог знает как и за что — заставлял, где и кого только мог, то хитростью, то назойливостью, угощать себя, требовал от всех незаслуженного уважения, был придирчив. Его никогда не смущал стыд за поношенное платье, но он не чужд был тревоги, если в перспективе дня не было у него громадного обеда с приличным количеством вина и водки.

От этого он в кругу своих знакомых играл роль большой сторожевой собаки, которая лает на всех, не дает никому пошевелиться, но которая в то же время непременно схватит на лету кусок мяса, откуда и куда бы он ни летел.

Таковы были два самые усердные посетителя Обломова.

Зачем эти два русские пролетария ходили к нему? Они очень хорошо знали зачем: пить, есть, курить хорошие сигары. Они находили теплый, покойный приют и всегда одинаково если не радушный, то равнодушный прием.

Но зачем пускал их к себе Обломов — в этом он едва ли отдавал себе отчет. А кажется, затем, зачем еще о сю пору в наших отдаленных Обломовках в каждом зажиточном доме толпится рой подобных лиц обоего пола без хлеба, без ремесла, без рук для производительности и только с желудком для потребления, но почти всегда с чином и званием.

Есть еще сибариты, которым необходимы такие дополнения в жизни: им скучно без лишнего на свете. Кто подаст куда-то запропастившуюся табакерку или поднимет упавший на пол платок? Кому можно пожаловаться на головную боль с правом на участие, рассказать дурной сон и потребовать истолкования? Кто почитает книжку на сон грядущий и поможет заснуть? А иногда такой пролетарий посылается в ближайший город за покупкой, поможет по хозяйству — не самим же мыкаться!

Тарантьев делал много шума, выводил Обломова из неподвижности и скуки. Он кричал, спорил и составлял род какого-то спектакля, избавляя ленивого барина самого от необходимости говорить и делать. В комнату, где царствовал сон и покой, Тарантьев приносил жизнь, движение, а иногда и вести извне. Обломов мог слушать, смотреть, не шевеля пальцем, на что-то бойкое, движущееся и говорящее перед ним. Кроме того, он еще имел простодушие верить, что Тарантьев в самом деле способен посоветовать ему что-нибудь путное.

Посещения Алексеева Обломов терпел по другой, не менее важной причине. Если он хотел жить по-своему, то есть лежать молча, дремать или ходить по комнате, Алексеева как будто не было тут: он тоже молчал, дремал или смотрел в книгу, разглядывал с ленивой зевотой до слез картинки и вещицы. Он мог так пробыть хоть трои сутки. Если же Обломову наскучивало быть одному и он чувствовал потребность выразиться, говорить, читать, рассуждать, проявить волнение, — тут был всегда покорный и готовый слушатель и участник, разделявший одинаково согласно и его молчание, и его разговор, и волнение, и образ мыслей, каков бы он ни был.

Другие гости заходили нечасто, на минуту, как первые три гостя; с ними со всеми всё более и более порывались живые связи. Обломов иногда интересовался какою-нибудь новостью, пятиминутным разговором, потом, удовлетворенный этим, молчал. Им надо было платить взаимностью, принимать участие в том, что их интересовало. Они купались в людской толпе; всякий понимал жизнь по-своему, как не хотел понимать ее Обломов, а они путали в нее и его: всё это не нравилось ему, отталкивало его, было ему не по душе.

Был ему по сердцу один человек: тот тоже не давал ему покоя; он любил и новости, и свет, и науку, и всю жизнь, но как-то глубже, искреннее — и Обломов хотя был ласков со всеми, но любил искренно его одного, верил ему одному, может быть, потому, что рос, учился и жил с ним вместе. Это Андрей Иванович Штольц.

Он был в отлучке, но Обломов ждал его с часу на час.

IV

— Здравствуй, земляк, — отрывисто сказал Тарантьев, протягивая мохнатую руку к Обломову. — Что ты это лежишь по сю пору как колода?

— Не подходи, не подходи: ты с холода! — говорил Обломов, прикрываясь одеялом.

— Вот еще что выдумал, с холода! — заголосил Тарантьев. — Ну, ну, бери руку, коли дают! Скоро двенадцать часов, а он валяется!

Он хотел приподнять Обломова с постели, но тот предупредил его, опустив быстро ноги и сразу попав ими в обе туфли.

— Я сам сейчас хотел вставать, — сказал он зевая.

— Знаю я, как ты встаешь: ты бы тут до обеда провалялся. Эй, Захар! Где ты там, старый дурак? Давай скорей одеваться барину.

— А вы заведите-ка прежде своего Захара, да и лайтесь тогда! — заговорил Захар, войдя в комнату и злобно поглядывая на Тарантьева. — Вон натоптали как, словно разносчик! — прибавил он.

— Ну, еще разговаривает, образина! — говорил Тарантьев и поднял ногу, чтоб сзади ударить проходившего мимо Захара; но Захар остановился, обернулся к нему и ощетинился.

— Только вот троньте! — яростно захрипел он. — Что это такое? Я уйду... — сказал он, идучи назад к дверям.

— Да полно тебе, Михей Андреич, какой ты неугомонный! Ну что ты его трогаешь? — сказал Обломов. — Давай, Захар, что нужно!

Захар воротился и, косясь на Тарантьева, проворно шмыгнул мимо его.

Обломов, облокотясь на него, нехотя, как очень утомленный человек, привстал с постели и, нехотя же перейдя на большое кресло, опустился в него и остался неподвижен, как сел.

Захар взял со столика помаду, гребенку и щетки, напомадил ему голову, сделал пробор и потом причесал его щеткой.

— Умываться теперь, что ли, будете? — спросил он.

— Немного погожу еще, — отвечал Обломов, — а ты поди себе.

— Ах, да и вы тут? — вдруг сказал Тарантьев, обращаясь к Алексееву, в то время как Захар причесывал Обломова. — Я вас и не видал. Зачем вы здесь? Что это ваш родственник какая свинья! Я вам всё хотел сказать...

— Какой родственник? У меня никакого родственника нет, — робко отвечал оторопевший Алексеев, выпуча глаза на Тарантьева.

— Ну, вот этот, что еще служит тут, как его?.. Афанасьев зовут. Как же не родственник? — родственник.

— Да я не Афанасьев, а Алексеев, — сказал Алексеев, — у меня нет родственника.

— Вот еще не родственник! Такой же, как вы, невзрачный, и зовут тоже Васильем Николаичем.

— Ей-богу, не родня; меня зовут Иваном Алексеичем.

— Ну всё равно, похож на вас. Только он свинья; вы ему скажите это, как увидите.

— Я его не знаю, не видал никогда, — говорил Алексеев, открывая табакерку.

— Дайте-ка табаку! — сказал Тарантьев. — Да у вас простой, не французский? Так и есть, — сказал он, понюхав, — отчего не французский? — строго прибавил потом. — Да, еще этакой свиньи я не видывал, как ваш родственник, — продолжал Тарантьев. — Взял я когда-то у него, уж года два будет, пятьдесят рублей взаймы. Ну велики ли деньги пятьдесят рублей? Как, кажется, не забыть? Нет, помнит: через месяц где ни встретит: «А что ж должок?» — говорит. Надоел! Мало того, вчера к нам в департамент пришел: «Верно, вы, говорит, жалованье получили, теперь можете отдать». Дал я ему жалованье: пошел при всех срамить, так он насилу двери нашел. «Бедный человек, самому надо!» Как будто мне не надо! Я что за богач, чтоб ему по пятидесяти рублей отваливать! Дай-ка, земляк, сигару.

— Сигары вон там, в коробочке, — отвечал Обломов, указывая на этажерку.

Он задумчиво сидел в креслах, в своей лениво-красивой позе, не замечая, что вокруг него делалось, не слушая, что говорилось. Он с любовью рассматривал и гладил свои маленькие, белые руки.

— Э! Да это всё те же? — строго спросил Тарантьев, вынув сигару и поглядывая на Обломова.

— Да, те же, — отвечал Обломов машинально.

— А я говорил тебе, чтоб ты купил других, заграничных? Вот как ты помнишь, что тебе говорят! Смотри же, чтоб к следующей субботе непременно было, а то долго не приду. Вишь ведь какая дрянь! — продолжал он, закурив сигару и пустив одно облако дыма на воздух, а другое втянув в себя. — Курить нельзя.

— Ты рано сегодня пришел, Михей Андреич, — сказал Обломов, зевая.

— Что ж, я надоел тебе, что ли?

— Нет, я так только заметил; ты обыкновенно к обеду прямо приходишь, а теперь только еще первый час.

— Я нарочно заранее пришел, чтоб узнать, какой обед будет. Ты всё дрянью кормишь меня, так я вот узнаю, что-то ты велел готовить сегодня.

— Узнай там, на кухне, — сказал Обломов.

Тарантьев вышел.

— Помилуй! — сказал он, воротясь. — Говядина и телятина! Эх, брат Обломов, не умеешь ты жить, а еще помещик! Какой ты барин? По-мещански живешь; не умеешь угостить приятеля! Ну, мадера-то куплена?

— Не знаю, спроси у Захара, — почти не слушая его, сказал Обломов, — там, верно, есть вино.

— Это прежняя-то, от немца? Нет, изволь в английском магазине купить.

— Ну и этой довольно, — сказал Обломов, — а то еще посылать!

— Да постой, дай деньги, я мимо пойду и принесу; мне еще надо кое-куда сходить.

Обломов порылся в ящике и вынул тогдашнюю красненькую десятирублевую бумажку.

— Мадера семь рублей стоит, — сказал Обломов, — а тут десять.

— Так дай всё: там дадут сдачи, не бойся!

Он выхватил из рук Обломова ассигнацию и проворно спрятал в карман.

— Ну, я пойду, — сказал Тарантьев, надевая шляпу, — а к пяти часам буду; мне надо кое-куда зайти: обещали место в питейной конторе, так велели понаведаться... Да вот что, Илья Ильич: не наймешь ли ты коляску сегодня в Екатерингоф ехать? И меня бы взял.

Обломов покачал головой в знак отрицания.

— Что, лень или денег жаль? Эх ты, мешок! — сказал он. — Ну, прощай пока...

— Постой, Михей Андреич, — прервал Обломов, — мне надо кое о чем посоветоваться с тобой.

— Что еще там? Говори скорей: мне некогда.

— Да вот на меня два несчастья вдруг обрушились. С квартиры гонят...

— Видно, не платишь: и поделом! — сказал Тарантьев и хотел идти.

— Поди ты! Я всегда вперед отдаю. Нет, тут хотят другую квартиру отделывать... Да постой! Куда ты? Научи, что делать: торопят, через неделю чтоб съехали...

— Что я за советник тебе достался?.. Напрасно ты воображаешь...

— Я совсем ничего не воображаю, — сказал Обломов, — не шуми и не кричи, а лучше подумай, что делать. Ты человек практический...

Тарантьев уже не слушал его и о чем-то размышлял.

— Ну так и быть, благодари меня, — сказал он, снимая шляпу и садясь, — и вели к обеду подать шампанского: дело твое сделано.

— Что такое? — спросил Обломов.

— Шампанское будет?

— Пожалуй, если совет стоит...

— Нет, сам-то ты не стоишь совета. Что я тебе даром-то стану советовать? Вон спроси его, — прибавил он, указывая на Алексеева, — или у родственника его.

— Ну, ну, полно, говори! — просил Обломов.

— Вот что: завтра же изволь переезжать на квартиру...

— Э! Что придумал! Это я и сам знал...

— Постой, не перебивай! — закричал Тарантьев. — Завтра переезжай на квартиру к моей куме, на Выборгскую сторону...

— Это что за новости? На Выборгскую сторону! Да туда, говорят, зимой волки забегают.

— Случается, забегают с островов, да тебе что до этого за дело?

— Там скука, пустота, никого нет.

— Врешь! Там кума моя живет: у ней свой дом, с большими огородами. Она женщина благородная, вдова, с двумя детьми; с ней живет холостой брат: голова не то что вот эта, что тут в углу сидит, — сказал он, указывая на Алексеева, — нас с тобой за пояс заткнет!

— Да что ж мне до всего до этого за дело? — сказал с нетерпением Обломов. — Я туда не перееду.

— А вот я посмотрю, как ты не переедешь. Нет, уж коли спросил совета, так слушайся, что говорят.

— Я не перееду, — решительно сказал Обломов.

— Ну так черт с тобой! — отвечал Тарантьев, нахлобучив шляпу, и пошел к дверям.

— Сам ты подумай! К чему мне в глушь-то переезжать? разве нельзя здесь сыскать квартиру, уж если такая беда пришла...

— Чудак ты этакой! — воротясь, сказал Тарантьев. — Что тебе здесь сладко кажется?

— Как что? От всего близко, — говорил Обломов, — тут и магазины, и театр, и знакомые... центр города, всё...

— Что-о? — перебил Тарантьев. — А давно ли ты ходил со двора, скажи-ка? Давно ли ты был в театре? К каким знакомым ходишь ты? На кой черт тебе этот центр, позволь спросить!

— Ну как зачем? Мало ли зачем!

— Видишь, и сам не знаешь! А там, подумай: ты будешь жить у кумы моей, благородной женщины, в покое, тихо; никто тебя не тронет; ни шуму, ни гаму, чисто, опрятно. Посмотри-ка, ведь ты живешь точно на постоялом дворе, а еще барин, помещик! А там чистота, тишина; есть с кем и слово перемолвить, как соскучишься. Кроме меня, к тебе и ходить никто не будет. Двое ребятишек — играй с ними, сколько хочешь! Чего тебе? А выгода-то, выгода какая. Ты что здесь платишь?

— Полторы тысячи.

— А там тысячу рублей почти за целый дом! Да какие светленькие, славные комнаты! Она давно хотела тихого, аккуратного жильца иметь — вот я тебя и назначаю...

Обломов рассеянно покачал головой в знак отрицания.

— Врешь, переедешь! — сказал Тарантьев. — Ты рассуди, что тебе ведь это вдвое меньше станет: на одной квартире пятьсот рублей выгадаешь. Стол у тебя будет вдвое лучше и чище; ни кухарка, ни Захар воровать не будут...

В передней послышалось ворчанье.

— И порядка больше, — продолжал Тарантьев, — ведь теперь скверно у тебя за стол сесть! Хватишься перцу — нет, уксусу не куплено, ножи не чищены; белье, ты говоришь, пропадает, пыль везде — ну, мерзость! А там женщина будет хозяйничать: ни тебе, ни твоему дураку Захару...

Ворчанье в передней раздалось сильнее.

— Этому старому псу, — продолжал Тарантьев, — ни о чем и подумать не придется: на всем готовом будешь жить. Что тут размышлять? Переезжай, да и конец...

— Да как же это я вдруг, ни с того ни с сего, на Выборгскую сторону...

— Поди с ним! — говорил Тарантьев, отирая пот с лица. — Теперь лето: ведь это всё равно что дача. Что ты гниешь здесь летом-то, в Гороховой?.. Там Безбородкин сад, Охта под боком, Нева в двух шагах, свой огород — ни пыли, ни духоты! Нечего и думать: я сейчас же до обеда слетаю к ней — ты дай мне на извозчика, — и завтра же переезжать...

— Что это за человек! — сказал Обломов. — Вдруг выдумает черт знает что: на Выборгскую сторону...

Это немудрено выдумать. Нет, вот ты ухитрись выдумать, чтоб остаться здесь. Я восемь лет живу, так менять-то не хочется...

— Это кончено: ты переедешь. Я сейчас еду к куме, а про место в другой раз наведаюсь...

Он было пошел.

— Постой, постой! Куда ты? — остановил его Обломов. — У меня еще есть дело, поважнее. Посмотри, какое я письмо от старосты получил, да реши, что мне делать.

— Видишь, ведь ты какой уродился! — возразил Тарантьев. — Ничего не умеешь сам сделать. Всё я да я! Ну, куда ты годишься? Не человек: просто солома!

— Где письмо-то? Захар, Захар! Опять он куда-то дел его! — говорил Обломов.

— Вот письмо старосты, — сказал Алексеев, взяв скомканное письмо.

— Да, вот оно, — повторил Обломов и начал читать вслух.

— Что ты скажешь? Как мне быть! — спросил, прочитав, Илья Ильич. — Засухи, недоимки...

— Пропащий, совсем пропащий человек! — говорил Тарантьев.

— Да отчего ж пропащий?

— Как же не пропащий?

— Ну, если пропащий, так скажи, что делать?

— А что за это?

— Ведь сказано, будет шампанское: чего же еще тебе?

— Шампанское за отыскание квартиры: ведь я тебя облагодетельствовал, а ты не чувствуешь этого, споришь еще; ты неблагодарен! Поди-ка сыщи сам квартиру! Да что квартира? Главное, спокойствие-то какое тебе будет: всё равно как у родной сестры. Двое ребятишек, холостой брат, я всякий день буду заходить...

— Ну хорошо, хорошо, — перебил Обломов, — ты вот теперь скажи, что мне с старостой делать?

— Нет, прибавь портер к обеду, так скажу.

— Вот теперь портер! Мало тебе...

— Ну так прощай, — сказал Тарантьев, опять надевая шляпу.

— Ах ты, Боже мой! Тут староста пишет, что дохода «тысящи две яко помене», а он еще портер набавил! Ну хорошо, купи портеру.

— Дай еще денег! — сказал Тарантьев.

— Ведь у тебя останется сдача от красненькой.

— А на извозчика на Выборгскую сторону? — отвечал Тарантьев.

Обломов вынул еще целковый и с досадой сунул ему.

— Староста твой мошенник, — вот что я тебе скажу, — начал Тарантьев, пряча целковый в карман, — а ты веришь ему, разиня рот. Видишь, какую песню поет! Засухи, неурожай, недоимки, да мужики ушли. Врет, всё врет! Я слышал, что в наших местах, в Шумиловой вотчине, прошлогодним урожаем все долги уплатили, а у тебя вдруг засуха да неурожай. Шумиловское-то в пятидесяти верстах от тебя только: отчего ж там не сожгло хлеба? Выдумал еще: недоимки! А он чего смотрел? Зачем запускал? Откуда это недоимки? Работы, что ли, или сбыта в нашей стороне нет? Ах он разбойник! Да я бы его выучил! А мужики разошлись оттого, что сам же он, чай, содрал с них что-нибудь, да и распустил, а исправнику и не думал жаловаться.

— Не может быть, — говорил Обломов, — он даже и ответ исправника передает в письме — так натурально...

— Эх, ты! Не знаешь ничего. Да все мошенники натурально пишут — уж это ты мне поверь! Вот, например, — продолжал он, указывая на Алексеева, — сидит честная душа, овца овцой, а напишет ли он натурально? — Никогда. А родственник его, даром что свинья и бестия, тот напишет. И ты не напишешь натурально! Стало быть, староста твой уж потому бестия, что ловко и натурально написал. Видишь ведь, как прибрал, слово к слову: «водворить на место жительства».

— Что ж делать-то с ним? — спросил Обломов.

— Смени его сейчас же.

— А кого я назначу? Почем я знаю мужиков? Другой, может быть, хуже будет. Я двенадцать лет не был там.

— Ступай в деревню сам: без этого нельзя; пробудь там лето, а осенью прямо на новую квартиру и приезжай. Я уж похлопочу тут, чтоб она была готова.

— На новую квартиру, в деревню, самому! Какие ты всё отчаянные меры предлагаешь! — с неудовольствием сказал Обломов. — Нет чтоб избегнуть крайностей и придержаться средины...

— Ну, брат Илья Ильич, совсем пропадешь ты. Да я бы на твоем месте давным-давно заложил имение да купил бы другое или дом здесь, на хорошем месте: это сто́ит твоей деревни. А там заложил бы и дом да купил бы другой... Дай-ка мне твое имение, так обо мне услыхали бы в народе-то.

— Перестань хвастаться, а выдумай, как бы и с квартиры не съезжать, и в деревню не ехать, и чтоб дело сделалось... — заметил Обломов.

— Да сдвинешься ли ты когда-нибудь с места? — говорил Тарантьев. — Ведь погляди-ка ты на себя: куда ты годишься? Какая от тебя польза отечеству? Не может в деревню съездить!

— Теперь мне еще рано ехать, — отвечал Илья Ильич, — прежде дай кончить план преобразований, которые я намерен ввести в имение... Да знаешь ли что, Михей Андреич? — вдруг сказал Обломов. — Съезди-ка ты. Дело ты знаешь, места тебе тоже известны; а я бы не пожалел издержек.

— Я управитель, что ли, твой? — надменно возразил Тарантьев. — Да и отвык я с мужиками-то обращаться...

— Что делать? — сказал задумчиво Обломов. — Право, не знаю.

— Ну напиши к исправнику: спроси его, говорил ли ему староста о шатающихся мужиках, — советовал Тарантьев, — да попроси заехать в деревню; потом к губернатору напиши, чтоб предписал исправнику донести о поведении старосты. «Примите, дескать, Ваше превосходительство, отеческое участие и взгляните оком милосердия на неминуемое, угрожающее мне ужаснейшее несчастие, происходящее от буйственных поступков старосты, и крайнее разорение, коему я неминуемо должен подвергнуться, с женой и малолетними, остающимися без всякого призрения и куска хлеба, двенадцатью человеками детей...»

Обломов засмеялся.

— Откуда я наберу столько ребятишек, если попросят показать детей? — сказал он.

— Врешь, пиши: с двенадцатью человеками детей; оно проскользнет мимо ушей, справок наводить не станут, зато будет «натурально»... Губернатор письмо передаст секретарю, а ты напишешь в то же время и ему, разумеется со вложением, — тот и сделает распоряжение. Да попроси соседей: кто у тебя там?

— Добрынин там близко, — сказал Обломов, — я здесь с ним часто виделся; он там теперь.

— И ему напиши, попроси хорошенько: «Сделаете, дескать, мне этим кровное одолжение и обяжете как христианин, как приятель и как сосед». Да приложи к письму какой-нибудь петербургский гостинец... сигар, что ли. Вот ты как поступи, а то ничего не смыслишь. Пропащий человек! У меня наплясался бы староста: я бы ему дал! Когда туда почта?

— Послезавтра, — сказал Обломов.

— Так вот садись да и пиши сейчас.

— Ведь послезавтра, так зачем же сейчас? — заметил Обломов. — Можно и завтра. Да послушай-ка, Михей Андреич, — прибавил он, — уж доверши свои «благодеяния»: я, так и быть, еще прибавлю к обеду рыбу или птицу какую-нибудь.

— Что еще? — спросил Тарантьев.

— Присядь да напиши. Долго ли тебе три письма настрочить? Ты так «натурально» рассказываешь... — прибавил он, стараясь скрыть улыбку, — а вон Иван Алексеич переписал бы...

— Э! Какие выдумки! — отвечал Тарантьев. — Чтоб я писать стал! Я и в должности третий день не пишу: как сяду, так слеза из левого глаза и начнет бить; видно, надуло, да и голова затекает, как нагнусь... Лентяй ты, лентяй! Пропадешь, брат, Илья Ильич, ни за копейку!

— Ах, хоть бы Андрей поскорей приехал! — сказал Обломов. — Он бы всё уладил...

— Вот нашел благодетеля! — прервал его Тарантьев. — Немец проклятый, шельма продувная!..

Тарантьев питал какое-то инстинктивное отвращение к иностранцам. В глазах его француз, немец, англичанин были синонимы мошенника, обманщика, хитреца или разбойника. Он даже не делал различия между нациями: они были все одинаковы в его глазах.

— Послушай, Михей Андреич, — строго заговорил Обломов, — я тебя просил быть воздержнее на язык, особенно о близком мне человеке...

— О близком человеке! — с ненавистью возразил Тарантьев. — Что он тебе за родня такая? Немец — известно.

— Ближе всякой родни: я вместе с ним рос, учился и не позволю дерзостей...

Тарантьев побагровел от злости.

— А! Если ты меняешь меня на немца, — сказал он, — так я к тебе больше ни ногой.

Он надел шляпу и пошел к двери. Обломов мгновенно смягчился.

— Тебе бы следовало уважать в нем моего приятеля и осторожнее отзываться о нем — вот всё, чего я требую! Кажется, невелика услуга, — сказал он.

— Уважать немца? — с величайшим презрением сказал Тарантьев. — За что это?

— Я уж тебе сказал, хоть бы за то, что он вместе со мной рос и учился.

— Велика важность! Мало ли кто с кем учился!

— Вот если б он был здесь, так он давно бы избавил меня от всяких хлопот, не спросив ни портеру, ни шампанского... — сказал Обломов.

— А! Ты попрекаешь мне! Так черт с тобой и с твоим портером и шампанским! На вот, возьми свои деньги... Куда, бишь, я их положил? Вот совсем забыл, куда сунул проклятые!

Он вынул какую-то замасленную, исписанную бумажку.

— Нет, не они!.. — говорил он. — Куда это я их?..

Он шарил по карманам.

— Не трудись, не доставай! — сказал Обломов. — Я тебя не упрекаю, а только прошу отзываться приличнее о человеке, который мне близок и который так много сделал для меня...

— Много! — злобно возразил Тарантьев. — Вот постой, он еще больше сделает — ты слушай его!

— К чему ты это говоришь мне? — спросил Обломов.

— А вот к тому, как ужо немец твой облупит тебя, так ты и будешь знать, как менять земляка, русского человека, на бродягу какого-то...

— Послушай, Михей Андреич... — начал Обломов.

— Нечего слушать-то, я слушал много, натерпелся от тебя горя-то! Бог видит, сколько обид перенес... Чай, в Саксонии-то отец его и хлеба-то не видал, а сюда нос поднимать приехал.

— За что ты мертвых тревожишь? Чем виноват отец?

— Виноваты оба, и отец и сын, — мрачно сказал Тарантьев, махнув рукой. — Недаром мой отец советовал беречься этих немцев, а уж он ли не знал всяких людей на своем веку!

— Да чем же не нравится отец, например? — спросил Илья Ильич.

— А тем, что приехал в нашу губернию в одном сюртуке да в башмаках, в сентябре, а тут вдруг сыну наследство оставил, — что это значит?

— Оставил он сыну наследства всего тысяч сорок. Кое-что он взял в приданое за женой, а остальные приобрел тем, что учил детей да управлял имением: хорошее жалованье получал. Видишь, что отец не виноват. Чем же теперь виноват сын?

— Хорош мальчик! Вдруг из отцовских сорока сделал тысяч триста капиталу, и в службе за надворного перевалился, и ученый... теперь вон еще путешествует! Пострел везде поспел! Разве настоящий-то хороший русский человек станет всё это делать? Русский человек выберет что-нибудь одно, да и то еще не спеша, потихоньку да полегоньку, кое-как, а то на-ко, поди! Добро бы в откупа вступил — ну, понятно, отчего разбогател; а то ничего, так, на фу-фу! Нечисто! Я бы под суд этаких! Вот теперь шатается черт знает где! — продолжал Тарантьев. — Зачем он шатается по чужим землям?

— Учиться хочет, всё видеть, знать.

— Учиться! Мало еще учили его? Чему это? Врет он, не верь ему: он тебя в глаза обманывает, как малого ребенка. Разве большие учатся чему-нибудь? Слышите, что рассказывает? Станет надворный советник учиться! Вот ты учился в школе, а разве теперь учишься? А он разве (он указал на Алексеева) учится? А родственник его учится? Кто из добрых людей учится? Что он там, в немецкой школе, что ли, сидит да уроки учит? Врет он! Я слышал, он какую-то машину поехал смотреть да заказывать: видно, тиски-то для русских денег! Я бы его в острог... Акции какие-то... Ох эти мне акции, так душу и мутят!

Обломов расхохотался.

— Что зубы-то скалишь? Неправду, что ли, я говорю? — сказал Тарантьев.

— Ну, оставим это! — прервал его Илья Ильич. — Ты иди с Богом, куда хотел, а я вот с Иваном Алексеевичем напишу все эти письма да постараюсь поскорей набросать на бумагу план-то свой: уж кстати заодно делать...

Тарантьев ушел было в переднюю, но вдруг воротился опять.

— Забыл совсем! Шел к тебе за делом с утра, — начал он, уж вовсе не грубо. — Завтра звали меня на свадьбу: Рокотов женится. Дай, земляк, своего фрака надеть; мой-то, видишь ты, пообтерся немного...

— Как же можно! — сказал Обломов, хмурясь при этом новом требовании. — Мой фрак тебе не впору...

— Впору; вот не впору! — перебил Тарантьев. — А помнишь, я примеривал твой сюртук: как на меня сшит! Захар, Захар! Поди-ка сюда, старая скотина! — кричал Тарантьев.

Захар зарычал, как медведь, но не шел.

— Позови его, Илья Ильич. Что это он у тебя какой? — жаловался Тарантьев.

— Захар! — кликнул Обломов.

— О, чтоб вас там! — раздалось в передней вместе с прыжком ног с лежанки.

— Ну чего вам? — спросил он, обращаясь к Тарантьеву.

— Дай сюда мой черный фрак! — приказывал Илья Ильич. — Вот Михей Андреич примерит, не впору ли ему: завтра ему на свадьбу надо...

— Не дам фрака, — решительно сказал Захар.

— Как ты смеешь, когда барин приказывает? — закричал Тарантьев. — Что ты, Илья Ильич, его в смирительный дом не отправишь?

— Да вот этого еще недоставало: старика в смирительный дом! — сказал Обломов. — Дай, Захар, фрак, не упрямься!

— Не дам! — холодно отвечал Захар. — Пусть прежде они принесут назад жилет да нашу рубашку: пятый месяц гостит там. Взяли вот этак же на именины, да и поминай как звали; жилет-то бархатный, а рубашка тонкая, голландская: двадцать пять рублев стоит. Не дам фрака!

— Ну прощайте! Черт с вами пока! — с сердцем заключил Тарантьев, уходя и грозя Захару кулаком. — Смотри же, Илья Ильич, я найму тебе квартиру — слышишь ты? — прибавил он.

— Ну хорошо, хорошо! — с нетерпением говорил Обломов, чтоб только отвязаться от него.

— А ты напиши тут, что нужно, — продолжал Тарантьев, — да не забудь написать губернатору, что у тебя двенадцать человек детей, «мал-мала меньше». А в пять часов чтоб суп был на столе! Да что ты не велел пирога сделать?

Но Обломов молчал; он давно уж не слушал его и, закрыв глаза, думал о чем-то другом.

С уходом Тарантьева в комнате водворилась ненарушимая тишина минут на десять. Обломов был расстроен и письмом старосты, и предстоящим переездом на квартиру, и отчасти утомлен трескотней Тарантьева. Наконец он вздохнул.

— Что ж вы не пишете? — тихо спросил Алексеев. — Я бы вам перышко очинил.

— Очините, да и Бог с вами, подите куда-нибудь! — сказал Обломов. — Я уж один займусь, а вы после обеда перепишете.

— Очень хорошо-с, — отвечал Алексеев. — В самом деле, еще помешаю как-нибудь... А я пойду пока скажу, чтоб нас не ждали в Екатерингоф. Прощайте, Илья Ильич.

Но Илья Ильич не слушал его: он, подобрав ноги под себя, почти улегся в кресло и, подгорюнившись, погрузился не то в дремоту, не то в задумчивость.

V

Обломов, дворянин родом, коллежский секретарь чином, безвыездно живет двенадцатый год в Петербурге.

Сначала, при жизни родителей, жил потеснее, помещался в двух комнатах, довольствовался только вывезенным им из деревни слугой Захаром; но по смерти отца и матери он стал единственным обладателем трехсот пятидесяти душ, доставшихся ему в наследство в одной из отдаленных губерний, чуть не в Азии.

Он вместо пяти получал уже от семи до десяти тысяч рублей ассигнациями дохода; тогда и жизнь его приняла другие, более широкие размеры. Он нанял квартиру побольше, прибавил к своему штату еще повара и завел было пару лошадей.

Тогда еще он был молод, и если нельзя сказать, чтоб он был жив, то по крайней мере живее, чем теперь; еще он был полон разных стремлений, всё чего-то надеялся, ждал многого и от судьбы, и от самого себя; всё готовился к поприщу, к роли — прежде всего, разумеется, в службе, что и было целью его приезда в Петербург. Потом он думал и о роли в обществе; наконец, в отдаленной перспективе, на повороте с юности к зрелым летам, воображению его мелькало и улыбалось семейное счастие.

Но дни шли за днями, годы сменялись годами, пушок обратился в жесткую бороду, лучи глаз сменились двумя тусклыми точками, талия округлилась, волосы стали немилосердно лезть, стукнуло тридцать лет, а он ни на шаг не подвинулся ни на каком поприще и всё еще стоял у порога своей арены, там же, где был десять лет назад.

Но он всё сбирался и готовился начать жизнь, всё рисовал в уме узор своей будущности; но с каждым мелькавшим над головой его годом должен был что-нибудь изменять и отбрасывать в этом узоре.

Жизнь в его глазах разделялась на две половины: одна состояла из труда и скуки — это у него были синонимы; другая — из покоя и мирного веселья. От этого главное поприще — служба на первых порах озадачила его самым неприятным образом.

Воспитанный в недрах провинции, среди кротких и теплых нравов и обычаев родины, переходя в течение двадцати лет из объятий в объятия родных, друзей и знакомых, он до того был проникнут семейным началом, что и будущая служба представлялась ему в виде какого-то семейного занятия, вроде, например, ленивого записыванья в тетрадку прихода и расхода, как делывал его отец.

Он полагал, что чиновники одного места составляли между собою дружную, тесную семью, неусыпно пекущуюся о взаимном спокойствии и удовольствиях, что посещение присутственного места отнюдь не есть обязательная привычка, которой надо придерживаться ежедневно, и что слякоть, жара или просто нерасположение всегда будут служить достаточными и законными предлогами к нехождению в должность.

Но как огорчился он, когда увидел, что надобно быть по крайней мере землетрясению, чтоб не прийти здоровому чиновнику на службу, а землетрясений, как на грех, в Петербурге не бывает; наводнение, конечно, могло бы тоже служить преградой, но и то редко бывает.

Еще более призадумался Обломов, когда замелькали у него в глазах пакеты с надписью *нужное* и *весьма нужное*, когда его заставляли делать разные справки, выписки, рыться в делах, писать тетради в два пальца толщиной, которые, точно на смех, называли *записками*; притом всё требовали скоро, все куда-то торопились, ни на чем не останавливались: не успеют спустить с рук одно дело, как уж опять с яростью хватаются за другое, как будто в нем вся сила и есть, и кончив, забудут его и кидаются на третье — и конца этому никогда нет!

Раза два его поднимали ночью и заставляли писать *записки*, несколько раз добывали посредством курьера из гостей — всё по поводу этих же записок. Всё это навело на него страх и скуку великую. «Когда же жить? Когда жить?» — твердил он.

О начальнике он слыхал у себя дома, что это отец подчиненных, и потому составил себе самое смеющееся, самое семейное понятие об этом лице. Он его представлял себе чем-то вроде второго отца, который только и дышит тем, как бы за дело и не за дело, сплошь да рядом, награждать своих подчиненных и заботиться не только о их нуждах, но и об удовольствиях.

Илья Ильич думал, что начальник до того входит в положение своего подчиненного, что заботливо расспросит его: каково он почивал ночью, отчего у него мутные глаза и не болит ли голова?

Но он жестоко разочаровался в первый же день своей службы. С приездом начальника начиналась беготня, суета, все смущались, все сбивали друг друга с ног, иные обдергивались, опасаясь, что они не довольно хороши как есть, чтоб показаться начальнику.

Это происходило, как заметил Обломов впоследствии, оттого, что есть такие начальники, которые в испуганном до одурения лице подчиненного, выскочившего к ним навстречу, видят не только почтение к себе, но даже ревность, а иногда и способности к службе.

Илье Ильичу не нужно было пугаться так своего начальника, доброго и приятного в обхождении человека: он никогда никому дурного не сделал, подчиненные были как нельзя более довольны и не желали лучшего. Никто никогда не слыхал от него неприятного слова, ни крика, ни шуму; он никогда ничего не требует, а всё просит. Дело сделать — просит, в гости к себе — просит и под арест сесть — просит. Он никогда никому не сказал *ты*; всем *вы*: и одному чиновнику, и всем вместе.

Но все подчиненные чего-то робели в присутствии начальника; они на его ласковый вопрос отвечали не своим, а каким-то другим голосом, каким с прочими не говорили.

И Илья Ильич вдруг робел, сам не зная отчего, когда начальник входил в комнату, и у него стал пропадать свой голос и являлся какой-то другой, тоненький и гадкий, как скоро заговаривал с ним начальник.

Исстрадался Илья Ильич от страха и тоски на службе даже и при добром, снисходительном начальнике. Бог знает что сталось бы с ним, если б он попался к строгому и взыскательному!

Обломов прослужил кое-как года два; может быть, он дотянул бы и третий, до получения чина, но особенный случай заставил его ранее покинуть службу.

Он отправил однажды какую-то нужную бумагу вместо Астрахани в Архангельск. Дело объяснилось; стали отыскивать виноватого.

Все другие с любопытством ждали, как начальник позовет Обломова, как холодно и покойно спросит, он ли это отослал бумагу в Архангельск, и все недоумевали, каким голосом ответит ему Илья Ильич.

Некоторые полагали, что он вовсе не ответит: не сможет.

Глядя на других, Илья Ильич и сам перепугался, хотя и он, и все прочие знали, что начальник ограничится замечанием; но собственная совесть была гораздо строже выговора.

Обломов не дождался заслуженной кары, ушел домой и прислал медицинское свидетельство.

В этом свидетельстве сказано было: «Я, нижеподписавшийся, свидетельствую, с приложением своей печати, что коллежский секретарь Илья Обломов одержим *утолщением сердца с расширением левого желудочка оного* (hypertrophia cordis cum dilatatione ejus ventriculi sinistri), а равно хроническою болью в печени (hepatitis), угрожающею опасным развитием здоровью и жизни больного, каковые припадки происходят, как надо полагать, от ежедневного хождения в должность. Посему, в предотвращение повторения и усиления болезненных припадков, я считаю за нужное прекратить на время г-ну Обломову хождение на службу и вообще предписываю воздержание от умственного занятия и всякой деятельности».

Но это помогло только на время: надо же было выздороветь, — а за этим в перспективе было опять ежедневное хождение в должность. Обломов не вынес и подал в отставку. Так кончилась — и потом уже не возобновлялась — его государственная деятельность.

Роль в обществе удалась было ему лучше.

В первые годы пребывания в Петербурге, в его ранние, молодые годы, покойные черты лица его оживлялись чаще, глаза подолгу сияли огнем жизни, из них лились лучи света, надежды, силы. Он волновался, как и все, надеялся, радовался пустякам и от пустяков же страдал.

Но это всё было давно, еще в ту нежную пору, когда человек во всяком другом человеке предполагает искреннего друга и влюбляется почти во всякую женщину и всякой готов предложить руку и сердце, что иным даже и удается совершить, часто к великому прискорбию потом на всю остальную жизнь.

В эти блаженные дни на долю Ильи Ильича тоже выпало немало мягких, бархатных, даже страстных взглядов из толпы красавиц, пропасть многообещающих улыбок, два-три непривилегированные поцелуя и еще больше дружеских рукопожатий, с болью до слез.

Впрочем, он никогда не отдавался в плен красавицам, никогда не был их рабом, даже очень прилежным поклонником, уже и потому, что к сближению с женщинами ведут большие хлопоты. Обломов больше ограничивался поклонением издали, на почтительном расстоянии.

Редко судьба сталкивала его с женщиною в обществе до такой степени, чтоб он мог вспыхнуть на несколько дней и почесть себя влюбленным. От этого его любовные интриги не разыгрывались в романы: они останавливались в самом начале и своею невинностью, простотой и чистотой не уступали повестям любви какой-нибудь пансионерки на возрасте.

Пуще всего он бегал тех бледных, печальных дев, большею частию с черными глазами, в которых светятся «мучительные дни и неправедные ночи», дев с неведомыми никому скорбями и радостями, у которых всегда есть что-то вверить, сказать, и когда надо сказать, они вздрагивают, заливаются внезапными слезами, потом вдруг обовьют шею друга руками, долго смотрят в глаза, потом на небо, говорят, что жизнь их обречена проклятию, и иногда падают в обморок. Он с боязнью обходил таких дев. Душа его была еще чиста и девственна; она, может быть, ждала своей любви, своей поры, своей патетической страсти, а потом, с годами, кажется, перестала ждать и отчаялась.

Илья Ильич еще холоднее простился с толпой друзей. Тотчас после первого письма старосты о недоимках и неурожае заменил он первого своего друга, повара, кухаркой, потом продал лошадей и, наконец, отпустил прочих «друзей».

Его почти ничто не влекло из дома, и он с каждым днем всё крепче и постояннее водворялся в своей квартире.

Сначала ему тяжело стало пробыть целый день одетым, потом он ленился обедать в гостях, кроме коротко знакомых, больше холостых домов, где можно снять галстух, расстегнуть жилет и где можно даже «поваляться» или соснуть часок.

Вскоре и вечера надоели ему: надо надевать фрак, каждый день бриться.

Вычитал он где-то, что только утренние испарения полезны, а вечерние вредны, и стал бояться сырости.

Несмотря на все эти причуды, другу его, Штольцу, удавалось вытаскивать его в люди; но Штольц часто отлучался из Петербурга в Москву, в Нижний, в Крым, а потом и за границу — и без него Обломов опять ввергался весь по уши в свое одиночество и уединение, из которого могло его вывести только что-нибудь необыкновенное, выходящее из ряда ежедневных явлений жизни; но подобного ничего не было и не предвиделось впереди.

Ко всему этому с летами возвратилась какая-то ребяческая робость, ожидание опасности и зла от всего, что не встречалось в сфере его ежедневного быта — следствие отвычки от разнообразных внешних явлений.

Его не пугала, например, трещина потолка в его спальне: он к ней привык; не приходило ему тоже в голову, что вечно спертый воздух в комнате и постоянное сиденье взаперти чуть ли не губительнее для здоровья, нежели ночная сырость; что переполнять ежедневно желудок есть своего рода постепенное самоубийство; но он к этому привык и не пугался.

Он не привык к движению, к жизни, к многолюдству и суете.

В тесной толпе ему было душно; в лодку он садился с неверною надеждою добраться благополучно до другого берега, в карете ехал, ожидая, что лошади понесут и разобьют.

Не то на него нападал нервический страх: он пугался окружающей его тишины или просто и сам не знал чего — у него побегут мурашки по телу. Он иногда боязливо косится на темный угол, ожидая, что воображение сыграет с ним штуку и покажет сверхъестественное явление.

Так разыгралась роль его в обществе. Лениво махнул он рукой на все юношеские обманувшие его или обманутые им надежды, все нежно-грустные, светлые воспоминания, от которых у иных и под старость бьется сердце.

VI

Что ж он делал дома? Читал? Писал? Учился?

Да: если попадется под руки книга, газета, он ее прочтет.

Услышит о каком-нибудь замечательном произведении — у него явится позыв познакомиться с ним: он ищет, просит книги, и если принесут скоро, он примется за нее, у него начнет формироваться идея о предмете; еще шаг — и он овладел бы им, а посмотришь, он уже лежит, глядя апатически в потолок, и книга лежит подле него недочитанная, непонятая.

Охлаждение овладевало им еще быстрее, нежели увлечение: он уже никогда не возвращался к покинутой книге.

Между тем он учился, как и другие, как все, то есть до пятнадцати лет в пансионе; потом старики Обломовы, после долгой борьбы, решились послать Илюшу в Москву, где он волей-неволей проследил курс наук до конца.

Робкий, апатический характер мешал ему обнаруживать вполне свою лень и капризы в чужих людях, в школе, где не делали исключений в пользу балованных сынков. Он по необходимости сидел в классе прямо, слушал, что говорили учителя, потому что другого ничего делать было нельзя, и с трудом, с пóтом, со вздохами выучивал задаваемые ему уроки.

Всё это вообще считал он за наказание, ниспосланное небом за наши грехи.

Дальше той строки, под которой учитель, задавая урок, проводил ногтем черту, он не заглядывал, расспросов никаких ему не делал и пояснений не требовал. Он довольствовался тем, что написано в тетрадке, и докучливого любопытства не обнаруживал, даже когда и не всё понимал, что слушал и учил.

Если ему кое-как удавалось одолеть книгу, называемую статистикой, историей, политической экономией, он совершенно был доволен.

Когда же Штольц приносил ему книги, какие надо еще прочесть сверх выученного, Обломов долго глядел молча на него.

— И ты, Брут, против меня! — говорил он со вздохом, принимаясь за книги.

Неестественно и тяжело ему казалось такое неумеренное чтение.

Зачем же все эти тетрадки, на которые изведешь пропасть бумаги, времени и чернил? Зачем учебные книги? Зачем же, наконец, шесть-семь лет затворничества, все строгости, взыскания, сиденье и томленье над уроками, запрет бегать, шалить, веселиться, когда еще не всё кончено?

«Когда же жить? — спрашивал он опять самого себя. — Когда же, наконец, пускать в оборот этот капитал знаний, из которых бóльшая часть еще ни на что не понадобится в жизни? Политическая экономия, например, алгебра, геометрия — что я стану с ними делать в Обломовке?»

И сама история только в тоску повергает: учишь, читаешь, что вот-де настала година бедствий, несчастлив человек: вот собирается с силами, работает, гомозится, страшно терпит и трудится, всё готовит ясные дни. Вот настали они — тут бы хоть сама история отдохнула: нет, опять появились тучи, опять здание рухнуло, опять работать, гомозиться... Не остановятся ясные дни, бегут — и всё течет жизнь, всё течет, всё ломка да ломка.

Серьезное чтение утомляло его. Мыслителям не удалось расшевелить в нем жажду к умозрительным истинам.

Зато поэты задели его за живое: он стал юношей, как все. И для него настал счастливый, никому не изменяющий, всем улыбающийся момент жизни, расцветания сил, надежд на бытие, желания блага, доблести, деятельности, эпоха сильного биения сердца, пульса, трепета, восторженных речей и сладких слез. Ум и сердце просветлели: он стряхнул дремоту, душа запросила деятельности.

Штольц помог ему продлить этот момент, сколько возможно было для такой натуры, какова была натура его друга. Он поймал Обломова на поэтах и года полтора держал его под ферулой мысли и науки.

Пользуясь восторженным полетом молодой мечты, он в чтение поэтов вставлял другие цели, кроме наслаждения, строже указывал в дали пути своей и его жизни и увлекал в будущее. Оба волновались, плакали, давали друг другу торжественные обещания идти разумною и светлой дорогою.

Юношеский жар Штольца заражал Обломова, и он сгорал от жажды труда, далекой, но обаятельной цели.

Но цвет жизни распустился и не дал плодов. Обломов отрезвился и только изредка, по указанию Штольца, пожалуй, и прочитывал ту или другую книгу, но не вдруг, не торопясь, без жадности, а лениво пробегал глазами по строкам.

Как ни интересно было место, на котором он останавливался, но если на этом месте заставал его час обеда или сна, он клал книгу переплетом вверх и шел обедать или гасил свечу и ложился спать.

Если давали ему первый том, он по прочтении не просил второго, а приносили — он медленно прочитывал.

Потом уж он не осиливал и первого тома, а бóльшую часть свободного времени проводил, положив локоть на стол, а на локоть голову; иногда вместо локтя употреблял ту книгу, которую Штольц навязывал ему прочесть.

Так совершил свое учебное поприще Обломов. То число, в которое он выслушал последнюю лекцию, и было геркулесовыми столпами его учености. Начальник заведения подписью своею на аттестате, как прежде учитель ногтем на книге, провел черту, за которую герой наш не считал уже нужным простирать свои ученые стремления.

Голова его представляла сложный архив мертвых дел, лиц, эпох, цифр, религий, ничем не связанных политико-экономических, математических или других истин, задач, положений и т. п.

Это была как будто библиотека, состоящая из одних разрозненных томов по разным частям знаний.

Странно подействовало ученье на Илью Ильича: у него между наукой и жизнью лежала целая бездна, которой он не пытался перейти. Жизнь у него была сама по себе, а наука сама по себе.

Он учился всем существующим и давно не существующим правам, прошел курс и практического судопроизводства, а когда, по случаю какой-то покражи в доме, понадобилось написать бумагу в полицию, он взял лист бумаги, перо, думал, думал, да и послал за писарем.

Счеты в деревне сводил староста. «Что же тут было делать науке?» — рассуждал он в недоумении.

И он воротился в свое уединение без груза знаний, которые бы могли дать направление вольно гуляющей в голове или праздно дремлющей мысли.

Что ж он делал? Да всё продолжал чертить узор собственной жизни. В ней он, не без основания, находил столько премудрости и поэзии, что и не исчерпаешь никогда без книг и учености.

Изменив службе и обществу, он начал иначе решать задачу своего существования, вдумывался в свое назначение и наконец открыл, что горизонт его деятельности и житья-бытья кроется в нем самом.

Он понял, что ему досталось в удел семейное счастье и заботы об имении. До тех пор он и не знал порядочно своих дел: за него заботился иногда Штольц. Не ведал он хорошенько ни дохода, ни расхода своего, не составлял никогда бюджета — ничего.

Старик Обломов как принял имение от отца, так передал его и сыну. Он хотя и жил весь век в деревне, но не мудрил, не ломал себе головы над разными затеями, как это делают нынешние: как бы там открыть какие-нибудь новые источники производительности земель или распространять и усиливать старые и т. п. Как и чем засевались поля при дедушке, какие были пути сбыта полевых продуктов тогда, такие остались и при нем.

Впрочем, старик бывал очень доволен, если хороший урожай или возвышенная цена даст дохода больше прошлогоднего: он называл это благословением Божиим. Он только не любил выдумок и натяжек к приобретению денег.

— Отцы и деды не глупее нас были, — говорил он в ответ на какие-нибудь вредные, по его мнению, советы, — да прожили же век счастливо; проживем и мы: даст Бог, сыты будем.

Получая, без всяких лукавых ухищрений, с имения столько дохода, сколько нужно было ему, чтоб каждый день обедать и ужинать без меры с семьей и разными гостями, он благодарил Бога и считал грехом стараться приобретать больше.

Если приказчик приносил ему две тысячи, спрятав третью в карман, и со слезами ссылался на град, засуху, неурожай, старик Обломов крестился и тоже со слезами приговаривал: «Воля Божья; с Богом спорить не станешь! Надо благодарить Господа и за то, что есть».

Со времени смерти стариков хозяйственные дела в деревне не только не улучшились, но, как видно из письма старосты, становились хуже. Ясно, что Илье Ильичу надо было самому съездить туда и на месте разыскать причину постепенного уменьшения доходов.

Он и сбирался сделать это, но всё откладывал, отчасти и потому, что поездка была для него подвигом, почти новым и неизвестным.

Он в жизни совершил только одно путешествие, на долгих, среди перин, ларцов, чемоданов, окороков, булок, всякой жареной и вареной скотины и птицы и в сопровождении нескольких слуг.

Так он совершил единственную поездку из своей деревни до Москвы и эту поездку взял за норму всех вообще путешествий. А теперь, слышал он, так не ездят: надо скакать сломя голову!

Потом Илья Ильич откладывал свою поездку еще и оттого, что не приготовился как следует заняться своими делами.

Он уж был не в отца и не в деда. Он учился, жил в свете: всё это наводило его на разные чуждые им соображения. Он понимал, что приобретение не только не грех, но что долг всякого гражданина частными трудами поддерживать общее благосостояние.

От этого бóльшую часть узора жизни, который он чертил в своем уединении, занимал новый, свежий, сообразный с потребностями времени план устройства имения и управления крестьянами.

Основная идея плана, расположение, главные части — всё давно готово у него в голове; остались только подробности, сметы и цифры.

Он несколько лет неутомимо работает над планом, думает, размышляет и ходя, и лежа, и в людях; то дополняет, то изменяет разные статьи, то возобновляет в памяти придуманное вчера и забытое ночью, а иногда вдруг, как молния, сверкнет новая, неожиданная мысль и закипит в голове — и пойдет работа.

Он не какой-нибудь мелкий исполнитель чужой, готовой мысли; он сам творец и сам исполнитель своих идей.

Он, как встанет утром с постели, после чая ляжет тотчас на диван, подопрет голову рукой и обдумывает, не щадя сил, до тех пор, пока наконец голова утомится от тяжелой работы и когда совесть скажет: довольно сделано сегодня для общего блага.

Тогда только решается он отдохнуть от трудов и переменить заботливую позу на другую, менее деловую и строгую, более удобную для мечтаний и неги.

Освободясь от деловых забот, Обломов любил уходить в себя и жить в созданном им мире.

Ему доступны были наслаждения высоких помыслов; он не чужд был всеобщих человеческих скорбей. Он горько в глубине души плакал в иную пору над бедствиями человечества, испытывал безвестные, безыменные страдания, и тоску, и стремление куда-то вдаль, туда, вероятно, в тот мир, куда увлекал его, бывало, Штольц...

Сладкие слезы потекут по щекам его...

Случается и то, что он исполнится презрением к людскому пороку, ко лжи, к клевете, к разлитому в мире злу и разгорится желанием указать человеку на его язвы, и вдруг загораются в нем мысли, ходят и гуляют в голове, как волны в море, потом вырастают в намерения, зажгут всю кровь в нем, задвигаются мускулы его, напрягутся жилы, намерения преображаются в стремления: он, движимый нравственною силою, в одну минуту быстро изменит две-три позы, с блистающими глазами привстанет до половины на постели, протянет руку и вдохновенно озирается кругом... Вот-вот стремление осуществится, обратится в подвиг... и тогда, Господи! Каких чудес, каких благих последствий могли бы ожидать от такого высокого усилия!..

Но, смотришь, промелькнет утро, день уже клонится к вечеру, а с ним клонятся к покою и утомленные силы Обломова: бури и волнения смиряются в душе, голова отрезвляется от дум, кровь медленнее пробирается по жилам. Обломов тихо, задумчиво переворачивается на спину и, устремив печальный взгляд в окно, к небу, с грустью провожает глазами солнце, великолепно садящееся за чей-то четырехэтажный дом.

И сколько, сколько раз он провожал так солнечный закат!

Наутро опять жизнь, опять волнения, мечты! Он любит вообразить себя иногда каким-нибудь непобедимым полководцем, перед которым не только Наполеон, но и Еруслан Лазаревич ничего не значит; выдумает войну и причину ее: у него хлынут, например, народы из Африки в Европу, или устроит он новые крестовые походы и воюет, решает участь народов, разоряет города, щадит, казнит, оказывает подвиги добра и великодушия.

Или изберет он арену мыслителя, великого художника: все поклоняются ему; он пожинает лавры; толпа гоняется за ним, восклицая: «Посмотрите, посмотрите, вот идет Обломов, наш знаменитый Илья Ильич!»

В горькие минуты он страдает от забот, перевертывается с боку на бок, ляжет лицом вниз, иногда даже совсем потеряется; тогда он встанет с постели на колени и начнет молиться жарко, усердно, умоляя небо отвратить как-нибудь угрожающую бурю.

Потом, сдав попечение о своей участи небесам, делается покоен и равнодушен ко всему на свете, а буря там как себе хочет.

Так пускал он в ход свои нравственные силы, так волновался часто по целым дням и только тогда разве очнется с глубоким вздохом от обаятельной мечты или от мучительной заботы, когда день склонится к вечеру и солнце огромным шаром станет великолепно опускаться за четырехэтажный дом.

Тогда он опять проводит его задумчивым взглядом и печальной улыбкой и мирно опочиет от волнений.

Никто не знал и не видал этой внутренней жизни Ильи Ильича: все думали, что Обломов так себе, только лежит да кушает на здоровье, и что больше от него нечего ждать; что едва ли у него вяжутся и мысли в голове. Так о нем и толковали везде, где его знали.

О способностях его, об этой внутренней волканической работе пылкой головы, гуманного сердца знал подробно и мог свидетельствовать Штольц, но Штольца почти никогда не было в Петербурге.

Один Захар, обращающийся всю жизнь около своего барина, знал еще подробнее весь его внутренний быт; но он был убежден, что они с барином дело делают и живут нормально, как должно, и что иначе жить не следует.

VII

Захару было за пятьдесят лет. Он был уже не прямой потомок тех русских Калебов, рыцарей лакейской, без страха и упрека, исполненных преданности к господам до самозабвения, которые отличались всеми добродетелями и не имели никаких пороков.

Этот рыцарь был и со страхом, и с упреком. Он принадлежал двум эпохам, и обе положили на него печать свою. От одной перешла к нему по наследству безграничная преданность к дому Обломовых, а от другой, позднейшей, утонченность и развращение нравов.

Страстно преданный барину, он, однако ж, редкий день в чем-нибудь не солжет ему. Слуга старого времени удерживал, бывало, барина от расточительности и невоздержания, а Захар сам любил выпить с приятелями на барский счет; прежний слуга был целомудрен, как евнух, а этот всё бегал к куме подозрительного свойства. Тот крепче всякого сундука сбережет барские деньги, а Захар норовит усчитать у барина при какой-нибудь издержке гривенник и непременно присвоит себе лежащую на столе медную гривну или пятак. Точно так же, если Илья Ильич забудет потребовать сдачи от Захара, она уже к нему обратно никогда не поступит.

Важнее сумм он не крал, может быть, потому, что потребности свои измерял гривнами и гривенниками или боялся быть замеченным, но во всяком случае не от избытка честности.

Старинный Калеб умрет скорее, как отлично выдрессированная охотничья собака, над съестным, которое ему поручат, нежели тронет; а этот так и выглядывает, как бы съесть и выпить и то, чего не поручают; тот заботился только о том, чтоб барин кушал больше, и тосковал, когда он не кушает; а этот тоскует, когда барин съедает дотла всё, что ни положит на тарелку.

Сверх того, Захар и сплетник. В кухне, в лавочке, на сходках у ворот он каждый день жалуется, что житья нет, что этакого дурного барина еще и не слыхано: и капризен-то он, и скуп, и сердит, и что не угодишь ему ни в чем, что, словом, лучше умереть, чем жить у него.

Это Захар делал не из злости и не из желания повредить барину, а так, по привычке, доставшейся ему по наследству от деда его и отца, — обругать барина при всяком удобном случае.

Он иногда, от скуки, от недостатка материала для разговора или чтоб внушить более интереса слушающей его публике, вдруг распускал про барина какую-нибудь небывальщину.

— Мой-то повадился вон всё к той вдове ходить, — хрипел он тихо, по доверенности, — вчера писал записку к ней.

Или объявит, что барин его такой картежник и пьяница, какого свет не производил; что все ночи напролет до утра бьется в карты и пьет горькую.

А ничего не бывало: Илья Ильич ко вдове не ходит, по ночам мирно почивает, карт в руки не берет.

Захар неопрятен. Он бреется редко и хотя моет руки и лицо, но, кажется, больше делает вид, что моет; да и никаким мылом не отмоешь. Когда он бывает в бане, то руки у него из черных сделаются только часа на два красными, а потом опять черными.

Он очень неловок: станет ли отворять ворота или двери, отворяет одну половинку, другая затворяется, побежит к той, эта затворяется.

Сразу он никогда не подымает с пола платка или другой какой-нибудь вещи, а нагнется всегда раза три, как будто ловит ее, и уж разве в четвертый поднимет, и то еще иногда уронит опять.

Если он несет чрез комнату кучу посуды или других вещей, то с первого же шага верхние вещи начинают дезертировать на пол. Сначала полетит одна; он вдруг сделает позднее и бесполезное движение, чтоб помешать ей упасть, и уронит еще две. Он глядит, разиня рот от удивления, на падающие вещи, а не на те, которые остаются на руках, и оттого держит поднос косо, а вещи продолжают падать, — и так иногда он принесет на другой конец комнаты одну рюмку или тарелку, а иногда с бранью и проклятиями бросит сам и последнее, что осталось на руках.

Проходя по комнате, он заденет то ногой, то боком за стол, за стул, не всегда попадает прямо в отворенную половинку двери, а ударится плечом о другую и обругает при этом обе половинки, или хозяина дома, или плотника, который их делал.

У Обломова в кабинете переломаны или перебиты почти все вещи, особенно мелкие, требующие осторожного обращения с ними, — и всё по милости Захара. Он свою способность брать в руки вещь прилагает ко всем вещам одинаково, не делая никакого различия в способе обращения с той или другой вещью.

Велят, например, снять со свечи или налить в стакан воды: он употребит на это столько силы, сколько нужно, чтоб отворить ворота.

Не дай Бог, когда Захар воспламенится усердием угодить барину и вздумает всё убрать, вычистить, установить, живо, разом привести в порядок! Бедам и убыткам не бывало конца: едва ли неприятельский солдат, ворвавшись в дом, нанесет столько вреда. Начиналась ломка, паденье разных вещей, битье посуды, опрокидыванье стульев; кончалось тем, что надо было его выгнать из комнаты или он сам уходил с бранью и с проклятиями.

К счастью, он очень редко воспламенялся таким усердием.

Всё это происходило, конечно, оттого, что он получил воспитание и приобретал манеры не в тесноте и полумраке роскошных, прихотливо убранных кабинетов и будуаров, где черт знает чего ни наставлено, а в деревне, на покое, просторе и вольном воздухе.

Там он привык служить, не стесняя своих движений ничем, около массивных вещей: обращался всё больше с здоровыми и солидными инструментами, как-то: с лопатой, ломом, железными дверными скобками и такими стульями, которых с места не своротишь.

Иная вещь, подсвечник, лампа, транспарант, пресс-папье, стоит года три-четыре на месте — ничего; чуть он возьмет ее, смотришь — сломалась.

— Ах, — скажет он иногда при этом Обломову с удивлением. — Посмотрите-ка, сударь, какая диковина: взял только в руки вот эту штучку, а она и развалилась!

Или вовсе ничего не скажет, а тайком поставит поскорей опять на свое место и после уверит барина, что это он сам разбил; а иногда оправдывается, как видели в начале рассказа, тем, что и вещь должна же иметь конец, хоть будь она железная, что не век ей жить.

В первых двух случаях еще можно было спорить с ним, но когда он, в крайности, вооружался последним аргументом, то уже всякое противоречие было бесполезно, и он оставался правым без апелляции.

Захар начертал себе однажды навсегда определенный круг деятельности, за который добровольно никогда не переступал.

Он утром ставил самовар, чистил сапоги и то платье, которое барин спрашивал, но отнюдь не то, которое не спрашивал, хоть виси оно десять лет.

Потом он мел — не всякий день однако ж — середину комнаты, не добираясь до углов, и обтирал пыль только с того стола, на котором ничего не стояло, чтоб не снимать вещей.

Затем он уже считал себя вправе дремать на лежанке или болтать с Анисьей в кухне и с дворней у ворот, ни о чем не заботясь.

Если ему приказывали сделать что-нибудь сверх этого, он исполнял приказание неохотно, после споров и убеждений в бесполезности приказания или невозможности исполнить его.

Никакими средствами нельзя было заставить его внести новую постоянную статью в круг начертанных им себе занятий.

Если ему велят вычистить, вымыть какую-нибудь вещь или отнести то, принести это, он, по обыкновению, с ворчаньем исполнял приказание; но если б кто захотел, чтоб он потом делал то же самое постоянно сам, то этого уже достигнуть было невозможно.

На другой, на третий день и так далее нужно было бы приказывать то же самое вновь и вновь входить с ним в неприятные объяснения.

Несмотря на всё это, то есть что Захар любил выпить, посплетничать, крал у Обломова пятаки и гривны, ломал и бил разные вещи и ленился, все-таки выходило, что он был глубоко преданный своему барину слуга.

Он бы не задумался сгореть или утонуть за него, не считая этого подвигом, достойным удивления или каких-нибудь наград. Он смотрел на это как на естественное, иначе быть не могущее дело или, лучше сказать, никак не смотрел, а поступал так, без всяких умозрений.

Теорий у него на этот предмет не было никаких. Ему никогда не приходило в голову подвергать анализу свои чувства и отношения к Илье Ильичу; он не сам выдумал их; они перешли от отца, деда, братьев, дворни, среди которой он родился и воспитался, и обратились в плоть и кровь.

Захар умер бы вместо барина, считая это своим неизбежным и природным долгом, и даже не считая ничем, а просто бросился бы на смерть, точно так же как собака, которая при встрече с зверем в лесу бросается на него, не рассуждая, отчего должна броситься она, а не ее господин.

Но зато, если б понадобилось, например, просидеть всю ночь подле постели барина, не смыкая глаз, и от этого бы зависело здоровье или даже жизнь барина, Захар непременно бы заснул.

Наружно он не выказывал не только подобострастия к барину, но даже был грубоват, фамильярен в обхождении с ним, сердился на него, не шутя, за всякую мелочь и даже, как сказано, злословил его у ворот; но все-таки этим только на время заслонялось, а отнюдь не умалялось кровное, родственное чувство преданности его не к Илье Ильичу собственно, а ко всему, что носит имя Обломова, что близко, мило, дорого ему.

Может быть, даже это чувство было в противоречии с собственным взглядом Захара на личность Обломова, может быть, изучение характера барина внушало другие убеждения Захару. Вероятно, Захар, если б ему объяснили о степени привязанности его к Илье Ильичу, стал бы оспаривать это.

Захар любил Обломовку, как кошка свой чердак, лошадь — стойло, собака — конуру, в которой родилась и выросла. В сфере этой привязанности у него выработывались уже свои особенные, личные впечатления.

Например, обломовского кучера он любил больше, нежели повара, скотницу Варвару больше их обоих, а Илью Ильича меньше их всех; но все-таки обломовский повар для него был лучше и выше всех других поваров в мире, а Илья Ильич выше всех помещиков.

Тараску, буфетчика, он терпеть не мог; но этого Тараску он не променял бы на самого хорошего человека в целом свете потому только, что Тараска был обломовский.

Он обращался фамильярно и грубо с Обломовым, точно так же как шаман грубо и фамильярно обходится с своим идолом: он и обметает его, и уронит, иногда, может быть, и ударит с досадой, но все-таки в душе его постоянно присутствует сознание превосходства натуры этого идола над своей.

Малейшего повода довольно было, чтоб вызвать это чувство из глубины души Захара и заставить его смотреть с благоговением на барина, иногда даже удариться, от умиления, в слезы. Боже сохрани, чтоб он поставил другого какого-нибудь барина не только выше, даже наравне с своим! Боже сохрани, если б это вздумал сделать и другой!

Захар на всех других господ и гостей, приходивших к Обломову, смотрел несколько свысока и служил им, подавал чай и проч., с каким-то снисхождением, как будто давал им чувствовать честь, которою они пользуются, находясь у его барина. Отказывал им грубовато: «Барин-де почивает», — говорил он, надменно оглядывая пришедшего с ног до головы.

Иногда вместо сплетней и злословия он вдруг принимался неумеренно возвышать Илью Ильича по лавочкам и на сходках у ворот, и тогда не было конца восторгам. Он вдруг начинал вычислять достоинства барина, ум, ласковость, щедрость, доброту; и если у барина его недоставало качеств для панегирика, он занимал у других и придавал ему знатность, богатство или необычайное могущество.

Если нужно было постращать дворника, управляющего домом, даже самого хозяина, он стращал всегда барином: «Вот постой, я скажу барину, — говорил он с угрозой, — будет ужо тебе!» Сильнее авторитета он и не подозревал на свете.

Но наружные сношения Обломова с Захаром были всегда как-то враждебны. Они, живучи вдвоем, надоели друг другу. Короткое, ежедневное сближение человека с человеком не обходится ни тому, ни другому даром: много надо и с той и с другой стороны жизненного опыта, логики и сердечной теплоты, чтоб, наслаждаясь только достоинствами, не колоть и не колоться взаимными недостатками.

Илья Ильич знал уже одно необъятное достоинство Захара — преданность к себе, и привык к ней, считая также, с своей стороны, что это не может и не должно быть иначе; привыкши же к достоинству однажды навсегда, он уже не наслаждался им, а между тем не мог, и при своем равнодушии ко всему, сносить терпеливо бесчисленных мелких недостатков Захара.

Если Захар, питая в глубине души к барину преданность, свойственную старинным слугам, разнился от них современными недостатками, то и Илья Ильич, с своей стороны, ценя внутренно преданность его, не имел уже к нему того дружеского, почти родственного расположения, какое питали прежние господа к слугам своим. Он позволял себе иногда крупно браниться с Захаром.

Захару он тоже надоедал собой. Захар, отслужив в молодости лакейскую службу в барском доме, был произведен в дядьки к Илье Ильичу и с тех пор начал считать себя только предметом роскоши, аристократической принадлежностью дома, назначенною для поддержания полноты и блеска старинной фамилии, а не предметом необходимости. От этого он, одев барчонка утром и раздев его вечером, остальное время ровно ничего не делал.

Ленивый от природы, он был ленив еще и по своему лакейскому воспитанию. Он важничал в дворне, не давал себе труда ни поставить самовар, ни подмести полов. Он или дремал в прихожей, или уходил болтать в людскую, в кухню; не то так по целым часам, скрестив руки на груди, стоял у ворот и с сонною задумчивостью посматривал на все стороны.

И после такой жизни на него вдруг навалили тяжелую обузу выносить на плечах службу целого дома! Он и служи барину, и мети, и чисть, он и на побегушках! От всего этого в душу его залегла угрюмость, а в нраве проявилась грубость и жесткость; от этого он ворчал всякий раз, как голос барина заставлял его покидать лежанку.

Несмотря, однако ж, на эту наружную угрюмость и дикость, Захар был довольно мягкого и доброго сердца. Он любил даже проводить время с ребятишками. На дворе, у ворот, его часто видели с кучей детей. Он их мирит, дразнит, устроивает игры или просто сидит с ними, взяв одного на одно колено, другого на другое, а сзади шею его обовьет еще какой-нибудь шалун руками или треплет его за бакенбарды.

И так Обломов мешал Захару жить тем, что требовал поминутно его услуг и присутствия около себя, тогда как сердце, сообщительный нрав, любовь к бездействию и вечная, никогда не умолкающая потребность жевать влекли Захара то к куме, то в кухню, то в лавочку, то к воротам.

Давно знали они друг друга и давно жили вдвоем. Захар нянчил маленького Обломова на руках, а Обломов помнит его молодым, проворным, прожорливым и лукавым парнем.

Старинная связь была неистребима между ними. Как Илья Ильич не умел ни встать, ни лечь спать, ни быть причесанным и обутым, ни отобедать без помощи Захара, так Захар не умел представить себе другого барина, кроме Ильи Ильича, другого существования, как одевать, кормить его, грубить ему, лукавить, лгать и в то же время внутренно благоговеть перед ним.

VIII

Захар, заперев дверь за Тарантьевым и Алексеевым, когда они ушли, не садился на лежанку, ожидая, что барин сейчас позовет его, потому что слышал, как тот сбирался писать. Но в кабинете Обломова всё было тихо, как в могиле.

Захар заглянул в щель — что ж? Илья Ильич лежал себе на диване, опершись головой на ладонь; перед ним лежала книга. Захар отворил дверь.

— Вы чего лежите-то опять? — спросил он.

— Не мешай; видишь, читаю! — отрывисто сказал Обломов.

— Пора умываться да писать, — говорил неотвязчивый Захар.

— Да, в самом деле пора, — очнулся Илья Ильич. — Сейчас: ты поди. Я подумаю.

— И когда это он успел опять лечь-то! — ворчал Захар, прыгая на печку. — Проворен!

Обломов успел, однако ж, прочитать пожелтевшую от времени страницу, на которой чтение прервано было с месяц назад. Он положил книгу на место и зевнул, потом погрузился в неотвязчивую думу «о двух несчастиях».

— Какая скука! — шептал он, то вытягивая, то поджимая ноги.

Его клонило к неге и мечтам; он обращал глаза к небу, искал своего любимого светила, но оно было на самом зените и только обливало ослепительным блеском известковую стену дома, за который закатывалось по вечерам в виду Обломова. «Нет, прежде дело, — строго подумал он, — а потом...»

Деревенское утро давно прошло, и петербургское было на исходе. До Ильи Ильича долетал со двора смешанный шум человеческих и нечеловеческих голосов: пенье кочующих артистов, сопровождаемое большею частию лаем собак. Приходили показывать и зверя морского, приносили и предлагали на разные голоса всевозможные продукты.

Он лег на спину и заложил обе руки под голову. Илья Ильич занялся разработкою плана имения. Он быстро пробежал в уме несколько серьезных, коренных статей об оброке, о запашке, придумал новую меру, построже, против лени и бродяжничества крестьян и перешел к устройству собственного житья-бытья в деревне.

Его занимала постройка деревенского дома; он с удовольствием остановился несколько минут на расположении комнат: определил длину и ширину столовой, бильярдной, подумал и о том, куда будет обращен окнами его кабинет; даже вспомнил о мебели и коврах.

После этого расположил флигеля дома, сообразив число гостей, которое намеревался принимать, отвел место для конюшен, сараев, людских и разных других служб.

Наконец обратился к саду: он решил оставить все старые липовые и дубовые деревья так, как они есть, а яблони и груши уничтожить и на место их посадить акации; подумал было о парке, но, сделав в уме примерно смету издержкам, нашел, что дорого, и, отложив это до другого времени, перешел к цветникам и оранжереям.

Тут мелькнула у него соблазнительная мысль о будущих фруктах до того живо, что он вдруг перенесся на несколько лет вперед в деревню, когда уж имение устроено по его плану и когда он живет там безвыездно.

Ему представилось, как он сидит в летний вечер на террасе за чайным столом, под непроницаемым для солнца навесом деревьев, с длинной трубкой и лениво втягивает в себя дым, задумчиво наслаждаясь открывающимся из-за деревьев видом, прохладой, тишиной; а вдали желтеют поля, солнце опускается за знакомый березняк и румянит гладкий как зеркало пруд; с полей восходит пар; становится прохладно, наступают сумерки; крестьяне толпами идут домой.

Праздная дворня сидит у ворот; там слышатся веселые голоса, хохот, балалайка, девки играют в горелки; кругом его самого резвятся его малютки, лезут к нему на колени, вешаются ему на шею; за самоваром сидит... царица всего окружающего, его божество... женщина! жена! А между тем в столовой, убранной с изящной простотой, ярко заблистали приветные огоньки, накрывался большой круглый стол; Захар, произведенный в мажордомы, с совершенно седыми бакенбардами, накрывает стол, с приятным звоном расставляет хрусталь и раскладывает серебро, поминутно роняя на пол то стакан, то вилку; садятся за обильный ужин; тут сидит и товарищ его детства, неизменный друг его, Штольц, и другие, всё знакомые лица; потом отходят ко сну...

Лицо Обломова вдруг облилось румянцем счастья: мечта была так ярка, жива, поэтична, что он мгновенно повернулся лицом к подушке. Он вдруг почувствовал смутное желание любви, тихого счастья, вдруг зажаждал полей и холмов своей родины, своего дома, жены и детей...

Полежав ничком минут пять, он медленно опять повернулся на спину. Лицо его сияло кротким, трогательным чувством: он был счастлив.

Он с наслаждением, медленно вытянул ноги, отчего панталоны его засучились немного вверх, но он и не замечал этого маленького беспорядка. Услужливая мечта носила его, легко и вольно, далеко в будущем.

Теперь его поглотила любимая мысль: он думал о маленькой колонии друзей, которые поселятся в деревеньках и фермах, в пятнадцати или двадцати верстах вокруг его деревни, как попеременно будут каждый день съезжаться друг к другу в гости, обедать, ужинать, танцевать; ему видятся всё ясные дни, ясные лица, без забот и морщин, смеющиеся, круглые, с ярким румянцем, с двойным подбородком и неувядающим аппетитом; будет вечное лето, вечное веселье, сладкая еда да сладкая лень...

— Боже, Боже! — произнес он от полноты счастья и очнулся.

А тут раздается со двора в пять голосов: «Картофеля! Песку, песку не надо ли? Уголья! Уголья!.. Пожертвуйте, милосердные господа, на построение храма Господня!» А из соседнего вновь строящегося дома раздавался стук топоров, крик рабочих.

— Ах! — горестно вслух вздохнул Илья Ильич. «Что за жизнь! Какое безобразие этот столичный шум! Когда же настанет райское, желанное житье? Когда в поля, в родные рощи? — думал он. — Лежать бы теперь на траве, под деревом, да глядеть сквозь ветки на солнышко и считать, сколько птичек перебывает на ветках. А тут тебе на траву то обед, то завтрак принесет какая-нибудь краснощекая прислужница с голыми, круглыми и мягкими локтями и с загорелой шеей; потупляет, плутовка, взгляд и улыбается... Когда же настанет эта пора?..»

«А план! А староста, а квартира?» — вдруг раздалось в памяти его.

— Да, да! — торопливо заговорил Илья Ильич, — сейчас, сию минуту!

Обломов быстро приподнялся и сел на диване, потом спустил ноги на пол, попал разом в обе туфли и посидел так; потом встал совсем и постоял задумчиво минуты две.

— Захар, Захар! — закричал он громко, поглядывая на стол и на чернильницу.

— Что еще там? — послышалось вместе с прыжком.— Как только ноги-то таскают меня? — хриплым шепотом прибавил Захар.

— Захар! — повторил Илья Ильич задумчиво, не спуская глаз со стола.— Вот что, братец...— начал он, указывая на чернильницу, но, не кончив фразы, впал опять в раздумье.

Тут руки стали у него вытягиваться кверху, колени подгибаться, он начал потягиваться, зевать...

— Там оставался у нас,— заговорил он, всё потягиваясь, с расстановкой,— сыр, да... дай мадеры; до обеда долго, так я позавтракаю немного...

— Где это он оставался? — сказал Захар, — не оставалось ничего...

— Как не оставалось? — перебил Илья Ильич.— Я очень хорошо помню: вот какой кусок был...

— Нет, нету! Никакого куска не было! — упорно твердил Захар.

— Был! — сказал Илья Ильич.

— Не был,— отвечал Захар.

— Ну так купи.

— Пожалуйте денег.

— Вон мелочь там, возьми.

— Да тут только рубль сорок, а надо рубль шесть гривен.

— Там еще медные были.

— Я не видал! — сказал Захар, переминаясь с ноги на ногу.— Серебро было, вон оно и есть, а медных не было!

— Были: вчера мне разносчик самому в руки дал.

— Он при мне дал,— сказал Захар,— я видел, что мелочь давал, а меди не видал...

«Уж не Тарантьев ли взял? — подумал нерешительно Илья Ильич.— Да нет, тот бы и мелочь взял».

— Так что ж там есть еще? — спросил он.

— А ничего не было. Вон вчерашней ветчины нет ли, надо у Анисьи спросить, — сказал Захар. — Принести, что ли?

— Принеси, что есть. Да как это не было?

— Так, не было! — сказал Захар и ушел. А Илья Ильич медленно и задумчиво прохаживался по кабинету.

— Да, много хлопот, — говорил он тихонько. — Вон хоть бы в плане — пропасть еще работы!.. А сыр-то ведь оставался, — прибавил он задумчиво, — съел этот Захар, да и говорит, что не было! И куда это запропастились медные деньги? — говорил он, шаря на столе рукой.

Через четверть часа Захар отворил дверь подносом, который держал в обеих руках, и, войдя в комнату, хотел ногой притворить дверь, но промахнулся и ударил по пустому месту: рюмка упала, а вместе с ней еще пробка с графина и булка.

— Ни шагу без этого! — сказал Илья Ильич. — Ну хоть подними же, что уронил; а он еще стоит да любуется!

Захар, с подносом в руках, наклонился было поднять булку, но, присев, вдруг увидел, что обе руки заняты и поднять нечем.

— Ну-ка, подними! — с насмешкой говорил Илья Ильич. — Что ж ты? За чем дело стало?

— О, чтоб вам пусто было, проклятые! — с яростью разразился Захар, обращаясь к уроненным вещам. — Где это видано завтракать перед самым обедом?

И, поставив поднос, он поднял с пола, что уронил; взяв булку, он дунул на нее и положил на стол.

Илья Ильич принялся завтракать, а Захар остановился в некотором отдалении от него, поглядывая на него стороной и намереваясь, по-видимому, что-то сказать.

Но Обломов завтракал, не обращая на него ни малейшего внимания.

Захар кашлянул раза два.

Обломов всё ничего.

— Управляющий опять сейчас присылал, — робко заговорил наконец Захар, — подрядчик был у него, говорит: нельзя ли взглянуть на нашу квартиру? Насчет переделки-то всё...

Илья Ильич кушал, не отвечая ни слова.

— Илья Ильич, — помолчав, еще тише сказал Захар.

Илья Ильич сделал вид, что он не слышит.

— На будущей неделе велят съезжать, — просипел Захар.

Обломов выпил рюмку вина и молчал.

— Как же нам быть-то, Илья Ильич? — почти шепотом спросил Захар.

— А я тебе запретил говорить мне об этом, — строго сказал Илья Ильич и, привстав, подошел к Захару.

Тот попятился от него.

— Какой ты ядовитый человек, Захар! — прибавил Обломов с чувством.

Захар обиделся.

— Вот, — сказал он, — ядовитый! Что я за ядовитый? Я никого не убил.

— Как же не ядовитый! — повторил Илья Ильич, — ты отравляешь мне жизнь.

— Я не ядовитый! — твердил Захар.

— Что ты ко мне пристаешь с квартирой?

— Что ж мне делать-то?

— А мне что делать?

— Вы хотели ведь написать к домовому хозяину?

— Ну и напишу; погоди; нельзя же вдруг!

— Вот бы теперь и написали.

— Теперь, теперь! Еще у меня поважнее есть дело. Ты думаешь, что это дрова рубить? тяп да ляп? Вон, — говорил Обломов, поворачивая сухое перо в чернильнице, — и чернил-то нет! Как я стану писать?

— А я вот сейчас квасом разведу, — сказал Захар и, взяв чернильницу, проворно пошел в переднюю, а Обломов начал искать бумаги.

— Да никак и бумаги-то нет! — говорил он сам с собой, роясь в ящике и ощупывая стол. — Да и так нет! Ах, этот Захар: житья нет от него!

— Ну как же ты не ядовитый человек? — сказал Илья Ильич вошедшему Захару, — ни за чем не посмотришь! Как же в доме бумаги не иметь?

— Да что это, Илья Ильич, за наказание! Я христианин: что ж вы ядовитым-то браните? Далось: ядовитый! Мы при старом барине родились и выросли, он и щенком изволил бранить, и за уши драл, а этакого слова не слыхивали, выдумок не было! Долго ли до греха? Вот бумага, извольте.

Он взял с этажерки и подал ему пол-листа серой бумаги.

— На этом разве можно писать? — спросил Обломов, бросив бумагу. — Я этим на ночь стакан закрывал, чтоб туда не попало что-нибудь... ядовитое.

Захар отвернулся и смотрел в стену.

— Ну да нужды нет: подай сюда, я начерно напишу, а Алексеев ужо перепишет.

Илья Ильич сел к столу и быстро вывел: «Милостивый государь!..»

— Какие скверные чернила! — сказал Обломов. — В другой раз у меня держи ухо востро, Захар, и делай свое дело как следует!

Он подумал немного и начал писать.

«Квартира, которую я занимаю во втором этаже дома, в котором вы предположили произвести некоторые перестройки, вполне соответствует моему образу жизни и приобретенной вследствие долгого пребывания в сем доме привычке. Известясь через крепостного моего человека, Захара Трофимова, что вы приказали сообщить мне, что занимаемая мною квартира...»

Обломов остановился и прочитал написанное.

— Нескладно, — сказал он, — тут два раза сряду *что*, а там два раза *который*.

Он пошептал и переставил слова: вышло, что *который* относится к этажу, — опять неловко. Кое-как переправил и начал думать, как бы избежать два раза *что*.

Он то зачеркнет, то опять поставит слово. Раза три переставлял *что*, но выходило или бессмыслица, или соседство с другим *что*.

— И не отвяжешься от этого другого-то *что*! — сказал он с нетерпением. — Э! да черт с ним совсем, с письмом-то! Ломать голову из таких пустяков! Я отвык деловые письма писать. А вот уж третий час в исходе.

— Захар, на вот тебе. — Он разорвал письмо на четыре части и бросил на пол.

— Видел? — спросил он.

— Видел, — отвечал Захар, подбирая бумажки.

— Так не приставай больше с квартирой. А это что у тебя!

— А счеты-то.

— Ах ты, Господи! Ты совсем измучишь меня! Ну, сколько тут, говори скорей!

— Да вот мяснику восемьдесят шесть рублей пятьдесят четыре копейки.

Илья Ильич всплеснул руками.

— Ты с ума сошел? Одному мяснику такую кучу денег?

— Не платили месяца три, так и будет куча! Вот оно тут записано, не украли!

— Ну как же ты не ядовитый? — сказал Обломов. — На мильон говядины купил! Во что это в тебя идет? Добро бы впрок.

— Не я съел! — огрызался Захар.

— Нет! Не ел?

— Что ж вы мне хлебом-то попрекаете? Вот, смотрите!

И он совал ему счеты.

— Ну, еще кому? — говорил Илья Ильич, отталкивая с досадой замасленные тетрадки.

— Еще сто двадцать один рубль восемнадцать копеек хлебнику да зеленщику.

— Это разорение! Это ни на что не похоже! — говорил Обломов, выходя из себя. — Что ты, корова, что ли, чтоб столько зелени сжевать...

— Нет! Я ядовитый человек! — с горечью заметил Захар, повернувшись совсем стороной к барину. — Кабы не пускали Михея Андреича, так бы меньше выходило! — прибавил он.

— Ну, сколько ж это будет всего, считай! — говорил Илья Ильич и сам начал считать.

Захар делал ту же выкладку по пальцам.

— Черт знает, что за вздор выходит: всякий раз разное! — сказал Обломов. — Ну, сколько у тебя? двести, что ли?

— Вот погодите, дайте срок! — говорил Захар, зажмуриваясь и ворча. — Восемь десятков да десять десятков — восемнадцать, да два десятка...

— Ну, ты никогда этак не кончишь, — сказал Илья Ильич, — поди-ка к себе, а счеты подай мне завтра да позаботься о бумаге и чернилах... Этакая куча денег! Говорил, чтоб понемножку платить, — нет, норовит всё вдруг... народец!

— Двести пять рублей семьдесят две копейки, — сказал Захар, сосчитав. — Денег пожалуйте.

— Как же, сейчас! Еще погоди: я поверю завтра...

— Воля ваша, Илья Ильич, они просят...

— Ну, ну, отстань! Сказал — завтра, так завтра и получишь. Иди к себе, а я займусь: у меня поважнее есть забота.

Илья Ильич уселся на стуле, подобрал под себя ноги и не успел задуматься, как раздался звонок.

Явился низенький человек с умеренным брюшком, с белым лицом, румяными щеками и лысиной, которую с затылка, как бахрома, окружали черные густые волосы. Лысина была кругла, чиста и так лоснилась, как будто была выточена из слоновой кости. Лицо гостя отличалось заботливо-внимательным ко всему, на что он ни глядел, выражением, сдержанностью во взгляде, умеренностью в улыбке и скромно-официальным приличием.

Одет он был в покойный фрак, отворявшийся широко и удобно, как ворота, почти от одного прикосновения. Белье на нем так и блистало белизной, как будто подстать лысине. На указательном пальце правой руки надет был большой массивный перстень с каким-то темным камнем.

— Доктор! Какими судьбами? — воскликнул Обломов, протягивая одну руку гостю, а другою подвигая стул.

— Я соскучился, что вы всё здоровы, не зовете, сам зашел, — отвечал доктор шутливо. — Нет, — прибавил он потом серьезно, — я был вверху, у вашего соседа, да и зашел проведать.

— Благодарю. А что сосед?

— Что: недели три-четыре, а может быть, до осени дотянет, а потом... водяная в груди: конец известный. Ну, вы что?

Обломов печально тряхнул головой.

— Плохо, доктор. Я сам подумывал посоветоваться с вами. Не знаю, что мне делать. Желудок почти не варит, под ложечкой тяжесть, изжога замучила, дыханье тяжело... — говорил Обломов с жалкой миной.

— Дайте руку, — сказал доктор, взял пульс и закрыл на минуту глаза. — А кашель есть? — спросил он.

— По ночам, особенно когда поужинаю.

— Гм! Биение сердца бывает? Голова болит?

И доктор сделал еще несколько подобных вопросов, потом наклонил свою лысину и глубоко задумался. Через две минуты он вдруг приподнял голову и решительным голосом сказал:

— Если вы еще года два-три проживете в этом климате да будете всё лежать, есть жирное и тяжелое — вы умрете ударом.

Обломов встрепенулся.

— Что ж мне делать? Научите, ради Бога! — спросил он.

— То же, что и другие делают: ехать за границу.

— За границу! — с изумлением повторил Обломов.

— Да; а что?

— Помилуйте, доктор, за границу! Как это можно?

— Отчего же неможно?

Обломов молча обвел глазами себя, потом свой кабинет и машинально повторил:

— За границу!

— Что ж вам мешает?

— Как что? Всё....

— Что ж всё? Денег, что ли, нет?

— Да, да, вот денег-то в самом деле нет — живо заговорил Обломов, обрадовавшись этому самому естественному препятствию, за которое он мог спрятаться совсем с головой. — Вы посмотрите-ка, что мне староста пишет... Где письмо, куда я его девал? Захар!

— Хорошо, хорошо, — заговорил доктор, — это не мое дело; мой долг сказать вам, что вы должны изменить образ жизни, место, воздух, занятие — всё, всё.

— Хорошо, я подумаю, — сказал Обломов. — Куда же мне ехать и что делать? — спросил он.

— Поезжайте в Киссинген или в Эмс, — начал доктор, — там проживете июнь и июль; пейте воды; потом отправляйтесь в Швейцарию или в Тироль: лечиться виноградом. Там проживете сентябрь и октябрь...

— Черт знает что, в Тироль! — едва слышно прошептал Илья Ильич.

— Потом куда-нибудь в сухое место, хоть в Египет...

«Вона!» — подумал Обломов.

— Устраняйте заботы и огорчения...

— Хорошо вам говорить, — заметил Обломов, — вы не получаете от старосты таких писем...

— Надо тоже избегать мыслей, — продолжал доктор.

— Мыслей?

— Да, умственного напряжения.

— А план устройства имения? Помилуйте, разве я осиновый чурбан?..

— Ну, там как хотите. Мое дело только остеречь вас. Страстей тоже надо беречься: они вредят леченью. Надо стараться развлекать себя верховой ездой, танцами, умеренным движеньем на чистом воздухе, приятными разговорами, особенно с дамами, чтоб сердце билось слегка и только от приятных ощущений.

Обломов слушал его, повеся голову.

— Потом? — спросил он.

— Потом от чтения, писанья — Боже вас сохрани! Наймите виллу, окнами на юг, побольше цветов, чтоб около были музыка да женщины...

— А пищу какую?

— Пищи мясной и вообще животной избегайте, мучнистой и студенистой тоже. Можете кушать легкий бульон, зелень; только берегитесь: теперь холера почти везде бродит, так надо осторожнее... Ходить можете часов восемь в сутки. Заведите ружье...

— Господи!..— простонал Обломов.

— Наконец,— заключил доктор,— к зиме поезжайте в Париж и там, в вихре жизни, развлекайтесь, не задумывайтесь: из театра на бал, в маскарад, за город с визитами, чтоб около вас друзья, шум, смех...

— Не нужно ли еще чего-нибудь? — спросил Обломов с худо скрытой досадой.

Доктор задумался...

— Разве попользоваться морским воздухом: сядьте в Англии на пароход да прокатитесь до Америки...

Он встал и стал прощаться.

— Если вы всё это исполните в точности... — говорил он...

— Хорошо, хорошо, непременно исполню,— едко отвечал Обломов, провожая его.

Доктор ушел, оставив Обломова в самом жалком положении. Он закрыл глаза, положил обе руки на голову, сжался на стуле в комок и так сидел, никуда не глядя, ничего не чувствуя.

Сзади его послышался робкий зов.

— Илья Ильич!

— Ну? — откликнулся он.

— А что ж управляющему-то сказать?

— О чем?

— А насчет того, чтоб переехать?

— Ты опять об этом? — с изумлением спросил Обломов.

— Да как же, батюшка, Илья Ильич, быть-то мне? Сами рассудите: и так жизнь-то моя горька, я в гроб гляжу...

— Нет, ты, видно, в гроб меня хочешь вогнать своим переездом, — сказал Обломов. — Послушай-ка, что говорит доктор!

Захар не нашел, что сказать, только вздохнул так, что концы шейного платка затрепетали у него на груди.

— Ты решился уморить, что ли, меня? — спросил опять Обломов. — Я надоел тебе — а? Ну, говори же?

— Христос с вами! Живите на здоровье! Кто вам зла желает? — ворчал Захар в совершенном смущении от трагического оборота, который начинала принимать речь.

— Ты! — сказал Илья Ильич. — Я запретил тебе заикаться о переезде, а ты, не проходит дня, чтоб пять раз не напомнил мне: ведь это расстроивает меня — пойми ты. И так здоровье мое никуда не годится.

— Я думал, сударь, что... отчего, мол, думал, не переехать? — дрожащим от душевной тревоги голосом говорил Захар.

— Отчего не переехать! Ты так легко судишь об этом! — говорил Обломов, оборачиваясь с креслами к Захару. — Да ты вникнул ли хорошенько, что значит переехать — а? Верно, не вникнул?

— И так не вникнул! — смиренно отвечал Захар, готовый во всем согласиться с барином, лишь бы не доводить дела до патетических сцен, которые были для него хуже горькой редьки.

— Не вникнул, так слушай, да и разбери, можно переезжать или нет. Что значит переехать? Это значит: барин уйди на целый день да так одетый с утра и ходи...

— Что ж, хоть бы и уйти? — заметил Захар. — Отчего же и не отлучиться на целый день? Ведь нездорово сидеть дома. Вон вы какие нехорошие стали! Прежде вы были как огурчик, а теперь, как сидите, бог знает на что похожи. Походили бы по улицам, посмотрели бы на народ или на другое что...

— Полно вздор молоть, а слушай! — сказал Обломов. — Ходить по улицам!

— Да, право, — продолжал Захар с большим жаром. — Вон, говорят, какое-то неслыханное чудовище привезли: его бы поглядели. В тиатр или маскарад бы пошли, а тут бы без вас и переехали.

— Не болтай пустяков! Славно ты заботишься о барском покое! По-твоему, шатайся целый день — тебе нужды нет, что я пообедаю невесть где и как и не прилягу после обеда?.. Без меня они тут перевезут! Не догляди, так и перевезут — черепки. Знаю я, — с возрастающей убедительностью говорил Обломов, — что значит перевозка! Это значит ломка, шум; все вещи свалят в кучу на полу: тут и чемодан, и спинка дивана, и картины, и чубуки, и книги, и склянки какие-то, которых в другое время и не видать, а тут черт знает откуда возьмутся! Смотри за всем, чтоб не растеряли да не переломали... половина тут, другая на возу или на новой квартире: захочется покурить, возьмешь трубку, а табак уж уехал... Хочешь сесть, да не на что: до чего ни дотронулся — выпачкался; всё в пыли; вымыться нечем, и ходи вон с этакими руками, как у тебя...

— У меня руки чисты, — заметил Захар, показывая какие-то две подошвы вместо рук.

— Ну уж не показывай только! — сказал Илья Ильич, отворачиваясь. — А захочется пить, — продолжал Обломов, — взял графин, да стакана нет...

— Можно и из графина напиться! — добродушно прибавил Захар.

— Вот у вас всё так: можно и не мести, и пыли не стирать, и ковров не выколачивать. А на новой квартире, — продолжал Илья Ильич, увлекаясь сам живо представившейся ему картиной переезда, — дня в три не разберутся, всё не на своем месте: картины у стен, на полу, галоши на постели, сапоги в одном узле с чаем да с помадой. То, глядишь, ножка у кресла сломана, то стекло на картине разбито или диван в пятнах. Чего ни спросишь, — нет, никто не знает — где, или потеряно, или забыто на старой квартире: беги туда...

— В иную пору раз десять взад и вперед сбегаешь, — перебил Захар.

— Вот видишь ли! — продолжал Обломов. — А встанешь на новой квартире утром, что за скука! Ни воды, ни угольев нет, а зимой так холодом насидишься, настудят комнаты, а дров нет; поди бегай, занимай...

— Еще каких соседей Бог даст, — заметил опять Захар, — от иных не то что вязанки дров — ковша воды не допросишься.

— То-то же! — сказал Илья Ильич. — Переехал — к вечеру, кажется бы, и конец хлопотам: нет, еще провозишься недели две. Кажется, всё расставлено... смотришь, что-нибудь да осталось: сторы привесить, картинки приколотить — душу всю вытянет, жить не захочется... А издержек, издержек...

— Прошлый раз, восемь лет назад, рублев двести стало — как теперь помню, — подтвердил Захар.

— Ну вот, шутка! — говорил Илья Ильич. — А как дико жить сначала на новой квартире! Скоро ли привыкнешь? Да я ночей пять не усну на новом месте; меня тоска загрызет, как встану да увижу вон вместо этой вывески токаря другое что-нибудь напротив, или вон ежели из окна не выглянет эта стриженая старуха перед обедом, так мне и скучно... Видишь ли ты сам теперь, до чего доводил барина — а? — спросил с упреком Илья Ильич.

— Вижу, — прошептал смиренно Захар.

— Зачем же ты предлагал мне переехать? Станет ли человеческих сил вынести всё это?

— Я думал, что другие, мол, не хуже нас, да переезжают, так и нам можно... — сказал Захар.

— Что? Что? — вдруг с изумлением спросил Илья Ильич, приподнимаясь с кресел. — Что ты сказал?

Захар вдруг смутился, не зная, чем он мог подать барину повод к патетическому восклицанию и жесту. Он молчал.

— Другие не хуже! — с ужасом повторил Илья Ильич. — Вот ты до чего договорился! Я теперь буду знать, что я для тебя всё равно что «другой»!

Обломов поклонился иронически Захару и сделал в высшей степени оскорбленное лицо.

— Помилуйте, Илья Ильич, разве я равняю вас с кем-нибудь?..

— С глаз долой! — повелительно сказал Обломов, указывая рукой на дверь. — Я тебя видеть не могу. А! «другие»! Хорошо!

Захар с глубоким вздохом удалился к себе.

— Эка жизнь, подумаешь! — ворчал он, садясь на лежанку.

— Боже мой! — стонал тоже Обломов. — Вот хотел посвятить утро дельному труду, а тут расстроили на целый день! И кто же? свой собственный слуга, преданный, испытанный, а что сказал! И как это он мог?

Обломов долго не мог успокоиться; он ложился, вставал, ходил по комнате и опять ложился. Он в низведении себя Захаром до степени *других* видел нарушение прав своих на исключительное предпочтение Захаром особы барина всем и каждому.

Он вникал в глубину этого сравнения и разбирал, что такое *другие* и что он сам, в какой степени возможна и справедлива эта параллель и как тяжела обида, нанесенная ему Захаром; наконец, сознательно ли оскорбил его Захар, то есть убежден ли он был, что Илья Ильич всё равно что *другой*, или так это сорвалось у него с языка, без участия головы. Всё это задело самолюбие Обломова, и он решился показать Захару разницу между ним и теми, которых разумел Захар под именем *других*, и дать почувствовать ему всю гнусность его поступка.

— Захар! — протяжно и торжественно кликнул он.

Захар, услышав этот зов, не прыгнул по обыкновению с лежанки, стуча ногами, не заворчал; он медленно сполз с печки и пошел, задевая за всё и руками и боками, тихо, нехотя, как собака, которая по голосу господина чувствует, что проказа ее открыта и что зовут ее на расправу.

Захар отворил вполовину дверь, но войти не решался.

— Войди! — сказал Илья Ильич.

Хотя дверь отворялась свободно, но Захар отворял так, как будто нельзя было пролезть, и оттого только завяз в двери, но не вошел.

Обломов сидел на краю постели.

— Поди сюда! — настойчиво сказал он.

Захар с трудом высвободился из двери, но тотчас притворил ее за собой и прислонился к ней плотно спиной.

— Сюда! — говорил Илья Ильич, указывая пальцем место подле себя. Захар сделал полшага и остановился за две сажени от указанного места.

— Еще! — говорил Обломов.

Захар сделал вид, что будто шагнул, а сам только качнулся, стукнул ногой и остался на месте.

Илья Ильич, видя, что ему никак не удастся на этот раз подманить Захара ближе, оставил его там, где он стоял, и смотрел на него несколько времени молча, с укоризной.

Захар, чувствуя неловкость от этого безмолвного созерцания его особы, делал вид, что не замечает барина, и более, нежели когда-нибудь, стороной стоял к нему и даже не кидал в эту минуту своего одностороннего взгляда на Илью Ильича.

Он упорно стал смотреть налево, в другую сторону: там увидал он давно знакомый ему предмет — бахрому из паутины около картин, и в пауке — живой упрек своему нерадению.

— Захар! — тихо, с достоинством произнес Илья Ильич.

Захар не отвечал; он, кажется, думал: «Ну, чего тебе? Другого, что ли, Захара? Ведь я тут стою» — и перенес взгляд свой мимо барина, слева направо; там тоже напомнило ему о нем самом зеркало, подернутое, как кисеей, густою пылью: сквозь нее дико, исподлобья смотрел на него, как из тумана, собственный его же угрюмый и некрасивый лик.

Он с неудовольствием отвратил взгляд от этого грустного, слишком знакомого ему предмета и решился на минуту остановить его на Илье Ильиче. Взгляды их встретились.

Захар не вынес укора, написанного в глазах барина, и потупил свои вниз, под ноги: тут опять, в ковре, пропитанном пылью и пятнами, он прочел печальный аттестат своего усердия к господской службе.

— Захар! — с чувством повторил Илья Ильич.

— Чего изволите? — едва слышно прошептал Захар и чуть-чуть вздрогнул, предчувствуя патетическую речь.

— Дай мне квасу! — сказал Илья Ильич.

У Захара отлегло от сердца; он, с радости, как мальчишка, проворно бросился в буфет и принес квасу.

— Что, каково тебе? — кротко спросил Илья Ильич, отпив из стакана и держа его в руках. — Ведь нехорошо?

Вид дикости на лице Захара мгновенно смягчился блеснувшим в чертах его лучом раскаяния. Захар почувствовал первые признаки проснувшегося в груди и подступившего к сердцу благоговейного чувства к барину, и он вдруг стал смотреть прямо ему в глаза.

— Чувствуешь ли ты свой проступок? — спросил Илья Ильич.

«Что это за „проступок“ за такой? – думал Захар с горестью, – что-нибудь жалкое; ведь нехотя заплачешь, как он станет этак-то пропекать».

– Что ж, Илья Ильич, – начал Захар с самой низкой ноты своего диапазона, – я ничего не сказал, окроме того, что, мол...

– Нет, ты погоди! – перебил Обломов. – Ты понимаешь ли, что ты сделал? На вот, поставь стакан на стол и отвечай!

Захар ничего не отвечал и решительно не понимал, что он сделал, но это не помешало ему с благоговением посмотреть на барина; он даже понурил немного голову, сознавая свою вину.

– Как же ты не ядовитый человек? – говорил Обломов.

Захар всё молчал, только крупно мигнул раза три.

– Ты огорчил барина! – с расстановкой произнес Илья Ильич и пристально смотрел на Захара, наслаждаясь его смущением.

Захар не знал, куда деваться от тоски.

– Ведь огорчил? – спросил Илья Ильич.

– Огорчил! – шептал, растерявшись совсем, Захар от этого нового *жалкого* слова. Он метал взгляды направо, налево и прямо, ища в чем-нибудь спасения, и опять замелькали перед ним и паутина, и пыль, и собственное отражение, и лицо барина.

«Хоть бы сквозь землю провалиться! Эх, смерть нейдет!» – подумал он, видя, что не избежать ему патетической сцены, как ни вертись. И так он чувствовал, что мигает чаще и чаще и вот того и гляди брызнут слезы.

Наконец он отвечал барину известной песней, только в прозе.

– Чем же я огорчил вас, Илья Ильич? – почти плача сказал он.

– Чем? – повторил Обломов. – Да ты подумал ли, что такое *другой*?

Он остановился, продолжая глядеть на Захара

— Сказать ли тебе, что это такое?

Захар повернулся, как медведь в берлоге, и вздохнул на всю комнату.

— *Другой* — кого ты разумеешь — есть голь окаянная, грубый, необразованный человек, живет грязно, бедно, на чердаке; он и выспится себе на войлоке где-нибудь на дворе. Что этакому сделается? Ничего. Трескает-то он картофель да селедку. Нужда мечет его из угла в угол, он и бегает день-деньской. Он, пожалуй, и переедет на новую квартиру. Вон, Лягаев, возьмет линейку под мышку да две рубашки в носовой платок и идет... «Куда, мол, ты?» — «Переезжаю», — говорит. Вот это так *другой*! А я, по-твоему, *другой* — а?

Захар взглянул на барина, переступил с ноги на ногу и молчал.

— Что такое *другой*? — продолжал Обломов. — Другой есть такой человек, который сам себе сапоги чистит, одевается сам, хоть иногда и барином смотрит, да врет, он и не знает, что такое прислуга; послать некого — сам сбегает за чем нужно; и дрова в печке сам помешает, иногда и пыль оботрет...

— Из немцев много этаких, — угрюмо сказал Захар.

— То-то же! А я? Как ты думаешь, я *другой*?

— Вы совсем другой! — жалобно сказал Захар, всё не понимавший, что хочет сказать барин. — Бог знает, что это напустило такое на вас...

— Я совсем другой — а? Погоди, ты посмотри, что ты говоришь! Ты разбери-ка, как *другой*-то живет? *Другой* работает без устали, бегает, суетится, — продолжал Обломов, — не поработает, так и не поест. *Другой* кланяется, *другой* просит, унижается... А я? Ну-ка, реши: как ты думаешь, *другой* я — а?

— Да полно вам, батюшка, томить-то меня жалкими словами! — умолял Захар. — Ах ты, Господи!

— Я *другой*! Да разве я мечусь, разве работаю? Мало ем, что ли? Худощав или жалок на вид? Разве недостает мне чего-нибудь? Кажется, подать, сделать — есть кому! Я ни разу не натянул себе чулок на ноги, как живу, слава Богу! Стану ли я беспокоиться? Из чего мне? И кому я это говорю? Не ты ли с детства ходил за мной? Ты всё это знаешь, видел, что я воспитан нежно, что я ни холода, ни голода никогда не терпел, нужды не знал, хлеба себе не заработывал и вообще черным делом не занимался. Так как же это у тебя достало духу равнять меня с другими? Разве у меня такое здоровье, как у этих *других*? Разве я могу всё это делать и перенести?

Захар потерял решительно всякую способность понять речь Обломова; но губы у него вздулись от внутреннего волнения; патетическая сцена гремела, как туча, над головой его. Он молчал.

— Захар! — повторил Илья Ильич.

— Чего изволите? — чуть слышно просипел Захар.

— Дай еще квасу.

Захар принес квасу, и когда Илья Ильич, напившись, отдал ему стакан, он было проворно пошел к себе.

— Нет, нет, ты постой! — заговорил Обломов. — Я спрашиваю тебя: как ты мог так горько оскорбить барина, которого ты ребенком носил на руках, которому век служишь и который благодетельствует тебе?

Захар не выдержал: слово *благодетельствует* доконало его! Он начал мигать чаще и чаще. Чем меньше понимал он, что говорил ему в патетической речи Илья Ильич, тем грустнее становилось ему.

— Виноват, Илья Ильич, — начал он сипеть с раскаянием, — это я по глупости, право, по глупости...

И Захар, не понимая, что он сделал, не знал, какой глагол употребить в конце своей речи.

— А я, — продолжал Обломов голосом оскорбленного и не оцененного по достоинству человека, — еще забочусь день и ночь, тружусь, иногда голова горит, сердце замирает, по ночам не спишь, ворочаешься, всё думаешь, как бы лучше... а о ком? Для кого? Всё для вас, для крестьян; стало быть, и для тебя. Ты, может быть, думаешь, глядя, как я иногда покроюсь совсем одеялом с головой, что я лежу как пень да сплю; нет, не сплю я, а думаю всё крепкую думу, чтоб крестьяне не потерпели ни в чем нужды, чтоб не позавидовали чужим, чтоб не плакались на меня Господу Богу на Страшном суде, а молились бы да поминали меня добром. Неблагодарные! — с горьким упреком заключил Обломов.

Захар тронулся окончательно последними *жалкими* словами. Он начал понемногу всхлипывать; сипенье и хрипенье слились в этот раз в одну невозможную ни для какого инструмента ноту, разве только для какого-нибудь китайского гонга или индийского тамтама.

— Батюшка, Илья Ильич! — умолял он. — Полно вам! Что вы, Господь с вами, такое несете! Ах ты, Мать Пресвятая Богородица! Какая беда вдруг стряслась нежданно-негаданно...

— А ты, — продолжал, не слушая его, Обломов, — ты бы постыдился выговорить-то! Вот какую змею отогрел на груди!

— Змея! — произнес Захар, всплеснув руками, и так приударил плачем, как будто десятка два жуков влетели и зажужжали в комнате. — Когда же я змею поминал? — говорил он среди рыданий. — Да я и во сне-то не вижу ее, поганую!

Оба они перестали понимать друг друга, а наконец, каждый и себя.

— Да как это язык поворотился у тебя? — продолжал Илья Ильич. — А я еще в плане моем определил ему особый дом, огород, отсыпной хлеб, назначил жалованье! Ты у меня и управляющий, и мажордом, и поверенный по делам! Мужики тебе в пояс; все тебе: Захар Трофимыч да Захар Трофимыч! А он всё еще недоволен, в «другие» пожаловал! Вот и награда! Славно барина честит!

Захар продолжал всхлипывать, и Илья Ильич был сам растроган. Увещевая Захара, он глубоко проникся в эту минуту сознанием благодеяний, оказанных им крестьянам, и последние упреки досказал дрожащим голосом, со слезами на глазах.

— Ну, теперь иди с Богом! — сказал он примирительным тоном Захару. — Да постой, дай еще квасу! В горле совсем пересохло: сам бы догадался — слышишь, барин хрипит? До чего довел!

— Надеюсь, что ты понял свой проступок, — говорил Илья Ильич, когда Захар принес квасу, — и вперед не станешь сравнивать барина с другими. Чтоб загладить свою вину, ты как-нибудь уладь с хозяином, чтоб мне не переезжать. Вот как ты бережешь покой барина: расстроил совсем и лишил меня какой-нибудь новой, полезной мысли. А у кого отнял? У себя же; для вас я посвятил всего себя, для вас вышел в отставку, сижу взаперти... Ну да Бог с тобой! Вон три часа бьет! Два часа только до обеда, что успеешь сделать в два часа? — Ничего. А дела куча. Так и быть, письмо отложу до следующей почты, а план набросаю завтра. Ну, я теперь прилягу немного: измучился совсем; ты опусти сторы да затвори меня поплотнее, чтоб не мешали; может быть, я с часик и усну; а в половине пятого разбуди.

Захар начал закупоривать барина в кабинете; он сначала покрыл его самого и подоткнул одеяло под него, потом опустил сторы, плотно запер все двери и ушел к себе.

— Чтоб тебе издохнуть, леший этакой! — ворчал он, отирая следы слез и влезая на лежанку. — Право, леший! Особый дом, огород, жалованье! — говорил Захар, понявший только последние слова. — Мастер жалкие-то слова говорить: так по сердцу точно ножом и режет... Вот тут мой и дом, и огород, тут и ноги протяну! — говорил он, с яростью ударяя по лежанке. — Жалованье! Как не приберешь гривен да пятаков к рукам, так и табаку не на что купить, и куму нечем попотчевать! Чтоб тебе пусто было!.. Подумаешь, смерть-то нейдет!

Илья Ильич лег на спину, но не вдруг заснул. Он думал, думал, волновался, волновался...

— Два несчастья вдруг! — говорил он, завертываясь в одеяло совсем с головой. — Прошу устоять!

Но в самом-то деле эти два *несчастья*, то есть зловещее письмо старосты и переезд на новую квартиру, переставали тревожить Обломова и поступали уже только в ряд беспокойных воспоминаний.

«До бед, которыми грозит староста, еще далеко, — думал он, — до тех пор многое может перемениться: авось дожди поправят хлеб; может быть, недоимки староста пополнит; бежавших мужиков „водворят на место жительства", как он пишет».

«И куда это они ушли, эти мужики! — думал он и углубился более в художественное рассмотрение этого обстоятельства. — Поди, чай, ночью ушли, по сырости, без хлеба. Где же они уснут? Неужели в лесу? Ведь не сидится же! В избе хоть и скверно пахнет, да тепло по крайней мере...»

«И что тревожиться? — думал он. — Скоро и план подоспеет — чего ж пугаться заранее? Эх, я...»

Мысль о переездке тревожила его несколько более. Это было свежее, позднейшее *несчастье*; но в успокоительном духе Обломова и для этого факта наступала уже история. Хотя он смутно и предвидел неизбежность переезда, тем более что тут вмешался Тарантьев, но он мысленно отдалял это тревожное событие своей жизни хоть на неделю, и вот уже выиграна целая неделя спокойствия!

«А *может быть*, еще Захар постарается так уладить, что и вовсе не нужно будет переезжать, *авось* обойдутся: отложат до будущего лета или совсем отменят перестройку: ну, *как-нибудь* да сделают! Нельзя же в самом деле... переезжать!..»

Так он попеременно волновался и успокоивался, и, наконец, в этих примирительных и успокоительных словах *авось, может быть* и *как-нибудь* Обломов нашел и на этот раз, как находил всегда, целый ковчег надежд и утешений, как в ковчеге завета отцов наших, и в настоящую минуту он успел оградить себя ими от двух несчастий.

Уже легкое, приятное онемение пробежало по членам его и начало чуть-чуть туманить сном его чувства, как первые, робкие морозцы туманят поверхность вод; еще минута — и сознание улетело бы бог весть куда, но вдруг Илья Ильич очнулся и открыл глаза.

— А ведь я не умылся! Как же это? Да и ничего не сделал, — прошептал он. — Хотел изложить план на бумаге и не изложил, к исправнику не написал, к губернатору тоже, к домовому хозяину начал письмо и не кончил, счетов не поверил и денег не выдал — утро так и пропало!

Он задумался...

«Что ж это такое? А *другой* бы всё это сделал? — мелькнуло у него в голове. — Другой, другой... Что же это такое *другой*?»

Он углубился в сравнение себя с *другим*. Он начал думать, думать: и теперь у него формировалась идея, совсем противоположная той, которую он дал Захару о *другом*.

Он должен был признать, что другой успел бы написать все письма, так что *который* и *что* ни разу не столкнулись бы между собою, другой и переехал бы на новую квартиру, и план исполнил бы, и в деревню съездил бы...

«Ведь и я бы мог всё это... — думалось ему, — ведь я умею, кажется, и писать; писывал, бывало, не то что письма, а помудренее этого! Куда же всё это делось? И переехать что за штука? Стоит захотеть! *Другой* и халата никогда не надевает, — прибавилось еще к характеристике другого, — *другой*... — тут он зевнул... — почти не спит... *другой* тешится жизнью, везде бывает, всё видит, до всего ему дело... А я! я... не *другой*!» — уже с грустью сказал он и впал в глубокую думу. Он даже высвободил голову из-под одеяла.

Настала одна из ясных сознательных минут в жизни Обломова.

Как страшно стало ему, когда вдруг в душе его возникло живое и ясное представление о человеческой судьбе и назначении, и когда мелькнула параллель между этим назначением и собственной его жизнью, когда в голове просыпались, один за другим, и беспорядочно, пугливо носились, как птицы, пробужденные внезапным лучом солнца в дремлющей развалине, разные жизненные вопросы.

Ему грустно и больно стало за свою неразвитость, остановку в росте нравственных сил, за тяжесть, мешающую всему; и зависть грызла его, что другие так полно и широко живут, а у него как будто тяжелый камень брошен на узкой и жалкой тропе его существования.

В робкой душе его выработывалось мучительное сознание, что многие стороны его натуры не пробуждались совсем, другие были чуть-чуть тронуты, и ни одна не разработана до конца.

А между тем он болезненно чувствовал, что в нем зарыто, как в могиле, какое-то хорошее, светлое начало, может быть теперь уже умершее, или лежит оно, как золото в недрах горы, и давно бы пора этому золоту быть ходячей монетой.

Но глубоко и тяжело завален клад дрянью, наносным сором. Кто-то будто украл и закопал в собственной его душе принесенные ему в дар миром и жизнью сокровища. Что-то помешало ему ринуться на поприще жизни и лететь по нему на всех парусах ума и воли. Какой-то тайный враг наложил на него тяжелую руку в начале пути и далеко отбросил от прямого человеческого назначения...

И уж не выбраться ему, кажется, из глуши и дичи на прямую тропинку. Лес кругом его и в душе всё чаще и темнее; тропинка зарастает более и более; светлое сознание просыпается всё реже и только на мгновение будит спящие силы. Ум и воля давно парализованы, и, кажется, безвозвратно.

События его жизни умельчились до микроскопических размеров, но и с теми событиями не справится он; он не переходит от одного к другому, а перебрасывается ими, как с волны на волну; он не в силах одному противопоставить упругость воли или увлечься разумом вслед за другим.

Горько становилось ему от этой тайной исповеди перед самим собою. Бесплодные сожаления о минувшем, жгучие упреки совести язвили его, как иглы, и он всеми силами старался свергнуть с себя бремя этих упреков, найти виноватого вне себя и на него обратить жало их. Но на кого?

— Это всё... Захар! — прошептал он.

Вспомнил он подробности сцены с Захаром, и лицо его вспыхнуло целым пожаром стыда.

«Что, если б кто-нибудь слышал это?.. — думал он, цепенея от этой мысли. — Слава Богу, что Захар не сумеет пересказать никому; да и не поверят; слава Богу!»

Он вздыхал, проклинал себя, ворочался с боку на бок, искал виноватого и не находил. Охи и вздохи его достигли даже до ушей Захара.

— Эк его там с квасу-то раздувает! — с сердцем ворчал Захар.

«Отчего же это я такой? — почти со слезами спросил себя Обломов и спрятал опять голову под одеяло, — право?»

Поискав бесполезно враждебного начала, мешающего ему жить как следует, как живут «другие», он вздохнул, закрыл глаза, и чрез несколько минут дремота опять начала понемногу оковывать его чувства.

— И я бы тоже... хотел... — говорил он, мигая с трудом, — что-нибудь такое... Разве природа уж так обидела меня... Да нет, слава Богу... жаловаться нельзя...

За этим послышался примирительный вздох. Он переходил от волнения к нормальному своему состоянию, спокойствию и апатии.

— Видно, уж так судьба... Что ж мне тут делать?.. — едва шептал он, одолеваемый сном.

— «Яко две тысячи поменее доходу»... — сказал он вдруг громко в бреду. — Сейчас, сейчас, погоди... — и очнулся вполовину.

— Однако... любопытно бы знать... отчего я... такой?.. — сказал он опять шепотом. Веки у него закрылись совсем. — Да, отчего?.. Должно быть... это... оттого... — силился выговорить он и не выговорил.

Так он и не додумался до причины; язык и губы мгновенно замерли на полуслове и остались, как были, полуоткрыты. Вместо слова послышался еще вздох, и вслед за тем начало раздаваться ровное храпенье безмятежно спящего человека.

Сон остановил медленный и ленивый поток его мыслей и мгновенно перенес его в другую эпоху, к другим людям, в другое место, куда перенесемся за ним и мы с читателем в следующей главе.

IX
СОН ОБЛОМОВА

Где мы? В какой благословенный уголок земли перенес нас сон Обломова? Что за чудный край!

Нет, правда, там моря, нет высоких гор, скал и пропастей, ни дремучих лесов — нет ничего грандиозного, дикого и угрюмого.

Да и зачем оно, это дикое и грандиозное? Море, например? Бог с ним! Оно наводит только грусть на человека: глядя на него, хочется плакать. Сердце смущается робостью перед необозримой пеленой вод, и не на чем отдохнуть взгляду, измученному однообразием бесконечной картины.

Рев и бешеные раскаты валов не нежат слабого слуха: они все твердят свою, от начала мира одну и ту же песнь мрачного и неразгаданного содержания; и всё слышится в ней один и тот же стон, одни и те же жалобы будто обреченного на муку чудовища да чьи-то пронзительные, зловещие голоса. Птицы не щебечут вокруг; только безмолвные чайки, как осужденные, уныло носятся у прибрежья и кружатся над водой.

Бессилен рев зверя перед этими воплями природы, ничтожен и голос человека, и сам человек так мал, слаб, так незаметно исчезает в мелких подробностях широкой картины! От этого, может быть, так и тяжело ему смотреть на море.

Нет, Бог с ним, с морем! Самая тишина и неподвижность его не рождают отрадного чувства в душе: в едва заметном колебании водяной массы человек всё видит ту же необъятную, хотя и спящую, силу, которая подчас так ядовито издевается над его гордой волей и так глубоко хоронит его отважные замыслы, все его хлопоты и труды.

Горы и пропасти созданы тоже не для увеселения человека. Они грозны, страшны, как выпущенные и устремленные на него когти и зубы дикого зверя; они слишком живо напоминают нам бренный состав наш и держат в страхе и тоске за жизнь. И небо там, над скалами и пропастями, кажется таким далеким и недосягаемым, как будто оно отступилось от людей.

Не таков мирный уголок, где вдруг очутился наш герой.

Небо там, кажется, напротив, ближе жмется к земле, но не с тем, чтоб метать сильнее стрелы, а разве только, чтоб обнять ее покрепче, с любовью: оно распростерлось так невысоко над головой, как родительская надежная кровля, чтоб уберечь, кажется, избранный уголок от всяких невзгод.

Солнце там ярко и жарко светит около полугода и потом удаляется оттуда не вдруг, точно нехотя, как будто оборачивается назад взглянуть еще раз или два на любимое место и подарить ему осенью, среди ненастья, ясный, теплый день.

Горы там как будто только модели тех страшных, где-то воздвигнутых гор, которые ужасают воображение. Это ряд отлогих холмов, с которых приятно кататься, резвясь, на спине или, сидя на них, смотреть в раздумье на заходящее солнце.

Река бежит весело, шаля и играя; она то разольется в широкий пруд, то стремится быстрой нитью, или присмиреет, будто задумавшись, и чуть-чуть ползет по камешкам, выпуская из себя по сторонам резвые ручьи, под журчанье которых сладко дремлется.

Весь уголок верст на пятнадцать или на двадцать вокруг представлял ряд живописных этюдов, веселых, улыбающихся пейзажей. Песчаные и отлогие берега светлой речки, подбирающийся с холма к воде мелкий кустарник, искривленный овраг с ручьем на дне и березовая роща — всё как будто было нарочно прибрано одно к одному и мастерски нарисовано.

Измученное волнениями или вовсе незнакомое с ними сердце так и просится спрятаться в этот забытый всеми уголок и жить никому не ведомым счастьем. Всё сулит там покойную, долговременную жизнь до желтизны волос и незаметную, сну подобную смерть.

Правильно и невозмутимо совершается там годовой круг.

По указанию календаря наступит в марте весна, побегут грязные ручьи с холмов, оттает земля и задымится теплым паром; скинет крестьянин полушубок, выйдет в одной рубашке на воздух и, прикрыв глаза рукой, долго любуется солнцем, с удовольствием пожимая плечами; потом он потянет опрокинутую вверх дном телегу то за одну, то за другую оглоблю или осмотрит и ударит ногой праздно лежащую под навесом соху, готовясь к обычным трудам.

Не возвращаются внезапные вьюги весной, не засыпают полей и не ломают снегом деревьев.

Зима, как неприступная, холодная красавица, выдерживает свой характер вплоть до узаконенной поры тепла; не дразнит неожиданными оттепелями и не гнет в три дуги неслыханными морозами; всё идет обычным, предписанным природой общим порядком.

В ноябре начинается снег и мороз, который к Крещенью усиливается до того, что крестьянин, выйдя на минуту из избы, воротится непременно с инеем на бороде; а в феврале чуткий нос уж чувствует в воздухе мягкое веянье близкой весны.

Но лето, лето особенно упоительно в том краю. Там надо искать свежего, сухого воздуха, напоенного — не лимоном и не лавром, а просто запахом полыни, сосны и черемухи; там искать ясных дней, слегка жгучих, но не палящих лучей солнца и почти в течение трех месяцев безоблачного неба.

Как пойдут ясные дни, то и длятся недели три-четыре; и вечер тепел там, и ночь душна. Звезды так приветливо, так дружески мигают с небес.

Дождь ли пойдет — какой благотворный летний дождь! Хлынет бойко, обильно, весело запрыгает, точно крупные и жаркие слезы внезапно обрадованного человека; а только перестанет — солнце уже опять с ясной улыбкой любви осматривает и сушит поля и пригорки; и вся сторона опять улыбается счастьем в ответ солнцу.

Радостно приветствует дождь крестьянин: «Дождичек вымочит, солнышко высушит!» — говорит он, подставляя с наслаждением под теплый ливень лицо, плечи и спину.

Грозы не страшны, а только благотворны там: бывают постоянно в одно и то же установленное время, не забывая почти никогда Ильина дня, как будто для того, чтоб поддержать известное предание в народе. И число и сила ударов, кажется, всякий год одни и те же, точно как будто из казны отпускалась на год на весь край известная мера электричества.

Ни страшных бурь, ни разрушений не слыхать в том краю.

В газетах ни разу никому не случилось прочесть чего-нибудь подобного об этом благословенном Богом уголке. И никогда бы ничего и не было напечатано, и не слыхали бы про этот край, если б только крестьянская вдова Марина Кулькова, двадцати восьми лет, не родила зараз четырех младенцев, о чем уже умолчать никак было нельзя.

Не наказывал Господь той стороны ни египетскими, ни простыми язвами. Никто из жителей не видал и не помнит никаких страшных небесных знамений, ни шаров огненных, ни внезапной темноты; не водится там ядовитых гадов; саранча не залетает туда; нет ни львов рыкающих, ни тигров ревущих, ни даже медведей и волков, потому что нет лесов. По полям и по деревне бродят только в обилии коровы жующие, овцы блеющие и куры кудахтающие.

Бог знает, удовольствовался ли бы поэт или мечтатель природой мирного уголка. Эти господа, как известно, любят засматриваться на луну да слушать щелканье соловьев. Любят они луну-кокетку, которая бы наряжалась в палевые облака да сквозила таинственно через ветви дерев или сыпала снопы серебряных лучей в глаза своим поклонникам.

А в этом краю никто и не знал, что за луна такая, — все называли ее месяцем. Она как-то добродушно, во все глаза смотрела на деревни и поле и очень походила на медный вычищенный таз.

Напрасно поэт стал бы глядеть восторженными глазами на нее: она так же бы простодушно глядела и на поэта, как круглолицая деревенская красавица глядит в ответ на страстные и красноречивые взгляды городского волокиты.

Соловьев тоже не слыхать в том краю, может быть, оттого, что не водилось там тенистых приютов и роз; но зато какое обилие перепелов! Летом, при уборке хлеба, мальчишки ловят их руками.

Да не подумают, однако ж, чтоб перепела составляли там предмет гастрономической роскоши, — нет, такое развращение не проникло в нравы жителей того края: перепел — птица, уставом в пищу не показанная. Она там услаждает людской слух пением: оттого почти в каждом дому под кровлей в нитяной клетке висит перепел.

Поэт и мечтатель не остались бы довольны даже общим видом этой скромной и незатейливой местности. Не удалось бы им там видеть какого-нибудь вечера в швейцарском или шотландском вкусе, когда вся природа — и лес, и вода, и стены хижин, и песчаные холмы — всё горит точно багровым заревом; когда по этому багровому фону резко оттеняется едущая по песчаной извилистой дороге кавалькада мужчин, сопутствующих какой-нибудь леди в прогулках к угрюмой развалине или поспешающих в крепкий замок, где их ожидает эпизод о войне двух роз, рассказанный дедом, дикая коза на ужин да пропетая молодою мисс под звуки лютни баллада — картины, которыми так богато населило наше воображение перо Вальтера Скотта.

Нет, этого ничего не было в нашем краю.

Как всё тихо, всё сонно в трех-четырех деревеньках, составляющих этот уголок! Они лежали недалеко друг от друга и были как будто случайно брошены гигантской рукой и рассыпались в разные стороны, да так с тех пор и остались.

Как одна изба попала на обрыв оврага, так и висит там с незапамятных времен, стоя одной половиной на воздухе и подпираясь тремя жердями. Три-четыре поколения тихо и счастливо прожили в ней.

Кажется, курице страшно бы войти в нее, а там живет с женой Онисим Суслов, мужчина солидный, который не уставится во весь рост в своем жилище.

Не всякий и сумеет войти в избу к Онисиму; разве только что посетитель упросит ее *стать к лесу задом, а к нему передом*.

Крыльцо висело над оврагом, и, чтоб попасть на крыльцо ногой, надо было одной рукой ухватиться за траву, другой за кровлю избы и потом шагнуть прямо на крыльцо.

Другая изба прилепилась к пригорку, как ласточкино гнездо; там три очутились случайно рядом, а две стоят на самом дне оврага.

Тихо и сонно всё в деревне: безмолвные избы отворены настежь; не видно ни души; одни мухи тучами летают и жужжат в духоте.

Войдя в избу, напрасно станешь кликать громко: мертвое молчание будет ответом: в редкой избе отзовется болезненным стоном или глухим кашлем старуха, доживающая свой век на печи, или появится из-за перегородки босой длинноволосый трехлетний ребенок в одной рубашонке, молча, пристально поглядит на вошедшего и робко спрячется опять.

Та же глубокая тишина и мир лежат и на полях; только кое-где, как муравей, гомозится на черной ниве палимый зноем пахарь, налегая на соху и обливаясь потом.

Тишина и невозмутимое спокойствие царствуют в нравах людей в том краю. Ни грабежей, ни убийств, никаких страшных случайностей не бывало там; ни сильные страсти, ни отважные предприятия не волновали их.

И какие бы страсти и предприятия могли волновать их? Всякий знал там самого себя. Обитатели этого края далеко жили от других людей. Ближайшие деревни и уездный город были верстах в двадцати пяти и тридцати.

Крестьяне в известное время возили хлеб на ближайшую пристань к Волге, которая была их Колхидой и геркулесовыми столпами, да раз в год ездили некоторые на ярмарку, и более никаких сношений ни с кем не имели.

Интересы их были сосредоточены на них самих, не перекрещивались и не соприкасались ни с чьими.

Они знали, что в восьмидесяти верстах от них была «губерния», то есть губернский город, но редкие езжали туда; потом знали, что подальше, там, Саратов или Нижний; слыхали, что есть Москва и Питер, что за Питером живут французы или немцы, а далее уже начинался для них, как для древних, темный мир, неизвестные страны, населенные чудовищами, людьми о двух головах, великанами; там следовал мрак — и, наконец, всё оканчивалось той рыбой, которая держит на себе землю.

И как уголок их был почти непроезжий, то и неоткуда было почерпать новейших известий о том, что делается на белом свете: обозники с деревянной посудой жили только в двадцати верстах и знали не больше их. Не с чем даже было сличить им своего житья-бытья; хорошо ли они живут, нет ли; богаты ли они, бедны ли; можно ли было чего еще пожелать, что есть у других.

Счастливые люди жили, думая, что иначе и не должно и не может быть, уверенные, что и все другие живут точно так же и что жить иначе — грех.

Они бы и не поверили, если б сказали им, что другие как-нибудь иначе пашут, сеют, жнут, продают. Какие же страсти и волнения могли быть у них?

У них, как и у всех людей, были и заботы, и слабости, взнос подати или оброка, лень и сон; но всё это обходилось им дешево, без волнений крови.

В последние пять лет из нескольких сот душ не умер никто, не то что насильственною, даже естественною смертью.

А если кто от старости или от какой-нибудь застарелой болезни и почил вечным сном, то там долго после того не могли надивиться такому необыкновенному случаю.

Между тем им нисколько не показалось удивительно, как это, например, кузнец Тарас чуть было собственноручно не запарился до смерти в землянке, до того, что надо было отливать его водой.

Из преступлений одно, именно кража гороху, моркови и репы по огородам, было в большом ходу, да однажды вдруг исчезли два поросенка и курица — происшествие, возмутившее весь околоток и приписанное единогласно проходившему накануне обозу с деревянной посудой на ярмарку. А то вообще случайности всякого рода были весьма редки.

Однажды, впрочем, еще найден был лежащий за околицей, в канаве, у моста, видно, отставший от проходившей в город артели человек.

Мальчишки первые заметили его и с ужасом прибежали в деревню с вестью о каком-то страшном змее или оборотне, который лежит в канаве, прибавив, что он погнался за ними и чуть не съел Кузьку.

Мужики, поудалее, вооружились вилами и топорами и гурьбой пошли к канаве.

— Куда вас несет? — унимали старики. — Аль шея-то крепка? Чего вам надо? Не замайте: вас не гонят.

Но мужики пошли и сажен за пятьдесят до места стали окликать чудовище разными голосами: ответа не было; они остановились; потом опять двинулись.

В канаве лежал мужик, опершись головой в пригорок; около него валялись мешок и палка, на которой навешаны были две пары лаптей.

Мужики не решались ни подходить близко, ни трогать.

— Эй! Ты, брат! — кричали они по очереди, почесывая кто затылок, кто спину. — Как там тебя? Эй, ты! Что тебе тут?

Прохожий сделал движение, чтоб приподнять голову, но не мог: он, по-видимому, был нездоров или очень утомлен.

Один решился было тронуть его вилой.

— Не замай! Не замай! — закричали многие. — Почем знать, какой он: ишь, не бает ничего: может быть, какой-нибудь такой... Не замайте его, ребята!

— Пойдем, — говорили некоторые, — право-слово, пойдем: что он нам, дядя, что ли? Только беды с ним!

И все ушли назад, в деревню, рассказав старикам, что там лежит нездешний, ничего не бает, и Бог его ведает, что он там...

— Нездешний, так и не замайте! — говорили старики, сидя на завалинке и положив локти на коленки. — Пусть его себе! И ходить не по что было вам!

Таков был уголок, куда вдруг перенесся во сне Обломов.

Из трех или четырех разбросанных там деревень была одна Сосновка, другая Вавиловка, в одной версте друг от друга.

Сосновка и Вавиловка были наследственной отчиной рода Обломовых и оттого известны были под общим именем Обломовки.

В Сосновке была господская усадьба и резиденция. Верстах в пяти от Сосновки лежало сельцо Верхлёво, тоже принадлежавшее некогда фамилии Обломовых и давно перешедшее в другие руки, и еще несколько причисленных к этому же селу кое-где разбросанных изб.

Село принадлежало богатому помещику, который никогда не показывался в свое имение: им заведовал управляющий из немцев.

Вот и вся география этого уголка.

Илья Ильич проснулся утром в своей маленькой постельке. Ему только семь лет. Ему легко, весело.

Какой он хорошенький, красненький, полный! Щечки такие кругленькие, что иной шалун надуется нарочно, а таких не сделает.

Няня ждет его пробуждения. Она начинает натягивать ему чулочки; он не дается, шалит, болтает ногами; няня ловит его, и оба они хохочут.

Наконец удалось ей поднять его на ноги; она умывает его, причесывает головку и ведет к матери.

Обломов, увидев давно умершую мать, и во сне затрепетал от радости, от жаркой любви к ней: у него, у сонного, медленно выплыли из-под ресниц и стали неподвижно две теплые слезы.

Мать осы́пала его страстными поцелуями, потом осмотрела его жадными, заботливыми глазами, не мутны ли глазки, спросила, не болит ли что-нибудь, расспросила няньку, покойно ли он спал, не просыпался ли ночью, не метался ли во сне, не было ли у него жару? Потом взяла его за руку и подвела к образу.

Там, став на колени и обняв его одной рукой, подсказывала она ему слова молитвы.

Мальчик рассеянно повторял их, глядя в окно, откуда лилась в комнату прохлада и запах сирени.

— Мы, маменька, сегодня пойдем гулять? — вдруг спрашивал он среди молитвы.

— Пойдем, душенька, — торопливо говорила она, не отводя от иконы глаз и спеша договорить святые слова.

Мальчик вяло повторял их, но мать влагала в них всю свою душу.

Потом шли к отцу, потом к чаю.

Около чайного стола Обломов увидал живущую у них престарелую тетку, восьмидесяти лет, беспрерывно ворчавшую на свою девчонку, которая, тряся от старости головой, прислуживала ей, стоя за ее стулом. Там и три пожилые девушки, дальние родственницы отца его, и немного помешанный деверь его матери, и помещик семи душ, Чекменев, гостивший у них, и еще какие-то старушки и старички.

Весь этот штат и свита дома Обломовых подхватили на руки Илью Ильича и начали осыпать его ласками и похвалами; он едва успевал утирать следы непрошеных поцелуев.

После того начиналось кормление его булочками, сухариками, сливочками.

Потом мать, приласкав его еще, отпускала гулять в сад, по двору, на луг, с строгим подтверждением няньке не оставлять ребенка одного, не допускать к лошадям, к собакам, к козлу, не уходить далеко от дома, а главное, не пускать его в овраг, как самое страшное место в околотке, пользовавшееся дурною репутацией.

Там нашли однажды собаку, признанную бешеною потому только, что она бросилась от людей прочь, когда на нее собрались с вилами и топорами, и исчезла где-то за горой; в овраг свозили падаль; в овраге предполагались и разбойники, и волки, и разные другие существа, которых или в том краю, или совсем на свете не было.

Ребенок не дождался предостережений матери: он уж давно на дворе.

Он с радостным изумлением, как будто в первый раз, осмотрел и обежал кругом родительский дом с покривившимися набок воротами, с севшей на середине деревянной кровлей, на которой рос нежный зеленый мох, с шатающимся крыльцом, разными пристройками и настройками и с запущенным садом.

Ему страсть хочется взбежать на огибающую весь дом висячую галерею, чтоб посмотреть оттуда на речку; но галерея ветха, чуть-чуть держится, и по ней дозволяется ходить только «людям», а господа не ходят.

Он не внимал запрещениям матери и уже направился было к соблазнительным ступеням, но на крыльце показалась няня и кой-как поймала его.

Он бросился от нее к сеновалу, с намерением взобраться туда по крутой лестнице, и едва она поспевала дойти до сеновала, как уж надо было спешить разрушать его замыслы влезть на голубятню, проникнуть на скотный двор и, чего Боже сохрани! — в овраг.

— Ах ты, Господи, что за ребенок, за юла за такая! Да посидишь ли ты смирно, сударь? Стыдно! — говорила нянька.

И целый день, и все дни и ночи няни наполнены были суматохой, беготней: то пыткой, то живой радостью за ребенка, то страхом, что он упадет и расшибет нос, то умилением от его непритворной детской ласки или смутной тоской за отдаленную его будущность: этим только и билось сердце ее, этими волнениями подогревалась кровь старухи, и поддерживалась кое-как ими сонная жизнь ее, которая без того, может быть, угасла бы давным-давно.

Не всё резв, однако ж, ребенок: он иногда вдруг присмиреет, сидя подле няни, и смотрит на всё так пристально. Детский ум его наблюдает все совершающиеся перед ним явления; они западают глубоко в душу его, потом растут и зреют вместе с ним.

Утро великолепное; в воздухе прохладно; солнце еще невысоко. От дома, от деревьев, и от голубятни, и от галереи — от всего побежали далеко длинные тени. В саду и на дворе образовались прохладные уголки, манящие к задумчивости и сну. Только вдали поле с рожью точно горит огнем, да речка так блестит и сверкает на солнце, что глазам больно.

— Отчего это, няня, тут темно, а там светло, а ужо будет и там светло? — спрашивал ребенок.

— Оттого, батюшка, что солнце идет навстречу месяцу и не видит его, так и хмурится; а ужо как завидит издали, так и просветлеет.

Задумывается ребенок и всё смотрит вокруг: видит он, как Антип поехал за водой, а по земле, рядом с ним, шел другой Антип, вдесятеро больше настоящего, и бочка казалась с дом величиной, а тень лошади покрыла собой весь луг, тень шагнула только два раза по лугу и вдруг двинулась за гору, а Антип еще и со двора не успел съехать.

Ребенок тоже шагнул раза два, еще шаг — и он уйдет за гору.

Ему хотелось бы к горе, посмотреть, куда делась лошадь. Он к воротам, но из окна послышался голос матери:

— Няня! Не видишь, что ребенок выбежал на солнышко! Уведи его в холодок; напечет ему головку — будет болеть, тошно сделается, кушать не станет. Он этак у тебя в овраг уйдет!

— У! баловень! — тихо ворчит нянька, утаскивая его на крыльцо.

Смотрит ребенок и наблюдает острым и переимчивым взглядом, как и что делают взрослые, чему посвящают они утро.

Ни одна мелочь, ни одна черта не ускользает от пытливого внимания ребенка; неизгладимо врезывается в душу картина домашнего быта; напитывается мягкий ум живыми примерами и бессознательно чертит программу своей жизни по жизни, его окружающей.

Нельзя сказать, чтоб утро пропадало даром в доме Обломовых. Стук ножей, рубивших котлеты и зелень в кухне, долетал даже до деревни.

Из людской слышалось шипенье веретена да тихий, тоненький голос бабы: трудно было распознать, плачет ли она или импровизирует заунывную песню без слов.

На дворе, как только Антип воротился с бочкой, из разных углов поползли к ней с ведрами, корытами и кувшинами бабы, кучера.

А там старуха пронесет из амбара в кухню чашку с мукой да кучу яиц; там повар вдруг выплеснет воду из окошка и обольет Арапку, которая целое утро, не сводя глаз, смотрит в окно, ласково виляя хвостом и облизываясь.

Сам Обломов-старик тоже не без занятий. Он целое утро сидит у окна и неукоснительно наблюдает за всем, что делается на дворе.

— Эй, Игнашка? Что несешь, дурак? — спросит он идущего по двору человека.

— Несу ножи точить в людскую, — отвечает тот, не взглянув на барина.

— Ну неси, неси, да хорошенько, смотри, наточи!

Потом остановит бабу:

— Эй, баба! Баба! Куда ходила?

— В погреб, батюшка, — говорила она, останавливаясь, и, прикрыв глаза рукой, глядела на окно, — молока к столу достать.

— Ну иди, иди! — отвечал барин. — Да смотри, не пролей молоко-то. — А ты, Захарка, постреленок, куда опять бежишь? — кричал потом. — Вот я тебе дам бегать! Уж я вижу, что ты это в третий раз бежишь. Пошел назад, в прихожую!

И Захарка шел опять дремать в прихожую.

Придут ли коровы с поля, старик первый позаботится, чтоб их напоили; завидит ли из окна, что дворняжка преследует курицу, тотчас примет строгие меры против беспорядков.

И жена его сильно занята: она часа три толкует с Аверкой, портным, как из мужниной фуфайки перешить Илюше курточку, сама рисует мелом и наблюдает, чтоб Аверка не украл сукна; потом перейдет в девичью, задаст каждой девке, сколько сплести в день кружев; потом позовет с собой Настасью Ивановну, или Степаниду Агаповну, или другую из своей свиты погулять по саду с практической целью: посмотреть, как наливается яблоко, не упало ли вчерашнее, которое уж созрело; там привить, там подрезать и т. п.

Но главною заботою была кухня и обед. Об обеде совещались целым домом; и престарелая тетка приглашалась к совету. Всякий предлагал свое блюдо: кто суп с потрохами, кто лапшу или желудок, кто рубцы, кто красную, кто белую подливку к соусу.

Всякий совет принимался в соображение, обсуживался обстоятельно и потом принимался или отвергался по окончательному приговору хозяйки.

На кухню посылались беспрестанно то Настасья Петровна, то Степанида Ивановна напомнить о том, прибавить это или отменить то, отнести сахару, меду, вина для кушанья и посмотреть, всё ли положит повар, что отпущено.

Забота о пище была первая и главная жизненная забота в Обломовке. Какие телята утучнялись там к годовым праздникам! Какая птица воспитывалась! Сколько тонких соображений, сколько знания и забот в ухаживанье за нею! Индейки и цыплята, назначаемые к именинам и другим торжественным дням, откармливались орехами; гусей лишали моциона, заставляли висеть в мешке неподвижно за несколько дней до праздника, чтоб они заплыли жиром. Какие запасы были там варений, солений, печений! Какие меды, какие квасы варились, какие пироги пеклись в Обломовке!

И так до полудня всё суетилось и заботилось, всё жило такою полною, муравьиною, такою заметною жизнью.

В воскресенье и в праздничные дни тоже не унимались эти трудолюбивые муравьи: тогда стук ножей на кухне раздавался чаще и сильнее; баба совершала несколько раз путешествие из амбара в кухню с двойным количеством муки и яиц; на птичьем дворе было более стонов и кровопролитий. Пекли исполинский пирог, который сами господа ели еще на другой день; на третий и четвертый день остатки поступали в девичью; пирог доживал до пятницы, так что один совсем черствый конец, без всякой начинки, доставался, в виде особой милости, Антипу, который, перекрестясь, с треском неустрашимо разрушал эту любопытную окаменелость, наслаждаясь более сознанием, что это господский пирог, нежели самым пирогом, как археолог, с наслаждением пьющий дрянное вино из черепка какой-нибудь тысячелетней посуды.

А ребенок всё смотрел и всё наблюдал своим детским, ничего не пропускающим умом. Он видел, как после полезно и хлопотливо проведенного утра наставал полдень и обед.

Полдень знойный; на небе ни облачка. Солнце стоит неподвижно над головой и жжет траву. Воздух перестал струиться и висит без движения. Ни дерево, ни вода не шелохнутся; над деревней и полем лежит невозмутимая тишина — всё как будто вымерло. Звонко и далеко раздается человеческий голос в пустоте. В двадцати саженях слышно, как пролетит и прожужжит жук, да в густой траве кто-то всё храпит, как будто кто-нибудь завалился туда и спит сладким сном.

И в доме воцарилась мертвая тишина. Наступил час всеобщего послеобеденного сна.

Ребенок видит, что и отец, и мать, и старая тетка, и свита — все разбрелись по своим углам; а у кого не было его, тот шел на сеновал, другой в сад, третий искал прохлады в сенях, а иной, прикрыв лицо платком от мух, засыпал там, где сморила его жара и повалил громоздкий обед. И садовник растянулся под кустом в саду, подле своей пешни, и кучер спал на конюшне.

Илья Ильич заглянул в людскую: в людской все легли вповалку, по лавкам, по полу и в сенях, предоставив ребятишек самим себе; ребятишки ползают по двору и роются в песке. И собаки далеко залезли в конуры, благо не на кого было лаять.

Можно было пройти по всему дому насквозь и не встретить ни души; легко было обокрасть всё кругом и свезти со двора на подводах: никто не помешал бы, если б только водились воры в том краю.

Это был какой-то всепоглощающий, ничем непобедимый сон, истинное подобие смерти. Всё мертво, только из всех углов несется разнообразное храпенье на все тоны и лады.

Изредка кто-нибудь вдруг поднимет со сна голову, посмотрит бессмысленно, с удивлением, на обе стороны и перевернется на другой бок или, не открывая глаз, плюнет спросонья и, почавкав губами или поворчав что-то под нос себе, опять заснет.

А другой быстро, без всяких предварительных приготовлений, вскочит обеими ногами с своего ложа, как будто боясь потерять драгоценные минуты, схватит кружку с квасом и, подув на плавающих там мух, так, чтоб их отнесло к другому краю, отчего мухи, до тех пор неподвижные, сильно начинают шевелиться, в надежде на улучшение своего положения, промочит горло и потом падает опять на постель как подстреленный.

А ребенок все наблюдал да наблюдал.

Он с няней после обеда опять выходил на воздух. Но и няня, несмотря на всю строгость наказов барыни и на свою собственную волю, не могла противиться обаянию сна. Она тоже заражалась этой господствовавшей в Обломовке повальной болезнью.

Сначала она бодро смотрела за ребенком, не пускала далеко от себя, строго ворчала за резвость, потом, чувствуя симптомы приближавшейся заразы, начинала упрашивать не ходить за ворота, не затрогивать козла, не лазить на голубятню или галерею.

Сама она усаживалась где-нибудь в холодке: на крыльце, на пороге погреба или просто на травке, повидимому, с тем, чтоб вязать чулок и смотреть за ребенком. Но вскоре она лениво унимала его, кивая головой.

«Влезет, ах, того и гляди влезет эта юла на галерею, — думала она почти сквозь сон, — или еще... как бы в овраг...»

Тут голова старухи клонилась к коленям, чулок выпадал из рук; она теряла из виду ребенка и, открыв немного рот, испускала легкое храпенье.

А он с нетерпением дожидался этого мгновения, с которым начиналась его самостоятельная жизнь.

Он был как будто один в целом мире; он на цыпочках убегал от няни, осматривал всех, кто где спит; остановится и смотрит пристально, как кто очнется, плюнет или промычит что-то во сне; потом с замирающим сердцем взбегал на галерею, обегал по скрипучим доскам кругом, лазил на голубятню, забирался в глушь сада, слушал, как жужжит жук, и далеко следил глазами его полет в воздухе; прислушивался, как кто-то всё стрекочет в траве, искал и ловил нарушителей этой тишины; поймает стрекозу, оторвет ей крылья и смотрит, что из нее будет, или проткнет сквозь нее соломинку и следит, как она летает с этим прибавлением; с наслаждением, боясь дохнуть, наблюдает за пауком, как он сосет кровь пойманной мухи, как бедная жертва бьется и жужжит у него в лапах. Ребенок кончит тем, что убьет и жертву, и мучителя.

Потом он заберется в канаву, роется, отыскивает какие-то корешки, очищает от коры и ест всласть, предпочитая яблокам и варенью, которые дает маменька.

Он выбежит и за ворота: ему бы хотелось в березняк; он так близко кажется ему, что вот он в пять минут добрался бы до него, не кругом, по дороге, а прямо, через канаву, плетни и ямы; но он боится: там, говорят, и лешие, и разбойники, и страшные звери.

Хочется ему и в овраг сбегать: он всего саженях в пятидесяти от сада; ребенок уж прибежал к краю, зажмурил глаза, хотел заглянуть, как в кратер вулкана... но вдруг перед ним восстали все толки и предания об этом овраге: его объял ужас, и он, ни жив ни мертв, мчится назад и, дрожа от страха, бросился к няньке и разбудил старуху.

Она вспрянула от сна, поправила платок на голове, подобрала под него пальцем клочки седых волос и, притворяясь, что будто не спала совсем, подозрительно поглядывает на Илюшу, потом на барские окна и начинает дрожащими пальцами тыкать одну в другую спицы чулка, лежавшего у нее на коленях.

Между тем жара начала понемногу спадать; в природе стало всё поживее; солнце уже подвинулось к лесу.

И в доме мало-помалу нарушалась тишина: в одном углу где-то скрипнула дверь; послышались по двору чьи-то шаги; на сеновале кто-то чихнул.

Вскоре из кухни торопливо пронес человек, нагибаясь от тяжести, огромный самовар. Начали собираться к чаю: у кого лицо измято и глаза заплыли слезами; тот належал себе красное пятно на щеке и висках; третий говорит со сна не своим голосом. Всё это сопит, охает, зевает, почесывает голову и разминается, едва приходя в себя.

Обед и сон рождали неутолимую жажду. Жажда палит горло; выпивается чашек по двенадцати чаю, но это не помогает: слышится оханье, стенанье; прибегают к брусничной, к грушевой воде, к квасу, а иные и к врачебному пособию, чтоб только залить засуху в горле.

Все искали освобождения от жажды, как от какого-нибудь наказания Господня; все мечутся, все томятся, точно караван путешественников в аравийской степи, не находящий нигде ключа воды.

Ребенок тут, подле маменьки: он вглядывается в странные окружающие его лица, вслушивается в их сонный и вялый разговор. Весело ему смотреть на них, любопытен кажется ему всякий сказанный ими вздор.

После чая все займутся чем-нибудь: кто пойдет к речке и тихо бродит по берегу, толкая ногой камешки в воду; другой сядет к окну и ловит глазами каждое мимолетное явление: пробежит ли кошка по двору, пролетит ли галка, наблюдатель и ту, и другую преследует взглядом и кончиком своего носа, поворачивая голову то направо, то налево. Так иногда собаки любят сидеть по целым дням на окне, подставляя голову под солнышко и тщательно оглядывая всякого прохожего.

Мать возьмет голову Илюши, положит к себе на колени и медленно расчесывает ему волосы, любуясь мягкостью их и заставляя любоваться и Настасью Ивановну, и Степаниду Тихоновну, и разговаривает с ними о будущности Илюши, ставит его героем какой-нибудь созданной ею блистательной эпопеи. Те сулят ему золотые горы.

Но вот начинает смеркаться. На кухне опять трещит огонь, опять раздается дробный стук ножей: готовится ужин.

Дворня собралась у ворот: там слышится балалайка, хохот. Люди играют в горелки.

А солнце уж опускалось за лес; оно бросало несколько чуть-чуть теплых лучей, которые прорезывались огненной полосой через весь лес, ярко обливая золотом верхушки сосен. Потом лучи гасли один за другим; последний луч оставался долго; он, как тонкая игла, вонзился в чащу ветвей; но и тот потух.

Предметы теряли свою форму; всё сливалось сначала в серую, потом в темную массу. Пение птиц постепенно ослабевало; вскоре они совсем замолкли, кроме одной какой-то упрямой, которая, будто наперекор всем, среди общей тишины одна монотонно чирикала с промежутками, но всё реже и реже, и та наконец свистнула слабо, незвучно, в последний раз, встрепенулась, слегка пошевелив листья вокруг себя... и заснула.

Всё смолкло. Одни кузнечики взапуски трещали сильнее. Из земли поднялись белые пары и разостлались по лугу и по реке. Река тоже присмирела; немного погодя и в ней вдруг кто-то плеснул еще в последний раз, и она стала неподвижна.

Запахло сыростью. Становилось всё темнее и темнее. Деревья сгруппировались в каких-то чудовищ; в лесу стало страшно: там кто-то вдруг заскрипит, точно одно из чудовищ переходит с своего места на другое, и сухой сучок, кажется, хрустит под его ногой.

На небе ярко сверкнула, как живой глаз, первая звездочка, и в окнах дома замелькали огоньки.

Настали минуты всеобщей, торжественной тишины природы, те минуты, когда сильнее работает творческий ум, жарче кипят поэтические думы, когда в сердце живее вспыхивает страсть или больнее ноет тоска, когда в жестокой душе невозмутимее и сильнее зреет зерно преступной мысли и когда... в Обломовке все почивают так крепко и покойно.

— Пойдем, мама, гулять, — говорит Илюша.

— Что ты, Бог с тобой! Теперь гулять, — отвечает она, — сыро, ножки простудишь; и страшно: в лесу теперь леший ходит, он уносит маленьких детей.

— Куда он уносит? Какой он бывает? Где живет? — спрашивает ребенок.

И мать давала волю своей необузданной фантазии.

Ребенок слушал ее, открывая и закрывая глаза, пока наконец сон не сморит его совсем. Приходила нянька и, взяв его с коленей матери, уносила сонного, с повисшей через ее плечо головой, в постель.

— Вот день-то и прошел, и слава Богу! — говорили обломовцы, ложась в постель, кряхтя и осеняя себя крестным знамением. — Прожили благополучно; дай Бог и завтра так! Слава тебе, Господи! Слава тебе, Господи!

Потом Обломову приснилась другая пора: он в бесконечный зимний вечер робко жмется к няне, а она нашептывает ему о какой-то неведомой стороне, где нет ни ночей, ни холода, где всё совершаются чудеса, где текут реки меду и молока, где никто ничего круглый год не делает, а день-деньской только и знают, что гуляют всё добрые молодцы, такие как Илья Ильич, да красавицы, что ни в сказке сказать ни пером описать.

Там есть и добрая волшебница, являющаяся у нас иногда в виде щуки, которая изберет себе какого-нибудь любимца, тихого, безобидного, другими словами, какого-нибудь лентяя, которого все обижают, да и осыпает его, ни с того ни с сего, разным добром, а он знай кушает себе да наряжается в готовое платье, а потом женится на какой-нибудь неслыханной красавице Милитрисе Кирбитьевне.

Ребенок, навострив уши и глаза, страстно впивался в рассказ.

Нянька или предание так искусно избегали в рассказе всего, что существует на самом деле, что воображение и ум, проникшись вымыслом, оставались уже у него в рабстве до старости. Нянька с добродушием повествовала сказку о Емеле-дурачке, эту злую и коварную сатиру на наших прадедов, а может быть, еще и на нас самих.

Взрослый Илья Ильич хотя после и узнает, что нет медовых и молочных рек, нет добрых волшебниц, хотя и шутит он с улыбкой над сказаниями няни, но улыбка эта не искренняя, она сопровождается тайным вздохом: сказка у него смешалась с жизнью, и он бессознательно грустит подчас, зачем сказка не жизнь, а жизнь не сказка.

Он невольно мечтает о Милитрисе Кирбитьевне; его всё тянет в ту сторону, где только и знают, что гуляют, где нет забот и печалей; у него навсегда остается расположение полежать на печи, походить в готовом, незаработанном платье и поесть на счет доброй волшебницы.

И старик Обломов, и дед выслушивали в детстве те же сказки, прошедшие в стереотипном издании старины, в устах нянек и дядек, сквозь века и поколения.

Няня между тем уж рисует другую картину воображению ребенка.

Она повествует ему о подвигах наших Ахиллов и Улиссов, об удали *Ильи Муромца, Добрыни Никитича, Алеши Поповича, о Полкане-богатыре, о Колечище прохожем*, о том, как они странствовали по Руси, побивали несметные полчища басурманов, как состязались в том, кто одним духом выпьет чару зелена вина и не крякнет; потом говорила о злых разбойниках, о спящих царевнах, окаменелых городах и людях; наконец, переходила к нашей демонологии, к мертвецам, к чудовищам и к оборотням.

Она с простотою и добродушием Гомера, с тою же животрепещущею верностью подробностей и рельефностью картин влагала в детскую память и воображение илиаду русской жизни, созданную нашими гомеридами тех туманных времен, когда человек еще не ладил с опасностями и тайнами природы и жизни, когда он трепетал и перед оборотнем, и перед лешим и у Алеши Поповича искал защиты от окружавших его бед, когда и в воздухе, и в воде, и в лесу, и в поле царствовали чудеса.

Страшна и неверна была жизнь тогдашнего человека; опасно было ему выйти за порог дома: его, того гляди, запорет зверь, зарежет разбойник, отнимет у него всё злой татарин, или пропадет человек без вести, без всяких следов.

А то вдруг явятся знамения небесные, огненные столпы да шары; а там, над свежей могилой, вспыхнет огонек, или в лесу кто-то прогуливается, будто с фонарем, да страшно хохочет и сверкает глазами в темноте.

И с самим человеком творилось столько непонятного: живет-живет человек долго и хорошо — ничего, да вдруг заговорит такое непутное, или учнет кричать не своим голосом, или бродить сонный по ночам; другого, ни с того ни с сего, начнет коробить и бить оземь. А перед тем как сделаться этому, только что курица прокричала петухом да ворон прокаркал над крышей.

Терялся слабый человек, с ужасом озираясь в жизни, и искал в воображении ключа к таинствам окружающей его и своей собственной природы.

А, может быть, сон, вечная тишина вялой жизни и отсутствие движения и всяких действительных страхов, приключений и опасностей заставляли человека творить среди естественного мира другой, несбыточный и в нем искать разгула и потехи праздному воображению или разгадки обыкновенных сцеплений обстоятельств и причин явления вне самого явления.

Ощупью жили бедные предки наши; не окрыляли и не сдерживали они своей воли, а потом наивно дивились или ужасались неудобству, злу и допрашивались причин у немых, неясных иероглифов природы.

Смерть у них приключалась от вынесенного перед тем из дома покойника головой, а не ногами из ворот; пожар — от того, что собака выла три ночи под окном; и они хлопотали, чтоб покойника выносили ногами из ворот, а ели всё то же, по стольку же и спали по-прежнему на голой траве; воющую собаку били или сгоняли со двора, а искры от лучины все-таки сбрасывали в трещину гнилого пола.

И поныне русский человек среди окружающей его строгой, лишенной вымысла действительности любит верить соблазнительным сказаниям старины, и долго, может быть, еще не отрешиться ему от этой веры.

Слушая от няни сказки о нашем *золотом руне — Жар-птице*, о преградах и тайниках волшебного замка, мальчик то бодрился, воображая себя героем подвига, — и мурашки бегали у него по спине, то страдал за неудачи храбреца.

Рассказ лился за рассказом. Няня повествовала с пылом, живописно, с увлечением, местами вдохновенно, потому что сама вполовину верила рассказам. Глаза старухи искрились огнем; голова дрожала от волнения; голос возвышался до непривычных нот.

Ребенок, объятый неведомым ужасом, жался к ней со слезами на глазах.

Заходила ли речь о мертвецах, поднимающихся в полночь из могил, или о жертвах, томящихся в неволе у чудовища, или о медведе с деревянной ногой, который идет по селам и деревням отыскивать отрубленную у него натуральную ногу, — волосы ребенка трещали на голове от ужаса; детское воображение то застывало, то кипело; он испытывал мучительный, сладко болезненный процесс; нервы напрягались, как струны.

Когда нянька мрачно повторяла слова медведя: «Скрипи, скрипи, нога липовая; я по селам шел, по деревне шел, все бабы спят, одна баба не спит, на моей шкуре сидит, мое мясо варит, мою шерстку прядет» и т. д.; когда медведь входил наконец в избу и готовился схватить похитителя своей ноги, ребенок не выдерживал: он с трепетом и визгом бросался на руки к няне; у него брызжут слезы испуга, и вместе хохочет он от радости, что он не в когтях у зверя, а на лежанке, подле няни.

Населилось воображение мальчика странными призраками; боязнь и тоска засели надолго, может быть навсегда, в душу. Он печально озирается вокруг и всё видит в жизни вред, беду, всё мечтает о той волшебной стороне, где нет зла, хлопот, печалей, где живет Милитриса Кирбитьевна, где так хорошо кормят и одевают даром...

Сказка не над одними детьми в Обломовке, но и над взрослыми до конца жизни сохраняет свою власть.

Все в доме и в деревне, начиная от барина, жены его и до дюжего кузнеца Тараса, — все трепещут чего-то в темный вечер: всякое дерево превращается тогда в великана, всякий куст — в вертеп разбойников.

Стук ставни и завыванье ветра в трубе заставляли бледнеть и мужчин, и женщин, и детей. Никто в Крещенье не выйдет после десяти часов вечера один за ворота; всякий в ночь на Пасху побоится идти в конюшню, опасаясь застать там домового.

В Обломовке верили всему: и оборотням, и мертвецам. Расскажут ли им, что копна сена разгуливала по полю, — они не задумаются и поверят; пропустит ли кто-нибудь слух, что вот это не баран, а что-то другое или что такая-то Марфа или Степанида — ведьма, они будут бояться и барана, и Марфы: им и в голову не придет спросить, отчего баран стал не бараном, а Марфа сделалась ведьмой, да еще накинутся и на того, кто бы вздумал усомниться в этом, — так сильна вера в чудесное в Обломовке!

Илья Ильич и увидит после, что просто устроен мир, что не встают мертвецы из могил, что великанов, как только они заведутся, тотчас сажают в балаган, а разбойников — в тюрьму; но если пропадает самая вера в призраки, то остается какой-то осадок страха и безотчетной тоски.

Узнал Илья Ильич, что нет бед от чудовищ, а какие есть — едва знает, и на каждом шагу всё ждет чего-то страшного и боится. И теперь еще, оставшись в темной комнате или увидя покойника, он трепещет от зловещей, в детстве зароненной в душу тоски; смеясь над страхами своими поутру, он опять бледнеет вечером.

Далее Илья Ильич вдруг увидел себя мальчиком лет тринадцати или четырнадцати.

Он уж учится в селе Верхлёве, верстах в пяти от Обломовки, у тамошнего управляющего, немца Штольца, который завел небольшой пансион для детей окрестных дворян.

У него был свой сын, Андрей, почти одних лет с Обломовым, да еще отдали ему одного мальчика, который почти никогда не учился, а больше страдал золотухой, всё детство проходил постоянно с завязанными глазами или ушами да плакал всё втихомолку о том, что живет не у бабушки, а в чужом доме, среди злодеев, что вот его и приласкать-то некому и никто любимого пирожка не испечет ему.

Кроме этих детей, других еще в пансионе пока не было.

Нечего делать, отец и мать посадили баловника Илюшу за книгу. Это стоило слез, воплей, капризов. Наконец отвезли.

Немец был человек дельный и строгий, как почти все немцы. Может быть, у него Илюша и успел бы выучиться чему-нибудь хорошенько, если б Обломовка была верстах в пятистах от Верхлёва. А то как выучиться? Обаяние обломовской атмосферы, образа жизни и привычек простиралось и на Верхлёво; ведь оно тоже было некогда Обломовкой; там, кроме дома Штольца, всё дышало тою же первобытною ленью, простотою нравов, тишиною и неподвижностью.

Ум и сердце ребенка исполнились всех картин, сцен и нравов этого быта прежде, нежели он увидел первую книгу. А кто знает, как рано начинается развитие умственного зерна в детском мозгу? Как уследить за рождением в младенческой душе первых понятий и впечатлений?

Может быть, когда дитя еще едва выговаривало слова, а может быть, еще вовсе не выговаривало, даже не ходило, а только смотрело на всё тем пристальным немым детским взглядом, который взрослые называют тупым, оно уж видело и угадывало значение и связь явлений окружающей его сферы, да только не признавалось в этом ни себе, ни другим.

Может быть, Илюша уж давно замечает и понимает, что говорят и делают при нем: как батюшка его, в плисовых панталонах, в коричневой суконной ваточной куртке, день-деньской только и знает, что ходит из угла в угол, заложив руки назад, нюхает табак и сморкается, а матушка переходит от кофе к чаю, от чая к обеду; что родитель и не вздумает никогда поверить, сколько копен скошено или сжато, и взыскать за упущение, а подай-ко ему нескоро носовой платок, он накричит о беспорядках и поставит вверх дном весь дом.

Может быть, детский ум его давно решил, что так, а не иначе следует жить, как живут около него взрослые. Да и как иначе прикажете решить ему? А как жили взрослые в Обломовке?

Делали ли они себе вопрос: зачем дана жизнь? Бог весть. И как отвечали на него? Вероятно, никак; это казалось им очень просто и ясно.

Не слыхивали они о так называемой многотрудной жизни, о людях, носящих томительные заботы в груди, снующих зачем-то из угла в угол по лицу земли или отдающих жизнь вечному, нескончаемому труду.

Плохо верили обломовцы и душевным тревогам; не принимали за жизнь круговорота вечных стремлений куда-то, к чему-то; боялись, как огня, увлечения страстей; и как в другом месте тело у людей быстро сгорало от вулканической работы внутреннего, душевного огня, так душа обломовцев мирно, без помехи утопала в мягком теле.

Не клеймила их жизнь, как других, ни преждевременными морщинами, ни нравственными разрушительными ударами и недугами.

Добрые люди понимали ее не иначе как идеалом покоя и бездействия, нарушаемого по временам разными неприятными случайностями, как-то: болезнями, убытками, ссорами и, между прочим, трудом.

Они сносили труд как наказание, наложенное еще на праотцев наших, но любить не могли, и где был случай, всегда от него избавлялись, находя это возможным и должным.

Они никогда не смущали себя никакими туманными умственными или нравственными вопросами: оттого всегда и цвели здоровьем и весельем, оттого там жили долго; мужчины в сорок лет походили на юношей; старики не боролись с трудной, мучительной смертью, а, дожив до невозможности, умирали как будто украдкой, тихо застывая и незаметно испуская последний вздох. Оттого и говорят, что прежде был крепче народ.

Да, в самом деле крепче: прежде не торопились объяснять ребенку значения жизни и приготовлять его к ней, как к чему-то мудреному и нешуточному; не томили его над книгами, которые рождают в голове тьму вопросов, а вопросы гложут ум и сердце и сокращают жизнь.

Норма жизни была готова и преподана им родителями, а те приняли ее, тоже готовую, от дедушки, а дедушка от прадедушки, с заветом блюсти ее целость и неприкосновенность, как огонь Весты. Как что делалось при дедах и отцах, так делалось при отце Ильи Ильича, так, может быть, делается еще и теперь в Обломовке.

О чем же им было задумываться и чем волноваться, что узнавать, каких целей добиваться?

Ничего не нужно: жизнь, как покойная река, текла мимо их; им оставалось только сидеть на берегу этой реки и наблюдать неизбежные явления, которые по очереди, без зову, представали пред каждого из них.

И вот воображению спящего Ильи Ильича начали так же по очереди, как живые картины, открываться сначала три главные акта жизни, разыгрывавшиеся как в его семействе, так у родственников и знакомых: родины, свадьба, похороны.

Потом потянулась пестрая процессия веселых и печальных подразделений ее: крестин, именин, семейных праздников, заговенья, розговенья, шумных обедов, родственных съездов, приветствий, поздравлений, официальных слез и улыбок.

Всё отправлялось с такою точностью, так важно и торжественно.

Ему представлялись даже знакомые лица и мины их при разных обрядах, их заботливость и суета. Дайте им какое хотите щекотливое сватовство, какую хотите торжественную свадьбу или именины — справят по всем правилам, без малейшего упущения. Кого где посадить, что и как подать, кому с кем ехать в церемонии, примету ли соблюсти — во всем этом никто никогда не делал ни малейшей ошибки в Обломовке.

Ребенка ли выходить не сумеют там? Стоит только взглянуть, каких розовых и увесистых купидонов носят и водят за собой тамошние матери. Они на том стоят, чтоб дети были толстенькие, беленькие и здоровенькие.

Они отступятся от весны, знать ее не захотят, если не испекут в начале ее жаворонка. Как им не знать и не исполнять этого?

Тут вся их жизнь и наука, тут все их скорби и радости: оттого они и гонят от себя всякую другую заботу и печаль и не знают других радостей; жизнь их кишела исключительно этими коренными и неизбежными событиями, которые и задавали бесконечную пищу их уму и сердцу.

Они, с бьющимся от волнения сердцем, ожидали обряда, пира, церемонии, а потом, окрестив, женив или похоронив человека, забывали самого человека и его судьбу и погружались в обычную апатию, из которой выводил их новый такой же случай — именины, свадьба и т. п.

Как только рождался ребенок, первою заботою родителей было как можно точнее, без малейших упущений, справить над ним все требуемые приличием обряды, то есть задать после крестин пир; затем начиналось заботливое ухаживанье за ним.

Мать задавала себе и няньке задачу: выходить здоровенького ребенка, беречь его от простуды, от глаза и других враждебных обстоятельств. Усердно хлопотали, чтоб дитя было всегда весело и кушало много.

Только лишь поставят на ноги молодца, то есть когда нянька станет ему не нужна, как в сердце матери закрадывается уже тайное желание приискать ему подругу — тоже поздоровее, порумянее.

Опять настает эпоха обрядов, пиров; наконец, свадьба; на этом и сосредоточивался весь пафос жизни.

Потом уже начинались повторения: рождение детей, обряды, пиры, пока похороны не изменят декорации; но ненадолго: одни лица уступают место другим, дети становятся юношами и вместе с тем женихами, женятся, производят подобных себе — и так жизнь по этой программе тянется беспрерывной однообразною тканью, незаметно обрываясь у самой могилы.

Навязывались им, правда, порой и другие заботы, но обломовцы встречали их по большей части с стоическою неподвижностью, и заботы, покружившись над головами их, мчались мимо, как птицы, которые прилетят к гладкой стене и, не найдя местечка приютиться, потрепещут напрасно крыльями около твердого камня и летят далее.

Так, например, однажды часть галереи с одной стороны дома вдруг обрушилась и погребла под развалинами своими наседку с цыплятами; досталось бы и Аксинье, жене Антипа, которая уселась было под галереей с донцом, да на ту пору, к счастью своему, пошла за мочками.

В доме сделался гвалт: все прибежали, от мала до велика, и ужаснулись, представив себе, что вместо наседки с цыплятами тут могла прохаживаться сама барыня с Ильей Ильичом.

Все ахнули и начали упрекать друг друга в том, как это давно в голову не пришло: одному — напомнить, другому — велеть поправить, третьему — поправить.

Все дались диву, что галерея обрушилась, а накануне дивились, как это она так долго держится!

Начались заботы и толки, как поправить дело; пожалели о наседке с цыплятами и медленно разошлись по своим местам, настрого запретив подводить к галерее Илью Ильича.

Потом, недели через три, велено было Андрюшке, Петрушке, Ваське обрушившиеся доски и перила оттащить к сараям, чтоб они не лежали на дороге. Там валялись они до весны.

Старик Обломов всякий раз, как увидит их из окошка, так и озаботится мыслью о поправке: призовет плотника, начнет совещаться, как лучше сделать, новую ли галерею выстроить или сломать и остатки; потом отпустит его домой, сказав: «Поди себе, а я подумаю».

Это продолжалось до тех пор, пока Васька или Мотька донес барину, что, вот-де, когда он, Мотька, сего утра лазил на остатки галереи, так углы совсем отстали от стен и того гляди рухнут опять.

Тогда призван был плотник на окончательное совещание, вследствие которого решено было подпереть пока старыми обломками остальную часть уцелевшей галереи, что и было сделано к концу того же месяца.

— Э! Да галерея-то пойдет опять заново! — сказал старик жене. — Смотри-ка, как Федот красиво расставил бревна, точно колонны у предводителя в дому! Вот теперь и хорошо: опять надолго!

Кто-то напомнил ему, что вот кстати бы уж и ворота исправить и крыльцо починить, а то, дескать, сквозь ступеньки не только кошки, и свиньи пролезают в подвал.

— Да, да, надо, — заботливо отвечал Илья Иванович и шел тотчас осмотреть крыльцо.

— В самом деле, видишь ведь как, совсем расшаталось, — говорил он, качая ногами крыльцо, как колыбель.

— Да оно и тогда шаталось, как его сделали, — заметил кто-то.

— Так что ж, что шаталось? — отвечал Обломов. — Да вот не развалилось же, даром что шестнадцать лет без поправки стоит. Славно тогда сделал Лука!.. Вот был плотник так плотник... умер — царство ему небесное! Нынче избаловались: не сделают так.

И он обращал глаза в другую сторону, а крыльцо, говорят, шатается и до сих пор и всё еще не развалилось.

Видно, в самом деле славный был плотник этот Лука.

Надо, впрочем, отдать хозяевам справедливость: иной раз в беде или при неудобстве они очень обеспокоятся, даже погорячатся и рассердятся.

Как, дескать, можно запускать или оставлять то и другое? Надо сейчас принять меры. И говорят только о том, как бы починить мостик, что ли, через канаву или огородить в одном месте сад, чтоб скотина не портила деревьев, потому что часть плетня в одном месте совсем лежала на земле.

Илья Иванович простер свою заботливость даже до того, что однажды, гуляя по саду, собственноручно приподнял, кряхтя и охая, плетень и велел садовнику поставить поскорей две жерди: плетень благодаря этой распорядительности Обломова простоял так всё лето, и только зимой снегом повалило его опять.

Наконец даже дошло до того, что на мостик настлали три новые доски, тотчас же, как только Антип свалился с него, с лошадью и с бочкой, в канаву. Он еще не успел выздороветь от ушиба, а уж мостик отделан был почти заново.

Коровы и козы тоже немного взяли после нового падения плетня в саду: они съели только смородинные кусты да принялись обдирать десятую липу, а до яблонь и не дошли, как последовало распоряжение врыть плетень как надо и даже окопать канавкой.

Досталось же и двум коровам и козе, пойманным на деле: славно вздули бока!

Снится еще Илье Ильичу большая темная гостиная в родительском доме с ясеневыми старинными креслами, вечно покрытыми чехлами, с огромным, неуклюжим и жестким диваном, обитым полинялым голубым бараканом в пятнах, и одним большим кожаным креслом.

Наступает длинный зимний вечер.

Мать сидит на диване, поджав ноги под себя, и лениво вяжет детский чулок, зевая и почесывая по временам спицей голову.

Подле нее сидят Настасья Ивановна да Пелагея Игнатьевна и, уткнув носы в работу, прилежно шьют что-нибудь к празднику для Илюши, или для отца его, или для самих себя.

Отец, заложив руки назад, ходит по комнате взад и вперед, в совершенном удовольствии, или присядет в кресло и, посидев немного, начнет опять ходить, внимательно прислушиваясь к звуку собственных шагов. Потом понюхает табаку, высморкается и опять понюхает.

В комнате тускло горит одна сальная свечка и то это допускалось только в зимние и осенние вечера. В летние месяцы все старались ложиться и вставать без свечей, при дневном свете.

Это частью делалось по привычке, частью из экономии. На всякий предмет, который производился не дома, а приобретался покупкою, обломовцы были до крайности скупы.

Они с радушием заколют отличную индейку или дюжину цыплят к приезду гостя, но лишней изюминки в кушанье не положат и побледнеют, как тот же гость самовольно вздумает сам налить себе в рюмку вина.

Впрочем, такого разврата там почти не случалось: это сделает разве сорванец какой-нибудь, погибший в общем мнении человек; такого гостя и на двор не пустят.

Нет, не такие нравы были там: гость там прежде троекратного потчеванья и не дотронется ни до чего.

Он очень хорошо знает, что однократное потчеванье чаще заключает в себе просьбу отказаться от предлагаемого блюда или вина, нежели отведать его.

Не для всякого зажгут и две свечи: свечка покупалась в городе на деньги и береглась, как все покупные вещи, под ключом самой хозяйки. Огарки бережно считались и прятались.

Вообще там денег тратить не любили, и, как ни необходима была вещь, но деньги за нее выдавались всегда с великим соболезнованием, и то если издержка была незначительна. Значительная же трата сопровождалась стонами, воплями и бранью.

Обломовцы соглашались лучше терпеть всякого рода неудобства, даже привыкали не считать их неудобствами, чем тратить деньги.

От этого и диван в гостиной давным-давно весь в пятнах, от этого и кожаное кресло Ильи Иваныча только называется кожаным, а в самом-то деле оно — не то мочальное, не то веревочное: кожи-то осталось только на спинке один клочок, а остальная уж пять лет как развалилась в куски и слезла; оттого же, может быть, и ворота всё кривы, и крыльцо шатается. Но заплатить за что-нибудь, хоть самонужнейшее, вдруг двести, триста, пятьсот рублей казалось им чуть не самоубийством.

Услыхав, что один из окрестных молодых помещиков ездил в Москву и заплатил там за дюжину рубашек триста рублей, двадцать пять рублей за сапоги и сорок рублей за жилет к свадьбе, старик Обломов перекрестился и сказал с выражением ужаса, скороговоркой, что «этакого молодца надо посадить в острог».

Вообще они глухи были к политико-экономическим истинам о необходимости быстрого и живого обращения капиталов, об усиленной производительности и мене продуктов. Они в простоте души понимали и приводили в исполнение единственное употребление капиталов — держать их в сундуке.

На креслах в гостиной, в разных положениях, сидят и сопят обитатели или обычные посетители дома.

Между собеседниками по большей части царствует глубокое молчание: все видятся ежедневно друг с другом; умственные сокровища взаимно исчерпаны и изведаны, а новостей извне получается мало.

Тихо; только раздаются шаги тяжелых, домашней работы сапог Ильи Ивановича, еще стенные часы в футляре глухо постукивают маятником, да порванная время от времени рукой или зубами нитка у Пелагеи Игнатьевны или у Настасьи Ивановны нарушает глубокую тишину.

Так иногда пройдет полчаса, разве кто-нибудь зевнет вслух и перекрестит рот, примолвив: «Господи помилуй!»

За ним зевнет сосед, потом следующий, медленно, как будто по команде, отворяет рот, и так далее заразительная игра воздуха в легких обойдет всех, причем иного прошибет слеза.

Или Илья Иванович пойдет к окну, взглянет туда и скажет с некоторым удивлением: «Еще пять часов только, а уж как темно на дворе!»

— Да, — ответит кто-нибудь, — об эту пору всегда темно; длинные вечера наступают.

А весной удивятся и обрадуются, что длинные дни наступают. А спросите-ка, зачем им эти длинные дни, так они и сами не знают.

И опять замолчат.

А там кто-нибудь станет снимать со свечи и вдруг погасит — все встрепенутся: «Нечаянный гость!» — скажет непременно кто-нибудь.

Иногда на этом завяжется разговор.

— Кто ж бы это гость? — скажет хозяйка. — Уж не Настасья ли Фаддеевна? Ах, дай-то Господи! Да нет; она ближе праздника не будет. То-то бы радости! То-то бы обнялись да наплакались с ней вдвоем! И к заутрене, и к обедне бы вместе... Да куда мне за ней! Я даром что моложе, а не выстоять мне столько!

— А когда, бишь, она уехала от нас? — спросил Илья Иванович. — Кажется, после Ильина дня?

— Что ты, Илья Иваныч! Всегда перепутаешь! Она и семика не дождалась, — поправила жена.

— Она, кажется, в петровки здесь была, — возражает Илья Иванович.

— Ты всегда так! — с упреком скажет жена. — Споришь, только срамишься...

— Ну как же не была в петровки? Еще тогда все пироги с грибами пекли: она любит...

— Так это Марья Онисимовна: она любит пироги с грибами — как это не помнишь! Да и Марья Онисимовна не до Ильина дня, а до Прохора и Никанора гостила.

Они вели счет времени по праздникам, по временам года, по разным семейным и домашним случаям, не ссылаясь никогда ни на месяцы, ни на числа. Может быть, это происходило частью и оттого, что, кроме самого Обломова, прочие всё путали и названия месяцев, и порядок чисел.

Замолчит побежденный Илья Иванович, и опять всё общество погрузится в дремоту. Илюша, завалившись за спину матери, тоже дремлет, а иногда и совсем спит.

— Да, — скажет потом какой-нибудь из гостей с глубоким вздохом, — вот муж-то Марьи Онисимовны, покойник Василий Фомич, какой был, Бог с ним, здоровый, а умер! И шестидесяти лет не прожил, — жить бы этакому сто лет!

— Все умрем, кому когда — воля Божья! — возражает Пелагея Игнатьевна со вздохом. — Кто умирает, а вот у Хлоповых так не поспевают крестить: говорят, Анна Андревна опять родила — уж это шестой.

— Одна ли Анна Андреевна! — сказала хозяйка. — Вот как брата-то ее женят и пойдут дети — столько ли еще будет хлопот! И меньшие подрастают, тоже в женихи смотрят; там дочерей выдавай замуж, а где женихи здесь? Нынче, вишь, ведь все хотят приданого, да всё деньгами...

— Что вы такое говорите? — спросил Илья Иванович, подойдя к беседовавшим.

— Да вот говорим, что...

И ему повторяют рассказ.

— Вот жизнь-то человеческая! — поучительно произнес Илья Иванович. — Один умирает, другой родится, третий женится, а мы вот всё стареемся: не то что год на год, день на день не приходится! Зачем это так? То ли бы дело, если б каждый день как вчера, вчера как завтра!.. Грустно, как подумаешь...

— Старый старится, а молодой растет! — сонным голосом кто-то сказал из угла.

— Надо Богу больше молиться да не думать ни о чем! — строго заметила хозяйка.

— Правда, правда, — трусливо, скороговоркой отозвался Илья Иванович, вздумавший было пофилософствовать, и пошел опять ходить взад и вперед.

Долго опять молчат; шипят только продеваемые взад и вперед иглой нитки. Иногда хозяйка нарушит молчание.

— Да, темно на дворе, — скажет она. — Вот Бог даст, как дождемся святок, приедут погостить свои, ужо будет повеселее, и не видно, как будут проходить вечера. Вот если б Маланья Петровна приехала, уж тут было бы проказ-то! Чего она не затеет! И олово лить, и воск топить, и за ворота бегать; девок у меня всех с пути собьет. Затеет игры разные... такая, право!

— Да, светская дама! — заметил один из собеседников. — В третьем году она и с гор выдумала кататься, вот как еще Лука Савич бровь расшиб...

Вдруг все встрепенулись, посмотрели на Луку Савича и разразились хохотом.

— Как это ты, Лука Савич? Ну-ка, ну, расскажи! — говорит Илья Иванович и помирает со смеху.

И все продолжают хохотать, и Илюша проснулся, и он хохочет.

— Ну, чего рассказывать! — говорит смущенный Лука Савич. — Это всё вон Алексей Наумыч выдумал: ничего и не было совсем.

— Э! — хором подхватили все. — Да как же ничего не было? Мы-то умерли разве?.. А лоб-то, лоб-то, вон и до сих пор рубец виден...

И захохотали.

— Да что вы смеетесь? — старается выговорить в промежутках смеха Лука Савич. — Я бы... и не того... да всё Васька, разбойник... салазки старые подсунул... они и разъехались подо мной... я и того...

Общий хохот покрыл его голос. Напрасно он силился досказать историю своего падения: хохот разлился по всему обществу, проник до передней и до девичьей, объял весь дом, все вспомнили забавный случай, все хохочут долго, дружно, *несказанно*, как олимпийские боги. Только начнут умолкать, кто-нибудь подхватит опять — и пошло писать.

Наконец кое-как, с трудом успокоились.

— А что, нынче о святках будешь кататься, Лука Савич? — спросил, помолчав, Илья Иванович.

Опять общий взрыв хохота, продолжавшийся минут десять.

— Не велеть ли Антипке постом сделать гору? — вдруг опять скажет Обломов. — Лука Савич, мол, охотник большой, не терпится ему...

Хохот всей компании не дал договорить ему.

— Да целы ли те... салазки-то? — едва от смеха выговорил один из собеседников.

Опять смех.

Долго смеялись все, наконец стали мало-помалу затихать: иной утирал слезы, другой сморкался, третий кашлял неистово и плевал, с трудом выговаривая:

— Ах ты, Господи! Задушила мокрота совсем... насмешил тогда, ей-богу! Такой грех! Как он спиной-то кверху, а полы кафтана врозь...

Тут следовал окончательно последний, самый продолжительный раскат хохота, и затем всё смолкло.

Один вздохнул, другой зевнул вслух, с приговоркой, и всё погрузилось в молчание.

По-прежнему слышалось только качанье маятника, стук сапог Обломова да легкий треск откушенной нитки.

Вдруг Илья Иванович остановился посреди комнаты с встревоженным видом, держась за кончик носа.

— Что это за беда? Смотри-ка! — сказал он. — Быть покойнику: у меня кончик носа всё чешется...

— Ах ты, Господи! — всплеснув руками, сказала жена. — Какой же это покойник, коли кончик чешется? Покойник — когда переносье чешется. Ну, Илья Иваныч, какой ты, Бог с тобой, беспамятный! Вот этак скажешь в людях когда-нибудь или при гостях и — стыдно будет.

— А что ж это значит, кончик-то чешется? — спросил сконфуженный Илья Иванович.

— В рюмку смотреть. А то, как это можно: покойник!

— Всё путаю! — сказал Илья Иванович. — Где тут упомнить: то сбоку нос чешется, то с конца, то брови...

— Сбоку, — подхватила Пелагея Ивановна, — означает вести; брови чешутся — слезы; лоб — кланяться; с правой стороны чешется — мужчине, с левой — женщине; уши зачешутся — значит, к дождю, губы — целоваться, усы — гостинцы есть, локоть — на новом месте спать, подошвы — дорога...

— Ну, Пелагея Ивановна, молодец! — сказал Илья Иванович. — А то еще когда масло дешево будет, так затылок, что ли, чешется...

Дамы начали смеяться и перешептываться; некоторые из мужчин улыбались; готовился опять взрыв хохота, но в эту минуту в комнате раздалось в одно время как будто ворчанье собаки и шипенье кошки, когда они собираются броситься друг на друга. Это загудели часы.

— Э! Да уж девять часов! — с радостным изумлением произнес Илья Иванович. — Смотри-ка, пожалуй, и не видать, как время прошло. Эй, Васька! Ванька! Мотька!

Явились три заспанные физиономии.

— Что ж вы не накрываете на стол? — с удивлением и досадой спросил Обломов. — Нет, чтоб подумать о господах? Ну, чего стоите? Скорей, водки!

— Вот отчего кончик носа чесался! — живо сказала Пелагея Ивановна. — Будете пить водку и посмотрите в рюмку.

После ужина, почмокавшись и перекрестив друг друга, все расходятся по своим постелям, и сон воцаряется над беспечными головами.

Видит Илья Ильич во сне не один, не два такие вечера, но целые недели, месяцы и годы так проводимых дней и вечеров.

Ничто не нарушало однообразия этой жизни, и сами обломовцы не тяготились ею, потому что и не представляли себе другого житья-бытья; а если б и смогли представить, то с ужасом отвернулись бы от него.

Другой жизни и не хотели, и не любили бы они. Им бы жаль было, если б обстоятельства внесли перемены в их быт, какие бы то ни были. Их загрызет тоска, если завтра не будет похоже на сегодня, а послезавтра на завтра.

Зачем им разнообразие, перемены, случайности, на которые напрашиваются другие? Пусть же другие и расхлебывают эту чашу, а им, обломовцам, ни до чего и дела нет. Пусть другие и живут, как хотят.

Ведь случайности, хоть бы и выгоды какие-нибудь, беспокойны: они требуют хлопот, забот, беготни, не посиди на месте, торгуй или пиши — словом, поворачивайся, шутка ли!

Они продолжали целые десятки лет сопеть, дремать и зевать или заливаться добродушным смехом от деревенского юмора, или, собираясь в кружок, рассказывали, что кто видел ночью во сне.

Если сон был страшный — все задумывались, боялись не шутя; если пророческий — все непритворно радовались или печалились, смотря по тому, горестное или утешительное снилось во сне. Требовал ли сон соблюдения какой-нибудь приметы, тотчас для этого принимались деятельные меры.

Не это, так играют в дураки, в свои козыри, а по праздникам с гостями в бостон или раскладывают гранпасьянс, гадают на червонного короля да на трефовую даму, предсказывая марьяж.

Иногда приедет какая-нибудь Наталья Фаддеевна гостить на неделю, на две. Сначала старухи переберут весь околоток, кто как живет, кто что делает; они проникнут не только в семейный быт, в закулисную жизнь, но в сокровенные помыслы и намерения каждого, влезут в душу, побранят, обсудят недостойных, всего более неверных мужей, потом пересчитают разные случаи: именины, крестины, родины, кто чем угощал, кого звал, кого нет.

Уставши от этого, начнут показывать обновки, платья, салопы, даже юбки и чулки. Хозяйка похвастается какими-нибудь полотнами, нитками, кружевами домашнего изделия.

Но истощится и это. Тогда пробавляются кофеями, чаями, вареньями. Потом уже переходят к молчанию.

Сидят подолгу, глядя друг на друга, по временам тяжко о чем-то вздыхают. Иногда которая-нибудь и заплачет.

— Что ты, мать моя? — спросит в тревоге другая.

— Ох, грустно, голубушка! — отвечает с тяжким вздохом гостья. — Прогневали мы Господа Бога, окаянные. Не бывать добру.

— Ах, не пугай, не стращай, родная! — прерывает хозяйка.

— Да, да, — продолжает та. — Пришли последние дни: восстанет язык на язык, царство на царство... наступит светопреставление! — выговаривает наконец Наталья Фаддеевна, и обе плачут горько.

Основания никакого к такому заключению со стороны Натальи Фаддеевны не было, никто ни на кого не восставал, даже кометы в тот год не было, но у старух бывают иногда темные предчувствия.

Изредка разве это провождение времени нарушится каким-нибудь нечаянным случаем, когда, например, все угорят целым домом, от мала до велика.

Других болезней почти и не слыхать было в дому и деревне; разве кто-нибудь напорется на какой-нибудь кол в темноте или свернется с сеновала, или с крыши свалится доска да ударит по голове.

Но всё это случалось редко, и против таких нечаянностей употреблялись домашние испытанные средства: ушибленное место потрут бодягой или зарей, дадут выпить святой водицы или пошепчут — и всё пройдет.

Но угар случался частенько. Тогда все валяются вповалку по постелям: слышится оханье, стоны; один обложит голову огурцами и повяжется полотенцем, другой положит клюквы в уши и нюхает хрен, третий в одной рубашке уйдет на мороз, четвертый просто валяется без чувств на полу.

Это случалось периодически один или два раза в месяц, потому что тепла даром в трубу пускать не любили и закрывали печи, когда в них бегали еще такие огоньки, как в «Роберте-дьяволе». Ни к одной лежанке, ни к одной печке нельзя было приложить руки: того и гляди, вскочит пузырь.

Однажды только однообразие их быта нарушилось уж подлинно нечаянным случаем.

Когда, отдохнув после трудного обеда, все собрались к чаю, вдруг пришел воротившийся из города обломовский мужик, и уж он доставал, доставал из-за пазухи, наконец насилу достал скомканное письмо на имя Ильи Иваныча Обломова.

Все обомлели; хозяйка даже изменилась немного в лице; глаза у всех устремились и носы вытянулись по направлению к письму.

— Что за диковина! От кого это? — произнесла наконец барыня, опомнившись.

Обломов взял письмо и с недоумением ворочал его в руках, не зная, что с ним делать.

— Да ты где взял? — спросил он мужика. — Кто тебе дал?

— А на дворе, где я приставал в городе-то, слышь ты, — отвечал мужик, — с пошты приходили два раза спрашивать, нет ли обломовских мужиков: письмо, слышь, к барину есть.

— Ну?..

— Ну, я перва-наперво притаился: солдат и ушел с письмом-то. Да верхлёвский дьячок видал меня, он и сказал. Пришли вдругорядь. Как пришли вдругорядь-то, ругаться стали и отдали письмо, еще пятак взяли. Я спросил, что, мол, делать мне с ним, куда его деть? Так вот велели вашей милости отдать.

— А ты бы не брал, — сердито заметила барыня.

— Я и то не брал. На что, мол, нам письмо-то, — нам не надо. Нам, мол, не наказывали писем брать — я не смею: подите вы, с письмом-то! Да пошел больно ругаться солдат-то: хотел начальству жаловаться; я и взял.

— Дурак! — сказала барыня.

— От кого ж бы это? — задумчиво говорил Обломов, рассматривая адрес. — Рука как будто знакомая, право!

И письмо пошло ходить из рук в руки. Начались толки и догадки: от кого и о чем оно могло быть? Все наконец стали втупик.

Илья Иванович велел сыскать очки: их отыскивали часа полтора. Он надел их и уже подумывал было вскрыть письмо.

— Полно, не распечатывай, Илья Иваныч, — с боязнью остановила его жена, — кто его знает, какое оно там, письмо-то? может быть, еще страшное, беда какая-нибудь. Вишь ведь народ-то нынче какой стал! Завтра или послезавтра успеешь — не уйдет оно от тебя.

И письмо с очками было спрятано под замок. Все занялись чаем. Оно бы пролежало там годы, если б не было слишком необыкновенным явлением и не взволновало умы обломовцев. За чаем и на другой день у всех только и разговора было, что о письме.

Наконец не вытерпели, и на четвертый день, собравшись толпой, с смущением распечатали. Обломов взглянул на подпись.

— «Радищев», — прочитал он. — Э! Да это от Филиппа Матвеича!

— А! Э! Вот от кого! — поднялось со всех сторон. — Да как это он еще жив по сю пору? Поди ты, еще не умер! Ну, слава Богу! Что он пишет?

Обломов стал читать вслух. Оказалось, что Филипп Матвеевич просит прислать ему рецепт пива, которое особенно хорошо варили в Обломовке.

— Послать, послать ему! — заговорили все. — Надо написать письмецо.

Так прошло недели две.

— Надо, надо написать! — твердил Илья Иванович жене. — Где рецепт-то?

— А где он? — отвечала жена. — Еще надо сыскать. Да погоди, что торопиться? Вот, Бог даст, дождемся праздника, разговеемся, тогда и напишешь; еще не уйдет...

— В самом деле, о празднике лучше напишу, — сказал Илья Иванович.

На празднике опять зашла речь о письме. Илья Иванович собрался совсем писать. Он удалился в кабинет, надел очки и сел к столу.

В доме воцарилась глубокая тишина; людям не велено было топать и шуметь. «Барин пишет!» — говорили все таким робко-почтительным голосом, каким говорят, когда в доме есть покойник.

Он только было вывел: «Милостивый государь», медленно, криво, дрожащей рукой и с такою осторожностью, как будто делал какое-нибудь опасное дело, как к нему явилась жена.

— Искала, искала — нету рецепта, — сказала она. — Надо еще в спальне в шкапу поискать. Да как посылать письмо-то?

— С почтой надо, — отвечал Илья Иванович.

— А что туда стоит?

Обломов достал старый календарь.

— Сорок копеек, — сказал он.

— Вот, сорок копеек на пустяки бросать! — заметила она. — Лучше подождем, не будет ли из города оказии туда. Ты вели узнавать мужикам.

— И в самом деле по оказии-то лучше, — отвечал Илья Иванович и, пощелкав перо об стол, всунул в чернильницу и снял очки.

— Право, лучше, — заключил он, — еще не уйдет: успеем послать.

Неизвестно, дождался ли Филипп Матвеевич рецепта.

Илья Иванович иногда возьмет и книгу в руки — ему всё равно, какую-нибудь. Он и не подозревал в чтении существенной потребности, а считал его роскошью, таким делом, без которого легко и обойтись можно, так точно, как можно иметь картину на стене, можно и не иметь, можно пойти прогуляться, можно и не пойти: от этого ему всё равно, какая бы ни была книга; он смотрел на нее как на вещь, назначенную для развлечения, от скуки и от нечего делать.

— Давно не читал книги, — скажет он или иногда изменит фразу: — Дай-ка почитаю книгу, — скажет или просто, мимоходом, случайно увидит доставшуюся ему после брата небольшую кучку книг и вынет, не выбирая, что попадется. Голиков ли попадется ему, *Новейший* ли *Сонник*, Хераскова *Россияда*, или трагедии Сумарокова, или, наконец, третьегодичные ведомости — он всё читает с равным удовольствием, приговаривая по временам:

— Видишь, что ведь выдумал! Экой разбойник! Ах, чтоб тебе пусто было!

Эти восклицания относились к авторам — звание, которое в глазах его не пользовалось никаким уважением; он даже усвоил себе и то полупрезрение к писателям, которое питали к ним люди старого времени. Он, как и многие тогда, почитал сочинителя не иначе как весельчаком, гулякой, пьяницей и потешником, вроде плясуна.

Иногда он из третьегодичных газет почитает и вслух, для всех, или так сообщает им известия.

— Вот из Гаги пишут, — скажет он, — что его величество король изволил благополучно возвратиться из кратковременного путешествия во дворец, — и при этом поглядит через очки на всех слушателей.

Или:

— В Вене такой-то посланник вручил свои кредитивные граматы.

— А вот тут пишут, — читал он еще, — что сочинения госпожи Жанлис перевели на российский язык.

— Это всё, чай, для того переводят, — замечает один из слушателей, мелкопоместный помещик, — чтоб у нашего брата, дворянина, деньги выманивать.

А бедный Илюша ездит да ездит учиться к Штольцу. Как только он проснется в понедельник, на него уж нападает тоска. Он слышит резкий голос Васьки, который кричит с крыльца:

— Антипка! Закладывай пегую: барчонка к немцу везти!

Сердце дрогнет у него. Он печальный приходит к матери. Та знает отчего и начинает золотить пилюлю, втайне вздыхая сама о разлуке с ним на целую неделю.

Не знают, чем и накормить его в то утро, напекут ему булочек и крендельков, отпустят с ним соленья, печенья, варенья, пастил разных и других всяких сухих и мокрых лакомств и даже съестных припасов. Всё это отпускалось в тех видах, что у немца нежирно кормят.

— Там не разъешься,— говорили обломовцы,— обедать-то дадут супу, да жаркого, да картофелю, к чаю масла, а ужинать-то *морген фри* — нос утри.

Впрочем, Илье Ильичу снятся больше такие понедельники, когда он не слышит голоса Васьки, приказывающего закладывать пегашку, и когда мать встречает его за чаем с улыбкой и с приятною новостью:

— Сегодня не поедешь; в четверг большой праздник: стоит ли ездить взад и вперед на три дня?

Или иногда вдруг объявит ему: «Сегодня родительская неделя,— не до ученья: блины будем печь».

А не то так мать посмотрит утром в понедельник пристально на него да и скажет:

— Что-то у тебя глаза несвежи сегодня. Здоров ли ты? — и покачает головой.

Лукавый мальчишка здоровехонек, но молчит.

— Посиди-ка ты эту недельку дома,— скажет она,— а там — что Бог даст.

И все в доме были проникнуты убеждением, что ученье и родительская суббота никак не должны совпадать вместе или что праздник в четверг — неодолимая преграда к ученью во всю неделю.

Разве только иногда слуга или девка, которым достанется за барчонка, проворчат:

— У, баловень! Скоро ли провалишься к своему немцу?

В другой раз вдруг к немцу Антипка явится на знакомой пегашке, среди или в начале недели, за Ильей Ильичом.

— Приехала, дескать, Марья Савишна или Наталья Фаддеевна гостить или Кузовковы со своими детьми, так пожалуйте домой!

И недели три Илюша гостит дома, а там, смотришь, до Страстной недели уж недалеко, а там и праздник, а там кто-нибудь в семействе почему-то решит, что на Фоминой неделе не учатся; до лета остается недели две — не стоит ездить, а летом и сам немец отдыхает, так уж лучше до осени отложить.

Посмотришь, Илья Ильич и отгуляется в полгода, и как вырастет он в это время! Как потолстеет! Как спит славно! Не налюбуются на него в доме, замечая, напротив, что, возвратясь в субботу от немца, ребенок худ и бледен.

— Долго ли до греха? — говорили отец и мать. — Ученье-то не уйдет, а здоровья не купишь; здоровье дороже всего в жизни. Вишь, он из ученья как из больницы воротится: жирок весь пропадает, жиденький такой... да и шалун: всё бы ему бегать!

— Да, — заметит отец, — ученье-то не свой брат: хоть кого в бараний рог свернет!

И нежные родители продолжали приискивать предлоги удерживать сына дома. За предлогами, и кроме праздников, дело не ставало. Зимой казалось им холодно, летом по жаре тоже не годится ехать, а иногда и дождь пойдет, осенью слякоть мешает. Иногда Антипка что-то сомнителен покажется: пьян не пьян, а как-то дико смотрит: беды бы не было, завязнет или оборвется где-нибудь.

Обломовцы старались, впрочем, придать как можно более законности этим предлогам в своих собственных глазах и особенно в глазах Штольца, который не щадил и в глаза, и за глаза *доннерветтеров* за такое баловство.

Времена Простаковых и Скотининых миновались давно. Пословица: *ученье свет, а неученье тьма* — бродила уже по селам и деревням вместе с книгами, развозимыми букинистами.

Старики понимали выгоду просвещения, но только внешнюю его выгоду. Они видели, что уж все начали выходить в люди, то есть приобретать чины, кресты и деньги не иначе как только путем ученья; что старым подьячим, заторелым на службе дельцам, состаревшимся в давнишних привычках, кавычках и крючках, приходилось плохо.

Стали носиться зловещие слухи о необходимости не только знания грамоты, но и других, до тех пор неслыханных в том быту наук. Между титулярным советником и коллежским асессором разверзалась бездна, мостом через которую служил какой-то диплом.

Старые служаки, чада привычки и питомцы взяток, стали исчезать. Многих, которые не успели умереть, выгнали за неблагонадежность, других отдали под суд; самые счастливые были те, которые, махнув рукой на новый порядок вещей, убрались подобру да поздорову в благоприобретенные углы.

Обломовы смекали это и понимали выгоду образования, но только эту очевидную выгоду. О внутренней потребности ученья они имели еще смутное и отдаленное понятие, и оттого им хотелось уловить для своего Илюши пока некоторые блестящие преимущества.

Они мечтали и о шитом мундире для него, воображали его советником в палате, а мать даже и губернатором; но всего этого хотелось бы им достигнуть как-нибудь подешевле, с разными хитростями, обойти тайком разбросанные по пути просвещения и честей камни и преграды, не трудясь перескакивать через них, то есть, например, учиться слегка, не до изнурения души и тела, не до утраты благословенной, в детстве приобретенной полноты, а так, чтоб только соблюсти предписанную форму и добыть как-нибудь аттестат, в котором бы сказано было, что Илюша *прошел все науки и искусства*.

Вся эта обломовская система воспитания встретила сильную оппозицию в системе Штольца. Борьба была с обеих сторон упорная. Штольц прямо, открыто и настойчиво поражал соперников, а они уклонялись от ударов вышесказанными и другими хитростями.

Победа не решалась никак; может быть, немецкая настойчивость и преодолела бы упрямство и закоснелость обломовцев, но немец встретил затруднения на своей собственной стороне, и победе не суждено было решиться ни на ту, ни на другую сторону. Дело в том, что сын Штольца баловал Обломова, то подсказывая ему уроки, то делая за него переводы.

Илье Ильичу ясно видится и домашний быт его, и житье у Штольца.

Он только что проснется у себя дома, как у постели его уже стоит Захарка, впоследствии знаменитый камердинер его Захар Трофимыч.

Захар, как, бывало, нянька, натягивает ему чулки, надевает башмаки, а Илюша, уже четырнадцатилетний мальчик, только и знает, что подставляет ему лежа то ту, то другую ногу; а чуть что покажется ему не так, то он поддаст Захарке ногой в нос.

Если недовольный Захарка вздумает пожаловаться, то получит еще от старших колотушку.

Потом Захарка чешет голову, натягивает куртку, осторожно продевая руки Ильи Ильича в рукава, чтоб не слишком беспокоить его, и напоминает Илье Ильичу, что надо сделать то, другое: вставши поутру, умыться и т. п.

Захочет ли чего-нибудь Илья Ильич, ему стоит только мигнуть — уж трое-четверо слуг кидаются исполнять его желание; уронит ли он что-нибудь, достать ли ему нужно вещь, да не достанет, принести ли что, сбегать ли за чем: ему иногда, как резвому мальчику, так и хочется броситься и переделать всё самому, а тут вдруг отец и мать да три тетки в пять голосов и закричат:

— Зачем? Куда? А Васька, а Ванька, а Захарка на что? Эй! Васька! Ванька! Захарка! Чего вы смотрите, разини? Вот я вас!..

И не удастся никак Илье Ильичу сделать что-нибудь самому для себя.

После он нашел, что оно и покойнее гораздо, и сам выучился покрикивать: «Эй, Васька! Ванька! подай то, дай другое! Не хочу того, хочу этого! Сбегай, принеси!»

Подчас нежная заботливость родителей и надоедала ему.

Побежит ли он с лестницы или по двору, вдруг вслед ему раздастся в десять отчаянных голосов: «Ах, ах! Поддержите, остановите! Упадет, расшибется... стой, стой!»

Задумает ли он выскочить зимой в сени или отворить форточку — опять крики: «Ай, куда? Как можно? Не бегай, не ходи, не отворяй: убьешься, простудишься...»

И Илюша с печалью оставался дома, лелеемый, как экзотический цветок в теплице, и, так же как последний под стеклом, он рос медленно и вяло. Ищущие проявления силы обращались внутрь и никли, увядая.

А иногда он проснется такой бодрый, свежий, веселый; он чувствует: в нем играет что-то, кипит, точно поселился бесенок какой-нибудь, который так и поддразнивает его то влезть на крышу, то сесть на савраску да поскакать в луга, где сено косят, или посидеть на заборе верхом, или подразнить деревенских собак; или вдруг захочется пуститься бегом по деревне, потом в поле, по буеракам, в березняк да в три скачка броситься на дно оврага, или увязаться за мальчишками играть в снежки, попробовать свои силы.

Бесенок так и подмывает его: он крепится, крепится, наконец не вытерпит, и вдруг, без картуза, зимой, прыг с крыльца на двор, оттуда за ворота, захватил в обе руки по кому снега и мчится к кучке мальчишек.

Свежий ветер так и режет ему лицо, за уши щиплет мороз, в рот и горло пахнуло холодом, а грудь охватило радостью — он мчится, откуда ноги взялись, сам и визжит, и хохочет.

Вот и мальчишки: он бац снегом — мимо: сноровки нет; только хотел захватить еще снежку, как всё лицо залепила ему целая глыба снегу: он упал; и больно ему с непривычки, и весело, и хохочет он, и слезы у него на глазах...

А в доме гвалт: Илюши нет! Крик, шум. На двор выскочил Захарка, за ним Васька, Митька, Ванька — все бегут, растерянные, по двору.

За ними кинулись, хватая их за пятки, две собаки, которые, как известно, не могут равнодушно видеть бегущего человека.

Люди с криками, с воплями, собаки с лаем мчатся по деревне.

Наконец набежали на мальчишек и начали чинить правосудие: кого за волосы, кого за уши, иному подзатыльника; пригрозили и отцам их.

Потом уже овладели барчонком, окутали его в захваченный тулуп, потом в отцовскую шубу, потом в два одеяла и торжественно принесли на руках домой.

Дома отчаялись уже видеть его, считая погибшим; но при виде его, живого и невредимого, радость родителей была неописанна. Возблагодарили Господа Бога, потом напоили его мятой, там бузиной, к вечеру еще малиной и продержали дня три в постели, а ему бы одно могло быть полезно: опять играть в снежки...

X

Только что храпенье Ильи Ильича достигло слуха Захара, как он прыгнул осторожно, без шума, с лежанки, вышел на цыпочках в сени, запер барина на замок и отправился к воротам.

— А, Захар Трофимыч: добро пожаловать! Давно вас не видно! — заговорили на разные голоса кучера, лакеи, бабы и мальчишки у ворот.

— Что ваш-то? Со двора, что ли, ушел? — спросил дворник.

— Дрыхнет, — мрачно сказал Захар.

— Что так? — спросил кучер. — Рано бы, кажись, об эту пору... нездоров, видно?

— Э, какое нездоров! Нарезался! — сказал Захар, таким голосом, как будто и сам убежден был в этом.—

Поверите ли? Один выпил полторы бутылки мадеры, два штофа квасу да вон теперь и завалился.

— Эк! — с завистью сказал кучер.

— Что ж это он нынче так подгулял? — спросила одна из женщин.

— Нет, Татьяна Ивановна, — отвечал Захар, бросив на нее свой односторонний взгляд, — не то что нынче: совсем никуда не годен стал — и говорить-то тошно!

— Видно, как моя! — со вздохом заметила она.

— А что, Татьяна Ивановна, поедет она сегодня куда-нибудь? — спросил кучер, — мне бы вон тут недалечко сходить?

— Куда ее унесет! — отвечала Татьяна. — Сидит с своим ненаглядным, да не налюбуются друг на друга.

— Он к вам частенько, — сказал дворник, — надоел по ночам, проклятый: уж все выйдут, и все придут: он всегда последний, да еще ругается, зачем парадное крыльцо заперто... Стану я для него тут караулить крыльцо-то!

— Какой дурак, братцы, — сказала Татьяна, — так этакого поискать! Чего, чего не надарит ей? Она разрядится, точно пава, и ходит так важно; а кабы кто посмотрел, какие юбки да какие чулки носит, так срам посмотреть! Шеи по две недели не моет, а лицо мажет... Иной раз согрешишь, право, подумаешь: «Ах ты, убогая! надела бы ты платок на голову да шла бы в монастырь, на богомолье...»

Все, кроме Захара, засмеялись.

— Ай да Татьяна Ивановна, мимо не попадет! — говорили одобрительно голоса.

— Да право! — продолжала Татьяна. — Как это господа пускают с собой этакую?..

— Куда это вы собрались? — спросил ее кто-то. — Что это за узел у вас?

— Платье несу к портнихе; послала щеголиха-то моя: вишь, широко! А как станем с Дуняшей тушу-то стягивать, так руками после дня три делать ничего нельзя: все обломаешь! Ну, мне пора. Прощайте, пока.

— Прощайте, прощайте! — сказали некоторые.

— Прощайте, Татьяна Ивановна, — сказал кучер. — Приходите-ка вечерком.

— Да не знаю как; может, приду, а то так... уж прощайте!

— Ну прощайте, — сказали все.

— Прощайте... счастливо вам! — отвечала она, уходя.

— Прощайте, Татьяна Ивановна! — крикнул еще вслед кучер.

— Прощайте! — звонко откликнулась она издали.

Когда она ушла, Захар как будто ожидал своей очереди говорить. Он сел на чугунный столбик у ворот и начал болтать ногами, угрюмо и рассеянно поглядывая на проходящих и проезжающих.

— Ну как ваш-то сегодня, Захар Трофимыч? — спросил дворник.

— Да как всегда: бесится с жиру, — сказал Захар, — а всё за тебя, по твоей милости перенес я горя-то немало: всё насчет квартиры-то! Бесится: больно не хочется съезжать...

— Что я-то виноват? — сказал дворник. — По мне, живи себе хоть век; нешто я тут хозяин? Мне велят... Кабы я был хозяин, а то я не хозяин...

— Что ж он, ругается, что ли? — спросил чей-то кучер.

— Уж так ругается, что как только Бог дает силу переносить!

— Ну что ж? Это добрый барин, коли всё ругается! — сказал один лакей, медленно, со скрипом открывая круглую табакерку, и руки всей компании, кроме Захаровых, потянулись за табаком. Началось всеобщее нюханье, чиханье и плеванье.

— Коли ругается, так лучше, — продолжал тот, — чем пуще ругается, тем лучше: по крайности, не прибьет, коли ругается. А вот как я жил у одного: ты еще не знаешь — за что, а уж он, смотришь, за волосы держит тебя.

Захар презрительно ожидал, пока этот кончил свою тираду, и, обратившись к кучеру, продолжал:

— Так вот опозорить тебе человека ни за что ни про что, — говорил он, — это ему нипочем!

— Неугодлив, видно? — спросил дворник.

— И! — прохрипел Захар значительно, зажмурив глаза. — Так неугодлив, что беда! И то не так, и это не так, и ходить не умеешь, и подать-то не смыслишь, и ломаешь-то все, и не чистишь, и крадешь, и съедаешь... Тьфу, чтоб тебе!.. Сегодня напустился — срам слушать! А за что? Кусочек сыру еще от той недели остался — собаке стыдно бросить — так нет, человек и не думай съесть! Спросил — «Нет, мол» — и пошел: «Тебя, говорит, повесить надо, тебя, говорит, сварить в горячей смоле надо да щипцами калеными рвать; кол осиновый, говорит, в тебя вколотить надо!» А сам так и лезет, так и лезет... Как вы думаете, братцы? Намедни обварил я ему — кто его знает как — ногу кипятком, так ведь как заорал! Не отскочи я, так он бы толкнул меня в грудь кулаком... так и норовит! Чисто толкнул бы...

Кучер покачал головой, а дворник сказал: «Вишь ты, бойкий барин: не дает повадки!»

— Ну, коли еще ругает, так это славный барин! — флегматически говорил всё тот же лакей. — Другой хуже, как не ругается: глядит, глядит, да вдруг тебя за волосы поймает, а ты еще не смекнул за что!

— Да даром, — сказал Захар, не обратив опять никакого внимания на слова перебившего его лакея, — нога еще и доселева не зажила: всё мажет мазью; пусть-ка его!

— Характерный барин! — сказал дворник.

— И не дай Бог! — продолжал Захар, — убьет когда-нибудь человека; ей-богу, до смерти убьет! И ведь за всяку безделицу норовит выругать лысым... уж не хочется договаривать. А вот сегодня так новое выдумал: «ядовитый», говорит! Поворачивается же язык-то!..

— Ну, это что? — говорит всё тот же лакей. — Коли ругается, так это слава Богу, дай Бог такому здоровья... А как всё молчит; ты идешь мимо, а он глядит, глядит, да и вцепится, вон как тот, у которого я жил. А ругается, так ничего...

— И поделом тебе, — заметил ему Захар с злостью за непрошеные возражения, — я бы еще не так тебя.

— Как же он ругает «лысым», Захар Трофимыч, — спросил казачок лет пятнадцати, — чертом, что ли?

Захар медленно поворотил к нему голову и остановил на нем мутный взгляд.

— Смотри ты у меня! — сказал он потом едко. — Молод, брат, востер очень! Я не посмотрю, что ты генеральский: я те за вихор! Пошел-ка к своему месту!

Казачок отошел шага на два, остановился и глядел с улыбкой на Захара.

— Что скалишь зубы-то? — с яростью захрипел Захар. — Погоди, попадешься, я те уши-то направлю как раз: будешь у меня скалить зубы!

В это время из подъезда выбежал огромный лакей, в ливрейном фраке нараспашку, с аксельбантами и в штиблетах. Он подошел к казачку, дал ему сначала оплеуху, потом назвал дураком.

— Что вы, Матвей Мосеич, за что это? — сказал озадаченный и сконфуженный казачок, придерживаясь за щеку и судорожно мигая.

— А! Ты еще разговаривать? — отвечал лакей. — Я за тобой по всему дому бегаю, а ты здесь!

Он взял его одной рукой за волосы, нагнул ему голову и три раза методически, ровно и медленно, ударил его по шее кулаком.

— Барин пять раз звонил, — прибавил он в виде нравоучения, — а меня ругают за тебя, щенка этакого! Пошел!

И он повелительно указывал ему рукой на лестницу. Мальчик постоял с минуту в каком-то недоумении, мигнул раза два, взглянул на лакея и, видя, что от него больше ждать нечего, кроме повторения того же самого, встряхнул волосами и пошел на лестницу как встрепанный.

Какое торжество для Захара!

— Хорошенько его, хорошенько, Матвей Мосеич! Еще, еще! — приговаривал он, злобно радуясь. — Эх, мало! Ай да Матвей Мосеич! Спасибо! А то востер больно... Вот тебе «лысый черт»! Будешь вперед зубоскалить?

Дворня хохотала, дружно сочувствуя и лакею, прибившему казачка, и Захару, злобно радовавшемуся этому. Только казачку никто не сочувствовал.

— Вот-вот этак же, ни дать ни взять, бывало, мой прежний барин, — начал опять тот же лакей, что всё перебивал Захара, — ты, бывало, думаешь, как бы повеселиться, а он вдруг, словно угадает, что ты думал, идет мимо да и ухватит вот этак, вот как Матвей Мосеич Андрюшку. А это что, коли только ругается! Велика важность: «лысым чертом» выругает!

— Тебя бы, может, ухватил и его барин, — отвечал ему кучер, указывая на Захара, — вишь, у те войлок какой на голове! А за что он ухватит Захара-то Трофимыча? Голова-то словно тыква... Разве вот за эти две бороды, что на скулах-то, поймает: ну там есть за что!..

Все захохотали, а Захар был как ударом поражен этой выходкой кучера, с которым одним он и вел до тех пор дружескую беседу.

— А вот как я скажу барину-то, — начал он с яростью хрипеть на кучера, — так он найдет, за что и тебя ухватить: он тебе бороду-то выгладит: вишь, она у тебя в сосульках вся!

— Горазд же твой барин, коли будет чужим кучерам бороды гладить! Нет, вы заведите-ка своих да в те поры и гладьте, а то больно тороват!

— Не тебя ли взять в кучера, мазурика этакого? — захрипел Захар. — Так ты не стоишь, чтоб тебя самого запрячь моему барину-то!

— Ну уж барин! — заметил язвительно кучер. — Где ты этакого выкопал?

Он сам, и дворник, и цирюльник, и лакей, защитник системы ругательства, все захохотали.

— Смейтесь, смейтесь, а я вот скажу барину-то! — хрипел Захар.

— А тебе, — сказал он, обращаясь к дворнику, — надо бы унять этих разбойников, а не смеяться. Ты зачем приставлен здесь? — Порядок всякий исправлять. А ты что? Я вот скажу барину-то; постой, будет тебе!

— Ну полно, полно, Захар Трофимыч! — говорил дворник, стараясь успокоить его, — что он тебе сделал?

— Как он смеет так говорить про моего барина? — возразил горячо Захар, указывая на кучера. — Да знает ли он, кто мой барин-то? — с благоговением спросил он. — Да тебе, — говорил он, обращаясь к кучеру, — и во сне не увидать такого барина: добрый, умница, красавец! А твой-то точно некормленая кляча! Срам посмотреть, как выезжаете со двора на бурой кобыле: точно нищие! Едите-то редьку с квасом. Вон на тебе армячишка: дыр-то не сосчитаешь!..

Надо заметить, что армяк на кучере был вовсе без дыр.

— Да уж такого не сыщешь, — перебил кучер и выдернул проворно совсем наружу торчавший из-под мышки Захара клочок рубашки.

— Полно, полно вам! — твердил дворник, протягивая между них руки.

— А! Ты платье мое драть! — закричал Захар, вытаскивая еще больше рубашки наружу. — Постой, я покажу барину! Вот, братцы, посмотрите, что он сделал: платье мне разорвал!..

— Да, я! — говорил кучер, несколько струсив. — Видно, барин оттрепал...

— Оттреплет этакий барин! — говорил Захар. — Такая добрая душа; да это золото — а не барин, дай Бог ему здоровья! Я у него как в царствии небесном: ни нужды никакой не знаю, отроду дураком не назвал; живу в добре, в покое, ем с его стола, уйду, куда хочу, — вот что!.. А в деревне у меня особый дом, особый огород, отсыпной хлеб; мужики все в пояс мне! Я и управляющий, и можедом! А вы-то с своим...

У него от злости недоставало голоса, чтоб окончательно уничтожить своего противника. Он остановился на минуту, чтоб собраться с силами и придумать ядовитое слово, но не придумал от избытка скопившейся желчи.

— Да вот постой, как еще ты за платье-то разделаешься: дадут тебе рвать!.. — проговорил он наконец.

Задевши его барина, задели за живое и Захара. Расшевелили и честолюбие, и самолюбие: преданность проснулась и высказалась со всей силой. Он готов был облить ядом желчи не только противника своего, но и его барина, и родню барина, которой даже не знал, есть ли она, и знакомых. Тут он с удивительною точностью повторил все клеветы и злословия о господах, почерпнутые им из прежних бесед с кучером.

— А вы-то с барином голь проклятая, жиды, хуже немца! — говорил он. — Дедушка-то, я знаю, кто у вас был: приказчик с толкучего. Вчера гости-то вышли от вас вечером, так я подумал, не мошенники ли какие забрались в дом: жалость смотреть! Мать тоже на толкучем торговала крадеными да изношенными платьями.

— Полно, полно вам!.. — унимал дворник.

— Да! — говорил Захар. — У меня-то, слава Богу! барин столбовой; приятели-то генералы, графы да князья. Еще не всякого графа посадит с собой: иной придет да и настоится в прихожей... Ходят всё сочинители...

— Какие это такие, братец ты мой, сочинители? — спросил дворник, желая прекратить раздор. — Чиновники, что ли, такие?

— Нет, это такие господа, которые сами выдумывают, что им понадобится, — объяснил Захар.

— Что ж они у вас делают? — спросил дворник.

— Что? Один трубку спросит, другой хересу... — сказал Захар и остановился, заметив, что почти все насмешливо улыбаются.

— А вы тут все мерзавцы, сколько вас ни на есть! — скороговоркой сказал он, окинув всех односторонним взглядом. — Дадут тебе чужое платье драть! Я пойду барину скажу! — прибавил он и быстро пошел домой.

— Полно тебе! Постой, постой! — кричал дворник. — Захар Трофимыч! Пойдем в полпивную, пожалуйста, пойдем...

Захар остановился на дороге, быстро обернулся и, не глядя на дворню, еще быстрее ринулся на улицу. Он дошел, не оборачиваясь ни на кого, до двери полпивной, которая была напротив; тут он обернулся, мрачно окинул взглядом всё общество и еще мрачнее махнул всем рукой, чтоб шли за ним, и скрылся в дверях.

Все прочие тоже разбрелись: кто в полпивную, кто домой; остался только один лакей.

— Ну что за беда, коли и скажет барину? — сам с собой в раздумье, флегматически говорил он, открывая медленно табакерку. — Барин добрый, видно по всему, только обругает! Это еще что, коли обругает! А то иной глядит, глядит, да и за волосы...

XI

В начале пятого часа Захар осторожно, без шума, отпер переднюю и на цыпочках пробрался в свою комнату; там он подошел к двери барского кабинета и сначала приложил к ней ухо, потом присел и приставил к замочной скважине глаз.

В кабинете раздавалось мерное храпенье.

— Спит, — прошептал он, — надо будить: скоро половина пятого.

Он кашлянул и вошел в кабинет.

— Илья Ильич! А Илья Ильич! — начал он тихо, стоя у изголовья Обломова.

Храпенье продолжалось.

— Эк спит-то! — сказал Захар, — словно каменщик. Илья Ильич!

Захар слегка тронул Обломова за рукав.

— Вставайте: пятого половина.

Илья Ильич только промычал в ответ на это, но не проснулся.

— Вставайте же, Илья Ильич! Что это за срам! — говорил Захар, возвышая голос.

Ответа не было.

— Илья Ильич! — твердил Захар, потрогивая барина за рукав.

Обломов повернул немного голову и с трудом открыл на Захара один глаз, из которого так и выглядывал паралич.

— Кто тут? — спросил он хриплым голосом.

— Да я. Вставайте!

— Поди прочь! — проворчал Илья Ильич и погрузился опять в тяжелый сон. Вместо храпенья стал раздаваться свист носом. Захар потянул его за полу.

— Что тебе? — грозно спросил Обломов, вдруг открыв оба глаза.

— Вы велели разбудить себя.

— Ну знаю. Ты исполнил свою обязанность и пошел прочь! Остальное касается до меня...

— Не пойду, — говорил Захар, потрогивая его опять за рукав.

— Ну же, не трогай! — кротко заговорил Илья Ильич и, уткнув голову в подушку, начал было храпеть.

— Нельзя, Илья Ильич, — говорил Захар, — я бы рад-радехонек, да никак нельзя!

И сам трогал барина.

— Ну сделай же такую милость, не мешай,— убедительно говорил Обломов, открывая глаза.

— Да, сделай вам милость, а после сами же будете гневаться, что не разбудил...

— Ах ты, Боже мой! Что это за человек! — говорил Обломов.— Ну дай хоть минутку соснуть; ну что это такое, одна минута? Я сам знаю.

Илья Ильич вдруг смолк, внезапно пораженный сном.

— Знаешь ты дрыхнуть! — говорил Захар, уверенный, что барин не слышит.— Вишь, дрыхнет, словно чурбан осиновый! Зачем ты на свет-то Божий родился?

— Да вставай же ты! говорят тебе...— заревел было Захар.

— Что? что? — грозно заговорил Обломов, приподнимая голову.

— Что, мол, сударь, не встаете? — мягко отозвался Захар.

— Нет, ты как сказал-то — а? Как ты смеешь так — а?

— Как?

— Грубо говорить?

— Это вам во сне померещилось... ей-богу, во сне.

— Ты думаешь, я сплю? Я не сплю, я всё слышу...

А сам уж опять спал.

— Ну,— говорил Захар в отчаянии,— ах ты, головушка! Что лежишь как колода? Ведь на тебя смотреть тошно. Поглядите, добрые люди!.. Тьфу!

— Вставайте, вставайте! — вдруг испуганным голосом заговорил он.— Илья Ильич! Посмотрите-ка, что вокруг вас делается...

Обломов быстро поднял голову, поглядел кругом и опять лег с глубоким вздохом.

— Оставь меня в покое! — сказал он важно.— Я велел тебе будить меня, а теперь отменяю приказание,— слышишь ли? Я сам проснусь, когда мне вздумается.

Иногда Захар так и отстанет, сказав: «Ну дрыхни, черт с тобой!» А в другой раз так настоит на своем, и теперь настоял.

— Вставайте, вставайте! — во всё горло заголосил он и схватил Обломова обеими руками за полу и за рукав. Обломов вдруг, неожиданно вскочил на ноги и ринулся на Захара.

— Постой же, вот я тебя выучу, как тревожить барина, когда он почивать хочет! — говорил он.

Захар со всех ног бросился от него, но на третьем шагу Обломов отрезвился совсем от сна и начал потягиваться, зевая.

— Дай... квасу... — говорил он в промежутках зевоты.

Тут же из-за спины Захара кто-то разразился звонким хохотом. Оба оглянулись.

— Штольц! Штольц! — в восторге кричал Обломов, бросаясь к гостю.

— Андрей Иваныч! — осклабясь, говорил Захар.

Штольц продолжал покатываться со смеха: он видел всю происходившую сцену.

ЧАСТЬ ВТОРАЯ

I

Штольц был немец только вполовину, по отцу; мать его была русская; веру он исповедовал православную; природная речь его была русская: он учился ей у матери и из книг, в университетской аудитории и в играх с деревенскими мальчишками, в толках с их отцами и на московских базарах. Немецкий же язык он наследовал от отца да из книг.

В селе Верхлёве, где отец его был управляющим, Штольц вырос и воспитывался. С восьми лет он сидел с отцом за географической картой, разбирал по складам Гердера, Виланда, библейские стихи и подводил итоги безграмотным счетам крестьян, мещан и фабричных, а с матерью читал священную историю, учил басни Крылова и разбирал по складам же «Телемака».

Оторвавшись от указки, бежал разорять птичьи гнезда с мальчишками, и нередко, среди класса или за молитвой, из кармана его раздавался писк галчат.

Бывало и то, что отец сидит в послеобеденный час под деревом в саду и курит трубку, а мать вяжет какую-нибудь фуфайку или вышивает по канве; вдруг с улицы раздается шум, крики, и целая толпа людей врывается в дом.

— Что такое? — спрашивает испуганная мать.

— Верно, опять Андрея ведут, — хладнокровно говорит отец.

Двери распахиваются, и толпа мужиков, баб, мальчишек вторгается в сад. В самом деле, привели Андрея — но в каком виде: без сапог, с разорванным платьем и с разбитым носом или у него самого, или у другого мальчишки.

Мать всегда с беспокойством смотрела, как Андрюша исчезал из дома на полсутки, и если б только не положительное запрещение отца мешать ему, она бы держала его возле себя.

Она его обмоет, переменит белье, платье, и Андрюша полсутки ходит таким чистеньким, благовоспитанным мальчиком, а к вечеру, иногда и к утру, опять его кто-нибудь притащит выпачканного, растрепанного, неузнаваемого, или мужики привезут на возу с сеном, или, наконец, с рыбаками приедет он на лодке, заснувши на неводу.

Мать в слезы, а отец ничего, еще смеется.

— Добрый бурш будет, добрый бурш! — скажет иногда.

— Помилуй, Иван Богданыч, — жаловалась она, — не проходит дня, чтоб он без синего пятна воротился, а намедни нос до крови разбил.

— Что за ребенок, если ни разу носу себе или другому не разбил? — говорил отец со смехом.

Мать поплачет, поплачет, потом сядет за фортепьяно и забудется за Герцем: слезы каплют одна за другой на клавиши. Но вот приходит Андрюша или его приведут; он начнет рассказывать так бойко, так живо, что рассмешит и ее, притом он такой понятливый! Скоро он стал читать «Телемака», как она сама, и играть с ней в четыре руки.

Однажды он пропал уже на неделю: мать выплакала глаза, а отец ничего — ходит по саду да курит.

— Вот если б Обломова сын пропал, — сказал он на предложение жены поехать поискать Андрея, — так я бы поднял на ноги всю деревню и земскую полицию, а Андрей придет. О, добрый бурш!

На другой день Андрея нашли преспокойно спящего в своей постели, а под кроватью лежало чье-то ружье и фунт пороху и дроби.

— Где ты пропадал? Где взял ружье? — засыпала мать вопросами. — Что ж молчишь?

— Так! — только и было ответа.

Отец спросил: готов ли у него перевод из Корнелия Непота на немецкий язык.

— Нет, — отвечал он.

Отец взял его одной рукой за воротник, вывел за ворота, надел ему на голову фуражку и ногой толкнул сзади так, что сшиб с ног.

— Ступай, откуда пришел, — прибавил он, — и приходи опять с переводом вместо одной двух глав, а матери выучи роль из французской комедии, что она задала: без этого не показывайся!

Андрей воротился через неделю и принес и перевод и выучил роль.

Когда он подрос, отец сажал его с собой на рессорную тележку, давал вожжи и велел везти на фабрику, потом в поля, потом в город, к купцам, в присутственные места, потом посмотреть какую-нибудь глину, которую возьмет на палец, понюхает, иногда лизнет, и сыну даст понюхать, и объяснит, какая она, на что годится. Не то так отправятся посмотреть, как добывают поташ или деготь, топят сало.

Четырнадцати-пятнадцати лет мальчик отправлялся частенько один, в тележке или верхом, с сумкой у седла, с поручениями от отца в город, и никогда не случалось, чтоб он забыл что-нибудь, переиначил, недоглядел, дал промах.

— Recht gut, mein lieber Junge! [1] — говорил отец, выслушав отчет, и, трепля его широкой ладонью по плечу, давал два-три рубля, смотря по важности поручения.

Мать после долго отмывает копоть, грязь, глину и сало с Андрюши.

Ей не совсем нравилось это трудовое, практическое воспитание. Она боялась, что сын ее сделается таким же немецким бюргером, из каких вышел отец.

---

[1] Недурно, мой дорогой мальчик *(нем.)*.

На всю немецкую нацию она смотрела как на толпу патентованных мещан, не любила грубости, самостоятельности и кичливости, с какими немецкая масса предъявляет везде свои тысячелетием выработанные бюргерские права, как корова носит свои рога, не умея кстати их спрятать.

На ее взгляд, во всей немецкой нации не было и не могло быть ни одного джентльмена. Она в немецком характере не замечала никакой мягкости, деликатности, снисхождения, ничего того, что делает жизнь так приятною в хорошем свете, с чем можно обойти какое-нибудь правило, нарушить общий обычай, не подчиниться уставу.

Нет, так и ломят эти невежи, так и напирают на то, что у них положено, что заберут себе в голову, готовы хоть стену пробить лбом, лишь бы поступить по правилам.

Она жила гувернанткой в богатом доме и имела случай быть за границей, проехала всю Германию и смешала всех немцев в одну толпу курящих коротенькие трубки и поплевывающих сквозь зубы приказчиков, мастеровых, купцов, прямых как палка офицеров с солдатскими и чиновников с будничными лицами, способных только на черную работу, на труженическое добывание денег, на пошлый порядок, скучную правильность жизни и педантическое отправление обязанностей, — всех этих бюргеров с угловатыми манерами, с большими грубыми руками, с мещанской свежестью в лице и с грубой речью.

«Как ни наряди немца, — думала она, — какую тонкую и белую рубашку он ни наденет, пусть обуется в лакированные сапоги, даже наденет желтые перчатки, а всё он скроен как будто из сапожной кожи; из-под белых манжет всё торчат жесткие и красноватые руки, и из-под изящного костюма выглядывает если не булочник, так буфетчик. Эти жесткие руки так и просятся приняться за шило или много-много — что за смычок в оркестре».

А в сыне ей мерещился идеал барина, хотя выскочки, из черного тела, от отца бюргера, но все-таки сына русской дворянки, все-таки беленького, прекрасно сложенного мальчика, с такими маленькими руками и ногами, с чистым лицом, с ясным, бойким взглядом, такого, на каких она нагляделась в русском богатом доме, и тоже за границею, конечно не у немцев.

И вдруг он будет чуть не сам ворочать жернова на мельнице, возвращаться домой с фабрик и полей, как отец его: в сале, в навозе, с красно-грязными, загрубевшими руками, с волчьим аппетитом!

Она бросалась стричь Андрюше ногти, завивать кудри, шить изящные воротнички и манишки; заказывала в городе курточки; учила его прислушиваться к задумчивым звукам Герца, пела ему о цветах, о поэзии жизни, шептала о блестящем призвании то воина, то писателя, мечтала с ним о высокой роли, какая выпадает иным на долю...

И вся эта перспектива должна сокрушиться от щелканья счетов, от разбиранья замасленных расписок мужиков, от обращения с фабричными!

Она возненавидела даже тележку, на которой Андрюша ездил в город, и клеенчатый плащ, который подарил ему отец, и замшевые зеленые перчатки — все грубые атрибуты трудовой жизни.

На беду, Андрюша отлично учился, и отец сделал его репетитором в своем маленьком пансионе.

Ну, пусть бы так; но он положил ему жалованье, как мастеровому, совершенно по-немецки: по десяти рублей в месяц, и заставлял его расписываться в книге.

Утешься, добрая мать: твой сын вырос на русской почве — не в будничной толпе с бюргерскими коровьими рогами, с руками, ворочающими жернова. Вблизи была Обломовка: там вечный праздник! Там сбывают с плеч работу, как иго; там барин не встает с зарей и не ходит по фабрикам около намазанных салом и маслом колес и пружин.

Да и в самом Верхлёве стоит, хотя, бóльшую часть года пустой, запертый дом, но туда частенько забирается шаловливый мальчик, и там видит он длинные залы и галереи, темные портреты на стенах, не с грубой свежестью, не с жесткими большими руками, – видит томные голубые глаза, волосы под пудрой, белые, изнеженные лица, полные груди, нежные с синими жилками руки в трепещущих манжетах, гордо положенные на эфес шпаги; видит ряд благородно-бесполезно в неге протекших поколений, в парче, бархате и кружевах.

Он в лицах проходит историю славных времен, битв, имен; читает там повесть о старине, не такую, какую рассказывал ему сто раз, поплевывая, за трубкой, отец о жизни в Саксонии между брюквой и картофелем, между рынком и огородом...

Года в три раз этот замок вдруг наполнялся народом, кипел жизнью, праздниками, балами; в длинных галереях сияли по ночам огни.

Приезжали князь и княгиня с семейством: князь – седой старик с выцветшим пергаментным лицом, тусклыми навыкате глазами и большим плешивым лбом, с тремя звездами, с золотой табакеркой, с тростью с яхонтовым набалдашником, в бархатных сапогах; княгиня – величественная красотой, ростом и объемом женщина, к которой, кажется, никогда никто не подходил близко, не обнял, не поцеловал ее, даже сам князь, хотя у ней было пятеро детей.

Она казалась выше того мира, в который нисходила в три года раз; ни с кем не говорила, никуда не выезжала, а сидела в угольной зеленой комнате с тремя старушками, да через сад, пешком, по крытой галерее, ходила в церковь и садилась на стул за ширмы.

Зато в доме кроме князя и княгини был целый такой веселый и живой мир, что Андрюша детскими зелененькими глазками своими смотрел вдруг в три или четыре разные сферы, бойким умом жадно и бессознательно наблюдал типы этой разнородной толпы, как пестрые явления маскарада.

Тут были князья Пьер и Мишель, из которых первый тотчас преподал Андрюше, как бьют зорю в кавалерии и пехоте, какие сабли и шпоры гусарские и какие драгунские, каких мастей лошади в каждом полку и куда непременно надо поступить после ученья, чтоб не опозориться.

Другой, Мишель, только лишь познакомился с Андрюшей, как поставил его в позицию и начал выделывать удивительные штуки кулаками, попадая ими Андрюше то в нос, то в брюхо, потом сказал, что это английская драка.

Дня через три Андрей, на основании только деревенской свежести и с помощью мускулистых рук, разбил ему нос и по английскому, и по русскому способу, без всякой науки, и приобрел авторитет у обоих князей.

Были еще две княжны, девочки одиннадцати и двенадцати лет, высокенькие, стройные, нарядно одетые, ни с кем не говорившие, никому не кланявшиеся и боявшиеся мужиков.

Была их гувернантка, m-lle Ernestine, которая ходила пить кофе к матери Андрюши и научила делать ему кудри. Она иногда брала его голову, клала на колени и завивала в бумажки до сильной боли, потом брала белыми руками за обе щеки и целовала так ласково!

Потом был немец, который точил на станке табакерки и пуговицы, потом учитель музыки, который напивался от воскресенья до воскресенья, потом целая шайка горничных, наконец, стая собак и собачонок.

Всё это наполняло дом и деревню шумом, гамом, стуком, кликами и музыкой.

С одной стороны Обломовка, с другой — княжеский замок, с широким раздольем барской жизни, встретились с немецким элементом, и не вышло из Андрея ни доброго бурша, ни даже филистера.

Отец Андрюши был агроном, технолог, учитель. У отца своего, фермера, он взял практические уроки в агрономии, на саксонских фабриках изучил технологию, а в ближайшем университете, где было около сорока профессоров, получил призвание к преподаванию того, что кое-как успели ему растолковать сорок мудрецов.

Дальше он не пошел, а упрямо поворотил назад, решив, что надо делать дело, и возвратился к отцу. Тот дал ему сто талеров, новую котомку и отпустил на все четыре стороны.

С тех пор Иван Богданович не видал ни родины, ни отца. Шесть лет пространствовал он по Швейцарии, Австрии, а двадцать лет живет в России и благословляет свою судьбу.

Он был в университете и решил, что сын его должен быть также там, — нужды нет, что это будет уже не немецкий университет, нужды нет, что университет русский должен будет произвести переворот в жизни его сына и далеко отвести от той колеи, которую мысленно проложил отец в жизни сына.

А он сделал это очень просто: взял колею от своего деда и продолжил ее, как по линейке, до будущего своего внука и был покоен, не подозревая, что варьяции Герца, мечты и рассказы матери, галерея и будуар в княжеском замке обратят узенькую немецкую колею в такую широкую дорогу, какая не снилась ни деду его, ни отцу, ни ему самому.

Впрочем, он не был педант в этом случае и не стал бы настаивать на своем; он только не умел бы начертать в своем уме другой дороги сыну.

Он мало об этом заботился. Когда сын его воротился из университета и прожил месяца три дома, отец сказал, что делать ему в Верхлёве больше нечего, что вон уж даже Обломова отправили в Петербург, что, следовательно, и ему пора.

А отчего нужно ему в Петербург, почему не мог он остаться в Верхлёве и помогать управлять имением, — об этом старик не спрашивал себя; он только помнил, что когда он сам кончил курс ученья, то отец отослал его от себя.

И он отослал сына — таков обычай в Германии. Матери не было на свете, и противоречить было некому.

В день отъезда Иван Богданович дал сыну сто рублей ассигнациями.

— Ты поедешь верхом до губернского города, — сказал он. — Там получи от Калинникова триста пятьдесят рублей, а лошадь оставь у него. Если ж его нет, продай лошадь; там скоро ярмарка: дадут четыреста рублей и не на охотника. До Москвы доехать тебе станет рублей сорок, оттуда в Петербург — семьдесят пять; останется довольно. Потом — как хочешь. Ты делал со мной дела, стало быть, знаешь, что у меня есть некоторый капитал; но ты прежде смерти моей на него не рассчитывай, а я, вероятно, еще проживу лет двадцать, разве только камень упадет на голову. Лампада горит ярко, и масла в ней много. Образован ты хорошо: перед тобой все карьеры открыты; можешь служить, торговать, хоть сочинять, пожалуй, — не знаю, что ты изберешь, к чему чувствуешь больше охоты...

— Да я посмотрю, нельзя ли вдруг по всем, — сказал Андрей.

Отец захохотал изо всей мочи и начал трепать сына по плечу так, что и лошадь бы не выдержала. Андрей ничего.

— Ну а если не станет уменья, не сумеешь сам отыскать вдруг свою дорогу, понадобится посоветоваться, спросить — зайди к Рейнгольду: он научит. О! — прибавил он, подняв пальцы вверх и тряся головой. — Это... это (он хотел похвалить и не нашел слова)... Мы вместе из Саксонии пришли. У него четырехэтажный дом. Я тебе адрес скажу...

— Не надо, не говори, — возразил Андрей, — я пойду к нему, когда у меня будет четырехэтажный дом, а теперь обойдусь без него...

Опять трепанье по плечу.

Андрей вспрыгнул на лошадь. У седла были привязаны две сумки: в одной лежал клеенчатый плащ и видны были толстые, подбитые гвоздями сапоги да несколько рубашек из верхлёвского полотна — вещи, купленные и взятые по настоянию отца; в другой лежал изящный фрак тонкого сукна, мохнатое пальто, дюжина тонких рубашек и ботинки, заказанные в Москве, в память наставлений матери.

— Ну! — сказал отец.

— Ну! — сказал сын.

— Всё? — спросил отец.

— Всё! — отвечал сын.

Они посмотрели друг на друга молча, как будто пронзали взглядом один другого насквозь.

Между тем около собралась кучка любопытных соседей посмотреть, с разинутыми ртами, как управляющий отпустит сына на чужую сторону.

Отец и сын пожали друг другу руки. Андрей поехал крупным шагом.

— Каков щенок: ни слезинки! — говорили соседи. — Вон две вороны так и надседаются, каркают на заборе: накаркают они ему — погоди ужо!..

— Да что ему вороны? Он на Ивана Купала по ночам в лесу один шатается: к ним, братцы, это не пристает. Русскому бы не сошло с рук!..

— А старый-то нехристь хорош! — заметила одна мать. — Точно котенка выбросил на улицу: не обнял, не взвыл!

— Стой! Стой, Андрей! — закричал старик.

Андрей остановил лошадь.

— А! Заговорило, видно, ретивое! — сказали в толпе с одобрением.

— Ну? — спросил Андрей.

— Подпруга слаба, надо подтянуть.

— Доеду до Шамшевки, сам поправлю. Время тратить нечего, надо засветло приехать.

— Ну! — сказал, махнув рукой, отец.

— Ну! — кивнув головой, повторил сын и, нагнувшись немного, только хотел пришпорить коня.

— Ах вы, собаки, право, собаки! Словно чужие! — говорили соседи.

Но вдруг в толпе раздался громкий плач: какая-то женщина не выдержала.

— Батюшка ты, светик! — приговаривала она, утирая концом головного платка глаза. — Сиротка бедный! Нет у тебя родимой матушки, некому благословить-то тебя... Дай хоть я перекрещу тебя, красавец мой!..

Андрей подъехал к ней, соскочил с лошади, обнял старуху, потом хотел было ехать — и вдруг заплакал, пока она крестила и целовала его. В ее горячих словах послышался ему будто голос матери, возник на минуту ее нежный образ.

Он еще крепко обнял женщину, наскоро отер слезы и вскочил на лошадь. Он ударил ее по бокам и исчез в облаке пыли; за ним с двух сторон отчаянно бросились вдогонку три дворняжки и залились лаем.

II

Штольц ровесник Обломову: и ему уже за тридцать лет. Он служил, вышел в отставку, занялся своими делами и в самом деле нажил дом и деньги. Он участвует в какой-то компании, отправляющей товары за границу.

Он беспрестанно в движении: понадобится обществу послать в Бельгию или Англию агента — посылают его; нужно написать какой-нибудь проект или приспособить новую идею к делу — выбирают его. Между тем он ездит и в свет, и читает: когда он успевает — бог весть.

Он весь составлен из костей, мускулов и нервов, как кровная английская лошадь. Он худощав; щек у него почти вовсе нет, то есть есть кость да мускул, но ни признака жирной округлости; цвет лица ровный, смугловатый и никакого румянца; глаза хотя немного зеленоватые, но выразительные.

Движений лишних у него не было. Если он сидел, то сидел покойно, если же действовал, то употреблял столько мимики, сколько было нужно.

Как в организме нет у него ничего лишнего, так и в нравственных отправлениях своей жизни он искал равновесия практических сторон с тонкими потребностями духа. Две стороны шли параллельно, перекрещиваясь и перевиваясь на пути, но никогда не запутываясь в тяжелые, неразрешаемые узлы.

Он шел твердо, бодро; жил по бюджету, стараясь тратить каждый день, как каждый рубль, с ежеминутным, никогда не дремлющим контролем издержанного времени, труда, сил души и сердца.

Кажется, и печалями, и радостями он управлял как движением рук, как шагами ног или как обращался с дурной и хорошей погодой.

Он распускал зонтик, пока шел дождь, то есть страдал, пока длилась скорбь, да и страдал без робкой покорности, а больше с досадой, с гордостью, и переносил терпеливо только потому, что причину всякого страдания приписывал самому себе, а не вешал, как кафтан, на чужой гвоздь.

И радостью наслаждался, как сорванным по дороге цветком, пока он не увял в руках, не допивая чаши никогда до той капельки горечи, которая лежит в конце всякого наслаждения.

Простой, то есть прямой, настоящий взгляд на жизнь — вот что было его постоянною задачею, и, добираясь постепенно до ее решения, он понимал всю трудность ее и был внутренно горд и счастлив всякий раз, когда ему случалось заметить кривизну на своем пути и сделать прямой шаг.

«Мудрено и трудно жить просто!» — говорил он часто себе и торопливыми взглядами смотрел, где криво, где косо, где нить снурка жизни начинает завертываться в неправильный, сложный узел.

Больше всего он боялся воображения, этого двуличного спутника, с дружеским на одной и вражеским на другой стороне лицом, друга — чем меньше веришь ему, и врага — когда уснешь доверчиво под его сладкий шепот.

Он боялся всякой мечты или, если входил в ее область, то входил, как входят в грот с надписью *ma solitude, mon hermitage, mon repos*[1], зная час и минуту, когда выйдешь оттуда.

Мечте, загадочному, таинственному не было места в его душе. То, что не подвергалось анализу опыта, практической истины, было в глазах его оптический обман, то или другое отражение лучей и красок на сетке органа зрения или же, наконец, факт, до которого еще не дошла очередь опыта.

У него не было и того дилетантизма, который любит порыскать в области чудесного или подонкихотствовать в поле догадок и открытий за тысячу лет вперед. Он упрямо останавливался у порога тайны, не обнаруживая ни веры ребенка, ни сомнения фата, а ожидал появления закона, а с ним и ключа к ней.

Так же тонко и осторожно, как за воображением, следил он за сердцем. Здесь, часто оступаясь, он должен был сознаваться, что сфера сердечных отправлений была еще terra incognita.

Он горячо благодарил судьбу, если в этой неведомой области удавалось ему заблаговременно различить нарумяненную ложь от бледной истины; уже не сетовал, когда от искусно прикрытого цветами обмана он оступался, а не падал, если только лихорадочно и усиленно билось сердце, и рад-радехонек был, если не обливалось оно кровью, если не выступал холодный пот на лбу и потом не ложилась надолго длинная тень на его жизнь.

Он считал себя счастливым уже и тем, что мог держаться на одной высоте и, скача на коньке чувства, не проскакать тонкой черты, отделяющей мир чувства от мира лжи и сентиментальности, мир истины от мира смешного, или, скача обратно, не заскакать на песчаную, сухую почву жесткости, умничанья, недоверия, мелочи, оскопления сердца.

---

[1] Мое уединение, моя обитель, мое отдохновение *(фр.)*.

Он и среди увлечения чувствовал землю под ногой и довольно силы в себе, чтоб в случае крайности рвануться и быть свободным. Он не ослеплялся красотой и потому не забывал, не унижал достоинства мужчины, не был рабом, «не лежал у ног» красавиц, хотя не испытывал огненных радостей.

У него не было идолов, зато он сохранил силу души, крепость тела, зато он был целомудренно-горд; от него веяло какою-то свежестью и силой, перед которой невольно смущались и незастенчивые женщины.

Он знал цену этим редким и дорогим свойствам и так скупо тратил их, что его звали эгоистом, бесчувственным. Удержанность его от порывов, уменье не выйти из границ естественного, свободного состояния духа клеймили укором и тут же оправдывали, иногда с завистью и удивлением, другого, который со всего размаха летел в болото и разбивал свое и чужое существование.

— Страсти, страсти всё оправдывают, — говорили вокруг него, — а вы в своем эгоизме бережете только себя: посмотрим, для кого.

— Для кого-нибудь да берегу, — говорил он задумчиво, как будто глядя вдаль, и продолжал не верить в поэзию страстей, не восхищался их бурными проявлениями и разрушительными следами, и всё хотел видеть идеал бытия и стремлений человека в строгом понимании и отправлении жизни.

И чем больше оспаривали его, тем глубже «коснел» он в своем упрямстве, впадал даже, по крайней мере в спорах, в пуританский фанатизм. Он говорил, что «нормальное назначение человека — прожить четыре времени года, то есть четыре возраста, без скачков и донести сосуд жизни до последнего дня, не пролив ни одной капли напрасно, и что ровное и медленное горение огня лучше бурных пожаров, какая бы поэзия ни пылала в них». В заключение прибавлял, что он «был бы счастлив, если б удалось ему на себе оправдать свое убеждение, но что достичь этого он не надеется, потому что это очень трудно».

А сам всё шел да шел упрямо по избранной дороге. Не видали, чтоб он задумывался над чем-нибудь болезненно и мучительно; по-видимому, его не пожирали угрызения утомленного сердца; не болел он душой, не терялся никогда в сложных, трудных или новых обстоятельствах, а подходил к ним, как к бывшим знакомым, как будто он жил вторично, проходил знакомые места.

Что ни встречалось, он сейчас употреблял тот прием, какой был нужен для этого явления, как ключница сразу выберет из кучи висящих на поясе ключей тот именно, который нужен для той или другой двери.

Выше всего он ставил настойчивость в достижении целей: это было признаком характера в его глазах, и людям с этой настойчивостью он никогда не отказывал в уважении, как бы ни были неважны их цели.

— Это люди! — говорил он.

Нужно ли прибавлять, что сам он шел к своей цели, отважно шагая через все преграды, и разве только тогда отказывался от задачи, когда на пути его возникала стена или отверзалась непроходимая бездна.

Но он неспособен был вооружиться той отвагой, которая, закрыв глаза, скакнет через бездну или бросится на стену на авось. Он измерит бездну или стену, и если нет верного средства одолеть, он отойдет, что бы там про него ни говорили.

Чтоб сложиться такому характеру, может быть, нужны были и такие смешанные элементы, из каких сложился Штольц. Деятели издавна отливались у нас в пять-шесть стереотипных форм, лениво, вполглаза глядя вокруг, прикладывали руку к общественной машине и с дремотой двигали ее по обычной колее, ставя ногу в оставленный предшественником след. Но вот глаза очнулись от дремоты, послышались бойкие, широкие шаги, живые голоса... Сколько Штольцев должно явиться под русскими именами!

Как такой человек мог быть близок Обломову, в котором каждая черта, каждый шаг, всё существование было вопиющим протестом против жизни Штольца? Это, кажется, уже решенный вопрос, что противоположные крайности если не служат поводом к симпатии, как думали прежде, то никак не препятствуют ей.

Притом их связывало детство и школа — две сильные пружины, потом русские, добрые, жирные ласки, обильно расточаемые в семействе Обломова на немецкого мальчика, потом роль сильного, которую Штольц занимал при Обломове и в физическом, и в нравственном отношении, а наконец, и более всего, в основании натуры Обломова лежало чистое, светлое и доброе начало, исполненное глубокой симпатии ко всему, что хорошо и что только отверзалось и откликалось на зов этого простого, нехитрого, вечно доверчивого сердца.

Кто только случайно или умышленно заглядывал в эту светлую, детскую душу — будь он мрачен, зол,— он уже не мог отказать ему во взаимности или, если обстоятельства мешали сближению, то хоть в доброй и прочной памяти.

Андрей часто, отрываясь от дел или из светской толпы, с вечера, с бала ехал посидеть на широком диване Обломова и в ленивой беседе отвести и успокоить встревоженную или усталую душу и всегда испытывал то успокоительное чувство, какое испытывает человек, приходя из великолепных зал под собственный скромный кров или возвратясь от красот южной природы в березовую рощу, где гулял еще ребенком.

III

— Здравствуй, Илья. Как я рад тебя видеть! Ну что, как ты поживаешь? Здоров ли? — спросил Штольц.

— Ох нет, плохо, брат Андрей,— вздохнув, сказал Обломов,— какое здоровье!

— А что, болен? — спросил заботливо Штольц.

— Ячмени одолели: только на той неделе один сошел с правого глаза, а теперь вот садится другой.

Штольц засмеялся.

— Только? — спросил он. — Это ты наспал себе.

— Какое «только»: изжога мучит. Ты послушал бы, что давеча доктор сказал. «За границу, говорит, ступайте, а то плохо: удар может быть».

— Ну, что ж ты?

— Не поеду.

— Отчего же?

— Помилуй! Ты послушай, что он тут наговорил: живи я где-то на горе, поезжай в Египет или в Америку...

— Что ж? — хладнокровно сказал Штольц. — В Египте ты будешь через две недели, в Америке через три.

— Ну, брат Андрей, и ты тоже! Один толковый человек и был, и тот с ума спятил. Кто же ездит в Америку и Египет! Англичане: так уж те так Господом Богом устроены; да и негде им жить-то у себя. А у нас кто поедет? Разве отчаянный какой-нибудь, кому жизнь нипочем.

— В самом деле, какие подвиги: садись в коляску или на корабль, дыши чистым воздухом, смотри на чужие страны, города, обычаи, на все чудеса... Ах, ты! Ну, скажи, что твои дела, что в Обломовке?

— Ах!.. — произнес Обломов, махнув рукою.

— Что случилось?

— Да что: жизнь трогает!

— И слава Богу! — сказал Штольц.

— Как слава Богу! Если б она всё по голове гладила, а то пристает, как, бывало, в школе к смирному ученику пристают забияки: то ущипнет исподтишка, то вдруг нагрянет прямо со лба и обсыплет песком... мочи нет!

— Ты уж слишком — смирен. Что же случилось? — спросил Штольц.

— Два несчастья.

— Какие же?

— Совсем разорился.

— Как так?

— Вот я тебе прочту, что староста пишет... где письмо-то? Захар, Захар!

Захар отыскал письмо. Штольц пробежал его и засмеялся, вероятно от слога старосты.

— Какой плут этот староста! — сказал он. — Распустил мужиков, да и жалуется! Лучше бы дать им паспорты да и пустить на все четыре стороны.

— Помилуй, этак, пожалуй, и все захотят, — возразил Обломов.

— Да пусть их! — беспечно сказал Штольц. — Кому хорошо и выгодно на месте, тот не уйдет, а если ему невыгодно, то и тебе невыгодно: зачем же его держать?

— Вон что выдумал! — говорил Илья Ильич. — В Обломовке мужики смирные, домоседы; что им шататься?..

— А ты не знаешь, — перебил Штольц, — в Верхлёве пристань хотят устроить и предположено шоссе провести, так что и Обломовка будет недалеко от большой дороги, а в городе ярмарку учреждают...

— Ах, Боже мой! — сказал Обломов. — Этого еще недоставало! Обломовка была в таком затишье, в стороне, а теперь ярмарка, большая дорога! Мужики повадятся в город, к нам будут таскаться купцы — всё пропало! Беда!

Штольц засмеялся.

— Как же не беда? — продолжал Обломов. — Мужики были так себе, ничего не слышно, ни хорошего, ни дурного, делают свое дело, ни за чем не тянутся; а теперь развратятся! Пойдут чаи, кофеи, бархатные штаны, гармоники, смазные сапоги... не будет проку!

— Да, если это так, конечно, мало проку, — заметил Штольц... — А ты заведи-ка школу в деревне...

— Не рано ли? — сказал Обломов. — Грамотность вредна мужику: выучи его, так он, пожалуй, и пахать не станет...

— Да ведь мужики будут читать о том, как пахать, — чудак! Однако послушай: не шутя, тебе надо самому побывать в деревне в этом году.

— Да, правда; только у меня план еще не весь... — робко заметил Обломов.

— И не нужно никакого! — сказал Штольц. — Ты только поезжай: на месте увидишь, что надо делать. Ты давно что-то с этим планом возишься: ужели еще всё не готово? Что ж ты делаешь?

— Ах, братец! Как будто у меня только и дела, что по имению. А другое несчастье?

— Какое же?

— С квартиры гонят.

— Как гонят?

— Так: съезжай, говорят, да и только.

— Ну так что ж?

— Как что ж? Я тут спину и бока протер, ворочаясь от этих хлопот. Ведь один: и то надо, и другое, там счеты сводить, туда плати, здесь плати, а тут перевозка! Денег выходит ужас сколько, и сам не знаю куда! Того и гляди, останешься без гроша...

— Вот избаловался-то человек: с квартиры тяжело съехать! — с удивлением произнес Штольц. — Кстати о деньгах: много их у тебя? Дай мне рублей пятьсот: надо сейчас послать; завтра из нашей конторы возьму...

— Постой! Дай вспомнить... Недавно из деревни прислали тысячу, а теперь осталось... вот, погоди...

Обломов начал шарить по ящикам.

— Вот тут... десять, двадцать, вот двести рублей... да вот двадцать. Еще тут медные были... Захар, Захар!

Захар прежним порядком спрыгнул с лежанки и вошел в комнату.

— Где тут две гривны были на столе? вчера я положил...

— Что это, Илья Ильич, дались вам две гривны! Я уж вам докладывал, что никаких тут двух гривен не лежало...

— Как не лежало! С апельсинов сдачи дали...

— Отдали кому-нибудь, да и забыли, — сказал Захар, поворачиваясь к двери.

Штольц засмеялся.

— Ах вы, обломовцы! — упрекнул он. — Не знают, сколько у них денег в кармане!

— А давеча Михею Андреичу какие деньги отдавали? — напомнил Захар.

— Ах да, вот Тарантьев взял еще десять рублей, — живо обратился Обломов к Штольцу, — я и забыл.

— Зачем ты пускаешь к себе это животное? — заметил Штольц.

— Чего пускать! — вмешался Захар. — Придет словно в свой дом или в трактир. Рубашку и жилет барские взял, да и поминай как звали! Давеча за фраком пожаловал: «Дай надеть!» Хоть бы вы, батюшка, Андрей Иваныч, уняли его...

— Не твое дело, Захар. Поди к себе! — строго заметил Обломов.

— Дай мне лист почтовой бумаги, — спросил Штольц, — записку написать.

— Захар, дай бумаги: вон Андрею Иванычу нужно... — сказал Обломов.

— Ведь нет ее! Давеча искали, — отозвался из передней Захар и даже не пришел в комнату.

— Клочок какой-нибудь дай! — приставал Штольц.

Обломов поискал на столе: и клочка не было.

— Ну дай хоть визитную карточку.

— Давно их нет у меня, визитных-то карточек, — сказал Обломов.

— Что это с тобой? — с иронией возразил Штольц. — А собираешься дело делать, план пишешь. Скажи, пожалуйста, ходишь ли ты куда-нибудь, где бываешь? С кем видишься?

— Да где бываю! Мало где бываю, всё дома сижу: вот план-то тревожит меня, а тут еще квартира... Спасибо, Тарантьев хотел постараться, приискать...

— Бывает ли кто-нибудь у тебя?

— Бывает... вот Тарантьев, еще Алексеев. Давеча доктор зашел... Пенкин был, Судьбинский, Волков...

— Я у тебя и книг не вижу, — сказал Штольц.

— Вот книга! — заметил Обломов, указав на лежавшую на столе книгу.

— Что такое? — спросил Штольц, посмотрев книгу. — «Путешествие в Африку». И страница, на которой ты остановился, заплесневела. Ни газеты не видать... Читаешь ли ты газеты?

— Нет, печать мелка, портит глаза... и нет надобности: если есть что-нибудь новое, целый день со всех сторон только и слышишь об этом.

— Помилуй, Илья! — сказал Штольц, обратив на Обломова изумленный взгляд. — Сам-то ты что ж делаешь? Точно ком теста, свернулся и лежишь.

— Правда, Андрей, как ком, — печально отозвался Обломов.

— Да разве сознание есть оправдание?

— Нет, это только ответ на твои слова; я не оправдываюсь, — со вздохом заметил Обломов.

— Надо же выйти из этого сна.

— Пробовал прежде, не удалось, а теперь... зачем? Ничто не вызывает, душа не рвется, ум спит покойно! — с едва заметною горечью заключил он. — Полно об этом... Скажи лучше, откуда ты теперь?

— Из Киева. Недели через две поеду за границу. Поезжай и ты...

— Хорошо; пожалуй... — решил Обломов.

— Так садись, пиши просьбу, завтра и подашь...

— Вот уж и завтра! — начал Обломов, спохватившись. — Какая у них торопливость, точно гонит кто-нибудь! Подумаем, поговорим, а там что Бог даст! Вот разве сначала в деревню, а за границу... после...

— Отчего же после? Ведь доктор велел? Ты сбрось с себя прежде жир, тяжесть тела, тогда отлетит и сон души. Нужна и телесная, и душевная гимнастика.

— Нет, Андрей, всё это меня утомит: здоровье-то плохо у меня. Нет, уж ты лучше оставь меня, поезжай себе один...

Штольц поглядел на лежащего Обломова, Обломов поглядел на него.

Штольц покачал головой, а Обломов вздохнул.

— Тебе, кажется, и жить-то лень? — спросил Штольц.

— А что, ведь и то правда: лень, Андрей.

Андрей ворочал в голове вопрос, чем бы задеть его за живое и где у него живое, между тем молча разглядывал его и вдруг засмеялся.

— Что это на тебе один чулок нитяный, а другой бумажный? — вдруг заметил он, показывая на ноги Обломова. — Да и рубашка наизнанку надета?

Обломов поглядел на ноги, потом на рубашку.

— В самом деле, — смутясь, сознался он. — Этот Захар в наказанье мне послан! Ты не поверишь, как я измучился с ним! Спорит, грубиянит, а дела не спрашивай!

— Ах, Илья, Илья! — сказал Штольц. — Нет, я тебя не оставлю так. Через неделю ты не узнаешь себя. Ужо вечером я сообщу тебе подробный план о том, что я намерен делать с собой и с тобой, а теперь одевайся. Постой, я встряхну тебя. Захар! — закричал он. — Одеваться Илье Ильичу!

— Куда, помилуй, что ты? Сейчас придет Тарантьев с Алексеевым обедать. Потом хотели было...

— Захар, — говорил, не слушая его, Штольц, — давай ему одеваться.

— Слушаю, батюшка, Андрей Иваныч, вот только сапоги почищу, — охотливо говорил Захар.

— Как? У тебя не чищены сапоги до пяти часов?

— Чищены-то они чищены, еще на той неделе, да барин не выходил, так опять потускнели...

— Ну давай как есть. Мой чемодан внеси в гостиную; я у вас остановлюсь. Я сейчас оденусь, и ты будь готов, Илья. Мы пообедаем где-нибудь на ходу, потом поедем дома в два-три, и...

— Да ты того... как же это вдруг... постой... дай подумать... ведь я не брит...

— Нечего думать да затылок чесать... Дорогой обреешься: я тебя завезу.

— В какие дома мы еще поедем? — горестно воскликнул Обломов. — К незнакомым? Что выдумал! Я пойду лучше к Ивану Герасимовичу; дня три не был.

— Кто это Иван Герасимыч?

— Что служил прежде со мной...

— А! Этот седой экзекутор: что ты там нашел? Что за страсть убивать время с этим болваном!

— Как ты иногда резко отзываешься о людях, Андрей, так Бог тебя знает. А ведь это хороший человек: только что не в голландских рубашках ходит...

— Что ты у него делаешь? О чем с ним говоришь? — спросил Штольц.

— У него, знаешь, как-то привольно, уютно в доме. Комнаты маленькие, диваны такие глубокие: уйдешь с головой, и не видать человека. Окна совсем закрыты плющами да кактусами, канареек больше дюжины, три собаки, такие добрые! Закуска со стола не сходит. Гравюры всё изображают семейные сцены. Придешь, и уйти не хочется. Сидишь, не заботясь, не думая ни о чем, знаешь, что около тебя есть человек... конечно, немудрый, поменяться с ним идеей нечего и думать, зато нехитрый, добрый, радушный, без претензий и не уязвит тебя заглаза!

— Что ж вы делаете?

— Что? Вот я приду, сядем друг против друга на диваны, с ногами; он курит...

— Ну а ты?

— Я тоже курю, слушаю, как канарейки трещат. Потом Марфа принесет самовар.

— Тарантьев, Иван Герасимыч! — говорил Штольц, пожимая плечами. — Ну, одевайся скорей, — торопил он. — А Тарантьеву скажи, как придет, — прибавил он, обращаясь к Захару, — что мы дома не обедаем, и что

Илья Ильич всё лето не будет дома обедать, а осенью у него много будет дела, и что видеться с ним не удастся...

— Скажу, не забуду, всё скажу, — отозвался Захар, — а с обедом как прикажете?

— Съешь его с кем-нибудь на здоровье.

— Слушаю, сударь.

Минут через десять Штольц вышел одетый, обритый, причесанный, а Обломов меланхолически сидел на постели, медленно застегивая грудь рубашки и не попадая пуговкой в петлю. Перед ним на одном колене стоял Захар с нечищенным сапогом, как с каким-нибудь блюдом, готовясь надевать и ожидая, когда барин кончит застегиванье груди.

— Ты еще сапог не надел! — с изумлением сказал Штольц. — Ну, Илья, скорей же, скорей!

— Да куда это? Да зачем? — с тоской говорил Обломов. — Чего я там не видал? Отстал я, не хочется...

— Скорей, скорей! — торопил Штольц.

IV

Хотя было уже не рано, но они успели заехать куда-то по делам, потом Штольц захватил с собой обедать одного золотопромышленника, потом поехали к этому последнему на дачу пить чай, застали большое общество, и Обломов из совершенного уединения вдруг очутился в толпе людей. Воротились они домой к поздней ночи.

На другой, на третий день опять, и целая неделя промелькнула незаметно. Обломов протестовал, жаловался, спорил, но был увлекаем и сопутствовал другу своему всюду.

Однажды, возвратясь откуда-то поздно, он особенно восстал против этой суеты.

— Целые дни, — ворчал Обломов, надевая халат, — не снимаешь сапог: ноги так и зудят! Не нравится мне эта ваша петербургская жизнь! — продолжал он, ложась на диван.

нет, они бледнеют от успеха товарища. У одного забота: завтра в присутственное место зайти, дело пятый год тянется, противная сторона одолевает, и он пять лет носит одну мысль в голове, одно желание: сбить с ног другого и на его падении выстроить здание своего благосостояния. Пять лет ходить, сидеть и вздыхать в приемной — вот идеал и цель жизни! Другой мучится, что осужден ходить каждый день на службу и сидеть до пяти часов, а тот вздыхает тяжко, что нет ему такой благодати...

— Ты философ, Илья! — сказал Штольц. — Все хлопочут, только тебе ничего не нужно!

— Вот этот желтый господин в очках,— продолжал Обломов,— пристал ко мне: читал ли я речь какого-то депутата, и глаза вытаращил на меня, когда я сказал, что не читаю газет. И пошел о Лудовике-Филиппе, точно как будто он родной отец ему. Потом привязался, как я думаю: отчего французский посланник выехал из Рима? Как, всю жизнь обречь себя на ежедневное заряжанье всесветными новостями, кричать неделю, пока не выкричишься! Сегодня Мехмет-Али послал корабль в Константинополь; и он ломает себе голову: зачем? Завтра не удалось Дон Карлосу — и он в ужасной тревоге. Там роют канал, тут отряд войска послали на Восток; батюшки, загорелось! лица нет, бежит, кричит, как будто на него самого войско идет. Рассуждают, соображают вкривь и вкось, а самим скучно — не занимает это их; сквозь эти крики виден непробудный сон! Это им постороннее; они не в своей шапке ходят. Дела-то своего нет, они и разбросались на все стороны, не направились ни на что. Под этой всеобъемлемостью кроется пустота, отсутствие симпатии ко всему! А избрать скромную, трудовую тропинку и идти по ней, прорывать глубокую колею — это скучно, незаметно; там всезнание не поможет и пыль в глаза пускать некому.

— Ну, мы с тобой не разбросались, Илья. Где же наша скромная, трудовая тропинка? — спросил Штольц.

Обломов вдруг смолк.

— Да вот я кончу только... план... — сказал он. — Да Бог с ними! — с досадой прибавил потом. — Я их не трогаю, ничего не ищу; я только не вижу нормальной жизни в этом. Нет, это не жизнь, а искажение нормы, идеала жизни, который указала природа целью человеку...

— Какой же это идеал, норма жизни?

Обломов не отвечал.

— Ну скажи мне, какую бы ты начертал себе жизнь? — продолжал спрашивать Штольц.

— Я уж начертал.

— Что ж это такое? Расскажи, пожалуйста, как?

— Как? — сказал Обломов, перевертываясь на спину и глядя в потолок. — Да как! Уехал бы в деревню.

— Что ж тебе мешает?

— План не кончен. Потом я бы уехал не один, а с женой...

— А! вот что! Ну, с Богом. Чего ж ты ждешь? Еще года три-четыре, никто за тебя не пойдет...

— Что делать, не судьба! — сказал Обломов, вздохнув. — Состояние не позволяет!

— Помилуй, а Обломовка? Триста душ!

— Так что ж? Чем тут жить, с женой?

— Вдвоем, чем жить!

— А дети пойдут?

— Детей воспитаешь, сами достанут; умей направить их так...

— Нет, что из дворян делать мастеровых! — сухо перебил Обломов. — Да и кроме детей, где же вдвоем? Это только так говорится, с женой вдвоем, а в самом-то деле только женился, тут наползет к тебе каких-то баб в дом. Загляни в любое семейство: родственницы, не родственницы и не экономки; если не живут, так ходят каждый день кофе пить, обедать... Как же прокормить с тремястами душ такой пансион?

— Ну хорошо; пусть тебе подарили бы еще триста тысяч, что б ты сделал? — спрашивал Штольц с сильно задетым любопытством.

— Сейчас же в ломбард, — сказал Обломов, — и жил бы процентами.

— Там мало процентов; отчего ж бы куда-нибудь в компанию, вот хоть в нашу?

— Нет, Андрей, меня не надуешь.

— Как, ты бы и мне не поверил?

— Ни за что; не то что тебе, а всё может случиться: ну, как лопнет, вот я и без гроша. То ли дело в банк?

— Ну хорошо; что ж бы ты стал делать?

— Ну приехал бы я в новый, покойно устроенный дом... В окрестности жили бы добрые соседи, ты, например... Да нет, ты не усидишь на одном месте...

— А ты разве усидел бы всегда? Никуда бы не поехал?

— Ни за что!

— Зачем же хлопочут строить везде железные дороги, пароходы, если идеал жизни — сидеть на месте? Подадим-ко, Илья, проект, чтоб остановились: мы ведь не поедем.

— И без нас много; мало ли управляющих, приказчиков, купцов, чиновников, праздных путешественников, у которых нет угла? Пусть ездят себе!

— А ты кто же?

Обломов молчал.

— К какому же разряду общества причисляешь ты себя?

— Спроси Захара, — сказал Обломов.

Штольц буквально исполнил желание Обломова.

— Захар! — закричал он.

Пришел Захар, с сонными глазами.

— Кто это такой лежит? — спросил Штольц.

Захар вдруг проснулся и стороной, подозрительно взглянул на Штольца, потом на Обломова.

— Как кто? Разве вы не видите?

— Не вижу, — сказал Штольц.

— Что за диковина? Это барин, Илья Ильич.

Он усмехнулся.

— Хорошо, ступай.

— Барин! — повторил Штольц и закатился хохотом.

— Ну, джентльмен,— с досадой поправил Обломов.

— Нет, нет, ты барин! — продолжал с хохотом Штольц.

— Какая же разница? — сказал Обломов.— Джентльмен — такой же барин.

— Джентльмен есть такой барин, — определил Штольц,— который сам надевает чулки и сам же снимает с себя сапоги.

— Да, англичанин сам, потому что у них не очень много слуг, а русский...

— Продолжай же дорисовывать мне идеал твоей жизни.. Ну, добрые приятели вокруг; что ж дальше? Как бы ты проводил дни свои?

— Ну вот, встал бы утром,— начал Обломов, подкладывая руки под затылок, и по лицу разлилось выражение покоя: он мысленно был уже в деревне. — Погода прекрасная, небо синее-пресинее, ни одного облачка, — говорил он, — одна сторона дома в плане обращена у меня балконом на восток, к саду, к полям, другая — к деревне. В ожидании, пока проснется жена, я надел бы шлафрок и походил по саду подышать утренними испарениями; там уж нашел бы я садовника, поливали бы вместе цветы, подстригали кусты, деревья. Я составляю букет для жены. Потом иду в ванну или в реку купаться, возвращаюсь — балкон уже отворен; жена в блузе, в легком чепчике, который чуть-чуть держится, того и гляди слетит с головы... Она ждет меня. «Чай готов», — говорит она. Какой поцелуй! Какой чай! Какое покойное кресло! Сажусь около стола; на нем сухари, сливки, свежее масло...

— Потом?

— Потом, надев просторный сюртук или куртку какую-нибудь, обняв жену за талью, углубиться с ней в бесконечную, темную аллею; идти тихо, задумчиво, молча или думать вслух, мечтать, считать минуты счастья, как биение пульса; слушать, как сердце бьется и замирает; искать в природе сочувствия... и незаметно выйти к речке, к полю... Река чуть плещет; колосья волнуются от ветерка, жара... сесть в лодку, жена правит, едва поднимает весло...

— Да ты поэт, Илья! — перебил Штольц.

— Да, поэт в жизни, потому что жизнь есть поэзия. Вольно людям искажать ее! Потом можно зайти в оранжерею,— продолжал Обломов, сам упиваясь идеалом нарисованного счастья.

Он извлекал из воображения готовые, давно уже нарисованные им картины и оттого говорил с одушевлением, не останавливаясь.

— Посмотреть персики, виноград,— говорил он,— сказать, что подать к столу, потом воротиться, слегка позавтракать и ждать гостей... А тут то записка к жене от какой-нибудь Марьи Петровны, с книгой, с нотами, то прислали ананас в подарок или у самого в парнике созрел чудовищный арбуз — пошлешь доброму приятелю к завтрашнему обеду и сам туда отправишься... А на кухне в это время так и кипит; повар в белом как снег фартуке и колпаке суетится; поставит одну кастрюлю, снимет другую, там помешает, тут начнет валять тесто, там выплеснет воду... ножи так и стучат... крошат зелень... там вертят мороженое... До обеда приятно заглянуть в кухню, открыть кастрюлю, понюхать, посмотреть, как свертывают пирожки, сбивают сливки. Потом лечь на кушетку; жена вслух читает что-нибудь новое; мы останавливаемся, спорим... Но гости едут, например ты с женой.

— Ба, ты и меня женишь?

— Непременно! Еще два-три приятеля, всё одни и те же лица. Начнем вчерашний, неконченный разговор; пойдут шутки или наступит красноречивое молчание, задумчивость — не от потери места, не от сенатского дела, а от полноты удовлетворенных желаний, раздумье наслаждения... Не услышишь филиппики с пеной на губах отсутствующему, не подметишь брошенного на тебя взгляда с обещанием и тебе того же, чуть выйдешь за дверь. Кого не любишь, кто не хорош, с тем не обмакнешь хлеба в солонку. В глазах собеседников увидишь симпатию, в шутке искренний, незлобный смех... Всё по душе! Что в глазах, в словах, то и на сердце! После обеда мокка, гавана на террасе...

— Ты мне рисуешь одно и то же, что бывало у дедов и отцов.

— Нет, не то, — отозвался Обломов, почти обидевшись, — где же то? Разве у меня жена сидела бы за вареньями да за грибами? Разве считала бы тальки да разбирала деревенское полотно? Разве била бы девок по щекам? Ты слышишь: ноты, книги, рояль, изящная мебель?

— Ну а ты сам?

— И сам я прошлогодних бы газет не читал, в колымаге бы не ездил, ел бы не лапшу и гуся, а выучил бы повара в Английском клубе или у посланника.

— Ну, потом?

— Потом, как свалит жара, отправили бы телегу с самоваром, с десертом в березовую рощу, а не то так в поле, на скошенную траву, разостлали бы между стогами ковры и так блаженствовали бы вплоть до окрошки и бифстекса. Мужики идут с поля, с косами на плечах; там воз с сеном проползет, закрыв всю телегу и лошадь; вверху, из кучи, торчит шапка мужика с цветком да детская головка; там толпа босоногих баб, с серпами, голосят... Вдруг завидели господ, притихли, низко кланяются. Одна из них, с загорелой шеей, с голыми локтями, с робко опущенными, но лукавыми глазами, чуть-чуть, для виду только, обороняется от барской ласки, а сама счастлива... тс!.. жена чтоб не увидела, Боже сохрани!

И сам Обломов и Штольц покатились со смеху.

— Сыро в поле, — заключил Обломов, — темно; туман, как опрокинутое море, висит над рожью; лошади вздрагивают плечом и бьют копытами: пора домой.

В доме уж засветились огни; на кухне стучат в пятеро ножей; сковорода грибов, котлеты, ягоды... тут музыка... «Casta diva... Casta diva!» — запел Обломов. — Не могу равнодушно вспомнить «Casta diva», — сказал он, пропев начало каватины, — как выплакивает сердце эта женщина! Какая грусть заложена в эти звуки!.. И никто не знает ничего вокруг... Она одна... Тайна тяготит ее; она вверяет ее луне...

— Ты любишь эту арию? Я очень рад: ее прекрасно поет Ольга Ильинская. Я познакомлю тебя — вот голос, вот пение! Да и сама она что за очаровательное дитя! Впрочем, может быть, я пристрастно сужу: у меня к ней слабость... Однако ж не отвлекайся, не отвлекайся, — прибавил Штольц, — рассказывай!

— Ну, — продолжал Обломов, — что еще?.. Да тут и всё!.. Гости расходятся по флигелям, по павильонам; а завтра разбрелись: кто удить, кто с ружьем, а кто так, просто, сидит себе...

— Просто, ничего в руках? — спросил Штольц.

— Чего тебе надо? Ну, носовой платок, пожалуй. Что ж, тебе не хотелось бы так пожить? — спросил Обломов. — А? Это не жизнь?

— И весь век так? — спросил Штольц.

— До седых волос, до гробовой доски. Это жизнь!

— Нет, это не жизнь!

— Как не жизнь? Чего тут нет? Ты подумай, что ты не увидал бы ни одного бледного, страдальческого лица, никакой заботы, ни одного вопроса о сенате, о бирже, об акциях, о докладах, о приеме у министра, о чинах, о прибавке столовых денег. А всё разговоры по душе! Тебе никогда не понадобилось бы переезжать с квартиры — уж это одно чего стоит! И это не жизнь?

— Это не жизнь! — упрямо повторил Штольц.

— Что ж это, по-твоему?

— Это... (Штольц задумался и искал, как назвать эту жизнь.) Какая-то... обломовщина, — сказал он наконец.

— О-бло-мовщина! — медленно произнес Илья Ильич, удивляясь этому странному слову и разбирая его по складам. — Об-ло-мов-щина!

Он странно и пристально глядел на Штольца.

— Где же идеал жизни, по-твоему? Что ж не обломовщина? — без увлечения, робко спросил он. — Разве не все добиваются того же, о чем я мечтаю? Помилуй! — прибавил он смелее. — Да цель всей вашей беготни, страстей, войн, торговли и политики разве не выделка покоя, не стремление к этому идеалу утраченного рая?

— И утопия-то у тебя обломовская, — возразил Штольц.

— Все ищут отдыха и покоя, — защищался Обломов.

— Не все, и ты сам, лет десять, не того искал в жизни.

— Чего же я искал? — с недоумением спросил Обломов, погружаясь мыслью в прошедшее.

— Вспомни, подумай. Где твои книги, переводы?

— Захар куда-то дел, — отвечал Обломов, — тут где-нибудь в углу лежат.

— В углу! — с упреком сказал Штольц. — В этом же углу лежат и замыслы твои «служить, пока станет сил, потому что России нужны руки и головы для разработывания неистощимых источников (твои слова); работать, чтоб слаще отдыхать, а отдыхать — значит жить другой, артистической, изящной стороной жизни, жизни художников, поэтов». Все эти замыслы тоже Захар сложил в угол? Помнишь, ты хотел после книг объехать чужие края, чтоб лучше знать и любить свой? «Вся жизнь есть мысль и труд, — твердил ты тогда, — труд хоть безвестный, темный, но непрерывный, и умереть с сознанием, что сделал свое дело». А? В каком углу лежит это у тебя?

— Да... да... — говорил Обломов, беспокойно следя за каждым словом Штольца, — помню, что я точно... кажется... Как же, — сказал он, вдруг вспомнив прошлое, — ведь мы, Андрей, сбирались сначала изъездить вдоль и поперек Европу, исходить Швейцарию пешком, обжечь ноги на Везувии, спуститься в Геркулан. С ума чуть не сошли! Сколько глупостей!..

— Глупостей! — с упреком повторил Штольц. — Не ты ли со слезами говорил, глядя на гравюры рафаэлевских мадонн, Корреджиевой ночи, на Аполлона Бельведерского: «Боже мой! Ужели никогда не удастся взглянуть на оригиналы и онеметь от ужаса, что ты стоишь перед произведением Микеланджело, Тициана и попираешь почву Рима? Ужели провести век и видеть эти мирты, кипарисы и померанцы в оранжереях, а не на их родине? Не подышать воздухом Италии, не упиться синевой неба!» И сколько великолепных фейерверков пускал ты из головы! Глупости!

— Да, да, помню! — говорил Обломов, вдумываясь в прошлое. — Ты еще взял меня за руку и сказал: «Дадим обещание не умирать, не увидавши ничего этого...»

— Помню, — продолжал Штольц, — как ты однажды принес мне перевод из Сея с посвящением мне в именины; перевод цел у меня. А как ты запирался с учителем математики, хотел непременно добиться, зачем тебе знать круги и квадраты, но на половине бросил и не добился? По-английски начал учиться... и не доучился! А когда я сделал план поездки за границу, звал заглянуть в германские университеты, ты вскочил, обнял меня и подал торжественно руку: «Я твой, Андрей, с тобой всюду» — это всё твои слова. Ты всегда был немножко актер. Что ж, Илья? Я два раза был за границей, после нашей премудрости, смиренно сидел на студенческих скамьях в Бонне, в Иене, в Эрлангене, потом выучил Европу как свое имение. Но, положим, вояж — это роскошь, и не все в состоянии и обязаны пользоваться этим средством; а Россия? Я видел Россию вдоль и поперек. Тружусь...

— Когда-нибудь перестанешь же трудиться, — заметил Обломов.

— Никогда не перестану. Для чего?

— Когда удвоишь свои капиталы,— сказал Обломов.

— Когда учетверю их, и тогда не перестану.

— Так из чего же,— заговорил он, помолчав,— ты бьешься, если цель твоя не обеспечить себя навсегда и удалиться потом на покой, отдохнуть?

— Деревенская обломовщина! — сказал Штольц.

— Или достигнуть службой значения и положения в обществе и потом в почетном бездействии наслаждаться заслуженным отдыхом...

— Петербургская обломовщина! — возразил Штольц.

— Так когда же жить? — с досадой на замечания Штольца возразил Обломов.— Для чего же мучиться весь век?

— Для самого труда, больше ни для чего. Труд — образ, содержание, стихия и цель жизни, по крайней мере моей. Вон ты выгнал труд из жизни: на что она похожа? Я попробую приподнять тебя, может быть, в последний раз. Если ты и после этого будешь сидеть вот тут, с Тарантьевыми и Алексеевыми, то совсем пропадешь, станешь в тягость даже себе. Теперь или никогда! — заключил он.

Обломов слушал его, глядя на него встревоженными глазами. Друг как будто подставил ему зеркало, и он испугался, узнав себя.

— Не брани меня, Андрей, а лучше в самом деле помоги! — начал он со вздохом.— Я сам мучусь этим; и если б ты посмотрел и послушал меня вот хоть бы сегодня, как я сам копаю себе могилу и оплакиваю себя, у тебя бы упрек не сошел с языка. Всё знаю, всё понимаю, но силы и воли нет. Дай мне своей воли и ума и веди меня, куда хочешь. За тобой я, может быть, пойду, а один не сдвинусь с места. Ты правду говоришь: «Теперь или никогда больше». Еще год — поздно будет!

— Ты ли это, Илья? — говорил Андрей.— А помню я тебя тоненьким, живым мальчиком, как ты каждый день с Пречистенки ходил в Кудрино; там, в садике... ты не забыл двух сестер? Не забыл Руссо, Шиллера, Гёте, Байрона, которых носил им и отнимал у них романы Коттень, Жанлис... важничал перед ними, хотел очистить их вкус?..

Обломов вскочил с постели.

— Как, ты и это помнишь, Андрей? Как же! Я мечтал с ними, нашептывал надежды на будущее, развивал планы, мысли и... чувства тоже, тихонько от тебя, чтоб ты на смех не поднял. Там всё это и умерло, больше не повторялось никогда! Да и куда делось всё — отчего погасло? Непостижимо! Ведь ни бурь, ни потрясений не было у меня; не терял я ничего; никакое ярмо не тяготит моей совести: она чиста как стекло; никакой удар не убил во мне самолюбия, а так, бог знает отчего, всё пропадает!

Он вздохнул.

— Знаешь ли, Андрей, в жизни моей ведь никогда не загоралось никакого, ни спасительного, ни разрушительного, огня? Она не была похожа на утро, на которое постепенно падают краски, огонь, которое потом превращается в день, как у других, и пылает жарко, и всё кипит, движется в ярком полудне, и потом всё тише и тише, всё бледнее, и всё естественно и постепенно гаснет к вечеру. Нет, жизнь моя началась с погасания. Странно, а это так! С первой минуты, когда я сознал себя, я почувствовал, что я уже гасну. Начал гаснуть я над писаньем бумаг в канцелярии; гаснул потом, вычитывая в книгах истины, с которыми не знал, что делать в жизни, гаснул с приятелями, слушая толки, сплетни, передразниванье, злую и холодную болтовню, пустоту, глядя на дружбу, поддерживаемую сходками без цели, без симпатии; гаснул и губил силы с Миной: платил ей больше половины своего дохода и воображал, что люблю ее; гаснул в унылом и ленивом хождении по Невскому проспекту, среди енотовых шуб и бобровых воротников,— на вечерах, в приемные дни, где оказывали мне радушие как сносному жениху; гаснул и тратил по мелочи жизнь и ум, переезжая из города на дачу, с дачи в Гороховую, определяя весну привозом устриц и омаров, осень и зиму — положенными днями, лето — гуляньями и всю жизнь — ленивой и покойной дремотой, как другие... Даже самолюбие — на что оно тратилось? Чтоб заказывать платье у известного портного? Чтоб попасть в известный дом? Чтоб князь П* подал мне руку? А ведь самолюбие — соль жизни! Куда оно ушло? Или я не понял этой жизни, или она никуда не годится, а лучшего я ничего не знал, не видал, никто не указал мне его. Ты появлялся и исчезал, как комета, ярко, быстро, и я забывал всё это и гаснул...

Штольц не отвечал уже небрежной насмешкой на речь Обломова. Он слушал и угрюмо молчал.

— Ты сказал давеча, что у меня лицо не совсем свежо, измято, — продолжал Обломов, — да, я дряблый, ветхий, изношенный кафтан, но не от климата, не от трудов, а от того, что двенадцать лет во мне был заперт свет, который искал выхода, но только жег свою тюрьму, не вырвался на волю и угас. И так двенадцать лет, милый мой Андрей, прошло: не хотелось уж мне просыпаться больше.

— Зачем же ты не вырвался, не бежал куда-нибудь, а молча погибал? — нетерпеливо спросил Штольц.

— Куда?

— Куда? Да хоть с своими мужиками на Волгу: и там больше движения, есть интересы какие-нибудь, цель, труд. Я бы уехал в Сибирь, в Ситху.

— Вон ведь ты всё какие сильные средства прописываешь! — заметил Обломов уныло. — Да я ли один? Смотри: Михайлов, Петров, Семенов, Алексеев, Степанов... не пересчитаешь: наше имя легион!

Штольц еще был под влиянием этой исповеди и молчал. Потом вздохнул.

— Да, воды много утекло! — сказал он. — Я не оставлю тебя так, я увезу тебя отсюда, сначала за границу, потом в деревню: похудеешь немного, перестанешь хандрить, а там сыщем и дело...

— Да поедем куда-нибудь отсюда! — вырвалось у Обломова.

— Завтра начнем хлопотать о паспорте за границу, потом станем собираться... Я не отстану — слышишь, Илья?

— Ты всё завтра! — возразил Обломов, спустившись будто с облаков.

— А тебе бы хотелось «не откладывать до завтра, что можно сделать сегодня»? Какая прыть! Поздно нынче, — прибавил Штольц, — но через две недели мы будем далеко...

— Что это, братец, через две недели, помилуй, вдруг так!.. — говорил Обломов. — Дай хорошенько обдумать и приготовиться... Тарантас надо какой-нибудь... разве месяца через три.

— Выдумал тарантас! До границы мы поедем в почтовом экипаже или на пароходе до Любека, как будет удобнее; а там во многих местах железные дороги есть.

— А квартира, а Захар, а Обломовка? Ведь надо распорядиться, — защищался Обломов.

— Обломовщина, обломовщина! — сказал Штольц, смеясь, потом взял свечку, пожелал Обломову покойной ночи и пошел спать. — Теперь или никогда — помни! — прибавил он, обернувшись к Обломову и затворяя за собой дверь.

V

«Теперь или никогда!» — явились Обломову грозные слова, лишь только он проснулся утром.

Он встал с постели, прошелся раза три по комнате, заглянул в гостиную: Штольц сидит и пишет.

— Захар! — кликнул он.

Не слышно прыжка с печки — Захар нейдет: Штольц услал его на почту.

Обломов подошел к своему запыленному столу, сел, взял перо, обмакнул в чернильницу, но чернил не было, поискал бумаги — тоже нет.

Он задумался и машинально стал чертить пальцем по пыли, потом посмотрел, что написал: вышло — *обломовщина*.

Он проворно стер написанное рукавом. Это слово снилось ему ночью, написанное огнем на стенах, как Бальтазару на пиру.

Пришел Захар и, найдя Обломова не на постели, мутно поглядел на барина, удивляясь, что он на ногах. В этом тупом взгляде удивления написано было: «Обломовщина!»

«Одно слово, — думал Илья Ильич, — а какое... ядовитое!..»

Захар, по обыкновению, взял гребенку, щетку, полотенце и подошел было причесывать Илью Ильича.

— Поди ты к черту! — сердито сказал Обломов и вышиб из рук Захара щетку, а Захар сам уже уронил и гребенку на пол.

— Не ляжете, что ли, опять? — спросил Захар. — Так я бы поправил постель.

— Принеси мне чернил и бумаги, — отвечал Обломов.

Обломов задумался над словами: «Теперь или никогда!»

Вслушиваясь в это отчаянное воззвание разума и силы, он сознавал и взвешивал, что у него осталось еще в остатке воли и куда он понесет, во что положит этот скудный остаток.

После мучительной думы он схватил перо, вытащил из угла книгу и в один час хотел прочесть, написать и передумать всё, чего не прочел, не написал и не передумал в десять лет.

Что ему делать теперь? Идти вперед или остаться? Этот обломовский вопрос был для него глубже гамлетовского. Идти вперед — это значит вдруг сбросить широкий халат не только с плеч, но и с души, с ума; вместе с пылью и паутиной со стен смести паутину с глаз и прозреть!

Какой первый шаг сделать к тому? С чего начать? Не знаю, не могу... нет... лукавлю, знаю и... Да и Штольц тут, под боком; он сейчас скажет.

А что он скажет? «В неделю, скажет, набросать подробную инструкцию поверенному и отправить его в деревню, Обломовку заложить, прикупить земли, послать план построек, квартиру сдать, взять паспорт и ехать на полгода за границу, сбыть лишний жир, сбросить тяжесть, освежить душу тем воздухом, о котором мечтал некогда с другом, пожить без халата, без Захара и Тарантьева, надевать самому чулки и снимать с себя сапоги, спать только ночью, ехать, куда все едут, по железным дорогам, на пароходах, потом... Потом... поселиться в Обломовке, знать, что такое посев и умолот, отчего бывает мужик беден и богат; ходить в поле, ездить на выборы, на завод, на мельницы, на пристань. В то же время читать газеты, книги, беспокоиться о том, зачем англичане послали корабль на Восток...»

Вот что он скажет! Это значит идти вперед... И так всю жизнь! Прощай, поэтический идеал жизни! Это какая-то кузница, не жизнь; тут вечно пламя, трескотня, жар, шум... когда же пожить? Не лучше ли остаться?

Остаться — значит надевать рубашку наизнанку, слушать прыганье Захаровых ног с лежанки, обедать с Тарантьевым, меньше думать обо всем, не дочитать до конца «Путешествия в Африку», состареться мирно на квартире у кумы Тарантьева...

«Теперь или никогда!» «Быть или не быть!» Обломов приподнялся было с кресла, но не попал сразу ногой в туфлю и сел опять.

Чрез две недели Штольц уже уехал в Англию, взяв с Обломова слово приехать прямо в Париж. У Ильи Ильича уже и паспорт был готов, он даже заказал себе дорожное пальто, купил фуражку. Вот как подвинулись дела!

Уже Захар глубокомысленно доказывал, что довольно заказать и одну пару сапог, а под другую подкинуть подметки. Обломов купил одеяло, шерстяную фуфайку, дорожный несессер, хотел — мешок для провизии, но десять человек сказали, что за границей провизии не возят.

Захар метался по мастеровым, по лавкам, весь в поту, и хоть много гривен и пятаков положил себе в карман от сдач по лавкам, но проклял и Андрея Ивановича, и всех, кто выдумал путешествия.

— Что он там один-то будет делать? — говорил он в лавочке. — Там, слышь, служат господам всё девки. Где девке сапоги стащить? И как она станет чулки натягивать на голые ноги барину?..

Он даже усмехнулся, так что бакенбарды подались в стороны, и покачал головой. Обломов не поленился, написал, что взять с собой и что оставить дома. Мебель и прочие вещи поручено Тарантьеву отвезти на квартиру к куме, на Выборгскую сторону, запереть их в трех комнатах и хранить до возвращения из-за границы.

Уже знакомые Обломова, иные с недоверчивостью, другие со смехом, а третьи с каким-то испугом говорили: «Едет; представьте, Обломов сдвинулся с места!»

Но Обломов не уехал ни через месяц, ни через три.

Накануне отъезда у него ночью раздулась губа. «Муха укусила, нельзя же с этакой губой в море!» — сказал он и стал ждать другого парохода. Вот уж август, Штольц давно в Париже, пишет к нему неистовые письма, но ответа не получает.

Отчего же? Вероятно, чернила засохли в чернильнице и бумаги нет? Или, может быть, оттого, что в обломовском стиле часто сталкиваются *который* и *что*, или, наконец, Илья Ильич в грозном клике: *теперь или никогда* — остановился на последнем, заложил руки под голову — и напрасно будит его Захар.

Нет, у него чернильница полна чернил, на столе лежат письма, бумага, даже гербовая, притом исписанная его рукой.

Написав несколько страниц, он ни разу не поставил два раза *который*; слог его лился свободно и местами выразительно и красноречиво, как в «оны дни», когда он мечтал со Штольцем о трудовой жизни, о путешествии.

Встает он в семь часов, читает, носит куда-то книги. На лице ни сна, ни усталости, ни скуки. На нем появились даже краски, в глазах блеск, что-то вроде отваги или по крайней мере самоуверенности. Халата не видать на нем: Тарантьев увёз его с собой к куме с прочими вещами.

Обломов сидит с книгой или пишет в домашнем пальто; на шее надета легкая косынка; воротнички рубашки выпущены на галстух и блестят как снег. Выходит он в сюртуке, прекрасно сшитом, в щегольской шляпе... Он весел, напевает... Отчего же это?..

Вот он сидит у окна своей дачи (он живет на даче, в нескольких верстах от города), подле него лежит букет цветов. Он что-то проворно дописывает, а сам беспрестанно поглядывает через кусты, на дорожку, и опять спешит писать.

Вдруг по дорожке захрустел песок под легкими шагами: Обломов бросил перо, схватил букет и подбежал к окну.

— Это вы, Ольга Сергевна? Сейчас, сейчас! — сказал он, схватил фуражку, тросточку, выбежал в калитку, подал руку какой-то прекрасной женщине и исчез с ней в лесу, в тени огромных елей...

Захар вышел из-за какого-то угла, поглядел ему вслед, запер комнату и пошел в кухню.

— Ушел! — сказал он Анисье.

— А обедать будет?

— Кто его знает? — сонно отвечал Захар.

Захар всё такой же: те же огромные бакенбарды, небритая борода, тот же серый жилет и прореха на сюртуке, но он женат на Анисье, вследствие ли разрыва с кумой или так, по убеждению, что человек должен быть женат; он женился и, вопреки пословице, не переменился.

Штольц познакомил Обломова с Ольгой и ее теткой. Когда Штольц привел Обломова в дом к Ольгиной тетке в первый раз, там были гости. Обломову было тяжело и, по обыкновению, неловко.

«Хорошо бы перчатки снять, — думал он, — ведь в комнате тепло. Как я отвык от всего!..»

Штольц сел подле Ольги, которая сидела одна, под лампой, поодаль от чайного стола, опершись спиной на кресло, и мало занималась тем, что вокруг нее происходило.

Она очень обрадовалась Штольцу; хотя глаза ее не зажглись блеском, щеки не запылали румянцем, но по всему лицу разлился ровный, покойный свет и явилась улыбка.

Она называла его другом, любила за то, что он всегда смешил ее и не давал скучать, но немного и боялась, потому что чувствовала себя слишком ребенком перед ним.

Когда у ней рождался в уме вопрос, недоумение, она не вдруг решалась поверить ему: он был слишком далеко впереди ее, слишком выше ее, так что самолюбие ее иногда страдало от этой недозрелости, от расстояния в их уме и летах.

Штольц тоже любовался ею бескорыстно, как чудесным созданием с благоухающею свежестью ума и чувств. Она была в глазах его только прелестный, подающий большие надежды ребенок.

Штольц, однако ж, говорил с ней охотнее и чаще, нежели с другими женщинами, потому что она хотя бессознательно, но шла простым, природным путем жизни и, по счастливой натуре, по здравому, неперехитренному воспитанию, не уклонялась от естественного проявления мысли, чувства, воли, даже до малейшего, едва заметного движения глаз, губ, руки.

Не оттого ли, может быть, шагала она так уверенно по этому пути, что по временам слышала рядом другие, еще более уверенные шаги «друга», которому верила, и с ними соразмеряла свой шаг.

Как бы то ни было, но в редкой девице встретишь такую простоту и естественную свободу взгляда, слова, поступка. У ней никогда не прочтешь в глазах: «Теперь я подожму немного губу и задумаюсь — я так недурна. Взгляну туда и испугаюсь, слегка вскрикну, сейчас подбегут ко мне. Сяду у фортепьяно и выставлю чуть-чуть кончик ноги»...

Ни жеманства, ни кокетства, никакой лжи, никакой мишуры, ни умысла! Зато ее и ценил почти один Штольц, зато не одну мазурку просидела она одна, не скрывая скуки; зато, глядя на нее, самые любезные из молодых людей были неразговорчивы, не зная, что и как сказать ей...

Одни считали ее простой, недальней, неглубокой, потому что не сыпались с языка ее ни мудрые сентенции о жизни, о любви, ни быстрые, неожиданные и смелые реплики, ни вычитанные или подслушанные суждения о музыке и литературе: говорила она мало, и то свое, неважное, — и ее обходили умные и бойкие «кавалеры»; небойкие, напротив, считали ее слишком мудреной и немного боялись. Один Штольц говорил с ней без умолка и смешил ее.

Любила она музыку, но пела чаще втихомолку, или Штольцу, или какой-нибудь пансионской подруге; а пела она, по словам Штольца, как ни одна певица не поет.

Только что Штольц уселся подле нее, как в комнате раздался ее смех, который был так звучен, так искренен и заразителен, что кто ни послушает этого смеха, непременно засмеется сам, не зная о причине.

Но не всё смешил ее Штольц: через полчаса она слушала его с любопытством и с удвоенным любопытством переносила глаза на Обломова, а Обломову от этих взглядов — хоть сквозь землю провалиться.

«Что они такое говорят обо мне?» — думал он, косясь в беспокойстве на них. Он уже хотел уйти, но тетка Ольги подозвала его к столу и посадила подле себя, под перекрестный огонь взглядов всех собеседников.

Он боязливо обернулся к Штольцу — его уже не было, взглянул на Ольгу и встретил устремленный на него всё тот же любопытный взгляд.

«Всё еще смотрит!» — подумал он, в смущении оглядывая свое платье.

Он даже отер лицо платком, думая, не выпачкан ли у него нос, трогал себя за галстух, не развязался ли: это бывает иногда с ним; нет, всё, кажется, в порядке, а она смотрит!

Но человек подал ему чашку чаю и поднос с кренделями. Он хотел подавить в себе смущение, быть развязным и в этой развязности захватил такую кучу сухарей, бисквитов, кренделей, что сидевшая с ним рядом девочка засмеялась. Другие поглядывали на кучу с любопытством.

«Боже мой, и она смотрит! — думает Обломов. — Что я с этой кучей сделаю?»

Он, и не глядя, видел, как Ольга встала с своего места и пошла в другой угол. У него отлегло от сердца.

А девочка навострила на него глаза, ожидая, что он сделает с сухарями.

«Съем поскорей», — подумал он и начал проворно убирать бисквиты; к счастью, они так и таяли во рту.

Оставались только два сухаря; он вздохнул свободно и решился взглянуть туда, куда пошла Ольга...

Боже! Она стоит у бюста, опершись на пьедестал, и следит за ним. Она ушла из своего угла, кажется, затем, чтоб свободнее смотреть на него: она заметила его неловкость с сухарями.

За ужином она сидела на другом конце стола, говорила, ела и, казалось, вовсе не занималась им. Но едва только Обломов боязливо оборачивался в ее сторону, с надеждой, авось она не смотрит, как встречал ее взгляд, исполненный любопытства, но вместе такой добрый...

Обломов после ужина торопливо стал прощаться с теткой: она пригласила его на другой день обедать и Штольцу просила передать приглашение. Илья Ильич поклонился и, не поднимая глаз, прошел всю залу. Вот сейчас за роялем ширмы и дверь. Он взглянул — за роялем сидела Ольга и смотрела на него с большим любопытством. Ему показалось, что она улыбалась.

«Верно, Андрей рассказал, что на мне были вчера надеты чулки разные или рубашка наизнанку!» — заключил он и поехал домой не в духе и от этого предположения, и еще более от приглашения обедать, на которое отвечал поклоном: значит, принял.

С этой минуты настойчивый взгляд Ольги не выходил из головы Обломова. Напрасно он во весь рост лег на спину, напрасно брал самые ленивые и покойные позы — не спится, да и только. И халат показался ему противен, и Захар глуп и невыносим, и пыль с паутиной нестерпима.

Он велел вынести вон несколько дрянных картин, которые навязал ему какой-то покровитель бедных артистов; сам поправил штору, которая давно не поднималась, позвал Анисью и велел протереть окна, смахнул паутину, а потом лег на бок и продумал с час — об Ольге.

Он сначала пристально занялся ее наружностью, всё рисовал в памяти ее портрет.

Ольга в строгом смысле не была красавица, то есть не было ни белизны в ней, ни яркого колорита щек и губ, и глаза не горели лучами внутреннего огня; ни кораллов на губах, ни жемчугу во рту не было, ни миньятюрных рук, как у пятилетнего ребенка, с пальцами в виде винограда.

Но если б ее обратить в статую, она была бы статуя грации и гармонии. Несколько высокому росту строго отвечала величина головы, величине головы — овал и размеры лица; всё это в свою очередь гармонировало с плечами, плечи — с станом...

Кто ни встречал ее, даже рассеянный, и тот на мгновение останавливался перед этим так строго и обдуманно, артистически созданным существом.

Нос образовал чуть заметно выпуклую, грациозную линию; губы тонкие и большею частию сжатые: признак непрерывно устремленной на что-нибудь мысли. То же присутствие говорящей мысли светилось в зорком, всегда бодром, ничего не пропускающем взгляде темных, серо-голубых глаз. Брови придавали особенную красоту глазам: они не были дугообразны, не округляли глаз двумя тоненькими, нащипанными пальцем ниточками — нет, это были две русые, пушистые, почти прямые полоски, которые редко лежали симметрично: одна на линию была выше другой, от этого над бровью лежала маленькая складка, в которой как будто что-то говорило, будто там покоилась мысль.

Ходила Ольга с наклоненной немного вперед головой, так стройно, благородно покоившейся на тонкой, гордой шее; двигалась всем телом ровно, шагая легко, почти неуловимо...

«Что это она вчера смотрела так пристально на меня? — думал Обломов. — Андрей божится, что о чулках и о рубашке еще не говорил, а говорил о дружбе своей ко мне, о том, как мы росли, учились, — всё, что было хорошего, и между тем (и это рассказал), как несчастлив Обломов, как гибнет всё доброе от недостатка участия, деятельности, как слабо мерцает жизнь и как...»

«Чему ж улыбаться? — продолжал думать Обломов. — Если у ней есть сколько-нибудь сердца, оно должно бы замереть, облиться кровью от жалости, а она... ну, Бог с ней! Перестану думать! Вот только съезжу сегодня отобедаю — и ни ногой».

Проходили дни за днями: он там и обеими ногами, и руками, и головой.

В одно прекрасное утро Тарантьев перевез весь его дом к своей куме, в переулок, на Выборгскую сторону, и Обломов дня три провел, как давно не проводил: без постели, без дивана, обедал у Ольгиной тетки.

Вдруг оказалось, что против их дачи есть одна свободная. Обломов нанял ее заочно и живет там. Он с Ольгой с утра до вечера; он читает с ней, посылает цветы, гуляет по озеру, по горам... он, Обломов.

Чего не бывает на свете! Как же это могло случиться? А вот как.

Когда они обедали со Штольцем у ее тетки, Обломов во время обеда испытывал ту же пытку, что и накануне, жевал под ее взглядом, говорил, зная, чувствуя, что над ним, как солнце, стоит этот взгляд, жжет его, тревожит, шевелит нервы, кровь. Едва-едва на балконе, за сигарой, за дымом, удалось ему на мгновение скрыться от этого безмолвного, настойчивого взгляда.

— Что это такое? — говорил он, ворочаясь во все стороны. — Ведь это мученье! На смех, что ли, я дался ей? На другого ни на кого не смотрит так: не смеет. Я посмирнее, так вот она... Я заговорю с ней! — решил он, — и выскажу лучше сам словами то, что она так и тянет у меня из души глазами.

Вдруг она явилась перед ним на пороге балкона; он подал ей стул, и она села подле него.

— Правда ли, что вы очень скучаете? — спросила она его.

— Правда, — отвечал он, — но только не очень... У меня есть занятия.

— Андрей Иваныч говорил, что вы пишете какой-то план?

— Да, я хочу ехать в деревню пожить, так приготовляюсь понемногу.

— А за границу поедете?

— Да, непременно, вот как только Андрей Иваныч соберется.

— Вы охотно едете? — спросила она.

— Да, я очень охотно...

Он взглянул: улыбка так и ползает у ней по лицу, то осветит глаза, то разольется по щекам, только губы сжаты, как всегда. У него недостало духа солгать покойно.

— Я немного... ленив... — сказал он, — но...

Ему стало вместе и досадно, что она так легко, почти молча, выманила у него сознание в лени. «Что она мне? Боюсь, что ли, я ее?» — думал он.

— Ленивы! — возразила она с едва приметным лукавством. — Может ли это быть? Мужчина ленив — я этого не понимаю.

«Чего тут не понимать? — подумал он, — кажется, просто».

— Я всё больше дома сижу, оттого Андрей и думает, что я...

— Но, вероятно, вы много пишете, — сказала она, — читаете. — Читали ли вы...

Она смотрела на него так пристально.

— Нет, не читал! — вдруг сорвалось у него в испуге, чтоб она не вздумала его экзаменовать.

— Чего? — засмеявшись, спросила она. И он засмеялся...

— Я думал, что вы хотите спросить меня о каком-нибудь романе: я их не читаю.

— Не угадали; я хотела спросить о путешествиях...

Он зорко поглядел на нее: у ней всё лицо смеялось, а губы нет...

«О! да она... с ней надо быть осторожным...» — думал Обломов.

— Что же вы читаете? — с любопытством спросила она.

— Я, точно, люблю больше путешествия...

— В Африку? — лукаво и тихо спросила она.

Он покраснел, догадываясь, не без основания, что ей было известно не только о том, что он читает, но и как читает.

— Вы музыкант? — спросила она, чтоб вывести его из смущения.

В это время подошел Штольц.

— Илья! Вот я сказал Ольге Сергеевне, что ты страстно любишь музыку, просил спеть что-нибудь... «Casta diva».

— Зачем же ты наговариваешь на меня? — отвечал Обломов. — Я вовсе не страстно люблю музыку...

— Каков? — перебил Штольц. — Он как будто обиделся! Я рекомендую его как порядочного человека, а он спешит разочаровать на свой счет!

— Я уклоняюсь только от роли любителя: это сомнительная, да и трудная роль!

— Какая же музыка вам больше нравится? — спросила Ольга.

— Трудно отвечать на этот вопрос! всякая! Иногда я с удовольствием слушаю сиплую шарманку, какой-нибудь мотив, который заронился мне в память, в другой раз уйду на половине оперы; там Мейербер зашевелит меня; даже песня с барки: смотря по настроению! Иногда и от Моцарта уши зажмешь...

— Значит, вы истинно любите музыку.

— Спойте же что-нибудь, Ольга Сергеевна, — просил Штольц.

— А если мусьё Обломов теперь в таком настроении, что уши зажмет? — сказала она, обращаясь к нему.

— Тут следует сказать какой-нибудь комплимент, — отвечал Обломов. — Я не умею, да если б и умел, так не решился бы...

— Отчего же?

— А если вы дурно поете! — наивно заметил Обломов. — Мне бы потом стало так неловко...

— Как вчера с сухарями... — вдруг вырвалось у ней, и она сама покраснела и бог знает что дала бы, чтоб не сказать этого. — Простите — виновата!.. — сказала она.

Обломов никак не ожидал этого и потерялся.

— Это злое предательство! — сказал он вполголоса.

— Нет, разве маленькое мщение, и то, ей-богу, неумышленное, за то, что у вас не нашлось даже комплимента для меня.

— Может быть, найду, когда услышу.

— А вы хотите, чтоб я спела? — спросила она.

— Нет, это он хочет, — отвечал Обломов, указывая на Штольца.

— А вы?

Обломов покачал отрицательно головой.

— Я не могу хотеть, чего не знаю.

— Ты грубиян, Илья! — заметил Штольц. — Вот что значит залежаться дома и надевать чулки...

— Помилуй, Андрей, — живо перебил Обломов, не давая ему договорить, — мне ничего не стоит сказать: «Ах! я очень рад, буду счастлив, вы, конечно, отлично поете... — продолжал он, обратясь к Ольге, — это мне доставит» и т. д. Да разве это нужно?

— Но вы могли пожелать по крайней мере, чтоб я спела... хоть из любопытства.

— Не смею, — отвечал Обломов, — вы не актриса...

— Ну, я вам спою, — сказала она Штольцу.

— Илья, готовь комплимент.

Между тем наступил вечер. Засветили лампу, которая, как луна, сквозила в трельяже с плющом. Сумрак скрыл очертания лица и фигуры Ольги и набросил на нее как будто флёровое покрывало; лицо было в тени: слышался только мягкий, но сильный голос, с нервной дрожью чувства.

Она пела много арий и романсов, по указанию Штольца; в одних выражалось страдание с неясным предчувствием счастья, в других радость, но в звуках этих таился уже зародыш грусти.

От слов, от звуков, от этого чистого, сильного девического голоса билось сердце, дрожали нервы, глаза искрились и заплывали слезами. В один и тот же момент хотелось умереть, не пробуждаться от звуков, и сейчас же опять сердце жаждало жизни...

Обломов вспыхивал, изнемогал, с трудом сдерживал слезы, и еще труднее было душить ему радостный, готовый вырваться из души крик. Давно не чувствовал он такой бодрости, такой силы, которая, казалось, вся поднялась со дна души, готовая на подвиг.

Он в эту минуту уехал бы даже за границу, если б ему оставалось только сесть и поехать.

В заключение она запела «Casta diva»: все восторги, молнией несущиеся мысли в голове, трепет, как иглы, пробегающий по телу, — всё это уничтожило Обломова, он изнемог.

— Довольны вы мной сегодня? — вдруг спросила Ольга Штольца, перестав петь.

— Спросите Обломова, что он скажет? — сказал Штольц.

— Ах! — вырвалось у Обломова.

Он вдруг схватил было Ольгу за руку и тотчас же оставил и сильно смутился.

— Извините... — пробормотал он.

— Слышите? — сказал ей Штольц. — Скажи по совести, Илья: как давно с тобой не случалось этого?

— Это могло случиться сегодня утром, если мимо окон проходила сиплая шарманка... — вмешалась Ольга с добротой, так мягко, что вынула жало из сарказма.

Он с упреком взглянул на нее.

— У него окна по сю пору не выставлены: не слыхать, что делается наруже, — прибавил Штольц.

Обломов с упреком взглянул на Штольца.

Штольц взял руку Ольги...

— Не знаю, чему приписать, что вы сегодня пели, как никогда не пели, Ольга Сергеевна, по крайней мере я давно не слыхал. Вот мой комплимент! — сказал он, целуя каждый палец у нее.

Штольц уехал. Обломов тоже собрался, но Штольц и Ольга удержали его.

— У меня дело есть, — заметил Штольц, — а ты ведь пойдешь лежать... еще рано...

— Андрей! Андрей! — с мольбой в голосе проговорил Обломов. — Нет, я не могу остаться сегодня, я уеду! — прибавил он и уехал.

Он не спал всю ночь: грустный, задумчивый проходил он взад и вперед по комнате; на заре ушел из дома, ходил по Неве, по улицам, бог знает что чувствуя, о чем думая...

Чрез три дня он опять был там и вечером, когда прочие гости уселись за карты, очутился у рояля вдвоем с Ольгой. У тетки разболелась голова; она сидела в кабинете и нюхала спирт.

— Хотите, я вам покажу коллекцию рисунков, которую Андрей Иваныч привез мне из Одессы? — спросила Ольга. — Он вам не показывал?

— Вы, кажется, стараетесь по обязанности хозяйки занять меня? — спросил Обломов. — Напрасно!

— Отчего напрасно? Я хочу, чтоб вам не было скучно, чтоб вы были здесь как дома, чтоб вам было ловко, свободно, легко и чтоб вы не уехали... лежать.

«Она — злое, насмешливое создание!» — подумал Обломов, любуясь против воли каждым ее движением.

— Вы хотите, чтоб мне было легко, свободно и не было скучно? — повторил он.

— Да, — отвечала она, глядя на него по-вчерашнему, но еще с большим выражением любопытства и доброты.

— Для этого, во-первых, не глядите на меня так, как теперь и как глядели намедни...

Любопытство в ее глазах удвоилось.

— Вот именно от этого взгляда мне становится очень неловко... Где моя шляпа?..

— Отчего же неловко? — мягко спросила она, и взгляд ее потерял выражение любопытства. Он стал только добр и ласков.

— Не знаю; только мне кажется, вы этим взглядом добываете из меня всё то, что не хочется, чтоб знали другие, особенно вы...

— Отчего же? Вы друг Андрея Иваныча, а он друг мне, следовательно...

— Следовательно, нет причины, чтоб вы знали про меня всё, что знает Андрей Иваныч, — договорил он.

— Причины нет, а есть возможность...

— Благодаря откровенности моего друга — плохая услуга с его стороны!..

— Разве у вас есть тайны? — спросила она. — Может быть, преступления? — прибавила она, смеясь и отодвигаясь от него.

— Может быть, — вздохнув, отвечал он.

— Да, это важное преступление, — сказала она робко и тихо, — надевать разные чулки.

Обломов схватил шляпу.

— Нет сил! — сказал он. — И вы хотите, чтоб мне было ловко! Я разлюблю Андрея... Он и это сказал вам?

— Он сегодня ужасно рассмешил меня этим, — прибавила Ольга, — он всё смешит. Простите, не буду, не буду и глядеть постараюсь на вас иначе...

Она сделала лукаво-серьезную мину.

— Всё это еще во-первых, — продолжала она, — ну, я не гляжу по-вчерашнему, стало быть, вам теперь свободно, легко. Следует, во-вторых, что надо сделать, чтоб вы не соскучились?

Он глядел прямо в ее серо-голубые, ласковые глаза.

— Вот вы сами смотрите на меня теперь как-то странно... — сказала она.

Он в самом деле смотрел на нее как будто не глазами, а мыслью, всей своей волей, как магнетизер, но смотрел невольно, не имея силы не смотреть.

«Боже мой, какая она хорошенькая! Бывают же такие на свете! — думал он, глядя на нее почти испуганными глазами. — Эта белизна, эти глаза, где, как в пучине, темно и вместе блестит что-то, душа, должно быть! Улыбку можно читать, как книгу; за улыбкой эти зубы и вся голова... как она нежно покоится на плечах, точно зыблется, как цветок, дышит ароматом...»

«Да, я что-то добываю из нее, — думал он, — из нее что-то переходит в меня. У сердца, вот здесь, начинает будто кипеть и биться... Тут я чувствую что-то лишнее, чего, кажется, не было... Боже мой, какое счастье смотреть на нее! Даже дышать тяжело».

У него вихрем неслись эти мысли, и он всё смотрел на нее, как смотрят в бесконечную даль, в бездонную пропасть, с самозабвением, с негой.

— Да полноте, мсьё Обломов, теперь как вы сами смотрите на меня! — говорила она, застенчиво отворачивая голову, но любопытство превозмогало, и она не сводила глаз с его лица.

Он не слышал ничего.

Он в самом деле всё глядел — и не слыхал ее слов, и молча поверял, что в нем делается; дотронулся до головы — там тоже что-то волнуется, несется с быстротой. Он не успевает ловить мыслей: точно стая птиц, порхнули они, а у сердца, в левом боку, как будто болит.

— Не смотрите же на меня так странно, — сказала она, — мне тоже неловко... И вы, верно, хотите добыть что-нибудь из моей души...

— Что я могу добыть у вас? — машинально спросил он.

— У меня тоже есть *планы*, начатые и неоконченные, — отвечала она.

Он очнулся от этого намека на его неоконченный план.

— Странно! — заметил он. — Вы злы, а взгляд у вас добрый. Недаром говорят, что женщинам верить нельзя: они лгут и с умыслом — языком, и без умысла — взглядом, улыбкой, румянцем, даже обмороками...

Она не дала усилиться впечатлению, тихо взяла у него шляпу и сама села на стул.

— Не стану, не стану, — живо повторила она. — Ах! простите, несносный язык! Но, ей-богу, это не насмешка! — почти пропела она, и в пении этой фразы задрожало чувство.

Обломов успокоился.

— Этот Андрей!.. — с упреком произнес он.

— Ну, во-вторых, скажите же, что делать, чтобы вы не соскучились? — спросила она.

— Спойте! — сказал он.

— Вот он, комплимент, которого я ждала! — радостно вспыхнув, перебила она. — Знаете ли, — с живостью продолжала потом, — если б вы не сказали третьего дня этого «ах» после моего пения, я бы, кажется, не уснула ночь, может быть, плакала бы.

— Отчего? — с удивлением спросил Обломов.

Она задумалась.

— Сама не знаю, — сказала потом.

— Вы самолюбивы; это оттого.

— Да, конечно, оттого, — говорила она, задумываясь и перебирая одной рукой клавиши, — но ведь самолюбие везде есть, и много. Андрей Иваныч говорит, что это почти единственный двигатель, который управляет волей. Вот у вас, должно быть, нет его, оттого вы всё...

Она не договорила.

— Что? — спросил он.

— Нет, так, ничего, — замяла она. — Я люблю Андрея Иваныча, — продолжала она, — не за то только, что он смешит меня, иногда он говорит — я плачу, и не за то, что он любит меня, а, кажется, за то... что он любит меня больше других: видите, куда вкралось самолюбие!

— Вы любите Андрея? — спросил ее Обломов и погрузил напряженный, испытующий взгляд в ее глаза.

— Да, конечно, если он любит меня больше других, я его и подавно, — отвечала она серьезно.

Обломов глядел на нее молча; она ответила ему простым, молчаливым взглядом.

— Он любит Анну Васильевну тоже, и Зинаиду Михайловну, да всё не так, — продолжала она, — он с ними не станет сидеть два часа, не смешит их и не рассказывает ничего от души; он говорит о делах, о театре, о новостях, а со мной он говорит, как с сестрой... нет, как с дочерью, — поспешно прибавила она, — иногда даже бранит, если я не пойму чего-нибудь вдруг или не послушаюсь, не соглашусь с ним. А их не бранит, и я, кажется, за это еще больше люблю его. Самолюбие! — прибавила она задумчиво, — но я не знаю, как оно сюда попало, в мое пение? Про него давно говорят мне много хорошего, а вы не хотели даже слушать меня, вас почти насильно заставили. И если б вы после этого ушли, не сказав мне ни слова, если б на лице у вас я не заметила ничего... я бы, кажется, захворала... да, точно, это самолюбие! — решительно заключила она.

— А вы разве заметили у меня что-нибудь на лице? — спросил он.

— Слезы, хотя вы и скрывали их; это дурная черта у мужчин — стыдиться своего сердца. Это тоже самолюбие, только фальшивое. Лучше бы они постыдились иногда своего ума: он чаще ошибается. Даже Андрей Иваныч, и тот стыдлив сердцем. Я это ему говорила, и он согласился со мной. А вы?

— В чем не согласишься, глядя на вас! — сказал он.

— Еще комплимент! Да какой...

Она затруднилась в слове.

— Пошлый! — договорил Обломов, не спуская с нее глаз.

Она улыбкой подтвердила значение слова.

— Вот я этого и боялся, когда не хотел просить вас петь... Что скажешь, слушая в первый раз? А сказать надо. Трудно быть умным и искренним в одно время, особенно в чувстве, под влиянием такого впечатления, как тогда...

— А я в самом деле пела тогда, как давно не пела, даже, кажется, никогда... Не просите меня петь, я не спою уж больше так... Постойте, еще одно спою... — сказала она, и в ту же минуту лицо ее будто вспыхнуло, глаза загорелись, она опустилась на стул, сильно взяла два-три аккорда и запела.

Боже мой, что слышалось в этом пении! Надежды, неясная боязнь гроз, самые грозы, порывы счастия — всё звучало, не в песне, а в ее голосе.

Долго пела она, по временам оглядываясь к нему, детски спрашивая: «Довольно? Нет, вот еще это», — и пела опять.

Щеки и уши рдели у нее от волнения; иногда на свежем лице ее вдруг сверкала игра сердечных молний, вспыхивал луч такой зрелой страсти, как будто она сердцем переживала далекую будущую пору жизни, и вдруг опять потухал этот мгновенный луч, опять голос звучал свежо и серебристо.

И в Обломове играла такая же жизнь; ему казалось, что он живет и чувствует всё это — не час, не два, а целые годы...

Оба они, снаружи неподвижные, разрывались внутренним огнем, дрожали одинаким трепетом; в глазах стояли слезы, вызванные одинаким настроением. Всё это симптомы тех страстей, которые должны, по-видимому, заиграть некогда в ее молодой душе, теперь еще подвластной только временным, летучим намекам и вспышкам спящих сил жизни.

Она кончила долгим певучим аккордом, и голос ее пропал в нем. Она вдруг остановилась, положила руки на колени и, сама растроганная, взволнованная, поглядела на Обломова: что он?

У него на лице сияла заря пробужденного, со дна души восставшего счастья; наполненный слезами взгляд устремлен был на нее.

Теперь уж она, как он, также невольно взяла его за руку.

— Что с вами? — спросила она. — Какое у вас лицо! Отчего?

Но она знала, отчего у него такое лицо, и внутренно скромно торжествовала, любуясь этим выражением своей силы.

— Посмотрите в зеркало, — продолжала она, с улыбкой указывая ему его же лицо в зеркале, — глаза блестят,

Боже мой, слезы в них! Как глубоко вы чувствуете музыку!..

— Нет, я чувствую... не музыку... а... любовь! — тихо сказал Обломов.

Она мгновенно оставила его руку и изменилась в лице. Ее взгляд встретился с его взглядом, устремленным на нее: взгляд этот был неподвижный, почти безумный; им глядел не Обломов, а страсть.

Ольга поняла, что у него слово вырвалось, что он не властен в нем и что оно — истина.

Он опомнился, взял шляпу и, не оглядываясь, выбежал из комнаты. Она уже не провожала его любопытным взглядом, она долго, не шевелясь, стояла у фортепьяно, как статуя, и упорно глядела вниз; только усиленно поднималась и опускалась грудь...

VI

Обломову, среди ленивого лежанья в ленивых позах, среди тупой дремоты и среди вдохновенных порывов, на первом плане всегда грезилась женщина как жена и никогда — как любовница.

В мечтах пред ним носился образ высокой, стройной женщины с покойно сложенными на груди руками, с тихим, но гордым взглядом, небрежно сидящей среди плющей в боскете, легко ступающей по ковру, по песку аллеи, с колеблющейся талией, с грациозно положенной на плечи головой, с задумчивым выражением — как идеал, как воплощение целой жизни, исполненной неги и торжественного покоя, как сам покой.

Снилась она ему сначала вся в цветах, у алтаря, с длинным покрывалом, потом у изголовья супружеского ложа, с стыдливо опущенными глазами, наконец — матерью, среди группы детей.

Грезилась ему на губах ее улыбка, не страстная, глаза, не влажные от желаний, а улыбка, симпатичная к нему, к мужу, и снисходительная ко всем другим;

взгляд, благосклонный только к нему и стыдливый, даже строгий, к другим.

Он никогда не хотел видеть трепета в ней, слышать горячей мечты, внезапных слез, томления, изнеможения и потом бешеного перехода к радости. Не надо ни луны, ни грусти. Она не должна внезапно бледнеть, падать в обморок, испытывать потрясающие взрывы...

— У таких женщин любовники есть, — говорил он, — да и хлопот много: доктора, воды и пропасть разных причуд. Уснуть нельзя покойно!

А подле гордо-стыдливой, покойной подруги спит беззаботно человек. Он засыпает с уверенностью, проснувшись, встретить тот же кроткий, симпатичный взгляд. И чрез двадцать, тридцать лет на свой теплый взгляд он встретил бы в глазах ее тот же кроткий, тихо мерцающий луч симпатии. И так до гробовой доски!

«Да не это ли — тайная цель всякого и всякой: найти в своем друге неизменную физиономию покоя, вечное и ровное течение чувства? Ведь это норма любви, и чуть что отступает от нее, изменяется, охлаждается — мы страдаем: стало быть, мой идеал — общий идеал? — думал он. — Не есть ли это венец выработанности, выяснения взаимных отношений обоих полов?»

Давать страсти законный исход, указать порядок течения, как реке, для блага целого края, — это общечеловеческая задача, это вершина прогресса, на которую лезут все эти Жорж Занды, да сбиваются в сторону. За решением ее ведь уже нет ни измен, ни охлаждений, а вечно ровное биение покойно-счастливого сердца, следовательно, вечно наполненная жизнь, вечный сок жизни, вечное нравственное здоровье.

Есть примеры такого блага, но редкие: на них указывают как на феномен. Родиться, говорят, надо для этого. А Бог знает, не воспитаться ли, не идти ли к этому сознательно?..

Страсть! всё это хорошо в стихах да на сцене, где, в плащах, с ножами, расхаживают актеры, а потом идут, и убитые, и убийцы, вместе ужинать...

Хорошо, если б и страсти так кончались, а то после них остаются дым, смрад, а счастья нет! Воспоминания — один только стыд и рвание волос.

Наконец, если и постигнет такое несчастие — страсть, так это всё равно как случается попасть на избитую, гористую, несносную дорогу, по которой и лошади падают, и седок изнемогает, а уж родное село в виду: не надо выпускать его из глаз и скорей, скорей выбираться из опасного места...

Да, страсть надо ограничить, задушить и утопить в женитьбе...

Он с ужасом побежал бы от женщины, если она вдруг прожжет его глазами или сама застонет, упадет к нему на плечо с закрытыми глазами, потом очнется и обовьет руками шею до удушья... Это фейерверк, взрыв бочонка с порохом; а потом что? Оглушение, ослепление и опаленные волосы!

Но посмотрим, что за женщина Ольга!

Долго после того как у него вырвалось признание, не видались они наедине. Он прятался, как школьник, лишь только завидит Ольгу. Она переменилась с ним, но не бегала, не была холодна, а стала только задумчивее.

Ей, казалось, было жаль, что случилось что-то такое, что помешало ей мучить Обломова устремленным на него любопытным взглядом и добродушно уязвлять его насмешками над лежаньем, над ленью, над его неловкостью...

В ней разыгрывался комизм, но это был комизм матери, которая не может не улыбнуться, глядя на смешной наряд сына. Штольц уехал, и ей скучно было, что некому петь; рояль ее был закрыт — словом, на них обоих легло принуждение, оковы, обоим было неловко.

А как было пошло хорошо! Как просто познакомились они! Как свободно сошлись! Обломов был проще Штольца и добрее его, хотя не смешил ее так или смешил собой и так легко прощал насмешки.

Потом еще Штольц, уезжая, завещал Обломова ей, просил приглядывать за ним, мешать ему сидеть дома. У ней, в умненькой, хорошенькой головке, развился уже подробный план, как она отучит Обломова спать после обеда, да не только спать, — она не позволит ему даже прилечь на диване днем: возьмет с него слово.

Она мечтала, как «прикажет» ему прочесть книги, которые оставил Штольц, потом читать каждый день газеты и рассказывать ей новости, писать в деревню письма, дописывать план устройства имения, приготовиться ехать за границу — словом, он не задремлет у нее; она укажет ему цель, заставит полюбить опять всё, что он разлюбил, и Штольц не узнает его, воротясь.

И всё это чудо сделает она, такая робкая, молчаливая, которой до сих пор никто не слушался, которая еще не начала жить! Она — виновница такого превращения!

Уж оно началось: только лишь она запела, Обломов — не тот...

Он будет жить, действовать, благословлять жизнь и ее. Возвратить человека к жизни — сколько славы доктору, когда он спасет безнадежного больного! А спасти нравственно погибающий ум, душу?..

Она даже вздрагивала от гордого, радостного трепета; считала это уроком, назначенным свыше. Она мысленно сделала его своим секретарем, библиотекарем.

И вдруг всё это должно кончиться! Она не знала, как поступить ей, и оттого молчала, когда встречалась с Обломовым.

Обломов мучился тем, что он испугал, оскорбил ее, и ждал молниеносных взглядов, холодной строгости, и дрожал, завидя ее, сворачивал в сторону.

Между тем уж он переехал на дачу и дня три пускался всё один по кочкам, через болото, в лес или уходил в деревню и праздно сидел у крестьянских ворот, глядя, как бегают ребятишки, телята, как утки полощутся в пруде.

Около дачи было озеро, огромный парк: он боялся идти туда, чтоб не встретить Ольгу одну.

«Дернуло меня брякнуть!» — думал он и даже не спрашивал себя, в самом ли деле у него вырвалась истина, или это только было мгновенным действием музыки на нервы.

Чувство неловкости, стыда, или «срама», как он выражался, который он наделал, мешало ему разобрать, что это за порыв был; и вообще, что такое для него Ольга? Уж он не анализировал, что прибавилось у него к сердцу лишнее, какой-то комок, которого прежде не было. В нем все чувства свернулись в один ком — стыда.

Когда же минутно являлась она в его воображении, там возникал и тот образ, тот идеал воплощенного покоя, счастья жизни: этот идеал точь-в-точь был — Ольга! Оба образа сходились и сливались в один.

— Ах, что я наделал! — говорил он. — Всё сгубил! Слава Богу, что Штольц уехал: она не успела сказать ему, а то бы хоть сквозь землю провались! Любовь, слезы — к лицу ли это мне? И тетка Ольги не шлет, не зовет к себе: верно, она сказала... Боже мой!..

Так думал он, забираясь подальше в парк, в боковую аллею.

Ольга затруднялась только тем, как она встретится с ним, как пройдет это событие: молчанием ли, как будто ничего не было, или надо сказать ему что-нибудь?

А что сказать? Сделать суровую мину, посмотреть на него гордо или даже вовсе не посмотреть, а надменно и сухо заметить, что она «никак не ожидала от него такого поступка: за кого он ее считает, что позволил себе такую дерзость?..». Так Соничка в мазурке отвечала какому-то корнету, хотя сама из всех сил хлопотала, чтоб вскружить ему голову.

«Да что же тут дерзкого? — спросила она себя. — Ну, если он в самом деле чувствует, почему же не сказать?.. Однако как же это вдруг, едва познакомился... Этого никто другой ни за что не сказал бы, увидя во второй, в третий раз женщину; да никто и не почувствовал бы так скоро любви. Это только Обломов мог...»

Но она вспомнила, что она слышала и читала, как любовь приходит иногда внезапно.

«И у него был порыв, увлечение; теперь он глаз не кажет: ему стыдно; стало быть, это не дерзость. А кто виноват? — подумала еще. — Андрей Иваныч, конечно, потому что заставил ее петь».

Но Обломов сначала слушать не хотел — ей было досадно, и она... старалась (она сильно покраснела) — да, всеми силами старалась расшевелить его.

Штольц сказал про него, что он апатичен, что ничто его не занимает, что всё угасло в нем... Вот ей и захотелось посмотреть, всё ли угасло, и она пела, пела... как никогда...

«Боже мой! да ведь я виновата: я попрошу у него прощения... А в чем? — спросила потом. — Что я скажу ему: мосьё Обломов, я виновата, я завлекала... Какой стыд! Это неправда! — сказала она, вспыхнув и топнув ногой. — Кто смеет это подумать?.. Разве я знала, что выйдет? А если б этого не было, если б не вырвалось у него... что тогда?.. — спросила она. — Не знаю...» — думала.

У ней с того дня как-то странно на сердце... должно быть, ей очень обидно... даже в жар кидает, на щеках рдеют два розовые пятнышка...

— Раздражение... маленькая лихорадка, — говорил доктор.

«Что наделал этот Обломов! О, ему надо дать урок, чтоб этого вперед не было! Попрошу ma tante отказать ему от дома: он не должен забываться... Как он смел!» — думала она, идя по парку; глаза ее горели...

Вдруг кто-то идет, слышит она.

«Идет кто-то...» — подумал Обломов.

И сошлись лицом к лицу.

— Ольга Сергевна! — сказал он, трясясь как осиновый лист.

— Илья Ильич! — отвечала она робко, и оба остановились.

— Здравствуйте, — сказал он.

— Здравствуйте, — говорила она.

— Вы куда идете? — спросил он.

— Так... — сказала она, не поднимая глаз.

— Я вам мешаю?

— О, ничуть... — отвечала она, взглянув на него быстро и с любопытством.

— Можно мне с вами? — спросил он вдруг, кинув на нее пытливый взгляд.

Они молча шли по дорожке. Ни от линейки учителя, ни от бровей директора никогда в жизни не стучало так сердце Обломова, как теперь. Он хотел что-что сказать, пересиливал себя, но слова с языка не шли; только сердце билось неимоверно, как перед бедой.

— Не получили ли вы письма от Андрея Иваныча? — спросила она.

— Получил, — отвечал Обломов.

— Что он пишет?

— Зовет в Париж.

— Что ж вы?

— Поеду.

— Когда?

— Ужо... нет, завтра... как сберусь.

— Отчего так скоро? — спросила она.

Он молчал.

— Вам дача не нравится, или... скажите, отчего вы хотите уехать?

«Дерзкий! он еще ехать хочет!» — подумала она.

— Мне отчего-то больно, неловко, жжет меня, — прошептал Обломов, не глядя на нее.

Она молчала, сорвала ветку сирени и нюхала ее, закрыв лицо и нос.

— Понюхайте, как хорошо пахнет! — сказала она и закрыла нос и ему.

— А вот ландыши! Постойте, я нарву, — говорил он, нагибаясь к траве, — те лучше пахнут: полями, рощей; природы больше. А сирень всё около домов растет, ветки так и лезут в окна, запах приторный. Вон еще роса на ландышах не высохла.

Он поднес ей несколько ландышей.

— А резеду вы любите? — спросила она.

— Нет: сильно очень пахнет; ни резеды, ни роз не люблю. Да я вообще не люблю цветов; в поле еще так, а в комнате — сколько возни с ними... сор...

— А вы любите, чтоб в комнатах чисто было? — спросила она, лукаво поглядывая на него. — Не терпите сору?

— Да; но у меня человек такой... — бормотал он. «О злая!» — прибавил про себя.

— Вы прямо в Париж поедете? — спросила она.

— Да; Штольц давно ждет меня.

— Отвезите письмо к нему; я напишу,— сказала она.

— Так дайте сегодня; я завтра в город перееду.

— Завтра? — спросила она. — Отчего так скоро? Вас как будто гонит кто-нибудь.

— И так гонит...

— Кто же?

— Стыд... — прошептал он.

— Стыд! — повторила она машинально. «Вот теперь скажу ему: мсьё Обломов, я никак не ожидала...»

— Да, Ольга Сергевна, — наконец пересилил он себя, — вы, я думаю, удивляетесь... сердитесь...

«Ну, пора... вот настоящая минута. — Сердце так и стучало у ней. — Не могу, Боже мой!»

Он старался заглянуть ей в лицо, узнать, что она; но она нюхала ландыши и сирени и не знала сама, что она... что ей сказать, что сделать.

«Ах, Соничка сейчас бы что-нибудь выдумала, а я такая глупая! ничего не умею!..» — мучительно думала она.

— Я совсем забыла... — сказала она.

— Поверьте мне, это было невольно... я не мог удержаться... — заговорил он, понемногу вооружаясь смелостью. — Если б гром загремел тогда, камень упал бы надо мной, я бы все-таки сказал. Этого никакими силами удержать было нельзя... Ради Бога, не подумайте, чтоб я хотел... Я сам через минуту бог знает что дал бы, чтоб воротить неосторожное слово...

Она шла, потупя голову и нюхая цветы.

— Забудьте же это, — продолжал он, — забудьте, тем более, что это неправда...

— Неправда? — вдруг повторила она, выпрямилась и выронила цветы.

Глаза ее вдруг раскрылись широко и блеснули изумлением...

— Как неправда? — повторила она еще.

— Да, ради Бога, не сердитесь и забудьте. Уверяю вас, это только минутное увлечение... от музыки.

— Только от музыки!..

Она изменилась в лице: пропали два розовые пятнышка, и глаза потускли.

«Вот ничего и нет! Вот он взял назад неосторожное слово, и сердиться не нужно!.. Вот и хорошо... теперь покойно... Можно по-прежнему говорить, шутить...» — думала она и сильно рванула мимоходом ветку с дерева, оторвала губами один листок и потом тотчас же бросила и ветку и листок на дорожку.

— Вы не сердитесь? Забыли? — говорил Обломов, наклоняясь к ней.

— Да что такое? О чем вы просите? — с волнением, почти с досадой отвечала она, отворачиваясь от него. — Я всё забыла... я такая беспамятная!

Он замолчал и не знал, что делать. Он видел только внезапную досаду и не видал причины.

«Боже мой! — думала она. — Вот всё пришло в порядок; этой сцены как не бывало, слава Богу! Что ж... Ах, Боже мой! Что ж это такое? Ах, Соничка, Соничка! Какая ты счастливая!»

— Я домой пойду, — вдруг сказала она, ускоряя шаги и поворачивая в другую аллею.

У ней в горле стояли слезы. Она боялась заплакать.

— Не туда, здесь ближе, — заметил Обломов. «Дурак, — сказал он сам себе уныло, — нужно было объясняться! Теперь пуще разобидел. Не надо было напоминать: оно бы так и прошло, само бы забылось. Теперь нечего делать, надо выпросить прощение».

«Мне, должно быть, оттого стало досадно, — думала она, — что я не успела сказать ему: мсьё Обломов, я никак не ожидала, чтоб вы позволили себе... Он предупредил меня... „Неправда!“ — скажите, пожалуйста, он еще лгал! Да как он смел?»

— Точно ли вы забыли? — спросил он тихо.

— Забыла, всё забыла! — скоро проговорила она, торопясь идти домой.

— Дайте руку, в знак, что вы не сердитесь.

Она, не глядя на него, подала ему концы пальцев и, едва он коснулся их, тотчас же отдернула руку назад.

— Нет, вы сердитесь! — сказал он со вздохом. — Как уверить мне вас, что это было увлечение, что я не позволил бы себе забыться?.. Нет, кончено, не стану больше слушать вашего пения...

— Никак не уверяйте: не надо мне ваших уверений... — с живостью сказала она. — Я и сама не стану петь!

— Хорошо, я замолчу, — сказал он, — только, ради Бога, не уходите так, а то у меня на душе останется такой камень...

Она пошла тише и стала напряженно прислушиваться к его словам.

— Если правда, что вы заплакали бы, не услыхав, как я ахнул от вашего пения, то теперь, если вы так уйдете, не улыбнетесь, не подадите руки дружески, я... пожалейте, Ольга Сергевна! Я буду нездоров, у меня колени дрожат, я насилу стою...

— Отчего? — вдруг спросила она, взглянув на него.

— И сам не знаю, — сказал он, — стыд у меня прошел теперь: мне не стыдно от моего слова... мне кажется, в нем...

Опять у него мурашки поползли по сердцу; опять что-то лишнее оказалось там; опять ее ласковый и любопытный взгляд стал жечь его. Она так грациозно оборотилась к нему, с таким беспокойством ждала ответа.

— Что в нем? — нетерпеливо спросила она.

— Нет, боюсь сказать: вы опять рассердитесь.

— Говорите! — сказала она повелительно.

Он молчал.

— Ну?

— Мне опять плакать хочется, глядя на вас... Видите, у меня нет самолюбия, я не стыжусь сердца...

— Отчего же плакать? — спросила она, и на щеках появились два розовые пятна.

— Мне всё слышится ваш голос... я опять чувствую...

— Что? — сказала она, и слезы отхлынули от груди; она ждала напряженно.

Они подошли к крыльцу.

— Чувствую... — торопился досказать Обломов и остановился.

Она медленно, как будто с трудом, всходила по ступеням.

— Ту же музыку... то же... волнение... то же... чув... простите, простите — ей-богу, не могу сладить с собой...

— Monsieur Обломов, — строго начала она, потом вдруг лицо ее озарилось лучом улыбки, — я не сержусь, прощаю, — прибавила она мягко, — только вперед...

Она, не оборачиваясь, протянула ему назад руку; он схватил ее, поцеловал в ладонь; она тихо сжала его губы и мгновенно порхнула в стеклянную дверь, а он остался как вкопанный.

VII

Долго он глядел ей вслед большими глазами, с разинутым ртом, долго поводил взглядом по кустам...

Прошли чужие, пролетела птица. Баба мимоходом спросила, не надо ли ему ягод, — столбняк продолжался.

Он опять пошел тихонько по той же аллее и до половины ее дошел тихо, набрел на ландыши, которые уронила Ольга, на ветку сирени, которую она сорвала и с досадой бросила.

«Отчего это она?» — стал он соображать, припоминать...

— Дурак, дурак! — вдруг вслух сказал он, хватая ландыши, ветку, и почти бегом бросился по аллее. — Я прощенья просил, а она... ах, ужели?.. Какая мысль!

Счастливый, сияющий, точно «с месяцем во лбу», по выражению няньки, пришел он домой, сел в угол дивана и быстро начертал по пыли на столе крупными буквами: «Ольга».

— Ах, какая пыль! — очнувшись от восторга, заметил он. — Захар! Захар! — долго кричал он, потому что Захар сидел с кучерами у ворот, обращенных в переулок.

— Поди ты! — грозным шепотом говорила Анисья, дергая его за рукав. — Барин давно зовет тебя.

— Посмотри, Захар, что это такое? — сказал Илья Ильич, но мягко, с добротой: он сердиться был не в состоянии теперь. — Ты и здесь хочешь такой же беспорядок завести: пыль, паутину? Нет; извини, я не позволю! И так Ольга Сергеевна мне проходу не дает: «Вы любите, говорит, сор».

— Да, им хорошо говорить: у них пятеро людей, — заметил Захар, поворачиваясь к двери.

— Куда ты? Возьми да смети: здесь сесть нельзя, ни облокотиться... Ведь это гадость, это... обломовщина!

Захар надулся и стороной посмотрел на барина. «Вона! — подумал он, — еще выдумал какое-то жалкое слово! А знакомое!»

— Ну, мети же, что стоишь? — сказал Обломов.

— Чего мести? Я мел сегодня! — упрямо отвечал Захар.

— А откуда же пыль, если мел? Смотри вон, вон! Чтоб не было! Сейчас смести!

— Я мел, — твердил Захар, — не по десяти же раз мести! А пыль с улицы набирается... здесь поле, дача: пыли много на улице.

— Да ты, Захар Трофимыч, — начала Анисья, вдруг выглянув из другой комнаты, — напрасно сначала метешь пол, а потом со столов сметаешь: пыль-то опять и насядет... Ты бы прежде...

— Ты что тут пришла указывать? — яростно захрипел Захар. — Иди к своему месту!

— Где же это видано, сначала пол мести, а потом со столов убирать?.. Барин оттого и гневается...

— Ну, ну, ну! — закричал он, замахиваясь на нее локтем в грудь.

Она усмехнулась и спряталась. Обломов махнул и ему рукой, чтоб он шел вон. Он прилег на шитую подушку головой, приложил руку к сердцу и стал прислушиваться, как оно стучит.

«Ведь это вредно, — сказал он про себя. — Что делать? Если с доктором посоветоваться, он, пожалуй, в Абиссинию пошлет!»

Пока Захар и Анисья не были женаты, каждый из них занимался своей частью и не входил в чужую, то есть Анисья знала рынок и кухню и участвовала в убирании комнат только раз в год, когда мыла полы.

Но после свадьбы доступ в барские покои ей сделался свободнее. Она помогала Захару, и в комнатах стало чище, и вообще некоторые обязанности мужа она взяла на себя, частью добровольно, частью потому, что Захар деспотически возложил их на нее.

— На вот, выколоти-ко ковер, — хрипел он повелительно, или: — Ты бы перебрала вон что там в углу навалено да лишнее вынесла бы в кухню, — говорил он.

Так блаженствовал он с месяц: в комнатах чисто, барин не ворчит, «жалких слов» не говорит, и он, Захар, ничего не делает. Но это блаженство миновалось — и вот по какой причине.

Лишь только они с Анисьей принялись хозяйничать в барских комнатах вместе, Захар что ни сделает, окажется глупостью. Каждый шаг его — всё не то и не так. Пятьдесят пять лет ходил он на белом свете с уверенностью, что всё, что он ни делает, иначе и лучше сделано быть не может.

И вдруг теперь в две недели Анисья доказала ему, что он — хоть брось, и притом она делает это с такой обидной снисходительностью, так тихо, как делают только с детьми или с совершенными дураками, да еще усмехается, глядя на него.

— Ты, Захар Трофимыч,— ласково говорила она,— напрасно прежде закрываешь трубу, а потом форточки отворяешь: опять настудишь комнаты.

— А как же по-твоему? — с грубостью мужа спросил он,— когда же отворять?

— А когда затопишь: воздух и вытянет, а потом нагреется опять,— отвечала она тихо.

— Экая дура! — говорил он.— Двадцать лет я делал так, а для тебя менять стану...

На полке шкапа лежали у него вместе чай, сахар, лимон, серебро, тут же вакса, щетки и мыло.

Однажды он пришел и вдруг видит, что мыло лежит на умывальном столике, щетки и вакса в кухне на окне, а чай и сахар в особом ящике комода.

— Это ты что у меня тут всё будоражишь по-своему — а? — грозно спросил он.— Я нарочно сложил всё в один угол, чтоб под рукой было, а ты разбросала всё по разным местам?

— А чтоб чай не пахнул мылом,— кротко заметила она.

В другой раз она указала ему две-три дыры на барском платье от моли и сказала, что в неделю раз надо непременно встряхнуть и почистить платье.

— Дай я выколочу веничком, — ласково заключила она.

Он вырвал у ней веничек и фрак, который было она взяла, и положил на прежнее место.

Когда еще он однажды, по обыкновению, стал пенять на барина, что тот бранит его понапрасну за тараканов, что «не он выдумал их», Анисья молча выбрала с полки куски и завалявшиеся с незапамятных времен крошки черного хлеба, вымела и вымыла шкапы, посуду — и тараканы почти совсем исчезли.

Захар всё еще не понимал хорошенько, в чем дело, и приписывал это только ее усердию. Но когда однажды он понес поднос с чашками и стаканами, разбил два стакана и начал, по обыкновению, ругаться и хотел бросить на пол и весь поднос, она взяла поднос у него из рук, поставила другие стаканы, еще сахарницу, хлеб, и так уставила всё, что ни одна чашка не шевельнулась, и потом показала ему, как взять поднос одной рукой, как плотно придержать другой, потом два раза прошла по комнате, вертя подносом направо и налево, и ни одна ложечка не пошевелилась на нем, Захару вдруг ясно стало, что Анисья умнее его!

Он вырвал у ней поднос, разронял стаканы и уже с тех пор не мог простить ей этого.

— Вот видишь, как надо! — еще прибавила она тихо.

Он взглянул на нее с тупым высокомерием, а она усмехается.

— Ах ты, баба, солдатка этакая, хочешь ты умничать! Да разве у нас в Обломовке такой дом был? На мне всё держалось одном: одних лакеев, с мальчишками, пятнадцать человек! А вашей братьи, бабья так и поименно-то не знаешь... А ты тут... Ах, ты!..

— Я ведь доброго хочу, — начала было она.

— Ну, ну, ну! — хрипел он, делая угрожающий жест локтем в грудь. — Пошла отсюда, из барских комнат, на кухню... знай свое бабье дело!

Она усмехнулась и пошла, а он мрачно, стороной глядел ей вслед.

Гордость его страдала, и он мрачно обращался с женой. Когда же, однако, случалось, что Илья Ильич спрашивал какую-нибудь вещь, а вещи не оказывалось или она оказывалась разбитою и вообще когда случался беспорядок в доме и над головой Захара собиралась гроза, сопровождаемая «жалкими словами», Захар мигал Анисье, кивал головой на кабинет барина и, указывая туда большим пальцем, повелительным шепотом говорил: «Поди ты к барину: что ему там нужно?»

Анисья входила, и гроза всегда разрешалась простым объяснением. И сам Захар, чуть начинали проскакивать в речи Обломова «жалкие слова», предлагал ему позвать Анисью.

Таким образом опять всё заглохло бы в комнатах Обломова, если б не Анисья: она уже причислила себя к дому Обломова, бессознательно разделила неразрываемую связь своего мужа с жизнью, домом и особой Ильи Ильича, и ее женский глаз и заботливая рука бодрствовали в запущенных покоях.

Захар только отвернется куда-нибудь, Анисья смахнет пыль со столов, с диванов, откроет форточку, поправит сторы, приберет к месту кинутые посреди комнаты сапоги, повешенные на парадных креслах панталоны, переберет все платья, даже бумаги, карандаши, ножичек, перья на столе — всё положит в порядке; взобьет измятую постель, поправит подушки — и всё в три приема; потом окинет еще беглым взглядом всю комнату, подвинет какой-нибудь стул, задвинет полуотворенный ящик комода, стащит салфетку со стола и быстро скользнет в кухню, заслыша скрипучие сапоги Захара.

Она была живая, проворная баба, лет сорока семи, с заботливой улыбкой, с бегавшими живо во все стороны глазами, крепкой шеей и грудью и красными, цепкими, никогда не устающими руками.

Лица у ней почти вовсе не было: только и был заметен нос; хотя он был небольшой, но он как будто отстал от лица или неловко был приставлен, и притом нижняя часть его была вздернута кверху, оттого лица за ним было незаметно: оно так обтянулось, выцвело, что о носе ее давно уже получишь ясное понятие, а лица всё не заметишь.

Много в свете таких мужей, как Захар. Иногда дипломат небрежно выслушает совет жены, пожмет плечами — и втихомолку напишет по ее совету.

Иногда администратор, посвистывая, гримасой сожаления ответит на болтовню жены о важном деле — а завтра важно докладывает эту болтовню министру.

Обходятся эти господа с женами так же мрачно или легко, едва удостоивают говорить, считая их так, если не за баб, как Захар, так за цветки для развлечения от деловой, серьезной жизни...

Уж полдень давно ярко жег дорожки парка. Все сидели в тени, под холстинными навесами; только няньки с детьми, группами, отважно ходили и сидели на траве под полуденными лучами.

Обломов всё лежал на диване, веря и не веря смыслу утреннего разговора с Ольгой.

— Она любит меня, в ней играет чувство ко мне. Возможно ли? Она обо мне мечтает; для меня пела она так страстно, и музыка заразила нас обоих симпатией.

Гордость заиграла в нем, засияла жизнь, ее волшебная даль, все краски и лучи, которых еще недавно не было. Он уж видел себя за границей с ней, в Швейцарии на озерах, в Италии, ходит в развалинах Рима, катается в гондоле, потом теряется в толпе Парижа, Лондона, потом... потом в своем земном раю — в Обломовке.

Она — божество, с этим милым лепетом, с этим изящным, беленьким личиком, тонкой, нежной шеей...

Крестьяне не видали никогда ничего подобного; они падают ниц перед этим ангелом. Она тихо ступает по траве, ходит с ним в тени березняка; она поет ему...

И он чувствует жизнь, ее тихое теченье, ее сладкие струи, плесканье... он впадает в раздумье от удовлетворенных желаний, от полноты счастья...

Вдруг лицо его омрачилось.

— Нет, этого быть не может! — вслух произнес он, встав с дивана и ходя по комнате. — Любить меня, смешного, с сонным взглядом, с дряблыми щеками... Она всё смеется надо мной...

Он остановился перед зеркалом и долго рассматривал себя, сначала неблагосклонно, потом взгляд его прояснел; он даже улыбнулся.

— Я как будто получше, посвежее, нежели как был в городе, — сказал он, — глаза у меня не тусклые... Вот ячмень показался было, да и пропал... Должно быть, от здешнего воздуха; много хожу, вина не пью совсем, не лежу... Не надо и в Египет ехать.

Пришел человек от Марьи Михайловны, Ольгиной тетки, звать обедать.

— Иду, иду! — сказал Обломов.

Человек пошел.

— Постой! Вот тебе.

Он дал ему денег.

Ему весело, легко. В природе так ясно. Люди всё добрые, все наслаждаются; у всех счастье на лице. Только Захар мрачен, всё стороной смотрит на барина; зато Анисья усмехается так добродушно. «Собаку заведу, — решил Обломов, — или кота... лучше кота: коты ласковы, мурлычат».

Он побежал к Ольге.

«Но, однако ж... Ольга любит меня! — думал он дорогой. — Это молодое, свежее создание! Ее воображению открыта теперь самая поэтическая сфера жизни: ей должны сниться юноши с черными кудрями, стройные, высокие, с задумчивой, затаенной силой, с отвагой на лице, с гордой улыбкой, с этой искрой в глазах, которая тонет и трепещет во взгляде и так легко добирается до сердца, с мягким и свежим голосом, который звучит как металлическая струна. Наконец, любят и не юношей, не отвагу на лице, не ловкость в мазурке, не скаканье на лошади... Положим, Ольга не дюжинная девушка, у которой сердце можно пощекотать усами, тронуть слух звуком сабли; но ведь тогда надо другое... силу ума, например, чтоб женщина смирялась и склоняла голову перед этим умом, чтоб и свет кланялся ему... Или прославленный артист... А я что такое? Обломов — больше ничего. Вот Штольц — другое дело: Штольц — ум, сила, уменье управлять собой, другими, судьбой. Куда ни придет, с кем ни сойдется — смотришь, уж овладел, играет, как будто на инструменте... А я?.. И с Захаром не управлюсь... и с собой тоже... я — Обломов! Штольц! Боже!.. Ведь она его любит, — в ужасе подумал он, — сама сказала: как друга, — говорит она; да это ложь, может быть, бессознательная... Дружбы между мужчиной и женщиной не бывает...»

Он пошел тише, тише, тише, одолеваемый сомнениями.

«А что, если она кокетничает со мной?.. Если только...»

Он остановился совсем, оцепенел на минуту.

«Что, если тут коварство, заговор... И с чего я взял, что она любит меня? Она не сказала: это сатанинский шепот самолюбия! Андрей! Ужели?.. Быть не может: она такая, такая... Вон она какая!» — вдруг радостно сказал он, завидя идущую ему навстречу Ольгу.

Ольга с веселой улыбкой протянула ему руку.

«Нет, она не такая, она не обманщица, — решил он, — обманщицы не смотрят таким ласковым взглядом; у них нет такого искреннего смеха... они все пищат... Но... она, однако ж, не сказала, что любит! — вдруг опять подумал в испуге: это он так себе растолковал... — А досада отчего же?.. Господи! в какой я омут попал!»

— Что это у вас? — спросила она.

— Ветка.

— Какая ветка?

— Вы видите: сиреневая.

— Где вы взяли? Тут нет сирени, где вы шли.

— Это вы давеча сорвали и бросили.

— Зачем же вы подняли?

— Так, мне нравится, что вы... с досадой бросили ее.

— Нравится досада — это новость! Отчего?

— Не скажу.

— Скажите, пожалуйста, я прошу...

— Ни за что, ни за какие блага!

— Умоляю вас.

Он потряс отрицательно головой.

— А если я спою?

— Тогда... может быть...

— Так только музыка действует на вас? — сказала она с нахмуренной бровью. — Так это правда?

— Да, музыка, передаваемая вами...

— Ну, я буду петь... «Casta diva, Casta di...» — пропела она воззвание Нормы и остановилась.

— Ну, говорите теперь! — сказала она.

Он боролся несколько времени с собой.

— Нет, нет! — еще решительнее прежнего заключил он. — Ни за что... никогда! Если это неправда, если мне так показалось?.. Никогда, никогда!

— Что это такое? Что-нибудь ужасное, — говорила она, устремив мысль на этот вопрос, а пытливый взгляд на него.

Потом лицо ее наполнялось постепенно сознанием; в каждую черту пробирался луч мысли, и вдруг всё лицо озарилось догадкою... Солнце так же иногда, выходя из-за облака, понемногу освещает один куст, другой, кровлю и вдруг обольет светом целый пейзаж. Она уже знала мысль Обломова.

— Нет, нет, у меня язык не поворотится... — твердил Обломов, — и не спрашивайте.

— Я не спрашиваю вас, — отвечала она равнодушно.

— А как же? Сейчас вы...

— Пойдемте домой, — серьезно, не слушая его, сказала она, — ma tante ждет.

Она пошла вперед, оставила его с теткой и прямо прошла в свою комнату.

VIII

Весь этот день был днем постепенного разочарования для Обломова. Он провел его с теткой Ольги, женщиной очень умной, приличной, одетой всегда прекрасно, всегда в новом шелковом платье, которое сидит на ней отлично, всегда в таких изящных кружевных воротничках; чепец тоже со вкусом сделан, и ленты прибраны кокетливо к ее почти пятидесятилетнему, но еще свежему лицу. На цепочке висит золотой лорнет.

Позы, жесты ее исполнены достоинства; она очень ловко драпируется в богатую шаль, так кстати обопрется локтем на шитую подушку, так величественно раскинется на диване. Ее никогда не увидишь за работой: нагибаться, шить, заниматься мелочью нейдет к ее лицу, важной фигуре. Она и приказания слугам и служанкам отдавала небрежным тоном, коротко и сухо.

Она иногда читала, никогда не писала, но говорила хорошо, впрочем больше по-французски. Однако ж она тотчас заметила, что Обломов не совсем свободно владеет французским языком, и со второго дня перешла на русскую речь.

В разговоре она не мечтает и не умничает; у ней, кажется, проведена в голове строгая черта, за которую ум не переходил никогда. По всему видно было, что чувство, всякая симпатия, не исключая и любви, входят или входили в ее жизнь наравне с прочими элементами, тогда как у других женщин сразу увидишь, что любовь, если не на деле, то на словах, участвует во всех вопросах жизни и что всё остальное входит стороной, настолько, насколько остается простора от любви.

У этой женщины впереди всего шло уменье жить, управлять собой, держать в равновесии мысль с намерением, намерение с исполнением. Нельзя было застать ее неприготовленною, врасплох, как бдительного врага, которого, когда ни подкараульте, всегда встретите устремленный на вас, ожидающий взгляд.

Стихия ее была свет, и оттого такт, осторожность шли у ней впереди каждой мысли, каждого слова и движения.

Она ни перед кем никогда не открывает сокровенных движений сердца, никому не поверяет душевных тайн; не увидишь около нее доброй приятельницы, старушки, с которой бы она шепталась за чашкой кофе. Только с бароном фон Лангвагеном часто остается она наедине; вечером он сидит иногда до полуночи, но почти всегда при Ольге; и то они всё больше молчат, но молчат как-то значительно и умно, как будто что-то знают такое, чего другие не знают, но и только.

Они, по-видимому, любят быть вместе — вот единственное заключение, какое можно вывести, глядя на них; обходится она с ним так же, как и с другими: благосклонно, с добротой, но так же ровно и покойно.

Злые языки воспользовались было этим и стали намекать на какую-то старинную дружбу, на поездку за границу вместе; но в отношениях ее к нему не проглядывало ни тени какой-нибудь затаившейся особенной симпатии, а это бы прорвалось наружу.

Между тем он был опекун небольшого имения Ольги, которое как-то попало в залог при одном подряде, да там и село.

Барон вел процесс, то есть заставлял какого-то чиновника писать бумаги, читал их сквозь лорнетку, подписывал и посылал того же чиновника с ними в присутственные места, а сам связями своими в свете давал этому процессу удовлетворительный ход. Он подавал надежду на скорое и счастливое окончание. Это прекратило злые толки, и барона привыкли видеть в доме как родственника.

Ему было под пятьдесят лет, но он был очень свеж, только красил усы и прихрамывал немного на одну ногу. Он был вежлив до утонченности, никогда не курил при дамах, не клал одну ногу на другую и строго порицал молодых людей, которые позволяют себе в обществе опрокидываться в кресле и поднимать коленку и сапоги наравне с носом. Он и в комнате сидел в перчатках, снимая их, только когда садился обедать.

Одет был в последнем вкусе и в петлице фрака носил много ленточек. Ездил всегда в карете и чрезвычайно берег лошадей: садясь в экипаж, он прежде обойдет кругом его, осмотрит сбрую, даже копыта лошадей, а иногда вынет белый платок и потрет по плечу или хребту лошадей, чтоб посмотреть, хорошо ли они вычищены.

Знакомого он встречал с благосклонно-вежливой улыбкой, незнакомого — сначала холодно; но когда его представляли ему, холодность заменялась также улыбкой, и представленный мог уже рассчитывать на нее всегда.

Рассуждал он обо всем: и о добродетели, и о дороговизне, о науках и о свете одинаково отчетливо; выражал свое мнение в ясных и законченных фразах, как будто говорил сентенциями, уже готовыми записанными в какой-нибудь курс и пущенными для общего руководства в свет.

Отношения Ольги к тетке были до сих пор очень просты и покойны: в нежности они не переходили никогда границ умеренности, никогда не ложилось между ними и тени неудовольствия.

Это происходило частью от характера Марьи Михайловны, тетки Ольги, частью от совершенного недостатка всякого повода для обеих — вести себя иначе. Тетке не приходило в голову требовать от Ольги что-нибудь такое, что б резко противоречило ее желаниям; Ольге не приснилось бы во сне не исполнить желания тетки, не последовать ее совету.

И в чем проявлялись эти желания? — В выборе платья, в прическе, в том, например, поехать ли во французский театр или в оперу.

Ольга слушалась настолько, насколько тетка выражала желание или высказывала совет, отнюдь не более, — а она всегда высказывала его с умеренностью до сухости, насколько допускали права тетки, никогда более.

Отношения эти были так бесцветны, что нельзя было никак решить, есть ли в характере тетки какие-нибудь притязания на послушание Ольги, на ее особенную нежность, или есть ли в характере Ольги послушание к тетке и особенная к ней нежность.

Зато с первого раза, видя их вместе, можно было решить, что они — тетка и племянница, а не мать и дочь.

— Я еду в магазин: не надо ли тебе чего-нибудь? — спрашивала тетка.

— Да, ma tante, мне нужно переменить лиловое платье, — говорила Ольга, и они ехали вместе; или: — Нет, ma tante, — скажет Ольга, — я недавно была.

Тетка возьмет ее двумя пальцами за обе щеки, поцелует в лоб, а она поцелует руку у тетки, и та поедет, а эта останется.

— Мы опять ту же дачу возьмем? — скажет тетка ни вопросительно, ни утвердительно, а так, как будто рассуждает сама с собой и не решается.

— Да, там очень хорошо, — говорила Ольга.

И дачу брали.

А если Ольга скажет:

— Ах, ma tante, неужели вам не наскучил этот лес да песок? Не лучше ли посмотреть в другой стороне?

— Посмотрим, — говорила тетка. — Поедем, Олинька, в театр? — говорила тетка, — давно кричат об этой пьесе.

— С удовольствием, — отвечала Ольга, но без торопливого желания угодить, без выражения покорности.

Иногда они слегка и спорили.

— Помилуй, ma chère, к лицу ли тебе зеленые ленты? — говорила тетка. — Возьми палевые.

— Ах, ma tante! уж я шестой раз в палевых, наконец приглядится.

— Ну, возьми pensée[1].

— А эти вам нравятся?

Тетка вглядывалась и медленно трясла головой.

— Как хочешь, ma chère, а я бы на твоем месте взяла pensée или палевые.

— Нет, ma tante, я лучше вот эти возьму, — говорила Ольга мягко и брала, что ей хотелось.

Ольга спрашивала у тетки советов не как у авторитета, которого приговор должен быть законом для нее, а так, как бы спросила совета у всякой другой, более ее опытной женщины.

— Ma tante, вы читали эту книгу — что это такое? — спрашивала она.

— Ах, какая гадость! — говорила тетка, отодвигая, но не пряча книгу и не принимая никаких мер, чтоб Ольга не прочла ее.

И Ольге никогда не пришло бы в голову прочесть. Если они затруднялись обе, тот же вопрос обращался к барону фон Лангвагену или к Штольцу, когда он был налицо, и книга читалась или не читалась, по их приговору.

— Ma chère Ольга! — скажет иногда тетка. — Про этого молодого человека, который к тебе часто подходит у Завадских, вчера мне что-то рассказывали, какую-то глупую историю.

---

[1] Темно-фиолетовые *(фр.)*.

И только. А Ольга как себе хочет потом: говори или не говори с ним.

Появление Обломова в доме не возбудило никаких вопросов, никакого особенного внимания ни в тетке, ни в бароне, ни даже в Штольце. Последний хотел познакомить своего приятеля в таком доме, где всё было немного чопорно, где не только не предложат соснуть после обеда, но где даже неудобно класть ногу на ногу, где надо быть свежеодетым, помнить, о чем говоришь, — словом, нельзя ни задремать, ни опуститься, и где постоянно шел живой, современный разговор.

Потом Штольц думал, что если внести в сонную жизнь Обломова присутствие молодой, симпатичной, умной, живой и отчасти насмешливой женщины — это всё равно что внести в мрачную комнату лампу, от которой по всем темным углам разольется ровный свет, несколько градусов тепла, и комната повеселеет.

Вот весь результат, которого он добивался, знакомя друга своего с Ольгой. Он не предвидел, что он вносит фейерверк, Ольга и Обломов — и подавно.

Илья Ильич высидел с теткой часа два чинно, не положив ни разу ноги на ногу, разговаривая прилично обо всем; даже два раза ловко подвинул ей скамеечку под ноги.

Приехал барон, вежливо улыбнулся и ласково пожал ему руку.

Обломов еще чиннее вел себя, и все трое как нельзя более довольны были друг другом.

Тетка на разговоры по углам, на прогулки Обломова с Ольгой смотрела... или, лучше сказать, никак не смотрела.

Гулять с молодым человеком, с франтом — это другое дело: она бы и тогда не сказала ничего, но с свойственным ей тактом, как-нибудь незаметно установила бы другой порядок: сама бы пошла с ними раз или два, послала бы кого-нибудь третьего, и прогулки сами собою бы кончились.

Но гулять «с мсьё Обломовым», сидеть с ним в углу большой залы, на балконе... что ж из этого? Ему за тридцать лет: не станет же он говорить ей пустяков, давать каких-нибудь книг... Да этого ничего никому и в голову не приходило.

Притом тетка слышала, как Штольц накануне отъезда говорил Ольге, чтоб она не давала дремать Обломову, чтоб запрещала спать, мучила бы его, тиранила, давала ему разные поручения — словом, распоряжалась им. И ее просил не выпускать Обломова из вида, приглашать почаще к себе, втягивать в прогулки, поездки, всячески шевелить его, если б он не поехал за границу.

Ольга не показывалась, пока он сидел с теткой, и время тянулось медленно. Обломова опять стало кидать в жар и холод. Теперь уж он догадывался о причине этой перемены Ольги. Перемена эта была для него почему-то тяжеле прежней.

От прежнего промаха ему было только страшно и стыдно, а теперь тяжело, неловко, холодно, уныло на сердце, как в сырую, дождливую погоду. Он дал ей понять, что догадался о ее любви к нему, да еще, может быть, догадался невпопад. Это уже в самом деле была обида, едва ли исправимая. Да если и впопад, то как неуклюже! Он просто фат.

Он мог спугнуть чувство, которое стучится в молодое, девственное сердце робко, садится осторожно и легко, как птичка на ветку: посторонний звук, шорох — и оно улетит.

Он с замирающим трепетом ждал, когда Ольга сойдет к обеду, что и как она будет говорить, как будет смотреть на него...

Она сошла — и он надивиться не мог, глядя на нее; он едва узнал ее. У ней другое лицо, даже другой голос.

Молодая, наивная, почти детская усмешка ни разу не показалась на губах, ни разу не взглянула она так широко, открыто глазами, когда в них выражался или вопрос, или недоумение, или простодушное любопытство, как будто ей уж не о чем спрашивать, нечего знать, нечему удивляться!

Взгляд ее не следил за ним, как прежде. Она смотрела на него, как будто давно знала, изучила его, наконец, как будто он ей ничего, всё равно как барон, — словом, он точно не видал ее с год, и она на год созрела.

Не было суровости, вчерашней досады, она шутила и даже смеялась, отвечала на вопросы обстоятельно, на которые бы прежде не отвечала ничего. Видно было, что она решилась принудить себя делать, что делают другие, чего прежде не делала. Свободы, непринужденности, позволяющей всё высказать, что на уме, уже не было. Куда всё вдруг делось?

После обеда он подошел к ней спросить, не пойдет ли она гулять. Она, не отвечая ему, обратилась к тетке с вопросом.

— Пойдем ли *мы* гулять?

— Разве недалеко, — сказала тетка. — Вели дать мне зонтик.

И пошли все. Ходили вяло, смотрели вдаль, на Петербург, дошли до леса и воротились на балкон.

— Вы, кажется, не расположены сегодня петь? Я и просить боюсь, — спросил Обломов, ожидая, не кончится ли это принуждение, не возвратится ли к ней веселость, не мелькнет ли хоть в одном слове, в улыбке, наконец, в пении луч искренности, наивности и доверчивости.

— Жарко! — заметила тетка.

— Ничего, я попробую, — сказала Ольга и спела романс.

Он слушал и не верил ушам.

Это не она: где же прежний, страстный звук?

Она пела так чисто, так правильно и вместе так... так... как поют все девицы, когда их просят спеть в обществе: без увлечения. Она вынула свою душу из пения, и в слушателе не шевельнулся ни один нерв.

Лукавит, что ли, она, притворяется, сердится? Ничего нельзя угадать: она смотрит ласково, охотно говорит, но говорит так же, как поет, как все... Что это такое?

Обломов, не дождавшись чаю, взял шляпу и раскланялся.

— Приходите чаще, — сказала тетка, — в будни мы всегда одни, если вам не скучно, а в воскресенье у нас всегда кое-кто есть — не соскучитесь.

Барон вежливо встал и поклонился ему.

Ольга кивнула ему, как доброму знакомому, и когда он пошел, она повернулась к окну, смотрела туда и равнодушно слушала удалявшиеся шаги Обломова.

Эти два часа и следующие три-четыре дня, много неделя, сделали на нее глубокое действие, двинули ее далеко вперед. Только женщины способны к такой быстроте расцветания сил, развития всех сторон души.

Она как будто слушала курс жизни не по дням, а по часам. И каждый час малейшего, едва заметного опыта, случая, который мелькнет, как птица, мимо носа мужчины, схватывается неизъяснимо быстро девушкой: она следит за его полетом вдаль, и кривая, описанная полетом линия остается у ней в памяти неизгладимым знаком, указанием, уроком.

Там, где для мужчины надо поставить поверстный столб с надписью, ей довольно прошумевшего ветерка, трепетного, едва уловимого ухом сотрясения воздуха.

Отчего вдруг, вследствие каких причин, на лице девушки, еще на той неделе такой беззаботной, с таким до смеха наивным лицом, вдруг ляжет строгая мысль? И какая это мысль? О чем? Кажется, всё лежит в этой мысли, вся логика, вся умозрительная и опытная философия мужчины, вся система жизни!

Cousin, который оставил ее недавно девочкой, кончил курс ученья, надел эполеты, завидя ее, бежит к ней весело, с намерением, как прежде, потрепать ее по плечу, повертеться с ней за руки, поскакать по стульям, по диванам... вдруг, взглянув ей пристально в лицо, оробеет, отойдет смущенный и поймет, что он еще — мальчишка, а она — уже женщина!

Откуда? Что случилось? Драма? Громкое событие? Новость какая-нибудь, о которой весь город знает?

Ничего, ни maman, ни mon oncle, ни ma tante, ни няня, ни горничная — никто не знает. И некогда было случиться: она протанцевала две мазурки, несколько контрдансов, да голова у ней что-то разболелась: не поспала ночь...

А потом опять всё прошло, только уже в лице прибавилось что-то новое: иначе смотрит она, перестала смеяться громко, не ест по целой груше зараз, не рассказывает, «как у них в пансионе»... Она тоже кончила курс.

Обломов на другой, на третий день, как cousin, едва узнал Ольгу и глядел на нее робко, а она на него просто, только без прежнего любопытства, без ласки, а так, как другие.

«Что это с ней? Что она теперь думает, чувствует? — терзался он вопросами. — Ей-богу, ничего не понимаю!»

И где было понять ему, что с ней совершилось то, что совершается с мужчиной в двадцать пять лет при помощи двадцати пяти профессоров, библиотек, после шатанья по свету, иногда даже с помощью некоторой утраты нравственного аромата души, свежести мысли и волос, то есть что она вступила в сферу сознания. Вступление это обошлось ей так дешево и легко.

— Нет, это тяжело, скучно! — заключил он. — Перееду на Выборгскую сторону, буду заниматься, читать, уеду в Обломовку... один! — прибавил потом с глубоким унынием. — Без нее! Прощай, мой рай, мой светлый, тихий идеал жизни!

Он не пошел ни на четвертый, ни на пятый день; не читал, не писал, отправился было погулять, вышел на пыльную дорогу, дальше надо в гору идти.

«Вот охота тащиться в жар!» — сказал он сам себе, зевнул и воротился, лег на диван и заснул тяжелым сном, как бывало сыпал в Гороховой улице, в запыленной комнате с опущенными сторами.

Сны снились такие смутные. Проснулся — перед ним накрытый стол, ботвинья, битое мясо. Захар стоит, глядя сонно в окно; в другой комнате Анисья гремит тарелками.

Он пообедал, сел к окну. Скучно, нелепо, всё один! Опять никуда и ничего не хочется!

— Вот посмотрите, барин, котеночка от соседей принесли; не надо ли? Вы спрашивали вчера, — сказала Анисья, думая развлечь его, и положила ему котенка на колени.

Он начал гладить котенка: и с котенком скучно!

— Захар! — сказал он.

— Чего изволите? — вяло отозвался Захар.

— Я, может быть, в город перееду, — сказал Обломов.

— Куда в город? Квартиры нет.

— А на Выборгскую сторону.

— Что ж это будет, с одной дачи на другую станем переезжать? — отвечал он. — Чего там не видали? Михея Андреича, что ли?

— Да здесь неудобно...

— Это еще перевозиться? Господи! И тут умаялись совсем; да вот еще двух чашек не доищусь да половой щетки; коли не Михей Андреич увез туда, так, того и гляди, пропали.

Обломов молчал. Захар ушел и тотчас воротился, таща за собою чемодан и дорожный мешок.

— А это куда девать? Хоть бы продать, что ли? — сказал он, толкнув ногой чемодан.

— Что ты, с ума сошел? Я на днях поеду за границу, — с сердцем перебил Обломов.

— За границу! — вдруг, усмехнувшись, проговорил Захар. — Благо что поговорили, а то за границу!

— Что ж тебе так странно? Поеду, да и конец... У меня и паспорт готов, — сказал Обломов.

— А кто там сапоги-то с вас станет снимать? — иронически заметил Захар. — Девки-то, что ли? Да вы там пропадете без меня.

Он опять усмехнулся, от чего бакенбарды и брови раздались в стороны.

— Ты всё глупости говоришь! Вынеси это и ступай! — с досадой отвечал Обломов.

На другой день, только что Обломов проснулся в десятом часу утра, Захар, подавая ему чай, сказал, что когда он ходил в булочную, так встретил барышню.

— Какую барышню? — спросил Обломов.

— Какую? Ильинскую барышню, Ольгу Сергеевну.

— Ну? — нетерпеливо спросил Обломов.

— Ну, кланяться приказали, спрашивали, здоровы ли вы, что делаете.

— Что ж ты сказал?

— Сказал, что здоровы; что, мол, ему делается?.. — отвечал Захар.

— Зачем же ты прибавляешь свои глупые рассуждения? — заметил Обломов. — «Что ему делается!» Ты почем знаешь, что мне делается? Ну, еще что?

— Спрашивали, где вы обедали вчера.

— Ну?..

— Я сказал, что дома, и ужинали, мол, дома. «А разве он ужинает?» — спрашивает барышня-то. Двух цыплят, мол, только скушали...

— Дур-р-р-ак! — крепко произнес Обломов.

— Что за дурак! разве это неправда? — сказал Захар. — Вон я и кости, пожалуй, покажу...

— Право, дурак! — повторил Обломов. — Ну, что ж она?

— Усмехнулись. «Что ж так мало?» — примолвили после.

— Вот дурак-то! — твердил Обломов. — Ты бы еще рассказал, что ты рубашку на меня надеваешь навыворот.

— Не спрашивали, так и не сказал, — отвечал Захар.

— Что еще спрашивала?

— Спрашивали, что делали эти дни.

— Ну, что ж ты?

— Ничего, мол, не делают, лежат всё.

— Ах!.. — с сильной досадой произнес Обломов, подняв кулаки к вискам. — Поди вон! — прибавил он грозно. — Если ты когда-нибудь осмелишься рассказывать про меня такие глупости, посмотри, что я с тобой сделаю! Какой яд — этот человек!

— Что ж мне, лгать, что ли, на старости лет? — оправдывался Захар.

— Поди вон! — повторил Илья Ильич.

Захару брань ничего, только бы «жалких слов» не говорил барин.

— Я сказал, что вы хотите переехать на Выборгскую сторону, — заключил Захар.

— Ступай! — повелительно крикнул Обломов.

Захар ушел и вздохнул на всю прихожую, а Обломов стал пить чай.

Он отпил чай и из огромного запаса булок и кренделей съел только одну булку, опасаясь опять нескромности Захара. Потом закурил сигару и сел к столу, развернул какую-то книгу, прочел лист, хотел перевернуть, книга оказалась неразрезанною.

Обломов разорвал листы пальцем: от этого по краям листа образовались фестоны, а книга чужая, Штольца, у которого заведен такой строгий и скучный порядок, особенно насчет книг, что не приведи Бог! Бумаги, карандаши, все мелочи — как положит, так чтоб и лежали.

Надо бы взять костяной ножик, да его нет; можно, конечно, спросить и столовый, но Обломов предпочел положить книгу на свое место и направиться к дивану; только что он оперся рукой в шитую подушку, чтоб половчей приладиться лечь, как Захар вошел в комнату.

— А ведь барышня-то просила вас прийти в этот... как его... ох!.. — доложил он.

— Что ж ты не сказал давеча, два часа назад? — торопливо спросил Обломов.

— Вон велели идти, не дали досказать... — возразил Захар.

— Ты губишь меня, Захар! — произнес Обломов патетически.

«Ну, никак опять за свое! — думал Захар, подставляя барину левую бакенбарду и глядя в стену, — по-намеднишнему... ввернет словцо!»

— Куда прийти? — спросил Обломов.

— А вон в этот, как его? Да в сад, что ли...

— В парк? — спросил Обломов.

— В парк, точно так, «погулять, дескать, если угодно; я там буду»...

— Одеваться!

Обломов избегал весь парк, заглядывал в куртины, в беседки — нет Ольги. Он пошел по той аллее, где было объяснение, и застал ее там, на скамье, недалеко от того места, где она сорвала и бросила ветку.

— Я думала, что вы уж не придете, — сказала она ему ласково.

— Я давно ищу вас по всему парку, — отвечал он.

— Я знала, что вы будете искать, и нарочно села здесь, в этой аллее: думала, что вы непременно пройдете по ней.

Он хотел было спросить: «Почему вы это думали?», но взглянул на нее и не спросил.

У ней лицо было другое, не прежнее, когда они гуляли тут, а то, с которым он оставил ее в последний раз и которое задало ему такую тревогу. И ласка была какая-то сдержанная, всё выражение лица такое сосредоточенное, такое определенное; он видел, что в догадки, намеки и наивные вопросы играть с ней нельзя, что этот ребяческий, веселый миг пережит.

Многое, что не досказано, к чему можно бы подойти с лукавым вопросом, было между ними решено без слов, без объяснений, бог знает как, но воротиться к тому уже нельзя.

— Что вас не видать давно? — спросила она.

Он молчал. Ему хотелось бы опять как-нибудь стороной дать ей понять, что тайная прелесть отношений их исчезла, что его тяготит эта сосредоточенность, которою она окружила себя, как облаком, будто ушла в себя, и он не знает, как ему быть, как держать себя с ней.

Но он чувствовал, что малейший намек на это вызовет у ней взгляд удивления, потом прибавит холодности в обращении, может быть, и совсем пропадет та искра участия, которую он так неосторожно погасил в самом начале. Надо ее раздуть опять, тихо и осторожно, но как — он решительно не знал.

Он смутно понимал, что она выросла и чуть ли не выше его, что отныне нет возврата к детской доверчивости, что перед ними Рубикон и утраченное счастье уже на другом берегу: надо перешагнуть.

А как? Ну, если он шагнет один?

Она понимала яснее его, что в нем происходит, и потому перевес был на ее стороне. Она открыто глядела в его душу, видела, как рождалось чувство на дне его души, как играло и выходило наружу; видела, что с ним женская хитрость, лукавство, кокетство — орудия Сонички — были бы лишние, потому что не предстояло борьбы.

Она даже видела и то, что, несмотря на ее молодость, ей принадлежит первая и главная роль в этой симпатии, что от него можно было ожидать только глубокого впечатления, страстно-ленивой покорности, вечной гармонии с каждым биением ее пульса, но никакого движения воли, никакой активной мысли.

Она мигом взвесила свою власть над ним и ей нравилась эта роль путеводной звезды, луча света, который она разольет над стоячим озером и отразится в нем. Она разнообразно торжествовала свое первенство в этом поединке.

В этой комедии или трагедии, смотря по обстоятельствам, оба действующие лица являются почти всегда с одинаковым характером: мучителя или мучительницы и жертвы.

Ольга, как всякая женщина в первенствующей роли, то есть в роли мучительницы, конечно, менее других и бессознательно, но не могла отказать себе в удовольствии немного поиграть им по-кошачьи; иногда у ней вырвется, как молния, как нежданный каприз, проблеск чувства, а потом вдруг опять она сосредоточится, уйдет в себя; но больше и чаще всего она толкала его вперед, дальше, зная, что он сам не сделает ни шагу и останется неподвижен там, где она оставит его.

— Вы заняты были? — спросила она, вышивая какой-то лоскуток канвы.

«Сказал бы занят, да этот Захар!» — простонало у него в груди.

— Да, я читал кое-что, — небрежно отозвался он.

— Что ж, роман? — спросила она и подняла на него глаза, чтоб посмотреть, с каким лицом он станет лгать.

— Нет, я романов почти не читаю, — отвечал он очень покойно, — я читал «Историю открытий и изобретений».

«Слава Богу, что я пробежал сегодня лист книги!» — подумал он.

— По-русски? — спросила она.

— Нет, по-английски.

— А вы читаете по-английски?

— С трудом, но читаю. А вы не были ли где-нибудь в городе? — спросил он больше затем, чтоб замять разговор о книгах.

— Нет, всё дома. Я всё здесь работаю, в этой аллее.

— Всё здесь?

— Да, мне очень нравится эта аллея, я благодарна вам, что вы мне ее указали: здесь никто почти не ходит...

— Я вам ее не указывал, — перебил он, — мы, помните? случайно оба встретились в ней.

— Да, в самом деле.

Они замолчали.

— У вас ячмень совсем прошел? — спросила она, глядя ему прямо в правый глаз.

Он покраснел.

— Прошел теперь, слава Богу, — сказал он.

— Вы примачивайте простым вином, когда у вас зачешется глаз, — продолжала она, — ячмень и не сядет. Это няня научила меня.

«Что это она всё о ячменях?» — подумал Обломов.

— Да не ужинайте, — прибавила она серьезно.

«Захар!» — шевелилось у него в горле яростное воззвание к Захару.

— Стоит только поужинать хорошенько — продолжала она, не поднимая глаз с работы, — да полежать дня три, особенно на спине, непременно сядет ячмень.

«Ду...р...р...ак!» — грянуло внутри Обломова обращение к Захару.

— Что это вы работаете? — спросил он, чтоб переменить разговор.

— Сонетку, — сказала она, развертывая свиток канвы и показав ему узор, — барону. Хорошо?

— Да, очень хорошо, узор очень мил. Это ветка сирени?

— Кажется... да, — небрежно отвечала она. — Я выбрала наугад, какой попался... — и, покраснев немного, проворно свернула канву.

«Однако это скучно, если это так продолжится, если из нее ничего добыть нельзя, — думал он, — другой — Штольц например, добыл бы, а я не умею».

Он нахмурился и сонно смотрел вокруг. Она посмотрела на него, потом положила работу в корзинку.

— Пойдемте до рощи, — сказала она, давая ему нести корзинку, сама распустила зонтик, оправила платье и пошла.

— Отчего вы не веселы? — спросила она.

— Не знаю, Ольга Сергеевна. Да отчего мне веселиться? И как?

— Занимайтесь, будьте чаще с людьми.

— Заниматься! Заниматься можно, когда есть цель. Какая у меня цель? Нет ее.

— Цель — жить.

— Когда не знаешь, для чего живешь, так живешь как-нибудь, день за днем; радуешься, что день прошел, что ночь пришла, и во сне погрузишь скучный вопрос о том, зачем жил этот день, зачем будешь жить завтра.

Она слушала молча, с строгим взглядом; в сдвинутых бровях таилась суровость, в линии губ, как змей, ползала не то недоверчивость, не то пренебрежение...

— Зачем жил! — повторила она. — Разве может быть чье-нибудь существование ненужным?

— Может. Например, мое, — сказал он.

— Вы до сих пор не знаете, где цель вашей жизни? — спросила она, остановясь. — Я не верю: вы клевещете на себя; иначе бы вы не стоили жизни...

— Я уж прошел то место, где она должна быть, и впереди больше ничего нет.

Он вздохнул, а она улыбнулась.

— Ничего нет? — вопросительно повторила она, но живо, весело, со смехом, как будто не веря ему и предвидя, что есть у него что-то впереди.

— Смейтесь, — продолжал он, — а это так!

Она тихо шла вперед, наклонив голову.

— Для чего, для кого я буду жить? — говорил он, идучи за ней. — Чего искать, на что направить мысль, намерения? Цвет жизни опал, остались только шипы.

Они шли тихо; она слушала рассеянно, мимоходом сорвала ветку сирени и, не глядя на него, подала ему.

— Что это? — спросил он, оторопев.

— Вы видите — ветка.

— Какая ветка? — говорил он, глядя на нее во все глаза.

— Сиреневая.

— Знаю... но что она значит?

— Цвет жизни и...

Он остановился, она тоже.

— И?.. — повторил он вопросительно.

— Мою досаду, — сказала она, глядя на него прямо, сосредоточенным взглядом, и улыбка говорила, что она знает, что делает.

Облако непроницаемости слетело с нее. Взгляд ее был говорящ и понятен. Она как будто нарочно открыла известную страницу книги и позволила прочесть заветное место.

— Стало быть, я могу надеяться... — вдруг радостно вспыхнув, сказал он.

— Всего! Но...

Она замолчала.

Он вдруг воскрес. И она в свою очередь не узнала Обломова: туманное, сонное лицо мгновенно преобразилось, глаза открылись; заиграли краски на щеках; задвигались мысли; в глазах сверкнули желания и воля. Она тоже ясно прочла в этой немой игре лица, что у Обломова мгновенно явилась цель жизни.

— Жизнь, жизнь опять отворяется мне, — говорил он как в бреду, — вот она, в ваших глазах, в улыбке, в этой ветке, в «Casta diva»... всё здесь...

Она покачала головой.

— Нет, не всё... половина.

— Лучшая.

— Пожалуй, — сказала она.

— Где же другая? Что после этого еще?

— Ищите.

— Зачем?

— Чтоб не потерять первой, — досказала она, подала ему руку, и они пошли домой.

Он то с восторгом, украдкой кидал взгляд на ее головку, на стан, на кудри, то сжимал ветку.

— Это всё мое! Мое! — задумчиво твердил он и не верил сам себе.

— Вы не переедете на Выборгскую сторону? — спросила она, когда он уходил домой.

Он засмеялся и даже не назвал Захара дураком.

IX

С тех пор не было внезапных перемен в Ольге. Она была ровна, покойна с теткой, в обществе, но жила и чувствовала жизнь только с Обломовым. Она уже никого не спрашивала, что ей делать, как поступить, не ссылалась мысленно на авторитет Сонички.

По мере того как раскрывались перед ней фазисы жизни, то есть чувства, она зорко наблюдала явления, чутко прислушивалась к голосу своего инстинкта и слегка поверяла с немногими, бывшими у ней в запасе наблюдениями, и шла осторожно, пытая ногой почву, на которую предстояло ступить.

Спрашивать ей было не у кого. У тетки? Но она скользит по подобным вопросам так легко и ловко, что Ольге никогда не удалось свести ее отзывов в какую-нибудь сентенцию и зарубить в памяти. Штольца нет. У Обломова? Но это какая-то Галатея, с которой ей самой приходилось быть Пигмалионом.

Жизнь ее наполнилась так тихо, незаметно для всех, что она жила в своей новой сфере, не возбуждая внимания, без видимых порывов и тревог. Она делала то же, что прежде, для всех других, но делала всё иначе.

Она ехала и во французский спектакль, но содержание пьесы получало какую-то связь с ее жизнью; читала книгу, и в книге непременно были строки с искрами ее ума, кое-где мелькал огонь ее чувств, записаны были сказанные вчера слова, как будто автор подслушал, как теперь бьется у ней сердце.

В лесу те же деревья, но в шуме их явился особенный смысл: между ними и ею водворилось живое согласие. Птицы не просто трещат и щебечут, а всё что-то говорят между собой; и всё говорит вокруг, всё отвечает ее настроению; цветок распускается, и она слышит будто его дыхание.

В снах тоже появилась своя жизнь: они населились какими-то видениями, образами, с которыми она иногда говорила вслух... они что-то ей рассказывают, но так неясно, что она не поймет, силится говорить с ними, спросить и тоже говорит что-то непонятное. Только Катя скажет ей поутру, что она бредила.

Она вспомнила предсказания Штольца: он часто говорил ей, что она не начинала еще жить, и она иногда обижалась, зачем он считает ее за девочку, тогда как ей двадцать лет. А теперь она поняла, что он был прав, что она только что начала жить.

— Вот когда заиграют все силы в вашем организме, тогда заиграет жизнь и вокруг вас, и вы увидите то, на что закрыты у вас глаза теперь, услышите, чего не слыхать вам: заиграет музыка нерв, услышите шум сфер, будете прислушиваться к росту травы. Погодите, не торопитесь, придет само! — грозил он.

Оно пришло. «Это, должно быть, силы играют, организм проснулся...» — говорила она его словами, чутко вслушиваясь в небывалый трепет, зорко и робко вглядываясь в каждое новое проявление пробуждающейся новой силы.

Она не вдалась в мечтательность, не покорилась внезапному трепету листьев, ночным видениям, таинственному шепоту, когда как будто кто-то ночью наклонится над ее ухом и скажет что-то неясное и непонятное.

— Нервы! — повторит она иногда с улыбкой, сквозь слезы, едва пересиливая страх и выдерживая борьбу неокрепших нерв с пробуждавшимися силами. Она встанет с постели, выпьет стакан воды, откроет окно, помашет себе в лицо платком и отрезвится от грезы наяву и во сне.

А Обломов, лишь проснется утром, первый образ в воображении — образ Ольги, во весь рост, с веткой сирени в руках. Засыпал он с мыслью о ней, шел гулять, читал — она тут, тут.

Он мысленно вел с ней нескончаемый разговор и днем, и ночью. К «Истории открытий и изобретений» он всё примешивал какие-нибудь новые открытия в наружности или в характере Ольги, изобретал случай нечаянно встретиться с ней, послать книгу, сделать сюрприз.

Говоря с ней при свидании, он продолжал разговор дома, так что иногда войдет Захар, а он чрезвычайно нежным и мягким тоном, каким мысленно разговаривал с Ольгой, скажет ему: «Ты, лысый черт, мне давеча опять нечищенные сапоги подал: смотри, чтоб я с тобой не разделался...»

Но беззаботность отлетела от него с той минуты, как она в первый раз пела ему. Он уже жил не прежней жизнью, когда ему всё равно было, лежать ли на спине и смотреть в стену, сидит ли у него Алексеев, или он сам сидит у Ивана Герасимовича, в те дни, когда он не ждал никого и ничего ни от дня, ни от ночи.

Теперь и день и ночь, всякий час утра и вечера принимал свой образ и был или исполнен радужного сияния, или бесцветен и сумрачен, смотря по тому, наполнялся ли этот час присутствием Ольги или протекал без нее и, следовательно, протекал вяло и скучно.

Всё это отражалось в его существе: в голове у него была сеть ежедневных, ежеминутных соображений, догадок, предвидений, мучений неизвестности, и всё от вопросов, увидит или не увидит он ее? Что она скажет и сделает? Как посмотрит, какое даст ему поручение, о чем спросит, будет довольна или нет? Все эти соображения сделались насущными вопросами его жизни.

«Ах, если б испытывать только эту теплоту любви да не испытывать ее тревог! — мечтал он. — Нет, жизнь трогает, куда ни уйди, так и жжет! Сколько нового движения вдруг втеснилось в нее занятий! Любовь — претрудная школа жизни!»

Он уж прочел несколько книг: Ольга просила его рассказывать содержание и с неимоверным терпением слушала его рассказ. Он написал несколько писем в деревню, сменил старосту и вошел в сношения с одним из соседей через посредство Штольца. Он бы даже поехал в деревню, если б считал возможным уехать от Ольги.

Он не ужинал и вот уже две недели не знает, что значит прилечь днем.

В две-три недели они объездили все петербургские окрестности. Тетка с Ольгой, барон и он являлись на загородных концертах, на больших праздниках. Поговаривают съездить в Финляндию, на Иматру.

Что касается Обломова, он дальше парка никуда бы не тронулся, да Ольга всё придумывает, и лишь только он на приглашение куда-нибудь поехать замнется ответом, наверное поездка предпринималась. И тогда не было конца улыбкам Ольги. На пять верст кругом дачи не было пригорка, на который бы он не влезал по нескольку раз.

Между тем симпатия их росла, развивалась и проявлялась по своим непреложным законам. Ольга расцветала вместе с чувством. В глазах прибавилось света, в движениях грации; грудь ее так пышно развилась, так мерно волновалась.

— Ты похорошела на даче, Ольга, — говорила ей тетка. В улыбке барона выражался тот же комплимент.

Ольга, краснея, клала голову на плечо тетки; та ласково трепала ее по щеке.

— Ольга, Ольга! — осторожно, почти шепотом, кликал однажды Обломов Ольгу внизу горы, где она назначила ему сойтись, чтоб идти гулять.

Нет ответа. Он посмотрел на часы.

— Ольга Сергеевна! — вслух прибавил потом. Молчание.

Ольга сидела на горе, слышала зов и, сдерживая смех, молчала. Ей хотелось заставить его взойти на гору.

— Ольга Сергеевна! — взывал он, пробравшись между кустами до половины горы и заглядывая наверх. «В половине шестого назначила она», — говорил он про себя.

Она не удержала смеха.

— Ольга, Ольга! Ах, да вы там! — сказал он и полез на гору.

— Ух! Охота же вам прятаться на горе! — Он сел подле нее. — Чтоб помучить меня, вы и сами мучитесь.

— Откуда вы? Прямо из дома? — спросила она.

— Нет, я к вам зашел; там сказали, что вы ушли.

— Что вы сегодня делали? — спросила она.

— Сегодня...

— Бранились с Захаром? — досказала она.

Он засмеялся этому, как делу совершенно невозможному.

— Нет, я читал «Revue». Но, послушайте, Ольга...

Но он ничего не сказал, сел только подле нее и погрузился в созерцание ее профиля, головы, движения руки взад и вперед, как она продевала иглу в канву и вытаскивала назад. Он наводил на нее взгляд, как зажигательное стекло, и не мог отвести.

Сам он не двигался, только взгляд поворачивался то вправо, то влево, то вниз, смотря по тому, как двигалась рука. В нем была деятельная работа: усиленное кровообращение, удвоенное биение пульса и кипение у сердца — всё это действовало так сильно, что он дышал медленно и тяжело, как дышат перед казнью и в момент высочайшей неги духа.

Он был нем и не мог даже пошевелиться, только влажные от умиления глаза неотразимо были устремлены на нее.

Она по временам кидала на него глубокий взгляд, читала немудреный смысл, начертанный на его лице, и думала: «Боже мой! Как он любит! Как он нежен, как нежен!» И любовалась, гордилась этим поверженным к ногам ее, ее же силою, человеком!

Момент символических намеков, знаменательных улыбок, сиреневых веток прошел невозвратно. Любовь делалась строже, взыскательнее, стала превращаться в какую-то обязанность; явились взаимные права. Обе стороны открывались более и более: недоразумения, сомнения исчезали или уступали место более ясным и положительным вопросам.

Она всё колола его легкими сарказмами за праздно убитые годы, изрекала суровый приговор, казнила его апатию глубже, действительнее, нежели Штольц; потом, по мере сближения с ним, от сарказмов над вялым и дряблым существованием Обломова она перешла к деспотическому проявлению воли, отважно напоминала ему цель жизни и обязанностей и строго требовала движения, беспрестанно вызывала наружу его ум, то запутывая его в тонкий, жизненный, знакомый ей вопрос, то сама шла к нему с вопросом о чем-нибудь неясном, недоступном ей.

И он бился, ломал голову, изворачивался, чтоб не упасть тяжело в глазах ее или чтоб помочь ей разъяснить какой-нибудь узел, не то так геройски рассечь его.

Вся ее женская тактика была проникнута нежной симпатией; все его стремления поспеть за движением ее ума дышали страстью.

Но чаще он изнемогал, ложился у ног ее, прикладывал руку к сердцу и слушал, как оно бьется, не сводя с нее неподвижного, удивленного, восхищенного взгляда.

«Как он любит меня!» — твердила она в эти минуты, любуясь им. Если же иногда замечала она затаившиеся прежние черты в душе Обломова, — а она глубоко умела смотреть в нее, — малейшую усталость, чуть заметную дремоту жизни, на него лились упреки, к которым изредка примешивалась горечь раскаяния, боязнь ошибки.

Иногда только соберется он зевнуть, откроет рот — его поражает ее изумленный взгляд: он мгновенно сомкнет рот, так что зубы стукнут. Она преследовала малейшую тень сонливости даже у него на лице. Она спрашивала не только, что он делает, но и что будет делать.

Еще сильнее, нежели от упреков, просыпалась в нем бодрость, когда он замечал, что от его усталости уставала и она, делалась небрежною, холодною. Тогда в нем появлялась лихорадка жизни, сил, деятельности, и тень исчезала опять, и симпатия била опять сильным и ясным ключом.

Но все эти заботы не выходили пока из магического круга любви; деятельность его была отрицательная: он не спит, читает, иногда подумывает писать и план, много ходит, много ездит. Дальнейшее же направление, самая мысль жизни, дело — остается еще в намерениях.

— Какой еще жизни и деятельности хочет Андрей? — говорил Обломов, таращa глаза после обеда, чтоб не заснуть. — Разве это не жизнь? Разве любовь не служба? Попробовал бы он! Каждый день — верст по десяти пешком! Вчера ночевал в городе, в дрянном трактире, одетый, только сапоги снял, и Захара не было — всё по милости ее поручений!

Всего мучительнее было для него, когда Ольга предложит ему специальный вопрос и требует от него, как от какого-нибудь профессора, полного удовлетворения; а это случалось с ней часто, вовсе не из педантизма, а просто из желания знать, в чем дело. Она даже забывала часто свои цели относительно Обломова, а увлекалась самым вопросом.

— Зачем нас не учат этому? — с задумчивой досадой говорила она, иногда с жадностью, урывками, слушая разговор о чем-нибудь, что привыкли считать ненужным женщине.

Однажды вдруг приступила к нему с вопросами о двойных звездах: он имел неосторожность сослаться на Гершеля и был послан в город, должен был прочесть книгу и рассказывать ей, пока она не удовлетворилась.

В другой раз, опять по неосторожности, вырвалось у него в разговоре с бароном слова два о школах живописи — опять ему работа на неделю: читать, рассказывать; да потом еще поехали в Эрмитаж: и там еще он должен был делом подтверждать ей прочитанное.

Если он скажет что-нибудь наобум, она сейчас увидит, да тут-то и пристанет.

Потом он должен был с неделю ездить по магазинам, отыскивать гравюры с лучших картин.

Бедный Обломов то повторял зады, то бросался в книжные лавки за новыми увражами и иногда целую ночь не спал, рылся, читал, чтоб утром, будто нечаянно, отвечать на вчерашний вопрос знанием, вынутым из архива памяти.

Она предлагала эти вопросы не с женскою рассеянностью, не по внушению минутного каприза знать то или другое, а настойчиво, с нетерпением и в случае молчания Обломова казнила его продолжительным, испытующим взглядом. Как он дрожал от этого взгляда!

— Что вы не скажете ничего, молчите? — спросила она. — Можно подумать, что вам скучно.

— Ах! — произнес он, как будто приходя в себя от обморока. — Как я люблю вас!

— В самом деле? А не спроси я, оно и непохоже, — сказала она.

— Да неужели вы не чувствуете, что во мне происходит? — начал он. — Знаете, мне даже трудно говорить. Вот здесь... дайте руку, что-то мешает, как будто лежит что-нибудь тяжелое, точно камень, как бывает в глубоком горе, а между тем, странно, и в горе, и в счастье в организме один и тот же процесс: тяжело, почти больно дышать, хочется плакать! Если б я заплакал, мне бы так же, как в горе, от слез стало бы легко...

Она поглядела на него молча, как будто поверяла слова его, сравнила с тем, что у него написано на лице, и улыбнулась: поверка оказалась удовлетворительною. На лице ее разлито было дыхание счастья, но мирного, которое, казалось, ничем не возмутишь. Видно, что у ней не было тяжело на сердце, а только хорошо, как в природе в это тихое утро.

— Что со мной? — в раздумье спросил будто себя Обломов.

— Сказать что?

— Скажите.

— Вы... влюблены.

— Да, конечно, — подтвердил он, отрывая ее руку от канвы, и не поцеловал, а только крепко прижал ее пальцы к губам и располагал, кажется, держать так долго.

Она пробовала тихонько отнять, но он крепко держал.

— Ну, пустите, довольно, — сказала она.

— А вы? — спросил он. — Вы... не влюблены...

— Влюблена, нет... я не люблю этого: я вас люблю! — сказала она и поглядела на него долго, как будто поверяла и себя, точно ли она любит.

— Лю... блю! — произнес Обломов. — Но ведь любить можно мать, отца, няньку, даже собачонку: всё это покрывается общим, собирательным понятием «люблю», как старым...

— Халатом? — сказала она, засмеявшись. — À propos[1], где ваш халат?

— Какой халат? У меня никакого не было.

Она посмотрела на него с улыбкой упрека.

— Вот вы о старом халате! — сказал он. — Я жду, душа замерла у меня от нетерпения слышать, как из сердца у вас порывается чувство, каким именем назовете вы эти порывы, а вы... Бог с вами, Ольга! Да, я влюблен в вас и говорю, что без этого нет и прямой

---

[1] Кстати *(фр.)*.

любви: ни в отца, ни в мать, ни в няньку не влюбляются, а любят их...

— Не знаю, — говорила она задумчиво, как будто вникая в себя и стараясь уловить, что в ней происходит. — Не знаю, влюблена ли я в вас; если нет, то, может быть, не наступила еще минута; знаю только одно, что я так не любила ни отца, ни мать, ни няньку...

— Какая же разница? Чувствуете ли вы что-нибудь особенное!.. — добивался он.

— А вам хочется знать? — спросила она лукаво.

— Да, да, да! Неужели у вас нет потребности высказаться?

— А зачем вам хочется знать?

— Чтоб поминутно жить этим: сегодня, всю ночь, завтра — до нового свидания... Я только тем и живу.

— Вот видите, вам нужно обновлять каждый день запас вашей нежности! Вот где разница между влюбленным и любящим. Я...

— Вы?.. — нетерпеливо ждал он.

— Я люблю иначе, — сказала она, опрокидываясь спиной на скамью и блуждая глазами в несущихся облаках. — Мне без вас скучно; расставаться с вами ненадолго — жаль, надолго — больно. Я однажды навсегда узнала, увидела и верю, что вы меня любите, — и счастлива, хоть не повторяйте мне никогда, что любите меня. Больше и лучше любить я не умею.

«Это слова... как будто Корделии!» — подумал Обломов, глядя на Ольгу страстно...

— Умрете... вы, — с запинкой продолжала она, — я буду носить вечный траур по вас и никогда более не улыбнусь в жизни. Полюбите другую — роптать, проклинать не стану, а про себя пожелаю вам счастья... Для меня любовь эта — всё равно что... жизнь, а жизнь...

Она искала выражения.

— Что ж жизнь, по-вашему? — спросил Обломов.

— Жизнь — долг, обязанность; следовательно, любовь — тоже долг: мне как будто Бог послал ее, — досказала она, подняв глаза к небу, — и велел любить.

— Корделия! — вслух произнес Обломов. — И ей двадцать один год! Так вот что любовь, по-вашему! — прибавил он в раздумье.

— Да, и у меня, кажется, достанет сил прожить и пролюбить всю жизнь...

«Кто ж внушил ей это? — думал Обломов, глядя на нее чуть не с благоговением. — Не путем же опыта, истязаний, огня и дыма дошла она до этого ясного и простого понимания жизни и любви».

— А есть радости живые, есть страсти? — заговорил он.

— Не знаю, — сказала она, — я не испытала и не понимаю, что это такое.

— О, как я понимаю теперь!

— Может быть, и я со временем испытаю, может быть, и у меня будут те же порывы, как у вас, так же буду глядеть при встрече на вас и не верить, точно ли вы передо мной... А это, должно быть, очень смешно! — весело прибавила она. — Какие вы глаза иногда делаете: я думаю, ma tante замечает.

— В чем же счастье у вас в любви, — спросил он, — если у вас нет тех живых радостей, какие испытываю я?..

— В чем? А вот в чем! — говорила она, указывая на него, на себя, на окружавшее их уединение. — Разве это не счастье, разве я жила когда-нибудь так? Прежде я не просидела бы здесь и четверти часа одна, без книги, без музыки, между этими деревьями. Говорить с мужчиной, кроме Андрея Иваныча, мне было скучно, не о чем: я всё думала, как бы остаться одной... А теперь... и молчать вдвоем весело!

Она повела глазами вокруг, по деревьям, по траве, потом остановила их на нем, улыбнулась и подала ему руку.

— Разве мне не будет больно ужо, когда вы будете уходить? — прибавила она. — Разве я не стану торопиться поскорей лечь спать, чтоб заснуть и не видать скучной ночи? Разве завтра не пошлю к вам утром? Разве...

С каждым «разве» лицо Обломова всё расцветало, взгляд наполнялся лучами.

— Да, да, — повторял он, — я тоже жду утра, и мне скучна ночь, и я завтра пошлю к вам не за делом, а чтоб только произнести лишний раз и услыхать, как раздастся ваше имя, узнать от людей какую-нибудь подробность о вас, позавидовать, что они уж вас видели... Мы думаем, ждем, живем и надеемся одинаково. Простите, Ольга, мои сомнения: я убеждаюсь, что вы любите меня, как не любили ни отца, ни тетку, ни...

— Ни собачонку, — сказала она и засмеялась.

— Верьте же мне, — заключила она, — как я вам верю, и не сомневайтесь, не тревожьте пустыми сомнениями этого счастья, а то оно улетит. Что я раз назвала своим, того уже не отдам назад, разве отнимут. Я это знаю, нужды нет, что я молода, но... Знаете ли, — сказала она с уверенностью в голосе, — в месяц, с тех пор как знаю вас, я много передумала и испытала, как будто прочла большую книгу, так, про себя, понемногу... Не сомневайтесь же...

— Не могу не сомневаться, — перебил он, — не требуйте этого. Теперь, при вас, я уверен во всем: ваш взгляд, голос — всё говорит. Вы смотрите на меня, как будто говорите: мне слов не надо, я умею читать ваши взгляды. Но когда вас нет, начинается такая мучительная игра в сомнения, в вопросы, и мне опять надо бежать к вам, опять взглянуть на вас, без этого я не верю. Что это?

— А я верю вам: отчего же? — спросила она.

— Еще бы вы не верили! Перед вами сумасшедший, зараженный страстью! В глазах моих вы видите, я думаю, себя, как в зеркале. Притом вам двадцать лет; посмотрите на себя: может ли мужчина, встретя вас, не заплатить вам дань удивления... хотя взглядом? А знать вас, слушать, глядеть на вас подолгу, любить — о, да тут с ума сойдешь! А вы так ровны, покойны; и если пройдут сутки, двое, и я не услышу от вас «люблю...», здесь начинается тревога...

Он указал на сердце.

— Люблю, люблю, люблю — вот вам на трое суток запаса! — сказала она, вставая со скамьи.

— Вы всё шутите, а мне-то каково! — вздохнув, заметил он, спускаясь с нею с горы.

Так разыгрывался между ними всё тот же мотив в разнообразных варьяциях. Свидания, разговоры — всё это была одна песнь, одни звуки, один свет, который горел ярко, и только преломлялись и дробились лучи его на розовые, на зеленые, на палевые и трепетали в окружавшей их атмосфере. Каждый день и час приносил новые звуки и лучи, но свет горел один, мотив звучал всё тот же.

И он, и она прислушивались к этим звукам, уловляли их и спешили выпевать, что каждый слышит, друг перед другом, не подозревая, что завтра зазвучат другие звуки, явятся иные лучи, и забывая на другой день, что вчера было пение другое.

Она одевала излияния сердца в те краски, какими горело ее воображение в настоящий момент, и веровала, что они верны природе, и спешила в невинном и бессознательном кокетстве явиться в прекрасном уборе перед глазами своего друга.

Он веровал еще больше в эти волшебные звуки, в обаятельный свет и спешил предстать пред ней во всеоружии страсти, показать ей весь блеск и всю силу огня, который пожирал его душу.

Они не лгали ни перед собой, ни друг другу: они выдавали то, что говорило сердце, а голос его проходил чрез воображение.

Обломову нужды в сущности не было, являлась ли Ольга Корделией и осталась ли бы верна этому образу или пошла бы новой тропой и преобразилась в другое видение, лишь бы она являлась в тех же красках и лучах, в каких она жила в его сердце, лишь бы ему было хорошо.

И Ольга не справлялась, поднимет ли страстный друг ее перчатку, если б она бросила ее в пасть ко льву, бросится ли для нее в бездну, лишь бы она видела симптомы этой страсти, лишь бы он оставался верен идеалу мужчины, и притом мужчины, просыпающегося чрез нее к жизни, лишь бы от луча ее взгляда, от ее улыбки горел огонь бодрости в нем и он не переставал бы видеть в ней цель жизни.

И потому в мелькнувшем образе Корделии, в огне страсти Обломова отразилось только одно мгновение, одно эфемерное дыхание любви, одно ее утро, один прихотливый узор. А завтра, завтра блеснет уже другое, может быть такое же прекрасное, но все-таки другое...

X

Обломов был в том состоянии, когда человек только что проводил глазами закатившееся летнее солнце и наслаждается его румяными следами, не отрывая взгляда от зари, не оборачиваясь назад, откуда выходит ночь, думая только о возвращении на завтра тепла и света.

Он лежал на спине и наслаждался последними следами вчерашнего свидания. «Люблю, люблю, люблю», — дрожало еще в его ушах лучше всякого пения Ольги; еще на нем покоились последние лучи ее глубокого взгляда. Он дочитывал в нем смысл, определял степень ее любви и стал было забываться сном, как вдруг...

Завтра утром Обломов встал бледный и мрачный; на лице следы бессонницы; лоб весь в морщинах; в глазах нет огня, нет желаний. Гордость, веселый, бодрый взгляд, умеренная, сознательная торопливость движений занятого человека — всё пропало.

Он вяло напился чаю, не тронул ни одной книги, не присел к столу, задумчиво закурил сигару и сел на диван. Прежде бы он лег, но теперь отвык и его даже не тянуло к подушке; однако ж он уперся локтем в нее — признак, намекавший на прежние наклонности.

Он был мрачен, иногда вздыхал, вдруг пожимал плечами, качал с сокрушением головой.

В нем что-то сильно работает, но не любовь. Образ Ольги пред ним, но он носится будто в дали, в тумане, без лучей, как чужой ему; он смотрит на него болезненным взглядом и вздыхает.

«Живи, как Бог велит, а не как хочется, — правило мудрое, но...» И он задумался.

«Да, нельзя жить, как хочется, — это ясно, — начал говорить в нем какой-то угрюмый, строптивый голос, — впадешь в хаос противоречий, которых не распутает один человеческий ум, как он ни глубок, как ни дерзок! Вчера пожелал, сегодня достигаешь желаемого страстно, до изнеможения, а послезавтра краснеешь, что пожелал, потом клянешь жизнь, зачем исполнилось, — ведь вот что выходит от самостоятельного и дерзкого шагания в жизни, от своевольного *хочу*. Надо идти ощупью, на многое закрывать глаза и не бредить счастьем, не сметь роптать, что оно ускользает, — вот жизнь! Кто выдумал, что она — счастье, наслаждение? Безумцы! „Жизнь есть жизнь, долг, — говорит Ольга, — обязанность, а обязанность бывает тяжела. Исполним же долг...“» Он вздохнул.

— Не увидимся с Ольгой... Боже мой! Ты открыл мне глаза и указал долг, — говорил он, глядя в небо, — где же взять силы? Расстаться! Еще есть возможность теперь, хотя с болью, зато после не будешь клясть себя, зачем не расстался? А от нее сейчас придут, она хотела прислать... Она не ожидает..

Что за причина? Какой ветер вдруг подул на Обломова? Какие облака нанес? И отчего он поднимает такое печальное иго? А, кажется, вчера еще он глядел в душу Ольги и видел там светлый мир и светлую судьбу, прочитал свой и ее гороскоп. Что же случилось?

Должно быть, он поужинал или полежал на спине, и поэтическое настроение уступило место каким-то ужасам.

Часто случается заснуть летом в тихий, безоблачный вечер, с мерцающими звездами, и думать, как завтра будет хорошо поле при утренних светлых красках! Как весело углубиться в чащу леса и прятаться от жара!.. И вдруг просыпаешься от стука дождя, от серых печальных облаков; холодно, сыро...

Обломов с вечера, по обыкновению, прислушивался к биению своего сердца, потом ощупал его руками, поверил, увеличилась ли отверделость там, наконец, углубился в анализ своего счастья и вдруг попал в каплю горечи и отравился.

Отрава подействовала сильно и быстро. Он пробежал мысленно всю свою жизнь: в сотый раз раскаяние и позднее сожаление о минувшем подступило к сердцу. Он представил себе, что б он был теперь, если б шел бодро вперед, как бы жил полнее и многостороннее, если б был деятелен, и перешел к вопросу, что он теперь и как могла, как может полюбить его Ольга и за что?

«Не ошибка ли это?» — вдруг мелькнуло у него в уме, как молния, и молния эта попала в самое сердце и разбила его. Он застонал. «Ошибка! да... вот что!» — ворочалось у него в голове.

«Люблю, люблю, люблю», — раздалось вдруг опять в памяти, и сердце начинало согреваться, но вдруг опять похолодело. И это троекратное «люблю» Ольги — что это? Обман ее глаз, лукавый шепот еще праздного сердца; не любовь, а только предчувствие любви!

Этот голос когда-нибудь раздастся, но так сильно зазвучит, таким грянет аккордом, что весь мир встрепенется! Узнает и тетка, и барон, и далеко раздастся гул от этого голоса! Не станет то чувство пробираться так тихо, как ручей, прячась в траве, с едва слышным журчаньем.

Она любит теперь, как вышивает по канве: тихо, лениво выходит узор, она еще ленивее развертывает его, любуется, потом положит и забудет. Да, это только приготовление к любви, опыт, а он — субъект, который подвернулся первый, немного сносный, для опыта, по случаю...

Ведь случай свел и сблизил их. Она бы его не заметила: Штольц указал на него, заразил молодое, впечатлительное сердце своим участием, явилось сострадание к его положению, самолюбивая забота стряхнуть сон с ленивой души, потом оставить ее.

— Вот оно что! — с ужасом говорил он, вставая с постели и зажигая дрожащей рукой свечку. — Больше ничего тут нет и не было! Она готова была к восприятию любви, сердце ее ждало чутко, и он встретился нечаянно, попал ошибкой... Другой только явится — и она с ужасом отрезвится от ошибки! Как она взглянет тогда на него, как отвернется... ужасно! Я похищаю чужое! Я — вор! Что я делаю, что я делаю? Как я ослеп! Боже мой!

Он посмотрел в зеркало: бледен, желт, глаза тусклые. Он вспомнил тех молодых счастливцев с подернутым влагой, задумчивым, но сильным и глубоким взглядом, как у нее, с трепещущей искрой в глазах, с уверенностью на победу в улыбке, с такой бодрой походкой, с звучным голосом. И он дождется, когда один из них явится: она вспыхнет вдруг, взглянет на него, Обломова, и... захохочет!

Он опять поглядел в зеркало. «Этаких не любят!» — сказал он.

Потом лег и припал лицом к подушке. «Прощай, Ольга, будь счастлива», — заключил он.

— Захар! — кликнул он утром.

— Чего изволите?

— Если от Ильинских придет человек за мной, скажи, что меня дома нет, в город уехал.

— Слушаю.

«Да... нет, я лучше напишу к ней, — сказал он сам себе, — а то дико покажется ей, что я вдруг пропал. Объяснение необходимо».

Он сел к столу и начал писать быстро, с жаром, с лихорадочной поспешностью, не так, как в начале мая писал к домовому хозяину. Ни разу не произошло близкой и неприятной встречи двух *которых* и двух *что*.

«Вам странно, Ольга Сергеевна (писал он), вместо меня самого получить это письмо, когда мы так часто видимся. Прочитайте до конца, и вы увидите, что мне иначе поступить нельзя. Надо было бы начать с этого письма: тогда мы оба избавились бы многих упреков совести впереди; но и теперь не поздно. Мы полюбили друг друга так внезапно, так быстро, как будто оба вдруг сделались больны, и это мне мешало очнуться ранее. Притом, глядя на вас, слушая вас по целым часам, кто бы добровольно захотел принимать на себя тяжелую обязанность отрезвляться от очарования? Где напасешься на каждый миг оглядки и силы воли, чтоб остановиться у всякой покатости и не увлечься по ее склону? И я всякий день думал: „Дальше не увлекусь, я остановлюсь: от меня зависит“ — и увлекся, и теперь настает борьба, в которой требую вашей помощи. Я только сегодня, в эту ночь, понял, как быстро скользят ноги мои: вчера только удалось мне заглянуть поглубже в пропасть, куда я падаю, и я решился остановиться.

Я говорю только о себе — не из эгоизма, а потому, что, когда я буду лежать на дне этой пропасти, вы всё будете, как чистый ангел, летать высоко, и не знаю, захотите ли бросить в нее взгляд. Послушайте, без всяких намеков, скажу прямо и просто: вы меня не любите и не можете любить. Послушайтесь моей опытности и поверьте безусловно. Ведь мое сердце начало биться давно: положим, билось фальшиво, невпопад, но это самое научило меня различать его правильное биение от случайного. Вам нельзя, а мне можно и должно знать, где истина, где заблуждение, и на мне лежит обязанность предостеречь того, кто еще не успел узнать этого. И вот я предостерегаю вас: вы в заблуждении, оглянитесь!

Пока между нами любовь появилась в виде легкого, улыбающегося видения, пока она звучала в „Casta diva“, носилась в запахе сиреневой ветки, в невысказанном участии, в стыдливом взгляде, я не доверял ей, принимая ее за игру воображения и шепот самолюбия. Но шалости прошли; я стал болен любовью, почувствовал симптомы страсти; вы стали задумчивы, серьезны; отдали мне ваши досуги; у вас заговорили нервы; вы начали волноваться, и тогда, то есть теперь только, я испугался и почувствовал, что на меня падает обязанность остановиться и сказать, что это такое.

Я сказал вам, что люблю вас, вы ответили тем же — слышите ли, какой диссонанс звучит в этом? Не слышите? Так услышите позже, когда я уже буду в бездне. Посмотрите на меня, вдумайтесь в мое существование: можно ли вам любить меня, любите ли вы меня? „Люблю, люблю, люблю!..“ — сказали вы вчера. „Нет, нет, нет!“ — твердо отвечаю я.

Вы не любите меня, но вы не лжете — спешу прибавить, — не обманываете меня; вы не можете сказать *да*, когда в вас говорит *нет*. Я только хочу доказать вам, что ваше настоящее *люблю* не есть настоящая любовь, а будущая; это только бессознательная потребность любить, которая, за недостатком настоящей пищи, за отсутствием огня, горит фальшивым, негреющим светом, высказывается иногда у женщин в ласках к ребенку, к другой женщине, даже просто в слезах или в истерических припадках. Мне с самого начала следовало бы строго сказать вам: „Вы ошиблись, перед вами не тот, кого вы ждали, о ком мечтали. Погодите, он придет, и тогда вы очнетесь; вам будет досадно и стыдно за свою ошибку, а мне эта досада и стыд сделают боль“, — вот что следовало бы мне сказать вам, если б я от природы был попрозорливее умом и пободрее душой, если б, наконец, был искреннее... Я и говорил, но, помните, как: с боязнью, чтоб вы не поверили, чтоб этого не случилось; я вперед говорил всё, что могут потом сказать другие, чтоб приготовить вас не слушать и не верить, а сам торопился видеться с вами и думал: „Когда-то еще другой придет, я пока счастлив“. Вот она, логика увлечения и страстей.

Теперь уже я думаю иначе. А что будет, когда я привяжусь к ней, когда видеться — сделается не роскошью жизни, а необходимостью, когда любовь вопьется в сердце (недаром я чувствую там отверделость)? Как оторваться тогда? Переживешь ли эту боль? Худо будет мне. Я и теперь без ужаса не могу подумать об этом. Если б вы были опытнее, старше, тогда бы я благословил свое счастье и подал вам руку навсегда. А то...

Зачем же я пишу? Зачем не пришел прямо сказать сам, что желание видеться с вами растет с каждым днем, а видеться не следует? Сказать это вам в лицо — достанет ли духу, сами посудите! Иногда я и хочу сказать что-то похожее на это, а говорю совсем другое. Может быть, на лице вашем выразилась бы печаль (если правда, что вам нескучно было со мной), или вы, не поняв моих добрых намерений, оскорбились бы: ни того ни другого я не перенесу, заговорю опять не то, и честные намерения разлетятся в прах и кончатся уговором видеться на другой день. Теперь, без вас, совсем не то: ваших кротких глаз, доброго, хорошенького личика нет передо мной; бумага терпит и молчит, и я пишу покойно (лгу): *мы не увидимся больше* (не лгу).

Другой бы прибавил: *пишу и обливаюсь слезами*, но я не рисуюсь перед вами, не драпируюсь в свою печаль, потому что не хочу усиливать боль, растравлять сожаление, грусть. Вся эта драпировка скрывает обыкновенно умысел глубже пустить корни на почве чувства, а я хочу истребить и в вас, и в себе семена его. Да и плакать пристало или соблазнителям, которые ищут уловить фразами неосторожное самолюбие женщин, или томным мечтателям. Я говорю это, прощаясь, как прощаются с добрым другом, отпуская его в далекий путь. Недели чрез три, чрез месяц было бы поздно, трудно: любовь делает неимоверные успехи, это душевный антонов огонь. И теперь я уже ни на что не похож, не считаю часы и минуты, не знаю восхождения и захождения солнца, а считаю: видел — не видал, увижу — не увижу, приходила — не пришла, придет... Всё это к лицу молодости, которая легко переносит и приятные, и неприятные волнения; а мне к лицу покой, хотя скучный, сонный, но он знаком мне; а с бурями я не управлюсь.

Многие бы удивились моему поступку: отчего бежит? — скажут; другие будут смеяться надо мной: пожалуй, я и на то решаюсь. Уж если я решаюсь не видаться с вами, значит, на всё решаюсь.

В своей глубокой тоске немного утешаюсь тем, что этот коротенький эпизод нашей жизни мне оставит навсегда такое чистое, благоуханное воспоминание, что одного его довольно будет, чтоб не погрузиться в прежний сон души, а вам, не принеся вреда, послужит руководством в будущей, нормальной любви. Прощайте, ангел, улетайте скорее, как испуганная птичка улетает с ветки, где села ошибкой, так же легко, бодро и весело, как она, с той ветки, на которую сели невзначай!»

Обломов с одушевлением писал; перо летало по страницам. Глаза сияли, щеки горели. Письмо вышло длинно, как все любовные письма: любовники страх как болтливы.

«Странно! Мне уж не скучно, не тяжело! — думал он. — Я почти счастлив... Отчего это? Должно быть, оттого, что я сбыл груз души в письмо».

Он перечитал письмо, сложил и запечатал.

— Захар! — сказал он. — Когда придет человек, отдай ему это письмо к барышне.

— Слушаю, — сказал Захар.

Обломову в самом деле стало почти весело. Он сел с ногами на диван и даже спросил: нет ли чего позавтракать. Съел два яйца и закурил сигару. И сердце, и голова у него были наполнены; он жил. Он представлял себе, как Ольга получит письмо, как изумится, какое сделает лицо, когда прочтет. Что будет потом?..

Он наслаждался перспективой этого дня, новостью положения... Он с замиранием сердца прислушивался к стуку двери, не приходил ли человек, не читает ли уже Ольга письмо... Нет, в передней тихо.

«Что ж бы это значило? — с беспокойством думал он, — никого не было: как же так?»

Тайный голос тут же шептал ему: «Отчего ты беспокоишься? Ведь тебе это и нужно, чтоб не было, чтоб разорвать сношения?» Но он заглушал этот голос.

Чрез полчаса он докликался Захара со двора, где тот сидел с кучером.

— Не было никого? — спросил он. — Не приходили?

— Нет, приходили, — отвечал Захар.

— Что ж ты?

— Сказал, что вас нет: в город, дескать, уехали.

Обломов вытаращил на него глаза.

— Зачем же ты это сказал? — спросил он. — Я что тебе велел, когда человек придет?

— Да не человек приходил, горничная, — с невозмутимым хладнокровием отозвался Захар.

— А письмо отдал?

— Никак нет: ведь вы сначала велели сказать, что дома нет, а потом отдать письмо. Вот как придет человек, так отдам.

— Нет, нет, ты... просто душегубец! Где письмо? Подай сюда! — сказал Обломов.

Захар принес письмо, уже значительно запачканное.

— Ты руки мой, смотри! — злобно сказал Обломов, указывая на пятно.

— У меня руки чисты, — отозвался Захар, глядя в сторону.

— Анисья, Анисья! — закричал Обломов.

Анисья выставилась до половины из передней.

— Посмотри, что делает Захар? — пожаловался он ей. — На вот письмо и отдай его человеку или горничной, кто придет от Ильинских, чтоб барышне отдали, слышишь?

— Слышу, батюшка. Пожалуйте, отдам.

Но только она вышла в переднюю, Захар вырвал у ней письмо.

— Ступай, ступай,— закричал он,— знай свое бабье дело!

Вскоре опять прибежала горничная. Захар стал отпирать ей дверь, а Анисья подошла было к ней, но Захар яростно взглянул на нее.

— Ты чего тут? — спросил он хрипло.

— Я пришла только послушать, как ты...

— Ну, ну, ну! — загремел он, замахиваясь на нее локтем. — Туда же!

Она усмехнулась и пошла, но из другой комнаты в щелку смотрела, то ли сделает Захар, что велел барин.

Илья Ильич, услышав шум, выскочил сам.

— Что ты, Катя? — спросил он.

— Барышня приказали спросить, куда вы уехали? А вы и не уехали, дома! Побегу сказать,— говорила она и побежала было.

— Я дома. Этот вот всё врет,— сказал Обломов. — На вот, отдай барышне письмо!

— Слушаю, отдам!

— Где барышня теперь?

— Они по деревне пошли, велели сказать, что если вы кончили книжку, так чтоб пожаловали в сад часу во втором.

Она ушла.

«Нет, не пойду... зачем раздражать чувство, когда всё должно быть кончено?..» — думал Обломов, направляясь в деревню.

Он издали видел, как Ольга шла по горе, как догнала ее Катя и отдала письмо; видел, как Ольга на минуту остановилась, посмотрела на письмо, подумала, потом кивнула Кате и вошла в аллею парка.

Обломов пошел в обход, мимо горы, с другого конца вошел в ту же аллею и, дойдя до средины, сел в траве, между кустами, и ждал.

«Она пройдет здесь, — думал он, — я только погляжу незаметно, что она, и удалюсь навсегда».

Он ждал с замирающим сердцем ее шагов. Нет, тихо. Природа жила деятельною жизнью; вокруг кипела невидимая, мелкая работа, а всё, казалось, лежит в торжественном покое.

Между тем в траве всё двигалось, ползало, суетилось. Вон муравьи бегут в разные стороны так хлопотливо и суетливо, сталкиваются, разбегаются, торопятся, всё равно как посмотреть с высоты на какой-нибудь людской рынок: те же кучки, та же толкотня, так же гомозится народ.

Вот шмель жужжит около цветка и вползает в его чашечку; вот мухи кучей лепятся около выступившей капли сока на трещине липы; вот птица где-то в чаще давно всё повторяет один и тот же звук, может быть, зовет другую.

Вот две бабочки, вертясь друг около друга в воздухе, опрометью, как в вальсе, мчатся около древесных стволов. Трава сильно пахнет; из нее раздается неумолкаемый треск...

«Какая тут возня! — думал Обломов, вглядываясь в эту суету и вслушиваясь в мелкий шум природы, — а снаружи так всё тихо, покойно!..»

А шагов всё не слыхать. Наконец, вот... «О\! — вздохнул Обломов, тихонько раздвигая ветви. — Она, она... Что это? плачет! Боже мой!»

Ольга шла тихо и утирала платком слезы; но едва оботрет, являются новые. Она стыдится, глотает их, хочет скрыть даже от деревьев и не может. Обломов не видал никогда слез Ольги; он не ожидал их, и они будто обожгли его, но так, что ему от того было не горячо, а тепло.

Он быстро пошел за ней.

— Ольга, Ольга! — нежно говорил он, следуя за ней.

Она вздрогнула, оглянулась, поглядела на него с удивлением, потом отвернулась и пошла дальше.

Он пошел рядом с ней.

— Вы плачете? — сказал он.

У ней слезы полились сильнее. Она уже не могла удержать их и прижала платок к лицу, разразилась рыданием и села на первую скамью.

— Что я наделал! — шептал он с ужасом, взяв ее руку и стараясь оторвать от лица.

— Оставьте меня! — проговорила она. — Уйдите! Зачем вы здесь? Я знаю, что я не должна плакать: о чем? Вы правы: да, всё может случиться.

— Что делать, чтоб не было этих слез? — спрашивал он, став перед ней на колени. — Говорите, приказывайте: я готов на всё...

— Вы сделали, чтоб были слезы, а остановить их не в вашей власти... Вы не так сильны! Пустите! — говорила она, махая себе платком в лицо.

Он смотрел на нее и мысленно читал себе проклятия.

— Несчастное письмо! — произнес он с раскаянием.

Она открыла рабочую корзинку, вынула письмо и подала ему.

— Возьмите, — сказала она, — и унесите его с собой, чтоб мне долго еще не плакать, глядя на него.

Он молча спрятал его в карман и сидел подле нее, повесив голову.

— По крайней мере вы отдадите справедливость моим намерениям, Ольга? — тихо говорил он. — Это доказательство, как мне дорого ваше счастье.

— Да, дорого! — вздохнув, сказала она. — Нет, Илья Ильич, вам, должно быть, завидно стало, что я так тихо была счастлива, и вы поспешили возмутить счастье.

— Возмутить! Так вы не читали моего письма? Я вам повторю...

— Не дочитала, потому что глаза залились слезами: я еще глупа! Но я угадала остальное: не повторяйте, чтоб больше не плакать...

Слезы закапали опять.

— Не затем ли я отказываюсь от вас — начал он, — что предвижу ваше счастье впереди, что жертвую ему собой?.. Разве я делаю это хладнокровно? Разве у меня не плачет всё внутри? Зачем же я это делаю?

— Зачем? — повторила она, вдруг перестав плакать и обернувшись к нему. — Затем же, зачем спрятались теперь в кусты, чтоб подсмотреть, буду ли я плакать и как я буду плакать, — вот зачем! Если б вы хотели искренно того, что написано в письме, если б были убеждены, что надо расстаться, вы бы уехали за границу, не повидавшись со мной.

— Какая мысль!.. — заговорил он с упреком и не договорил. Его поразило это предположение, потому что ему вдруг стало ясно, что это правда.

— Да, — подтвердила она, — вчера вам нужно было мое *люблю*, сегодня понадобились слезы, а завтра, может быть, вы захотите видеть, как я умираю.

— Ольга, можно ли так обижать меня! Уже ли вы не верите, что я отдал бы теперь полжизни, чтоб услышать ваш смех и не видеть слез...

— Да, теперь, может быть, когда уже видели, как плачет о вас женщина... Нет, — прибавила она — у вас нет сердца. Вы не хотели моих слез, говорите вы, так бы и не сделали, если б не хотели...

— Да разве я знал?!. — с вопросом и восклицанием в голосе сказал он, прикладывая обе ладони к груди.

— У сердца, когда оно любит, есть свой ум, — возразила она, — оно знает, чего хочет, и знает наперед, что будет. Мне вчера нельзя было прийти сюда: к нам вдруг приехали гости, но я знала, что вы измучились бы, ожидая меня, может быть, дурно бы спали: я пришла, потому что не хотела вашего мученья... А вы... вам весело, что я плачу. Смотрите, смотрите, наслаждайтесь!..

И опять заплакала она.

— Я и так дурно спал, Ольга; я измучился ночь..

— И вам жаль стало, что я спала хорошо, что я не мучусь — не правда ли? — перебила она. — Если б я не заплакала теперь, вы бы и сегодня дурно спали.

— Что ж мне теперь делать: просить прощения? — с покорной нежностью сказал он.

— Просят прощения дети или когда в толпе отдавят ногу кому-нибудь, а тут извинение не поможет, — говорила она, обмахивая опять платком лицо.

— Однако, Ольга, если это правда. Если моя мысль справедлива и ваша любовь — ошибка? Если вы полюбите другого, а, взглянув на меня тогда, покраснеете...

— Так что же? — спросила она, глядя на него таким иронически-глубоким, проницательным взглядом, что он смутился.

«Она что-то хочет добыть из меня! — подумал он, — держись, Илья Ильич!»

— Как *что же*!.. — машинально повторил он, беспокойно глядя на нее и не догадываясь, какая мысль формируется у ней в голове, как оправдает она свое *что же*, когда очевидно нельзя оправдать результатов этой любви, если она ошибка.

Она глядела на него так сознательно, с такой уверенностью, так, по-видимому, владела своею мыслью.

— Вы боитесь, — возразила она колко, — упасть «на дно бездны»; вас пугает будущая обида, что я разлюблю вас!.. «Мне будет худо», — пишете вы...

Он всё еще плохо понимал.

— Да ведь мне тогда будет хорошо, если я полюблю другого: значит, я буду счастлива! А вы говорите, что «предвидите мое счастье впереди и готовы пожертвовать для меня всем, даже жизнью»?

Он глядел на нее пристально и мигал редко и широко.

— Вон какая вышла логика! — шептал он. — Признаться, я не ожидал...

А она оглядывала его так ядовито с ног до головы.

— А счастье, от которого вы с ума сходите? — продолжала она. — А эти утра и вечера, этот парк, а мое *люблю* — всё это ничего не стоит, никакой цены, никакой жертвы, никакой боли?

«Ах, если б сквозь землю провалиться!» — думал он, внутренно мучась, по мере того как мысль Ольги открывалась ему вполне.

— А если, — начала она горячо вопросом, — вы устанете от этой любви, как устали от книг, от службы, от света; если со временем, без соперницы, без другой любви, уснете вдруг около меня, как у себя на диване, и голос мой не разбудит вас; если опухоль у сердца пройдет, если даже не другая женщина, а халат ваш будет вам дороже?..

— Ольга, это невозможно! — перебил он с неудовольствием, отодвигаясь от нее.

— Отчего невозможно? — спросила она. — Вы говорите, что я «ошибаюсь, что полюблю другого», а я думаю иногда, что вы просто разлюбите меня. И что тогда? Как я оправдаю себя в том, что делаю теперь? Если не люди, не свет, что я скажу самой себе?.. И я иногда тоже не сплю от этого, но не терзаю вас догадками о будущем, потому что верю в лучшее. У меня счастье пересиливает боязнь. Я во что-нибудь ценю, когда от меня у вас заблестят глаза, когда вы отыскиваете меня, карабкаясь на холмы, забываете лень и спешите для меня по жаре в город за букетом, за книгой; когда вижу, что я заставляю вас улыбаться, желать жизни... Я жду, ищу одного — счастья, и верю, что нашла. Если ошибусь, если правда, что я буду плакать над своей ошибкой, по крайней мере я чувствую здесь (она приложила ладонь к сердцу), что я не виновата в ней; значит, судьба не хотела этого, Бог не дал. Но я не боюсь за будущие слезы; я буду плакать не напрасно: я купила ими что-нибудь... Мне так хорошо... было!.. — прибавила она.

— Пусть же будет опять хорошо! — умолял Обломов.

— А вы видите только мрачное впереди; вам счастье нипочем... Это неблагодарность, — продолжала она, — это не любовь, это...

— Эгоизм! — досказал Обломов и не смел взглянуть на Ольгу, не смел говорить, не смел просить прощения.

— Идите, — тихо сказала она, — куда вы хотели идти.

Он поглядел на нее. Глаза у ней высохли. Она задумчиво смотрела вниз и чертила зонтиком по песку.

— Ложитесь опять на спину, — прибавила потом, — не ошибетесь, «не упадете в бездну».

— Я отравился и отравил вас, вместо того чтоб быть просто и прямо счастливым... — бормотал он с раскаянием.

— Пейте квас: не отравитесь, — язвила она.

— Ольга! Это невеликодушно! — сказал он. — После того, когда я сам казнил себя сознанием...

— Да, на словах вы казните себя, бросаетесь в пропасть, отдаете полжизни, а там придет сомнение, бессонная ночь: как вы становитесь нежны к себе, осторожны, заботливы, как далеко видите вперед!..

«Какая истина и как она проста!» — подумал Обломов, но стыдился сказать вслух. Отчего ж он не сам растолковал ее себе, а женщина, начинающая жить? И как это она скоро! Недавно еще таким ребенком смотрела.

— Нам больше не о чем говорить, — заключила она, вставая. — Прощайте, Илья Ильич, и будьте... покойны; ведь ваше счастье в этом.

— Ольга! Нет, ради Бога, нет! Теперь, когда всё стало опять ясно, не гоните меня... — говорил он, взяв ее за руку.

— Чего же вам надо от меня? Вы сомневаетесь, не ошибка ли моя любовь к вам: я не могу успокоить вашего сомнения; может быть, и ошибка — я не знаю...

Он выпустил ее руку. Опять занесен нож над ним.

— Как не знаете? Разве вы не чувствуете? — спросил он опять с сомнением на лице. — Разве вы подозреваете?..

— Я ничего не подозреваю; я сказала вам вчера, что я чувствую, а что будет через год — не знаю. Да разве после одного счастья бывает другое, потом третье, такое же? — спрашивала она, глядя на него во все глаза. — Говорите, вы опытнее меня.

Но ему не хотелось уже утверждать ее в этой мысли, и он молчал, покачивая одной рукой акацию.

— Нет, любят только однажды! — повторил он, как школьник, заученную фразу.

— Вот видите: и я верю в это, — добавила она. — Если же это не так, то, может быть, и я разлюблю вас; может быть, мне будет больно от ошибки и вам тоже; может быть, мы расстанемся!.. Любить два, три раза... нет, нет... Я не хочу верить этому!

Он вздохнул. Это *может быть* ворочало у него душу, и он задумчиво плелся за ней. Но ему с каждым шагом становилось легче; выдуманная им ночью *ошибка* было такое отдаленное будущее... «Ведь это не одна любовь, ведь вся жизнь такова... — вдруг пришло ему в голову, — и если отталкивать всякий случай, как ошибку, когда же будет — не ошибка? Что же я? Как будто ослеп...»

— Ольга, — сказал он, едва касаясь двумя пальцами ее талии (она остановилась), — вы умнее меня.

Она потрясла головой.

— Нет, проще и смелее. Чего вы боитесь? Ужели вы не шутя думаете, что можно разлюбить? — с гордою уверенностью спросила она.

— Теперь и я не боюсь! — бодро сказал он. — С вами не страшна судьба!

— Эти слова я недавно где-то читала... у Сю, кажется, — вдруг возразила она с иронией, обернувшись к нему, — только их там говорит женщина мужчине...

У Обломова краска бросилась в лицо.

— Ольга! Пусть будет всё по-вчерашнему, — умолял он, — я не буду бояться *ошибок*.

Она молчала.

— Да? — робко спрашивал он.

Она молчала.

— Ну, если не хотите сказать, дайте знак какой-нибудь... ветку сирени...

— Сирени... отошли, пропали! — отвечала она. — Вон, видите, какие остались: поблеклые!

— Отошли, поблекли! — повторил он, глядя на сирени. — И письмо отошло! — вдруг сказал он.

Она потрясла отрицательно головой. Он шел за ней и рассуждал про себя о письме, о вчерашнем счастье, о поблекшей сирени.

«В самом деле, сирени вянут! — думал он. — Зачем это письмо? К чему я не спал всю ночь, писал утром? Вот теперь, как стало на душе опять покойно... (он зевнул)... ужасно спать хочется. А если б письма не было, и ничего б этого не было: она бы не плакала, было бы всё по-вчерашнему; тихо сидели бы мы тут же, в аллее, глядели друг на друга, говорили о счастье. И сегодня бы так же, и завтра...» Он зевнул во весь рот.

Далее ему вдруг пришло в голову, что бы было, если б письмо это достигло цели, если б она разделила его мысль, испугалась, как он, ошибок и будущих отдаленных гроз, если б послушала его так называемой опытности, благоразумия и согласилась расстаться, забыть друг друга?

Боже сохрани! Проститься, уехать в город, на новую квартиру! Потянулась бы за этим длинная ночь, скучное завтра, невыносимое послезавтра и ряд дней всё бледнее, бледнее...

Как это можно? Да это смерть! А ведь было бы так! Он бы заболел. Он и не хотел разлуки, он бы не перенес ее, пришел бы умолять видеться. «Зачем же я писал письмо?» — спросил он себя.

— Ольга Сергеевна! — сказал он.

— Что вам?

— Ко всем моим признаниям я должен прибавить еще одно...

— Какое?

— Ведь письмо-то было вовсе не нужно...

— Неправда, оно было необходимо, — решила она.

Она оглянулась и засмеялась, увидя лицо, какое он сделал, как у него прошел вдруг сон, как растворились глаза от изумления.

— Необходимо? — повторил он медленно, вперяя удивленный взгляд в ее спину. Но там были только две кисти мантильи.

Что же значат эти слезы, упреки? Ужели хитрость? Но Ольга не хитра: это он ясно видел.

Хитрят и пробавляются хитростью только более или менее ограниченные женщины. Они, за недостатком прямого ума, двигают пружинами ежедневной мелкой жизни посредством хитрости, плетут, как кружево, свою домашнюю политику, не замечая, как вокруг их располагаются главные линии жизни, куда они направятся и где сойдутся.

Хитрость — всё равно что мелкая монета, на которую не купишь многого. Как мелкой монетой можно прожить час-два, так хитростью можно там прикрыть что-нибудь, тут обмануть, переиначить, а ее не хватит обозреть далекий горизонт, свести начало и конец крупного, главного события.

Хитрость близорука: хорошо видит только под носом, а не вдаль и оттого часто сама попадается в ту же ловушку, которую расставила другим.

Ольга просто умна: вот хоть сегодняшний вопрос как легко и ясно разрешила она, да и всякий! Она тотчас видит прямой смысл события и подходит к нему по прямой дороге.

А хитрость — как мышь: обежит вокруг, прячется... Да и характер у Ольги не такой. Что же это такое? Что еще за новость?

— Почему же письмо необходимо? — спросил он.

— Почему? — повторила она и быстро обернулась к нему с веселым лицом, наслаждаясь тем, что на каждом шагу умеет ставить его в тупик. — А потому, — с расстановкой начала потом, — что вы не спали ночь, писали всё для меня; я тоже эгоистка! Это во-первых...

— За что ж вы упрекали меня сейчас, если сами соглашаетесь теперь со мной? — перебил Обломов.

— За то, что вы выдумали мучения. Я не выдумывала их, они случились, и я наслаждаюсь тем, что уж прошли, а вы готовили их и наслаждались заранее. Вы — злой! за это я вас и упрекала. Потом... в письме вашем играют мысль, чувство... вы жили эту ночь и утро не по-своему, а как хотел, чтоб вы жили, ваш друг и я, — это во-вторых; наконец, в-третьих...

Она подошла к нему так близко, что кровь бросилась ему в сердце и в голову; он начал дышать тяжело, с волнением. А она смотрит ему прямо в глаза.

— В-третьих, потому, что в письме этом, как в зеркале, видна ваша нежность, ваша осторожность, забота обо мне, боязнь за мое счастье, ваша чистая совесть... всё, что указал мне в вас Андрей Иваныч и что я полюбила, за что забываю вашу лень... апатию... Вы высказались там невольно: вы не эгоист, Илья Ильич, вы написали совсем не для того, чтоб расстаться, — этого вы не хотели, а потому, что боялись обмануть меня... это говорила честность, иначе бы письмо оскорбило меня и я не заплакала бы — от гордости! Видите, я знаю, за что я люблю вас, и не боюсь ошибки: я в вас не ошибаюсь...

Она показалась Обломову в блеске, в сиянии, когда говорила это. Глаза у ней сияли таким торжеством любви, сознанием своей силы; на щеках рдели два розовые пятна. И он, он был причиной этого! Движением своего честного сердца он бросил ей в душу этот огонь, эту игру, этот блеск.

— Ольга!.. Вы... лучше всех женщин, вы первая женщина в мире! — сказал он в восторге и, не помня себя, простер руки, наклонился к ней.

— Ради Бога... один поцелуй, в залог невыразимого счастья, — прошептал он как в бреду.

Она мгновенно подалась на шаг назад; торжественное сияние, краски слетели с лица; кроткие глаза заблистали грозой.

— Никогда! Никогда! Не подходите! — с испугом, почти с ужасом сказала она, вытянув обе руки и зонтик между ним и собой, и остановилась как вкопанная, окаменелая, не дыша, в грозной позе, с грозным взглядом, вполуоборот.

Он вдруг присмирел: перед ним не кроткая Ольга, а оскорбленная богиня гордости и гнева с сжатыми губами, с молнией в глазах.

— Простите!.. — бормотал он, смущенный, уничтоженный.

Она медленно обернулась и пошла, косясь боязливо через плечо, что он. А он ничего: идет тихо, будто волочит хвост, как собака, на которую топнули.

Она было прибавила шагу, но, увидя лицо его, подавила улыбку и пошла покойнее, только вздрагивала по временам. Розовое пятно появлялось то на одной щеке, то на другой.

По мере того как она шла, лицо ее прояснялось, дыхание становилось реже и покойнее, и она опять пошла ровным шагом. Она видела, как свято ее «никогда» для Обломова, и порыв гнева мало-помалу утихал и уступал место сожалению. Она шла всё тише, тише...

Ей хотелось смягчить свою вспышку; она придумывала предлог заговорить.

«Всё изгадил! Вот настоящая ошибка! *Никогда*! Боже! Сирени поблекли, — думал он, глядя на висящие сирени, — *вчера* поблекло, письмо тоже поблекло, и этот миг, лучший в моей жизни, когда женщина в первый раз сказала мне, как голос с неба, что есть во мне хорошего, и он поблек!..»

Он посмотрел на Ольгу — она стоит и ждет его, потупив глаза.

— Дайте мне письмо!.. — тихо сказала она.

— Оно поблекло! — печально отвечал он, подавая письмо.

Она опять близко подвинулась к нему и наклонила еще голову; веки были опущены совсем... Она почти дрожала. Он отдал письмо: она не поднимала головы, не отходила.

— Вы меня испугали, — мягко прибавила она.

— Простите, Ольга, — бормотал он.

Она молчала.

— Это грозное «никогда!..» — сказал он печально и вздохнул.

— Поблекнет! — чуть слышно прошептала она, краснея. Она бросила на него стыдливый, ласковый взгляд, взяла обе его руки, крепко сжала в своих, потом приложила их к своему сердцу.

— Слышите, как бьется! — сказала она. — Вы испугали меня! Пустите!

И, не взглянув на него, обернулась и побежала по дорожке, подняв спереди немного платье.

— Куда вы так? — говорил он. — Я устал, не могу за вами...

— Оставьте меня. Я бегу петь, петь, петь!.. — твердила она с пылающим лицом. — Мне теснит грудь, мне почти больно!

Он остался на месте и долго смотрел ей вслед, как улетающему ангелу.

«Ужели и этот миг поблекнет?» — почти печально думал он и сам не чувствовал, идет ли он, стоит ли на месте.

«Сирени отошли, — опять думал он, — вчера отошло, и ночь с призраками, с удушьем тоже отошла... Да! и этот миг отойдет, как сирени! Но когда отходила сегодняшняя ночь, в это время уже расцветало нынешнее утро...»

— Что ж это такое? — вслух сказал он в забывчивости. — И — любовь тоже... любовь? А я думал, что она, как знойный полдень, повиснет над любящимися и ничто не двигнется и не дохнет в ее атмосфере: и в любви нет покоя, и она движется всё куда-то вперед, вперед... «как вся жизнь», — говорит Штольц.

И не родился еще Иисус Навин, который бы сказал ей: «Стой и не движись!» Что ж будет завтра? — тревожно спросил он себя и задумчиво, лениво пошел домой.

Проходя мимо окон Ольги, он слышал, как стесненная грудь ее облегчалась в звуках Шуберта, как будто рыдала от счастья.

Боже мой! Как хорошо жить на свете!

XI

Обломов дома нашел еще письмо от Штольца, которое начиналось и кончалось словами: «Теперь или никогда!», потом было исполнено упреков в неподвижности, потом приглашений приехать непременно в Швейцарию, куда собирался Штольц, и, наконец, в Италию.

Если же не это, так он звал Обломова в деревню поверить свои дела, встряхнуть запущенную жизнь мужиков, поверить и определить свой доход и при себе распорядиться постройкой нового дома.

«Помни наш уговор: теперь или никогда», — заключил он.

— Теперь, теперь, теперь! — повторил Обломов. — Андрей не знает, какая поэма разыгрывается в моей жизни. Какие ему еще дела? Разве я могу когда-нибудь и чем-нибудь быть так занят? Попробовал бы он! Вот почитаешь о французах, об англичанах: будто они всё работают, будто всё дело на уме! Совсем нет! Ездят себе по всей Европе, иные даже в Азию и в Африку, так, без всякого дела: кто рисовать альбом или древности откапывать, кто стрелять львов или змей ловить. Не то так дома сидят в благородной праздности; завтракают, обедают с приятелями, с женщинами — вот и всё дело! Что ж я за каторжник? Андрей только выдумал: «Работай да работай как лошадь!» К чему? Я сыт, одет. Однако Ольга опять спрашивала, намерен ли я съездить в Обломовку...

Он бросился писать, соображать, ездил даже к архитектору. Вскоре на маленьком столике у него разложен был план дома, сада. Дом семейный, просторный, с двумя балконами.

«Тут я, тут Ольга, тут спальня, детская... — улыбаясь, думал он. — Но мужики, мужики... — и улыбка слетала, забота морщила ему лоб. — Сосед пишет, входит в подробности, говорит о запашке, об умолоте... Экая скука! да еще предлагает на общий счет проложить дорогу в большое торговое село, с мостом через речку, просит три тысячи денег, хочет, чтоб я заложил Обломовку... А почем я знаю, нужно ли это?.. Выйдет ли толк? Не обманывает ли он?.. Положим, он честный человек: Штольц его знает, да ведь он тоже может обмануться, а я деньги-то ухну! Три тысячи — такую кучу! Где их взять? Нет, страшно! Еще пишет, чтоб выселить некоторых мужиков на пустошь, и требует поскорей ответа — всё поскорей. Он берется выслать все документы для заклада имения в совет. „Пришли я ему доверенность, в палату ступай засвидетельствовать“ — вона чего захотел! А я и не знаю, где палата, как и двери-то отворяются туда».

Обломов другую неделю не отвечает ему, между тем даже и Ольга спрашивает, был ли он в палате. Недавно Штольц также прислал письмо и к нему, и к ней, спрашивает: «Что он делает?»

Впрочем, Ольга могла только поверхностно наблюдать за деятельностью своего друга, и то в доступной ей сфере. Весело ли он смотрит, охотно ли ездит всюду, является ли в условный час в рощу, насколько занимает его городская новость, общий разговор. Всего ревнивее следит она, не выпускает ли он из вида главную цель жизни. Если она и спросила его о палате, так затем только, чтоб отвечать что-нибудь Штольцу о делах его друга.

Лето в самом разгаре; июль проходит; погода отличная. С Ольгой Обломов почти не расстается. В ясный день он в парке, в жаркий полдень теряется с ней в роще, между сосен, сидит у ее ног, читает ей; она уже вышивает другой лоскуток канвы — для него. И у них царствует жаркое лето: набегают иногда облака и проходят.

Если ему и снятся тяжелые сны и стучатся в сердце сомнения, Ольга, как ангел, стоит на страже; она взглянет ему своими светлыми глазами в лицо, добудет, что у него на сердце, — и всё опять тихо, и опять чувство течет плавно, как река, с отражением новых узоров неба.

Взгляд Ольги на жизнь, на любовь, на всё сделался еще яснее, определеннее. Она увереннее прежнего глядит около себя, не смущается будущим; в ней развернулись новые стороны ума, новые черты характера. Он проявляется то поэтически разнообразно, глубоко, то правильно, ясно, постепенно и естественно...

У ней есть какое-то упорство, которое не только пересиливает все грозы судьбы, но даже лень и апатию Обломова. Если у ней явится какое-нибудь намерение, так дело и закипит. Только и слышишь об этом. Если и не слышишь, то видишь, что у ней на уме всё одно, что она не забудет, не отстанет, не растеряется, всё сообразит и добьется, чего искала.

Он не мог понять, откуда у ней является эта сила, этот такт — знать и уметь, как и что делать, какое бы событие ни явилось.

«Это оттого, — думал он, — что у ней одна бровь никогда не лежит прямо, а всё немного поднявшись, и над ней такая тоненькая, чуть заметная складка... Там, в этой складке, гнездится у ней упорство».

Какое покойное, светлое выражение ни ляжет ей на лицо, а эта складка не разглаживается и бровь не ложится ровно. Но внешней силы, резких приемов и наклонностей у ней нет. Настойчивость в намерениях и упорство ни на шаг не увлекают ее из женской сферы.

Она не хочет быть львицей, обдать резкой речью неловкого поклонника, изумить быстротой ума всю гостиную, чтоб кто-нибудь из угла закричал: «Браво! браво!»

В ней даже есть робость, свойственная многим женщинам: она, правда, не задрожит, увидя мышонка, не упадет в обморок от падения стула, но побоится пойти подальше от дома, своротит, завидя мужика, который ей покажется подозрительным, закроет на ночь окно, чтоб воры не влезли, — всё по-женски.

Потом, она так доступна чувству сострадания, жалости! У ней нетрудно вызвать слезы; к сердцу ее доступ легок. В любви она так нежна; во всех ее отношениях ко всем столько мягкости, ласкового внимания — словом, она женщина!

Иногда речь ее и сверкнет искрой сарказма, но там блещет такая грация, такой кроткий, милый ум, что всякий с радостью подставит лоб!

Зато она не боится сквозного ветра, ходит легко одетая в сумерки — ей ничего! В ней играет здоровье; кушает она с аппетитом; у ней есть любимые блюда; она знает, как и готовить их.

Да это всё знают многие, но многие не знают, что делать в том или другом случае, а если и знают, то только заученное, слышанное, и не знают, почему так, а не иначе делают они, сошлются сейчас на авторитет тетки, кузины...

Многие даже не знают сами, чего им хотеть, а если и решатся на это, то вяло, так что, пожалуй, надо, пожалуй, и не надо. Это, должно быть, оттого, что у них брови лежат ровно, дугой, прощипаны пальцами и нет складки на лбу.

Между Обломовым и Ольгой установились тайные, невидимые для других отношения: всякий взгляд, каждое незначительное слово, сказанное при других, имело для них свой смысл. Они видели во всем намек на любовь.

И Ольга вспыхнет иногда при всей уверенности в себе, когда за столом расскажут историю чьей-нибудь любви, похожей на ее историю; а как все истории о любви очень сходны между собой, то ей часто приходилось краснеть.

И Обломов при намеке на это вдруг схватит в смущении за чаем такую кучу сухарей, что кто-нибудь непременно засмеется.

Они стали чутки и осторожны. Иногда Ольга не скажет тетке, что видела Обломова, и он дома объявит, что едет в город, а сам уйдет в парк.

Однако ж, как ни ясен был ум Ольги, как ни сознательно смотрела она вокруг, как ни была свежа, здорова, но и у нее стали являться какие-то новые, болезненные симптомы. Ею по временам овладевало беспокойство, над которым она задумывалась и не знала, как растолковать его себе.

Иногда, идучи в жаркий полдень под руку с Обломовым, она лениво обопрется на плечо его и идет машинально, в каком-то изнеможении, молчит упорно. Бодрость пропадает в ней; взгляд утомленный, без живости, делается неподвижен, устремляется куда-нибудь на одну точку, и ей лень обратить его на другой предмет.

Ей становится тяжело, что-то давит грудь, беспокоит. Она снимет мантилью, косынку с плеч, но и это не помогает — всё давит, всё теснит. Она бы легла под дерево и пролежала так целые часы.

Обломов теряется, машет веткой ей в лицо, но она нетерпеливым знаком устранит его заботы и мается.

Потом вдруг вздохнет, оглянется вокруг себя сознательно, поглядит на него, пожмет руку, улыбнется, и опять явится бодрость, смех, и она уже владеет собой.

Особенно однажды вечером она впала в это тревожное состояние, в какой-то лунатизм любви, и явилась Обломову в новом свете.

Было душно, жарко; из леса глухо шумел теплый ветер; небо заволакивало тяжелыми облаками. Становилось всё темнее и темнее.

— Дождь будет, — сказал барон и уехал домой.

Тетка ушла в свою комнату. Ольга долго, задумчиво играла на фортепиано, но потом оставила.

— Не могу, у меня пальцы дрожат, мне как будто душно, — сказала она Обломову. — Походимте по саду.

Долго ходили они молча по аллеям рука в руку. Руки у ней влажны и мягки. Они вошли в парк.

Деревья и кусты смешались в мрачную массу; в двух шагах ничего не было видно, только беловатой полосой змеились песчаные дорожки.

Ольга пристально вглядывалась в мрак и жалась к Обломову. Молча блуждали они.

— Мне страшно! — вдруг, вздрогнув, сказала она, когда они почти ощупью пробирались в узкой аллее между двух черных, непроницаемых стен леса.

— Чего? — спросил он. — Не бойся, Ольга, я с тобой.

— Мне страшно и тебя! — говорила она шепотом. — Но как-то хорошо страшно! Сердце замирает. Дай руку, попробуй, как оно бьется.

А сама вздрагивала и озиралась вокруг.

— Видишь, видишь? — вздрогнув, шептала она, крепко хватая его обеими руками за плечо. — Ты не видишь, мелькает в темноте кто-то?..

Она теснее прижалась к нему.

— Никого нет... — говорил он; но и у него мурашки поползли по спине.

— Закрой мне глаза скорей чем-нибудь... крепче! — шепотом говорила она... — Ну, теперь ничего... Это нервы, — прибавила она с волнением. — Вон опять! Смотри, кто это? Сядем где-нибудь на скамье...

Он ощупью отыскал скамью и посадил ее.

— Пойдем домой, Ольга, — уговаривал он, — ты нездорова.

Она положила ему голову на плечо.

— Нет, здесь воздух свежее, — сказала она, — у меня тут теснит, у сердца.

Она дышала горячо ему на щеку.

Он дотронулся до ее головы рукой — и голова горяча. Грудь тяжело дышит и облегчается частыми вздохами.

— Не лучше ли домой? — твердил в беспокойстве Обломов, — надо лечь...

— Нет, нет, оставь меня, не трогай... — говорила она томно, чуть слышно, — у меня здесь горит... — указывала она на грудь.

— Право, пойдем домой... — торопил Обломов.

— Нет, постой, это пройдет...

Она сжимала ему руку и по временам близко взглядывала в глаза и долго молчала. Потом начала плакать, сначала тихонько, потом навзрыд. Он растерялся.

— Ради Бога, Ольга, скорей домой! — с беспокойством говорил он.

— Ничего, — отвечала она, всхлипывая, — не мешай, дай выплакаться... огонь выйдет слезами, мне легче будет; это всё нервы играют...

Он слушал в темноте, как тяжело дышит она, чувствовал, как каплют ему на руку ее горячие слезы, как судорожно пожимает она ему руку.

Он не шевелил пальцем, не дышал. А голова ее лежит у него на плече, дыхание обдает ему щеку жаром... Он тоже вздрагивал, но не смел коснуться губами ее щеки.

Потом она становилась всё тише, тише, дыхание делалось ровнее... Она примолкла. Он думал, не заснула ли она, и боялся шевельнуться.

— Ольга! — шепотом кликнул он.

— Что? — шепотом же ответила она и вздохнула вслух. — Вот теперь... прошло... — томно сказала она, — мне легче, я дышу свободно.

— Пойдем, — говорил он.

— Пойдем! — нехотя повторила она. — Милый мой! — с негой прошептала потом, сжав ему руку, и, опершись на его плечо, нетвердыми шагами дошла до дома.

В зале он взглянул на нее: она была слаба, но улыбалась странной, бессознательной улыбкой, как будто под влиянием грезы.

Он посадил ее на диван, стал подле нее на колени и несколько раз в глубоком умилении поцеловал у ней руку.

Она всё с той же улыбкой глядела на него, оставляя ему обе руки, и провожала его до дверей глазами.

Он в дверях обернулся: она всё глядит ему вслед, на лице всё то же изнеможение, та же жаркая улыбка, как будто она не может сладить с нею...

Он ушел в раздумье. Он где-то видал эту улыбку; он припомнил какую-то картину, на которой изображена женщина с такой улыбкой... только не Корделия...

На другой день он послал узнать о здоровье. Приказали сказать: «Слава Богу, и просят сегодня кушать, а вечером все на фейерверк изволят ехать за пять верст».

Он не поверил и отправился сам. Ольга была свежа, как цветок: в глазах блеск, бодрость, на щеках рдеют два розовые пятна; голос так звучен! Но она вдруг смутилась, чуть не вскрикнула, когда Обломов подошел к ней, и вся вспыхнула, когда он спросил: «Как она себя чувствует после вчерашнего?»

— Это маленькое нервическое расстройство, — торопливо сказала она. — Ma tante говорит, что надо раньше ложиться. Это недавно только со мной...

Она не досказала и отвернулась, как будто просила пощады. А отчего смутилась она — и сама не знает. Отчего ее грызло и жгло воспоминание о вчерашнем вечере, об этом расстройстве?

Ей было и стыдно чего-то, и досадно на кого-то, не то на себя, не то на Обломова. А в иную минуту казалось ей, что Обломов стал ей милее, ближе, что она чувствует к нему влечение до слез, как будто она вступила с ним со вчерашнего вечера в какое-то таинственное родство...

Она долго не спала, долго утром ходила одна в волнении по аллее, от парка до дома и обратно, всё думала, думала, терялась в догадках, то хмурилась, то вдруг вспыхивала краской и улыбалась чему-то, и всё не могла ничего решить. «Ах, Соничка! – думала она в досаде. – Какая счастливая! Сейчас бы решила!»

А Обломов? Отчего он был нем и неподвижен с нею вчера, нужды нет, что дыхание ее обдавало жаром его щеку, что ее горячие слезы капали ему на руку, что он почти нес ее в объятиях домой, слышал нескромный шепот ее сердца?.. А другой? Другие смотрят так дерзко...

Обломов хотя и прожил молодость в кругу всезнающей, давно решившей все жизненные вопросы, ни во что не верующей и всё холодно, мудро анализирующей молодежи, но в душе у него теплилась вера в дружбу, в любовь, в людскую честь, и сколько ни ошибался он в людях, сколько бы ни ошибся еще, страдало его сердце, но ни разу не пошатнулось основание добра и веры в него. Он втайне поклонялся чистоте женщины, признавал ее власть и права и приносил ей жертвы.

Но у него недоставало характера явно признать учение добра и уважения к невинности. Тихонько он упивался ее ароматом, но явно иногда приставал к хору циников, трепетавших даже подозрения в целомудрии или уважении к нему, и к буйному хору их прибавлял и свое легкомысленное слово.

Он никогда не вникал ясно в то, как много весит слово добра, правды, чистоты, брошенное в поток людских речей, какой глубокий извив прорывает оно; не думал, что сказанное бодро и громко, без краски ложного стыда, а с мужеством, оно не потонет в безобразных криках светских сатиров, а погрузится, как перл, в пучину общественной жизни и всегда найдется для него раковина.

Многие запинаются на добром слове, рдея от стыда, и смело, громко произносят легкомысленное слово, не подозревая, что оно тоже, к несчастью, не пропадает даром, оставляя длинный след зла, иногда неистребимого.

Зато Обломов был прав на деле: ни одного пятна, упрека в холодном, бездушном цинизме, без увлечения и без борьбы, не лежало на его совести. Он не мог слушать ежедневных рассказов о том, как один переменил лошадей, мебель, а тот — женщину... и какие издержки повели за собой перемены...

Не раз он страдал за утраченное мужчиной достоинство и честь, плакал о грязном падении чужой ему женщины, но молчал, боясь света.

Надо было угадывать это: Ольга угадала.

Мужчины смеются над такими чудаками, но женщины сразу узнают их; чистые, целомудренные женщины любят их — по сочувствию; испорченные ищут сближения с ними — чтоб освежиться от порчи.

Лето подвигалось, уходило. Утра и вечера становились темны и сыры. Не только сирени, и липы отцвели, ягоды отошли. Обломов и Ольга виделись ежедневно.

Он догнал жизнь, то есть усвоил опять всё, от чего отстал давно; знал, зачем французский посланник выехал из Рима, зачем англичане посылают корабли с войском на Восток; интересовался, когда проложат новую дорогу в Германии или Франции. Но насчет дороги через Обломовку в большое село не помышлял, в палате доверенность не засвидетельствовал и Штольцу ответа на письма не послал.

Он усвоил только то, что вращалось в кругу ежедневных разговоров в доме Ольги, что читалось в получаемых там газетах, и довольно прилежно, благодаря настойчивости Ольги, следил за текущей иностранной литературой. Всё остальное утопало в сфере чистой любви.

Несмотря на частые видоизменения в этой розовой атмосфере, главным основанием была безоблачность горизонта. Если Ольге приходилось иногда раздумываться над Обломовым, над своей любовью к нему, если от этой любви оставалось праздное время и праздное место в сердце, если вопросы ее не все находили полный и всегда готовый ответ в его голове и воля его молчала на призыв ее воли и на ее бодрость и трепетанье жизни он отвечал только неподвижно-страстным взглядом, — она впадала в тягостную задумчивость: что-то холодное как змея вползало в сердце, отрезвляло ее от мечты, и теплый, сказочный мир любви превращался в какой-то осенний день, когда все предметы кажутся в сером цвете.

Она искала, отчего происходит эта неполнота, неудовлетворенность счастья? Чего недостает ей? Что еще нужно? Ведь это судьба — назначение любить Обломова? Любовь эта оправдывается его кротостью, чистой верой в добро, а пуще всего нежностью, нежностью, какой она не видала никогда в глазах мужчины.

Что ж за дело, что не на всякий взгляд ее он отвечает понятным взглядом, что не то звучит иногда в его голосе, что ей как будто уже звучало однажды не то во сне, не то наяву... Это воображение, нервы: что слушать их и мудрить?

Да, наконец, если б она хотела уйти от этой любви — как уйти? Дело сделано: она уже любила, и скинуть с себя любовь по произволу, как платье, нельзя. «Не любят два раза в жизни, — думала она, — это, говорят, безнравственно...»

Так училась она любви, пытала ее и всякий новый шаг встречала слезой или улыбкой, вдумывалась в него. Потом уже являлось то сосредоточенное выражение, под которым крылись и слезы, и улыбка и которое так пугало Обломова.

Но об этих думах, об этой борьбе она и не намекала Обломову.

Обломов не учился любви, он засыпал в своей сладостной дремоте, о которой некогда мечтал вслух при Штольце. По временам он начинал веровать в постоянную безоблачность жизни, и опять ему снилась Обломовка, населенная добрыми, дружескими и беззаботными лицами, сиденье на террасе, раздумье от полноты удовлетворенного счастья.

Он и теперь иногда поддавался этому раздумью и даже, тайком от Ольги, раза два соснул в лесу, ожидая ее замедленного прихода... как вдруг неожиданно налетело облако.

Однажды они вдвоем откуда-то возвращались лениво, молча, и только стали переходить большую дорогу, навстречу им бежало облако пыли, и в облаке мчалась коляска, в коляске сидела Соничка с мужем, еще какой-то господин, еще какая-то госпожа...

— Ольга! Ольга! Ольга Сергеевна! — раздались крики.

Коляска остановилась. Все эти господа и госпожи вышли из нее, окружили Ольгу, начали здороваться, чмокаться, все вдруг заговорили, долго не замечая Обломова. Потом вдруг все взглянули на него, один господин в лорнет.

— Кто это? — тихо спросила Соничка.

— Илья Ильич Обломов! — представила его Ольга.

Все пошли до дома пешком. Обломов был не в своей тарелке; он отстал от общества и занес было ногу через плетень, чтоб ускользнуть через рожь домой. Ольга взглядом воротила его.

Оно бы ничего, но все эти господа и госпожи смотрели на него так странно; и это, пожалуй, ничего. Прежде, бывало, иначе на него и не смотрели благодаря его сонному, скучающему взгляду, небрежности в одежде.

Но тот же странный взгляд с него переносили господа и госпожи и на Ольгу. От этого сомнительного взгляда на нее у него вдруг похолодело сердце; что-то стало угрызать его, но так больно, мучительно, что он не вынес и ушел домой и был задумчив, угрюм.

На другой день милая болтовня и ласковая шаловливость Ольги не могли развеселить его. На ее настойчивые вопросы он должен был отозваться головною болью и терпеливо позволил себе вылить на семьдесят пять копеек одеколону на голову.

Потом, на третий день, после того когда они поздно воротились домой, тетка как-то чересчур умно поглядела на них, особенно на него, потом потупила свои большие, немного припухшие веки, а глаза всё будто смотрят и сквозь веки, и с минуту задумчиво нюхала спирт.

Обломов мучился, но молчал. Ольге поверять своих сомнений он не решался, боясь встревожить ее, испугать, и, надо правду сказать, боялся также и за себя, боялся возмутить этот невозмутимый, безоблачный мир вопросом такой строгой важности.

Это уже не вопрос о том, ошибкой или нет полюбила она его, Обломова, а не ошибка ли вся их любовь, эти свидания в лесу, наедине, иногда поздно вечером?

«Я посягал на поцелуй, — с ужасом думал он, — а ведь это уголовное преступление в кодексе нравственности, и не первое, не маловажное! Еще до него есть много степеней: пожатие руки, признание, письмо... Это мы всё прошли. Однако ж, — думал он дальше, выпрямляя голову, — мои намерения честны, я...»

И вдруг облако исчезло, перед ним распахнулась светлая, как праздник, Обломовка, вся в блеске, в солнечных лучах, с зелеными холмами, с серебряной речкой; он идет с Ольгой задумчиво по длинной аллее, держа ее за талию, сидит в беседке, на террасе...

Около нее все склоняют голову с уважением — словом, всё то, что он говорил Штольцу.

«Да, да; но ведь этим надо было начать! — думал он опять в страхе. — Троекратное „люблю“, ветка сирени, признание — всё это должно быть залогом счастья всей жизни и не повторяться у чистой женщины. то ж я? Кто я?» — стучало как молотком ему в голову.

«Я соблазнитель, волокита! Недостает только, чтоб я, как этот скверный старый селадон с маслеными глазами и красным носом, воткнул украденный у женщины розан в петлицу и шептал на ухо приятелю о своей победе, чтоб... чтоб... Ах, Боже мой, куда я зашел! Вот где пропасть! И Ольга не летает высоко над ней, она на дне ее... за что, за что...»

Он выбивался из сил, плакал как ребенок о том, что вдруг побледнели радужные краски его жизни и о том, что Ольга будет жертвой. Вся любовь его была преступление, пятно на совести.

Потом на минуту встревоженный ум прояснялся, когда Обломов сознавал, что всему этому есть законный исход: протянуть Ольге руку с кольцом...

— Да, да, — в радостном трепете говорил он, — и ответом будет взгляд стыдливого согласия... Она не скажет ни слова, она вспыхнет, улыбнется до дна души, потом взгляд ее наполнится слезами...

Слезы и улыбка, молча протянутая рука, потом живая, резвая радость, счастливая торопливость в движениях, потом долгий, долгий разговор, шепот наедине, этот доверчивый шепот душ, таинственный уговор слить две жизни в одну!

В пустяках, в разговорах о будничных вещах будет сквозить никому, кроме их, невидимая любовь. И никто не посмеет оскорбить их взглядом...

Вдруг лицо его стало так строго, важно.

«Да, — говорил он с собой, — вот он где, мир прямого, благородного и прочного счастья! Стыдно мне было до сих пор срывать эти цветы, носиться в аромате любви, точно мальчику, искать свиданий, ходить при луне, подслушивать биение девического сердца, ловить трепет ее мечты... Боже!»

Он покраснел до ушей.

«Сегодня же вечером Ольга узнает, какие строгие обязанности налагает любовь; сегодня будет последнее свидание наедине, сегодня...»

Он приложил руку к сердцу: оно бьется сильно, но ровно, как должно биться у честных людей. Опять он волнуется мыслию, как Ольга сначала опечалится, когда он скажет, что не надо видеться; потом он робко объявит о своем намерении, но прежде выпытает ее образ мыслей, упьется ее смущением, а там...

Дальше ему всё грезится ее стыдливое согласие, улыбка и слезы, молча протянутая рука, долгий, таинственный шепот и поцелуй в виду целого света.

XII

Он побежал отыскивать Ольгу. Дома сказали, что она ушла; он в деревню — нет. Видит, вдали она, как ангел, восходит на небеса, идет на гору, так легко опирается ногой, так колеблется ее стан.

Он за ней, но она едва касается травы и в самом деле как будто улетает. Он с полугоры начал звать ее.

Она подождет его, и только он подойдет сажени на две, она двинется вперед и опять оставит большое пространство между ним и собой, остановится и смеется.

Он наконец остановился, уверенный, что она не уйдет от него. И она сбежала к нему несколько шагов, подала руку и, смеясь, потащила за собой.

Они вошли в рощу: он снял шляпу, а она платком отерла ему лоб и начала махать зонтиком в лицо.

Ольга была особенно жива, болтлива, резва или вдруг увлекалась нежным порывом, потом впадала внезапно в задумчивость.

— Угадай, что я делала вчера? — спросила она, когда они сели в тени.

— Читала?

Она потрясла головой.

— Писала?

— Нет.

— Пела?

— Нет. Гадала! — сказала она. — Графинина экономка была вчера; она умеет гадать на картах, и я попросила.

— Ну, что ж?

— Ничего. Вышла дорога, потом какая-то толпа, и везде блондин, везде... Я вся покраснела, когда она при Кате вдруг сказала, что обо мне думает бубновый король. Когда она хотела говорить, о ком я думаю, я смешала карты и убежала. Ты думаешь обо мне? — вдруг спросила она.

— Ах, — сказал он. — Если б можно было поменьше думать!

— А я-то! — задумчиво говорила она. — Я уж и забыла, как живут иначе. Когда ты на той неделе надулся и не был два дня — помнишь, рассердился! — я вдруг переменилась, стала злая. Бранюсь с Катей, как ты с Захаром; вижу, как она потихоньку плачет, и мне вовсе не жаль ее. Не отвечаю ma tante, не слышу, что она говорит, ничего не делаю, никуда не хочу. А только ты пришел, вдруг совсем другая стала. Кате подарила лиловое платье...

— Это любовь! — патетически произнес он.

— Что? Лиловое платье?

— Всё! я узнаю из твоих слов себя: и мне без тебя нет дня и жизни, ночью снятся всё какие-то цветущие долины. Увижу тебя — я добр, деятелен; нет — скучно, лень, хочется лечь и ни о чем не думать... Люби, не стыдись своей любви...

Вдруг он замолчал. «Что это я говорю? ведь я не за тем пришел!» — подумал он и стал откашливаться; нахмурил было брови.

— А если я вдруг умру? — спросила она.

— Какая мысль! — небрежно сказал он.

— Да, — говорила она, — я простужусь, сделается горячка; ты придешь сюда — меня нет, пойдешь к нам — скажут: больна; завтра то же; ставни у меня закрыты; доктор качает головой; Катя выйдет к тебе в слезах, на цыпочках и шепчет: больна, умирает...

— Ах!.. — вдруг сказал Обломов.

Она засмеялась.

— Что с тобой будет тогда? — спросила она, глядя ему в лицо.

— Что? С ума сойду или застрелюсь, а ты вдруг выздоровеешь!

— Нет, нет, перестань! — говорила она боязливо. — До чего мы договорились! Только ты не приходи ко мне мертвый: я боюсь покойников...

Он засмеялся, и она тоже.

— Боже мой, какие мы дети! — сказала она, отрезвляясь от этой болтовни.

Он опять откашлянулся.

— Послушай... я хотел сказать...

— Что? — спросила она, живо обернувшись к нему.

Он боязливо молчал.

— Ну, говори же, — спрашивала она, слегка дергая его за рукав.

— Ничего, так... — проговорил он, оробев.

— Нет, у тебя что-то есть на уме?

Он молчал.

— Если что-нибудь страшное, так лучше не говори, — сказала она. — Нет, скажи! — вдруг прибавила опять.

— Да ничего нет, вздор.

— Нет, нет, что-то есть, говори! — приставала она, крепко держа за оба борта сюртука, и держала так близко, что ему надо было ворочать лицо то вправо, то влево, чтоб не поцеловать ее.

Он бы не ворочал, но у него в ушах гремело ее грозное «никогда».

— Скажи же!.. — приставала она.

— Не могу, не нужно... — отговаривался он.

— Как же ты проповедовал, что «доверенность есть основа взаимного счастья», что «не должно быть ни одного изгиба в сердце, где бы не читал глаз друга». Чьи это слова?

— Я хотел только сказать, — начал он медленно, — что я так люблю тебя, так люблю, что если б...

Он медлил.

— Ну? — нетерпеливо спросила она.

— Что если б ты полюбила теперь другого и он был бы способнее сделать тебя счастливой, я бы... молча проглотил свое горе и уступил ему место.

Она вдруг выпустила из рук его сюртук.

— Зачем? — с удивлением спросила она. — Я не понимаю этого. Я не уступила бы тебя никому; я не хочу, чтоб ты был счастлив с другой. Это что-то мудрено, я не понимаю.

Взгляд ее задумчиво блуждал по деревьям.

— Значит, ты не любишь меня? — спросила она потом.

— Напротив, я люблю тебя до самоотвержения, если готов жертвовать собой.

— Да зачем? Кто тебя просит?

— Я говорю в таком случае, если б ты полюбила другого.

— Другого! Ты с ума сошел? Зачем, если я люблю тебя? Разве ты полюбишь другую?

— Что ты слушаешь меня? Я бог знает что говорю, а ты веришь! Я не то и сказать-то хотел совсем...

— Что ж ты хотел сказать?

— Я хотел сказать, что виноват перед тобой, давно виноват...

— В чем? Как? — спрашивала она. — Не любишь? Пошутил, может быть? Говори скорей!

— Нет, нет, всё не то! — говорил он с тоской. — Вот видишь ли что... — нерешительно начал он, — мы видимся с тобой... тихонько...

— Тихонько? Отчего тихонько? Я почти всякий раз говорю ma tante, что видела тебя...

— Ужели всякий раз? — с беспокойством спросил он.

— Что ж тут дурного?

— Я виноват: мне давно бы следовало сказать тебе, что это... не делается...

— Ты говорил, — сказала она.

— Говорил? А! Ведь в самом деле я... намекал. Так, значит, я сделал свое дело.

Он ободрился и рад был, что Ольга так легко снимала с него бремя ответственности.

— Еще что? — спросила она.

— Еще... — да только, — ответил он.

— Неправда, — положительно заметила Ольга, — есть что-то; ты не всё сказал.

— Да я думал... — начал он, желая дать небрежный тон словам, — что...

Он остановился; она ждала.

— Что нам надо видеться реже... — Он робко взглянул на нее.

Она молчала.

— Почему? — спросила она потом, подумав.

— Меня грызет змея: это — совесть... Мы так долго остаемся наедине: я волнуюсь, сердце замирает у меня; ты тоже непокойна... я боюсь... — с трудом договорил он.

— Чего?

— Ты молода и не знаешь всех опасностей, Ольга. Иногда человек не властен в себе; в него вселяется какая-то адская сила, на сердце падает мрак, а в глазах блещут молнии. Ясность ума меркнет: уважение к чистоте, к невинности — всё уносит вихрь; человек не помнит себя; на него дышит страсть; он перестает владеть собой — и тогда под ногами открывается бездна.

Он даже вздрогнул.

— Ну что ж? Пусть открывается! — сказала она, глядя на него во все глаза.

Он молчал; дальше или нечего, или не нужно было говорить.

Она глядела на него долго, как будто читала в складках на лбу, как в писанных строках, и сама вспоминала каждое его слово, взгляд, мысленно пробегала всю историю своей любви, дошла до темного вечера в саду и вдруг покраснела.

— Ты всё глупости говоришь! — скороговоркой заметила она, глядя в сторону. — Никаких я молний не видала у тебя в глазах... ты смотришь на меня большею частью как... моя няня Кузьминична! — прибавила она и засмеялась.

— Ты шутишь, Ольга, а я не шутя говорю... и не всё еще сказал.

— Что еще? — спросила она. — Какая там бездна?

Он вздохнул.

— А то, что не надо нам видеться... наедине...

— Почему?

— Нехорошо...

Она задумалась.

— Да, говорят, это нехорошо, — сказала она в раздумье, — да почему?

— Что скажут, когда узнают, когда разнесется...

— Кто ж скажет? У меня нет матери: она одна могла бы спросить меня, зачем я вижусь с тобой, и перед ней одной я заплакала бы в ответ и сказала бы, что я дурного ничего не делаю и ты тоже. Она бы поверила. Кто ж другой? — спросила она.

— Тетка, — сказал Обломов.

— Тетка?

Ольга печально и отрицательно покачала головой.

— Она никогда не спросит. Если б я ушла совсем, она бы не пошла искать и спрашивать меня, а я не пришла бы больше сказать ей, где была и что делала. Кто ж еще?

— Другие, все... Намедни Соничка смотрела на тебя и на меня, улыбалась, и эти все господа и госпожи, что были с ней, тоже.

Он рассказал ей всю тревогу, в какой он жил с тех пор.

— Пока она смотрела только на меня, — прибавил он, — я ничего; но когда этот же взгляд упал на тебя, у меня руки и ноги похолодели...

— Ну?.. — спросила она холодно.

— Ну вот я и мучусь с тех пор день и ночь, ломаю голову, как предупредить огласку; заботился, чтоб не напугать тебя... Я давно хотел поговорить с тобой...

— Напрасная забота! — возразила она. — Я знала и без тебя...

— Как знала? — спросил он с удивлением.

— Так, Соничка говорила со мной, выпытывала из меня, язвила, даже учила, как мне вести себя с тобой...

— И ты мне ни слова, Ольга! — упрекнул он.

— Ты мне тоже до сих пор не сказал ничего о своей заботе!

— Что ж ты отвечала ей? — спросил он.

— Ничего! Что было отвечать на это? Покраснела только.

— Боже мой! До чего дошло: ты краснеешь! — с ужасом сказал он. — Как мы неосторожны! Что выйдет из этого?

Он вопросительно глядел на нее.

— Не знаю, — коротко сказала она.

Обломов думал успокоиться, разделив заботу с Ольгой, почерпнуть в ее глазах и ясной речи силу воли и вдруг, не найдя живого и решительного ответа, упал духом.

Лицо у него подернулось нерешительностью, взгляд уныло блуждал вокруг. Внутри его уж разыгрывалась легкая лихорадка. Он почти забыл про Ольгу; перед ним толпились: Соничка с мужем, гости; слышались их толки, смех.

Ольга вместо обыкновенной своей находчивости молчит, холодно смотрит на него и еще холоднее говорит свое «не знаю». А он не потрудился или не умел вникнуть в сокровенный смысл этого «не знаю».

И он молчал: без чужой помощи мысль или намерение у него не созрело бы и, как спелое яблоко, не упало бы никогда само собою: надо его сорвать.

Ольга поглядела несколько минут на него, потом надела мантилью, достала с ветки косынку, не торопясь надела на голову и взяла зонтик.

— Куда? Так рано! — вдруг, очнувшись, спросил он.

— Нет, поздно. Ты правду сказал, — с задумчивым унынием говорила она, — мы зашли далеко, а выхода нет: надо скорей расстаться и замести след прошлого. Прощай! — сухо, с горечью, прибавила она и, склонив голову, пошла было по дорожке.

— Ольга, помилуй, Бог с тобой! Как не видаться! Да я... Ольга!

Она не слушала и пошла скорее; песок сухо трещал под ее ботинками.

— Ольга Сергеевна! — крикнул он.

Не слышит, идет.

— Ради Бога, воротись! — не голосом, а слезами кричал он. — Ведь и преступника надо выслушать... Боже мой! Есть ли сердце у ней?.. Вот женщины!

Он сел и закрыл обеими руками глаза. Шагов не стало слышно.

— Ушла! — сказал он почти в ужасе и поднял голову.

Ольга перед ним.

Он радостно схватил ее руку.

— Ты не ушла, не уйдешь?.. — говорил он. — Не уходи: помни, что если ты уйдешь — я мертвый человек!

— А если не уйду, я преступница, и ты тоже: помни это, Илья.

— Ах нет...

— Как нет? Если Соничка с мужем застанет нас еще раз вместе, — я погибла.

Он вздрогнул.

— Послушай, — торопливо и запинаясь начал он, — я не всё сказал... — и остановился.

То, что дома казалось ему так просто, естественно, необходимо, так улыбалось ему, что было его счастьем, вдруг стало какой-то бездной. У него захватывало дух перешагнуть через нее. Шаг предстоял решительный, смелый.

— Кто-то идет! — сказала Ольга.

В боковой дорожке послышались шаги.

— Уж не Соничка ли? — спросил Обломов с неподвижными от ужаса глазами.

Прошло двое мужчин с дамой, незнакомые. У Обломова отлегло от сердца.

— Ольга, — торопливо начал он и взял ее за руку, — пойдем отсюда вон туда, где никого нет. Сядем здесь.

Он посадил ее на скамью, а сам сел на траве, подле нее.

— Ты вспыхнула, ушла, а я не всё сказал, Ольга, — проговорил он.

— И опять уйду и не ворочусь более, если ты будешь играть мной, — заговорила она. — Тебе понравились однажды мои слезы, теперь, может быть, ты захотел бы видеть меня у ног своих и так, мало-помалу, сделать своей рабой, капризничать, читать мораль, потом плакать, пугаться, пугать меня, а после спрашивать, что нам делать? Помните, Илья Ильич, — вдруг гордо прибавила она, встав со скамьи, — что я много выросла с тех пор, как узнала вас, и знаю, как называется игра, в которую вы играете... но слез моих вы больше не увидите...

— Ах, ей-богу, я не играю! — сказал он убедительно.

— Тем хуже для вас, — сухо заметила она. — На все ваши опасения, предостережения и загадки я скажу одно: до нынешнего свидания я вас любила и не знала, что мне делать; теперь знаю, — решительно заключила она, готовясь уйти, — и с вами советоваться не стану.

— И я знаю, — сказал он, удерживая ее за руку и усаживая на скамью, и на минуту замолчал, собираясь с духом.

— Представь, — начал он, — сердце у меня переполнено одним желанием, голова — одной мыслью, но воля, язык не повинуются мне: хочу говорить, и слова нейдут с языка. А ведь как просто, как... Помоги мне, Ольга.

— Я не знаю, что у вас на уме...

— О ради Бога, без этого *вы*: твой гордый взгляд убивает меня, каждое слово, как мороз, леденит...

Она засмеялась.

— Ты сумасшедший! — сказала она, положив ему руку на голову.

— Вот так, вот я получил дар мысли и слова! Ольга, — сказал он, став перед ней на колени, — будь моей женой!

Она молчала и отвернулась от него в противоположную сторону.

— Ольга, дай мне руку! — продолжал он.

Она не давала. Он взял сам и приложил к губам. Она не отнимала. Рука была тепла, мягка и чуть-чуть влажна. Он старался заглянуть ей в лицо — она отворачивалась всё больше.

— Молчание? — сказал он тревожно и вопросительно, целуя ей руку.

— Знак согласия! — договорила она тихо, всё еще не глядя на него.

— Что ты теперь чувствуешь? Что думаешь? — спросил он, вспоминая мечту свою о стыдливом согласии, о слезах.

— То же, что ты, — отвечала она, продолжая глядеть куда-то в лес; только волнение груди показывало, что она сдерживает себя.

«Есть ли у ней слезы на глазах?» — думал Обломов, но она упорно смотрела вниз.

— Ты равнодушна, ты покойна? — говорил он, стараясь притянуть ее за руку к себе.

— Не равнодушна, но покойна.

— Отчего ж?

— Оттого что давно предвидела это и привыкла к мысли.

— Давно! — с изумлением повторил он.

— Да, с той минуты, как дала тебе ветку сирени... я мысленно назвала тебя...

Она не договорила.

— С той минуты!

Он распахнул было широко объятия и хотел заключить ее в них.

— Бездна разверзается, молнии блещут... осторожнее! — лукаво сказала она, ловко ускользая от объятий и устраняя руки его зонтиком.

Он вспомнил грозное «никогда» и присмирел.

— Но ты никогда не говорила, даже ничем не выразила... — говорил он.

— Мы не выходим замуж, нас выдают или берут.

— С той минуты... ужели?.. — задумчиво повторил он.

— Ты думал, что я, не поняв тебя, была бы здесь с тобою одна, сидела бы по вечерам в беседке, слушала и доверялась тебе? — гордо сказала она.

— Так это... — начал он, меняясь в лице и выпуская ее руку.

У него шевельнулась странная мысль. Она смотрела на него с покойной гордостью и твердо ждала; а ему хотелось бы в эту минуту не гордости и твердости, а слез, страсти, охмеляющего счастья хоть на одну минуту, а потом уже пусть потекла бы жизнь невозмутимого покоя!

И вдруг ни порывистых слез от неожиданного счастья, ни стыдливого согласия! Как это понять!

В сердце у него проснулась и завозилась змея сомнения... Любит она или только выходит замуж?

— Но есть другой путь к счастью, — сказал он.

— Какой? — спросила она.

— Иногда любовь не ждет, не терпит, не рассчитывает... Женщина вся в огне, в трепете, испытывает разом муку и такие радости, каких...

— Я не знаю, какой это путь.

— Путь, где женщина жертвует всем: спокойствием, молвой, уважением и находит награду в любви... она заменяет ей всё.

— Разве нам нужен этот путь?

— Нет.

— Ты хотел бы этим путем искать счастья на счет моего спокойствия, потери уважения?

— О нет, нет! Клянусь Богом, ни за что, — горячо сказал он.

— Зачем же ты заговорил о нем?

— Право, и сам не знаю...

— А я знаю: тебе хотелось бы узнать, пожертвовала ли бы я тебе своим спокойствием, пошла ли бы я с тобой по этому пути? Не правда ли?

— Да, кажется, ты угадала... Что ж?

— Никогда, ни за что! — твердо сказала она.

Он задумался, потом вздохнул.

— Да, то ужасный путь, и много надо любви, чтоб женщине пойти по нем вслед за мужчиной, гибнуть — и всё любить.

Он вопросительно взглянул ей в лицо: она ничего; только складка над бровью шевельнулась, а лицо покойно.

— Представь, — говорил он, — что Соничка, которая не стоит твоего мизинца, вдруг не узнала бы тебя при встрече!

Ольга улыбнулась, и взгляд ее был так же ясен. А Обломов увлекался потребностью самолюбия допроситься жертв у сердца Ольги и упиться этим.

— Представь, что мужчины, подходя к тебе, не опускали бы с робким уважением глаз, а смотрели бы на тебя с смелой и лукавой улыбкой...

Он поглядел на нее: она прилежно двигает зонтиком камешек по песку.

— Ты вошла бы в залу, и несколько чепцов пошевелилось бы от негодования; какой-нибудь один из них пересел бы от тебя... а гордость бы у тебя была всё та же, а ты бы сознавала ясно, что ты выше и лучше их.

— К чему ты говоришь мне эти ужасы? — сказала она покойно. — Я не пойду никогда этим путем.

— Никогда? — уныло спросил Обломов.

— Никогда! — повторила она.

— Да, — говорил он задумчиво, — у тебя недостало бы силы взглянуть стыду в глаза. Может быть, ты не испугалась бы смерти: не казнь страшна, но приготовления к ней, ежечасные пытки, ты бы не выдержала и зачахла — да?

Он всё заглядывал ей в глаза, что она.

Она смотрит весело; картина ужаса не смутила ее; на губах ее играла легкая улыбка.

— Я не хочу ни чахнуть, ни умирать! Всё не то, — сказала она, — можно нейти тем путем и любить еще сильнее...

— Отчего же бы ты не пошла по этому пути, — спросил он настойчиво, почти с досадой, — если тебе не страшно?..

— Оттого что на нем... впоследствии всегда... расстаются, — сказала она, — а я... расстаться с тобой!..

Она остановилась, положила ему руку на плечо, долго глядела на него и вдруг, отбросив зонтик в сторону, быстро и жарко обвила его шею руками, поцеловала, потом вся вспыхнула, прижала лицо к его груди и прибавила тихо:

— Никогда!

Он испустил радостный вопль и упал на траву к ее ногам.

1857 года

ЧАСТЬ ТРЕТЬЯ

I

Обломов сиял, идучи домой. У него кипела кровь, глаза блистали. Ему казалось, что у него горят даже волосы. Так он и вошел к себе в комнату — и вдруг сияние исчезло и глаза в неприятном изумлении остановились неподвижно на одном предмете: в его кресле сидел Тарантьев.

— Что это тебя не дождешься? Где ты шатаешься? — строго спросил Тарантьев, подавая ему свою мохнатую руку. — И твой старый черт совсем от рук отбился: спрашиваю закусить — нету, водки — и той не дал.

— Я гулял здесь в роще, — небрежно сказал Обломов, еще не опомнясь от обиды, нанесенной появлением земляка, и в какую минуту!

Он забыл ту мрачную сферу, где долго жил, и отвык от ее удушливого воздуха. Тарантьев в одно мгновение сдернул его будто с неба опять в болото. Обломов мучительно спрашивал себя: зачем пришел Тарантьев? надолго ли? — терзался предположением, что, пожалуй, он останется обедать и тогда нельзя будет отправиться к Ильинским. Как бы спровадить его, хоть бы это стоило некоторых издержек, — вот единственная мысль, которая занимала Обломова. Он молча и угрюмо ждал, что скажет Тарантьев.

— Что ж ты, земляк, не подумаешь взглянуть на квартиру? — спросил Тарантьев.

— Теперь это не нужно, — сказал Обломов, стараясь не глядеть на Тарантьева. — Я... не перееду туда.

— Что-о? Как не переедешь? — грозно возразил Тарантьев. — Нанял, да не переедешь? А контракт?

— Какой контракт?

— Ты уж и забыл? Ты на год контракт подписал. Подай восемьсот рублей ассигнациями да и ступай куда хочешь. Четыре жильца смотрели, хотели нанять: всем отказали. Один нанимал на три года.

Обломов теперь только вспомнил, что в самый день переезда на дачу Тарантьев привез ему бумагу, а он второпях подписал, не читая.

«Ах, Боже мой, что я наделал!» — думал он.

— Да мне не нужна квартира, — говорил Обломов, — я еду за границу...

— За границу! — перебил Тарантьев. — Это с этим, немцем? Да где тебе, не поедешь!

— Отчего не поеду? У меня и паспорт есть: вот я покажу. И чемодан куплен.

— Не поедешь! — равнодушно повторил Тарантьев. — А ты вот лучше деньги-то за полгода вперед отдай.

— У меня нет денег.

— Где хочешь достань; брат кумы, Иван Матвеич, шутить не любит. Сейчас в управу подаст: не разделаешься. Да я свои заплатил, отдай мне.

— Ты где взял столько денег? — спросил Обломов.

— А тебе что за дело? Старый долг получил. Давай деньги! Я за тем приехал.

— Хорошо, я на днях приеду и передам квартиру другому, а теперь я тороплюсь...

Он начал застегивать сюртук.

— А какую тебе квартиру нужно? Лучше этой во всем городе не найдешь. Ведь ты не видал? — сказал Тарантьев.

— И видеть не хочу, — отвечал Обломов, — зачем я туда переезду? Мне далеко...

— От чего? — грубо спросил Тарантьев.

Но Обломов не сказал, от чего.

— От центра, — прибавил он потом.

— От какого это центра? Зачем он тебе нужен? Лежать-то?

— Нет, уж я теперь не лежу.

— Что так?

— Так. Я... сегодня, — начал Обломов.

— Что? — перебил Тарантьев.

— Обедаю не дома...

— Ты деньги-то подай, да и черт с тобой!

— Какие деньги? — с нетерпением повторил Обломов. — Я на днях заеду на квартиру, переговорю с хозяйкой.

— Какая хозяйка? Кума-то? Что она знает? Баба! Нет, ты поговори с ее братом — вот увидишь!

— Ну хорошо; я заеду и переговорю.

— Да, жди тебя! Ты отдай деньги да и ступай.

— У меня нет; надо занять.

— Ну так заплати же мне теперь по крайней мере за извозчика, — приставал Тарантьев, — три целковых.

— Где же твой извозчик? И за что три целковых?

— Я отпустил его. Как за что? И то не хотел везти: «По песку-то?», — говорит. Да отсюда три целковых — вот двадцать два рубля!

— Отсюда дилижанс ходит за полтинник, — сказал Обломов, — на вот!

Он достал ему четыре целковых. Тарантьев спрятал их в карман.

— Семь рублей ассигнациями за тобой, — прибавил он. — Да дай на обед!

— На какой обед?

— Я теперь в город не поспею: на дороге в трактире придется; тут всё дорого: рублей пять сдерут.

Обломов молча вынул целковый и бросил ему. Он не садился от нетерпения, чтоб Тарантьев ушел скорей; но тот не уходил.

— Вели же мне дать чего-нибудь закусить, — сказал он.

— Ведь ты хотел в трактире обедать? — заметил Обломов.

— Это обедать! А теперь всего второй час.

Обломов велел Захару дать чего-нибудь.

— Ничего нету, не готовили, — сухо отозвался Захар, глядя мрачно на Тарантьева. — А что, Михей Андреич, когда принесете барскую рубашку да жилет?..

— Какой тебе рубашки да жилета? — отговаривался Тарантьев. — Давно отдал.

— Когда это? — спросил Захар.

— Да не тебе ли в руки отдал, как вы переезжали? А ты куда-то сунул в узел да спрашиваешь еще...

Захар остолбенел.

— Ах ты, Господи! Что это, Илья Ильич, за срам такой! — возопил он, обратясь к Обломову.

— Пой, пой эту песню! — возразил Тарантьев. — Чай, пропил, да и спрашиваешь...

— Нет, я еще отроду барского не пропивал! — захрипел Захар. — Вот вы...

— Перестань, Захар! — строго перебил Обломов.

— Вы, что ли, увезли одну половую щетку да две чашки у нас? — спросил опять Захар.

— Какие щетки? — загремел Тарантьев. — Ах ты, старая шельма! Давай-ка лучше закуску!

— Слышите, Илья Ильич, как лается? — сказал Захар. — Нет закуски, даже хлеба нет дома, и Анисья со двора ушла, — договорил он и ушел.

— Где ж ты обедаешь? — спросил Тарантьев. — Диво, право: Обломов гуляет в роще, не обедает дома... Когда ж ты на квартиру-то? Ведь осень на дворе. Приезжай посмотреть.

— Хорошо, хорошо, на днях...

— Да деньги не забудь привезти!

— Да, да, да... — нетерпеливо говорил Обломов.

— Ну, не нужно ли чего на квартире? Там, брат, для тебя выкрасили полы и потолки, окна, двери — всё: больше ста рублей стоит.

— Да, да, хорошо... Ах, вот что я хотел тебе сказать, — вдруг вспомнил Обломов, — сходи, пожалуйста, в палату, нужно доверенность засвидетельствовать...

— Что я тебе за ходатай достался? — отозвался Тарантьев.

— Я тебе прибавлю на обед, — сказал Обломов.

— Туда сапог больше изобьешь, чем ты прибавишь.

— Ты поезжай, я заплачу.

— Нельзя мне в палату идти, — мрачно проговорил Тарантьев.

— Отчего?

— Враги есть, злобствуют на меня, ковы строят, как бы погубить.

— Ну хорошо, я сам съезжу, — сказал Обломов и взялся за фуражку.

— Вот как приедешь на квартиру, Иван Матвеич тебе всё сделает. Это, брат, золотой человек, не чета какому-нибудь выскочке-немцу! Коренной, русский служака, тридцать лет на одном стуле сидит, всем присутствием вертит, и деньжонки есть, а извозчика не наймет; фрак не лучше моего; сам тише воды ниже травы, говорит чуть слышно, по чужим краям не шатается, как твой этот...

— Тарантьев! — крикнул Обломов, стукнув по столу кулаком. — Молчи, чего не понимаешь!

Тарантьев выпучил глаза на эту никогда небывалую выходку Обломова и даже забыл обидеться тем, что его поставили ниже Штольца.

— Вот как ты нынче, брат... — бормотал он, взяв шляпу, — какая прыть!

Он погладил свою шляпу рукавом, потом поглядел на нее и на шляпу Обломова, стоявшую на этажерке.

— Ты не носишь шляпу, вон у тебя фуражка, — сказал он, взяв шляпу Обломова и примеривая ее, — дай-ка, брат, на лето...

Обломов молча снял с его головы свою шляпу и поставил на прежнее место, потом скрестил на груди руки и ждал, чтоб Тарантьев ушел.

— Ну, черт с тобой! — говорил Тарантьев, неловко пролезая в дверь. — Ты, брат, нынче что-то... того... Вот поговори-ка с Иваном Матвеичем, да попробуй денег не привезти.

II

Он ушел, а Обломов сел в неприятном расположении духа в кресло и долго, долго освобождался от грубого впечатления. Наконец он вспомнил нынешнее утро, и безобразное явление Тарантьева вылетело из головы; на лице опять появилась улыбка.

Он стал перед зеркалом, долго поправлял галстух, долго улыбался, глядел на щеку, нет ли там следа горячего поцелуя Ольги.

— Два «никогда», — сказал он, тихо, радостно волнуясь, — и какая разница между ними: одно уже поблекло, а другое так пышно расцвело...

Потом он задумывался, задумывался всё глубже. Он чувствовал, что светлый, безоблачный праздник любви отошел, что любовь в самом деле становилась долгом, что она мешалась со всею жизнью, входила в состав ее обычных отправлений и начинала линять, терять радужные краски.

Может быть, сегодня утром мелькнул последний розовый ее луч, а там она будет уже — не блистать ярко, а согревать невидимо жизнь; жизнь поглотит ее, и она будет ее сильною, конечно, но скрытою пружиной. И отныне проявления ее будут так просты, обыкновенны.

Поэма минует, и начнется строгая история: палата, потом поездка в Обломовку, постройка дома, заклад в совет, проведение дороги, нескончаемый разбор дел с мужиками, порядок работ, жнитво, умолот, щелканье счетов, заботливое лицо приказчика, дворянские выборы, заседание в суде.

Кое-где только изредка блеснет взгляд Ольги, прозвучит «Casta diva», раздастся торопливый поцелуй, а там опять на работы ехать, в город ехать, там опять приказчик, опять щелканье счетов.

Гости приехали — и то не отрада: заговорят, сколько кто вина выкуривает на заводе, сколько кто аршин сукна ставит в казну... Что ж это? Ужели то сулил он себе? Разве это жизнь? А между тем живут так, как будто в этом вся жизнь. И Андрею она нравится!

Но женитьба, свадьба — все-таки это поэзия жизни, это готовый, распустившийся цветок. Он представил себе, как он ведет Ольгу к алтарю: она — с померанцевой веткой на голове, с длинным покрывалом. В толпе шепот удивления. Она стыдливо, с тихо волнующейся грудью, с своей горделиво и грациозно наклоненной головой, подает ему руку и не знает, как ей глядеть на всех. То улыбка блеснет у ней, то слезы явятся, то складка над бровью заиграет какою-то мыслью.

Дома, когда гости уедут, она, еще в пышном наряде, бросается ему на грудь, как сегодня...

«Нет, побегу к Ольге, не могу думать и чувствовать один, — мечтал он. — Расскажу всем, целому свету... нет, сначала тетке, потом барону, напишу к Штольцу — вот изумится-то! Потом скажу Захару: он поклонится в ноги и завопит от радости, дам ему двадцать пять рублей. Придет Анисья, будет руку ловить целовать: ей дам десять рублей; потом... потом, от радости, закричу на весь мир, так закричу, что мир скажет: „Обломов счастлив, Обломов женится!“ Теперь побегу к Ольге: там ждет меня продолжительный шепот, таинственный уговор слить две жизни в одну!..»

Он побежал к Ольге. Она с улыбкой выслушала его мечты; но только он вскочил, чтоб бежать объявить тетке, у ней так сжались брови, что он струсил.

— Никому ни слова! — сказала она, приложив палец к губам и грозя ему, чтоб он тише говорил, чтоб тетка не услыхала из другой комнаты. — Еще не пора!

— Когда же пора, если между нами всё решено? — нетерпеливо спросил он. — Что ж теперь делать? С чего начать? — спрашивал он. — Не сидеть же сложа руки. Начинается обязанность, серьезная жизнь...

— Да, начинается, — повторила она, глядя на него пристально.

— Ну вот я и хотел сделать первый шаг, идти к тетке...

— Это последний шаг.

— Какой же первый?

— Первый... идти в палату: ведь надо какую-то бумагу писать?

— Да... я завтра...

— Отчего ж не сегодня?

— Сегодня... сегодня такой день, и уйти от тебя, Ольга!

— Ну хорошо, завтра. А потом?

— Потом — сказать тетке, написать к Штольцу.

— Нет, потом ехать в Обломовку... Ведь Андрей Иваныч писал, что надо делать в деревне: я не знаю, какие там у вас дела, постройка, что ли? — спросила она, глядя ему в лицо.

— Боже мой! — говорил Обломов. — Да если слушать Штольца, так ведь до тетки век дело не дойдет! Он говорит, что надо начать строить дом, потом дорогу, школы заводить... Этого всего в целый век не переделаешь. Мы, Ольга, вместе поедем, и тогда...

— А куда мы приедем? Есть там дом?

— Нет: старый плох; крыльцо совсем, я думаю, расшаталось...

— Куда ж мы приедем? — спросила она.

— Надо здесь квартиру приискать.

— Для этого тоже надо ехать в город, — заметила она, — это второй шаг...

— Потом... — начал он.

— Да ты прежде шагни два раза, а там...

«Что ж это такое? — печально думал Обломов, — ни продолжительного шепота, ни таинственного уговора слить обе жизни в одну! Всё как-то иначе, по-другому. Какая странная эта Ольга! Она не останавливается на одном месте, не задумывается сладко над поэтической минутой, как будто у ней вовсе нет мечты, нет потребности утонуть в раздумье! Сейчас и поезжай в палату, на квартиру — точно Андрей! Что это все они как будто сговорились торопиться жить!»

На другой день он, с листом гербовой бумаги, отправился в город, сначала в палату, и ехал нехотя, зевая и глядя по сторонам. Он не знал хорошенько, где палата, и заехал к Ивану Герасимычу спросить, в каком департаменте нужно засвидетельствовать.

Тот обрадовался Обломову и без завтрака не хотел отпустить. Потом послал еще за приятелем, чтоб допроситься от него, как это делается, потому что сам давно отстал от дел.

Завтрак и совещание кончились в три часа, в палату идти было поздно, а завтра оказалась суббота — присутствия нет, пришлось отложить до понедельника.

Обломов отправился на Выборгскую сторону, на новую свою квартиру. Долго он ездил между длинными заборами по переулкам. Наконец отыскали будочника; тот сказал, что это в другом квартале, рядом, вот по этой улице, — и он показал еще улицу без домов, с заборами, с травой и с засохшими колеями из грязи.

Опять поехал Обломов, любуясь на крапиву у заборов и на выглядывавшую из-за заборов рябину. Наконец будочник указал на старый домик на дворе, прибавив: «Вот этот самый».

«Дом вдовы коллежского секретаря Пшеницына», — прочитал Обломов на воротах и велел въехать на двор.

Двор величиной был с комнату, так что коляска стукнула дышлом в угол и распугала кучу кур, которые с кудахтаньем бросились стремительно, иные даже влёт, в разные стороны; да большая черная собака начала рваться на цепи направо и налево с отчаянным лаем, стараясь достать за морды лошадей.

Обломов сидел в коляске наравне с окнами и затруднялся выйти. В окнах, уставленных резедой, бархатцами и ноготками, засуетились головы. Обломов кое-как вылез из коляски; собака пуще заливалась лаем.

Он вошел на крыльцо и столкнулся с сморщенной старухой в сарафане с заткнутым за пояс подолом.

— Вам кого? — спросила она.

— Хозяйку дома, госпожу Пшеницыну.

Старуха потупила с недоумением голову.

— Не Ивана ли Матвеича вам надо? — спросила она. — Его нет дома; он еще из должности не приходил.

— Мне нужно хозяйку, — сказал Обломов.

Между тем в доме суматоха продолжалась. То из одного, то из другого окна выглянет голова; сзади старухи дверь отворялась немного и затворялась; оттуда выглядывали разные лица.

Обломов обернулся: на дворе двое детей, мальчик и девочка, смотрят на него с любопытством.

Откуда-то появился сонный мужик в тулупе и, загораживая рукой глаза от солнца, лениво смотрел на Обломова и на коляску.

Собака всё лаяла густо и отрывисто, и, только Обломов пошевелится или лошадь стукнет копытом, начиналось скаканье на цепи и непрерывный лай.

Через забор, направо, Обломов видел бесконечный огород с капустой, налево, через забор, видно было несколько деревьев и зеленая деревянная беседка.

— Вам Агафью Матвевну надо? — спросила старуха. — Зачем?

— Скажи хозяйке дома, — говорил Обломов, — что я хочу с ней видеться: я нанял здесь квартиру...

— Вы, стало быть, новый жилец, знакомый Михея Андреича? Вот погодите, я скажу.

Она отворила дверь, и от двери отскочило несколько голов и бросилось бегом в комнаты. Он успел увидеть какую-то женщину, с голой шеей и локтями, без чепца, белую, довольно полную, которая усмехнулась, что ее увидел посторонний, и тоже бросилась от дверей прочь.

— Пожалуйте в комнату, — сказала старуха, воротясь, ввела Обломова, чрез маленькую переднюю, в довольно просторную комнату и попросила подождать. — Хозяйка сейчас выйдет, — прибавила она.

«А собака-то всё еще лает», — подумал Обломов, оглядывая комнату.

Вдруг глаза его остановились на знакомых предметах: вся комната завалена была его добром. Столы в пыли, стулья, грудой наваленные на кровать тюфяки, посуда в беспорядке, шкафы.

— Что ж это? И не расставлено, не прибрано? — сказал он. — Какая гадость!

Вдруг сзади его скрипнула дверь, и в комнату вошла та самая женщина, которую он видел с голой шеей и локтями.

Ей было лет тридцать. Она была очень бела и полна в лице, так что румянец, кажется, не мог пробиться сквозь щеки. Бровей у нее почти совсем не было, а были на их местах две немного будто припухлые, лоснящиеся полосы с редкими светлыми волосами. Глаза серовато-простодушные, как и всё выражение лица; руки белые, но жесткие, с выступившими наружу крупными узлами синих жил.

Платье сидело на ней в обтяжку: видно, что она не прибегала ни к какому искусству, даже к лишней юбке, чтоб увеличить объем бедр и уменьшить талию. От этого даже и закрытый бюст ее, когда она была без платка, мог бы послужить живописцу или скульптору моделью крепкой, здоровой груди, не нарушая ее скромности. Платье ее, в отношении к нарядной шали и парадному чепцу, казалось старо и поношено.

Она не ожидала гостей, и, когда Обломов пожелал ее видеть, она на домашнее будничное платье накинула воскресную свою шаль, а голову прикрыла чепцом. Она вошла робко и остановилась, глядя застенчиво на Обломова.

Он привстал и поклонился.

— Я имею удовольствие видеть госпожу Пшеницыну? — спросил он.

— Да-с, — отвечала она. — Вам, может быть, нужно с братцем поговорить? — нерешительно спросила она. — Они в должности, раньше пяти часов не приходят.

— Нет, я с вами хотел видеться, — начал Обломов, когда она села на диван, как можно дальше от него, и смотрела на концы своей шали, которая, как попона, покрывала ее до полу. Руки она прятала тоже под шаль.

— Я нанял квартиру; теперь, по обстоятельствам, мне надо искать квартиру в другой части города, так я пришел поговорить с вами...

Она тупо выслушала и тупо задумалась.

— Теперь братца нет, — сказала она потом.

— Да ведь этот дом ваш? — спросил Обломов.

— Мой, — коротко отвечала она.

— Так я и думал, что вы сами можете решить...

— Да вот братца-то нет; они у нас всем заведывают, — сказала она монотонно, взглянув в первый раз на Обломова прямо и опустив опять глаза на шаль.

«У ней простое, но приятное лицо, — снисходительно решил Обломов, — должно быть, добрая женщина!» В это время голова девочки высунулась из двери. Агафья Матвеевна с угрозой украдкой кивнула ей головой, и она скрылась.

— А где ваш братец служит?

— В канцелярии.

— В какой?

— Где мужиков записывают... я не знаю, как она называется.

Она простодушно усмехнулась, и в ту ж минуту опять лицо ее приняло свое обыкновенное выражение.

— Вы не одни живете здесь с братцем? — спросил Обломов.

— Нет, двое детей со мной, от покойного мужа: мальчик по восьмому году да девочка по шестому, — довольно словоохотливо начала хозяйка, и лицо у ней стало поживее, — еще бабушка наша, больная, еле ходит, и то в церковь только; прежде на рынок ходила с Акулиной, а теперь с Николы перестала: ноги стали отекать. И в церкви-то всё больше сидит на ступеньке. Вот и только. Иной раз золовка приходит погостить да Михей Андреич.

— А Михей Андреич часто бывает у вас? — спросил Обломов.

— Иногда по месяцу гостит; они с братцем приятели, всё вместе...

И замолчала, истощив весь запас мыслей и слов.

— Какая тишина у вас здесь! — сказал Обломов. — Если б не лаяла собака, так можно бы подумать, что нет ни одной живой души.

Она усмехнулась в ответ.

— Вы часто выходите со двора? — спросил Обломов.

— Летом случается. Вот намедни, в Ильинскую пятницу, на Пороховые Заводы ходили.

— Что ж, там много бывает? — спросил Обломов, глядя чрез распахнувшийся платок, на высокую, крепкую, как подушка дивана, никогда не волнующуюся грудь.

— Нет, нынешний год немного было; с утра дождь шел, а после разгулялось. А то много бывает.

— Еще где же бываете вы?

— Мы мало где бываем. Братец с Михеем Андреичем на тоню ходят, уху там варят, а мы всё дома.

— Ужели всё дома?

— Ей-богу, правда. В прошлом году были в Колпине да вот тут в рощу иногда ходим. Двадцать четвертого июня братец именинники, так обед бывает, все чиновники из канцелярии обедают.

— А в гости ездите?

— Братец бывают, а я с детьми только у мужниной родни в Светлое воскресенье да в Рождество обедаем.

Говорить уж было больше не о чем.

— У вас цветы: вы любите их? — спросил он.

Она усмехнулась.

— Нет, — сказала она, — нам некогда цветами заниматься. Это дети с Акулиной ходили в графский сад, так садовник дал, а ерани да алоэ давно тут, еще при муже были.

В это время вдруг в комнату ворвалась Акулина; в руках у ней бился крыльями и кудахтал в отчаянии большой петух.

— Этого, что ли, петуха, Агафья Матвевна, лавочнику отдать? — спросила она.

— Что ты, что ты! Поди! — сказала хозяйка стыдливо. — Ты видишь, гости!

— Я только спросить, — говорила Акулина, взяв петуха за ноги, головой вниз, — семьдесят копеек дает.

— Поди, поди в кухню! — говорила Агафья Матвеевна. — Серого с крапинками, а не этого, — торопливо прибавила она и сама застыдилась, спрятала руки под шаль и стала смотреть вниз.

— Хозяйство! — сказал Обломов.

— Да, у нас много кур; мы продаем яйца и цыплят. Здесь, по этой улице, с дач и из графского дома всё у нас берут, — отвечала она, поглядев гораздо смелее на Обломова.

И лицо ее принимало дельное и заботливое выражение; даже тупость пропадала, когда она заговаривала о знакомом ей предмете. На всякий же вопрос, не касавшийся какой-нибудь положительной, известной ей цели, она отвечала усмешкой и молчанием.

— Надо бы было это разобрать, — заметил Обломов, указывая на кучу своего добра...

— Мы было хотели, да братец не велят, — живо перебила она и уж совсем смело взглянула на Обломова, — «Бог знает, что у него там в столах да в шкапах... — сказали они, — после пропадет — к нам привяжутся...» — Она остановилась и усмехнулась.

— Какой осторожный ваш братец! — прибавил Обломов.

Она слегка опять усмехнулась и опять приняла свое обычное выражение.

Усмешка у ней была больше принятая форма, которою прикрывалось незнание, что в том или другом случае надо сказать или сделать.

— Мне долго ждать его прихода, — сказал Обломов, — может быть, вы передадите ему, что, по обстоятельствам, я в квартире надобности не имею и потому прошу передать ее другому жильцу, а я, с своей стороны, тоже поищу охотника.

Она тупо слушала, ровно мигая глазами.

— Насчет контракта потрудитесь сказать...

— Да нет их дома-то теперь, — твердила она, — вы лучше завтра опять пожалуйте: завтра суббота, они в присутствие не ходят...

— Я ужасно занят, ни минуты свободной нет, — отговаривался Обломов. — Вы потрудитесь только сказать, что так как задаток остается в вашу пользу, а жильца я найду, то...

— Нету братца-то, — монотонно говорила она, — нейдут они что-то... — И поглядела на улицу. — Вот они тут проходят, мимо окон: видно, когда идут, да вот нету!

— Ну, я отправлюсь... — сказал Обломов.

— А как братец-то придут, что сказать им: когда вы переедете? — спросила она, встав с дивана.

— Вы им передайте, что я просил, — говорил Обломов, — что по обстоятельствам...

— Вы бы завтра сами пожаловали да поговорили с ними... — повторила она.

— Завтра мне нельзя.

— Ну послезавтра, в воскресенье: после обедни у нас водка и закуска бывает. И Михей Андреич приходит.

— Ужели и Михей Андреич приходит? — спросил Обломов.

— Ей-богу, правда, — прибавила она.

— И послезавтра мне нельзя, — отговаривался с нетерпением Обломов.

— Так уж на той неделе... — заметила она. — А когда переезжать-то станете? Я бы полы велела вымыть и пыль стереть, — спросила она.

— Я не перееду, — сказал он.

— Как же? А вещи-то куда же мы денем?

— Вы потрудитесь сказать братцу, — начал говорить Обломов расстановисто, упирая глаза ей прямо в грудь, — что по обстоятельствам...

— Да вот долго нейдут что-то, не видать, — сказала она монотонно, глядя на забор, отделявший улицу от двора. — Я знаю и шаги их; по деревянной мостовой слышно, как кто идет. Здесь мало ходят...

— Так вы передадите ему, что я вас просил? — кланяясь и уходя, говорил Обломов.

— Вот через полчаса они сами будут... — с несвойственным ей беспокойством говорила хозяйка, стараясь как будто голосом удержать Обломова.

— Я больше не могу ждать, — решил он, отворяя дверь.

Собака, увидя его на крыльце, залилась лаем и начала опять рваться с цепи. Кучер, спавший опершись на локоть, начал пятить лошадей; куры опять, в тревоге, побежали в разные стороны; в окно выглянуло несколько голов.

— Так я скажу братцу, что вы были, — в беспокойстве прибавила хозяйка, когда Обломов уселся в коляску.

— Да, и скажите, что я, по обстоятельствам, не могу оставить квартиры за собой и что передам ее другому или чтоб он... поискал...

— Об эту пору они всегда приходят... — говорила она, слушая его рассеянно. — Я скажу им, что вы хотели побывать.

— Да, на днях я заеду, — сказал Обломов.

При отчаянном лае собаки коляска выехала со двора и пошла колыхаться по засохшим кочкам немощеного переулка.

В конце его показался какой-то одетый в поношенное пальто человек средних лет с большим бумажным пакетом под мышкой, с толстой палкой и в резиновых калошах, несмотря на сухой и жаркий день.

Он шел скоро, не смотрел по сторонам и ступал так, как будто хотел продавить деревянный тротуар. Обломов оглянулся ему вслед и видел, что он завернул в ворота к Пшеницыной.

«Вот, должно быть, и братец пришли! — заключил он. — Да черт с ним! Еще протолкуешь с час, а мне и есть хочется, и жарко! Да и Ольга ждет меня... До другого раза!»

— Ступай скорей! — сказал он кучеру.

«А квартиру другую посмотреть! — вдруг вспомнил он, глядя по сторонам, на заборы. — Надо опять назад, в Морскую или в Конюшенную... До другого раза!» — решил он.

— Пошел скорей!

III

В конце августа пошли дожди, и на дачах задымились трубы, где были печи, а где их не было, там жители ходили с подвязанными щеками, и наконец, мало-помалу, дачи опустели.

Обломов не казал глаз в город, и в одно утро мимо его окон повезли и понесли мебель Ильинских. Хотя уж ему не казалось теперь подвигом переехать с квартиры, пообедать где-нибудь мимоходом и не прилечь целый день, но он не знал, где и на ночь приклонить голову.

Оставаться на даче одному, когда опустел парк и роща, когда закрылись ставни окон Ольги, казалось ему решительно невозможно.

Он прошелся по ее пустым комнатам, обошел парк, сошел с горы, и сердце теснила ему грусть.

Он велел Захару и Анисье ехать на Выборгскую сторону, где решился остаться до приискания новой квартиры, а сам уехал в город, отобедал наскоро в трактире и вечер просидел у Ольги.

Но осенние вечера в городе не походили на длинные, светлые дни и вечера в парке и роще. Здесь он уж не мог видеть ее по три раза в день; здесь уж не прибежит к нему Катя и не пошлет он Захара с запиской за пять верст. И вся эта летняя, цветущая поэма любви как будто остановилась, пошла ленивее, как будто не хватило в ней содержания.

Они иногда молчали по получасу. Ольга углубится в работу, считает про себя иглой клетки узора, а он углубится в хаос мыслей и живет впереди, гораздо дальше настоящего момента.

Только иногда, вглядываясь пристально в нее, он вздрогнет страстно, или она взглянет на него мимоходом и улыбнется, уловив луч нежной покорности, безмолвного счастья в его глазах.

Три дня сряду ездил он в город к Ольге и обедал у них, под предлогом, что у него там еще не устроено, что на этой неделе он съедет и оттого не располагается на новой квартире, как дома.

Но на четвертый день ему уж казалось неловко прийти, и он, побродив около дома Ильинских, со вздохом поехал домой.

На пятый день они не обедали дома.

На шестой Ольга сказала ему, чтоб он пришел в такой-то магазин, что она будет там, а потом он может проводить ее до дома пешком, а экипаж будет ехать сзади.

Всё это было неловко; попадались ему и ей знакомые, кланялись, некоторые останавливались поговорить.

— Ах ты, Боже мой, какая мука! — говорил он весь в поту от страха и неловкого положения.

Тетка тоже глядит на него своими томными большими глазами и задумчиво нюхает свой спирт, как будто у нее от него болит голова. А ездить ему какая даль! Едешь, едешь с Выборгской стороны да вечером назад — три часа!

— Скажем тетке, — настаивал Обломов, — тогда я могу оставаться у вас с утра, и никто не будет говорить...

— А ты в палате был? — спросила Ольга.

Обломова так и подмывало сказать: «Был и всё сделал», да он знает, что Ольга взглянет на него так пристально, что прочтет сейчас ложь на лице. Он вздохнул в ответ.

— Ах, если б ты знала, как это трудно! — говорил он.

— А говорил с братом хозяйки? Приискал квартиру? — спросила она потом, не поднимая глаз.

— Его никогда утром дома нет, а вечером я всё здесь, — сказал Обломов, обрадовавшись, что есть достаточная отговорка.

Теперь Ольга вздохнула, но не сказала ничего.

— Завтра непременно поговорю с хозяйским братом, — успокоивал ее Обломов, — завтра воскресенье, он в присутствие не пойдет.

— Пока это всё не устроится, — сказала задумчиво Ольга, — говорить ma tante нельзя и видеться надо реже...

— Да, да... правда, — струсив, прибавил Обломов.

— Ты обедай у нас в воскресенье, в наш день, а потом хоть в среду, один, — решила она. — А потом мы можем видеться в театре: ты будешь знать, когда мы едем, и тоже поезжай.

— Да, это правда, — говорил он, обрадованный, что она попечение о порядке свиданий взяла на себя.

— Если ж выдастся хороший день, — заключила она, — я поеду в Летний сад гулять, и ты можешь прийти туда; это напомнит нам парк... парк! — повторила она с чувством.

Он молча поцеловал у ней руку и простился с ней до воскресенья. Она уныло проводила его глазами, потом села за фортепьяно и вся погрузилась в звуки. Сердце у ней о чем-то плакало, плакали и звуки. Хотела петь — не поется!

На другой день Обломов встал и надел свой дикий сюртучок, что носил на даче. С халатом он простился давно и велел его спрятать в шкап.

Захар, по обыкновению колебля подносом, неловко подходил к столу с кофе и кренделями. Сзади Захара, по обыкновению же, высовывалась до половины из двери Анисья, приглядывая, донесет ли Захар чашки до стола, и тотчас, без шума, пряталась, если Захар ставил поднос благополучно на стол, или стремительно подскакивала к нему, если с подноса падала одна вещь, чтоб удержать остальные. Причем Захар разразится бранью сначала на вещи, потом на жену и замахнется локтем ей в грудь.

— Какой славный кофе! Кто это варит? — спросил Обломов.

— Сама хозяйка, — сказал Захар, — шестой день всё она. «Вы, говорит, много цикорию кладете да не довариваете. Дайте-ко я!»

— Славный, — повторил Обломов, наливая другую чашку. — Поблагодари ее.

— Вон она сама, — говорил Захар, указывая на полуотворенную дверь боковой комнаты. — Это у них буфет, что ли; она тут и работает, тут у них чай, сахар, кофе лежит и посуда.

Обломову видна была только спина хозяйки, затылок и часть белой шеи да голые локти.

— Что это она там локтями-то так живо ворочает? — спросил Обломов.

— Кто ее знает! Кружева, что ли, гладит.

Обломов следил, как ворочались локти, как спина нагибалась и выпрямлялась опять.

Внизу, когда она нагибалась, видны были чистая юбка, чистые чулки и круглые, полные ноги.

«Чиновница, а локти хоть бы графине какой-нибудь; еще с ямочками!» — подумал Обломов.

В полдень Захар пришел спросить, не угодно ли попробовать их пирога: хозяйка велела предложить.

— Сегодня воскресенье, у них пирог пекут!

— Ну уж, я думаю, хорош пирог! — небрежно сказал Обломов. — С луком да с морковью...

— Пирог не хуже наших обломовских, — заметил Захар, — с цыплятами и с свежими грибами.

— Ах, это хорошо должно быть: принеси! Кто ж у них печет? Эта грязная баба-то?

— Куда ей! — с презрением сказал Захар. — Кабы не хозяйка, так она и опары поставить не умеет. Хозяйка сама всё на кухне. Пирог-то они с Анисьей вдвоем испекли.

Чрез пять минут из боковой комнаты высунулась к Обломову голая рука, едва прикрытая виденною уже им шалью, с тарелкой, на которой дымился, испуская горячий пар, огромный кусок пирога.

— Покорно благодарю, — ласково отозвался Обломов, принимая пирог, и, заглянув в дверь, уперся взглядом в высокую грудь и голые плечи. Дверь торопливо затворилась.

— Водки не угодно ли? — спросил голос.

— Я не пью; покорно благодарю, — еще ласковее сказал Обломов, — у вас какая?

— Своя, домашняя: сами настаиваем на смородинном листу, — говорил голос.

— Я никогда не пивал на смородинном листу, позвольте попробовать!

Голая рука опять просунулась с тарелкой и рюмкой водки. Обломов выпил: ему очень понравилось.

— Очень благодарен, — говорил он, стараясь заглянуть в дверь, но дверь захлопнулась.

— Что вы не дадите на себя взглянуть, пожелать вам доброго утра? — упрекнул Обломов.

Хозяйка усмехнулась за дверью.

— Я еще в будничном платье, всё на кухне была. Сейчас оденусь; братец скоро от обедни придут, — отвечала она.

— Ах, à propos о братце, — заметил Обломов, — мне надо с ним поговорить. Попросите его зайти ко мне.

— Хорошо, я скажу, как они придут.

— А кто это у вас кашляет? Чей это такой сухой кашель? — спросил Обломов.

— Это бабушка; уж она у нас восьмой год кашляет.

И дверь захлопнулась.

«Какая она... простая, — подумал Обломов, — а есть в ней что-то такое... И держит себя чисто!»

До сих пор он с «братцем» хозяйки еще не успел познакомиться. Он видел только, и то редко, с постели, как, рано утром, мелькал сквозь решетку забора человек с большим бумажным пакетом под мышкой и пропадал в переулке, и потом, в пять часов, мелькал опять с тем же пакетом мимо окон, возвращаясь, тот же человек и пропадал за крыльцом. Его в доме не было слышно.

А между тем заметно было, что там жили люди, особенно по утрам: на кухне стучат ножи, слышно в окно, как полощет баба что-то в углу, как дворник рубит дрова или везет на двух колесах бочонок с водой; за стеной плачут ребятишки или раздается упорный, сухой кашель старухи.

У Обломова было четыре комнаты, то есть вся парадная анфилада. Хозяйка с семейством помещалась в двух непарадных комнатах, а братец жил вверху, в так называемой светелке.

Кабинет и спальня Обломова обращены были окнами на двор, гостиная к садику, а зала к большому огороду с капустой и картофелем. В гостиной окна были драпированы ситцевыми полинявшими занавесками.

По стенам жались простые, под орех, стулья; под зеркалом стоял ломберный стол; на окнах теснились горшки с еранью и бархатцами и висели четыре клетки с чижами и канарейками.

Братец вошел на цыпочках и отвечал троекратным поклоном на приветствие Обломова. Вицмундир на нем был застегнут на все пуговицы, так что нельзя было узнать, есть ли на нем белье или нет; галстух завязан простым узлом, и концы спрятаны вниз.

Он был лет сорока, с прямым хохлом на лбу и двумя небрежно на ветер пущенными такими же хохлами на висках, похожими на собачьи уши средней величины. Серые глаза не вдруг глядели на предмет, а сначала взглядывали украдкой, а во второй раз уж останавливались.

Рук своих он как будто стыдился, и когда говорил, то старался прятать или обе за спину или одну за пазуху, а другую за спину. Подавая начальнику бумагу и объясняясь, он одну руку держал на спине, а средним пальцем другой руки, ногтем вниз, осторожно показывал какую-нибудь строку или слово и, показав, тотчас прятал руку назад, может быть, оттого, что пальцы были толстоваты, красноваты и немного тряслись и ему не без причины казалось не совсем приличным выставлять их часто напоказ.

— Вы изволили, — начал он, бросив свой двойной взгляд на Обломова, — приказать мне прийти к себе.

— Да, я хотел поговорить с вами насчет квартиры. Прошу садиться! — вежливо отвечал Обломов.

Иван Матвеич, после двукратного приглашения, решился сесть, перегнувшись телом вперед и поджав руки в рукава.

— По обстоятельствам я должен приискать себе другую квартиру, — сказал Обломов, — поэтому желал бы эту передать.

— Теперь трудно передать, — кашлянув в пальцы и проворно спрятав их в рукав, отозвался Иван Матвеевич, — если б в конце лета пожаловали, тогда много ходили смотреть.

— Я был, да вас не было, — перебил Обломов.

— Сестра сказывала, — прибавил чиновник. — Да вы не беспокойтесь насчет квартиры: здесь вам будет удобно. Может быть, птица вас беспокоит?

— Какая птица?

— Куры-с.

Обломов хотя слышал постоянно с раннего утра под окнами тяжелое кудахтанье наседки и писк цыплят, но до того ли ему? Перед ним носился образ Ольги, и он едва замечал окружающее.

— Нет, это ничего, — сказал он, — я думал, вы говорите о канарейках: они с утра начинают трещать.

— Мы их вынесем, — отвечал Иван Матвеевич.

— И это ничего, — заметил Обломов, — но мне, по обстоятельствам, нельзя оставаться.

— Как угодно-с, — отвечал Иван Матвеевич. — А если не приищете жильца, как же насчет контракта? Сделаете удовлетворение?.. Вам убыток будет.

— А сколько там следует? — спросил Обломов.

— Да вот я принесу расчет.

Он принес контракт и счеты.

— Вот-с, за квартиру восемьсот рублей ассигнациями, сто рублей получено задатку, осталось семьсот рублей, — сказал он.

— Да неужели вы с меня за целый год хотите взять, когда я у вас и двух недель не прожил? — перебил его Обломов.

— Как же-с? — кротко и совестливо возразил Иван Матвеевич. — Сестра убыток понесет несправедливо. Она бедная вдова, живет только тем, что с дома получит; да разве на цыплятах и яйцах выручит кое-что на одежонку ребятишкам.

— Помилуйте, я не могу, — заговорил Обломов, — посудите, я не прожил двух недель. Что же это, за что?

— Вот-с, в контракте сказано, — говорил Иван Матвеевич, показывая средним пальцем две строки и спрятав палец в рукав,— извольте прочесть: «Буде же я, Обломов, пожелаю прежде времени съехать с квартиры, то обязан передать ее другому лицу на тех же условиях или, в противном случае, удовлетворить ее, Пшеницыну, сполна платою за весь год, по первое июня будущего года»,— прочитал Обломов.

— Как же это? — говорил он.— Это несправедливо.

— По закону так-с,— заметил Иван Матвеевич.— Сами изволили подписать: вот подпись-с!

Опять появился палец под подписью и опять спрятался.

— Сколько же? — спросил Обломов.

— Семьсот рублей,— начал щелкать тем же пальцем Иван Матвеевич, подгибая его всякий раз проворно в кулак,— да за конюшню и сарай сто пятьдесят рублей.

И он щелкнул еще.

— Помилуйте, у меня лошадей нет, я не держу: зачем мне конюшня и сарай? — с живостью возразил Обломов.

— В контракте есть-с,— заметил, показывая пальцем строку, Иван Матвеевич.— Михей Андреич сказывали, что у вас лошади будут.

— Врет Михей Андреич! — с досадой сказал Обломов.— Дайте мне контракт!

— Вот-с, копию извольте получить, а контракт принадлежит сестре,— мягко отозвался Иван Матвеевич, взяв контракт в руку.— Сверх того, за огород и продовольствие из оного капустой, репой и прочими овощами, считая на одно лицо,— читал Иван Матвеевич,— примерно двести пятьдесят рублей...

И он хотел щелкнуть на счетах.

— Какой огород? Какая капуста? Я и знать не знаю, что вы! — почти грозно возражал Обломов.

— Вот-с, в контракте: Михей Андреич сказали, что вы с тем нанимаете...

— Что же это такое, что вы без меня моим столом распоряжаетесь? Я не хочу ни капусты, ни репы...— говорил Обломов, вставая.

И Иван Матвеевич встал со стула.

— Помилуйте, как можно без вас: вот подпись есть! — возразил он.

И опять толстый палец трясся на подписи, и вся бумага тряслась в его руке.

— Сколько всего считаете вы? — нетерпеливо спросил Обломов.

— Еще за окраску потолков и дверей, за переделку окон в кухне, за новые пробои к дверям — сто пятьдесят четыре рубля двадцать восемь копеек ассигнациями.

— Как, и это на мой счет? — с изумлением спросил Обломов. — Это всегда на счет хозяина делается. Кто же переезжает в неотделанную квартиру?..

— Вот-с, в контракте сказано, что на ваш счет, — сказал Иван Матвеевич, издали показывая пальцем в бумаге, где это сказано. — Тысячу триста пятьдесят четыре рубля двадцать восемь копеек ассигнациями всего-с! — кротко заключил он, спрятав обе руки с контрактом назади.

— Да где я возьму? У меня нет денег! — возразил Обломов, ходя по комнате. — Нужно мне очень вашей репы да капусты!

— Как угодно-с! — тихо прибавил Иван Матвеевич. — Да не беспокойтесь: вам здесь будет удобно, — прибавил он. — А деньги... сестра подождет.

— Нельзя мне, нельзя по обстоятельствам! Слышите?

— Слушаю-с. Как угодно, — послушно отвечал Иван Матвеевич, отступив на шаг.

— Хорошо, я подумаю и постараюсь передать квартиру! — сказал Обломов, кивнув чиновнику головой.

— Трудно-с; а впрочем, как угодно! — заключил Иван Матвеевич и, троекратно поклонясь, вышел вон.

Обломов вынул бумажник и счел деньги: всего триста пять рублей. Он обомлел.

«Куда ж я дел все деньги? — с изумлением, почти с ужасом спросил самого себя Обломов. — В начале лета из деревни прислали тысячу двести рублей, а теперь всего триста!»

Он начал считать, припоминать все траты и мог припомнить только двести пятьдесят рублей.

— Куда ж это вышли деньги? — говорил он.

— Захар, Захар!

— Чего изволите?

— Куда это у нас все деньги вышли? Ведь денег-то нет у нас! — спросил он.

Захар начал шарить в карманах, вынул полтинник, гривенник и положил на стол.

— Вот забыл отдать, от перевозки осталось, — сказал он.

— Что ты мне мелочь-то суешь? Ты скажи, куда восемьсот рублей делись?

— Почем я знаю? Разве я знаю, куда вы тратите? Что вы там извозчикам за коляски платите?

— Да, вот на экипаж много вышло, — вспомнил Обломов, глядя на Захара. — Ты не помнишь ли, сколько мы на даче отдали извозчику?

— Где помнить? — отозвался Захар. — Один раз вы велели мне тридцать рублей отдать, так я и помню.

— Что бы тебе записывать? — упрекнул его Обломов. — Худо быть безграмотным!

— Прожил век и без грамоты, слава Богу, не хуже других! — возразил Захар, глядя в сторону.

«Правду говорит Штольц, что надо завести школу в деревне!» — подумал Обломов.

— Вон у Ильинских был грамотный-то, сказывали люди, — продолжал Захар, — да серебро из буфета и стащил.

«Прошу покорнейше! — трусливо подумал Обломов. — В самом деле, эти грамотеи — всё такой безнравственный народ: по трактирам, с гармоникой, да чаи... Нет, рано школы заводить!..»

— Ну, куда еще вышли деньги? — спросил он.

— Почем я знаю? Вон Михею Андреичу дали на даче...

— В самом деле, — обрадовался Обломов, вспомнив про эти деньги. — Так вот, извозчику тридцать да, кажется, двадцать пять рублей Тарантьеву... Еще куда?

Он задумчиво и вопросительно глядел на Захара. Захар угрюмо, стороной, смотрел на него.

— Не помнит ли Анисья? — спросил Обломов.

— Где дуре помнить? Что баба знает? — с презрением сказал Захар.

— Не припомню! — с тоской заключил Обломов, — уж не воры ли были?

— Кабы воры, так всё бы взяли, — сказал Захар, уходя.

Обломов сел в кресло и задумался. «Где же я возьму денег? — до холодного пота думал он. — Когда пришлют из деревни и сколько?»

Он взглянул на часы: два часа, пора ехать к Ольге. Сегодня положенный день обедать. Он мало-помалу развеселился, велел привести извозчика и поехал в Морскую.

IV

Он сказал Ольге, что переговорил с братом хозяйки, и скороговоркой прибавил от себя, что есть надежда на этой неделе передать квартиру.

Ольга поехала с теткой с визитом до обеда, а он пошел глядеть квартиры поблизости. Заходил в два дома; в одном нашел квартиру в четыре комнаты за четыре тысячи ассигнациями, в другом за пять комнат просили шесть тысяч рублей.

— Ужас! ужас! — твердил он, зажимая уши и убегая от изумленных дворников. Прибавив к этим суммам тысячу с лишком рублей, которые надо было заплатить Пшеницыной, он от страха не поспел вывести итога и только прибавил шагу и побежал к Ольге.

Там было общество. Ольга была одушевлена, говорила, пела и произвела фурор. Только Обломов слушал рассеянно, а она говорила и пела для него, чтоб он не сидел повеся нос, спустя веки, чтоб всё говорило и пело беспрестанно в нем самом.

— Приезжай завтра в театр, у нас ложа, — сказала она.

«Вечером, по грязи, этакую даль!» — подумал Обломов, но, взглянув ей в глаза, отвечал на ее улыбку улыбкой согласия.

— Абонируйся в кресло, — прибавила она, — на той неделе приедут Маевские; ma tante пригласила их к нам в ложу.

И она глядела ему в глаза, чтоб знать, как он обрадуется.

«Господи! — подумал он в ужасе. — А у меня всего триста рублей денег».

— Вот попроси барона; он там со всеми знаком, завтра же пошлет за креслами.

И она опять улыбнулась, и он улыбнулся, глядя на нее, и с улыбкой просил барона; тот, тоже с улыбкой, взялся послать за билетом.

— Теперь в кресле, а потом, когда ты кончишь дела, — прибавила Ольга, — ты уж займешь по праву место в нашей ложе.

И окончательно улыбнулась, как улыбалась, когда была совершенно счастлива.

Ух, каким счастьем вдруг пахнуло на него, когда Ольга немного приподняла завесу обольстительной дали, прикрытой, как цветами, улыбками!

Обломов и про деньги забыл; только когда, на другой день утром, увидел мелькнувший мимо окон пакет братца, он вспомнил про доверенность и просил Ивана Матвеевича засвидетельствовать ее в палате. Тот прочитал доверенность, объявил, что в ней есть один неясный пункт, и взялся прояснить.

Бумага была вновь переписана, наконец засвидетельствована и отослана на почту. Обломов с торжеством объявил об этом Ольге и успокоился надолго.

Он радовался, что до получения ответа квартиры приискивать не понадобится и деньги понемногу заживаются.

«Оно бы и тут можно жить, — думал он, — да далеко от всего, а в доме у них порядок строгий и хозяйство идет славно».

В самом деле хозяйство шло отлично. Хотя Обломов держал стол особо, но глаз хозяйки бодрствовал и над его кухней.

Илья Ильич зашел однажды в кухню и застал Агафью Матвеевну с Анисьей чуть не в объятиях друг друга. Если есть симпатия душ, если родственные сердца чуют друг друга издалека, то никогда это не доказывалось так очевидно, как на симпатии Агафьи Матвеевны и Анисьи. С первого взгляда, слова и движения они поняли и оценили одна другую.

По приемам Анисьи, по тому, как она, вооруженная кочергой и тряпкой, с засученными рукавами, в пять минут привела полгода нетопленную кухню в порядок; как смахнула щеткой разом пыль с полок, со стен и со стола; какие широкие размахи делала метлой по полу и по лавкам; как мгновенно выгребла из печки золу, — Агафья Матвеевна оценила, что такое Анисья и какая бы она великая сподручница была ее хозяйственным распоряжениям. Она дала ей с той поры у себя место в сердце.

И Анисья, в свою очередь, поглядев однажды только, как Агафья Матвеевна царствует в кухне; как соколиными очами, без бровей, видит каждое неловкое движение неповоротливой Акулины; как гремит приказаниями вынуть, поставить, подогреть, посолить; как на рынке одним взглядом и много-много прикосновением пальца безошибочно решает, сколько курице месяцев от роду, давно ли уснула рыба, когда сорваны с гряд петрушка или салат, — она с удивлением и почтительною боязнью возвела на нее глаза и решила, что она, Анисья, миновала свое назначение, что поприще ее — не кухня Обломова, где торопливость ее, вечно бьющаяся, нервическая лихорадочность движений устремлена только на то, чтоб подхватить на лету уроненную Захаром тарелку или стакан, и где опытность ее и тонкость соображений подавляются мрачною завистью и грубым высокомерием мужа. Две женщины поняли друг друга и стали неразлучны.

Когда Обломов не обедал дома, Анисья присутствовала на кухне хозяйки и, из любви к делу, бросалась из угла в угол, сажала, вынимала горшки, почти в одно и то же мгновение отпирала шкап, доставала что надо и захлопывала прежде, нежели Акулина успеет понять, в чем дело.

Зато наградой Анисье был обед, чашек шесть кофе утром и столько же вечером и откровенный, продолжительный разговор, иногда доверчивый шепот с самой хозяйкой.

Когда Обломов обедал дома, хозяйка помогала Анисье, то есть указывала, словом или пальцем, пора ли или рано вынимать жаркое, надо ли к соусу прибавить немного красного вина или сметаны или что рыбу надо варить не так, а вот как...

И Боже мой, какими знаниями поменялись они в хозяйственном деле не по одной только кулинарной части, но и по части холста, ниток, шитья, мытья белья, платьев, чистки блонд, кружев, перчаток, выведения пятен из разных материй, также употребления разных домашних лекарственных составов, трав — всего, что внесли в известную сферу жизни наблюдательный ум и вековые опыты!

Илья Ильич встанет утром часов в девять, иногда увидит сквозь решетку забора мелькнувший бумажный пакет под мышкой уходящего в должность братца, потом примется за кофе. Кофе всё такой же славный, сливки густые, булки сдобные, рассыпчатые.

Потом он примется за сигару и слушает внимательно, как тяжело кудахтает наседка, как пищат цыплята, как трещат канарейки и чижи. Он не велел убирать их: «Деревню напоминают, Обломовку», — сказал он.

Потом сядет дочитывать начатые на даче книги, иногда приляжет небрежно с книгой на диван и читает.

Тишина идеальная; пройдет разве солдат какой-нибудь по улице или кучка мужиков с топорами за поясом. Редко-редко заберется в глушь разносчик и, остановясь перед решетчатым забором, с полчаса горланит: «Яблоки, арбузы астраханские» — так, что нехотя купишь что-нибудь.

Иногда придет к нему Маша, хозяйская девочка, от маменьки, сказать, что грузди или рыжики продают: не велит ли он взять кадочку для себя, или зазовет он к себе Ваню, ее сына, спрашивает, что он выучил, заставит прочесть или написать и посмотрит, хорошо ли он пишет и читает.

Если дети не затворят дверь за собой, он видит голую шею и мелькающие, вечно движущиеся локти и спину хозяйки.

Она всё за работой, всё что-нибудь гладит, толчет, трет и уже не церемонится, не накидывает шаль, когда заметит, что он видит ее сквозь полуотворенную дверь, только усмехнется и опять заботливо толчет, гладит и трет на большом столе.

Он иногда с книгой подойдет к двери, заглянет к ней и поговорит с хозяйкой.

— Вы всё за работой! — сказал он ей однажды.

Она усмехнулась и опять заботливо принялась вертеть ручку кофейной мельницы, и локоть ее так проворно описывал круги, что у Обломова рябило в глазах.

— Ведь вы устанете, — продолжал он.

— Нет, я привыкла, — отвечала она, треща мельницей.

— А когда нет работы, что ж вы делаете?

— Как нет работы? Работа всегда есть, — сказала она, — утром обед готовить, после обеда шить, а к вечеру ужин.

— Разве вы ужинаете?

— Как же без ужина? ужинаем. Под праздник ко всенощной ходим.

— Это хорошо, — похвалил Обломов. — В какую же церковь?

— К Рождеству: это наш приход.

— А читаете что-нибудь?

Она поглядела на него тупо и молчала.

— Книги у вас есть? — спросил он.

— У братца есть, да они не читают. Газеты из трактира берем, так иногда братец вслух читают... да вот у Ванички много книг.

— Ужели же вы никогда не отдыхаете?

— Ей-богу, правда!

— И в театре не бываете?

— Братец на святках бывают.

— А вы?

— Когда мне? А ужин как? — спросила она, боком поглядев на него.

— Кухарка может без вас...

— Акулина-то! — с удивлением возразила она. — Как же можно? Что она сделает без меня? Ужин и к завтрему не поспеет. У меня все ключи.

Молчание. Обломов любовался ее полными, круглыми локтями.

— Как у вас хороши руки, — вдруг сказал Обломов, — можно хоть сейчас нарисовать!

Она усмехнулась и немного застыдилась.

— Неловко с рукавами, — оправдывалась она, — нынче ведь вон какие пошли платья, рукава все выпачкаешь.

И замолчала. Обломов тоже молчал.

— Вот только домелю кофе, — шептала про себя хозяйка, — сахар буду колоть. Еще не забыть за корицей послать.

— Вам бы замуж надо выйти, — сказал Обломов, — вы славная хозяйка.

Она усмехнулась и стала пересыпать кофе в большую стеклянную банку.

— Право, — прибавил Обломов.

— Кто меня с детьми-то возьмет? — отвечала она и что-то начала считать в уме.

— Два десятка... — задумчиво говорила она, — уже-ли она их все положит? — И, поставив в шкап банку, побежала в кухню. А Обломов ушел к себе и стал читать книгу...

— Какая еще свежая, здоровая женщина и какая хозяйка! Право бы, замуж ей... — говорил он сам себе и погружался в мысль... об Ольге.

Обломов в хорошую погоду наденет фуражку и обойдет окрестность; там попадет в грязь, здесь войдет в неприятное сношение с собаками и вернется домой.

А дома уж накрыт стол, и кушанье такое вкусное, подано чисто. Иногда сквозь двери просунется голая рука с тарелкой — просят попробовать хозяйского пирога.

— Тихо, хорошо в этой стороне, только скучно! — говорил Обломов, уезжая в оперу.

Однажды, воротясь поздно из театра, он с извозчиком стучал почти час в ворота; собака, от скаканья на цепи и лая, потеряла голос. Он иззяб и рассердился, объявив, что съедет на другой же день. Но и другой, и третий день, и неделя прошла — он еще не съезжал.

Ему было очень скучно не видеть Ольги в неположенные дни, не слышать ее голоса, не читать в глазах всё той же, неизменяющейся ласки, любви, счастья.

Зато в положенные дни он жил, как летом, заслушивался ее пения или глядел ей в глаза; а при свидетелях довольно было ему одного ее взгляда, равнодушного для всех, но глубокого и знаменательного для него.

По мере того, однако ж, как дело подходило к зиме, свидания их становились реже наедине. К Ильинским стали ездить гости, и Обломову по целым дням не удавалось сказать с ней двух слов. Они менялись взглядами. Ее взгляды выражали иногда усталость и нетерпение.

Она с нахмуренными бровями глядела на всех гостей. Обломов раза два даже соскучился и после обеда однажды взялся было за шляпу.

— Куда? — вдруг с изумлением спросила Ольга, очутясь подле него и хватая за шляпу.

— Позвольте домой...

— Зачем? — спросила она. Одна бровь у ней лежала выше другой. — Что вы станете делать?

— Я так... — говорил он, едва тараща глаза от сна.

— Кто ж вам позволит? Уж не спать ли вы собираетесь? — спрашивала она, строго поглядев ему попеременно в один глаз, потом в другой.

— Что вы! — живо возразил Обломов. — Спать днем! Мне просто скучно.

И он отдал шляпу.

— Сегодня в театр, — сказала она.

— Не вместе в ложу, — прибавил он со вздохом.

— Так что же? А это разве ничего, что мы видим друг друга, что ты зайдешь в антракте, при разъезде подойдешь, подашь руку до кареты?.. Извольте ехать! — повелительно прибавила она. — Что это за новости!

Нечего делать, он ехал в театр, зевал, как будто хотел вдруг проглотить сцену, чесал затылок и перекладывал ногу на ногу.

«Ах, скорей бы кончить это да сидеть с ней рядом, не таскаться такую даль сюда! — думал он. — А то после такого лета да еще видеться урывками, украдкой, играть роль влюбленного мальчика... Правду сказать, я бы сегодня не поехал в театр, если б уж был женат: шестой раз слышу эту оперу...»

В антракте он пошел в ложу к Ольге и едва протеснился до нее между двух каких-то франтов. Чрез пять минут он ускользнул и остановился у входа в кресла, в толпе. Акт начался, и все торопились к своим местам. Франты из ложи Ольги тоже были тут и не видели Обломова.

— Что это за господин был сейчас в ложе у Ильинских? — спросил один у другого.

— Это Обломов какой-то, — небрежно отвечал другой.

— Что это за Обломов?

— Это... помещик, друг Штольца.

— А! — значительно произнес другой. — Друг Штольца. Что ж он тут делает?

— Dieu sait![1] — отвечал другой, и все разошлись по местам. Но Обломов потерялся от этого ничтожного разговора.

«Что за „господин“?.. „какой-то“ Обломов... что он тут делает... „Dieu sait“, — всё это застучало ему в голову. — „Какой-то!..“ Что я тут делаю? Как что? Люблю Ольгу; я ее... Однако ж вот уж в свете родился вопрос: что я тут делаю? Заметили... Ах, Боже мой! как же, надо что-нибудь...»

Он уж не видел, что делается на сцене, какие там выходят рыцари и женщины; оркестр гремит, а он и не слышит. Он озирается по сторонам и считает, сколько знакомых в театре вон тут, там — везде сидят, все спрашивают: «Что это за господин входил к Ольге в ложу?..» — «Какой-то Обломов!» — говорят все.

«Да, я „какой-то“! — думал он в робком унынии. — Меня знают, потому что я друг Штольца. Зачем я у Ольги? „Dieu sait!..“ Вон, вон, эти франты смотрят на меня, потом на ложу Ольги!»

Он взглянул на ложу: бинокль Ольги устремлен был на него.

«Ах ты, Господи! — думал он. — А она глаз не спускает с меня! Что она нашла во мне такого? Экое сокровище далось! Вон кивает теперь, на сцену указывает... франты, кажется, смеются, смотрят на меня... Господи, Господи!»

---

[1] Бог знает! *(фр.)*.

Он опять в волнении неистово почесал затылок, опять переложил ногу на ногу.

Она звала франтов из театра пить чай, обещала повторить каватину и ему велела приехать.

«Нет, уж сегодня не поеду; надо решить дело скорей, да потом... Что это ответа поверенный не шлет из деревни?.. Я бы давно уехал, перед отъездом обручился бы с Ольгой... Ах, а она всё смотрит на меня! Беда, право!»

Он, не дождавшись конца оперы, уехал домой. Мало-помалу впечатление его изгладилось, и он опять с трепетом счастья смотрел на Ольгу наедине, слушал, с подавляемыми слезами восторга, ее пение при всех и, приезжая домой, ложился, без ведома Ольги, на диван, но ложился не спать, не лежать мертвой колодой, а мечтать о ней, играть мысленно в счастье и волноваться, заглядывая в будущую перспективу своей домашней, мирной жизни, где будет сиять Ольга, — и всё засияет около нее. Заглядывая в будущее, он иногда невольно, иногда умышленно заглядывал, в полуотворенную дверь, и на мелькавшие локти хозяйки.

Однажды тишина в природе и в доме была идеальная; ни стуку карет, ни хлопанья дверей; в передней на часах мерно постукивал маятник да пели канарейки; но это не нарушает тишины, а придает ей только некоторый оттенок жизни.

Илья Ильич лежал небрежно на диване, играя туфлей, ронял ее на пол, поднимал на воздух, повертит там, она упадет, он подхватывает с пола ногой... Вошел Захар и стал у дверей.

— Ты что? — небрежно спросил Обломов.

Захар молчал и почти прямо, не стороной, глядел на него.

— Ну? — спросил Обломов, взглянув на него с удивлением. — Пирог, что ли, готов?

— Вы нашли квартиру? — спросил, в свою очередь, Захар.

— Нет еще. А что?

— Да я не всё еще разобрал: посуда, одежа, сундуки — всё еще в чулане горой стоит. Разбирать, что ли?

— Погоди, — рассеянно сказал Обломов, — я жду ответа из деревни.

— Стало быть, свадьба-то после Рождества будет? — прибавил Захар.

— Какая свадьба? — вдруг встав, спросил Обломов.

— Известно какая: ваша! — отвечал Захар положительно, как о деле давно решенном. — Ведь вы женитесь?

— Я же-нюсь! На ком? — с ужасом спросил Обломов, пожирая Захара изумленными глазами.

— На ильинской барыш... — Захар еще не договорил, а Обломов был у него почти на носу.

— Что ты, несчастный, кто тебе внушил эту мысль? — патетически, сдержанным голосом воскликнул Обломов, напирая на Захара.

— Что я за несчастный? Слава тебе, Господи! — говорил Захар, отступая к дверям. — Кто? Люди ильинские еще летом сказывали.

— Цссс!.. — зашипел на него Обломов, подняв палец вверх и грозя на Захара. — Ни слова больше!

— Разве я выдумал? — говорил Захар.

— Ни слова! — повторил Обломов, грозно глядя на него, и указал ему дверь. Захар ушел и вздохнул на все комнаты.

Обломов не мог опомниться; он всё стоял в одном положении, с ужасом глядя на то место, где стоял Захар, потом в отчаянье положил руки на голову и сел в кресло.

«Люди знают! — ворочалось у него в голове. — По лакейским, по кухням толки идут! Вот до чего дошло! Он осмелился спросить, когда свадьба. А тетка еще не подозревает или если подозревает, то, может быть, другое, недоброе... Ай-ай-ай, что она может подумать! А я? А Ольга?»

— Несчастный, что я наделал! — говорил он, переваливаясь на диван лицом к подушке. — Свадьба! Этот поэтический миг в жизни любящихся, венец счастья — о нем заговорили лакеи, кучера, когда еще ничего не решено, когда ответа из деревни нет, когда у меня пустой бумажник, когда квартира не найдена...

Он стал разбирать «поэтический миг», который вдруг потерял краски, как только заговорил о нем Захар. Обломов стал видеть другую сторону медали и мучительно переворачивался с боку на бок, ложился на спину, вдруг вскакивал, делал три шага по комнате и опять ложился.

«Ну, не бывать добру! — думал со страхом Захар у себя в передней. — Эк меня дернула нелегкая!»

— Откуда они знают? — твердил Обломов. — Ольга молчала, я и подумать вслух не смел, а в передней всё решили! Вот что значит свидания наедине, поэзия утренних и вечерних зорь, страстные взгляды и обаятельное пение! Ох уж эти поэмы любви, никогда добром не кончаются! Надо прежде стать под венец и тогда плавать в розовой атмосфере!.. Боже мой! Боже мой! Бежать к тетке, взять Ольгу за руку и сказать: «Вот моя невеста!» — да не готово ничего, ответа из деревни нет, денег нет, квартиры нет! Нет, надо выбить прежде из головы Захара эту мысль, затушить слухи, как пламя, чтоб оно не распространилось, чтоб не было огня и дыма... Свадьба! Что такое свадьба?..

Он было улыбнулся, вспомнив прежний свой поэтический идеал свадьбы, длинное покрывало, померанцевую ветку, шепот толпы...

Но краски были уже не те: тут же, в толпе, был грубый, неопрятный Захар и вся дворня Ильинских, ряд карет, чужие, холодно-любопытные лица. Потом, потом мерещилось всё такое скучное, страшное...

«Надо выбить из головы Захара эту мысль, чтоб он счел это за нелепость», — решил он, то судорожно волнуясь, то мучительно задумываясь.

Через час он кликнул Захара.

Захар притворился, что не слышит, и стал было потихоньку выбираться на кухню. Он уж отворил без скрипу дверь, да не попал боком в одну половинку и плечом так задел за другую, что обе половинки распахнулись с грохотом.

— Захар! — повелительно закричал Обломов.

— Чего вам? — из передней отозвался Захар.

— Поди сюда! — сказал Илья Ильич.

— Подать, что ли, что? Так говорите, я подам! — ответил он.

— Поди — сюда! — расстановисто и настойчиво произнес Обломов.

— Ах, смерть нейдет! — прохрипел Захар, влезая в комнату.

— Ну, чего вам? — спросил он, увязнув в дверях.

— Подойди сюда! — торжественно-таинственным голосом говорил Обломов, указывая Захару, куда стать, и указал так близко, что почти пришлось бы ему сесть на колени барину.

— Куда я туда подойду? Там тесно, я и отсюда слышу,— отговаривался Захар, остановясь упрямо у дверей.

— Подойди, тебе говорят! — грозно произнес Обломов.

Захар сделал шаг и стал как монумент, глядя в окно на бродивших кур и подставляя барину как щетку, бакенбарду. Илья Ильич в один час, от волнения, изменился, будто осунулся в лице; глаза бегали беспокойно.

«Ну, будет теперь!» — подумал Захар, делаясь мрачнее и мрачнее.

— Как ты мог сделать такой несообразный вопрос барину? — спросил Обломов.

«Вона, пошел!» — думал Захар, крупно мигая, в тоскливом ожидании «жалких слов».

— Я тебя спрашиваю, как ты мог забрать такую нелепость себе в голову? — повторил Обломов.

Захар молчал.

— Слышишь, Захар? Зачем ты позволяешь себе не только думать, даже говорить?..

— Позвольте, Илья Ильич, я лучше Анисью позову... — отвечал Захар и шагнул было к двери.

— Я хочу с тобой говорить, а не с Анисьей, — возразил Обломов. — Зачем ты выдумал такую нелепость?

— Я не выдумывал, — сказал Захар. — Ильинские люди сказывали.

— А им кто сказывал?

— Я почем знаю! Катя сказала Семену, Семен Никите, Никита Василисе, Василиса Анисье, а Анисья мне... — говорил Захар.

— Господи, Господи! Все! — с ужасом произнес Обломов. — Всё это вздор, нелепость, ложь, клевета — слышишь ли ты? — постучав кулаком об стол, сказал Обломов. — Этого быть не может!

— Отчего не может быть? — равнодушно перебил Захар. — Дело обыкновенное — свадьба! Не вы одни, все женятся.

— Все! — сказал Обломов. — Ты мастер равнять меня с другими да со всеми! Это быть не может! И нет, и не было! Свадьба — обыкновенное дело: слышите? Что такое свадьба?

Захар взглянул было на Обломова, да увидал яростно устремленные на него глаза и тотчас перенес взгляд направо, в угол.

— Слушай, я тебе объясню, что это такое. «Свадьба, свадьба», — начнут говорить праздные люди, разные женщины, дети, пойдет по лакейским, по магазинам, по рынкам. Человек перестает называться Ильей Ильичом или Петром Петровичем, а называется «жених». Вчера на него никто и смотреть не хотел, а завтра все глаза пучат, как на шельму какую-нибудь. Ни в театре, ни на улице прохода не дадут. «Вот, вот жених!» — шепчут все. А сколько человек подойдет к нему в день, всякий норовит сделать рожу поглупее, вот как у тебя теперь! (Захар быстро перенес взгляд опять на двор) — и сказать что-нибудь понелепее, — продолжал Обломов. —

Вот оно, какое начало! А ты езди каждый день как окаянный с утра к невесте, да всё в палевых перчатках, чтоб у тебя платье с иголочки было, чтоб ты не глядел скучно, чтоб не ел, не пил как следует, обстоятельно, а так, ветром бы жил да букетами! Это месяца три-четыре! Видишь? Так как же я-то могу?

Обломов остановился и посмотрел, действует ли на Захара это изображение неудобств женитьбы.

— Идти, что ли, мне? — спросил Захар, оборачиваясь к двери.

— Нет, ты постой! Ты мастер распускать фальшивые слухи, так узнай, почему они фальшивые.

— Что мне узнавать? — говорил Захар, осматривая стены комнаты.

— Ты забыл, сколько беготни, суматохи и у жениха, и у невесты. А кто у меня, ты, что ли, будешь бегать по портным, по сапожникам, к мебельщику? Один я не разорвусь на все стороны. Все в городе узнают. «Обломов женится — вы слышали?» — «Ужели? На ком? Кто такая? Когда свадьба?» — говорил Обломов разными голосами. — Только и разговора! Да я измучусь, слягу от одного этого, а ты выдумал: свадьба!

Он опять взглянул на Захара.

— Позвать, что ли, Анисью? — спросил Захар.

— Зачем Анисью? Ты, а не Анисья допустил это необдуманное предположение.

— Ну за что это наказал меня Господь сегодня? — прошептал Захар, вздохнув так, что у него приподнялись даже плечи.

— А издержки какие? — продолжал Обломов. — А деньги где? Ты видел, сколько у меня денег? — почти грозно спросил Обломов. — А квартира где? Здесь надо тысячу рублей заплатить, да нанять другую, три тысячи дать, да на отделку сколько! А там экипаж, повар, на прожиток! Где я возьму?

— Как же с тремястами душ женятся другие? — возразил Захар, да и сам раскаялся, потому что барин почти вскочил с кресла, так и припрыгнул на нем.

— Ты опять «другие»? Смотри! — сказал он, погрозив пальцем. — Другие в двух, много в трех комнатах живут: и столовая, и гостиная — всё тут; а иные и спят тут же; дети рядом; одна девка на весь дом служит. Сама барыня на рынок ходит! А Ольга Сергеевна пойдет на рынок?

— На рынок-то и я схожу, — заметил Захар.

— Ты знаешь, сколько дохода с Обломовки получаем? — спрашивал Обломов. — Слышишь, что староста пишет? доходу «тысящи яко две помене»! А тут дорогу надо строить, школы заводить, в Обломовку ехать; там негде жить, дома еще нет... Какая же свадьба? Что ты выдумал?

Обломов остановился. Он сам пришел в ужас от этой грозной, безотрадной перспективы. Розы, померанцевые цветы, блистанье праздника, шепот удивления в толпе — всё вдруг померкло.

Он изменился в лице и задумался. Потом понемногу пришел в себя, оглянулся и увидел Захара.

— Что ты? — спросил он угрюмо.

— Ведь вы велели стоять! — сказал Захар.

— Поди! — с нетерпением махнул ему Обломов. Захар быстро шагнул в двери.

— Нет, постой! — вдруг остановил Обломов.

— То поди, то постой! — ворчал Захар, придерживаясь рукой за дверь.

— Как же ты смел распускать про меня такие, ни с чем не сообразные слухи? — встревоженным шепотом спрашивал Обломов.

— Когда же я, Илья Ильич, распускал? Это не я, а люди ильинские сказывали, что барин, дескать, сватался...

— Цссс... — зашипел Обломов, грозно махая рукой, — ни слова, никогда! Слышишь?

— Слышу, — робко отвечал Захар.

— Не станешь распространять этой нелепости?

— Не стану, — тихо отвечал Захар, не поняв половины слов и зная только, что они «жалкие».

— Смотри же, чуть услышишь, заговорят об этом, спросят — скажи: это вздор, никогда не было и быть не может! — шепотом добавил Обломов.

— Слушаю, — чуть слышно прошептал Захар.

Обломов оглянулся и погрозил ему пальцем. Захар мигал испуганными глазами и на цыпочках уходил было к двери.

— Кто первый сказал об этом? — догнав, спросил его Обломов.

— Катя сказала Семену, Семен Никите, — шептал Захар. — Никита Василисе...

— А ты всем разболтал! Я тебя! — грозно шипел Обломов. — Распускать клевету про барина! А!

— Что вы томите меня жалкими-то словами? — сказал Захар, — я позову Анисью: она всё знает...

— Что она знает? Говори, говори сейчас! — Захар мгновенно выбрался из двери и с необычайной быстротой шагнул в кухню.

— Брось сковороду, пошла к барину! — сказал он Анисье, указав ей большим пальцем на дверь. Анисья передала сковороду Акулине, выдернула из-за пояса подол, ударила ладонями по бедрам и, утерев указательным пальцем нос, пошла к барину. Она в пять минут успокоила Илью Ильича, сказав ему, что никто о свадьбе ничего не говорил: вот побожиться не грех и даже образ со стены снять, и что она в первый раз об этом слышит; говорили, напротив, совсем другое, что барон, слышь, сватался за барышню...

— Как барон! — вскочив вдруг, спросил Илья Ильич, и у него поледенело не только сердце, но руки и ноги.

— И это вздор! — поспешила сказать Анисья, видя, что она из огня попала в полымя. — Это Катя только Семену сказала, Семен Марфе, Марфа переврала всё Никите, а Никита сказал, что «хорошо, если б ваш барин, Илья Ильич, посватал барышню...»

— Какой дурак этот Никита! — заметил Обломов.

— Точно что дурак, — подтвердила Анисья, — он и за каретой когда едет, так словно спит. Да и Василиса не поверила,— скороговоркой продолжала она,— она еще в Успеньев день говорила ей, а Василисе рассказывала сама няня, что барышня и не думает выходить замуж, что статочное ли дело, чтоб ваш барин давно не нашел себе невесты, кабы захотел жениться, и что еще недавно она видела Самойлу, так тот даже смеялся этому: какая, дескать, свадьба? И на свадьбу не похоже, а скорее на похороны, что у тетеньки всё головка болит, а барышня плачут да молчат; да в доме и приданого не готовят; у барышни чулков пропасть нештопанных, и те не соберутся заштопать; что на той неделе даже заложили серебро...

«Заложили серебро? И у них денег нет!» — подумал Обломов, с ужасом поводя глазами по стенам и останавливая их на носу Анисьи, потому что на другом остановить их было не на чем. Она как будто и говорила всё это не ртом, а носом.

— Смотри же, не болтать пустяков! — заметил Обломов, грозя ей пальцем.

— Какое болтать! Я и в мыслях не думаю, не токмо что болтать,— трещала Анисья, как будто лучину щепала,— да ничего и нет, в первый раз слышу сегодня, вот перед Господом Богом, сквозь землю провалиться! Удивилась, как барин молвил мне, испугалась, даже затряслась вся! Как это можно? Какая свадьба? Никому и во сне не грезилось. Я ни с кем ничего не говорю, всё на кухне сижу. С ильинскими людьми не видалась с месяц, забыла, как их и зовут. А здесь с кем болтать? С хозяйкой только и разговору, что о хозяйстве; с бабушкой говорить нельзя: та кашляет да и на ухо крепка; Акулина дура набитая, а дворник пьяница; остаются ребятишки только: с теми что говорить? Да я и барышню в лицо забыла...

— Ну, ну, ну! — говорил Обломов, с нетерпением махнув рукой, чтоб она шла.

— Как можно говорить, чего нет? — договаривала Анисья, уходя.— А что Никита сказал, так для дураков закон не писан. Мне самой и в голову-то не придет: день-деньской маешься, маешься — до того ли?

Бог знает, что это! Вот образ-то на стене... — И вслед за этим говорящий нос исчез за дверь, но говор еще слышался с минуту за дверью.

— Вот оно что! И Анисья твердит: статочное ли дело! — говорил шепотом Обломов, складывая ладони вместе.

— Счастье, счастье! — едко проговорил он потом. — Как ты хрупко, как ненадежно! Покрывало, венок, любовь, любовь! А деньги где? а жить чем? И тебя надо купить, любовь, чистое, законное благо.

С этой минуты мечты и спокойствие покинули Обломова. Он плохо спал, мало ел, рассеянно и угрюмо глядел на всё.

Он хотел испугать Захара и испугался сам больше его, когда вникнул в практическую сторону вопроса о свадьбе и увидел, что это, конечно, поэтический, но вместе и практический, официальный шаг к существенной и серьезной действительности и к ряду строгих обязанностей.

А он не так воображал себе разговор с Захаром. Он вспомнил, как торжественно хотел он объявить об этом Захару, как Захар завопил бы от радости и повалился ему в ноги; он бы дал ему двадцать пять рублей, а Анисье десять...

Всё вспомнил, и тогдашний трепет счастья, руку Ольги, ее страстный поцелуй... и обмер: «Поблекло, отошло!» — раздалось внутри его.

— Что же теперь?..

V

Обломов не знал, с какими глазами покажется он к Ольге, что будет говорить она, что будет говорить он, и решился не ехать к ней в среду, а отложить свидание до воскресенья, когда там много народу бывает и им наедине говорить не удастся.

Сказать ей о глупых толках людей он не хотел, чтоб не тревожить ее злом неисправимым, а не говорить тоже было мудрено; притвориться с ней он не сумеет: она непременно добудет из него всё, что бы он ни затаил в самых глубоких пропастях души.

Остановившись на этом решении, он уже немного успокоился и написал в деревню к соседу, своему поверенному, другое письмо, убедительно прося его поспешить ответом, по возможности удовлетворительным.

Затем стал размышлять, как употребить это длинное, несносное послезавтра, которое было бы так наполнено присутствием Ольги, невидимой беседой их душ, ее пением. А тут вдруг Захара дернуло встревожить его так некстати!

Он решился поехать к Ивану Герасимовичу и отобедать у него, чтоб как можно менее заметить этот несносный день. А там, к воскресенью, он успеет приготовиться, да, может быть, к тому времени придет и ответ из деревни.

Пришло и послезавтра.

Его разбудило неистовое скаканье на цепи и лай собаки. Кто-то вошел на двор, кого-то спрашивают. Дворник вызвал Захара. Захар принес Обломову письмо с городской почты.

— От ильинской барышни, — сказал Захар.

— Ты почем знаешь? — сердито спросил Обломов. — Врешь!

— На даче всё такие письма от нее носили, — твердил свое Захар.

«Здорова ли она? Что это значит?» — думал Обломов, распечатывая письмо.

«Не хочу ждать среды (писала Ольга): мне так скучно не видеться подолгу с вами, что я завтра непременно жду в три часа в Летнем саду».

И только.

Опять поднялась было тревога со дна души, опять он начал метаться от беспокойства, как говорить с Ольгой, какое лицо сделать ей.

— Не умею, не могу, — говорил он. — Поди, узнай у Штольца!

Но он успокоил себя тем, что, вероятно, она приедет с теткой или с другой дамой — с Марьей Семеновной, например, которая так ее любит, не налюбуется на нее. При них он кое-как надеялся скрыть свое замешательство и готовился быть разговорчивым и любезным.

«И в самый обед: нашла время!» — думал он, направляясь, не без лени, к Летнему саду.

Лишь только он вошел в длинную аллею, он видел, как с одной скамьи встала и пошла к нему навстречу женщина под вуалью.

Он никак не принял ее за Ольгу: одна! быть не может! Не решится она, да и нет предлога уйти из дома.

Однако ж... походка как будто ее: так легко и быстро скользят ноги, как будто не переступают, а движутся; такая же наклоненная немного вперед шея и голова, точно она всё ищет чего-то глазами под ногами у себя.

Другой бы, по шляпке, по платью, заметил, но он, просидев с Ольгой целое утро, никогда не мог потом сказать, в каком она была платье и шляпке.

В саду почти никого нет; какой-то пожилой господин ходит проворно: очевидно, делает моцион для здоровья, да две... не дамы, а женщины, нянька с двумя озябшими, до синевы в лице, детьми.

Листья облетели, видно всё насквозь; вороны на деревьях кричат так неприятно. Впрочем, ясно, день хорош, и если закутаться хорошенько, так и тепло.

Женщина под вуалью ближе, ближе...

— Она! — сказал Обломов и остановился в страхе, не веря глазам.

— Как ты? Что ты? — спросил он, взяв ее за руку.

— Как я рада, что ты пришел, — говорила она, не отвечая на его вопрос, — я думала, что ты не придешь, начинала бояться!

— Как ты сюда, каким образом? — спрашивал он, растерявшись.

— Оставь; что за дело, что за расспросы? Это скучно! Я хотела видеть тебя и пришла — вот и всё!

Она крепко пожимала ему руку и весело, беззаботно смотрела на него, так явно и открыто наслаждаясь украденным у судьбы мгновением, что ему даже завидно стало, что он не разделяет ее игривого настроения. Как, однако ж, ни был он озабочен, но не мог не забыться на минуту, увидя лицо ее, лишенное той сосредоточенной мысли, которая играла ее бровями, вливалась в складку на лбу; теперь она являлась без этой не раз смущавшей его чудной зрелости в чертах.

В эти минуты лицо ее дышало такою детскою доверчивостью к судьбе, к счастью, к нему... Она была очень мила.

— Ах, как я рада! Как я рада! — твердила она, улыбаясь и глядя на него. — Я думала, что не увижу тебя сегодня. Мне вчера такая тоска вдруг сделалась — не знаю отчего, и я написала. Ты рад?

Она заглянула ему в лицо.

— Что ты такой нахмуренный сегодня? Молчишь? Ты не рад? Я думала, ты с ума сойдешь от радости, а он точно спит. Проснитесь, сударь, с вами Ольга!

Она, с упреком, слегка оттолкнула его от себя.

— Ты нездоров? Что с тобой? — приставала она.

— Нет, я здоров и счастлив, — поспешил он сказать, чтоб только дело не доходило до добыванья тайн у него из души. — Я вот только тревожусь, как ты одна...

— Это уж моя забота, — сказала она с нетерпением. — Лучше разве, если б я с ma tante приехала?

— Лучше, Ольга...

— Если б я знала, я бы попросила ее, — перебила обиженным голосом Ольга, выпуская его руку из своей. — Я думала, что для тебя нет больше счастья, как побыть со мной.

— И нет, и быть не может! — возразил Обломов. — Да как же ты одна...

— Нечего долго и разговаривать об этом; поговорим лучше о другом, — беззаботно сказала она.

— Послушай... Ах, что-то я хотела сказать, да забыла...

— Не о том ли, как ты одна пришла сюда? — заговорил он, оглядываясь беспокойно по сторонам.

— Ах нет! Ты всё свое! Как не надоест! Что такое я хотела сказать?.. Ну всё равно, после вспомню. Ах, как здесь хорошо: листья все упали, feuilles d'automne[1] — помнишь Гюго? Там вон солнце, Нева... Пойдем к Неве, покатаемся в лодке...

— Что ты? Бог с тобой! Этакой холод, а я только в ваточной шинели...

— Я тоже в ваточном платье. Что за нужда. Пойдем, пойдем.

Она бежала, тащила и его. Он упирался и ворчал. Однако ж надо было сесть в лодку и поехать.

— Как ты это одна попала сюда? — твердил тревожно Обломов.

— Сказать как? — лукаво дразнила она, когда они выехали на средину реки. — Теперь можно: ты не уйдешь отсюда, а там убежал бы...

— А что? — со страхом заговорил он.

— Завтра придешь к нам? — вместо ответа спросила она.

«Ах, Боже мой! — подумал Обломов. — Она как будто в мыслях прочла у меня, что я не хотел приходить».

— Приду, — отвечал он вслух.

— С утра, на целый день?

Он замялся.

— Ну так не скажу, — сказала она.

— Приду на целый день.

— Вот видишь... — начала она серьезно, — я за тем звала тебя сегодня сюда, чтоб сказать тебе...

— Что? — с испугом спросил он.

---

[1] Осенние листья *(фр.)*.

— Чтоб ты завтра пришел к нам...

— Ах ты, Боже мой! — с нетерпением перебил он. — Да как ты сюда-то попала?

— Сюда? — рассеянно повторила она. — Как я сюда попала? Да вот так, пришла... Постой... да что об этом говорить!

Она зачерпнула горстью воды и брызнула ему в лицо. Он зажмурился, вздрогнул, а она засмеялась.

— Какая холодная вода, совсем рука оледенела! Боже мой! Как весело, как хорошо! — продолжала она, глядя по сторонам. — Поедем завтра опять, только уж прямо из дома...

— А теперь разве не прямо? Откуда же ты? — торопливо спросил он.

— Из магазина, — отвечала она.

— Из какого магазина?

— Как из какого? Я еще в саду сказала, из какого...

— Да нет, не сказала... — с нетерпением говорил он.

— Не сказала! Как странно! Забыла! Я пошла из дома с человеком к золотых дел мастеру...

— Ну?

— Ну вот... Какая это церковь? — вдруг спросила она у лодочника, указывая вдаль.

— Которая? Вон эта-то? — переспросил лодочник.

— Смольный! — нетерпеливо сказал Обломов. — Ну что ж, в магазин пошла, а там?

— Там... славные вещи... Ах, какой браслет я видела!

— Не о браслете речь! — перебил Обломов, — что ж потом?

— Ну и только, — рассеянно добавила она и зорко оглядывала местность вокруг.

— Где же человек? — приставал Обломов.

— Домой пошел, — едва отвечала она, вглядываясь в здания противоположного берега.

— А ты как? — говорил он.

— Как там хорошо! Нельзя ли туда? — спросила она, указывая зонтиком на противоположную сторону. — Ведь ты там живешь?

— Да.

— В какой улице, покажи.

— Как же человек-то? — спрашивал Обломов.

— Так, — небрежно отвечала она, — я послала его за браслетом. Он ушел домой, а я сюда.

— Как же ты так? — сказал Обломов, тараща на нее глаза.

Он сделал испуганное лицо. И она сделала нарочно такое же.

— Говори серьезно, Ольга; полно шутить.

— Я не шучу, право так! — сказала она покойно. — Я нарочно забыла дома браслет, а ma tante просила меня сходить в магазин. Ты ни за что не выдумаешь этого! — прибавила она с гордостью, как будто дело сделала.

— А если человек воротится? — спросил он.

— Я велела сказать, чтоб подождал меня, что я в другой магазин пошла, а сама сюда...

— А если Марья Михайловна спросит, в какой другой магазин пошла?

— Скажу, у портнихи была.

— А если она у портнихи спросит?

— А если Нева вдруг вся утечет в море, а если лодка перевернется, а если Морская и наш дом провалятся, а если ты вдруг разлюбишь меня... — говорила она и опять брызнула ему в лицо.

— Ведь человек уж воротился, ждет... — говорил он, утирая лицо. — Эй, лодочник, к берегу!

— Не надо, не надо! — приказывала она лодочнику.

— К берегу! человек уж воротился, — твердил Обломов.

— Пусть его! Не надо!

Но Обломов настоял на своем и торопливо пошел с нею по саду, а она, напротив, шла тихо, опираясь ему на руку.

— Что ты спешишь? — говорила она. — Погоди, мне хочется побыть с тобой.

Она шла еще тише, прижималась к его плечу и близко взглядывала ему в лицо, а он говорил ей тяжело и скучно об обязанностях, о долге. Она слушала рассеянно, с томной улыбкой, склонив голову, глядя вниз или опять близко ему в лицо, и думала о другом.

— Послушай, Ольга, — заговорил он наконец торжественно, — под опасением возбудить в тебе досаду, навлечь на себя упреки, я должен, однако ж, решительно сказать, что мы зашли далеко. Мой долг, моя обязанность сказать тебе это.

— Что сказать? — спросила она с нетерпением.

— Что мы делаем очень дурно, что видимся тайком.

— Ты говорил это еще на даче, — сказала она в раздумье.

— Да, но я тогда увлекался: одной рукой отталкивал, а другой удерживал. Ты была доверчива, а я... как будто... обманывал тебя. Тогда было еще ново чувство...

— А теперь уж оно не новость, и ты начинаешь скучать...

— Ах нет, Ольга! Ты несправедлива. Ново, говорю я, и потому некогда, невозможно было образумиться. Меня убивает совесть: ты молода, мало знаешь свет и людей, и притом ты так чиста, так свято любишь, что тебе и в голову не приходит, какому строгому порицанию подвергаемся мы оба за то, что делаем, — больше всего я.

— Что же мы делаем? — остановившись, спросила она.

— Как что? Ты обманываешь тетку, тайком уходишь из дома, видишься наедине с мужчиной... Попробуй сказать это всё в воскресенье, при гостях...

— Отчего же не сказать? — произнесла она покойно. — Пожалуй, скажу...

— И увидишь, — продолжал он, — что тетке твоей сделается дурно, дамы бросятся вон, а мужчины лукаво и смело посмотрят на тебя...

Она задумалась.

— Но ведь мы — жених и невеста! — возразила она.

— Да, да, милая Ольга, — говорил он, пожимая ей обе руки, — и тем строже нам надо быть, тем осмотрительнее на каждом шагу. Я хочу с гордостью вести тебя под руку по этой самой аллее, всенародно, а не тайком, чтоб взгляды склонялись перед тобой с уважением, а не устремлялись на тебя смело и лукаво, чтоб ни в чьей голове не смело родиться подозрение, что ты, гордая девушка, могла, очертя голову, забыв стыд и воспитание, увлечься и нарушить долг...

— Я не забыла ни стыда, ни воспитания, ни долга, — гордо ответила она, отняв руку от него.

— Знаю, знаю, мой невинный ангел, но это не я говорю, это скажут люди, свет и никогда не простят тебе этого. Пойми, ради Бога, чего я хочу. Я хочу, чтоб ты и в глазах света была чиста и безукоризненна, какова ты в самом деле...

Она шла задумавшись.

— Пойми, для чего я говорю тебе это: ты будешь несчастлива, и на меня одного ляжет ответственность в этом. Скажут, я увлекал, закрывал от тебя пропасть с умыслом. Ты чиста и покойна со мной, но кого ты уверишь в этом? Кто поверит?

— Это правда, — вздрогнув, сказала она. — Слушай же, — прибавила решительно, — скажем всё ma tante, и пусть она завтра благословит нас...

Обломов побледнел.

— Что ты? — спросила она.

— Погоди, Ольга: к чему так торопиться?.. — поспешно прибавил он.

У самого дрожали губы.

— Не ты ли, две недели назад, сам торопил меня? — спросила она, глядя сухо и внимательно на него.

— Да я не подумал тогда о приготовлениях, а их много! — сказал он, вздохнув. — Дождемся только письма из деревни.

— Зачем же дожидаться письма? Разве тот или другой ответ может изменить твое намерение? — спросила она, еще внимательнее глядя на него.

— Вот мысль! Нет; а всё нужно для соображений; надо же будет сказать тетке, когда свадьба. С ней мы не о любви будем говорить, а о таких делах, для которых я вовсе не приготовлен теперь.

— Тогда и скажем, как получишь письмо, а между тем все будут знать, что мы жених и невеста, и мы будем видеться ежедневно. Мне скучно, — прибавила она, — я томлюсь этими длинными днями; все замечают, ко мне пристают, намекают лукаво на тебя... Всё это мне надоело!

— Намекают на меня? — едва выговорил Обломов.

— Да, по милости Сонички.

— Вот видишь, видишь? Ты не слушала меня, рассердилась тогда!

— Ну что, видишь? Ничего не вижу, вижу только, что ты трус... Я не боюсь этих намеков.

— Не трус, а осторожен... Но пойдем, ради Бога, отсюда, Ольга: смотри, вон карета подъезжает. Не знакомые ли? Ах! Так в пот и бросает... Пойдем, пойдем... — боязливо говорил он и заразил страхом и ее.

— Да, пойдем скорее, — сказала и она шепотом, скороговоркой.

И они почти побежали по аллее до конца сада, не говоря ни слова, Обломов, оглядываясь беспокойно во все стороны, а она, совсем склонив голову вниз и закрывшись вуалью.

— Так завтра! — сказала она, когда они были у того магазина, где ждал ее человек.

— Нет, лучше послезавтра... или нет, в пятницу или субботу, — отвечал он.

— Отчего ж?

— Да... видишь, Ольга... я всё думаю, не подоспеет ли письмо?

— Пожалуй. Но завтра так приди, к обеду, слышишь?

— Да, да, хорошо, хорошо! — торопливо прибавил он, а она вошла в магазин.

«Ах, Боже мой, до чего дошло! Какой камень вдруг упал на меня! Что я теперь стану делать? Соничка! Захар! франты...»

VI

Он не заметил, что Захар подал ему совсем холодный обед, не заметил, как после того очутился в постели и заснул крепким, как камень, сном.

На другой день он содрогнулся при мысли ехать к Ольге: как можно! Он живо представил себе, как на него все станут смотреть значительно.

Швейцар и без того встречает его как-то особенно ласково. Семен так и бросается сломя голову, когда он спросит стакан воды. Катя, няня провожают его дружелюбной улыбкой.

«Жених, жених!» — написано у всех на лбу, а он еще не просил согласия тетки, у него ни гроша денег нет, и он не знает, когда будут, не знает даже, сколько он получит дохода с деревни в нынешнем году; дома в деревне нет — хорош жених!

Он решил, что до получения положительных известий из деревни он будет видеться с Ольгой только в воскресенье, при свидетелях. Поэтому, когда пришло завтра, он не подумал с утра начать готовиться ехать к Ольге.

Он не брился, не одевался, лениво перелистывал французские газеты, взятые на той неделе у Ильинских, не смотрел беспрестанно на часы и не хмурился, что стрелка долго не подвигается вперед.

Захар и Анисья думали, что он, по обыкновению, не будет обедать дома, и не спрашивали его, что готовить.

Он их разбранил, объявив, что он совсем не всякую среду обедал у Ильинских, что это «клевета», что обедал он у Ивана Герасимовича и что вперед, кроме разве воскресенья, и то не каждого, будет обедать дома.

Анисья опрометью побежала на рынок за потрохами для любимого супа Обломова.

Приходили хозяйские дети к нему: он поверил сложение и вычитание у Вани и нашел две ошибки. Маше налиневал тетрадь и написал большие азы, потом слушал, как трещат канарейки, и смотрел в полуотворенную дверь, как мелькали и двигались локти хозяйки.

Часу во втором хозяйка из-за двери спросила, не хочет ли он закусить: у них пекли ватрушки. Подали ватрушки и рюмку смородиновой водки.

Волнение Ильи Ильича немного успокоилось, и на него нашла только тупая задумчивость, в которой он пробыл почти до обеда.

После обеда, лишь только было он, лежа на диване, начал кивать головой, одолеваемый дремотой, дверь из хозяйской половины отворилась, и оттуда появилась Агафья Матвеевна с двумя пирамидами чулок в обеих руках.

Она положила их на два стула, а Обломов вскочил и предложил ей самой третий, но она не села; это было не в ее привычках: она вечно на ногах, вечно в заботе и в движении.

— Вот я разобрала сегодня ваши чулки, — сказала она, — пятьдесят пять пар, да почти всё худые...

— Какие же вы добрые! — говорил Обломов, подходя к ней и взяв ее шутливо слегка за локти.

Она усмехнулась.

— Что вы беспокоитесь? Мне, право, совестно.

— Ничего, наше дело хозяйское: у вас некому разбирать, а мне в охоту, — продолжала она. — Вот тут двадцать пар совсем не годятся: их уж и штопать не стоит.

— Не надо, бросьте все, пожалуйста, мне, право, совестно, что вы занимаетесь этой дрянью. Можно новые купить...

— Как бросить, зачем? Вот эти можно все надвязать, — и она начала живо отсчитывать чулки.

— Да сядьте, пожалуйста; что вы стоите? — предлагал он ей.

— Нет, покорнейше благодарю, некогда покладываться, — отвечала она, уклоняясь опять от стула. — Сегодня стирка у нас; надо всё белье приготовить.

— Вы чудо, а не хозяйка! — говорил он, останавливая глаза на ее горле и на груди.

Она усмехнулась.

— Так как же, — спросила она, — надвязать чулки-то? Я бумаги и ниток закажу. Нам старуха из деревни носит, а здесь не стоит покупать: всё гниль.

— Если вы так добры, сделайте одолжение, — говорил Обломов, — только мне, право, совестно, что вы хлопочете.

— Ничего; что нам делать-то? Вот это я сама надвяжу, эти бабушке дам; завтра золовка придет гостить: по вечерам нечего будет делать и надвяжем. У меня Маша уж начинает вязать, только спицы всё выдергивает: большие, не по рукам.

— Ужели и Маша привыкает? — спросил Обломов.

— Ей-богу, правда.

— Не знаю, как и благодарить вас, — говорил Обломов, глядя на нее с таким же удовольствием, с каким утром смотрел на горячую ватрушку. — Очень, очень благодарен вам и в долгу не останусь, особенно у Маши: шелковых платьев накуплю ей, как куколку одену.

— Что вы? Что за благодарность? Куда ей шелковые платья? Ей и ситцевых не напасешься; так вот на ней всё и горит, особенно башмаки: не успеваем на рынке покупать.

Она встала и взяла чулки.

— Куда ж вы торопитесь? — говорил он. — Посидите, я не занят.

— В другое время когда-нибудь, в праздник; и вы к нам, милости просим, кофе кушать. А теперь стирка: я пойду посмотрю, что Акулина, начала ли?..

— Ну Бог с вами, не смею задерживать, — сказал Обломов, глядя ей вслед в спину и на локти.

— Еще я халат ваш достала из чулана, — продолжала она, — его можно починить и вымыть: материя такая славная! Он долго прослужит.

— Напрасно! Я его не ношу больше, я отстал, он мне не нужен.

— Ну всё равно, пусть вымоют: может быть, наденете когда-нибудь... к свадьбе! — досказала она, усмехаясь и захлопывая дверь.

У него вдруг и сон отлетел, и уши навострились, и глаза он вытаращил.

— И она знает — все! — сказал он, опускаясь на приготовленный ей стул. — О Захар, Захар!

Опять полились на Захара «жалкие» слова, опять Анисья заговорила носом, что «она в первый раз от хозяйки слышит о свадьбе, что в разговорах с ней даже помину не было, да и свадьбы нет, и статочное ли дело? Это выдумал, должно быть, враг рода человеческого, хоть сейчас сквозь землю провалиться, и что хозяйка тоже готова снять образ со стены, что она про ильинскую барышню и не слыхивала, а разумела какую-нибудь другую невесту...»

И много говорила Анисья, так что Илья Ильич замахал рукой. Захар попробовал было на другой день попроситься в старый дом, в Гороховую, в гости сходить, так Обломов таких гостей задал ему, что он насилу ноги унес.

— Там еще не знают, так надо распустить клевету. Дома сиди! — прибавил Обломов грозно.

Прошла среда. В четверг Обломов получил опять по городской почте письмо от Ольги, с вопросом, что значит, что такое случилось, что его не было. Она писала, что проплакала целый вечер и почти не спала ночь.

— Плачет, не спит этот ангел! — восклицал Обломов. — Господи! Зачем она любит меня? Зачем я люблю ее? Зачем мы встретились? Это всё Андрей:

он привил любовь, как оспу, нам обоим. И что это за жизнь, всё волнения да тревоги! Когда же будет мирное счастье, покой?

Он с громкими вздохами ложился, вставал, даже выходил на улицу и всё доискивался нормы жизни, такого существования, которое было бы и исполнено содержания, и текло бы тихо, день за днем, капля по капле, в немом созерцании природы и тихих, едва ползущих явлениях семейной, мирно-хлопотливой жизни. Ему не хотелось воображать ее широкой, шумно несущейся рекой, с кипучими волнами, как воображал ее Штольц.

— Это болезнь,— говорил Обломов,— горячка, скаканье с порогами, с прорывами плотин, с наводнениями.

Он написал Ольге, что в Летнем саду простудился немного, должен был напиться горячей травы и просидеть дня два дома, что теперь всё прошло и он надеется видеть ее в воскресенье.

Она написала ему ответ и похвалила, что он поберегся, советовала остаться дома и в воскресенье, если нужно будет, и прибавила, что она лучше проскучает с неделю, чтоб только он берегся.

Ответ принес Никита, тот самый, который, по словам Анисьи, был главным виновником болтовни. Он принес от барышни новые книги, с поручением от Ольги прочитать и сказать, при свидании, стоит ли их читать ей самой.

Она требовала ответа о здоровье. Обломов, написав ответ, сам отдал его Никите и прямо из передней выпроводил его на двор и провожал глазами до калитки, чтоб он не вздумал зайти на кухню и повторить там «клевету» или чтоб Захар не пошел провожать его на улицу.

Он обрадовался предложению Ольги поберечься и не приходить в воскресенье и написал ей, что, действительно, для совершенного выздоровления нужно просидеть еще несколько дней дома.

В воскресенье он был с визитом у хозяйки, пил кофе, ел горячий пирог и к обеду посылал Захара на ту сторону за мороженым и конфектами для детей.

Захара насилу перевезли через реку назад; мосты уже сняли, и Нева собралась замерзнуть. Обломову нельзя было думать и в среду ехать к Ольге.

Конечно, можно было бы броситься сейчас же на ту сторону, поселиться на несколько дней у Ивана Герасимовича и бывать, даже обедать каждый день у Ольги.

Предлог был законный: Нева захватила на той стороне, не успел переправиться.

У Обломова первым движением была эта мысль, и он быстро спустил ноги на пол, но, подумав немного, с заботливым лицом и со вздохом медленно опять улегся на своем месте.

«Нет, пусть замолкнут толки, пусть посторонние лица, посещающие дом Ольги, забудут немного его и увидят уж опять каждый день там тогда, когда они объявлены будут женихом и невестой».

— Скучно ждать, да нечего делать, — прибавил он со вздохом, принимаясь за присланные от Ольги книги.

Он прочел страниц пятнадцать. Маша пришла звать его, не хочет ли пойти на Неву: все идут посмотреть, как становится река. Он пошел и воротился к чаю.

Так проходили дни. Илья Ильич скучал, читал, ходил по улице, а дома заглядывал в дверь к хозяйке, чтоб от скуки перемолвить слова два. Он даже смолол ей однажды фунта три кофе с таким усердием, что у него лоб стал мокрый.

Он хотел было дать ей книгу прочесть. Она, медленно шевеля губами, прочла про себя заглавие и возвратила книгу, сказав, что когда придут святки, так она возьмет ее у него и заставит Ваню прочесть вслух, тогда и бабушка послушает, а теперь некогда.

Между тем на Неву настлали мостки, и однажды скаканье собаки на цепи и отчаянный лай возвестили вторичный приход Никиты с запиской, с вопросом о здоровье и с книгой.

Обломов боялся, чтоб и ему не пришлось идти по мосткам на ту сторону, спрятался от Никиты, написав в ответ, что у него сделалась маленькая опухоль в горле, что он не решается еще выходить со двора и что «жестокая судьба» лишает его счастья еще несколько дней видеть «ненаглядную Ольгу»

Он накрепко наказал Захару не сметь болтать с Никитой и опять глазами проводил последнего до калитки, а Анисье погрозил пальцем, когда она показала было нос из кухни и что-то хотела спросить Никиту.

VII

Прошла неделя. Обломов, встав утром, прежде всего с беспокойством спрашивал, наведены ли мосты.

— Нет еще, — говорили ему, и он мирно проводил день, слушая постукиванье маятника, треск кофейной мельницы и пение канареек.

Цыплята не пищали больше, они давно стали пожилыми курами и прятались по курятникам. Книг, присланных Ольгой, он не успел прочесть: как на сто пятой странице он положил книгу, обернув переплетом вверх, так она и лежит уже несколько дней.

Зато он чаще занимается с детьми хозяйки. Ваня такой понятливый мальчик, в три раза запомнил главные города в Европе, и Илья Ильич обещал, как только поедет на ту сторону, подарить ему маленький глобус; а Машинька обрубила ему три платка — плохо, правда, но зато она так смешно трудится маленькими ручонками и всё бегает показать ему каждый обрубленный вершок.

С хозяйкой он беседовал беспрестанно, лишь только завидит ее локти в полуотворенную дверь. Он уже, по движению локтей, привык распознавать, что делает хозяйка, сеет, мелет или гладит.

Даже пробовал заговорить с бабушкой, да она не сможет никак докончить разговора: остановится на полуслове, упрет кулаком в стену, согнется и давай кашлять, точно трудную работу какую-нибудь исправляет, потом охнет — тем весь разговор и кончится.

Только братца одного не видит он совсем или видит, как мелькает большой пакет мимо окон, а самого его будто и не слыхать в доме. Даже когда Обломов нечаянно вошел в комнату, где они обедают, сжавшись в тесную кучу, братец наскоро вытер пальцами губы и скрылся в свою светлицу.

Однажды, лишь только Обломов беззаботно проснулся утром и принялся за кофе, вдруг Захар донес, что мосты наведены. У Обломова стукнуло сердце.

— А завтра воскресенье, — сказал он, — надо ехать к Ольге, целый день мужественно выносить значительные и любопытные взгляды посторонних, потом объявить ей, когда намерен говорить с теткой. А он еще всё на той же точке невозможности двинуться вперед.

Ему живо представилось, как он объявлен женихом, как на другой, на третий день приедут разные дамы и мужчины, как он вдруг станет предметом любопытства, как дадут официальный обед, будут пить его здоровье. Потом... потом, по праву и обязанности жениха, он привезет невесте подарок...

— Подарок! — с ужасом сказал он себе и расхохотался горьким смехом.

Подарок! А у него двести рублей в кармане! Если деньги и пришлют, так к Рождеству, а может быть, и позже, когда продадут хлеб, а когда продадут, сколько его там и как велика сумма выручена будет — всё это должно объяснить письмо, а письма нет. Как же быть-то? Прощай, двухнедельное спокойствие!

Между этими заботами рисовалось ему прекрасное лицо Ольги, ее пушистые, говорящие брови и эти умные серо-голубые глаза, и вся головка, и коса ее, которую она спускала как-то низко на затылок, так что она продолжала и дополняла благородство всей ее фигуры, начиная с головы до плеч и стана.

Но лишь только он затрепещет от любви, тотчас же, как камень, сваливается на него тяжелая мысль: как быть, что делать, как приступить к вопросу о свадьбе, где взять денег, чем потом жить?..

«Положим еще; авось письмо придет завтра или послезавтра». И он принимался рассчитывать, когда должно прийти в деревню его письмо, сколько времени может промедлить сосед и какой срок понадобится для присылки ответа.

«В эти три, много четыре дня должно прийти; подожду ехать к Ольге», — решил он, тем более что она едва ли знает, что мосты наведены...

— Катя, навели мосты? — проснувшись в то же утро, спросила Ольга у своей горничной.

И этот вопрос повторялся каждый день. Обломов не подозревал этого.

— Не знаю, барышня; нынче не видала ни кучера, ни дворника, а Никита не знает.

— Ты никогда не знаешь, что мне нужно! — с неудовольствием сказала Ольга, лежа в постели и рассматривая цепочку на шее.

— Я сейчас узнаю, барышня. Я не смела отойти, думала, что вы проснетесь, а то бы давно сбегала. — И Катя исчезла из комнаты.

А Ольга отодвинула ящик столика и достала последнюю записку Обломова. «Болен, бедный, — заботливо думала она, — он там один, скучает... Ах, Боже мой, скоро ли...»

Она не окончила мысли, а раскрасневшаяся Катя влетела в комнату.

— Наведены, наведены сегодня в ночь! — радостно сказала она и приняла быстро вскочившую с постели барышню на руки, накинула на нее блузу и пододвинула крошечные туфли. Ольга проворно отворила ящик, вынула что-то оттуда и опустила в руку

Кате, а Катя поцеловала у ней руку. Всё это — прыжок с постели, опущенная монета в руку Кати и поцелуй барышниной руки — случилось в одну и ту же минуту. «Ах, завтра воскресенье: как это кстати! Он придет!» — подумала Ольга и живо оделась, наскоро напилась чаю и поехала с теткой в магазин.

— Поедемте, ma tante, завтра в Смольный к обедне, — просила она.

Тетка прищурилась немного, подумала, потом сказала:

— Пожалуй; только какая даль, ma chère! Что это тебе вздумалось зимой!

А Ольге вздумалось только потому, что Обломов указал ей эту церковь с реки, и ей захотелось помолиться в ней... о нем, чтоб он был здоров, чтоб любил ее, чтоб был счастлив ею, чтоб... эта нерешительность, неизвестность скорее кончилась... Бедная Ольга!

Настало и воскресенье. Ольга как-то искусно умела весь обед устроить по вкусу Обломова.

Она надела белое платье, скрыла под кружевами подаренный им браслет, причесалась, как он любит; накануне велела настроить фортепьяно и утром попробовала спеть «Casta diva». И голос так звучен, как не был с дачи. Потом стала ждать.

Барон застал ее в этом ожидании и сказал, что она опять похорошела, как летом, но что немного похудела.

— Отсутствие деревенского воздуха и маленький беспорядок в образе жизни заметно подействовали на вас, — сказал он. — Вам, милая Ольга Сергевна, нужен воздух полей и деревня.

Он несколько раз поцеловал ей руку, так что крашеные усы оставили даже маленькое пятнышко на пальцах.

— Да, деревня, — отвечала она задумчиво, но не ему, а так кому-то, на воздух.

— À propos о деревне, — прибавил он, — в будущем месяце дело ваше кончится, и в апреле вы можете ехать в свое имение. Оно невелико, но местоположение — чудо! Вы будете довольны. Какой дом! Сад! Там есть один павильон, на горе: вы его полюбите. Вид на реку... вы не помните, вы пяти лет были, когда папа выехал оттуда и увез вас.

— Ах, как я буду рада! — сказала она и задумалась.

«Теперь уж решено, — думала она, — мы поедем туда, но он узнает об этом не прежде, как...»

— В будущем месяце, барон? — живо спросила она. — Это верно?

— Как то, что вы прекрасны вообще, а сегодня в особенности, — сказал он и пошел к тетке.

Ольга осталась на своем месте и замечталась о близком счастье, но она решилась не говорить Обломову об этой новости, о своих будущих планах.

Она хотела доследить до конца, как в его ленивой душе любовь совершит переворот, как окончательно спадет с него гнет, как он не устоит перед близким счастьем, получит благоприятный ответ из деревни и, сияющий, прибежит, прилетит и положит его к ее ногам, как они оба, вперегонку, бросятся к тетке, и потом...

Потом вдруг она скажет ему, что и у нее есть деревня, сад, павильон, вид на реку и дом, совсем готовый для житья, как надо прежде поехать туда, потом в Обломовку.

«Нет, не хочу благоприятного ответа, — подумала она, — он загордится и не почувствует даже радости, что у меня есть свое имение, дом, сад... Нет, пусть он лучше придет расстроенный неприятным письмом, что в деревне беспорядок, что надо ему побывать самому. Он поскачет сломя голову в Обломовку, наскоро сделает все нужные распоряжения, многое забудет, не сумеет, всё кое-как, и поскачет обратно, и вдруг узнает, что не надо было скакать — что есть дом, сад и павильон с видом, что есть где жить и без его Обломовки... Да, да, она ни за что не скажет ему, выдержит до конца; пусть он съездит туда, пусть пошевелится, оживет — всё для нее, во имя будущего счастья! Или нет: зачем посылать его в деревню, расставаться? Нет, когда он в дорожном платье придет к ней, бледный, печальный, прощаться на месяц, она вдруг скажет ему, что не надо ехать до лета: тогда вместе поедут...»

Так мечтала она и побежала к барону и искусно предупредила его, чтоб он до времени об этой новости не говорил никому, решительно *никому*. Под этим *никому* она разумела одного Обломова.

— Да, да, зачем? — подтвердил он. — Разве мсьё Обломову только, если речь зайдет...

Ольга выдержала себя и равнодушно сказала:

— Нет, и ему не говорите.

— Ваша воля, вы знаете, для меня закон... — прибавил барон любезно.

Она была не без лукавства. Если ей очень хотелось взглянуть на Обломова при свидетелях, она прежде взглянет попеременно на троих других, потом уж на него.

Сколько соображений — всё для Обломова! Сколько раз загорались два пятна у ней на щеках! Сколько раз она тронет то тот, то другой клавиш, чтоб узнать, не слишком ли высоко настроено фортепиано, или переложит ноты с одного места на другое! И вдруг нет его! Что это значит?

Три, четыре часа — всё нет! В половине пятого красота ее, расцветание начали пропадать: она стала заметно увядать и села за стол побледневшая.

А прочие ничего: никто и не замечает — все едят те блюда, которые готовились для него, разговаривают так весело, равнодушно.

После обеда, вечером — его нет, нет. До десяти часов она волновалась надеждой, страхом; в десять часов ушла к себе.

Сначала она обрушила мысленно на его голову всю желчь, накипевшую в сердце; не было едкого сарказма, горячего слова, какие только были в ее лексиконе, которыми бы она мысленно не казнила его.

Потом вдруг как будто весь организм ее наполнился огнем, потом льдом.

«Он болен; он один; он не может даже писать...» — сверкнуло у ней в голове.

Это убеждение овладело ею вполне и не дало ей уснуть всю ночь. Она лихорадочно вздремнула два часа, бредила ночью, но потом утром встала хотя бледная, но такая покойная, решительная.

В понедельник утром хозяйка заглянула к Обломову в кабинет и сказала:

— Вас какая-то девушка спрашивает.

— Меня? Не может быть! — отвечал Обломов. — Где она?

— Вот здесь: она ошиблась, на наше крыльцо пришла. Впустить?

Обломов не знал еще, на что решиться, как перед ним очутилась Катя. Хозяйка ушла.

— Катя! — с изумлением сказал Обломов. — Как? что ты?

— Барышня здесь, — шепотом отвечала она, — велели спросить...

Обломов изменился в лице.

— Ольга Сергеевна! — в ужасе шептал он. — Неправда, Катя, ты пошутила? Не мучь меня!

— Ей-богу, правда: в наемной карете, в чайном магазине остановились, дожидаются, сюда хотят. Послали меня сказать, чтоб Захара выслали куда-нибудь. Они через полчаса будут.

— Я лучше сам пойду. Как можно ей сюда? — сказал Обломов.

— Не успеете: они, того и гляди, войдут; они думают, что вы нездоровы. Прощайте, я побегу: они одни, ждут меня...

И ушла.

Обломов с необычайной быстротой надел галстух, жилет, сапоги и кликнул Захара.

— Захар, ты недавно просился у меня в гости на ту сторону, в Гороховую, что ли, так вот, ступай теперь! — с лихорадочным волнением говорил Обломов.

— Не пойду, — решительно отвечал Захар.

— Нет, ты ступай! — настойчиво говорил Обломов.

— Что за гости в будни? Не пойду! — упрямо сказал Захар.

— Поди же, повеселись, не упрямься, когда барин делает милость, отпускает тебя... ступай к приятелям!

— Ну их, приятелей-то!

— Разве тебе не хочется повидаться с ними?

— Мерзавцы всё такие, что иной раз не глядел бы!

— Поди же, поди! — настойчиво твердил Обломов, и кровь у него бросилась в голову.

— Нет, сегодня целый день дома пробуду, а вот в воскресенье, пожалуй! — равнодушно отнекивался Захар.

— Теперь же, сейчас! — в волнении торопил его Обломов. — Ты должен...

— Да куда я пойду семь верст киселя есть? — отговаривался Захар.

— Ну поди погуляй часа два: видишь, рожа-то у тебя какая заспанная — проветрись!

— Рожа как рожа: обыкновенно какая бывает у нашего брата! — сказал Захар, лениво глядя в окно.

«Ах ты, Боже мой, сейчас явится!» — думал Обломов, отирая пот на лбу.

— Ну, пожалуйста, поди погуляй, тебя просят! На вот двугривенный: выпей пива с приятелем.

— Я лучше на крыльце побуду: а то куда я в мороз пойду? У ворот, пожалуй, посижу, это могу...

— Нет, дальше от ворот, — живо сказал Обломов, — в другую улицу ступай, вон туда, налево, к саду... на ту сторону.

«Что за диковина? — думал Захар, — гулять гонит; этого не бывало».

— Я лучше в воскресенье, Илья Ильич...

— Уйдешь ли ты? — сжав зубы, заговорил Обломов, напирая на Захара.

Захар скрылся, а Обломов позвал Анисью.

— Ступай на рынок, — сказал он ей, — и купи там к обеду...

— К обеду всё куплено; скоро будет готов... — заговорил было нос.

— Молчать и слушать! — крикнул Обломов, так что Анисья оробела.

— Купи... хоть спаржи... — договорил он, придумывая и не зная, за чем послать ее.

— Какая теперь, батюшка, спаржа? Да и где здесь ее найдешь...

— Марш! — закричал он, и она убежала. — Беги что есть мочи туда, — кричал он ей вслед, — и не оглядывайся, а оттуда как можно тише иди, раньше двух часов и носа не показывай.

— Что это за диковина! — говорил Захар Анисье, столкнувшись с ней за воротами. — Гулять прогнал, двугривенный дал. Куда я пойду гулять?

— Барское дело, — заметила сметливая Анисья, — ты поди к Артемью, графскому кучеру, напой его чаем: он всё поит тебя, а я побегу на рынок.

— Что это за диковина, Артемий? — сказал Захар и ему. — Барин гулять прогнал и на пиво дал...

— Да не вздумал ли сам нализаться? — остроумно догадался Артемий, — так и тебе дал, чтоб не завидно было. Пойдем!

Он мигнул Захару и махнул головой в какую-то улицу.

— Пойдем! — повторил Захар и тоже махнул головой в ту улицу.

— Экая диковина: гулять прогнал! — с усмешкой сипел он про себя.

Они ушли, а Анисья, добежав до первого перекрестка, присела за плетень, в канаве, и ждала, что будет.

Обломов прислушивался и ждал: вот кто-то взялся за кольцо у калитки, и в то же мгновение раздался отчаянный лай и началось скаканье на цепи собаки.

— Проклятая собака! — проскрежетал зубами Обломов, схватил фуражку и бросился к калитке, отворил ее и почти в объятиях донес Ольгу до крыльца.

Она была одна. Катя ожидала ее в карете, неподалеку от ворот.

— Ты здоров? Не лежишь? Что с тобой? — бегло спросила она, не снимая ни салопа, ни шляпки и оглядывая его с ног до головы, когда они вошли в кабинет.

— Теперь мне лучше, горло прошло... почти совсем, — сказал он, дотрогиваясь до горла и кашлянув слегка.

— Что ж ты не был вчера? — спросила она, глядя на него таким добывающим взглядом, что он не мог сказать ни слова.

— Как это ты решилась, Ольга, на такой поступок? — с ужасом заговорил он. — Ты знаешь ли, что ты делаешь...

— Об этом после! — перебила она нетерпеливо. — Я спрашиваю тебя: что значит, что тебя не видать?

Он молчал.

— Не ячмень ли сел? — спросила она.

Он молчал.

— Ты не был болен; у тебя не болело горло, — сказала она, сдвинув брови.

— Не был, — отвечал Обломов голосом школьника.

— Обманул меня! — Она с изумлением глядела на него. — Зачем?

— Я всё объясню тебе, Ольга, — оправдывался он, — важная причина заставила меня не быть две недели... я боялся...

— Чего? — спросила она, садясь и снимая шляпку и салоп.

Он взял то и другое и положил на диван.

— Толков, сплетней...

— А не боялся, что я не спала ночь, бог знает что передумала и чуть не слегла в постель? — сказала она, поводя по нем испытующим взглядом.

— Ты не знаешь, Ольга, что тут происходит у меня, — говорил он, показывая на сердце и голову, — я весь в тревоге, как в огне. Ты не знаешь, что случилось?

— Что еще случилось? — спросила она холодно.

— Как далеко распространился слух о тебе и обо мне! Я не хотел тебя тревожить и боялся показаться на глаза.

Он рассказал ей всё, что слышал от Захара, от Анисьи, припомнил разговор франтов и заключил, сказав, что с тех пор он не спит, что он в каждом взгляде видит вопрос, или упрек, или лукавые намеки на их свидания.

— Но ведь мы решили объявить на этой неделе ma tante, — возразила она, — тогда эти толки должны замолкнуть...

— Да; но мне не хотелось заговаривать с теткой до нынешней недели, до получения письма. Я знаю, она не о любви моей спросит, а об имении, войдет в подробности, а этого ничего я не могу объяснить, пока не получу ответа от поверенного.

Она вздохнула.

— Если б я не знала тебя, — в раздумье говорила она, — я бог знает что могла бы подумать. Боялся тревожить меня толками лакеев, а не боялся мне сделать тревогу! Я перестаю понимать тебя.

— Я думал, что болтовня их взволнует тебя. Катя, Марфа, Семен и этот дурак Никита бог знает что говорят...

— Я давно знаю, что они говорят, — равнодушно сказала она.

— Как, знаешь?

— Так. Катя и няня давно донесли мне об этом, спрашивали о тебе, поздравляли меня...

— Ужели поздравляли? — с ужасом спросил он. — Что ж ты?

— Ничего, поблагодарила; няне подарила платок, а она обещала сходить к Сергию пешком. Катя взялась выхлопотать отдать ее замуж за кондитера: у ней есть свой роман...

Он смотрел на нее испуганными и изумленными глазами.

— Ты бываешь каждый день у нас: очень натурально, что люди толкуют об этом, — прибавила она, — они первые начинают говорить. С Соничкой было то же: что же это так пугает тебя?

— Так вот откуда эти слухи? — сказал он протяжно.

— Разве они неосновательны? Ведь это правда?

— Правда! — ни вопросительно, ни отрицательно повторил Обломов. — Да, — прибавил он потом, — в самом деле, ты права: только я не хочу, чтоб они знали о наших свиданиях, оттого и боюсь...

— Ты боишься, дрожишь, как мальчик... Не понимаю! Разве ты крадешь меня?

Ему было неловко; она внимательно глядела на него.

— Послушай, — сказала она, — тут есть какая-то ложь, что-то не то... Поди сюда и скажи всё, что у тебя на душе. Ты мог не быть день, два — пожалуй, неделю, из предосторожности, но всё бы ты предупредил меня, написал. Ты знаешь, я уж не дитя и меня не так легко смутить вздором. Что это всё значит?

Он задумался, потом поцеловал у ней руку и вздохнул.

— Вот что, Ольга, я думаю, — сказал он, — у меня всё это время так напугано воображение этими ужасами за тебя, так истерзан ум заботами, сердце наболело то от сбывающихся, то от пропадающих надежд, от ожиданий, что весь организм мой потрясен: он немеет, требует хоть временного успокоения...

— Отчего ж у меня не немеет, и я ищу успокоения только подле тебя?

— У тебя молодые, крепкие силы, и ты любишь ясно, покойно, а я... но ты знаешь, как я тебя люблю! — сказал он, сползая на пол и целуя ее руки.

— Нет еще, мало знаю, — ты так странен, что я теряюсь в соображениях; у меня гаснут ум и надежда... скоро мы перестанем понимать друг друга: тогда худо!

Они замолчали.

— Что ж ты делал эти дни? — спросила она, в первый раз оглядывая глазами комнату. — У тебя нехорошо: какие низенькие комнаты! Окна маленькие, обои старые... Где ж еще у тебя комнаты?

Он бросился показывать ей квартиру, чтоб замять вопрос о том, что он делал эти дни. Потом она села на диван, он поместился опять на ковре, у ног ее.

— Что ж ты делал две недели? — допрашивала она.

— Читал, писал, думал о тебе.

— Прочел мои книги? Что они? Я возьму их с собой.

Она взяла со стола книгу и посмотрела на развернутую страницу: страница запылилась.

— Ты не читал! — сказала она.

— Нет, — отвечал он.

Она посмотрела на измятые шитые подушки, на беспорядок, на запыленные окна, на письменный стол, перебрала несколько покрытых пылью бумаг, пошевелила перо в сухой чернильнице и с изумлением поглядела на него.

— Что ж ты делал? — повторила она. — Ты не читал и не писал?

— Времени мало было, — начал он, запинаясь, — утром встанешь, убирают комнаты, мешают, потом начнутся толки об обеде, тут хозяйские дети придут, просят задачу поверить, а там и обед. После обеда... когда читать?

— Ты спал после обеда, — сказала она так положительно, что после минутного колебания он тихо отвечал:

— Спал...

— Зачем же?

— Чтоб не замечать времени: тебя не было со мной, Ольга, и жизнь скучна, несносна без тебя...

Он остановился, а она строго глядела на него.

— Илья! — серьезно заговорила она. — Помнишь, в парке, когда ты сказал, что в тебе загорелась жизнь, уверял, что я — цель твоей жизни, твой идеал, взял меня за руку и сказал, что она твоя, — помнишь, как я дала тебе согласие?

— Да разве это можно забыть? Разве это не перевернуло всю мою жизнь? Ты не видишь, как я счастлив?

— Нет, не вижу; ты обманул меня, — холодно сказала она, — ты опять опускаешься...

— Обманул! Не грех тебе? Богом клянусь, я кинулся бы сейчас в бездну!..

— Да, если б бездна была вот тут, под ногами, сию минуту, — перебила она, — а если б отложили на три дня, ты бы передумал, испугался, особенно если б Захар или Анисья стали болтать об этом... Это не любовь.

— Ты сомневаешься в моей любви? — горячо заговорил он. — Думаешь, что я медлю от боязни за себя, а не за тебя? Не оберегаю, как стеной, твоего имени, не бодрствую, как мать, чтоб не смел коснуться слух тебя... Ах, Ольга! Требуй доказательств! Повторю тебе, что если б ты с другим могла быть счастливее, я бы без ропота уступил права свои; если б надо было умереть за тебя, я бы с радостью умер! — со слезами досказал он.

— Этого ничего не нужно, никто не требует! Зачем мне твоя жизнь? Ты сделай, что надо. Это уловка лукавых людей предлагать жертвы, которых не нужно или нельзя приносить, чтоб не приносить нужных. Ты не лукав — я знаю, но...

— Ты не знаешь, сколько здоровья унесли у меня эти страхи и заботы! — продолжал он. — У меня нет другой мысли, с тех пор как я тебя знаю... Да и теперь, повторю, ты моя цель, и только ты одна. Я сейчас умру, сойду с ума, если тебя не будет со мной! Я теперь дышу, смотрю, мыслю и чувствую тобой. Что ж ты удивляешься, что в те дни, когда не вижу тебя, я засыпаю и падаю? Мне всё противно, всё скучно; я машина: хожу, делаю и не замечаю, что делаю. Ты огонь и сила этой машины, — говорил он, становясь на колени и выпрямляясь.

Глаза заблистали у него, как, бывало, в парке. Опять гордость и сила воли засияли в них.

— Я сейчас готов идти, куда ты велишь, делать, что хочешь. Я чувствую, что живу, когда ты смотришь на меня, говоришь, поешь...

Ольга с строгой задумчивостью слушала эти излияния страсти.

— Послушай, Илья, — сказала она, — я верю твоей любви и своей силе над тобой. Зачем же ты пугаешь меня своей нерешительностью, доводишь до сомнений? Я цель твоя, говоришь ты и идешь к ней так робко, медленно; а тебе еще далеко идти; ты должен стать выше меня. Я жду этого от тебя! Я видала счастливых людей, как они любят, — прибавила она со вздохом, — у них всё кипит, и покой их не похож на твой; они не опускают головы; глаза у них открыты; они едва спят, они действуют! А ты... нет, не похоже, чтоб любовь, чтоб я была твоей целью...

Она с сомнением покачала головой.

— Ты, ты!.. — говорил он, целуя опять у ней руки и волнуясь у ног ее. — Одна ты! Боже мой, какое счастье! — твердил он как в бреду. — И ты думаешь — возможно обмануть тебя, уснуть после такого пробуждения, не сделаться героем! Вы увидите, ты и Андрей, — продолжал он, озираясь вдохновенными глазами, — до какой высоты поднимает человека любовь такой женщины, как ты! Смотри, смотри на меня: не воскрес ли я, не живу ли в эту минуту? Пойдем отсюда! Вон! Вон! Я не могу ни минуты оставаться здесь;

мне душно, гадко! — говорил он, с непритворным отвращением оглядываясь вокруг. — Дай мне дожить сегодня этим чувством... Ах, если б этот же огонь жег меня, какой теперь жжет, — и завтра, и всегда! А то нет тебя — я гасну, падаю! Теперь я ожил, воскрес. Мне кажется, я... Ольга, Ольга! Ты прекраснее всего в мире, ты первая женщина, ты... ты...

Он припал к ее руке лицом и замер. Слова не шли более с языка. Он прижал руку к сердцу, чтоб унять волнение, устремил на Ольгу свой страстный, влажный взгляд и стал неподвижен.

«Нежен, нежен, нежен!» — мысленно твердила Ольга, но со вздохом, не как, бывало, в парке, и погрузилась в глубокую задумчивость.

— Мне пора! — очнувшись, сказала она ласково.

Он вдруг отрезвился.

— Ты здесь, Боже мой! У меня? — говорил он, и вдохновенный взгляд заменился робким озираньем по сторонам. Горячая речь не шла больше с языка.

Он торопливо хватал шляпку и салоп и, в суматохе, хотел надеть салоп ей на голову. Она засмеялась.

— Не бойся за меня, — успокоивала она, — ma tante уехала на целый день; дома только няня знает, что меня нет, да Катя. Проводи меня.

Она подала ему руку и без трепета, покойно, в гордом сознании своей невинности, перешла двор, при отчаянном скаканье на цепи и лае собаки, села в карету и уехала.

Из окон с хозяйской половины смотрели головы; из-за угла, за плетнем, выглянула из канавы голова Анисьи.

Когда карета заворотила в другую улицу, пришла Анисья и сказала, что она избегала весь рынок и спаржи не оказалось. Захар вернулся часа через три и проспал целые сутки.

Обломов долго ходил по комнате и не чувствовал под собой ног, не слыхал собственных шагов: он ходил как будто на четверть от полу.

Лишь только замолк скрип колес кареты по снегу, увезшей его жизнь, счастье, — беспокойство его прошло, голова и спина у него выпрямились, вдохновенное сияние воротилось на лицо, и глаза были влажны от счастья, от умиления. В организме разлилась какая-то теплота, свежесть, бодрость. И опять, как прежде, ему захотелось вдруг всюду, куда-нибудь далеко: и туда, к Штольцу, с Ольгой, и в деревню, на поля, в рощи, хотелось уединиться в своем кабинете и погрузиться в труд, и самому ехать на Рыбинскую пристань, и дорогу проводить, и прочесть только что вышедшую новую книгу, о которой все говорят, и в оперу — сегодня...

Да, сегодня она у него, он у ней, потом в опере. Как полон день! Как легко дышится в этой жизни, в сфере Ольги, в лучах ее девственного блеска, бодрых сил, молодого, но тонкого и глубокого, здравого ума! Он ходит, точно летает; его будто кто-то носит по комнате.

— Вперед, вперед! — говорит Ольга, — выше, выше, туда, к той черте, где сила нежности и грации теряет свои права и где начинается царство мужчины!

Как она ясно видит жизнь! Как читает в этой мудреной книге свой путь и инстинктом угадывает и его дорогу! Обе жизни, как две реки, должны слиться: он ее руководитель, вождь!

Она видит его силы, способности, знает, сколько он может, и покорно ждет его владычества. Чудная Ольга! Невозмутимая, неробкая, простая, но решительная женщина, естественная, как сама жизнь!

— Какая, в самом деле, здесь гадость! — говорил он, оглядываясь. — И этот ангел спустился в болото, освятил его своим присутствием!

Он с любовью смотрел на стул, где она сидела, и вдруг глаза его заблистали: на полу, около стула, он увидел крошечную перчатку.

— Залог! Ее рука: это предзнаменование! О!.. — простонал он страстно, прижимая перчатку к губам.

Хозяйка выглянула из двери с предложением посмотреть полотно: принесли продавать, так не понадобится ли?

Но он сухо поблагодарил ее, не подумал взглянуть на локти и извинился, что очень занят. Потом углубился в воспоминания лета, перебрал все подробности, вспомнил о всяком дереве, кусте, скамье, о каждом сказанном слове и нашел всё это милее, нежели как было в то время, когда он наслаждался этим.

Он решительно перестал владеть собой, пел, ласково заговаривал с Анисьей, шутил, что у нее нет детей, и обещал крестить, лишь только родится ребенок. С Машей поднял такую возню, что хозяйка выглянула и прогнала Машу домой, чтоб не мешала жильцу «заниматься».

Остальной день подбавил сумасшествия. Ольга была весела, пела, и потом еще пели в опере, потом он пил у них чай, и за чаем шел такой задушевный, искренний разговор между ним, теткой, бароном и Ольгой, что Обломов чувствовал себя совершенно членом этого маленького семейства. Полно жить одиноко: есть у него теперь угол; он крепко намотал свою жизнь; есть у него свет и тепло — как хорошо жить с этим!

Ночь он спал мало: всё дочитывал присланные Ольгой книги и прочитал полтора тома.

«Завтра письмо должно прийти из деревни», — думал он, и сердце у него билось... билось... Наконец-то!

VIII

На другой день Захар, убирая комнату, нашел на письменном столе маленькую перчатку, долго разглядывал ее, усмехнулся, потом подал Обломову.

— Должно быть, ильинская барышня забыла, — сказал он.

— Дьявол! — грянул Илья Ильич, вырывая у него перчатку из рук. — Врешь! Какая ильинская барышня! Это портниха приезжала из магазина рубашки примерять. Как ты смеешь выдумывать!

— Что за дьявол? Что я выдумываю? Вон уж на хозяйской половине говорят...

— Что говорят? — спросил Обломов.

— Да что, слышь, ильинская барышня с девушкой была...

— Боже мой! — с ужасом произнес Обломов. — А почем они знают ильинскую барышню? Ты же или Анисья разболтали...

Вдруг Анисья высунулась до половины из дверей передней.

— Как тебе не грех, Захар Трофимыч, пустяки молоть? Не слушайте его, батюшка, — сказала она, — никто и не говорил, и не знает, Христом Богом...

— Ну, ну, ну! — захрипел на нее Захар, замахиваясь локтем в грудь. — Туда же суешься, где тебя не спрашивают.

Анисья скрылась. Обломов погрозил обоими кулаками Захару, потом быстро отворил дверь на хозяйскую половину. Агафья Матвеевна сидела на полу и перебирала рухлядь в старом сундуке; около нее лежали груды тряпок, ваты, старых платьев, пуговиц и отрезков мехов.

— Послушайте, — ласково, но с волнением заговорил Обломов, — мои люди болтают разный вздор; вы, ради Бога, не верьте им.

— Я ничего не слыхала, — сказала хозяйка. — Что они болтают?

— Насчет вчерашнего визита, — продолжал Обломов, — они говорят, будто приезжала какая-то барышня...

— Что нам за дело, кто к жильцам ездит? — сказала хозяйка.

— Да нет, вы, пожалуйста, не верьте: это совершенная клевета! Никакой барышни не было: приезжала просто портниха, которая рубашки мне шьет. Примерять приезжала...

— А вы где заказали рубашки? Кто вам шьет? — живо спросила хозяйка.

— Во французском магазине...

— Покажите, как принесут: у меня есть две девушки: так шьют, такую строчку делают, что никакой француженке не сделать. Я видела, они приносили показать, графу Метлинскому шьют: никто так не сошьет. Куда ваши, вот эти, что на вас...

— Очень хорошо, я припомню. Вы только, ради Бога, не подумайте, что это была барышня...

— Что за дело, кто к жильцу ходит? Хоть бы и барышня...

— Нет, нет! — опровергал Обломов. — Помилуйте, та барышня, про которую болтает Захар, огромного роста, говорит басом, а эта, портниха-то, чай, слышали, каким тоненьким голосом говорит: у ней чудесный голос. Пожалуйста, не думайте...

— Что нам за дело? — говорила хозяйка, когда он уходил. — Так не забудьте, когда понадобится рубашки шить, сказать мне: мои знакомые такую строчку делают... их зовут Лизавета Николавна и Марья Николавна.

— Хорошо, хорошо, не забуду; только вы не подумайте, пожалуйста.

И он ушел, потом оделся и уехал к Ольге.

Воротясь вечером домой, он нашел у себя на столе письмо из деревни от соседа, его поверенного. Он бросился к лампе, прочел — и у него опустились руки.

«Прошу покорно передать доверенность другому лицу (писал сосед), а у меня накопилось столько дела, что, по совести сказать, не могу как следует присматривать за вашим имением. Всего лучше вам самим приехать сюда, и еще лучше поселиться в имении. Имение хорошее, но сильно запущено. Прежде всего надо аккуратнее распределить барщину и оброк; без хозяина этого сделать нельзя: мужики избалованы, старосты нового не слушают, а старый плутоват, за ним надо смотреть. Количество дохода определить нельзя. При нынешнем беспорядке едва ли вы получите больше трех тысяч, и то при себе. Я считаю доход с хлеба, а на оброчных надежда плоха: надо их взять в руки и разобрать недоимки — на это на всё понадобится месяца три. Хлеб был хорош и в цене, и в марте или апреле вы получите деньги, если сами присмотрите за продажей. Теперь же денег наличных нет ни гроша. Что касается дороги через Верхлёво и моста, то, не получая от вас долгое время ответа, я уж решился с Одонцовым и Беловодовым проводить дорогу от себя на Нельки, так что Обломовка остается далеко в стороне. В заключение повторю просьбу пожаловать как можно скорее: месяца в три можно привести в известность, чего надеяться на будущий год. Кстати, теперь выборы: не пожелали ли бы вы баллотироваться в уездные судьи? Поспешайте. Дом ваш очень плох (прибавлено было в конце). Я велел скотнице, старому кучеру и двум старым девкам выбраться оттуда в избу: долее опасно было бы оставаться».

При письме приложена была записка, сколько четвертей хлеба снято, умолочено, сколько ссыпано в магазины, сколько назначено в продажу и тому подобные хозяйственные подробности.

«Денег ни гроша, три месяца, приехать самому, разобрать дела крестьян, привести доход в известность, служить по выборам» — всё это в виде призраков обступило Обломова. Он очутился будто в лесу, ночью, когда в каждом кусте и дереве чудится разбойник, мертвец, зверь.

— Однако ж это позор: я не поддамся! — твердил он, стараясь ознакомиться с этими призраками, как и трус силится, сквозь зажмуренные веки, взглянуть на призраки и чувствует только холод у сердца и слабость в руках и ногах.

Чего ж надеялся Обломов? Он думал, что в письме сказано будет определительно, сколько он получит дохода и, разумеется, как можно больше, тысяч, например, шесть, семь; что дом еще хорош, так что по нужде в нем можно жить, пока будет строиться новый; что, наконец, поверенный пришлет тысячи тричетыре, — словом, что в письме он прочтет тот же смех, игру жизни и любовь, что читал в записках Ольги.

Он уже не ходил на четверть от полу по комнате, не шутил с Анисьей, не волновался надеждами на счастье: их надо было отодвинуть на три месяца; да нет! В три месяца он только разберет дела, узнает свое имение, а свадьба...

— О свадьбе ближе года и думать нельзя, — боязливо сказал он, — да, да, через год, не прежде! Ему еще надо дописать свой план, надо порешить с архитектором, потом... потом... — Он вздохнул.

«Занять!» — блеснуло у него в голове, но он оттолкнул эту мысль.

«Как можно! А как не отдашь в срок? если дела пойдут плохо, тогда подадут ко взысканию, и имя Обломова, до сих пор чистое, неприкосновенное...» Боже сохрани! Тогда прощай его спокойствие, гордость... нет, нет! Другие займут да потом и мечутся, работают, не спят, точно демона впустят в себя. Да, долг — это демон, бес, которого ничем не изгонишь, кроме денег!

Есть такие молодцы, что весь век живут на чужой счет, наберут, нахватают справа, слева, да и в ус не дуют! Как они могут покойно уснуть, как обедают — непонятно! Долг! последствия его — или неисходный труд, как каторжного, или бесчестие.

Заложить деревню? Разве это не тот же долг, только неумолимый, неотсрочимый? Плати каждый год — пожалуй, на прожиток не останется.

Еще на год отодвинулось счастье! Обломов застонал болезненно и повалился было на постель, но вдруг опомнился и встал. А что говорила Ольга? Как взывала к нему как к мужчине, доверилась его силам? Она ждет, как он пойдет вперед и дойдет до той высоты, где протянет ей руку и поведет за собой, покажет ее путь! Да, да! Но с чего начать?

Он подумал, подумал, потом вдруг ударил себя по лбу и пошел на хозяйскую половину.

— Ваш братец дома? — спросил он хозяйку.

— Дома, да спать легли.

— Так завтра попросите его ко мне, — сказал Обломов, — мне нужно видеться с ним.

IX

Братец опять тем же порядком вошли в комнату, так же осторожно сели на стул, подобрали руки в рукава и ждали, что скажет Илья Ильич.

— Я получил очень неприятное письмо из деревни в ответ на посланную доверенность — помните? — сказал Обломов. — Вот потрудитесь прочесть.

Иван Матвеевич взял письмо и привычными глазами бегал по строкам, а письмо слегка дрожало в его пальцах. Прочитав, он положил письмо на стол, а руки спрятал за спину.

— Как вы полагаете, что теперь делать? — спросил Обломов.

— Они советуют вам ехать туда, — сказал Иван Матвеевич. — Что же-с: тысячу двести верст не бог знает что! Через неделю установится дорога, вот и съездили бы.

— Я отвык совсем ездить; с непривычки, да еще зимой, признаюсь, мне бы трудно было, не хотелось бы... Притом же в деревне одному очень скучно.

— А у вас много оброчных? — спросил Иван Матвеевич.

— Да... не знаю: давно не был в деревне.

— Надо знать-с: без этого как же-с? нельзя справок навести, сколько доходу получите.

— Да, надо бы, — повторил Обломов, — и сосед тоже пишет, да вот дело-то подошло к зиме.

— А сколько оброку вы полагаете?

— Оброку? Кажется... вот позвольте, у меня было где-то расписание... Штольц еще тогда составил, да трудно отыскать: Захар, должно быть, сунул куда-нибудь. Я после покажу... кажется, тридцать рублей с тягла.

— Мужики-то у вас каковы? Как живут? — спрашивал Иван Матвеевич. — Богатые или разорены, бедные? Барщина-то какова?

— Послушайте, — сказал, подойдя к нему Обломов и доверчиво взяв его за оба борта вицмундира.

Иван Матвеевич проворно встал, но Обломов усадил его опять.

— Послушайте, — повторил он расстановисто, почти шепотом, — я не знаю, что такое барщина, что такое сельский труд, что значит бедный мужик, что богатый; не знаю, что значит четверть ржи или овса, что она стоит, в каком месяце и что сеют и жнут, как и когда продают; не знаю, богат ли я или беден, буду ли я через год сыт или буду нищий — я ничего не знаю! — заключил он с унынием, выпустив борты вицмундира и отступая от Ивана Матвеевича, — следовательно, говорите и советуйте мне, как ребенку...

— Как же-с: надо знать: без этого ничего сообразить нельзя, — с покорной усмешкой сказал Иван Матвеевич, привстав и заложив одну руку за спину, а другую за пазуху. — Помещик должен знать свое имение, как с ним обращаться... — говорил он поучительно.

— А я не знаю. Научите меня, если можете.

— Я сам не занимался этим предметом, надо посоветоваться с знающими людьми. Да вот-с, в письме пишут вам, — продолжал Иван Матвеевич, указывая средним пальцем, ногтем вниз, на страницу письма, — чтоб вы послужили по выборам: вот и славно бы! Пожили бы там, послужили бы в уездном суде и узнали бы между тем временем и хозяйство.

— Я не знаю, что такое уездный суд, что в нем делают, как служат! — выразительно, но вполголоса опять говорил Обломов, подойдя вплоть к носу Ивана Матвеевича.

— Привыкнете-с. Вы ведь служили здесь в департаменте: дело везде одно, только в формах будет маленькая разница. Везде предписания, отношения, протокол... Был бы хороший секретарь, а вам что заботы? подписать только. Если знаете, как в департаментах дело делается...

— Я не знаю, как дело делается в департаментах, — монотонно сказал Обломов.

Иван Матвеевич бросил свой двойной взгляд на Обломова и молчал.

— Должно быть, всё книги читали-с? — с той же покорной усмешкой заметил он.

— Книги! — с горечью возразил Обломов и остановился.

Недостало духа и не нужно было обнажаться до дна души перед чиновником. «Я и книг не знаю», — шевельнулось в нем, но не сошло с языка и выразилось печальным вздохом.

— Изволили же чем-нибудь заниматься, — смиренно прибавил Иван Матвеевич, как будто дочитав в уме Обломова ответ о книгах, — нельзя, чтоб...

— Можно, Иван Матвеич: вот вам живое доказательство — я! Кто же я? Что я такое? Подите спросите у Захара, и он скажет вам: «Барин!» Да, я барин и делать ничего не умею! Делайте вы, если знаете, и помогите, если можете, а за труд возьмите себе, что хотите, — на то и наука!

Он начал ходить по комнате, а Иван Матвеевич стоял на своем месте и всякий раз слегка ворочался всем корпусом в тот угол, куда пойдет Обломов. Оба они молчали некоторое время.

— Где вы учились? — спросил Обломов, остановясь опять перед ним.

— Начал было в гимназии, да из шестого класса взял меня отец и определил в правление. Что наша наука! Читать, писать, грамматике, арифметике, а дальше и не пошел-с. Кое-как приспособился к делу да и перебиваюсь помаленьку. Ваше дело другое-с: вы проходили настоящие науки...

— Да, — со вздохом подтвердил Обломов, — правда, я проходил и высшую алгебру, и политическую экономию, и права, а всё к делу не приспособился. Вот видите, с высшей алгеброй не знаю, много ли у меня дохода. Приехал в деревню, послушал, посмотрел — как делалось у нас в доме и в имении и кругом нас — совсем не те права. Уехал сюда, думал как-нибудь с политической экономией выйду в люди... А мне сказали, что науки пригодятся мне со временем, разве под старость, а прежде надо выйти в чины, и для этого нужна одна наука — писать бумаги. Вот я и не приспособился к делу, а сделался просто барином, а вы приспособились: ну так решите же, как извоºотиться.

— Можно-с, ничего, — сказал наконец Иван Матвеевич.

Обломов остановился против него и ждал, что он скажет.

— Можно поручить это всё знающему человеку и доверенность перевести на него, — прибавил Иван Матвеевич.

— А где взять такого человека? — спросил Обломов.

— У меня есть сослуживец, Исай Фомич Затертый: он заикается немного, а деловой и знающий человек. Три года управлял большим имением, да помещик отпустил его по этой самой причине, что заикается. Вот он и вступил к нам.

— Да можно ли положиться на него?

— Честнейшая душа, не извольте беспокоиться! Он свое проживет, лишь бы доверителю угодить. Двенадцатый год у нас состоит на службе.

— Как же он поедет, если служит?

— Ничего-с, отпуск на четыре месяца возьмет. Вы извольте решиться, а я привезу его сюда. Ведь он не даром поедет...

— Конечно нет, — подтвердил Обломов.

— Вы ему извольте положить прогоны, на прожиток, сколько понадобится в сутки, а там, по окончании дела, вознаграждение, по условию. Поедет-с, ничего!

— Я вам очень благодарен: вы меня от больших хлопот избавите, — сказал Обломов, подавая ему руку. — Как его?..

— Исай Фомич Затертый, — повторил Иван Матвеевич, отирая наскоро руку обшлагом другого рукава, и, взяв на минуту руку Обломова, тотчас спрятал свою в рукав. — Я завтра поговорю с ним-с и приведу.

— Да приходите обедать, мы и потолкуем. — Очень, очень благодарен вам! — говорил Обломов, провожая Ивана Матвеевича до дверей.

X

Вечером в тот же день в двухэтажном доме, выходившем одной стороной в улицу, где жил Обломов, а другой на набережную, в одной из комнат верхнего этажа сидели Иван Матвеевич и Тарантьев.

Это было так называемое «заведение», у дверей которого всегда стояло двое-трое пустых дрожек, а извозчики сидели в нижнем этаже с блюдечками в руках. Верхний этаж назначался для «господ» Выборгской стороны.

Перед Иваном Матвеевичем и Тарантьевым стоял чай и бутылка рому.

— Чистейший ямайский, — сказал Иван Матвеевич, наливая дрожащей рукой себе в стакан рому, — не побрезгуй, кум, угощением.

— Признайся, есть за что и угостить, — отозвался Тарантьев, — дом сгнил бы, а этакого жильца не дождался.

— Правда, правда, — перебил Иван Матвеевич. — А если наше дело состоится и Затертый поедет в деревню — магарыч будет!

— Да ты скуп, кум: с тобой надо торговаться,— говорил Тарантьев,— пятьдесят рублей за этакого жильца!

— Боюсь, грозится съехать,— заметил Иван Матвеевич.

— Ах ты: а еще дока! Куда он съедет? Его не выгонишь теперь.

— А свадьба-то? Женится, говорят.

Тарантьев захохотал.

— Он женится! Хочешь об заклад, что не женится? — возразил он.— Да ему Захар и спать-то помогает, а то жениться! Доселе я ему всё благодетельствовал: ведь без меня, братец ты мой, он бы с голоду умер или в тюрьму попал. Надзиратель придет, хозяин домовый что-нибудь спросит, так ведь ни в зуб толкнуть — всё я! Ничего не смыслит...

— Подлинно ничего: в уездном суде, говорит, не знаю, что делают, в департаменте то же; какие мужики у него — не ведает. Что за голова! Меня даже смех взял...

— А контракт-то, контракт-то каков заключили? — хвастался Тарантьев.— Мастер ты, брат, строчить бумаги, Иван Матвеевич, ей-богу, мастер! Вспомнишь покойника отца! И я был горазд, да отвык, видит Бог, отвык! Присяду: слеза так и бьет из глаз. Не читал, так и подмахнул! А там и огороды, и конюшни, и амбары.

— Да, кум, пока не перевелись олухи на Руси, что подписывают бумаги не читая, нашему брату можно жить. А то хоть пропадай, плохо стало! Послышишь от стариков, так не то! В двадцать пять лет службы какой я капитал составил? Можно прожить на Выборгской стороне, не показывая носа на свет Божий: кусок будет хороший, не жалуюсь, хлеба не переешь! А чтоб там квартиры на Литейной, ковры да жениться на богатой, детей в знать выводить — прошло времечко! И рожа-то, слышь, не такая, и пальцы, видишь, красны, зачем водку пьешь... А как ее не пить-то? Попробуй! Хуже лакея, говорят: нынче и лакей этаких сапог не носит и рубашку каждый день меняет. Воспитание не такое — всё молокососы перебили: ломаются, читают да говорят по-французски...

— А дела не смыслят, — прибавил Тарантьев.

— Нет, брат, смыслят: дело-то нынче не такое; всякий хочет проще, всё гадят нам. Так не нужно писать: это лишняя переписка, трата времени; можно скорее... гадят!

— А контракт-то подписан: не изгадили! — сказал Тарантьев.

— То уж кончено, свято. Выпьем, кум! Вот пошлет Затертого в Обломовку, тот повысосет немного: пусть достается потом наследникам...

— Пусть! — заметил Тарантьев. — Да наследники-то какие: троюродные, седьмая вода на киселе.

— Вот только свадьбы боюсь! — сказал Иван Матвеевич.

— Не бойся, тебе говорят. Вот помяни мое слово.

— Ой ли? — весело возразил Иван Матвеевич. — А ведь он пялит глаза на мою сестру... — шепотом прибавил он.

— Что ты? — с изумлением сказал Тарантьев.

— Молчи только! Ей-богу, так...

— Ну, брат, — дивился Тарантьев, насилу приходя в себя, — мне бы и во сне не приснилось! Ну а она что?

— Что она? Ты ее знаешь — вот что!

Он кулаком постучал об стол.

— Разве умеет свои выгоды соблюсти? Корова, сущая корова: ее хоть ударь, хоть обними — всё ухмыляется, как лошадь на овес. Другая бы... ой-ой! Да я глаз не спущу — понимаешь, чем это пахнет!

XI

«Четыре месяца! Еще четыре месяца принуждений, свиданий тайком, подозрительных лиц, улыбок! — думал Обломов, поднимаясь на лестницу к Ильинским. — Боже мой! когда это кончится? А Ольга будет торопить: сегодня, завтра. Она так настойчива, непреклонна! Ее трудно убедить...»

Обломов дошел почти до комнаты Ольги, не встретив никого. Ольга сидела в своей маленькой гостиной, перед спальной, и углубилась в чтение какой-то книги.

Он вдруг явился перед ней, так что она вздрогнула; потом ласково, с улыбкой, протянула ему руку, но глаза еще как будто дочитывали книгу: она смотрела рассеянно.

— Ты одна? — спросил он ее.

— Да; ma tante уехала в Царское Село; звала меня с собой. Мы будем обедать почти одни; Марья Семеновна только придет; иначе бы я не могла принять тебя. Сегодня ты не можешь объясниться. Как это всё скучно! Зато завтра... — прибавила она и улыбнулась. — А что, если б я сегодня уехала в Царское Село? — спросила она шутливо.

Он молчал.

— Ты озабочен? — продолжала она.

— Я получил письмо из деревни, — сказал он монотонно.

— Где оно? с тобой?

Он подал ей письмо.

— Я ничего не разберу, — сказала она, посмотрев на бумагу.

Он взял у ней письмо и прочел вслух. Она задумалась.

— Что ж теперь? — спросила она, помолчав.

— Я сегодня советовался с братом хозяйки, — отвечал Обломов, — и он рекомендует мне поверенного, Исая Фомича Затертого: я поручу ему обделать всё это...

— Чужому, незнакомому человеку! — с удивлением возразила Ольга. — Собирать оброк, разбирать крестьян, смотреть за продажей хлеба...

— Он говорит, что это честнейшая душа, двенадцать лет с ним служит... Только заикается немного.

— А сам брат твоей хозяйки каков? Ты его знаешь?

— Нет; да он, кажется, такой положительный, деловой человек, и притом я живу у него в доме: посовестится обмануть!

Ольга молчала и сидела, потупя глаза.

— Иначе ведь самому надо ехать, — сказал Обломов, — мне бы, признаться, этого не хотелось. Я совсем отвык ездить по дорогам, особенно зимой... никогда даже не езжал.

Она всё глядела вниз, шевеля носком ботинки.

— Если даже я и поеду, — продолжал Обломов, — то ведь решительно из этого ничего не выйдет: я толку не добьюсь; мужики меня обманут; староста скажет, что хочет, — я должен верить всему; денег даст, сколько вздумает. Ах, Андрея нет здесь: он бы всё уладил! — с огорчением прибавил он.

Ольга усмехнулась, то есть у ней усмехнулись только губы, а не сердце: на сердце была горечь. Она начала глядеть в окно, прищуря немного один глаз и следя за каждой проезжавшей каретой.

— Между тем поверенный этот управлял большим имением, — продолжал он, — да помещик отослал его именно потому, что заикается. Я дам ему доверенность, передам планы: он распорядится закупкой материалов для постройки дома, соберет оброк, продаст хлеб, привезет деньги, и тогда... Как я рад, милая Ольга, — сказал он, целуя у ней руку, — что мне не нужно покидать тебя! Я бы не вынес разлуки; без тебя в деревне, одному... это ужас! Но только теперь нам надо быть очень осторожными.

Она взглянула на него таким большим взглядом и ждала.

— Да, — начал он говорить медленно, почти заикаясь, — видеться изредка; вчера опять заговорили у нас, даже на хозяйской половине... а я не хочу этого... Как только все дела устроятся, поверенный распорядится стройкой и привезет деньги... всё это кончится в какой-нибудь год... тогда нет более разлуки, мы скажем всё тетке, и... и...

Он взглянул на Ольгу: она без чувств. Голова у ней склонилась на сторону, из-за посиневших губ видны были зубы. Он не заметил, в избытке радости и мечтанья, что при словах: «Когда устроятся дела, поверенный распорядится» — Ольга побледнела и не слыхала заключения его фразы.

— Ольга!.. Боже мой, ей дурно! — сказал он и дернул звонок.

— Барышне дурно, — сказал он прибежавшей Кате. — Скорее воды!.. спирту...

— Господи! Всё утро такие веселые были... Что с ними? — шептала Катя, принеся со стола тетки спирт и суетясь со стаканом воды.

Ольга очнулась, встала, с помощью Кати и Обломова, с кресла и, шатаясь, пошла к себе в спальню.

— Это пройдет, — слабо сказала она, — это нервы; я дурно спала ночь. Катя, затвори дверь, а вы подождите меня: я оправлюсь и выйду.

Обломов остался один, прикладывал к двери ухо, смотрел в щель замка, но ничего не слышно и не видно.

Чрез полчаса он пошел по коридору до девичьей и спросил Катю: «Что барышня?»

— Ничего, — сказала Катя, — они легли, а меня выслали; потом я входила: они сидят в кресле.

Обломов опять пошел в гостиную, опять смотрел в дверь — ничего не слышно.

Он чуть-чуть постучал пальцем — нет ответа.

Он сел и задумался. Много передумал он в эти полтора часа, много изменилось в его мыслях, много он принял новых решений. Наконец он остановился на том, что сам поедет с поверенным в деревню, но прежде выпросит согласие тетки на свадьбу, обручится с Ольгой, Ивану Герасимовичу поручит отыскать квартиру и даже займет денег... немного, чтоб свадьбу сыграть.

Этот долг можно заплатить из выручки за хлеб. Что ж он так приуныл? Ах, Боже мой, как всё может переменить вид в одну минуту! А там, в деревне, они распорядятся с поверенным собрать оброк; да, наконец, Штольцу напишет: тот даст денег и потом приедет и устроит ему Обломовку на славу, он всюду дороги проведет, и мостов настроит, и школы заведет... А там они, с Ольгой!.. Боже! вот оно, счастье!.. Как это всё ему в голову не пришло!

Вдруг ему стало так легко, весело; он начал ходить из угла в угол, даже пощелкивал тихонько пальцами, чуть не закричал от радости, подошел к двери Ольги и тихо позвал ее веселым голосом:

— Ольга, Ольга! Что я вам скажу! — говорил он, приложив губы сквозь двери. — Никак не ожидаете...

Он даже решил не уезжать сегодня от нее, а дождаться тетки. «Сегодня же объявим ей, и я уеду отсюда женихом».

Дверь тихо отворилась, и явилась Ольга: он взглянул на нее и вдруг упал духом; радость его как в воду канула: Ольга как будто немного постарела. Бледна, но глаза блестят; в замкнутых губах, во всякой черте таится внутренняя напряженная жизнь, окованная, точно льдом, насильственным спокойствием и неподвижностью.

Во взгляде ее он прочел решение, но какое — еще не знал, только у него сердце стукнуло, как никогда не стучало. Таких минут не бывало в его жизни.

— Послушай, Ольга, не гляди на меня так: мне страшно! — сказал он. — Я передумал: совсем иначе надо устроить... — продолжал потом, постепенно понижая тон, останавливаясь и стараясь вникнуть в этот новый для него смысл ее глаз, губ и говорящих бровей, — я решил сам ехать в деревню, вместе с поверенным... чтоб там... — едва слышно досказал он.

Она молчала, глядя на него пристально, как привидение.

Он смутно догадывался, какой приговор ожидал его, и взял шляпу, но медлил спрашивать: ему страшно было услыхать роковое решение и, может быть, без апелляции. Наконец он осилил себя.

— Так ли я понял?.. — спросил он ее изменившимся голосом.

Она медленно, с кротостью наклонила, в знак согласия, голову. Он хотя до этого угадал ее мысль, но побледнел и всё стоял перед ней.

Она была несколько томна, но казалась такою покойною и неподвижною, как будто каменная статуя. Это был тот сверхъестественный покой, когда сосредоточенный замысел или пораженное чувство дают человеку вдруг всю силу, чтоб сдержать себя, но только на один момент. Она походила на раненого, который зажал рану рукой, чтоб досказать, что нужно, и потом умереть.

— Ты не возненавидишь меня? — спросил он.

— За что? — сказала она слабо.

— За всё, что я сделал с тобой...

— Что ты сделал?

— Любил тебя: это оскорбление!

Она с жалостью улыбнулась.

— За то, — говорил он, поникнув головой, — что ты ошибалась... Может быть, ты простишь меня, если вспомнишь, что я предупреждал, как тебе будет стыдно, как ты станешь раскаиваться...

— Я не раскаиваюсь. Мне так больно, так больно... — сказала она и остановилась, чтоб перевести дух.

— Мне хуже, — отвечал Обломов, — но я сто́ю этого: за что *ты* мучишься?

— За гордость, — сказала она, — я наказана, я слишком понадеялась на свои силы — вот в чем я ошиблась, а не в том, чего ты боялся. Не о первой молодости и красоте мечтала я: я думала, что я оживлю тебя, что ты можешь еще жить для меня, — а ты уже давно умер. Я не предвидела этой ошибки, а всё ждала, надеялась... и вот!.. — с трудом, со вздохом досказала она.

Она замолчала, потом села.

— Я не могу стоять: ноги дрожат. Камень ожил бы от того, что я сделала, — продолжала она томным голосом. — Теперь не сделаю ничего, ни шагу, даже не пойду в Летний сад: всё бесполезно — ты умер! Ты согласен со мной, Илья? — прибавила она потом, помолчав. — Не упрекнешь меня никогда, что я по гордости или по капризу рассталась с тобой?

Он отрицательно покачал головой.

— Убежден ли ты, что нам ничего не осталось, никакой надежды?

— Да,— сказал он,— это правда... Но, может быть...— нерешительно прибавил потом,— через год...— У него недоставало духа нанести решительный удар своему счастью.

— Ужели ты думаешь, что через год ты устроил бы свои дела и жизнь? — спросила она.— Подумай!

Он вздохнул и задумался, боролся с собой. Она прочла эту борьбу на лице.

— Послушай, — сказала она, — я сейчас долго смотрела на портрет моей матери и, кажется, заняла в ее глазах совета и силы. Если ты теперь, как честный человек... Помни, Илья, мы не дети и не шутим: дело идет о целой жизни! Спроси же строго у своей совести и скажи — я поверю тебе, я тебя знаю: станет ли тебя на всю жизнь? Будешь ли ты для меня тем, что мне нужно? Ты меня знаешь, следовательно, понимаешь, что я хочу сказать. Если ты скажешь смело и обдуманно *да* — я беру назад свое решение: вот моя рука и пойдем, куда хочешь, за границу, в деревню, даже на Выборгскую сторону!

Он молчал.

— Если б ты знала, как я люблю...

— Я жду не уверений в любви, а короткого ответа, — перебила она почти сухо.

— Не мучь меня, Ольга! — с унынием умолял он.

— Что ж, Илья, права я или нет?

— Да, — внятно и решительно сказал он, — ты права!

— Так нам пора расстаться,— решила она,— пока не застали тебя и не видали, как я расстроена!

Он всё не шел.

— Если б ты и женился, что потом? — спросила она.

Он молчал.

— Ты засыпал бы с каждым днем всё глубже — не правда ли? А я? Ты видишь, какая я? Я не состареюсь, не устану жить никогда. А с тобой мы стали бы жить изо дня в день, ждать Рождества, потом масленицы, ездить в гости, танцевать и не думать ни о чем; ложились бы спать и благодарили Бога, что день скоро прошел, а утром просыпались бы с желанием, чтоб сегодня походило на вчера... вот наше будущее — да? Разве это жизнь? Я зачахну, умру... за что, Илья? Будешь ли ты счастлив...

Он мучительно провел глазами по потолку, хотел сойти с места, бежать — ноги не повиновались. Хотел сказать что-то: во рту было сухо, язык не ворочался, голос не выходил из груди. Он протянул ей руку.

— Стало быть... — начал он упавшим голосом, но не кончил и взглядом досказал: «Прости!»

И она хотела что-то сказать, но ничего не сказала, протянула ему руку, но рука, не коснувшись его руки, упала; хотела было также сказать: «Прощай», но голос у ней на половине слова сорвался и взял фальшивую ноту; лицо исказилось судорогой; она положила руку и голову ему на плечо и зарыдала. У ней как будто вырвали оружие из рук. Умница пропала — явилась просто женщина, беззащитная против горя.

— Прощай, прощай... — вырывалось у ней среди рыданий.

Он молчал и в ужасе слушал ее слезы, не смея мешать им. Он не чувствовал жалости ни к ней, ни к себе; он был сам жалок. Она опустилась в кресло и, прижав голову к платку, оперлась на стол и плакала горько. Слезы текли не как мгновенно вырвавшаяся жаркая струя, от внезапной и временной боли, как тогда в парке, а изливались безотрадно, холодными потоками, как осенний дождь, беспощадно поливающий нивы.

— Ольга, — наконец сказал он, — за что ты терзаешь себя? Ты меня любишь, ты не перенесешь разлуки! Возьми меня, как я есть, люби во мне, что есть хорошего.

Она отрицательно покачала головой, не поднимая ее.

— Нет... нет... — силилась выговорить потом, — за меня и за мое горе не бойся. Я знаю себя: я выплачу его и потом уж больше плакать не стану. А теперь не мешай плакать... уйди... Ах нет, постой!.. Бог наказывает меня!.. Мне больно, ах, как больно... здесь, у сердца...

Рыдания возобновились.

— А если боль не пройдет, — сказал он, — и здоровье твое пошатнется? Такие слезы ядовиты. Ольга, ангел мой, не плачь... забудь всё...

— Нет, дай мне плакать! Я плачу не о будущем, а о прошедшем... — выговаривала она с трудом, — оно «поблекло, отошло»... Не я плачу, воспоминания плачут!.. Лето... парк... помнишь? Мне жаль нашей аллеи, сирени... Это всё приросло к сердцу: больно отрывать!..

Она, в отчаянии, качала головой и рыдала, повторяя:

— О, как больно, больно!

— Если ты умрешь? — вдруг с ужасом сказал он. — Подумай, Ольга...

— Нет, — перебила она, подняв голову и стараясь взглянуть на него сквозь слезы. — Я узнала недавно только, что я любила в тебе то, что я хотела, чтоб было в тебе, что указал мне Штольц, что мы выдумали с ним. Я любила будущего Обломова! Ты кроток, честен, Илья; ты нежен... как голубь; ты прячешь голову под крыло — и ничего не хочешь больше; ты готов всю жизнь проворковать под кровлей... да я не такая: мне мало этого, мне нужно чего-то еще, а чего — не знаю! Можешь ли научить меня, сказать, что это такое, чего мне недостает, дать это всё, чтоб я... А нежность... где ее нет!

У Обломова подкосились ноги; он сел в кресло и отер платком руки и лоб.

Слово было жестоко; оно глубоко уязвило Обломова: внутри оно будто обожгло его, снаружи повеяло на него холодом. Он в ответ улыбнулся как-то жалко, болезненно-стыдливо, как нищий, которого упрекнули его наготой. Он сидел с этой улыбкой бессилия, ослабевший от волнения и обиды; потухший взгляд его ясно говорил: «Да, я скуден, жалок, нищ... бейте, бейте меня!..»

Ольга вдруг увидела, сколько яду было в ее слове; она стремительно бросилась к нему.

— Прости меня, мой друг! — заговорила она нежно, будто слезами. — Я не помню, что говорю: я безумная! Забудь всё; будем по-прежнему; пусть всё останется, как было...

— Нет! — сказал он, вдруг встав и устраняя решительным жестом ее порыв. — Не останется! Не тревожься, что сказала правду: я сто́ю... — прибавил он с унынием.

— Я мечтательница, фантазерка! — говорила она. — Несчастный характер у меня. Отчего другие, отчего Соничка так счастлива...

Она заплакала.

— Уйди! — решила она, терзая мокрый платок руками. — Я не выдержу; мне еще дорого прошедшее...

Она опять закрыла лицо платком и старалась заглушить рыдания.

— Отчего погибло всё? — вдруг, подняв голову, спросила она. — Кто проклял тебя, Илья? Что ты сделал? Ты добр, умен, нежен, благороден... и... гибнешь! Что сгубило тебя? Нет имени этому злу...

— Есть, — сказал он чуть слышно.

Она вопросительно, полными слез глазами взглянула на него.

— Обломовщина! — прошептал он, потом взял ее руку, хотел поцеловать, но не мог, только прижал крепко к губам, и горячие слезы закапали ей на пальцы. Не поднимая головы, не показывая ей лица, он обернулся и пошел.

XII

Бог знает, где он бродил, что делал целый день, но домой вернулся поздно ночью. Хозяйка первая услыхала стук в ворота и лай собаки и растолкала от сна Анисью и Захара, сказав, что барин воротился.

Илья Ильич почти не заметил, как Захар раздел его, стащил сапоги и накинул на него — халат!

— Что это? — спросил он только, поглядев на халат.

— Хозяйка сегодня принесла: вымыли и починили халат, — сказал Захар.

Обломов как сел, так и остался в кресле.

Всё погрузилось в сон и мрак около него. Он сидел, опершись на руку, не замечал мрака, не слыхал боя часов. Ум его утонул в хаосе безобразных, неясных мыслей; они неслись, как облака в небе, без цели и без связи, — он не ловил ни одной.

Сердце было убито: там на время затихла жизнь. Возвращение к жизни, к порядку, к течению правильным путем скопившегося напора жизненных сил совершалось медленно.

Прилив был очень жесток, и Обломов не чувствовал тела на себе, не чувствовал ни усталости, никакой потребности. Он мог лежать, как камень, целые сутки или целые сутки идти, ехать, двигаться, как машина.

Понемногу, трудным путем выработывается в человеке или покорность судьбе — и тогда организм медленно и постепенно вступает во все свои отправления, — или горе сломит человека, и он не встанет больше, смотря по горю, и по человеку тоже.

Обломов не помнил, где он сидел, даже сидел ли он: машинально смотрел и не замечал, как забрезжилось утро; слышал и не слыхал, как раздался сухой кашель старухи, как стал дворник колоть дрова на дворе, как застучали и загремели в доме, видел и не видал, как хозяйка и Акулина пошли на рынок, как мелькнул пакет мимо забора.

Ни петухи, ни лай собаки, ни скрип ворот не могли вывести его из столбняка. Загремели чашки, зашипел самовар.

Наконец часу в десятом Захар отворил подносом дверь в кабинет, лягнул, по обыкновению, назад ногой, чтоб затворить ее, и, по обыкновению, промахнулся, но удержал, однако ж, поднос: наметался от долговременной практики, да притом знал, что сзади смотрит в дверь Анисья, и только урони он что-нибудь, она сейчас подскочит и сконфузит его.

Он благополучно дошел, уткнув бороду в поднос и обняв его крепко, до самой постели и только располагал поставить чашки на стол подле кровати и разбудить барина — глядь, постель не измята, барина нет!

Он встрепенулся, и чашка полетела на пол, за ней сахарница. Он стал ловить вещи на воздухе и качал подносом, другие летели. Он успел удержать на подносе только ложечку.

— Что это за напасть такая? — говорил он, глядя, как Анисья подбирала куски сахару, черепки чашки, хлеб. — Где же барин?

А барин сидит в кресле, и лица на нем нет. Захар посмотрел на него с разинутым ртом.

— Вы зачем это, Илья Ильич, всю ночь просидели в кресле, не ложились? — спросил он.

Обломов медленно обернул к нему голову, рассеянно посмотрел на Захара, на разлитый кофе, на разбросанный по ковру сахар.

— А ты зачем чашку-то разбил? — сказал он, потом подошел к окну.

Снег валил хлопьями и густо устилал землю.

— Снег, снег, снег! — твердил он бессмысленно, глядя на снег, густым слоем покрывший забор, плетень и гряды на огороде. — Всё засыпал! — шепнул потом отчаянно, лег в постель и заснул свинцовым, безотрадным сном. Уж было за полдень, когда его разбудил скрип двери с хозяйской половины; из двери просунулась обнаженная рука с тарелкой; на тарелке дымился пирог.

— Сегодня воскресенье, — говорил ласково голос, — пирог пекли; не угодно ли закусить?

Но он не отвечал ничего: у него была горячка.

ЧАСТЬ ЧЕТВЕРТАЯ

I

Год прошел со времени болезни Ильи Ильича. Много перемен принес этот год в разных местах мира: там взволновал край, а там успокоил; там закатилось какое-нибудь светило мира, там засияло другое; там мир усвоил себе новую тайну бытия, а там рушились в прах жилища и поколения. Где падала старая жизнь, там, как молодая зелень, пробивалась новая...

И на Выборгской стороне, в доме вдовы Пшеницыной, хотя дни и ночи текут мирно, не внося буйных и внезапных перемен в однообразную жизнь, хотя четыре времени года повторили свои отправления, как в прошедшем году, но жизнь все-таки не останавливалась, всё менялась в своих явлениях, но менялась с такою медленною постепенностью, с какою происходят геологические видоизменения нашей планеты: там потихоньку осыпается гора, здесь целые века море наносит ил или отступает от берега и образует приращение почвы.

Илья Ильич выздоровел. Поверенный Затертый отправился в деревню и прислал вырученные за хлеб деньги сполна и был из них удовлетворен прогонами, суточными деньгами и вознаграждением за труд.

Что касается оброка, то Затертый писал, что денег этих собрать нельзя, что мужики частью разорились, частью ушли по разным местам и где находятся — неизвестно и что он собирает на месте деятельные справки.

О дороге, о мостах писал он, что время терпит, что мужики охотнее предпочитают переваливаться через гору и через овраг до торгового села, чем работать над устройством новой дороги и мостов.

Словом, сведения и деньги получены удовлетворительные, и Илья Ильич не встретил крайней надобности ехать сам и был с этой стороны успокоен до будущего года.

Поверенный распорядился и насчет постройки дома: определив вместе с губернским архитектором количество нужных материалов, он оставил старосте приказ с открытием весны возить лес и велел построить сарай для кирпича, так что Обломову оставалось только приехать весной и, благословясь, начать стройку при себе. К тому времени предполагалось собрать оброк и, кроме того, было в виду заложить деревню, следовательно, расходы было из чего покрыть.

После болезни Илья Ильич долго был мрачен, по целым часам повергался в болезненную задумчивость и иногда не отвечал на вопросы Захара, не замечал, как он ронял чашки на пол и не сметал со стола пыль, или хозяйка, являясь по праздникам с пирогом, заставала его в слезах.

Потом мало-помалу место живого горя заступило немое равнодушие. Илья Ильич по целым часам смотрел, как падал снег и наносил сугробы на дворе и на улице, как покрыл дрова, курятники, конуру, садик, гряды огорода, как из столбов забора образовались пирамиды, как всё умерло и окуталось в саван.

Подолгу слушал он треск кофейной мельницы, скаканье на цепи и лай собаки, чищенье сапог Захаром и мерный стук маятника.

К нему по-прежнему входила хозяйка с предложением купить что-нибудь или откушать чего-нибудь; бегали хозяйские дети; он равнодушно-ласково говорил с первой, последним задавал уроки, слушал, как они читают, и улыбался на их детскую болтовню вяло и нехотя.

Но гора осыпалась понемногу, море отступало от берега или приливало к нему, и Обломов мало-помалу входил в прежнюю нормальную свою жизнь.

Осень, лето и зима прошли вяло, скучно. Но Обломов ждал опять весны и мечтал о поездке в деревню.

В марте напекли жаворонков, в апреле у него выставили рамы и объявили, что вскрылась Нева и наступила весна.

Он бродил по саду. Потом стали сажать овощи в огороде; пришли разные праздники: Троица, семик, первое мая; всё это ознаменовалось березками, венками; в роще пили чай.

С начала лета в доме стали поговаривать о двух больших предстоящих праздниках: Иванове дне, именинах братца, и об Ильине дне — именинах Обломова: это были две важные эпохи в виду. И когда хозяйке случалось купить или видеть на рынке отличную четверть телятины или удавался особенно хорошо пирог, она приговаривала: «Ах, если б этакая телятина попалась или этакий пирог удался в Иванов или в Ильин день!»

Поговаривали об Ильинской пятнице и о совершаемой ежегодно на Пороховые Заводы прогулке пешком, о празднике на Смоленском кладбище, в Колпине.

Под окнами снова раздалось тяжелое кудахтанье наседки и писк нового поколения цыплят; пошли пироги с цыплятами и свежими грибами, свежепросольные огурцы; вскоре появились и ягоды.

— Потроха уж теперь нехороши, — сказала хозяйка Обломову, — вчера за две пары маленьких просили семь гривен, зато лососина свежая есть: ботвинье хоть каждый день можно готовить.

Хозяйственная часть в доме Пшеницыной процветала не потому только, что Агафья Матвеевна была образцовая хозяйка, что это было ее призванием, но и потому еще, что Иван Матвеевич Мухояров был, в гастрономическом отношении, великий эпикуреец. Он был более нежели небрежен в платье, в белье: платье носил по многим годам и тратил деньги на покупку нового с отвращением и досадой, не развешивал его тщательно, а сваливал в угол, в кучу. Белье, как чернорабочий, менял только в субботу; но что касалось стола, он не щадил издержек.

В этом он отчасти руководствовался своей собственной, созданной им, со времени вступления в службу, логикой: «Не увидят, что в брюхе, — и толковать пустяков не станут; тогда как тяжелая цепочка на часах, новый фрак, светлые сапоги — всё это порождает лишние разговоры».

От этого на столе у Пшеницыных являлась телятина первого сорта, янтарная осетрина, белые рябчики. Он иногда сам обходит и обнюхает, как легавая собака, рынок или Милютины лавки, под полой принесет лучшую пулярку, не пожалеет четырех рублей на индейку.

Вино он брал с биржи и прятал сам и сам доставал; но на столе никогда никто не видал ничего, кроме графина водки, настоянной смородинным листом; вино же выпивалось в светлице.

Когда он с Тарантьевым отправлялся на тоню, в пальто у него всегда спрятана была бутылка высокого сорта мадеры, а когда пили они «в заведении» чай, он приносил свой ром.

Постепенная осадка ила, выступление дна морского и осыпка горы совершались над всем и, между прочим, над Анисьей: взаимное влеченье Анисьи и хозяйки превратилось в неразрывную связь, в одно существование.

Обломов, видя участие хозяйки в его делах, предложил однажды ей, в виде шутки, взять все заботы о его продовольствии на себя и избавить его от всяких хлопот.

Радость разлилась у ней по лицу; она усмехнулась даже сознательно. Как расширялась ее арена: вместо одного два хозяйства или одно, да какое большое! Кроме того, она приобретала Анисью.

Хозяйка поговорила с братцем, и на другой день из кухни Обломова всё было перетаскано на кухню Пшеницыной; серебро его и посуда поступили в ее буфет, а Акулина была разжалована из кухарок в птичницы и в огородницы.

Всё пошло на большую ногу; закупка сахару, чаю, провизии, соленье огурцов, моченье яблок и вишен, варенье — всё приняло обширные размеры.

Агафья Матвеевна выросла, Анисья расправила свои руки, как орлица крылья, и жизнь закипела и потекла рекой.

Обломов обедал с семьей в три часа, только братец обедали особо, после, больше в кухне, потому что очень поздно приходили из должности.

Чай и кофе носила Обломову сама хозяйка, а не Захар.

Последний, если хотел, стирал пыль, а если не хотел, так Анисья влетит как вихрь и отчасти фартуком, отчасти голой рукой, почти носом, разом всё сдует, смахнет, сдернет, уберет и исчезнет; не то так сама хозяйка, когда Обломов выйдет в сад, заглянет к нему в комнату, найдет беспорядок, покачает головой и, ворча что-то про себя, взобьет подушки горой, тут же посмотрит наволочки, опять шепнет себе, что надо переменить, и сдернет их, оботрет окна, заглянет за спинку дивана и уйдет.

Постепенная осадка дна морского, осыпанье гор, наносный ил с прибавкой легких волканических взрывов — всё это совершилось всего более в судьбе Агафьи Матвеевны, и никто, всего менее она сама, не замечал это. Оно стало заметно только по обильным, неожиданным и бесконечным последствиям.

Отчего она с некоторых пор стала сама не своя?

Отчего прежде, если подгорит жаркое, переварится рыба в ухе, не положится зелени в суп, она строго, но с спокойствием и достоинством сделает замечание Акулине и забудет, а теперь, если случится что-нибудь подобное, она выскочит из-за стола, побежит на кухню, осыплет всею горечью упреков Акулину и даже надуется на Анисью, а на другой день присмотрит сама, положена ли зелень, не переварилась ли рыба.

Скажут, может быть, что она совестится показаться неисправной в глазах постороннего человека в таком предмете, как хозяйство, на котором сосредоточивалось ее самолюбие и вся ее деятельность?

Хорошо. А почему прежде, бывало, с восьми часов вечера у ней слипаются глаза, а в девять, уложив детей и осмотрев, потушены ли огни на кухне, закрыты ли трубы, прибрано ли всё, она ложится — и уже никакая пушка не разбудит ее до шести часов?

Теперь же, если Обломов поедет в театр или засидится у Ивана Герасимовича и долго не едет, ей не спится, она ворочается с боку на бок, крестится, вздыхает, закрывает глаза — нет сна, да и только!

Чуть застучат на улице, она поднимет голову, иногда вскочит с постели, отворит форточку и слушает: не он ли?

Если застучат в ворота, она накинет юбку и бежит в кухню, расталкивает Захара, Анисью и посылает отворить ворота.

Скажут, может быть, что в этом высказывается добросовестная домохозяйка, которой не хочется, чтоб у ней в доме был беспорядок, чтоб жилец ждал ночью на улице, пока пьяный дворник услышит и отопрет, что, наконец, продолжительный стук может перебудить детей...

Хорошо. А отчего, когда Обломов сделался болен, она никого не впускала к нему в комнату, устлала ее войлоками и коврами, завесила окна и приходила в ярость — она, такая добрая и кроткая, если Ваня или Маша чуть вскрикнут или громко засмеются?

Отчего по ночам, не надеясь на Захара и Анисью, она просиживала у его постели, не спуская с него глаз, до ранней обедни, а потом, накинув салоп и написав крупными буквами на бумажке: «Илья», бежала в церковь, подавала бумажку в алтарь, помянуть за здравие, потом отходила в угол, бросалась на колени и долго лежала, припав головой к полу, потом поспешно шла на рынок и с боязнью возвращалась домой, взглядывала в дверь и шепотом спрашивала у Анисьи:

— Что?

Скажут, что это ничего больше, как жалость, сострадание, господствующие элементы в существе женщины.

Хорошо. Отчего же, когда Обломов, выздоравливая, всю зиму был мрачен, едва говорил с ней, не заглядывал к ней в комнату, не интересовался, что она делает, не шутил, не смеялся с ней, — она похудела, на нее вдруг пал такой холод, такая нехоть ко всему: мелет она кофе — и не помнит, что делает, или накладет такую пропасть цикория, что пить нельзя, — и не чувствует, точно языка нет. Недоварит Акулина рыбу, разворчатся братец, уйдут из-за стола: она, точно каменная, будто и не слышит.

Прежде, бывало, ее никто не видал задумчивой, да это и не к лицу ей: всё она ходит да движется, на всё смотрит зорко и видит всё, а тут вдруг, со ступкой на коленях, точно заснет и не двигается, потом вдруг так начнет колотить пестиком, что даже собака залает, думая, что стучатся в ворота.

Но только Обломов ожил, только появилась у него добрая улыбка, только он начал смотреть на нее по-прежнему ласково, заглядывать к ней в дверь и шутить — она опять пополнела, опять хозяйство ее пошло живо, бодро, весело, с маленьким оригинальным оттенком: бывало, она движется целый день, как хорошо устроенная машина, стройно, правильно, ходит плавно, говорит ни тихо ни громко, намелет кофе, наколет сахару, просеет что-нибудь, сядет за шитье, игла у ней ходит мерно, как часовая стрелка; потом она встанет, не суетясь; там остановится на полдороге в кухню, отворит шкап, вынет что-нибудь, отнесет — всё, как машина.

А теперь, когда Илья Ильич сделался членом ее семейства, она и толчет и сеет иначе. Свои кружева почти забыла. Начнет шить, усядется покойно, вдруг Обломов кричит Захару, чтоб кофе подавал, — она, в три прыжка, является в кухню и смотрит во все глаза так, как будто прицеливается во что-нибудь, схватит ложечку, перельет на свету ложечки три, чтоб узнать, уварился ли, отстоялся ли кофе, не подали бы с гущей, посмотрит, есть ли пенки в сливках.

Готовится ли его любимое блюдо, она посмотрит на кастрюлю, поднимет крышку, понюхает, отведает, потом схватит кастрюлю сама и держит на огне. Трет ли миндаль или толчет что-нибудь для него, так трет и толчет с таким огнем, с такой силой, что ее бросит в пот.

Всё ее хозяйство, толченье, глаженье, просеванье и т. п. – всё это получило новый, живой смысл: покой и удобство Ильи Ильича. Прежде она видела в этом обязанность, теперь это стало ее наслаждением. Она стала жить по-своему полно и разнообразно.

Но она не знала, что с ней делается, никогда не спрашивала себя, а перешла под это сладостное иго безусловно, без сопротивлений и увлечений, без трепета, без страсти, без смутных предчувствий, томлений, без игры и музыки нерв.

Она как будто вдруг перешла в другую веру и стала исповедовать ее, не рассуждая, что это за вера, какие догматы в ней, а слепо повинуясь ее законам.

Это как-то легло на нее само собой, и она подошла точно под тучу, не пятясь назад и не забегая вперед, а полюбила Обломова просто, как будто простудилась и схватила неизлечимую лихорадку.

Она сама и не подозревала ничего: если б это ей сказать, то это было бы для нее новостью, – она бы усмехнулась и застыдилась.

Она молча приняла обязанности в отношении к Обломову, выучила физиономию каждой его рубашки, сосчитала протертые пятки на чулках, знала, какой ногой он встает с постели, замечала, когда хочет сесть ячмень на глазу, какого блюда и по скольку съедает он, весел он или скучен, много спал или нет, как будто делала это всю жизнь, не спрашивая себя, зачем, что такое ей Обломов, отчего она так суетится.

Если б ее спросили, любит ли она его, она бы опять усмехнулась и отвечала утвердительно, но она отвечала бы так и тогда, когда Обломов жил у нее всего с неделю.

За что или отчего полюбила она его именно, отчего не любя вышла замуж, не любя дожила до тридцати лет, а тут вдруг как будто на нее нашло?

Хотя любовь и называют чувством капризным, безотчетным, рождающимся, как болезнь, однако ж и она, как всё, имеет свои законы и причины. А если до сих пор эти законы исследованы мало, так это потому, что человеку, пораженному любовью, не до того, чтоб ученым оком следить, как вкрадывается в душу впечатление, как оковывает будто сном чувства, как сначала ослепнут глаза, с какого момента пульс, а за ним сердце начинает биться сильнее, как является со вчерашнего дня вдруг преданность до могилы, стремление жертвовать собою, как мало-помалу исчезает свое *я* и переходит в *него* или в *нее*, как ум необыкновенно тупеет или необыкновенно изощряется, как воля отдается в волю другого, как клонится голова, дрожат колени, являются слезы, горячка...

Агафья Матвеевна мало прежде видала таких людей, как Обломов, а если видала, так издали, и, может быть, они нравились ей, но жили они в другой, не в ее сфере, и не было никакого случая к сближению с ними.

Илья Ильич ходит не так, как ходил ее покойный муж, коллежский секретарь Пшеницын, мелкой, деловой прытью, не пишет беспрестанно бумаг, не трясется от страха, что опоздает в должность, не глядит на всякого так, как будто просит оседлать его и поехать, а глядит он на всех и на всё так смело и свободно, как будто требует покорности себе.

Лицо у него не грубое, не красноватое, а белое, нежное; руки не похожи на руки братца — не трясутся, не красные, а белые, небольшие. Сядет он, положит ногу на ногу, подопрет голову рукой — всё это делает так вольно, покойно и красиво; говорит так, как не говорят ее братец и Тарантьев, как не говорил муж; многого она даже не понимает, но чувствует, что это умно, прекрасно, необыкновенно; да и то, что она понимает, он говорит как-то иначе, нежели другие.

Белье носит тонкое, меняет его каждый день, моется душистым мылом, ногти чистит — весь он так хорош, так чист, может ничего не делать и не делает, ему делают всё другие: у него есть Захар и еще триста Захаров...

Он барин, он сияет, блещет! Притом он так добр: как мягко он ходит, делает движения, дотронется до руки — как бархат, а тронет, бывало, рукой муж, как ударит! И глядит он и говорит так же мягко, с такой добротой...

Она не думала, не сознавала ничего этого, но если б кто другой вздумал уследить и объяснить впечатление, сделанное на ее душу появлением в ее жизни Обломова, тот бы должен был объяснить его так, а не иначе.

Илья Ильич понимал, какое значение он внес в этот уголок, начиная с братца до цепной собаки, которая, с появлением его, стала получать втрое больше костей, но он не понимал, как глубоко пустило корни это значение и какую неожиданную победу он сделал над сердцем хозяйки.

В ее суетливой заботливости о его столе, белье и комнатах он видел только проявление главной черты ее характера, замеченной им еще в первое посещение, когда Акулина внесла внезапно в комнату трепещущего петуха и когда хозяйка, несмотря на то что смущена была неуместною ревностью кухарки, успела, однако, сказать ей, чтоб она отдала лавочнику не этого, а серого петуха.

Сама Агафья Матвеевна не в силах была не только пококетничать с Обломовым, показать ему каким-нибудь признаком, что в ней происходит, но она, как сказано, никогда не сознавала и не понимала этого, даже забыла, что несколько времени назад этого ничего не происходило в ней, и любовь ее высказалась только в безграничной преданности до гроба.

У Обломова не были открыты глаза на настоящее свойство ее отношений к нему, и он продолжал принимать это за характер. И чувство Пшеницыной, такое нормальное, естественное, бескорыстное, оставалось тайною для Обломова, для окружающих ее и для нее самой.

Оно было в самом деле бескорыстно, потому что она ставила свечку в церкви, поминала Обломова за здравие затем только, чтоб он выздоровел, и он никогда не узнал об этом. Сидела она у изголовья его ночью и уходила с зарей, и потом не было разговора о том.

Его отношения к ней были гораздо проще: для него в Агафье Матвеевне, в ее вечно движущихся локтях, в заботливо останавливающихся на всем глазах, в вечном хождении из шкапа в кухню, из кухни в кладовую, оттуда в погреб, во всезнании всех домашних и хозяйственных удобств воплощался идеал того необозримого, как океан, и ненарушимого покоя жизни, картина которого неизгладимо легла на его душу в детстве под отеческой кровлей.

Как там отец его, дед, дети, внучата и гости сидели или лежали в ленивом покое, зная, что есть в доме вечно ходящее около них и промышляющее око и непокладные руки, которые обошьют их, накормят, напоят, оденут и обуют и спать положат, а при смерти закроют им глаза, так и тут Обломов, сидя и не трогаясь с дивана, видел, что движется что-то живое и проворное в его пользу и что не взойдет завтра солнце, застелют небо вихри, понесется бурный ветр из концов в концы вселенной, а суп и жаркое явятся у него на столе, а белье его будет чисто и свежо, а паутина снята со стены, и он не узнает, как это сделается, не даст себе труда подумать, чего ему хочется, а оно будет угадано и принесено ему под нос не с ленью, не с грубостью, не грязными руками Захара, а с бодрым и кротким взглядом, с улыбкой глубокой преданности, чистыми, белыми руками и с голыми локтями.

Он каждый день всё более и более дружился с хозяйкой: о любви и в ум ему не приходило, то есть о той любви, которую он недавно перенес, как какую-нибудь оспу, корь или горячку, и содрогался, когда вспоминал о ней.

Он сближался с Агафьей Матвеевной — как будто подвигался к огню, от которого становится всё теплее и теплее, но которого любить нельзя.

Он после обеда охотно оставался и курил трубку в ее комнате, смотрел, как она укладывала в буфет серебро, посуду, как вынимала чашки, наливала кофе, как, особенно тщательно вымыв и обтерев одну чашку, наливала прежде всех, подавала ему и смотрела, доволен ли он.

Он охотно останавливал глаза на ее полной шее и круглых локтях, когда отворялась дверь к ней в комнату, и даже, когда она долго не отворялась, он потихоньку ногой отворял ее сам и шутил с ней, играл с детьми.

Но ему не было скучно, если утро проходило и он не видал ее; после обеда, вместо того чтоб остаться с ней, он часто уходил соснуть часа на два; но он знал, что лишь только он проснется, чай ему готов, и даже в ту самую минуту, как проснется.

И главное, всё это делалось покойно: не было у него ни опухоли у сердца, ни разу он не волновался тревогой о том, увидит ли он хозяйку или нет, что она подумает, что сказать ей, как отвечать на ее вопрос, как она взглянет, — ничего, ничего.

Тоски, бессонных ночей, сладких и горьких слез — ничего не испытал он. Сидит и курит и глядит, как она шьет, иногда скажет что-нибудь или ничего не скажет, а между тем покойно ему, ничего не надо, никуда не хочется, как будто всё тут есть, что ему надо.

Никаких понуканий, никаких требований не предъявляет Агафья Матвеевна. И у него не рождается никаких самолюбивых желаний, порывов, стремлений на подвиги, мучительных терзаний о том, что уходит время, что гибнут его силы, что ничего не сделал он, ни зла, ни добра, что празден он и не живет, а прозябает.

Его как будто невидимая рука посадила, как драгоценное растение, в тень от жара, под кров от дождя и ухаживает за ним, лелеет.

— Что это как у вас проворно ходит игла мимо носа, Агафья Матвеевна! — сказал Обломов. — Вы так живо снизу поддеваете, что я, право, боюсь, как бы вы не пришили носа к юбке.

Она усмехнулась.

— Вот только дострочу эту строчку, — говорила она почти про себя, — ужинать станем.

— А что к ужину? — спрашивает он.

— Капуста кислая с лососиной, — сказала она. — Осетрины нет нигде: уж я все лавки выходила, и братец спрашивали — нет. Вот разве попадется живой осетр — купец из каретного ряда заказал, — так обещали часть отрезать. Потом телятина, каша на сковороде...

— Вот это прекрасно! Как вы милы, что вспомнили, Агафья Матвеевна! Только не забыла бы Анисья.

— А я-то на что? Слышите, шипит? — отвечала она, отворив немного дверь в кухню. — Уж жарится.

Потом дошила, откусила нитку, свернула работу и отнесла в спальню.

И так он подвигался к ней, как к теплому огню, и однажды подвинулся очень близко, почти до пожара, по крайней мере до вспышки.

Он ходил по своей комнате и, оборачиваясь к хозяйской двери, видел, что локти действуют с необыкновенным проворством.

— Вечно заняты! — сказал он, входя к хозяйке. — Что это такое?

— Корицу толку, — отвечала она, глядя в ступку, как в пропасть, и немилосердно стуча пестиком.

— А если я вам помешаю? — спросил он, взяв ее за локти и не давая толочь.

— Пустите! Еще надо сахару натолочь да вина отпустить на пудинг.

Он всё держал ее за локти, и лицо его было у ее затылка.

— Скажите, что если б я вас... полюбил?

Она усмехнулась.

— А вы бы полюбили меня? — опять спросил он.

— Отчего же не полюбить? Бог всех велел любить.

— А если я поцелую вас? — шепнул он, наклонясь к ее щеке, так что дыхание его обожгло ей щеку.

— Теперь не Святая неделя, — сказала она с усмешкой.

— Ну, поцелуйте же меня!

— Вот, Бог даст, доживем до Пасхи, так поцелуемся, — сказала она, не удивляясь, не смущаясь, не робея, а стоя прямо и неподвижно, как лошадь, на которую надевают хомут. Он слегка поцеловал ее в шею.

— Смотрите, просыплю корицу; вам же нечего будет в пирожное положить, — заметила она.

— Не беда! — отвечал он.

— Что это у вас на халате опять пятно? — заботливо спросила она, взяв в руки полу халата. — Кажется, масло? — Она понюхала пятно. — Где это вы? Не с лампадки ли накапало?

— Не знаю, где это я приобрел.

— Верно, за дверь задели? — вдруг догадалась Агафья Матвеевна. — Вчера мазали петли: всё скрипят. Скиньте да дайте скорее, я выведу и замою: завтра ничего не будет.

— Добрая Агафья Матвеевна! — сказал Обломов, лениво сбрасывая с плеч халат. — Знаете что: поедемте-ка в деревню жить: там-то хозяйство! Чего-чего нет: грибов, ягод, варенья, птичий, скотный двор...

— Нет, зачем? — заключила она со вздохом. — Здесь родились, век жили, здесь и умереть надо.

Он глядел на нее с легким волнением, но глаза не блистали у него, не наполнялись слезами, не рвался дух на высоту, на подвиги. Ему только хотелось сесть на диван и не спускать глаз с ее локтей.

II

Иванов день прошел торжественно. Иван Матвеевич накануне не ходил в должность, ездил как угорелый по городу и всякий раз приезжал домой то с кульком, то с корзиной.

Агафья Матвеевна трои сутки жила одним кофе, и только для Ильи Ильича готовились три блюда, а прочие ели как-нибудь и что-нибудь.

Анисья накануне даже вовсе не ложилась спать. Только один Захар выспался за нее и за себя и на все эти приготовления смотрел небрежно, с полупрезрением.

— У нас, в Обломовке, этак каждый праздник готовили,— говорил он двум поварам, которые приглашены были с графской кухни,— бывало, пять пирожных подадут, а соусов что, так и не пересчитаешь! И целый день господа-то кушают, и на другой день. А мы дней пять доедаем остатки. Только доели, смотришь, гости приехали — опять пошло, а здесь раз в год!

Он за обедом подавал первому Обломову и ни за что не соглашался подать какому-то господину с большим крестом на шее.

— Наш-то столбовой,— гордо говорил он,— а это что за гости!

Тарантьеву, сидевшему на конце, вовсе не подавал или сам сваливал ему на тарелку кушанья, сколько заблагорассудит.

Все сослуживцы Ивана Матвеевича были налицо, человек тридцать.

Огромная форель, фаршированные цыплята, перепелки, мороженое и отличное вино — всё это достойно ознаменовало годичный праздник.

Гости под конец обнимались, до небес превозносили вкус хозяина и потом сели за карты. Мухояров кланялся и благодарил, говоря, что он, для счастья угостить дорогих гостей, не пожалел третного будто бы жалованья.

К утру гости разъехались и разошлись с грехом пополам, и опять всё смолкло в доме до Ильина дня.

В этот день из посторонних были только в гостях у Обломова Иван Герасимович и Алексеев, безмолвный и безответный гость, который звал в начале рассказа Илью Ильича на первое мая. Обломов не только не хотел уступить Ивану Матвеевичу, но старался блеснуть тонкостью и изяществом угощения, неизвестными в этом углу.

Вместо жирной кулебяки явились начиненные воздухом пирожки; перед супом подали устриц; цыплята в папильотках, с трюфелями, сладкие мяса, тончайшая зелень, английский суп.

Посредине стола красовался громадный ананас, и кругом лежали персики, вишни, абрикосы. В вазах живые цветы.

Только принялись за суп, только Тарантьев обругал пирожки и повара за глупую выдумку ничего не класть в них, как послышалось отчаянное скаканье и лай собаки на цепи.

На двор въехал экипаж, и кто-то спрашивал Обломова. Все и рты разинули.

— Кто-нибудь из прошлогодних знакомых вспомнил мои именины, — сказал Обломов, — дома нет, скажи — дома нет! — кричал он шепотом Захару.

Обедали в саду, в беседке, Захар бросился было отказать и столкнулся на дорожке с Штольцем.

— Андрей Иваныч, — прохрипел он радостно.

— Андрей! — громко воззвал к нему Обломов и бросился обнимать его.

— Как я кстати, к самому обеду! — сказал Штольц, — накорми меня; я голоден. Насилу отыскал тебя!

— Пойдем, пойдем, садись! — суетливо говорил Обломов, сажая его подле себя.

При появлении Штольца Тарантьев первый проворно переправился через плетень и шагнул в огород; за ним скрылся за беседку Иван Матвеевич и исчез в светлицу. Хозяйка тоже поднялась с места.

— Я помешал, — сказал Штольц, вскакивая.

— Куда это, зачем? Иван Матвеич! Михей Андреич! — кричал Обломов.

Хозяйку он усадил на свое место, а Ивана Матвеевича и Тарантьева дозваться не мог.

— Откуда, как, надолго ли? — посыпались вопросы. Штольц приехал на две недели, по делам, и отправлялся в деревню, потом в Киев и еще бог знает куда.

Штольц за столом говорил мало, но ел много: видно, что он в самом деле был голоден. Прочие и подавно ели молча.

После обеда, когда всё убрали со стола, Обломов велел оставить в беседке шампанское и сельтерскую воду и остался вдвоем с Штольцем.

Они молчали некоторое время. Штольц пристально и долго глядел на него.

— Ну, Илья?! — сказал он наконец, но так строго, так вопросительно, что Обломов смотрел вниз и молчал.

— Стало быть, «никогда»?

— Что «никогда»? — спросил Обломов, будто не понимая.

— Ты уж забыл: «Теперь или никогда!»

— Я не такой теперь... что был тогда, Андрей, — сказал он наконец, — дела мои, слава Богу, в порядке: я не лежу праздно, план почти кончен, выписываю два журнала; книги, что ты оставил, почти все прочитал...

— Отчего ж не приехал за границу? — спросил Штольц.

— За границу мне помешала приехать...

Он замялся.

— Ольга? — сказал Штольц, глядя на него выразительно.

Обломов вспыхнул.

— Как, ужели ты слышал... Где она теперь? — быстро спросил он, взглянув на Штольца.

Штольц, не отвечая, продолжал смотреть на него, глубоко заглядывая ему в душу.

— Я слышал, она с теткой уехала за границу, — говорил Обломов, — вскоре...

— Вскоре после того, как узнала свою ошибку, — договорил Штольц.

— Разве ты знаешь... — говорил Обломов, не зная, куда деваться от смущенья.

— Всё, — сказал Штольц, — даже и о ветке сирени. И тебе не стыдно, не больно, Илья? не жжет тебя раскаяние, сожаление?

— Не говори, не поминай! — торопливо перебил его Обломов, — я и то вынес горячку, когда увидел, какая бездна лежит между мной и ею, когда убедился, что я не сто́ю ее... Ах, Андрей! если ты любишь меня, не мучь, не поминай о ней: я давно указывал ей ошибку, она не хотела верить... право, я не очень виноват...

— Я не виню тебя, Илья, — дружески мягко продолжал Штольц, — я читал твое письмо. Виноват больше всех я, потом она, потом уж ты, и то мало.

— Что она теперь? — робко спросил Обломов.

— Что: грустит, плачет неутешными слезами и проклинает тебя...

Испуг, сострадание, ужас, раскаяние с каждым словом являлись на лице Обломова.

— Что ты говоришь, Андрей! — сказал он, вставая с места. — Поедем, ради Бога, сейчас, сию минуту: я у ног ее выпрошу прощение...

— Сиди смирно! — перебил Штольц, засмеявшись, — она весела, даже счастлива, велела кланяться тебе и хотела писать, но я отговорил, сказал, что это тебя взволнует.

— Ну слава Богу! — почти со слезами произнес Обломов, — как я рад, Андрей, позволь поцеловать тебя и выпьем за ее здоровье.

Они выпили по бокалу шампанского.

— Где ж она теперь?

— Теперь в Швейцарии. К осени она с теткой поедет к себе в деревню. Я за этим здесь теперь: нужно еще окончательно похлопотать в палате. Барон не доделал дела; он вздумал посвататься за Ольгу...

— Ужели? Так это правда? — спросил Обломов, — ну, что ж она?

— Разумеется что: отказала; он огорчился и уехал, а я вот теперь доканчивай дела! На той неделе всё кончится. Ну, ты что? Зачем ты забился в эту глушь?

— Покойно здесь, тихо, Андрей, никто не мешает...

— В чем?

— Заниматься...

— Помилуй, здесь та же Обломовка, только гаже, — говорил Штольц, оглядываясь. — Поедем-ка в деревню, Илья.

— В деревню... хорошо, пожалуй: там же стройка начнется скоро, только не вдруг, Андрей, дай сообразить...

— Опять сообразить! Знаю я твои соображения: сообразишь, как года два назад сообразил ехать за границу. Поедем на той неделе.

— Как же вдруг, на той неделе? — защищался Обломов, — ты на ходу, а мне ведь надо приготовиться... У меня здесь всё хозяйство: как я кину его? У меня ничего нет.

— Да ничего и не надо. Ну, что тебе нужно?

Обломов молчал.

— Здоровье плохо, Андрей, — сказал он, — одышка одолевает. Ячмени опять пошли, то на том, то на другом глазу, и ноги стали отекать. А иногда заспишься ночью, вдруг точно ударит кто-нибудь по голове или по спине, так что вскочишь...

— Послушай, Илья, серьезно скажу тебе, что надо переменить образ жизни, иначе ты наживешь себе водяную или удар. Уж с надеждами на будущность — кончено: если Ольга, этот ангел, не унес тебя на своих крыльях из твоего болота, так я ничего не сделаю. Но избрать себе маленький круг деятельности, устроить деревушку, возиться с мужиками, входить в их дела, строить, садить — всё это ты должен и можешь сделать... Я от тебя не отстану. Теперь уж слушаюсь не одного своего желания, а воли Ольги: она хочет — слышишь? — чтоб ты не умирал совсем, не погребался заживо, и я обещал откапывать тебя из могилы...

— Она еще не забыла меня! Да сто́ю ли я! — сказал Обломов с чувством.

— Нет, не забыла и, кажется, никогда не забудет: это не такая женщина. Ты еще должен ехать к ней в деревню, в гости.

— Не теперь только, ради Бога, не теперь, Андрей! Дай забыть. Ах, еще здесь...

Он указал на сердце.

— Что здесь? Не любовь ли? — спросил Штольц.

— Нет, стыд и горе! — со вздохом ответил Обломов.

— Ну хорошо! Поедем к тебе: ведь тебе строиться надо; теперь лето, драгоценное время уходит...

— Нет, у меня поверенный есть. Он и теперь в деревне, а я могу после приехать, когда соберусь, подумаю.

Он стал хвастаться перед Штольцем, как не сходя с места, он отлично устроил дела, как поверенный собирает справки о беглых мужиках, выгодно продает хлеб, и как прислал ему полторы тысячи, и, вероятно, соберет и пришлет в этом году оброк.

Штольц руками всплеснул при этом рассказе.

— Ты ограблен кругом! — сказал он. — С трехсот душ полторы тысячи рублей! Кто поверенный? Что за человек?

— Больше полуторы тысячи, — поправил Обломов, — он из выручки же за хлеб получил вознаграждение за труд...

— Сколько ж?

— Не помню, право, да я тебе покажу: у меня где-то есть расчет.

— Ну, Илья! Ты в самом деле умер, погиб! — заключил он. — Одевайся, поедем ко мне!

Обломов стал было делать возражения, но Штольц почти насильно увез его к себе, написал доверенность на свое имя, заставил Обломова подписать и объявил ему, что он берет Обломовку на аренду до тех пор, пока Обломов сам приедет в деревню и привыкнет к хозяйству.

— Ты будешь получать втрое больше, — сказал он, — только я долго твоим арендатором не буду, — у меня свои дела есть. Поедем в деревню теперь или приезжай вслед за мной. Я буду в имении Ольги: это в трехстах верстах, заеду и к тебе, выгоню поверенного, распоряжусь, а потом являйся сам. Я от тебя не отстану.

Обломов вздохнул.

— Ах, жизнь! — сказал он.

— Что жизнь?

— Трогает, нет покоя! Лег бы и заснул... навсегда...

— То есть погасил бы огонь и остался в темноте! Хороша жизнь! Эх, Илья! ты хоть пофилософствовал бы немного, право! Жизнь мелькнет, как мгновение, а он лег бы да заснул! Пусть она будет постоянным горением! Ах, если б прожить лет двести, триста! — заключил он, — сколько бы можно было переделать дела!

— Ты — другое дело, Андрей, — возразил Обломов, — у тебя крылья есть: ты не живешь, ты летаешь; у тебя есть дарования, самолюбие; ты вон не толст, не одолевают ячмени, не чешется затылок. Ты как-то иначе устроен...

— Э, полно! Человек создан сам устроивать себя и даже менять свою природу, а он отрастил брюхо да и думает, что природа послала ему эту ношу! У тебя были крылья, да ты отвязал их.

— Где они, крылья-то? — уныло говорил Обломов. — Я ничего не умею...

— То есть не хочешь уметь, — перебил Штольц. — Нет человека, который бы не умел чего-нибудь, ей-богу, нет!

— А вот я не умею! — сказал Обломов.

— Тебя послушать, так ты и бумаги не умеешь в управу написать и письма́ к домовому хозяину, а к Ольге письмо написал же? Не путал там *которого* и *что*! И бумага нашлась атласная, и чернила из английского магазина, и почерк бойкий: что?

Обломов покраснел.

— Понадобилось, так явились и мысли и язык, хоть напечатать в романе где-нибудь. А нет нужды, так и не умею, и глаза не видят, и в руках слабость! Ты свое уменье затерял еще в детстве, в Обломовке, среди теток, нянек и дядек. Началось с неуменья надевать чулки и кончилось неуменьем жить.

— Всё это, может быть, правда, Андрей, да делать нечего, не воротишь! — с решительным вздохом сказал Илья.

— Как не воротишь! — сердито возразил Штольц.— Какие пустяки. Слушай да делай, что я говорю, вот и воротишь!

Но Штольц уехал в деревню один, а Обломов остался, обещаясь приехать к осени.

— Что сказать Ольге? — спросил Штольц Обломова перед отъездом.

Обломов наклонил голову и печально молчал; потом вздохнул.

— Не поминай ей обо мне! — наконец сказал он в смущении, — скажи, что не видал, не слыхал...

— Она не поверит, — возразил Штольц.

— Ну скажи, что я погиб, умер, пропал...

— Она заплачет и долго не утешится: за что же печалить ее?

Обломов задумался с умилением; глаза были влажны.

— Ну хорошо; я солгу ей, скажу, что ты живешь ее памятью, — заключил Штольц, — и ищешь строгой и серьезной цели. Ты заметь, что сама жизнь и труд есть цель жизни, а не женщина: в этом вы ошибались оба. Как она будет довольна!

Они простились.

III

Тарантьев и Иван Матвеевич на другой день Ильина дня опять сошлись вечером в заведении.

— Чаю! — мрачно приказывал Иван Матвеевич, и когда половой подал чай и ром, он с досадой сунул ему бутылку назад. — Это не ром, а гвозди! — сказал он и, вынув из кармана пальто свою бутылку, откупорил и дал понюхать половому.

— Не суйся же вперед с своей, — заметил он.

— Что, кум, ведь плохо! — сказал он, когда ушел половой.

— Да, черт его принес! — яростно возразил Тарантьев. — Каков шельма этот немец! Уничтожил доверенность да на аренду имение взял! Слыханное ли это дело у нас? Обдерет же он овечку-то.

— Если он дело знает, кум, я боюсь, чтоб там чего не вышло. Как узнает, что оброк-то собран, а получили-то его мы, да, пожалуй, дело затеет...

— Уж и дело! Труслив ты стал, кум: Затертый не первый раз запускает лапу в помещичьи деньги, умеет концы прятать. Расписки, что ли, он дает мужикам: чай, с глазу на глаз берет. Погорячится немец, покричит, и будет с него. А то еще дело!

— Ой ли? — развеселясь, сказал Мухояров. — Ну, выпьем же.

Он подлил рому себе и Тарантьеву.

— Глядишь, кажется, нельзя и жить на белом свете, а выпьешь, можно жить! — утешался он.

— А ты тем временем вот что сделаешь, кум, — продолжал Тарантьев, — ты выведи какие-нибудь счеты, какие хочешь, за дрова, за капусту, ну, за что хочешь, благо Обломов теперь передал куме хозяйство, и покажи сумму в расход. А Затертый, как приедет, скажем, что привез оброчных денег столько-то и что все в расход ушли.

— А как он возьмет счеты да покажет после немцу, тот сосчитает, так, пожалуй, того...

— Во-на! Он их сунет куда-нибудь, и сам черт не сыщет. Когда-то еще немец приедет, до тех пор забудется...

— Ой ли? Выпьем, кум, — сказал Иван Матвеевич, наливая в рюмку, — жалко разбавлять чаем добро. Ты понюхай: три целковых. Не заказать ли селянку?

— Можно.

— Эй!

— Нет, каков шельма! «Дай, говорит, мне на аренду», — опять с яростью начал Тарантьев, — ведь нам с тобой, русским людям, этого в голову бы не пришло! Это заведение-то немецкой стороной пахнет. Там всё какие-то фермы да аренды. Вот постой, он его еще акциями допечет.

— Что это за акции такие, я всё не разберу хорошенько? — спросил Иван Матвеевич.

— Немецкая выдумка! — сказал Тарантьев злобно. — Это, например, мошенник какой-нибудь выдумает делать несгораемые домы и возьмется город построить: нужны деньги, он и пустит в продажу бумажки, положим по пятисот рублей, а толпа олухов и покупает да и перепродает друг другу. Послышится, что предприятие идет хорошо, бумажки вздорожают, худо — всё и лопнет. У тебя останутся бумажки, а денег-то нет. Где город? — спросишь: сгорел, говорят, не достроился, а изобретатель бежал с твоими деньгами. Вот они, акции-то! Немец уж втянет его! Диво, как до сих пор не втянул! Я всё мешал, благодетельствовал земляку!

— Да, эта статья кончена: дело решено и сдано в архив; заговелись мы оброк-то получать с Обломовки... — говорил, опьянев немного, Мухояров.

— А черт с ним, кум! У тебя денег-то лопатой не переворочаешь! — возражал Тарантьев, тоже немного в тумане, — источник есть верный, черпай только, не уставай. Выпьем!

— Что, кум, за источник? По целковому да по трехрублевому собираешь весь век...

— Да ведь двадцать лет собираешь, кум: не греши!

— Уж и двадцать! — нетвердым языком отозвался Иван Матвеевич, — ты забыл, что я всего десятый год секретарем. А прежде гривенники да двугривенные болтались в кармане, а иногда, срам сказать, зачастую и медью приходилось собирать. Что это за жизнь! Эх, кум! Какие это люди на свете есть счастливые, что за одно словцо, так вот шепнет на ухо другому, или строчку продиктует, или просто имя свое напишет на бумаге — и вдруг такая опухоль сделается в кармане, словно подушка, хоть спать ложись. Вот бы поработать этак-то, — замечтал он, пьянея всё более и более, — просители и в лицо почти не видят и подойти не смеют. Сядет в карету, «в клуб!» — крикнет, а там, в клубе-то, в звездах руку жмут, играет-то не по пятачку, а обедает-то, обедает — ах! Про селянку и говорить постыдится: сморщится да плюнет. Нарочно зимой цыплят делают к обеду, землянику в апреле подадут! Дома жена в блондах, у детей гувернантка, ребятишки причесанные, разряженные. Эх, кум! Есть рай, да грехи не пускают. Выпьем! Вон и селянку несут!

— Не жалуйся, кум, не греши: капитал есть, и хороший... — говорил опьяневший Тарантьев с красными, как в крови, глазами. — Тридцать пять тысяч серебром — не шутка!

— Тише, тише, кум! — прервал Иван Матвеевич. — Что ж, всё тридцать пять! Когда до пятидесяти дотянешь? Да и с пятьюдесятью в рай не попадешь. Женишься, так живи с оглядкой, каждый рубль считай, об ямайском забудь и думать — что это за жизнь!

— Зато покойно, кум; тот целковый, тот два — смотришь, в день рублей семь и спрятал. Ни привязки, ни придирки, ни пятен, ни дыму. А под большим делом подпишешь иной раз имя, так после всю жизнь и выскабливаешь боками. Нет, брат, не греши, кум!

Иван Матвеевич не слушал и давно о чем-то думал.

— Послушай-ка, — вдруг начал он, выпучив глаза и чему-то обрадовавшись, так что хмель почти прошел, — да нет, боюсь, не скажу, не выпущу из головы такую птицу. Вот сокровище-то залетело... Выпьем, кум, выпьем скорей!

— Не стану, пока не скажешь, — говорил Тарантьев, отодвигая рюмку.

— Дело-то, кум, важное, — шептал Мухояров, поглядывая на дверь.

— Ну?.. — нетерпеливо спросил Тарантьев.

— Вот набрел на находку. Ну, знаешь что, кум, ведь это всё равно что имя под большим делом подписать; ей-богу, так!

— Да что, скажешь ли?

— А магарыч-то какой? магарыч?

— Ну? — понукал Тарантьев.

— Погоди, дай еще подумать. Да, тут нечего уничтожить, тут закон. Так и быть, кум, скажу, и то потому, что ты нужен; без тебя неловко. А то, видит Бог, не сказал бы; не такое дело, чтоб другая душа знала.

— Разве я другая душа для тебя, кум? Кажется, не раз служил тебе, и свидетелем бывал, и копии... помнишь? Свинья ты этакая!

— Кум, кум! Держи язык за зубами. Вон ведь ты какой, из тебя, как из пушки, так и палит!

— Кой черт услышит здесь? Не помню, что ли, я себя? — с досадой сказал Тарантьев. — Что ты меня учишь? Ну, говори.

— Слушай же: ведь Илья Ильич трусоват, никаких порядков не знает: тогда от контракта голову потерял, доверенность прислали, так не знал, за что приняться, не помнит даже, сколько оброку получает, сам говорит: «Ничего не знаю»...

— Ну? — нетерпеливо спросил Тарантьев.

— Ну вот он к сестре-то больно часто повадился ходить. Намедни часу до первого засиделся, столкнулся со мной в прихожей и будто не видал. Так вот, поглядим еще, что будет, да и того... Ты стороной и поговори с ним, что бесчестье в доме заводить нехорошо, что она вдова: скажи, что уж об этом узнали;

что теперь ей не выйти замуж; что жених присватывался, богатый купец, а теперь прослышал, дескать, что он по вечерам сидит у нее, не хочет.

— Ну что ж, он перепугается, повалится на постель да и будет ворочаться, как боров, да вздыхать — вот и всё, — сказал Тарантьев. — Какая же выгода? Где магарыч?

— Экой какой! А ты скажи, что пожаловаться хочу, что будто подглядели за ним, что свидетели есть...

— Ну?

— Ну, коли перепугается очень, ты скажи, что можно помириться, пожертвовать маленький капитал.

— Где у него деньги-то? — спросил Тарантьев. — Он обещать-то обещает со страху хоть десять тысяч...

— Ты мне только мигни тогда, а я уж заемное письмецо заготовлю... на имя сестры: «Занял я, дескать, Обломов, у такой-то вдовы десять тысяч, сроком и т. д.»

— Что ж толку-то, кум? Я не пойму: деньги достанутся сестре и ее детям. Где ж магарыч?

— А сестра мне даст заемное письмо на таковую же сумму; я дам ей подписать.

— Если она не подпишет? упрется?

— Сестра-то!

И Иван Матвеевич залился тоненьким смехом.

— Подпишет, кум, подпишет, свой смертный приговор подпишет и не спросит что, только усмехнется, «Агафья Пшеницына» подмахнет в сторону, криво и не узнает никогда, что подписала. Видишь ли: мы с тобой будем в стороне: сестра будет иметь претензию на коллежского секретаря Обломова, а я на коллежской секретарше Пшеницыной. Пусть немец горячится — законное дело! — говорил он, подняв трепещущие руки вверх. — Выпьем, кум!

— Законное дело! — в восторге сказал Тарантьев. — Выпьем.

— А как удачно пройдет, можно годика через два повторить; законное дело!

— Законное дело! — одобрительно кивнув, провозгласил Тарантьев. — Повторим и мы!

— Повторим!

И они выпили.

— Вот как бы твой земляк-то не уперся да не написал предварительно к немцу, — опасливо заметил Мухояров, — тогда, брат, плохо! Дела никакого затеять нельзя; она вдова, не девица!

— Напишет! Как не напишет! Года через два напишет, — сказал Тарантьев. — А упираться станет — обругаю...

— Нет, нет, Боже сохрани! Всё испортишь, кум: скажет, что принудили, пожалуй, упомянет про побои — уголовное дело. Нет, это не годится! А вот что можно: предварительно закусить с ним и выпить; он смородиновку-то любит. Как в голове зашумит, ты и мигни мне: я и войду с письмецом-то. Он и не посмотрит сумму, подпишет, как тогда контракт, а после поди, как у маклера будет засвидетельствовано, допрашивайся! Совестно будет этакому барину сознаваться, что подписал в нетрезвом виде; законное дело!

— Законное дело! — повторил Тарантьев.

— Пусть тогда Обломовка достается наследникам.

— Пусть достается! Выпьем, кум.

— За здоровье олухов! — сказал Иван Матвеевич.

Они выпили.

IV

Надо теперь перенестись несколько назад, до приезда Штольца на именины к Обломову, и в другое место, далеко от Выборгской стороны. Там встретятся знакомые читателю лица, о которых Штольц не всё сообщил Обломову, что знал, по каким-нибудь особенным соображениям или, может быть, потому что Обломов не всё о них расспрашивал, тоже, вероятно, по особенным соображениям.

Однажды в Париже Штольц шел по бульвару и рассеянно перебегал глазами по прохожим, по вывескам магазинов, не останавливая глаз ни на чем. Он долго не получал писем из России, ни из Киева, ни из Одессы, ни из Петербурга. Ему было скучно, и он отнес еще три письма на почту и возвращался домой.

Вдруг глаза его остановились на чем-то неподвижно, с изумлением, но потом опять приняли обыкновенное выражение. Две дамы свернули с бульвара и вошли в магазин.

«Нет, не может быть,— подумал он,— какая мысль! Я бы знал! Это не они».

Однако ж он подошел к окну этого магазина и разглядывал сквозь стекла дам: «Ничего не разглядишь, они стоят задом к окнам».

Штольц вошел в магазин и стал что-то торговать. Одна из дам обернулась к свету, и он узнал Ольгу Ильинскую — и не узнал! Хотел броситься к ней и остановился, стал пристально вглядываться.

Боже мой! Что за перемена! Она и не она. Черты ее, но она бледна, глаза немного будто впали, и нет детской усмешки на губах, нет наивности, беспечности. Над бровями носится не то важная, не то скорбная мысль, глаза говорят много такого, чего не знали, не говорили прежде. Смотрит она не по-прежнему, открыто, светло и покойно; на всем лице лежит облако или печали, или тумана.

Он подошел к ней. Брови у ней сдвинулись немного; она с недоумением посмотрела на него минуту, потом узнала: брови раздвинулись и легли симметрично, глаза блеснули светом тихой, не стремительной, но глубокой радости. Всякий брат был бы счастлив, если б ему так обрадовалась любимая сестра.

— Боже мой! Вы ли это? — сказала она проникающим до души, до неги радостным голосом.

Тетка быстро обернулась, и все трое заговорили разом. Он упрекал, что они не писали к нему; они оправдывались. Они приехали всего третий день и везде ищут его. На одной квартире сказали им, что он уехал в Лион, и они не знали, что делать.

— Да как это вы вздумали? И мне ни слова! — упрекал он.

— Мы так быстро собрались, что не хотели писать к вам, — сказала тетка. — Ольга хотела вам сделать сюрприз.

Он взглянул на Ольгу: лицо ее не подтверждало слов тетки. Он еще пристальнее поглядел на нее, но она была непроницаема, недоступна его наблюдению.

«Что с ней? — думал Штольц. — Я, бывало, угадывал ее сразу, а теперь... какая перемена!»

— Как вы развились, Ольга Сергевна, выросли, созрели, — сказал он вслух, — я вас не узнаю. А всего год какой-нибудь не видались. Что вы делали, что с вами было? Расскажите, расскажите!

— Да... ничего особенного, — сказала она, рассматривая материю.

— Что ваше пение? — говорил Штольц, продолжая изучать новую для него Ольгу и стараясь прочесть незнакомую ему игру в лице; но игра эта, как молния, вырывалась и пряталась.

— Давно не пела, месяца два, — сказала она небрежно.

— А Обломов что? — вдруг бросил он вопрос. — Жив ли? Не пишет?

Здесь, может быть, Ольга невольно выдала бы свою тайну, если б не подоспела на помощь тетка.

— Вообразите, — сказала она, выходя из магазина, — каждый день бывал у нас, потом вдруг пропал. Мы собрались за границу; я послала к нему — сказали, что болен, не принимает: так и не видались.

— И вы не знаете? — заботливо спросил Штольц у Ольги.

Ольга пристально лорнировала проезжавшую коляску.

— Он в самом деле захворал, — сказала она, с притворным вниманием рассматривая проезжавший экипаж. — Посмотрите, ma tante, кажется, это наши спутники проехали.

— Нет, вы мне отдайте отчет о моем Илье, — настаивал Штольц, — что вы с ним сделали? Отчего не привезли с собой?

— Mais ma tante vient de dire[1], — говорила она.

— Он ужасно ленив, — заметила тетка, — и дикарь такой, что лишь только соберутся трое-четверо к нам, сейчас уйдет. Вообразите, абонировался в оперу и до половины абонемента не дослушал.

— Рубини не слыхал, — прибавила Ольга.

Штольц покачал головой и вздохнул.

— Как это вы решились! Надолго ли? Что вам вдруг вздумалось? — спрашивал Штольц.

— Для нее по совету доктора, — сказала тетка, указывая на Ольгу. — Петербург заметно стал действовать на нее, мы и уехали на зиму, да вот еще не решились, где провести ее: в Ницце или в Швейцарии.

— Да, вы очень переменились, — задумчиво говорил Штольц, впиваясь глазами в Ольгу, изучая каждую жилку, глядя ей в глаза.

Полгода прожили Ильинские в Париже: Штольц был ежедневным и единственным их собеседником и путеводителем.

Ольга заметно начала оправляться: от задумчивости она перешла к спокойствию и равнодушию, по крайней мере наружно. Что у ней делалось внутри — Бог ведает, но она мало-помалу становилась для Штольца прежнею приятельницею, хотя уже и не смеялась по-прежнему громким детским, серебряным смехом, а только улыбалась сдержанной улыбкой, когда смешил ее Штольц. Иногда даже ей как будто было досадно, что она не может засмеяться.

Он тотчас увидел, что ее смешить уже нельзя: часто взглядом и несимметрично лежащими одна над другой бровями со складкой на лбу она выслушает

---

[1] Но тетушка сказала только что *(фр.)*.

смешную выходку и не улыбнется, продолжает молча глядеть на него, как будто с упреком в легкомыслии или с нетерпением, или вдруг вместо ответа на шутку сделает глубокий вопрос и сопровождает его таким настойчивым взглядом, что ему станет совестно за небрежный, пустой разговор.

Иногда в ней выражалось такое внутреннее утомление от ежедневной людской пустой беготни и болтовни, что Штольцу приходилось внезапно переходить в другую сферу, в которую он редко и неохотно пускался с женщинами. Сколько мысли, изворотливости ума тратилось единственно на то, чтоб глубокий, вопрошающий взгляд Ольги прояснялся и успокоивался, не жаждал, не искал вопросительно чего-нибудь дальше, где-нибудь мимо его!

Как он тревожился, когда, за небрежное объяснение, взгляд ее становился сух, суров, брови сжимались и по лицу разливалась тень безмолвного, но глубокого неудовольствия. И ему надо было положить двои, трои сутки тончайшей игры ума, даже лукавства, огня и всё свое уменье обходиться с женщинами, чтоб вызвать, и то с трудом, мало-помалу, из сердца Ольги зарю ясности на лицо, кротость примирения во взгляд и в улыбку.

Он к концу дня приходил иногда домой измученный этой борьбой и бывал счастлив, когда выходил победителем.

«Как она созрела, Боже мой! как развилась эта девочка! Кто же был ее учителем? Где она брала уроки жизни? У барона? Там гладко, не почерпнешь в его щегольских фразах ничего! Не у Ильи же!..»

И он не мог понять Ольгу, и бежал опять на другой день к ней, и уже осторожно, с боязнью читал ее лицо, затрудняясь часто и побеждая только с помощью всего своего ума и знания жизни вопросы, сомнения, требования — всё, что всплывало в чертах Ольги.

Он, с огнем опытности в руках, пускался в лабиринт ее ума, характера и каждый день открывал и изучал всё новые черты и факты и всё не видел дна, только с удивлением и тревогой следил, как ее ум требует ежедневно насущного хлеба, как душа ее не умолкает, всё просит опыта и жизни.

Ко всей деятельности, ко всей жизни Штольца прирастала с каждым днем еще чужая деятельность и жизнь: обстановив Ольгу цветами, обложив книгами, нотами и альбомами, Штольц успокоивался, полагая, что надолго наполнил досуги своей приятельницы, и шел работать или ехал осматривать какие-нибудь копи, какое-нибудь образцовое имение, шел в круг людей знакомиться, сталкиваться с новыми или замечательными лицами; потом возвращался к ней утомленный, сесть около ее рояля и отдохнуть под звуки ее голоса. И вдруг на лице ее заставал уже готовые вопросы, во взгляде настойчивое требование отчета. И незаметно, невольно, мало-помалу он выкладывал перед ней, что он осмотрел, зачем.

Иногда выражала она желание сама видеть и узнать, что видел и узнал он. И он повторял свою работу: ехал с ней смотреть здание, место, машину, читать старое событие на стенах, на камнях. Мало-помалу, незаметно он привык при ней вслух думать, чувствовать, и вдруг однажды, строго поверив себя, узнал, что он начал жить не один, а вдвоем и что живет этой жизнью со дня приезда Ольги.

Почти бессознательно, как перед самим собой, он вслух при ней делал оценку приобретенного им сокровища и удивлялся себе и ей; потом поверял заботливо, не осталось ли вопроса в ее взгляде, лежит ли заря удовлетворенной мысли на лице и провожает ли его взгляд ее как победителя.

Если это подтверждалось, он шел домой с гордостью, с трепетным волнением и долго ночью втайне готовил себя на завтра. Самые скучные, необходимые занятия не казались ему сухи, а только необходимы: они входили глубже в основу, в ткань жизни; мысли, наблюдения, явления не складывались, молча и небережно, в архив памяти, а придавали яркую краску каждому дню.

Какая жаркая заря охватывала бледное лицо Ольги, когда он, не дожидаясь вопросительного и жаждущего взгляда, спешил бросать перед ней, с огнем и энергией, новый запас, новый материал!

И сам он как полно счастлив был, когда ум ее, с такой же заботливостью и с милой покорностью, торопился ловить в его взгляде, в каждом слове, и оба зорко смотрели: он на нее, не осталось ли вопроса в ее глазах, она на него, не осталось ли чего-нибудь недосказанного, не забыл ли он и, пуще всего, Боже сохрани! не пренебрег ли открыть ей какой-нибудь туманный, для нее недоступный уголок, развить свою мысль?

Чем важнее, сложнее был вопрос, чем внимательнее он поверял его ей, тем долее и пристальнее останавливался на нем ее признательный взгляд, тем этот взгляд был теплее, глубже, сердечнее.

«Это дитя, Ольга! — думал он в изумлении. — Она перерастает меня!»

Он задумывался над Ольгой, как никогда и ни над чем не задумывался.

Весной они все уехали в Швейцарию. Штольц еще в Париже решил, что отныне без Ольги ему жить нельзя. Решив этот вопрос, он начал решать и вопрос о том, может ли жить без него Ольга. Но этот вопрос не давался ему так легко.

Он подбирался к нему медленно, с оглядкой, осторожно, шел то ощупью, то смело и думал, вот-вот он близко у цели, вот уловит какой-нибудь несомненный признак, взгляд, слово, скуку или радость: еще нужно маленький штрих, едва заметное движение бровей Ольги, вздох ее, и завтра тайна падет: он любим!

На лице у ней он читал доверчивость к себе до ребячества; она глядела иногда на него, как ни на кого не глядела, а разве глядела бы так только на мать, если б у ней была мать.

Приход его, досуги, целые дни угождения она не считала одолжением, лестным приношением любви, любезностью сердца, а просто обязанностью, как будто он был ее брат, отец, даже муж: а это много, это всё. И сама, в каждом слове, в каждом шаге с ним, была так свободна и искренна, как будто он имел над ней неоспоримый вес и авторитет.

Он и знал, что имеет этот авторитет; она каждую минуту подтверждала это, говорила, что она верит ему одному и может в жизни положиться слепо только на него и ни на кого более в целом мире.

Он, конечно, был горд этим, но ведь этим мог гордиться и какой-нибудь пожилой, умный и опытный дядя, даже барон, если б он был человек с светлой головой, с характером.

Но был ли это авторитет любви — вот вопрос? Входило ли в этот авторитет сколько-нибудь ее обаятельного обмана, того лестного ослепления, в котором женщина готова жестоко ошибиться и быть счастлива ошибкой?..

Нет, она так сознательно покоряется ему. Правда, глаза ее горят, когда он развивает какую-нибудь идею или обнажает душу перед ней; она обливает его лучами взгляда, но всегда видно за что; иногда сама же она говорит и причину. А в любви заслуга приобретается так слепо, безотчетно, и в этой-то слепоте и безотчетности и лежит счастье. Оскорбляется она, сейчас же видно, за что оскорблена.

Ни внезапной краски, ни радости до испуга, ни томного или трепещущего огнем взгляда он не подкараулил никогда, и если было что-нибудь похожее на это, показалось ему, что лицо ее будто исказилось болью, когда он скажет, что на днях уедет в Италию, только лишь сердце у него замрет и обольется кровью от этих драгоценных и редких минут, как вдруг опять всё точно задернется флёром; она наивно и открыто прибавит: «Как жаль, что я не могу поехать с вами туда, а ужасно хотелось бы! Да вы мне всё расскажете и так передадите, что как будто я сама была там».

И очарование разрушено этим явным, не скрываемым ни перед кем желанием и этой пошлой, форменной похвалой его искусству рассказывать. Он только соберет все мельчайшие черты, только удастся ему соткать тончайшее кружево, остается закончить какую-нибудь петлю — вот ужо, вот сейчас...

И вдруг она опять стала покойна, ровна, проста, иногда даже холодна. Сидит, работает и молча слушает его, поднимает по временам голову, бросает на него такие любопытные, вопросительные, прямо идущие к делу взгляды, так что он не раз с досадой бросал книгу или прерывал какое-нибудь объяснение, вскакивал и уходил. Оборотится — она провожает его удивленным взглядом: ему совестно станет, он воротится и что-нибудь выдумает в оправдание.

Она выслушает так просто и поверит. Даже сомнения, лукавой улыбки нет у нее.

«Любит или не любит? — играли у него в голове два вопроса. Если любит, отчего же она так осторожна, так скрытна? Если не любит, отчего так предупредительна, покорна?»

Он уехал на неделю из Парижа в Лондон и пришел сказать ей об этом в самый день отъезда, не предупредив заранее.

Если б она вдруг испугалась, изменилась в лице — вот и кончено, тайна поймана, он счастлив! А она крепко пожала ему руку, опечалилась: он был в отчаянии.

— Мне ужасно скучно будет, — сказала она, — плакать готова, я точно сирота теперь. Ma tante! Посмотрите, Андрей Иваныч едет! — плаксиво прибавила она.

Она срезала его.

«Еще к тетке обратилась! — думал он, — этого недоставало! Вижу, что ей жаль, что любит, пожалуй... да этой любви можно, как товару на бирже, купить во столько-то времени, на столько-то внимания, угодливости... Не ворочусь, — угрюмо думал он. — Прошу покорно, Ольга, девочка! по ниточке, бывало, ходила. Что с ней?»

И он погружался в глубокую задумчивость.

Что с ней? Он не знал безделицы, что она любила однажды, что уже перенесла, насколько была способна, девический период неуменья владеть собой, внезапной краски, худо скрытой боли в сердце, лихорадочных признаков любви, первой ее горячки.

Знай он это, он бы узнал если не ту тайну, любит ли она его или нет, так по крайней мере узнал бы, отчего так мудрено стало разгадать, что делается с ней.

В Швейцарии они перебывали везде, куда ездят путешественники. Но чаще и с большей любовью останавливались в мало посещаемых затишьях. Их, или по крайней мере Штольца, так занимало «свое собственное дело», что они утомлялись от путешествия, которое для них отодвигалось на второй план.

Он ходил за ней по горам, смотрел на обрывы, на водопады, и во всякой рамке она была на первом плане. Он идет за ней по какой-нибудь узкой тропинке, пока тетка сидит в коляске внизу; он следит втайне зорко, как она остановится, взойдя на гору, переведет дыхание и какой взгляд остановит на нем, непременно и прежде всего на нем: он уже приобрел это убеждение.

Оно бы и хорошо: и тепло, и светло станет на сердце, да вдруг она окинет потом взглядом местность и оцепенеет, забудется в созерцательной дремоте — и его уже нет перед ней.

Чуть он пошевелится, напомнит о себе, скажет слово, она испугается, иногда вскрикнет: явно, что забыла, тут ли он или далеко, просто — есть ли он на свете.

Зато после, дома, у окна, на балконе, она говорит ему одному, долго говорит, долго выбирает из души впечатления, пока не выскажется вся, и говорит горячо, с увлечением, останавливается иногда, прибирает слово и на лету хватает подсказанное им выражение, и во взгляде у ней успеет мелькнуть луч благодарности за помощь. Или сядет, бледная от усталости, в большое кресло, только жадные, неустающие глаза говорят ему, что она хочет слушать его.

Она слушает неподвижно, но не проронит слова, не пропустит ни одной черты. Он замолчит, она еще слушает, глаза еще спрашивают, и он на этот немой вызов продолжает высказываться с новой силой, с новым увлечением.

Оно бы и хорошо: светло, тепло, сердце бьется; значит, она живет тут, больше ей ничего не нужно: здесь ее свет, огонь и разум. А она вдруг встанет утомленная, и те же, сейчас вопросительные, глаза просят его уйти, или захочет кушать она, и кушает с таким аппетитом...

Всё бы это прекрасно: он не мечтатель; он не хотел бы порывистой страсти, как не хотел ее и Обломов, только по другим причинам. Но ему хотелось бы, однако, чтоб чувство потекло по ровной колее, вскипев сначала горячо у источника, чтоб черпнуть и упиться в нем и потом всю жизнь знать, откуда бьет этот ключ счастья...

— Любит ли она или нет? — говорил он с мучительным волнением, почти до кровавого пота, чуть не до слез.

У него всё более и более разгорался этот вопрос, охватывал его, как пламя, сковывал намерения: это был один главный вопрос уже не любви, а жизни. Ни для чего другого не было теперь места у него в душе.

Кажется, в эти полгода зараз собрались и разыгрались над ним все муки и пытки любви, от которых он так искусно берегся в встречах с женщинами.

Он чувствовал, что и его здоровый организм не устоит, если продлятся еще месяцы этого напряжения ума, воли, нерв. Он понял, — что было чуждо ему доселе, — как тратятся силы в этих скрытых от глаз борьбах души со страстью, как ложатся на сердце неизлечимые раны без крови, но порождают стоны, как уходит и жизнь.

С него немного спала спесивая уверенность в своих силах; он уже не шутил легкомысленно, слушая рассказы, как иные теряют рассудок, чахнут от разных причин, между прочим... от любви.

Ему становилось страшно.

— Нет, я положу конец этому, — сказал он, — я загляну ей в душу, как прежде, и завтра — или буду счастлив, или уеду!

— Нет сил! — говорил он дальше, глядясь в зеркало. — Я ни на что не похож... Довольно!..

Он пошел прямо к цели, то есть к Ольге.

А что же Ольга? Она не замечала его положения или была бесчувственна к нему?

Не замечать этого она не могла: и не такие тонкие женщины, как она, умеют отличить дружескую преданность и угождения от нежного проявления другого чувства. Кокетства в ней допустить нельзя по верному пониманию истинной, нелицемерной, никем не навеянной ей нравственности. Она была выше этой пошлой слабости.

Остается предположить одно, что ей нравилось, без всяких практических видов, это непрерывное, исполненное ума и страсти поклонение такого человека, как Штольц. Конечно, нравилось: это поклонение восстановляло ее оскорбленное самолюбие и мало-помалу опять ставило ее на тот пьедестал, с которого она упала; мало-помалу возрождалась ее гордость.

Но как же она думала: чем должно разрешиться это поклонение? Не может же оно всегда выражаться в этой вечной борьбе пытливости Штольца с ее упорным молчанием. По крайней мере предчувствовала ли она, что вся эта борьба его не напрасна, что он выиграет дело, в которое положил столько воли и характера? Даром ли он тратит это пламя, блеск? Потонет ли в лучах этого блеска образ Обломова и той любви?..

Она ничего этого не понимала, не сознавала ясно и боролась отчаянно с этими вопросами, сама с собой, и не знала, как выйти из хаоса.

Как ей быть? Оставаться в нерешительном положении нельзя: когда-нибудь от этой немой игры и борьбы запертых в груди чувств дойдет до слов — что она ответит о прошлом! Как назовет его и как назовет то, что чувствует к Штольцу?

Если она любит Штольца, что же такое была та любовь? — кокетство, ветреность или хуже? Ее бросало в жар и краску стыда при этой мысли. Такого обвинения она не взведет на себя.

Если же то была первая, чистая любовь, что такое ее отношения к Штольцу? — Опять игра, обман, тонкий расчет, чтоб увлечь его к замужеству и покрыть этим ветреность своего поведения?.. Ее бросало в холод, и она бледнела от одной мысли.

А не игра, не обман, не расчет — так... опять любовь?

От этого предположения она терялась: вторая любовь — чрез семь, восемь месяцев после первой! Кто ж ей поверит? Как она заикнется о ней, не вызвав изумления, может быть... презрения! Она и подумать не смеет, не имеет права!

Она порылась в своей опытности: там о второй любви никакого сведения не отыскалось. Вспомнила про авторитеты теток, старых дев, разных умниц, наконец, писателей, «мыслителей о любви», — со всех сторон слышит неумолимый приговор: «Женщина истинно любит только однажды». И Обломов так изрек свой приговор. Вспомнила о Соничке, как бы она отозвалась о второй любви, но от приезжих из России слышала, что приятельница ее перешла на третью...

Нет, нет у ней любви к Штольцу, решала она, и быть не может! Она любила Обломова, и любовь эта умерла, цвет жизни увял навсегда! У ней только дружба к Штольцу, основанная на его блистательных качествах, потом на дружбе его к ней, на внимании, на доверии.

Так она отталкивала мысль, даже возможность о любви к старому своему другу.

Вот причина, по которой Штольц не мог уловить у ней на лице и в словах никакого знака, ни положительного равнодушия, ни мимолетной молнии, даже искры чувства, которое хоть бы на волос выходило за границы теплой, сердечной, но обыкновенной дружбы.

Чтоб кончить всё это разом, ей оставалось одно: заметив признаки рождающейся любви в Штольце, не дать ей пищи и хода и уехать поскорей. Но она уже потеряла время: это случилось давно, притом надо было ей предвидеть, что чувство разыграется у него в страсть; да это и не Обломов: от него никуда не уедешь.

Положим, это было бы физически и возможно, но ей морально невозможен отъезд: сначала она пользовалась только прежними правами дружбы и находила в Штольце, как и давно, то игривого, остроумного, насмешливого собеседника, то верного и глубокого наблюдателя явлений жизни — всего, что случалось с ними или проносилось мимо их, что их занимало.

Но чем чаще они виделись, тем больше сближались нравственно, тем роль его становилась оживленнее: из наблюдателя он нечувствительно перешел в роль истолкователя явлений, ее руководителя. Он невидимо стал ее разумом и совестью, и явились новые права, новые тайные узы, опутавшие всю жизнь Ольги, всё, кроме одного заветного уголка, который она тщательно прятала от его наблюдения и суда.

Она приняла эту нравственную опеку над своим умом и сердцем и видела, что и сама получила на свою долю влияние на него. Они поменялись правами; она как-то незаметно, молча допустила размен.

Как теперь вдруг всё отнять?.. Да притом в этом столько... столько занятия... удовольствия, разнообразия... жизни... Что она вдруг станет делать, если не будет этого? И когда ей приходила мысль бежать — было уже поздно, она была не в силах.

Каждый проведенный не с ним день, не поверенная ему и не разделенная с ним мысль — всё это теряло для нее свой цвет и значение.

«Боже мой! Если б она могла быть его сестрой! — думалось ей. — Какое счастье иметь вечные права на такого человека, не только на ум, но и на сердце, наслаждаться его присутствием законно, открыто, не платя за то никакими тяжелыми жертвами, огорчениями, доверенностью жалкого прошедшего. А теперь что я такое? Уедет он — я не только не имею права удержать его, но должна желать разлуки; а удержу — что я скажу ему, по какому праву хочу его ежеминутно видеть, слышать?.. Потому что мне скучно, что я тоскую, что он учит, забавляет меня, что он мне полезен и приятен. Конечно, это причина, но не право. А я что взамен приношу ему? Право любоваться мною бескорыстно и не сметь подумать о взаимности, когда столько других женщин сочли бы себя счастливыми...»

Она мучилась и задумывалась, как она выйдет из этого положения, и не видала никакой цели, конца. Впереди был только страх его разочарования и вечной разлуки. Иногда приходило ей в голову открыть ему всё, чтоб кончить разом и свою, и его борьбу, да дух захватывало, лишь только она задумает это. Ей было стыдно, больно.

Страннее всего то, что она перестала уважать свое прошедшее, даже начала его стыдиться, с тех пор как стала неразлучна с Штольцем, как он овладел ее жизнью. Узнай барон, например, или другой кто-нибудь, она бы, конечно, смутилась, ей было бы неловко, но она не терзалась бы так, как терзается теперь при мысли, что об этом узнает Штольц.

Она с ужасом представляла себе, что выразится у него на лице, как он взглянет на нее, что скажет, что будет думать потом? Она вдруг покажется ему такой ничтожной, слабой, мелкой. Нет, нет, ни за что!

Она стала наблюдать за собой и с ужасом открыла, что ей не только стыдно прошлого своего романа, но и героя... Тут жгло ее и раскаяние в неблагодарности за глубокую преданность ее прежнего друга.

Может быть, она привыкла бы и к своему стыду, обтерпелась бы: к чему не привыкает человек! если б ее дружба к Штольцу была чужда всяких корыстолюбивых помыслов и желаний. Но если она заглушала даже всякий лукавый и льстивый шепот сердца, то не могла совладеть с грезами воображения: часто перед глазами ее, против ее власти, становился и сиял образ этой другой любви; всё обольстительнее, обольстительнее росла мечта роскошного счастья не с Обломовым, не в ленивой дремоте, а на широкой арене всесторонней жизни, со всей ее глубиной, со всеми прелестями и скорбями — счастья с Штольцем...

Тогда-то она обливала слезами свое прошедшее и не могла смыть. Она отрезвлялась от мечты и еще тщательнее спасалась за стеной непроницаемости, молчания и того дружеского равнодушия, которое терзало Штольца. Потом, забывшись, увлекалась опять бескорыстно присутствием друга, была очаровательна, любезна, доверчива, пока опять незаконная мечта о счастье, на которое она утратила права, не напомнит ей, что будущее для нее потеряно, что розовые мечты уже назади, что опал цвет жизни.

Вероятно, с летами она успела бы помириться с своим положением и отвыкла бы от надежд на будущее, как делают все старые девы, и погрузилась бы в холодную апатию или стала бы заниматься добрыми делами; но вдруг незаконная мечта ее приняла более грозный образ, когда из нескольких вырвавшихся у Штольца слов она ясно увидела, что потеряла в нем друга и приобрела страстного поклонника. Дружба утонула в любви.

Она была бледна в то утро, когда открыла это, не выходила целый день, волновалась, боролась с собой, думала, что ей делать теперь, какой долг лежит на ней, — и ничего не придумала. Она только кляла себя, зачем она вначале не победила стыда и не открыла Штольцу раньше прошедшее, а теперь ей надо победить еще ужас.

Бывали припадки решимости, когда в груди у ней наболит, накипят там слезы, когда ей хочется броситься к нему и не словами, а рыданиями, судорогами, обмороками рассказать про свою любовь, чтоб он видел и искупление.

Она слыхала, как поступают в подобных случаях другие. Соничка, например, сказала своему жениху про корнета, что она дурачила его, что он мальчишка, что она нарочно заставляла ждать его на морозе, пока она выйдет садиться в карету, и т. д.

Соничка не задумалась бы сказать и про Обломова, что пошутила с ним, для развлечения, что он такой смешной, что можно ли любить «такой мешок», что этому никто не поверит. Но такой образ поведения мог бы быть оправдан только мужем Сонички и многими другими, но не Штольцем.

Ольга могла бы благовиднее представить дело, сказать, что хотела извлечь Обломова только из пропасти и для того прибегала, так сказать, к дружескому кокетству... чтоб оживить угасающего человека и потом отойти от него. Но это было бы уж чересчур изысканно, натянуто и во всяком случае фальшиво... Нет, нет спасения!

«Боже, в каком я омуте! — терзалась Ольга про себя. — Открыть!.. Ах нет! пусть он долго, никогда не узнает об этом! А не открыть — всё равно что воровать. Это похоже на обман, на заискиванье. Боже, помоги мне!..» Но помощи не было.

Как ни наслаждалась она присутствием Штольца, но по временам она лучше бы желала не встречаться с ним более, пройти в жизни его едва заметною тенью, не мрачить его ясного и разумного существования незаконною страстью.

Она бы потосковала еще о своей неудавшейся любви, оплакала бы прошедшее, похоронила бы в душе память о нем, потом... потом, может быть, нашла бы «приличную партию», каких много, и была бы хорошей, умной, заботливой женой и матерью, а прошлое сочла бы девической мечтой и не прожила, а протерпела бы жизнь. Ведь все так делают!

Но тут не в ней одной дело, тут замешан другой, и этот другой на ней покоит лучшие и конечные жизненные надежды.

«Зачем... я любила?» — в тоске мучилась она и вспоминала утро в парке, когда Обломов хотел бежать, а она думала тогда, что книга ее жизни закроется навсегда, если он бежит. Она так смело и легко решала вопрос любви, жизни, так всё казалось ей ясно — и всё запуталось в неразрешимый узел.

Она поумничала, думала, что стоит только глядеть просто, идти прямо — и жизнь послушно, как скатерть, будет расстилаться под ногами, и вот!.. Не на кого даже свалить вину: она одна преступна!

Ольга, не подозревая, зачем пришел Штольц, беззаботно встала с дивана, положила книгу и пошла ему навстречу.

— Я не мешаю вам? — спросил он, садясь к окну в ее комнате, обращенному на озеро. — Вы читали?

— Нет, я уж перестала читать: темно становится. Я ждала вас! — мягко, дружески, доверчиво говорила она.

— Тем лучше: мне нужно поговорить с вами, — заметил он серьезно, подвинув ей другое кресло к окну.

Она вздрогнула и онемела на месте. Потом машинально опустилась в кресло и, наклонив голову, не поднимая глаз, сидела в мучительном положении. Ей хотелось бы быть в это время за сто верст от того места.

В эту минуту, как молния, сверкнуло у ней в памяти прошедшее. «Суд настал! Нельзя играть в жизнь, как в куклы! — слышался ей какой-то посторонний голос. — Не шути с ней — расплатишься!»

Они молчали несколько минут. Он очевидно собирался с мыслями. Ольга боязливо вглядывалась в его похудевшее лицо, в нахмуренные брови, в сжатые губы с выражением решительности.

«Немезида!..» — думала она, внутренне вздрагивая. Оба как будто готовились к поединку.

— Вы, конечно, угадываете, Ольга Сергевна, о чем я хочу говорить? — сказал он, глядя на нее вопросительно.

Он сидел в простенке, который скрывал его лицо, тогда как свет от окна прямо падал на нее, и он мог читать, что было у ней на уме.

— Как я могу знать? — отвечала она тихо.

Перед этим опасным противником у ней уж не было ни той силы воли и характера, ни проницательности, ни уменья владеть собой, с какими она постоянно являлась Обломову.

Она понимала, что если она до сих пор могла укрываться от зоркого взгляда Штольца и вести удачно войну, то этим обязана была вовсе не своей силе, как в борьбе с Обломовым, а только упорному молчанию Штольца, его скрытному поведению. Но в открытом поле перевес был не на ее стороне, и потому вопросом: «Как я могу знать?» — она хотела только выиграть вершок пространства и минуту времени, чтоб неприятель яснее обнаружил свой замысел.

— Не знаете? — сказал он простодушно. — Хорошо, я скажу...

— Ах нет! — вдруг вырвалось у ней.

Она схватила его за руку и глядела на него, как будто моля о пощаде.

— Вот видите, я угадал, что вы знаете! — сказал он. — Отчего же «нет»? — прибавил потом с грустью.

Она молчала.

— Если вы предвидели, что я когда-нибудь выскажусь, то знали, конечно, что и отвечать мне? — спросил он.

— Предвидела и мучилась! — сказала она, откидываясь на спинку кресел и отворачиваясь от света, призывая мысленно скорее сумерки себе на помощь, чтоб он не читал борьбы смущения и тоски у ней на лице.

— Мучились! Это страшное слово, — почти шепотом произнес он, — это Дантово: «Оставь надежду навсегда». Мне больше и говорить нечего: тут всё! Но благодарю и за то, — прибавил он с глубоким вздохом, — я вышел из хаоса, из тьмы и знаю по крайней мере, что мне делать. Одно спасенье — бежать скорей!

Он встал.

— Нет, ради Бога, нет! — бросившись к нему, схватив его опять за руку, с испугом и мольбой заговорила она. — Пожалейте меня: что со мной будет?

Он сел, и она тоже.

— Но я вас люблю, Ольга Сергевна! — сказал он почти сурово. — Вы видели, что в эти полгода делалось со мной! Чего же вам хочется: полного торжества? чтоб я зачах или рехнулся? Покорно благодарю!

Она изменилась в лице.

— Уезжайте! — сказала она с достоинством подавленной обиды и вместе глубокой печали, которой не в силах была скрыть.

— Простите, виноват! — извинялся он. — Вот мы, не видя ничего, уж и поссорились. Я знаю, что вы не можете хотеть этого, но вы не можете и стать в мое положение, и оттого вам странно мое движение — бежать. Человек иногда бессознательно делается эгоистом.

Она переменила положение в кресле, как будто ей неловко было сидеть, но ничего не сказала.

— Ну пусть бы я остался: что из этого? — продолжал он. — Вы, конечно, предложите мне дружбу; но ведь она и без того моя. Я уеду, и через год, через два она всё будет моя. Дружба — вещь хорошая, Ольга Сергевна, когда она — любовь между молодыми мужчиной и женщиной или воспоминание о любви между стариками. Но Боже сохрани, если она с одной стороны дружба, с другой — любовь. Я знаю, что вам со мной не скучно, но мне-то с вами каково?

— Да, если так, уезжайте, Бог с вами! — чуть слышно прошептала она.

— Остаться! — размышлял он вслух, — ходить по лезвию ножа — хороша дружба!

— А мне разве легче? — неожиданно возразила она.

— Вам отчего? — спросил он с живостью. — Вы... вы не любите...

— Не знаю, клянусь Богом, не знаю! Но если вы... если изменится как-нибудь моя настоящая жизнь, что со мной будет? — уныло, почти про себя прибавила она.

— Как я должен понимать это? Вразумите меня, ради Бога! — придвигая кресло к ней, сказал он, озадаченный ее словами и глубоким, непритворным тоном, каким они были сказаны.

Он старался разглядеть ее черты. Она молчала. У ней горело в груди желание успокоить его, воротить слово «мучилась» или растолковать его иначе, нежели как он понял; но как растолковать — она не знала сама, только смутно чувствовала, что оба они под гнетом рокового недоумения, в фальшивом положении, что обоим тяжело от этого и что он только мог или она, с его помощию, могла привести в ясность и в порядок и прошедшее, и настоящее. Но для этого нужно перейти бездну, открыть ему, что с ней было: как она хотела и как боялась — его суда

— Я сама ничего не понимаю; я больше в хаосе, во тьме, нежели вы! — сказала она.

— Послушайте, верите ли вы мне? — спросил он, взяв ее за руку.

— Безгранично, как матери, — вы это знаете, — отвечала она слабо.

— Расскажите же мне, что было с вами с тех пор, как мы не видались. Вы непроницаемы теперь для меня, а прежде я читал на лице ваши мысли: кажется, это одно средство для нас понять друг друга. Согласны вы?

— Ах да, это необходимо... надо кончить чем-нибудь... — проговорила она с тоской от неизбежного признания. «Немезида! Немезида!» — думала она, клоня голову к груди.

Она потупилась и молчала. А ему в душу пахнуло ужасом от этих простых слов и еще более от ее молчания.

«Она терзается! Боже! Что с ней было?» — с холодеющим лбом думал он и чувствовал, что у него дрожат руки и ноги. Ему вообразилось что-то очень страшное. Она всё молчит и видимо борется с собой.

— Итак... Ольга Сергевна... — торопил он.

Она молчала, только опять сделала какое-то нервное движение, которого нельзя было разглядеть в темноте, лишь слышно было, как шаркнуло ее шелковое платье.

— Я собираюсь с духом, — сказала она наконец, — как трудно, если б вы знали! — прибавила потом, отворачиваясь в сторону, стараясь одолеть борьбу.

Ей хотелось, чтоб Штольц узнал всё не из ее уст, а каким-нибудь чудом. К счастью, стало темнее, и ее лицо было уж в тени: мог только изменять голос, и слова не сходили у ней с языка, как будто она затруднялась, с какой ноты начать.

«Боже мой! Как я должна быть виновата, если мне так стыдно, больно!» — мучилась она внутренно.

А давно ли она с такой уверенностью ворочала своей и чужой судьбой, была так умна, сильна! И вот настал ее черед дрожать, как девочке! Стыд за прошлое, пытка самолюбия за настоящее, фальшивое положение терзали ее... Невыносимо!

— Я вам помогу... вы... любили?.. — насилу выговорил Штольц — так стало больно ему от собственного слова.

Она подтвердила молчанием. А на него опять пахнуло ужасом.

— Кого же? Это не секрет? — спросил он, стараясь выговаривать твердо, но сам чувствовал, что у него дрожат губы.

А ей было еще мучительнее. Ей хотелось бы сказать другое имя, выдумать другую историю. Она с минуту колебалась, но делать было нечего: как человек, который, в минуту крайней опасности, кидается с крутого берега или бросается в пламя, она вдруг выговорила: «Обломова!»

Он остолбенел. Минуты две длилось молчание.

— Обломова! — повторил он в изумлении. — Это неправда! — прибавил потом положительно, понизив голос.

— Правда! — покойно сказала она.

— Обломова! — повторил он вновь. — Не может быть! — прибавил опять уверительно. — Тут есть что-то: вы не поняли себя, Обломова или, наконец, любви.

Она молчала.

— Это не любовь, это что-нибудь другое, говорю я! — настойчиво твердил он.

— Да, я кокетничала с ним, водила за нос, сделала несчастным... потом, по вашему мнению, принимаюсь за вас! — произнесла она сдержанным голосом, и в голосе ее опять закипели слезы обиды.

— Милая Ольга Сергевна! Не сердитесь, не говорите так: это не ваш тон. Вы знаете, что я не думаю ничего этого. Но в мою голову не входит, я не понимаю, как Обломов...

— Он сто́ит, однако ж, вашей дружбы; вы не знаете, как ценить его: отчего ж он не сто́ит любви? — защищала она.

— Я знаю, что любовь менее взыскательна, нежели дружба, — сказал он, — она даже часто слепа, любят не за заслуги — всё так. Но для любви нужно что-то такое, иногда пустяки, чего ни определить, ни назвать нельзя и чего нет в моем несравненном, но неповоротливом Илье. Вот почему я удивляюсь. Послушайте, — продолжал он с живостью, — мы никогда не дойдем так до конца, не поймем друг друга. Не стыдитесь подробностей, не пощадите себя на полчаса, расскажите мне всё, а я скажу вам, что это такое было, и даже, может быть, что будет... Мне всё кажется, что тут... не то... Ах, если б это была правда, — прибавил он с одушевлением. — Если б Обломова, а не другого! Обломова! Ведь это значит, что вы принадлежите не прошлому, не любви, что вы свободны... Расскажите, расскажите скорей! — покойным, почти веселым голосом заключил он.

— Да, ради Бога! — доверчиво ответила она, обрадованная, что часть цепей с нее снята.— Одна я с ума схожу. Если б вы знали, как я жалка! Я не знаю, виновата ли я или нет, стыдиться ли мне прошедшего, жалеть ли о нем, надеяться ли на будущее или отчаиваться... Вы говорили о своих мучениях, а моих не подозревали. Выслушайте же до конца, но только не умом: я боюсь вашего ума; сердцем лучше: может быть, оно рассудит, что у меня нет матери, что я была как в лесу...— тихо, упавшим голосом прибавила она.— Нет,— торопливо поправилась потом,— не щадите меня. Если это была любовь, то... уезжайте.— Она остановилась на минуту.— И приезжайте после, когда заговорит опять одна дружба. Если же это была ветреность, кокетство, то казните, бегите дальше и забудьте меня. Слушайте.

Он в ответ крепко пожал ей обе руки.

Началась исповедь Ольги, длинная, подробная. Она отчетливо, слово за словом, перекладывала из своего ума в чужой всё, что ее так долго грызло, чего она краснела, чем прежде умилялась, была счастлива, а потом вдруг упала в омут горя и сомнений.

Она рассказала о прогулках, о парке, о своих надеждах, о просветлении и падении Обломова, о ветке сирени, даже о поцелуе. Только прошла молчанием душный вечер в саду — вероятно, потому, что всё еще не решила, что за припадок с ней случился тогда.

Сначала слышался только ее смущенный шепот, но по мере того как она говорила, голос ее становился явственнее и свободнее; от шепота он перешел в полутон, потом возвысился до полных грудных нот. Кончила она покойно, как будто пересказывала чужую историю.

Перед ней самой снималась завеса, развивалось прошлое, в которое до этой минуты она боялась заглянуть пристально. На многое у ней открывались глаза, и она смело бы взглянула на своего собеседника, если б не было темно.

Она кончила и ждала приговора. Но ответом была могильная тишина.

Что он? Не слыхать ни слова, ни движения, даже дыхания, как будто никого не было с нею.

Эта немота опять бросила в нее сомнение. Молчание длилось. Что значит это молчание? Какой приговор готовится ей от самого проницательного, снисходительного судьи в целом мире? Всё прочее безжалостно осудит ее, только один он мог быть ее адвокатом, его бы избрала она... он бы всё понял, взвесил и лучше ее самой решил в ее пользу! А он молчит: ужели дело ее потеряно?..

Ей стало опять страшно...

Отворились двери, и две свечи, внесенные горничной, озарили светом их угол.

Она бросила на него робкий, но жадный, вопросительный взгляд. Он сложил руки крестом и смотрит на нее такими кроткими, открытыми глазами, наслаждается ее смущением.

У ней сердце отошло, отогрелось. Она успокоительно вздохнула и чуть не заплакала. К ней мгновенно воротилось снисхождение к себе, доверенность к нему. Она была счастлива, как дитя, которое простили, успокоили и обласкали.

— Всё? — спросил он тихо.

— Всё! — сказала она.

— А письмо его?

Она вынула из портфеля письмо и подала ему. Он подошел к свечке, прочел и положил на стол. А глаза опять обратились на нее с тем же выражением, какого она уж давно не видала в нем.

Перед ней стоял прежний, уверенный в себе, немного насмешливый и безгранично добрый, балующий ее друг. В лице у него ни тени страдания, ни сомнения. Он взял ее за обе руки, поцеловал ту и другую, потом глубоко задумался. Она притихла в свою очередь и, не смигнув, наблюдала движение его мысли на лице.

Вдруг он встал.

— Боже мой, если б я знал, что дело идет об Обломове, мучился ли бы я так! — сказал он, глядя на нее так ласково, с такою доверчивостью, как будто у ней не было этого ужасного прошедшего. На сердце у ней так повеселело, стало празднично. Ей было легко. Ей стало ясно, что она стыдилась его одного, а он не казнит ее, не бежит! Что ей за дело до суда целого света!

Он уж владел опять собой, был весел; но ей мало было этого. Она видела, что она оправдана; но ей, как подсудимой, хотелось знать приговор. А он взял шляпу.

— Куда вы? — спросила она.

— Вы взволнованы, отдохните! — сказал он. — Завтра поговорим.

— Вы хотите, чтоб я не спала всю ночь? — перебила она, удерживая его за руку и сажая на стул. — Хотите уйти, не сказав, что это... было, что я теперь, что я... буду. Пожалейте, Андрей Иваныч: кто же мне скажет? Кто накажет меня, если я сто́ю, или... кто простит? — прибавила она и взглянула на него с такой нежной дружбой, что он бросил шляпу и чуть сам не бросился пред ней на колени.

— Ангел — позвольте сказать — мой! — говорил он. — Не мучьтесь напрасно: ни казнить, ни миловать вас не нужно. Мне даже нечего и прибавлять к вашему рассказу. Какие могут быть у вас сомнения? Вы хотите знать, что это было, назвать по имени? Вы давно знаете... Где письмо Обломова? — Он взял письмо со стола.

— Слушайте же! — и читал: — «Ваше настоящее *люблю* не есть настоящая любовь, а будущая. Это только бессознательная потребность любить, которая, за недостатком настоящей пищи, высказывается иногда у женщин в ласках к ребенку, к другой женщине, даже просто в слезах или в истерических припадках!.. Вы *ошиблись* (читал Штольц, ударяя на этом слове): пред вами не тот, кого вы ждали, о ком мечтали. Погодите — он придет, и тогда вы очнетесь, вам будет досадно и стыдно за свою ошибку...» — Видите, как это верно! — сказал он. — Вам было и стыдно, и досадно за...

ошибку. К этому нечего прибавить. Он был прав, а вы не поверили, и в этом вся ваша вина. Вам бы тогда и разойтись; но его одолела ваша красота... а вас трогала... его голубиная нежность! — чуть-чуть насмешливо прибавил он.

— Я не поверила ему, я думала, что сердце не ошибается.

— Нет, ошибается: и как иногда гибельно! Но у вас до сердца и не доходило, — прибавил он — воображение и самолюбие с одной стороны, слабость с другой... А вы боялись, что не будет другого праздника в жизни, что этот бледный луч озарит жизнь и потом будет вечная ночь...

— А слезы? — сказала она. — Разве они не от сердца были, когда я плакала? Я не лгала, я была искренна...

— Боже мой! О чем не заплачут женщины? Вы сами же говорите, что вам было жаль букета сирени, любимой скамьи. К этому прибавьте обманутое самолюбие, неудавшуюся роль спасительницы, немного привычки... Сколько причин для слез!

— И свидания наши, прогулки тоже ошибка? Вы помните, что я... была у него... — досказала она с смущением и сама, кажется, хотела заглушить свои слова. Она старалась сама обвинять себя затем только, чтоб он жарче защищал ее, чтоб быть всё правее и правее в его глазах.

— Из рассказа вашего видно, что в последних свиданиях вам и говорить было не о чем. У вашей так называемой «любви» не хватало и содержания; она дальше пойти не могла. Вы еще до разлуки разошлись и были верны не любви, а призраку ее, который сами выдумали, — вот и вся тайна.

— А поцелуй? — шепнула она так тихо, что он не слыхал, а догадался.

— О, это важно, — с комической строгостью произнес он, — за это надо было лишить вас... одного блюда за обедом. — Он глядел на нее всё с большей лаской, с большей любовью.

— Шутка не оправдание такой «ошибки»! — возразила она строго, обиженная его равнодушием и небрежным тоном. — Мне легче было бы, если б вы наказали меня каким-нибудь жестким словом, назвали бы мой проступок его настоящим именем.

— Я бы и не шутил, если б дело шло не об Илье, а о другом, — оправдывался он, — там ошибка могла бы кончиться... бедой: но я знаю Обломова...

— Другой, никогда! — вспыхнув, перебила она. — Я узнала его больше, нежели вы...

— Вот видите! — подтвердил он.

— Но если б он... изменился, ожил, послушался меня и... разве я не любила бы его тогда? Разве и тогда была бы ложь, ошибка? — говорила она, чтоб осмотреть дело со всех сторон, чтоб не осталось ни малейшего пятна, никакой загадки.

— То есть если б на его месте был другой человек, — перебил Штольц, — нет сомнения, ваши отношения разыгрались бы в любовь, упрочились, и тогда... Но это другой роман и другой герой, до которого нам дела нет.

Она вздохнула, как будто сбросила последнюю тяжесть с души. Оба молчали.

— Ах, какое счастье... выздоравливать, — медленно произнесла она, как будто расцветая, и обратила к нему взгляд такой глубокой признательности, такой горячей, небывалой дружбы, что в этом взгляде почудилась ему искра, которую он напрасно ловил почти год. По нем пробежала радостная дрожь.

— Нет, выздоравливаю я! — сказал он и задумался. — Ах, если б только я мог знать, что герой этого романа — Илья! Сколько времени ушло, сколько крови испортилось! За что? Зачем! — твердил он почти с досадой.

Но вдруг он как будто отрезвился от этой досады, очнулся от тяжелого раздумья. Лоб разгладился, глаза повеселели.

— Но, видно, это было неизбежно: зато как я покоен теперь и... как счастлив! — с упоением прибавил он.

— Как сон, как будто ничего не было! — говорила она задумчиво, едва слышно, удивляясь своему внезапному возрождению. — Вы вынули не только стыд, раскаяние, но и горечь, боль — всё... Как это вы сделали? — тихо спросила она. — И всё это пройдет, эта... ошибка?

— Да уж, я думаю, и прошло! — сказал он, взглянув на нее в первый раз глазами страсти и не скрывая этого, — то есть всё, что было.

— А что... будет... не ошибка... истина? — спрашивала она, не договаривая.

— Вот тут написано, — решил он, взяв опять письмо: — «Пред вами не тот, кого вы ждали, о ком мечтали: он придет, и вы очнетесь...» И полюбите, прибавлю я, так полюбите, что мало будет не года, а целой жизни для той любви, только не знаю... кого? — досказал он, впиваясь в нее глазами.

Она потупила глаза и сжала губы, но сквозь веки порывались наружу лучи, губы удерживали улыбку, но не удержали. Она взглянула на него и засмеялась так от души, что у ней навернулись даже слезы.

— Я вам сказал, что с вами было и даже что будет, Ольга Сергевна, — заключил он. — А вы мне ничего не скажете в ответ на мой вопрос, который не дали кончить.

— Но что я могу сказать? — в смущении говорила она. — Имела ли бы я право, если б могла сказать то, что вам так нужно и чего... вы так сто́ите? — шепотом прибавила и стыдливо взглянула на него.

Во взгляде опять почудились ему искры небывалой дружбы; опять он дрогнул от счастья.

— Не торопитесь, — прибавил он, — скажите чего я сто́ю, когда кончится ваш сердечный траур, траур приличия. Мне кое-что сказал и этот год. А теперь решите только вопрос: ехать мне или... оставаться?

— Послушайте: вы кокетничаете со мной! — вдруг весело сказала она.

— О нет! — с важностью заметил он. — Это не давешний вопрос, теперь он имеет другой смысл: если я останусь, то... на каких правах?

Она вдруг смутилась.

— Видите, что я не кокетничаю! — смеялся он, довольный, что поймал ее. — Ведь нам, после нынешнего разговора, надо быть иначе друг с другом: мы оба уж не те, что были вчера.

— Я не знаю... — шептала она, еще более смущенная.

— Позволите мне дать вам совет?

— Говорите... я слепо исполню! — почти с страстною покорностью прибавила она.

— Выдьте за меня замуж, в ожидании, пока *он* придет!

— Еще не смею... — шептала она, закрывая лицо руками, в волнении, но счастливая.

— Отчего ж не смеете? — шепотом же спросил он, наклоняя ее голову к себе.

— А это прошлое? — шептала она опять, кладя ему голову на грудь, как матери.

Он тихонько отнял ее руки от лица, поцеловал в голову и долго любовался ее смущением, с наслаждением глядел на выступившие у ней и поглощенные опять глазами слезы.

— Поблекнет, как ваша сирень! — заключил он. — Вы взяли урок: теперь настала пора пользоваться им. Начинается жизнь: отдайте мне ваше будущее и не думайте ни о чем — я ручаюсь за всё. Пойдемте к тетке.

Поздно ушел к себе Штольц.

«Нашел свое, — думал он, глядя влюбленными глазами на деревья, на небо, на озеро, даже на поднимавшийся с воды туман. — Дождался! Столько лет жажды чувства, терпения, экономии сил души! Как долго я ждал — всё награждено: вот оно, последнее счастье человека!»

Всё теперь заслонилось в его глазах счастьем: контора, тележка отца, замшевые перчатки, замасленные счеты — вся деловая жизнь. В его памяти воскресла только благоухающая комната его матери, варьяции Герца, княжеская галерея, голубые глаза, каштановые волосы под пудрой — и всё это покрывал какой-то нежный голос, голос Ольги: он в уме слышал ее пение...

— Ольга — моя жена! — страстно вздрогнув, прошептал он. — Всё найдено, нечего искать, некуда идти больше!

И в задумчивом чаду счастья шел домой, не замечая дороги, улиц...

Ольга долго провожала его глазами, потом открыла окно, несколько минут дышала ночной прохладой; волнение понемногу улеглось, грудь дышала ровно.

Она устремила глаза на озеро, на даль и задумалась так тихо, так глубоко, как будто заснула. Она хотела уловить, о чем она думает, что чувствует, и не могла. Мысли неслись так ровно, как волны, кровь струилась так плавно в жилах. Она испытывала счастье и не могла определить, где его начало, где границы, что оно такое. Она думала, отчего ей так тихо, мирно, ненарушимо-хорошо, отчего ей покойно, между тем...

— Я его невеста... — прошептала она.

«Я невеста!» — с гордым трепетом думает девушка, дождавшись этого момента, озаряющего всю ее жизнь, и вырастет высоко, и с высоты смотрит на ту темную тропинку, где вчера шла одиноко и незаметно.

Отчего же Ольга не трепещет? Она тоже шла одиноко, незаметной тропой, также на перекрестке встретился ей *он*, подал руку и вывел не в блеск ослепительных лучей, а как будто на разлив широкой реки, к пространным полям и дружески улыбающимся холмам. Взгляд ее не зажмурился от блеска, не замерло сердце, не вспыхнуло воображение.

Она с тихой радостью успокоила взгляд на разливе жизни, на ее широких полях и зеленых холмах. Не бегала у ней дрожь по плечам, не горел взгляд гордостью: только когда она перенесла этот взгляд с полей и холмов на того, кто подал ей руку, она почувствовала, что по щеке у ней медленно тянется слеза...

Она всё сидела, точно спала, — так тих был сон ее счастья: она не шевелилась, почти не дышала. Погруженная в забытье, она устремила мысленный взгляд в какую-то тихую, голубую ночь с кротким сиянием, с теплом и ароматом. Греза счастья распростерла широкие крылья и плыла медленно, как облако в небе, над ее головой...

Не видала она себя в этом сне завернутою в газы и блонды на два часа и потом в будничные тряпки на всю жизнь. Не снился ей ни праздничный пир, ни огни, ни веселые клики; ей снилось счастье, но такое простое, такое неукрашенное, что она еще раз, без трепета гордости и только с глубоким умилением, прошептала: «Я его невеста!»

V

Боже мой! Как всё мрачно, скучно смотрело в квартире Обломова года полтора спустя после именин, когда нечаянно приехал к нему обедать Штольц. И сам Илья Ильич обрюзг, скука въелась в его глаза и выглядывала оттуда, как немочь какая-нибудь.

Он походит, походит по комнате, потом ляжет и смотрит в потолок; возьмет книгу с этажерки, пробежит несколько строк глазами, зевнет и начнет барабанить пальцами по столу.

Захар стал еще неуклюжее, неопрятнее; у него появились заплаты на локтях; он смотрит так бедно, голодно, как будто плохо ест, мало спит и за троих работает.

Халат на Обломове истаскался, и как ни заботливо зашивались диры на нем, но он расползается везде и не по швам: давно бы надо новый. Одеяло на постели тоже истасканное, кое-где с заплатами; занавески на окнах полиняли давно, и хотя они вымыты, но похожи на тряпки.

Захар принес старую скатерть, постлал на половине стола, подле Обломова, потом осторожно, прикусив язык, принес прибор с графином водки, положил хлеб и ушел.

Дверь с хозяйской половины отворилась, и вошла Агафья Матвеевна, неся проворно шипящую сковороду с яичницей.

И она ужасно изменилась, не в свою пользу. Она похудела. Нет круглых, белых, некраснеющих и небледнеющих щек; не лоснятся редкие брови; глаза у ней впали.

Одета она в старое ситцевое платье; руки у ней не то загорели, не то загрубели от работы, от огня или от воды, или от того и от другого.

Акулины уже не было в доме. Анисья — и на кухне, и на огороде, и за птицами ходит, и полы моет, и стирает; она не управится одна, и Агафья Матвеевна, волей-неволей, сама работает на кухне: она толчет, сеет и трет мало, потому что мало выходит кофе, корицы и миндалю, а о кружевах она забыла и думать. Теперь ей чаще приходится крошить лук, тереть хрен и тому подобные пряности. В лице у ней лежит глубокое уныние.

Но не о себе, не о своем кофе вздыхает она, тужит не оттого, что ей нет случая посуетиться, похозяйничать широко, потолочь корицу, положить ваниль в соус или варить густые сливки, а оттого, что другой год не кушает этого ничего Илья Ильич, оттого, что кофе ему не берется пудами из лучшего магазина, а покупается на гривенники в лавочке; сливки приносит не чухонка, а снабжает ими та же лавочка, оттого, что вместо сочной котлетки она несет ему на завтрак яичницу, заправленную жесткой, залежавшейся в лавочке же ветчиной.

Что же это значит? А то, что другой год доходы с Обломовки, исправно присылаемые Штольцем, поступают на удовлетворение претензии по заемному письму, данному Обломовым хозяйке.

«Законное дело» братца удалось сверх ожидания. При первом намеке Тарантьева на скандалезное дело Илья Ильич вспыхнул и сконфузился; потом пошли на мировую, потом выпили все трое, и Обломов подписал заемное письмо, сроком на четыре года; а через месяц Агафья Матвеевна подписала такое же письмо на имя братца, не подозревая, что такое и зачем она подписывает. Братец сказали, что это нужная бумага по дому, и велели написать: «К сему заемному письму такая-то (чин, имя и фамилия) руку приложила».

Она только затруднилась тем, что много понадобилось написать, и попросила братца заставить лучше Ванюшу, что «он-де бойко стал писать», а она, пожалуй, что-нибудь напутает. Но братец настоятельно потребовали, и она подписала криво, косо и крупно. Больше об этом уж никогда и речи не было.

Обломов, подписывая, утешался отчасти тем, что деньги эти пойдут на сирот, а потом, на другой день, когда голова у него была свежа, он со стыдом вспомнил об этом деле и старался забыть, избегал встречи с братцем, и если Тарантьев заговаривал о том, он грозил немедленно съехать с квартиры и уехать в деревню.

Потом, когда он получил деньги из деревни, братец пришли к нему и объявили, что ему, Илье Ильичу, легче будет начать уплату немедленно из дохода; что года в три претензия будет покрыта, между тем как с наступлением срока, когда документ будет подан ко взысканию, деревня должна будет поступить в публичную продажу, так как суммы в наличности у Обломова не имеется и не предвидится.

Обломов понял, в какие тиски попал он, когда всё, что присылал Штольц, стало поступать на уплату долга, а ему оставалось только небольшое количество денег на прожиток.

Братец спешил окончить эту добровольную сделку с своим должником года в два, чтоб как-нибудь и что-нибудь не помешало делу, и оттого Обломов вдруг попал в затруднительное положение.

Сначала это было не очень заметно благодаря его привычке не знать, сколько у него в кармане денег; но

Иван Матвеевич вздумал присвататься к дочери какого-то лабазника, нанял особую квартиру и переехал.

Хозяйственные размахи Агафьи Матвеевны вдруг приостановились: осетрина, белоснежная телятина, индейки стали появляться на другой кухне, в новой квартире Мухоярова.

Там по вечерам горели огни, собирались будущие родные братца, сослуживцы и Тарантьев; всё очутилось там. Агафья Матвеевна и Анисья вдруг остались с разинутыми ртами и с праздно повисшими руками, над пустыми кастрюлями и горшками.

Агафья Матвеевна в первый раз узнала, что у ней есть только дом, огород и цыплята и что ни корица, ни ваниль не растут в ее огороде; увидала, что на рынках лавочники мало-помалу перестали ей низко кланяться с улыбкой и что эти поклоны и улыбки стали доставаться новой, толстой, нарядной кухарке ее братца.

Обломов отдал хозяйке все деньги, оставленные ему братцем на прожиток, и она, месяца три-четыре, без памяти по-прежнему молола пудами кофе, толкла корицу, жарила телятину и индеек, и делала это до последнего дня, в который истратила последние семь гривен и пришла к нему сказать, что у ней денег нет.

Он три раза перевернулся на диване от этого известия, потом посмотрел в ящик к себе: и у него ничего не было. Стал припоминать, куда их дел, и ничего не припомнил; пошарил на столе рукой, нет ли медных денег, спросил Захара, тот и во сне не видал. Она пошла к братцу и наивно сказала, что в доме денег нет.

— А куда вы с вельможей ухлопали тысячу рублей, что я дал ему на прожитье? — спросил он. — Где же я денег возьму? Ты знаешь, я в законный брак вступаю: две семьи содержать не могу, а вы с барином-то по одежке протягивайте ножки.

— Что вы, братец, меня барином попрекаете? — сказала она. — Что он вам делает? Никого не трогает, живет себе. Не я приманивала его на квартиру: вы с Михеем Андреичем.

Он дал ей десять рублей и сказал, что больше нет. Но потом, обдумав дело с кумом в заведении, решил, что так покидать сестру и Обломова нельзя, что, пожалуй, дойдет дело до Штольца, тот нагрянет, разберет и, чего доброго, как-нибудь переделает, не успеешь и взыскать долг, даром что «законное дело»: немец — следовательно, продувной!

Он стал давать по пятидесяти рублей в месяц еще, предположив взыскать эти деньги из доходов Обломова третьего года, но при этом растолковал и даже побожился сестре, что больше ни гроша не положит, и рассчитал, какой стол должны они держать, как уменьшить издержки, даже назначил, какие блюда когда готовить, высчитал, сколько она может получить за цыплят, за капусту, и решил, что со всем этим можно жить припеваючи.

В первый раз в жизни Агафья Матвеевна задумалась не о хозяйстве, а о чем-то другом, в первый раз заплакала не от досады на Акулину за разбитую посуду, не от брани братца за недоваренную рыбу; в первый раз ей предстала грозная нужда, но грозная не для нее, для Ильи Ильича.

«Как вдруг этот барин, — разбирала она, — станет кушать вместо спаржи репу с маслом, вместо рябчиков баранину, вместо гатчинских форелей, янтарной осетрины — соленого судака, может быть, студень из лавочки...»

Ужас! Она не додумалась до конца, а торопливо оделась, наняла извозчика и поехала к мужниной родне, не в Пасху и Рождество, на семейный обед, а утром рано, с заботой, с необычной речью и вопросом, что делать, и взять у них денег.

У них много: они сейчас дадут, как узнают, что это для Ильи Ильича. Если б это было ей на кофе, на чай, детям на платье, на башмаки или на другие подобные прихоти, она бы и не заикнулась, а то на крайнюю нужду, до зарезу: спаржи Илье Ильичу купить, рябчиков на жаркое, он любит французский горошек...

Но там удивились, денег ей не дали, а сказали, что если у Ильи Ильича есть вещи какие-нибудь, золотые или, пожалуй, серебряные, даже мех, так можно заложить и что есть такие благодетели, что третью часть просимой суммы дадут до тех пор, пока он опять получит из деревни.

Этот практический урок в другое время пролетел бы над гениальной хозяйкой, не коснувшись ее головы, и не втолковать бы ей его никакими путями, а тут она умом сердца поняла, сообразила всё и взвесила... свой жемчуг, полученный в приданое.

Илья Ильич, не подозревая ничего, пил на другой день смородинную водку, закусывал отличной семгой, кушал любимые потроха и белого свежего рябчика. Агафья Матвеевна с детьми поела людских щей и каши и только за компанию с Ильей Ильичом выпила две чашки кофе.

Вскоре за жемчугом достала она из заветного сундука фермуар, потом пошло серебро, потом салоп...

Пришел срок присылки денег из деревни: Обломов отдал ей всё. Она выкупила жемчуг и заплатила проценты за фермуар, серебро и мех, и опять готовила ему спаржу, рябчики, и только для виду пила с ним кофе. Жемчуг опять поступил на свое место.

Из недели в неделю, изо дня в день тянулась она из сил, мучилась, перебивалась, продала шаль, послала продать парадное платье и осталась в ситцевом ежедневном наряде, с голыми локтями, и по воскресеньям прикрывала шею старой затасканной косынкой.

Вот отчего она похудела, отчего у ней впали глаза и отчего она сама принесла завтрак Илье Ильичу.

У ней даже доставало духа сделать веселое лицо, когда Обломов объявлял ей, что завтра к нему придут обедать Тарантьев, Алексеев или Иван Герасимович. Обед являлся вкусный и чисто поданный. Она не срамила хозяина. Но скольких волнений, беготни, упрашиванья по лавочкам, потом бессонницы, даже слез стоили ей эти заботы!

Как вдруг глубоко окунулась она в треволнения жизни и как познала ее счастливые и несчастные дни! Но она любила эту жизнь: несмотря на всю горечь своих слез и забот, она не променяла бы ее на прежнее, тихое теченье, когда она не знала Обломова, когда с достоинством господствовала среди наполненных, трещавших и шипевших кастрюль, сковород и горшков, повелевала Акулиной, дворником.

Она от ужаса даже вздрогнет, когда вдруг ей предстанет мысль о смерти, хотя смерть разом положила бы конец ее невысыхаемым слезам, ежедневной беготне и еженочной несмыкаемости глаз.

Илья Ильич позавтракал, прослушал, как Маша читает по-французски, посидел в комнате у Агафьи Матвеевны, смотрел, как она починивала Ваничкину курточку, переворачивая ее раз десять то на ту, то на другую сторону, и в то же время беспрестанно бегала в кухню посмотреть, как жарится баранина к обеду, не пора ли заваривать уху.

— Что вы всё хлопочете, право? — говорил Обломов, — оставьте!

— Кто ж будет хлопотать, если не я? — сказала она. — Вот только положу две заплатки здесь, и уху станем варить. Какой дрянной мальчишка этот Ваня! На той неделе заново вычинила куртку — опять разорвал! Что смеешься? — обратилась она к сидевшему у стола Ване в панталонах и в рубашке об одной помочи. — Вот не починю до утра, и нельзя будет за ворота бежать. Мальчишки, должно быть, разорвали: дрался — признавайся?

— Нет, маменька, это само разорвалось, — сказал Ваня.

— То-то само! Сидел бы дома да твердил уроки, чем бегать по улицам! Вот когда Илья Ильич опять скажет, что ты по-французски плохо учишься, — я и сапоги сниму: поневоле будешь сидеть за книжкой!

— Я не люблю учиться по-французски.

— Отчего? — спросил Обломов.

— Да по-французски есть много нехороших слов...

Агафья Матвеевна вспыхнула, Обломов расхохотался. Верно, и прежде уже был у них разговор о «нехороших словах».

— Молчи, дрянной мальчишка, — сказала она. — Утри лучше нос, не видишь?

Ванюша фыркнул, но носа не утер.

— Вот погодите, получу из деревни деньги, я ему две пары сошью, — вмешался Обломов, — синюю курточку, а на будущий год мундир: в гимназию поступит.

— Ну, еще и в старом походит, — сказала Агафья Матвеевна, — а деньги понадобятся на хозяйство. Солонины запасем, варенья вам наварю... Пойти посмотреть, принесла ли Анисья сметаны... — Она встала.

— А что нынче? — спросил Обломов.

— Уха из ершей, жареная баранина да вареники.

Обломов молчал.

Вдруг подъехал экипаж, застучали в калитку, началось скаканье на цепи и лай собаки.

Обломов ушел к себе, думая, что кто-нибудь пришел к хозяйке: мясник, зеленщик или другое подобное лицо. Такой визит сопровождался обыкновенно просьбами денег, отказом со стороны хозяйки, потом угрозой со стороны продавца, потом просьбами подождать со стороны хозяйки, потом бранью, хлопаньем дверей, калитки и неистовым скаканьем и лаем собаки — вообще неприятной сценой. Но подъехал экипаж — что бы это значило? Мясники и зеленщики в экипажах не ездят.

Вдруг хозяйка в испуге вбежала к нему.

— К вам гость! — сказала она.

— Кто же: Тарантьев или Алексеев?

— Нет, нет, тот, что обедал в Ильин день.

— Штольц? — в тревоге говорил Обломов, озираясь кругом, куда бы уйти. — Боже! что он скажет, как увидит... Скажите, что я уехал! — торопливо прибавил он и ушел к хозяйке в комнату.

Анисья кстати подоспела навстречу гостю. Агафья Матвеевна успела передать ей приказание. Штольц поверил, только удивился, как это Обломова не было дома.

— Ну скажи, что я через два часа приду, обедать буду! — сказал он и пошел поблизости, в публичный сад.

— Обедать будет! — с испугом передавала Анисья.

— Обедать будет! — повторила в страхе Агафья Матвеевна Обломову.

— Надо другой обед изготовить, — решил он, помолчав.

Она обратила на него взгляд, полный ужаса. У ней оставался всего полтинник, а до первого числа, когда братец выдает деньги, осталось еще десять дней. В долг никто не дает.

— Не успеем, Илья Ильич, — робко заметила она, — пусть покушает, что есть...

— Не ест он этого, Агафья Матвеевна: ухи терпеть не может, даже стерляжьей не ест; баранины тоже в рот не берет.

— Языка можно в колбасной взять! — вдруг, как будто по вдохновению, сказала она, — тут близко.

— Это хорошо, это можно; да велите зелени какой-нибудь, бобов свежих...

— Бобы восемь гривен фунт! — пошевелилось у ней в горле, но на язык не сошло.

— Хорошо, я сделаю... — сказала она, решившись заменить бобы капустой.

— Сыру швейцарского велите фунт взять! — командовал он, не зная о средствах Агафьи Матвеевны, — и больше ничего! Я извинюсь, скажу, что не ждали... Да если б можно бульон какой-нибудь.

Она было ушла.

— А вина? — вдруг вспомнил он.

Она отвечала новым взглядом ужаса.

— Надо послать за лафитом, — хладнокровно заключил он.

VI

Через два часа пришел Штольц.

— Что с тобой? Как ты переменился, обрюзг, бледен! Ты здоров? — спросил Штольц.

— Плохо здоровье, Андрей, — говорил Обломов, обнимая его, — левая нога что-то всё немеет.

— Как у тебя здесь гадко! — сказал, оглядываясь, Штольц, — что это ты не бросишь этого халата? Смотри, весь в заплатах!

— Привычка, Андрей; жаль расстаться.

— А одеяло, а занавески... — начал Штольц, — тоже привычка? Жаль переменить эти тряпки? Помилуй, неужели ты можешь спать на этой постели? Да что с тобой?

Штольц пристально посмотрел на Обломова, потом опять на занавески, на постель.

— Ничего, — говорил смущенный Обломов, — ты знаешь, я всегда был не очень рачителен о своей комнате... Давай лучше обедать. Эй, Захар! Накрывай скорей на стол. Ну, что ты, надолго ли? Откуда?

— Угадай, что я и откуда? — спросил Штольц, — до тебя ведь здесь не доходят вести из живого мира?

Обломов с любопытством смотрел на него и дожидался, что он скажет.

— Что Ольга? — спросил он.

— А, не забыл! Я думал, что ты забудешь, — сказал Штольц.

— Нет, Андрей, разве ее можно забыть? Это значит забыть, что я когда-то жил, был в раю... А теперь вот!.. — Он вздохнул. — Но где же она?

— В своей деревне, хозяйничает.

— С теткой? — спросил Обломов.

— И с мужем.

— Она замужем? — вдруг, вытаращив глаза, произнес Обломов.

— Чего ж ты испугался? Не воспоминания ли?.. — тихо, почти нежно прибавил Штольц.

— Ах нет, Бог с тобой! — оправдывался Обломов, приходя в себя. — Я не испугался, но удивился; не знаю, почему это поразило меня. Давно ли? Счастлива ли? скажи, ради Бога. Я чувствую, что ты снял с меня большую тяжесть! Хотя ты уверял меня, что она простила, но, знаешь... я не был покоен! Всё грызло меня что-то... Милый Андрей, как я благодарен тебе!

Он радовался так от души, так подпрыгивал на своем диване, так шевелился, что Штольц любовался им и был даже тронут.

— Какой ты добрый, Илья! — сказал он. — Сердце твое стоило ее! Я ей всё перескажу.

— Нет, нет, не говори! — перебил Обломов. — Она сочтет меня бесчувственным, что я с радостью услыхал о ее замужестве.

— А радость разве не чувство, и притом еще без эгоизма? Ты радуешься только ее счастью.

— Правда, правда! — перебил Обломов. — Бог знает, что я мелю... Кто ж, кто этот счастливец? Я и не спрошу.

— Кто? — повторил Штольц. — Какой ты недогадливый, Илья!

Обломов вдруг остановил на своем друге неподвижный взгляд: черты его окоченели на минуту, и румянец сбежал с лица.

— Не... ты ли? — вдруг спросил он.

— Опять испугался! Чего же? — засмеявшись, сказал Штольц.

— Не шути, Андрей, скажи правду! — с волнением говорил Обломов.

— Ей-богу, не шучу. Другой год я женат на Ольге.

Мало-помалу испуг пропадал в лице Обломова, уступая место мирной задумчивости; он еще не поднимал глаз, но задумчивость его через минуту была уж полна тихой и глубокой радости, и когда он медленно взглянул на Штольца, во взгляде его уж было умиление и слезы.

— Милый Андрей! — произнес Обломов обнимая его. — Милая Ольга... Сергеевна! — прибавил потом, сдержав восторг. — Вас благословил сам Бог! Боже мой! как я счастлив! Скажи же ей...

— Скажу, что другого Обломова не знаю — перебил его глубоко тронутый Штольц.

— Нет, скажи, напомни, что я встретился ей затем, чтоб вывести ее на путь, и что я благословляю эту встречу, благословляю ее и на новом пути! Что, если б другой... — с ужасом прибавил он, — а теперь, — весело заключил он, — я не краснею своей роли, не каюсь; с души тяжесть спала; там ясно, и я счастлив. Боже! благодарю тебя!

Он опять чуть не прыгал на диване от волнения: то прослезится, то засмеется.

— Захар, шампанского к обеду! — закричал он, забыв, что у него не было ни гроша.

— Всё скажу Ольге, всё! — говорил Штольц. — Недаром она забыть не может тебя. Нет, ты стоил ее: у тебя сердце, как колодезь, глубоко!

Голова Захара выставилась из передней.

— Пожалуйте сюда! — говорил он, мигая барину.

— Что там? — с нетерпением спросил он. — Поди вон!

— Денег пожалуйте! — шептал Захар.

Обломов вдруг замолчал.

— Ну, не нужно! — шепнул он в дверь. — Скажи, что забыл, не успел! Поди!.. Нет, поди сюда! — громко сказал он. — Знаешь ли новость, Захар? Поздравь: Андрей Иваныч женился!

— Ах, батюшка! Привел Бог дожить до этакой радости! Поздравляем, батюшка, Андрей Иваныч; дай Бог вам несчетные годы жить, деток наживать. Ах, Господи, вот радости!

Захар кланялся, улыбался, сипел, хрипел. Штольц вынул ассигнацию и подал ему.

— На, вот тебе, да купи себе сюртук, — сказал он, — посмотри, ты точно нищий.

— На ком, батюшка? — спросил Захар, ловя руку Штольца.

— На Ольге Сергевне — помнишь? — сказал Обломов.

— На ильинской барышне! Господи! Какая славная барышня! Поделом бранили меня тогда Илья Ильич, старого пса! Грешен, виноват: всё на вас сворачивал. Я тогда и людям ильинским рассказал, а не Никита! Точно, что клевета вышла. Ах ты, Господи, ах, Боже мой!.. — твердил он, уходя в переднюю.

— Ольга зовет тебя в деревню к себе гостить; любовь твоя простыла, неопасно: ревновать не станешь. Поедем.

Обломов вздохнул.

— Нет, Андрей, — сказал он, — не любви и не ревности я боюсь, а все-таки к вам не поеду.

— Чего ж ты боишься?

— Боюсь зависти: ваше счастье будет для меня зеркалом, где я всё буду видеть свою горькую и убитую жизнь; а ведь уж я жить иначе не стану, не могу.

— Полно, милый Илья! Нехотя станешь жить, как живут около тебя. Будешь считать, хозяйничать, читать, слушать музыку. Как у ней теперь выработался голос! Помнишь «Casta diva»?

Обломов замахал рукой, чтоб он не напоминал.

— Едем же! — настаивал Штольц. — Это ее воля; она не отстанет. Я устану, а она нет. Это такой огонь, такая жизнь, что даже подчас достается мне. Опять забродит у тебя в душе прошлое. Вспомнишь парк, сирень и будешь пошевеливаться...

— Нет, Андрей, нет, не поминай, не шевели, ради Бога! — серьезно перебил его Обломов. — Мне больно от этого, а не отрадно. Воспоминания — или величайшая поэзия, когда они — воспоминания о живом счастье, или — жгучая боль, когда они касаются засохших ран... Поговорим о другом. Да, я не поблагодарил тебя за твои хлопоты о моих делах, о деревне. Друг мой! Я не могу, не в силах; ищи благодарности в своем собственном сердце, в своем счастье — в Ольге... Сергевне, а я... я... не могу! Прости, что сам я до сих пор не избавил тебя от хлопот. Но вот скоро весна, я непременно отправлюсь в Обломовку...

— А знаешь, что делается в Обломовке? Ты не узнаешь ее! — сказал Штольц. — Я не писал к тебе, потому что ты не отвечаешь на письма. Мост построен, дом прошлым летом возведен под крышу. Только уж об убранстве внутри ты хлопочи сам, по своему вкусу — за это не берусь. Хозяйничает новый управляющий, мой человек. Ты видел в ведомости расходы...

Обломов молчал.

— Ты не читал их? — спросил Штольц, глядя на него. — Где они?

— Постой, я после обеда сыщу; надо Захара спросить...

— Ах, Илья, Илья! Не то смеяться, не то плакать.

— После обеда сыщем. Давай обедать!

Штольц поморщился, садясь за стол. Он вспомнил Ильин день: устриц, ананасы, дупелей; а теперь видел толстую скатерть, судки для уксуса и масла без пробок, заткнутые бумажками; на тарелках лежало по большому черному ломтю хлеба, вилки с изломанными черенками. Обломову подали уху, а ему суп с крупой и вареного цыпленка, потом следовал жесткий язык, после баранина. Явилось красное вино. Штольц налил полстакана, попробовал, поставил стакан на стол и больше уж не пробовал. Илья Ильич выпил две рюмки смородинной водки, одну за другой, и с жадностью принялся за баранину.

— Вино никуда не годится! — сказал Штольц.

— Извини, второпях не успели на ту сторону сходить, — говорил Обломов. — Вот не хочешь ли смородинной водки? Славная, Андрей, попробуй! — Он налил еще рюмку и выпил.

Штольц с изумлением поглядел на него, но промолчал.

— Агафья Матвеевна сама настаивает: славная женщина! — говорил Обломов, несколько опьянев. —

Я, признаться, не знаю, как я буду в деревне жить без нее: такой хозяйки не найдешь.

Штольц слушал его, немного нахмурив брови.

— Ты думаешь, это кто всё готовит? Анисья? Нет! — продолжал Обломов, — Анисья за цыплятами ходит, да капусту полет в огороде, да полы моет; а это всё Агафья Матвевна делает.

Штольц не ел ни баранины, ни вареников, положил вилку и смотрел, с каким аппетитом ел это всё Обломов.

— Теперь ты уж не увидишь на мне рубашки наизнанку, — говорил дальше Обломов, с аппетитом обсасывая косточку, — она всё осмотрит, всё увидит, ни одного нештопанного чулка нет — и всё сама. А кофе как варит! Вот я угощу тебя после обеда.

Штольц слушал молча, с озабоченным лицом.

— Теперь брат ее съехал, жениться вздумал, так хозяйство, знаешь, уж не такое большое, как прежде. А бывало, так у ней всё и кипит в руках! С утра до вечера так и летает: и на рынок, и в Гостиный двор... Знаешь, я тебе скажу, — плохо владея языком, заключил Обломов, — дай мне тысячи две-три, так я бы тебя не стал потчевать языком да бараниной; целого бы осетра подал, форелей, филе первого сорта. А Агафья Матвевна без повара чудес бы наделала — да!

Он выпил еще рюмку водки.

— Да выпей, Андрей, право, выпей: славная водка! Ольга Сергевна тебе этакой не сделает! — говорил он нетвердо. — Она споет «Casta diva», а водки сделать не умеет так! И пирога такого с цыплятами и грибами не сделает! Так пекли только, бывало, в Обломовке да вот здесь! И что еще хорошо, так это то, что не повар; тот Бог знает какими руками заправляет пирог; а Агафья Матвевна — сама опрятность!

Штольц слушал внимательно, навострив уши.

— А руки-то у нее были белые, — продолжал значительно отуманенный вином Обломов, — поцеловать не грех! Теперь стали жестки, потому что всё сама!

Сама крахмалит мне рубашки! — с чувством, почти со слезами произнес Обломов. — Ей-богу, так, я сам видел. За другим жена так не смотрит — ей-богу! Славная баба Агафья Матвевна! Эх, Андрей! Переезжай-ко сюда с Ольгой Сергевной, найми здесь дачу: то-то бы зажили! В роще чай бы стали пить, в Ильинскую пятницу на Пороховые бы Заводы пошли, за нами бы телега с припасами да с самоваром ехала. Там, на траве, на ковре легли бы! Агафья Матвевна выучила бы и Ольгу Сергевну хозяйничать, право, выучила бы. Теперь вот только плохо пошло: брат переехал; а если б *нам* дали три-четыре тысячи, я бы тебе таких индеек наставил тут...

— Ты получаешь пять от меня! — сказал вдруг Штольц. — Куда ж ты их деваешь?

— А долг? — вдруг вырвалось у Обломова.

Штольц вскочил с места.

— Долг? — повторил он. — Какой долг?

И он, как грозный учитель, глядел на прячущегося ребенка.

Обломов вдруг замолчал. Штольц пересел к нему на диван.

— Кому ты должен? — спросил он.

Обломов немного отрезвился и опомнился.

— Никому, я соврал, — сказал он.

— Нет, ты вот теперь лжешь, да неискусно. Что у тебя? Что с тобой, Илья? А! Так вот что значит баранина, кислое вино! У тебя денег нет! Куда ж ты деваешь?

— Я точно должен... немного, хозяйке за припасы... — говорил Обломов.

— За баранину и за язык! Илья, говори, что у тебя делается? Что это за история: брат переехал, хозяйство пошло плохо... Тут что-то неловко. Сколько ты должен?

— Десять тысяч, по заемному письму... — прошептал Обломов. Штольц вскочил и опять сел.

— Десять тысяч? Хозяйке? За припасы? — повторил он с ужасом.

— Да, много забирали; я жил очень широко... Помнишь, ананасы да персики... вот и задолжал... — бормотал Обломов. — Да что об этом?

Штольц не отвечал ему. Он соображал: «Брат переехал, хозяйство пошло плохо — и точно оно так: всё смотрит голо, бедно, грязно! Что ж хозяйка за женщина? Обломов хвалит ее! она смотрит за ним; он говорит о ней с жаром...»

Вдруг Штольц изменился в лице, поймав истину. На него пахнуло холодом.

— Илья! — спросил он. — Эта женщина... что она тебе? — Но Обломов положил голову на стол и задремал.

«Она его грабит, тащит с него всё... это вседневная история, а я до сих пор не догадался!» — думал он.

Штольц встал и быстро отворил дверь к хозяйке, так что та, увидя его, с испугу выронила ложечку из рук, которою мешала кофе.

— Мне нужно с вами поговорить, — вежливо сказал он.

— Пожалуйте в гостиную, я сейчас приду, — отвечала она робко.

И, накинув на шею косынку, вошла вслед за ним в гостиную и села на кончике дивана. Шали уж не было на ней, и она старалась прятать руки под косынку.

— Илья Ильич дал вам заемное письмо? — спросил он.

— Нет, — с тупым взглядом удивления отвечала она, — они мне никакого письма не давали.

— Как никакого?

— Я никакого письма не видала! — твердила она с тем же тупым удивлением.

— Заемное письмо! — повторил Штольц.

Она подумала немного.

— Вы бы поговорили с братцем, — сказала она, — а я никакого письма не видала.

«Что она, дура или плутовка?» — подумал Штольц.

— Но он должен вам? — спросил он.

Она поглядела на него тупо, потом вдруг лицо у ней осмыслилось, даже выразило тревогу. Она вспомнила о заложенном жемчуге, о серебре, о салопе и вообразила, что Штольц намекает на этот долг; только никак не могла понять, как узнали об этом, она ни слова не проронила не только Обломову об этой тайне, даже Анисье, которой отдавала отчет в каждой копейке.

— Сколько он вам должен? — с беспокойством спрашивал Штольц.

— Ничего не должны! Ни копеечки!

«Скрывает передо мной, стыдится, жадная тварь, ростовщица! — думал он. — Но я доберусь».

— А десять тысяч? — сказал он.

— Какие десять тысяч? — в тревожном удивлении спросила она.

— Илья Ильич вам должен десять тысяч по заемному письму — да или нет? — спросил он.

— Они ничего не должны. Были должны постом мяснику двенадцать с полтиной, так еще на третьей неделе отдали; за сливки молочнице тоже заплатили — они ничего не должны.

— Разве документа у вас на него нет?

Она тупо поглядела на него.

— Вы бы с братцем поговорили, — отвечала она, — они живут через улицу, в доме Замыкалова, вот здесь; еще погреб в доме есть.

— Нет, позвольте переговорить с вами, — решительно сказал он. — Илья Ильич считает себя должным вам, а не братцу...

— Они мне не должны, — отвечала она, — а что я закладывала серебро, *земчуг* и мех, так это я для себя закладывала. Маше и себе башмаки купила, Ванюше на рубашки да в зеленные лавки отдала. А на Илью Ильича ни копеечки не пошло.

Он смотрел на нее, слушал и вникал в смысл ее слов. Он один, кажется, был близок к разгадке тайны Агафьи Матвеевны, и взгляд пренебрежения, почти презрения, который он кидал на нее, говоря с ней, невольно сменился взглядом любопытства, даже участия.

В закладе жемчуга, серебра он вполовину смутно прочел тайну жертв и только не мог решить, приносились ли они чистою преданностью или в надежде каких-нибудь будущих благ.

Он не знал, печалиться ли ему или радоваться за Илью. Открылось явно, что он не должен ей, что этот долг есть какая-то мошенническая проделка ее братца, но зато открывалось многое другое... Что значат эти заклады серебра, жемчугу?

— Так вы не имеете претензий на Илье Ильиче? — спросил он.

— Вы потрудитесь с братцем поговорить, — отвечала она монотонно, — теперь они должны быть дома.

— Вам не должен Илья Ильич, говорите вы?

— Ни копеечки, ей-богу, правда! — божилась она, глядя на образ и крестясь.

— Вы это подтвердите при свидетелях?

— При всех, хоть на исповеди! А что *земчуг* и серебро я заложила, так это на свои расходы...

— Очень хорошо! — перебил ее Штольц. — Завтра я побываю у вас с двумя моими знакомыми, и вы не откажетесь сказать при них то же самое?

— Вы бы лучше с братцем переговорили, — повторяла она, — а то я одета-то не так... всё на кухне, нехорошо, как чужие увидят: осудят.

— Ничего, ничего; а с братцем вашим я увижусь завтра же, после того как вы подпишете бумагу...

— Писать-то я отвыкла совсем.

— Да тут немного нужно написать, всего две строки.

— Нет, уж увольте; пусть вот лучше Ванюша бы написал: он чисто пишет...

— Нет, вы не отказывайтесь, — настаивал он, — если вы не подпишите бумаги, то это значит, что Илья Ильич должен вам десять тысяч.

— Нет, они не должны ничего, ни копеечки, — твердила она, — ей-богу!

— В таком случае вы должны подписать бумагу. Прощайте до завтра.

— Завтра бы вы лучше к братцу зашли... — говорила она, провожая его, — вон тут, на углу, через улицу.

— Нет, и вас прошу братцу до меня ничего не говорить, иначе Илье Ильичу будет очень неприятно...

— Так я не скажу им ничего! — послушно сказала она.

VII

На другой день Агафья Матвеевна дала Штольцу свидетельство, что она никакой денежной претензии на Обломова не имеет. С этим свидетельством Штольц внезапно явился перед братцем.

Это было истинным громовым ударом для Ивана Матвеевича. Он вынул документ и показал трепещущим средним пальцем правой руки, ногтем вниз, на подпись Обломова и на засвидетельствование маклера.

— Закон-с, — сказал он, — мое дело сторона; я только соблюдаю интересы сестры, а какие деньги брали Илья Ильич, мне неизвестно.

— Этим не кончится ваше дело, — погрозил ему, уезжая, Штольц.

— Законное дело-с, а я в стороне! — оправдывался Иван Матвеевич, пряча руки в рукава.

На другой день, только что он пришел в присутствие, явился курьер от генерала, который немедленно требовал его к себе.

— К генералу! — с ужасом повторило всё присутствие. — Зачем? Что такое? Не требует ли дела какого-нибудь? Какое именно? Скорей, скорей! Подшивать дела, делать описи! Что такое?

Вечером Иван Матвеевич пришел в «заведение» сам не свой. Тарантьев уже давно ждал его там.

— Что кум? — спросил он с нетерпением.

— Что! — монотонно произнес Иван Матвеевич. — А как ты думаешь, что!

— Обругали, что ли?

— Обругали! — передразнил его Иван Матвеевич. — Лучше бы прибили! А ты хорош! — упрекнул он. — Не сказал, что это за немец такой!

— Ведь я говорил тебе, что продувной!

— Это что: продувной! Видали мы продувных! Зачем ты не сказал, что он в силе? Они с генералом друг другу *ты* говорят, вот как мы с тобой. Стал бы я связываться с этаким, если б знал!

— Да ведь законное дело! — возразил Тарантьев.

— Законное дело! — опять передразнил его Мухояров. — Поди-ко скажи там: язык прильпне к гортани. Ты знаешь, что генерал спросил меня?

— Что? — с любопытством спросил Тарантьев.

— «Правда ли, что вы с каким-то негодяем напоили помещика Обломова пьяным и заставили подписать заемное письмо на имя вашей сестры?»

— Так и сказал: «с негодяем»? — спросил Тарантьев.

— Да, так и сказал...

— Кто же это такой негодяй-то? — спросил опять Тарантьев.

Кум поглядел на него.

— Небось не знаешь? — желчно сказал он. — Нешто не ты?

— Меня-то как припутали?

— Скажи спасибо немцу да своему земляку. Немец-то всё пронюхал, выспросил...

— Ты бы, кум, на другого показал, а про меня бы сказал, что меня тут не было!

— Вона! Ты что за святой! — сказал кум.

— Что ж ты отвечал, когда генерал спросил: «Правда ли, что вы там с каким-то негодяем»?.. Вот тут-то бы и обойти его.

— Обойти? Обойдешь, поди-ко! Глаза какие-то зеленые! Силился, силился, хотел выговорить: «Неправда, мол, клевета, ваше превосходительство, никакого Обломова и знать не знаю: это всё Тарантьев!..» — да с языка нейдет: только пал пред стопы его.

— Что ж они, дело, что ли, хотят затевать? — глухо спросил Тарантьев. — Я ведь в стороне; вот ты, кум...

— В стороне! Ты в стороне? Нет, кум, уж если в петлю лезть, так тебе первому: кто уговаривал Обломова пить-то? Кто срамил, грозил?..

— Ты же научил, — говорил Тарантьев.

— А ты несовершеннолетний, что ли? Я знать ничего не знаю, ведать не ведаю.

— Это, кум, бессовестно! Сколько через меня перепало тебе, а мне-то всего триста рублей досталось...

— Что ж, одному всё взять на себя? Экой ты какой ловкий! Нет, я знать ничего не знаю, — говорил он, — а меня просила сестра, по женскому незнанию дела, заявить письмо у маклера — вот и всё. Ты и Затертый были свидетелями, вы и в ответе!

— Ты бы сестру-то хорошенько: как она смела против брата идти? — сказал Тарантьев.

— Сестра — дура: что с ней будешь делать?

— Что она?

— Что? Плачет, а сама стоит на своем: «Не должен, дескать, Илья Ильич, да и только, и денег она никаких ему не давала».

— У тебя зато есть письмо на нее, — сказал Тарантьев, — ты не потеряешь своего...

Мухояров вынул из кармана заемное письмо на сестру, разорвал его на части и подал Тарантьеву.

— На вот, я тебе подарю, не хочешь ли? — прибавил он. — Что с нее взять? Дом, что ли, с огородишком? И тысячи не дадут: он весь разваливается. Да что я, нехристь, что ли, какой? По миру ее пустить с ребятишками?

— Стало, следствие начнется? — робко спросил Тарантьев. — Вот тут-то, кум, отделаться бы подешевле: ты уж, брат, выручи!

— Какое следствие? Никакого следствия не будет! Генерал было погрозил выслать из города, да немец-то вступился, не хочет срамить Обломова.

— Что ты, кум! Как гора с плеч! Выпьем! — сказал Тарантьев.

— Выпьем? Из каких это доходов? На твои, что ль?

— А твои? Сегодня, поди, целковых семь забрал!

— Что-о! Прощай доходы: что генерал-то сказал, я не договорил.

— А что? — вдруг опять, струсив, спросил Тарантьев.

— В отставку велел подать.

— Что ты, кум! — выпуча на него глаза, сказал Тарантьев. — Ну, — заключил он с яростью, — теперь обругаю же я земляка на чем свет стоит!

— Только бы тебе ругаться!

— Нет, уж обругаю, как ты хочешь! — говорил Тарантьев. — А впрочем, правда, лучше погожу; вот что я вздумал; слушай-ко, кум!

— Что еще? — повторил в раздумье Иван Матвеевич.

— Можно тут хорошее дело сделать. Жаль только, что ты съехал с квартиры...

— А что?

— Что! — говорил он, глядя на Ивана Матвеевича. — Подсматривать за Обломовым да за сестрой, какие они там пироги пекут, да и того... свидетелей! Так тут и немец ничего не сделает. А ты теперь вольный казак: затеешь следствие — законное дело! Небось и немец струсит, на мировую пойдет.

— А что, в самом деле можно! — отвечал Мухояров задумчиво. — Ты неглуп на выдумки, только в дело не годишься, и Затертый тоже. Да я найду, постой! — говорил он, оживляясь. — Я им дам! Я кухарку свою на кухню к сестре подошлю: она подружится с Анисьей, всё выведает, а там... Выпьем, кум!

— Выпьем! — повторил Тарантьев. — А потом уж я обругаю земляка!

Штольц попытался увезти Обломова, но тот просил оставить его только на месяц, так просил, что Штольц не мог не сжалиться. Ему нужен был этот месяц, по словам его, чтоб кончить все расчеты, сдать квартиру и так уладить дела с Петербургом, чтоб уж более туда не возвращаться. Потом нужно было закупить всё для уборки деревенского дома; наконец он хотел приискать себе хорошую экономку, вроде Агафьи Матвеевны, даже не отчаивался уговорить и ее продать дом и переселиться в деревню на достойное ее поприще — сложного и обширного хозяйства.

— Кстати о хозяйке,— перебил его Штольц,— я хотел тебя спросить, Илья, в каких ты отношениях к ней...

Обломов вдруг покраснел.

— Что ты хочешь сказать? — торопливо спросил он.

— Ты очень хорошо знаешь,— заметил Штольц,— иначе бы не от чего было краснеть. Послушай, Илья, если тут предостережение может что-нибудь сделать, то я всей дружбой нашей прошу, будь осторожен...

— В чем? Помилуй! — защищался смущенный Обломов.

— Ты говорил о ней с таким жаром, что, право, я начинаю думать, что ты ее...

— Любишь, что ли, хочешь ты сказать! Помилуй! — перебил Обломов с принужденным смехом.

— Так еще хуже, если тут нет никакой нравственной искры, если это только...

— Андрей! Разве ты знал меня безнравственным человеком?

— Отчего ж ты покраснел?

— Оттого что ты мог допустить такую мысль.

Штольц покачал с сомнением головой.

— Смотри, Илья, не упади в яму. Простая баба, грязный быт, удушливая сфера тупоумия, грубость — фи!..

Обломов молчал.

— Ну, прощай,— заключил Штольц,— так я скажу Ольге, что летом мы увидим тебя если не у нас, так в Обломовке. Помни: она не отстанет!

— Непременно, непременно,— уверительно отвечал Обломов,— даже прибавь, что если она позволит, я зиму проведу у вас.

— То-то бы обрадовал!

Штольц уехал в тот же день, а вечером к Обломову явился Тарантьев. Он не утерпел, чтоб не обругать его хорошенько за кума. Он не взял одного в расчет: что Обломов, в обществе Ильинских, отвык от подобных ему явлений и что апатия и снисхождение к грубости и наглости заменились отвращением. Это бы уж обнаружилось давно и даже проявилось отчасти, когда Обломов жил еще на даче, но с тех пор Тарантьев посещал его реже и притом бывал при других и столкновений между ними не было.

— Здорово, земляк! — злобно сказал Тарантьев, не протягивая руки.

— Здравствуй! — холодно отвечал Обломов, глядя в окно.

— Что, проводил своего благодетеля?

— Проводил. Что же?

— Хорош благодетель! — ядовито продолжал Тарантьев.

— А что, тебе не нравится?

— Да я бы его повесил! — с ненавистью прохрипел Тарантьев.

— Вот как!

— И тебя бы на одну осину!

— За что так?

— Делай честно дела: если должен, так плати, не увертывайся. Что ты теперь наделал?

— Послушай, Михей Андреич, уволь меня от своих сказок; долго я, по лености, по беспечности, слушал тебя: я думал, что у тебя есть хоть капля совести, а ее нет. Ты с пройдохой хотел обмануть меня: кто из вас хуже — не знаю, только оба вы гадки мне. Друг выручил меня из этого глупого дела...

— Хорош друг! — говорил Тарантьев. — Я слышал, он и невесту у тебя поддел; благодетель, нечего сказать! Ну, брат, дурак ты, земляк...

— Пожалуйста, оставь эти нежности! — остановил его Обломов.

— Нет, не оставлю! Ты меня не хотел знать, ты неблагодарный! Я пристроил тебя здесь, нашел женщину-клад. Покой, удобство всякое — все доставил тебе, облагодетельствовал кругом, а ты и рыло отворотил. Благодетеля нашел: немца! На аренду имение взял; вот погоди: он тебя облупит, еще акций надает. Уж пустит по миру, помяни мое слово! Дурак, говорю тебе, да мало дурак, еще и скот вдобавок, неблагодарный!

— Тарантьев! — грозно крикнул Обломов.

— Что кричишь-то? Я сам закричу на весь мир, что ты дурак, скотина! — кричал Тарантьев. — Я и Иван Матвеич ухаживали за тобой, берегли, словно крепостные служили тебе, на цыпочках ходили, в глаза смотрели, а ты обнес его перед начальством: теперь он без места и без куска хлеба! Это низко, гнусно! Ты должен теперь отдать ему половину состояния; давай вексель на его имя: ты теперь не пьян, в своем уме, давай, говорю тебе, я без того не выйду...

— Что вы, Михей Андреич, кричите так? — сказали хозяйка и Анисья, выглянув из-за дверей. — Двое прохожих остановились, слушают, что за крик...

— Буду кричать, — вопил Тарантьев, — пусть срамится этот олух! Пусть обдует тебя этот мошенник немец, благо он теперь стакнулся с твоей любовницей...

В комнате раздалась громкая оплеуха. Пораженный Обломовым в щеку, Тарантьев мгновенно смолк, опустился на стул и в изумлении ворочал вокруг одуревшими глазами.

— Что это? Что это — а? Что это! — бледный, задыхаясь, говорил он, держась за щеку. — Бесчестье? Ты заплатишь мне за это! Сейчас просьбу генерал-губернатору: вы видели?

— Мы ничего не видали! — сказали обе женщины в один голос.

— А! Здесь заговор, здесь разбойничий притон! Шайка мошенников! Грабят, убивают...

— Вон, мерзавец! — закричал Обломов, бледный, трясясь от ярости. — Сию минуту, чтоб нога твоя здесь не была, или я убью тебя как собаку!

Он искал глазами палки.

— Батюшки! Разбой! Помогите! — кричал Тарантьев.

— Захар! Выбрось вон этого негодяя, и чтоб он не смел глаз казать сюда! — закричал Обломов.

— Пожалуйте, вот вам Бог, а вот двери! — говорил Захар, показывая на образ и на дверь.

— Я не к тебе пришел, я к куме, — вопил Тарантьев.

— Бог с вами! Мне вас не надо, Михей Андреич, — сказала Агафья Матвеевна, — вы к братцу ходили, а не ко мне! Вы мне хуже горькой редьки. Опиваете, объедаете да еще лаетесь.

— А! так-то, кума! Хорошо, вот брат даст вам знать! А ты заплатишь мне за бесчестье! Где моя шляпа? Черт с вами! Разбойники, душегубцы! — кричал он, идучи по двору. — Заплатишь мне за бесчестье!

Собака скакала на цепи и заливалась лаем.

После этого Тарантьев и Обломов не видались более.

VIII

Штольц не приезжал несколько лет в Петербург. Он однажды только заглянул на короткое время в имение Ольги и в Обломовку. Илья Ильич получил от него письмо, в котором Андрей уговаривал его самого ехать в деревню и взять в свои руки приведенное в порядок имение, а сам с Ольгой Сергеевной уезжал на Южный берег Крыма для двух целей: по делам своим в Одессе и для здоровья жены, расстроенного после родов.

Они поселились в тихом уголке на морском берегу. Скромен и невелик был их дом. Внутреннее устройство его имело так же свой стиль, как наружная архитектура, как всё убранство носило печать мысли и личного вкуса хозяев. Много сами они привезли с собой всякого добра, много присылали им из России и из-за границы тюков, чемоданов, возов.

Любитель комфорта, может быть, пожал бы плечами, взглянув на всю наружную разнорядицу мебели, ветхих картин, статуй с отломанными руками и ногами, иногда плохих, но дорогих по воспоминанию гравюр, мелочей. Разве глаза знатока загорелись бы не раз огнем жадности при взгляде на ту или другую картину, на какую-нибудь пожелтевшую от времени книгу, на старый фарфор или камеи и монеты.

Но среди этой разновековой мебели, картин, среди не имеющих ни для кого значения, но отмеченных для них обоих счастливым часом, памятной минутой мелочей, в океане книг и нот веяло теплой жизнью, чем-то раздражающим ум и эстетическое чувство; везде присутствовала или недремлющая мысль, или сияла красота человеческого дела, как кругом сияла вечная красота природы.

Здесь же нашла место и высокая конторка, какая была у отца Андрея, замшевые перчатки; висел в углу и клеенчатый плащ около шкапа с минералами, раковинами, чучелами птиц, с образцами разных глин, товаров и прочего. Среди всего, на почетном месте, блистал, в золоте с инкрустацией, флигель Эрара.

Сеть из винограда, плющей и миртов покрывала коттедж сверху донизу. С галереи видно было море, с другой стороны — дорога в город.

Там караулила Ольга Андрея, когда он уезжал из дома по делам, и, завидя его, спускалась вниз, пробегала великолепный цветник, длинную тополевую аллею и бросалась на грудь к мужу, всегда с пылающими от радости щеками, с блещущим взглядом, всегда с одинаким жаром нетерпеливого счастья, несмотря на то что уже пошел не первый и не второй год ее замужества.

Штольц смотрел на любовь и на женитьбу, может быть, оригинально, преувеличенно, но во всяком случае самостоятельно. И здесь он пошел свободным и, как казалось ему, простым путем; но какую трудную школу наблюдения, терпения, труда выдержал он, пока выучился делать эти «простые шаги»!

От отца своего он перенял смотреть на всё в жизни, даже на мелочи, не шутя; может быть, перенял бы от него и педантическую строгость, которою немцы сопровождают взгляд свой, каждый шаг в жизни, в том числе и супружество.

Как таблица на каменной скрижали, была начертана открыто всем и каждому жизнь старого Штольца, и под ней больше подразумевать было нечего. Но мать, своими песнями и нежным шепотом, потом княжеский разнохарактерный дом, далее университет, книги и свет — всё это отводило Андрея от прямой, начертанной отцом колеи; русская жизнь рисовала свои невидимые узоры и из бесцветной таблицы делала яркую, широкую картину.

Андрей не налагал педантических оков на чувства и даже давал законную свободу, стараясь только не терять «почвы из-под ног», задумчивым мечтам, хотя, отрезвляясь от них, по немецкой своей натуре или по чему-нибудь другому, не мог удержаться от вывода и выносил какую-нибудь жизненную заметку.

Он был бодр телом, потому что был бодр умом. Он был резв, шаловлив в отрочестве, а когда не шалил, то занимался, под надзором отца, делом. Некогда было ему расплываться в мечтах. Не растлелось у него воображение, не испортилось сердце: чистоту и девственность того и другого зорко берегла мать.

Юношей он инстинктивно берег свежесть сил своих, потом стал рано уже открывать, что эта свежесть рождает бодрость и веселость, образует ту мужественность, в которой должна быть закалена душа, чтоб не бледнеть перед жизнью, какова бы она ни была, смотреть на нее не как на тяжкое иго, крест, а только как на долг и достойно вынести битву с ней.

Много мыслительной заботы посвятил он и сердцу, и его мудреным законам. Наблюдая сознательно и бессознательно отражение красоты на воображение, потом переход впечатления в чувство, его симптомы, игру, исход и глядя вокруг себя, подвигаясь в жизнь, он выработал себе убеждение, что любовь, с силою архимедова рычага, движет миром; что в ней лежит столько всеобщей, неопровержимой истины и блага, сколько лжи и безобразия в ее непонимании и злоупотреблении. Где же благо? Где зло? Где граница между ними?

При вопросе: где ложь? — в воображении его потянулись пестрые маски настоящего и минувшего времени. Он с улыбкой, то краснея, то нахмурившись, глядел на бесконечную вереницу героев и героинь любви: на Дон Кихотов в стальных перчатках, на дам их мыслей с пятидесятилетнею взаимною верностью в разлуке; на пастушков с румяными лицами и простодушными глазами навыкате и на их Хлой с барашками.

Являлись перед ним напудренные маркизы в кружевах, с мерцающими умом глазами и с развратной улыбкой, потом застрелившиеся, повесившиеся и удавившиеся Вертеры, далее увядшие девы с вечными слезами любви, с монастырем, и усатые лица недавних героев с буйным огнем в глазах, наивные и сознательные Дон Жуаны, и умники, трепещущие подозрения в любви и втайне обожающие своих ключниц... все, все!

При вопросе: где же истина? — он искал и вдалеке и вблизи, в воображении и глазами примеров простого, честного, но глубокого и неразрывного сближения с женщиной и не находил; если, казалось, и находил, то это только казалось, потом приходилось разочаровываться, и он грустно задумывался и даже отчаивался.

«Видно, не дано этого блага во всей его полноте, — думал он, — или те сердца, которые озарены светом такой любви, застенчивы: они робеют и прячутся, не стараясь оспаривать умников; может быть, жалеют их, прощают им во имя своего счастья, что те топчут в грязь цветок за неимением почвы, где бы он мог глубоко пустить корни и вырасти в такое дерево, которое бы осенило всю жизнь».

Глядел он на браки, на мужей и в их отношениях к женам всегда видел сфинкса с его загадкой, всё будто что-то непонятное, недосказанное; а между тем эти мужья не задумываются над мудреными вопросами, идут по брачной дороге таким ровным, сознательным шагом, как будто нечего им решать и искать.

«Не правы ли они? Может быть, в самом деле больше ничего не нужно», — с недоверчивостью к себе думал он, глядя, как одни быстро проходят любовь как азбуку супружества или как форму вежливости, точно отдали поклон, входя в общество, и — скорей за дело!

Они нетерпеливо сбывают с плеч весну жизни; многие даже косятся потом весь век на жен своих, как будто досадуя за то, что когда-то имели глупость любить их.

Других любовь не покидает долго, иногда до старости, но их не покидает никогда и улыбка сатира...

Наконец, бóльшая часть вступает в брак, как берут имение, наслаждаются его существенными выгодами: жена вносит лучший порядок в дом — она хозяйка, мать, наставница детей; а на любовь смотрят, как практический хозяин смотрит на местоположение имения, то есть сразу привыкает и потом не замечает его никогда.

— Что же это: врожденная неспособность вследствие законов природы, — говорил он, — или недостаток подготовки, воспитания?.. Где же эта симпатия, не теряющая никогда естественной прелести, не одевающаяся в шутовской наряд, видоизменяющаяся, но не гаснущая? Какой естественный цвет и краски этого разлитого повсюду и всенаполняющего собой блага, этого сока жизни?

Он пророчески вглядывался вдаль, и там, как в тумане, появлялся ему образ чувства, а с ним и женщины, одетой его цветом и сияющей его красками, образ такой простой, но светлый, чистый.

— Мечта! мечта! — говорил он, отрезвляясь, с улыбкой, от праздного раздражения мысли. Но очерк этой мечты против воли жил в его памяти.

Сначала ему снилась в этом образе будущность женщины вообще; когда же он увидел потом в выросшей и созревшей Ольге не только роскошь расцветшей красоты, но и силу, готовую на жизнь и жаждущую разумения и борьбы с жизнью, все задатки его мечты, в нем возник давнишний, почти забытый им образ любви, и стала сниться в этом образе Ольга, и далеко впереди казалось ему, что в симпатии их возможна истина — без шутовского наряда и без злоупотреблений.

Не играя вопросом о любви и браке, не путая в него никаких других расчетов, денег, связей, мест, Штольц, однако ж, задумывался о том, как примирится его внешняя, до сих пор неутомимая деятельность с внутреннею, семейною жизнью, как из туриста, негоцианта он превратится в семейного домоседа? Если он успокоится от этой внешней беготни, чем наполнится его жизнь в домашнем быту? Воспитание, образование детей, направление их жизни, конечно, не легкая и не пустая задача, но до нее еще далеко, а до тех пор что же он будет делать?

Эти вопросы давно и часто тревожили его, и он не тяготился холостою жизнью; не приходило ему в голову, как только забьется его сердце, почуя близость красоты, надеть на себя брачные цепи. Оттого он как будто пренебрегал даже Ольгой-девицей, любовался только ею, как милым ребенком, подающим большие надежды; шутя, мимоходом, забрасывал ей в жадный и восприимчивый ум новую, смелую мысль, меткое наблюдение над жизнью и порождал в ее душе, не думая и не гадая, живое понимание явлений, верный взгляд, а потом забывал и Ольгу, и свои небрежные уроки.

А по временам, видя, что в ней мелькают не совсем обыкновенные черты ума, взгляды, что нет в ней лжи, не ищет она общего поклонения, что чувства в ней приходят и уходят просто и свободно, что нет ничего чужого, а всё свое и это свое так смело, свежо и прочно, — он недоумевал, откуда далось ей это, не узнавал своих летучих уроков и заметок.

Останови он тогда внимание на ней, он бы сообразил, что она идет почти одна своей дорогой, оберегаемая поверхностным надзором тетки от крайностей, но что не тяготеют над ней, многочисленной опекой, авторитеты семи нянек, бабушек, теток с преданиями рода, фамилии, сословия, устаревших нравов, обычаев, сентенций; что не ведут ее насильно по избитой дорожке, что она идет по новой тропе, по которой ей приходилось пробивать свою колею собственным умом, взглядом, чувством.

А природа ее ничем этим не обидела; тетка не управляет деспотически ее волей и умом, и Ольга многое угадывает, понимает сама, осторожно вглядывается в жизнь, вслушивается... между прочим, и в речи, советы своего друга...

Он этого не соображал ничего и только ждал от нее многого впереди, но далеко впереди, не проча никогда ее себе в подруги.

А она, по самолюбивой застенчивости, долго не давала угадывать себя, и только после мучительной борьбы за границей он с изумлением увидел, в какой образ простоты, силы и естественности выросло это много обещавшее и забытое им дитя. Там мало-помалу открывалась перед ним глубокая бездна ее души, которую приходилось ему наполнять и никогда не наполнить.

Сначала долго приходилось ему бороться с живостью ее натуры, прерывать лихорадку молодости, укладывать порывы в определенные размеры, давать плавное течение жизни, и то на время: едва он закрывал доверчиво глаза, поднималась опять тревога, жизнь била ключом, слышался новый вопрос беспокойного ума, встревоженного сердца; там надо было успокоивать раздраженное воображение, унимать или будить самолюбие. Задумывалась она над явлением — он спешил вручить ей ключ к нему.

Вера в случайности, туман галлюцинации исчезали из жизни. Светла и свободна, открывалась перед ней даль, и она, как в прозрачной воде, видела в ней каждый камешек, рытвину и потом чистое дно.

— Я счастлива! — шептала она, окидывая взглядом благодарности свою прошедшую жизнь, и, пытая будущее, припоминала свой девический сон счастья, который ей снился когда-то в Швейцарии, ту задумчивую, голубую ночь и видела, что сон этот, как тень, носится в жизни.

«За что мне это выпало на долю?» — смиренно думала она. Она задумывалась, иногда даже боялась, не оборвалось бы это счастье.

Шли годы, а они не уставали жить. Настала и тишина, улеглись и порывы; кривизны жизни стали понятны, выносились терпеливо и бодро, а жизнь всё не умолкала у них.

Ольга довоспиталась уже до строгого понимания жизни; два существования, ее и Андрея, слились в одно русло; разгула диким страстям быть не могло: всё было у них гармония и тишина.

Казалось бы, заснуть в этом заслуженном покое и блаженствовать, как блаженствуют обитатели затишьев, сходясь трижды в день, зевая за обычным разговором, впадая в тупую дремоту, томясь с утра до вечера, что всё передумано, переговорено и переделано, что нечего больше говорить и делать и что «такова уж жизнь на свете».

Снаружи и у них делалось всё, как у других. Вставали они хотя не с зарей, но рано; любили долго сидеть за чаем, иногда даже будто лениво молчали, потом расходились по своим углам или работали вместе, обедали, ездили в поля, занимались музыкой... как все, как мечтал и Обломов...

Только не было дремоты, уныния у них; без скуки и без апатии проводили они дни; не было вялого взгляда, слова; разговор не кончался у них, бывал часто жарок.

По комнатам разносились их звонкие голоса, доходили до сада, или тихо передавали они, как будто рисуя друг перед другом узор своей мечты, неуловимое для языка первое движение, рост возникающей мысли, чуть слышный шепот души...

И молчание их было — иногда задумчивое счастье, о котором одном мечтал, бывало, Обломов, или мыслительная работа в одиночку над нескончаемым, задаваемым друг другу материалом...

Часто погружались они в безмолвное удивление перед вечно новой и блещущей красотой природы. Их чуткие души не могли привыкнуть к этой красоте: земля, небо, море — всё будило их чувство, и они молча сидели рядом, глядели одними глазами и одной душой на этот творческий блеск и без слов понимали друг друга.

Не встречали они равнодушно утра; не могли тупо погрузиться в сумрак теплой, звездной, южной ночи. Их будило вечное движение мысли, вечное раздражение души и потребность думать вдвоем, чувствовать, говорить!..

Но что же было предметом этих жарких споров, тихих бесед, чтений, далеких прогулок?

Да всё. Еще за границей Штольц отвык читать и работать один: здесь, с глазу на глаз с Ольгой, он и думал вдвоем. Его едва-едва ставало поспевать за томительною торопливостью ее мысли и воли.

Вопрос, что он будет делать в семейном быту, уж улегся, разрешился сам собою. Ему пришлось посвятить ее даже в свою трудовую, деловую жизнь, потому что в жизни без движения она задыхалась, как без воздуха.

Какая-нибудь постройка, дела по своему или обломовскому имению, компанейские операции — ничто не делалось без ее ведома или участия. Ни одного письма не посылалось без прочтения ей, никакая мысль, а еще менее исполнение, не проносилось мимо нее; она знала всё, и всё занимало ее, потому что занимало его.

Сначала он делал это потому, что нельзя было укрыться от нее: писалось письмо, шел разговор с поверенным, с какими-нибудь подрядчиками — при ней, на ее глазах; потом он стал продолжать это по привычке, а наконец это обратилось в необходимость и для него.

Ее замечание, совет, одобрение или неодобрение стали для него неизбежною поверкою: он увидел, что она понимает точно так же, как он, соображает, рассуждает не хуже его... Захар обижался такой способностью в своей жене, и многие обижаются, — а Штольц был счастлив!

А чтение, а ученье — вечное питание мысли, ее бесконечное развитие! Ольга ревновала к каждой не показанной ей книге, журнальной статье, не шутя сердилась или оскорблялась, когда он не заблагорассудит показать ей что-нибудь, по его мнению, слишком серьезное, скучное, непонятное ей, называла это педантизмом, пошлостью, отсталостью, бранила его «старым немецким париком». Между ними по этому поводу происходили живые, раздражительные сцены.

Она сердилась, а он смеялся, она еще пуще сердилась и тогда только мирилась, когда он перестанет шутить и разделит с ней свою мысль, знание или чтение. Кончалось тем, что всё, что нужно и хотелось знать, читать ему, то надобилось и ей.

Он не навязывал ей ученой техники, чтоб потом, с глупейшею из хвастливостей, гордиться «ученой женой». Если б у ней вырвалось в речи одно слово, даже намек на эту претензию, он покраснел бы пуще, чем когда бы она ответила тупым взглядом неведения на обыкновенный в области знания, но еще недоступный для женского современного воспитания вопрос. Ему только хотелось, а ей вдвое, чтоб не было ничего недоступного — не ведению, а ее пониманию.

Он не чертил ей таблиц и чисел, но говорил обо всем, многое читал, не обегая педантически и какой-нибудь экономической теории, социальных или философских вопросов, он говорил с увлечением, с страстью: он как будто рисовал ей бесконечную, живую картину знания. После из памяти ее исчезали подробности, но никогда не сглаживался в восприимчивом уме рисунок, не пропадали краски и не потухал огонь, которым он освещал творимый ей космос.

Он задрожит от гордости и счастья, когда заметит, как потом искра этого огня светится в ее глазах, как отголосок переданной ей мысли звучит в речи, как мысль эта вошла в ее сознание и понимание, переработалась у ней в уме и выглядывает из ее слов не сухая и суровая, а с блеском женской грации и особенно если какая-нибудь плодотворная капля из всего говоренного, прочитанного, нарисованного опускалась, как жемчужина, на светлое дно ее жизни.

Как мыслитель и как художник, он ткал ей разумное существование, и никогда еще в жизни не бывал он поглощен так глубоко, ни в пору ученья, ни в те тяжелые дни, когда боролся с жизнью, выпутывался из ее изворотов и крепчал, закаливая себя в опытах мужественности, как теперь, нянчась с этой неумолкающей, волканической работой духа своей подруги!

— Как я счастлив! — говорил Штольц про себя и мечтал по-своему, забегал вперед, когда минуют медовые годы брака.

Вдали ему опять улыбался новый образ, не эгоистки Ольги, не страстно любящей жены, не матери-няньки, увядающей потом в бесцветной, никому не нужной жизни, а что-то другое, высокое, почти небывалое...

Ему грезилась мать — создательница и участница нравственной и общественной жизни целого счастливого поколения.

Он с боязнью задумывался, достанет ли у ней воли и сил... и торопливо помогал ей покорять себе скорее жизнь, выработать запас мужества на битву с жизнью, — теперь именно, пока они оба молоды и сильны, пока жизнь щадила их или удары ее не казались тяжелы, пока горе тонуло в любви.

Мрачились их дни, но ненадолго. Неудачи в делах, утрата значительной суммы денег — всё это едва коснулось их. Это стоило им лишних хлопот, разъездов, потом скоро забылось.

Смерть тетки вызвала горькие, искренние слезы Ольги и легла тенью на ее жизнь на какие-нибудь полгода.

Самое живое опасение и вечную заботу рождали болезни детей; но лишь миновало опасение, возвращалось счастье.

Его тревожило более всего здоровье Ольги: она долго оправлялась после родов, и хотя оправилась, но он не переставал этим тревожиться. Страшнее горя он не знал.

— Как я счастлива! — твердила и Ольга тихо, любуясь своей жизнью, и в минуту такого сознания иногда впадала в задумчивость... особенно с некоторого времени, после трех-четырех лет замужства.

Странен человек! Чем счастье ее было полнее, тем она становилась задумчивее и даже... боязливее. Она стала строго замечать за собой и уловила, что ее смущала эта тишина жизни, ее остановка на минутах счастья. Она насильственно стряхивала с души эту задумчивость и ускоряла жизненные шаги, лихорадочно искала шума, движения, забот, просилась с мужем в город, пробовала заглянуть в свет, в люди, но ненадолго.

Суета света касалась ее слегка, и она спешила в свой уголок сбыть с души какое-нибудь тяжелое, непривычное впечатление, и снова уходила то в мелкие заботы домашней жизни, по целым дням не покидала детской, несла обязанности матери-няньки, то погружалась с Андреем в чтение, в толки о «серьезном и скучном», или читали поэтов, поговаривали о поездке в Италию.

Она боялась впасть во что-нибудь похожее на обломовскую апатию. Но как она ни старалась сбыть с души эти мгновения периодического оцепенения, сна души, к ней нет-нет да подкрадется сначала греза счастья, окружит ее голубая ночь и окует дремотой, потом опять настанет задумчивая остановка, будто отдых жизни, а затем... смущение, боязнь, томление, какая-то глухая грусть, послышатся какие-то смутные, туманные вопросы в беспокойной голове.

Ольга чутко прислушивалась, пытала себя, но ничего не выпытала, не могла добиться, чего по временам просит, чего ищет душа, а только просит и ищет чего-то, даже будто — страшно сказать — тоскует, будто ей мало было счастливой жизни, будто она уставала от нее и требовала еще новых, небывалых явлений, заглядывала дальше вперед...

«Что ж это? — с ужасом думала она. — Ужели еще нужно и можно желать чего-нибудь? Куда же идти? Некуда! Дальше нет дороги... Ужели нет, ужели ты совершила круг жизни? Ужели тут всё... всё...» — говорила душа ее и чего-то не договаривала... и Ольга с тревогой озиралась вокруг, не узнал бы, не подслушал бы кто этого шепота души... Спрашивала глазами небо, море, лес... нигде нет ответа: там даль, глубь и мрак.

Природа говорила всё одно и то же; в ней видела она непрерывное, но однообразное течение жизни, без начала, без конца.

Она знала, у кого спросить об этих тревогах, и нашла бы ответ, но какой? Что если это ропот бесплодного ума или, еще хуже, жажда не созданного для симпатии, неженского сердца! Боже! Она, его кумир — без сердца, с черствым, ничем не довольным умом! Что ж из нее выйдет? Ужели синий чулок! Как она падет, когда откроются перед ним эти новые, небывалые, но, конечно, известные ему страдания!

Она пряталась от него или выдумывала болезнь, когда глаза ее, против воли, теряли бархатную мягкость, глядели как-то сухо и горячо, когда на лице лежало тяжелое облако, и она, несмотря на все старания, не могла принудить себя улыбнуться, говорить, равнодушно слушала самые горячие новости политического мира, самые любопытные объяснения нового шага в науке, нового творчества в искусстве.

Между тем ей не хотелось плакать, не было внезапного трепета, как в то время, когда играли нервы, пробуждались и высказывались ее девические силы. Нет, это не то!

— Что же это? — с отчаянием спрашивала она, когда вдруг становилась скучна, равнодушна ко всему в прекрасный, задумчивый вечер или за колыбелью, даже среди ласк и речей мужа...

Она вдруг как будто окаменеет и смолкнет, потом с притворной живостью суетится, чтоб скрыть свой странный недуг, или сошлется на мигрень и ляжет спать.

Но нелегко ей было укрыться от зоркого взгляда Штольца: она знала это и внутренно с такою же тревогой готовилась к разговору, когда он настанет, как некогда готовилась к исповеди прошедшего. Разговор настал.

Они однажды вечером гуляли по тополевой аллее. Она почти повисла у него на плече и глубоко молчала. Она мучилась своим неведомым припадком, и, о чем он ни заговаривал, она отвечала коротко.

— Нянька говорит, что Олинька кашляла ночью. Не послать ли завтра за доктором? — спросил он.

— Я напоила ее теплым и завтра не пущу гулять, а там посмотрим! — отвечала она монотонно.

Они прошли до конца аллеи молча.

— Что ж ты не отвечала на письмо своей приятельницы, Сонички? — спросил он. — А я всё ждал, чуть не опоздал на почту. Это уж третье письмо ее без ответа.

— Да, мне хочется скорей забыть ее... — сказала она и замолчала.

— Я кланялся от тебя Бичурину,— заговорил Андрей опять,— ведь он влюблен в тебя, так авось утешится хоть этим немного, что пшеница его не поспеет на место в срок.

Она сухо улыбнулась.

— Он теперь в Одессе. Ты знаешь?

— Да, ты сказывал, — равнодушно отозвалась она.

— Что ты, спать хочешь? — спросил он.

У ней стукнуло сердце, и не в первый раз, лишь только начинались вопросы, близкие к делу.

— Нет еще, — с искусственной бодростью сказала она, — а что?

— Нездорова? — спросил он опять.

— Нет. Что тебе так кажется?

— Ну так скучаешь!

Она крепко сжала ему обеими руками плечо.

— Нет, нет! — отнекивалась она фальшиво-развязным голосом, в котором, однако, звучала как будто в самом деле скука.

Он вывел ее из аллеи и оборотил лицом к лунному свету.

— Погляди на меня! — сказал он и пристально смотрел ей в глаза.

— Можно подумать, что ты... несчастлива! Такие странные у тебя глаза сегодня, да и не сегодня только... Что с тобой, Ольга?

Он повел ее за талию опять в аллею.

— Знаешь что: я... проголодалась! — сказала она, стараясь засмеяться.

— Не лги, не лги! Я этого не люблю! — с притворной строгостью прибавил он.

— Несчастлива! — с упреком повторила она, остановив его в аллее. — Да, несчастлива тем разве... что уж слишком счастлива! — досказала она с такой нежной, мягкой нотой в голосе, что он поцеловал ее.

Она стала смелее. Предположение, хотя легкое, шуточное, что она может быть несчастлива, неожиданно вызвало ее на откровенность.

— Не скучно мне и не может быть скучно: ты это знаешь и сам, конечно, не веришь своим словам; не больна я, а... мне грустно... бывает иногда... вот тебе — несносный человек, если от тебя нельзя спрятаться! Да, грустно, и я не знаю отчего!

Она положила ему голову на плечо.

— Вот что! Отчего же? — спросил он ее тихо, наклонившись к ней.

— Не знаю, — повторила она.

— Однако ж должна быть причина, если не во мне, не кругом тебя, так в тебе самой. Иногда такая грусть не что иное, как зародыш болезни... Здорова ли ты?

— Да, может быть, — серьезно сказала она, — это что-нибудь в этом роде, хотя я ничего не чувствую. Ты видишь, как я ем, гуляю, сплю, работаю. Вдруг как будто найдет на меня что-нибудь, какая-то хандра... мне жизнь покажется... как будто не всё в ней есть... Да нет, ты не слушай: это всё пустое...

— Говори, говори! — пристал он с живостью. — Ну, не всё есть в жизни: что еще?

— Иногда я как будто боюсь, — продолжала она, — чтоб это не изменилось, не кончилось... не знаю сама! Или мучусь глупою мыслью: что ж будет еще?.. Что ж это счастье... вся жизнь... — говорила она всё тише-тише, стыдясь этих вопросов, — все эти радости, горе... природа, — шептала она, — всё тянет меня куда-то еще; я делаюсь ничем не довольна. Боже мой! Мне даже стыдно этих глупостей... это мечтательность... Ты не замечай, не смотри... — прибавила она умоляющим голосом, ласкаясь к нему. — Эта грусть скоро проходит, и мне опять станет так светло, весело, как вот опять стало теперь!

Она жалась к нему так робко и ласково, стыдясь в самом деле и как будто прося прощения «в глупостях».

Долго спрашивал ее муж, долго передавала она, как больная врачу, симптомы грусти, высказывала все глухие вопросы, рисовала ему смятение души и потом — как исчезал этот мираж — всё, всё, что могла припомнить, заметить.

Штольц молча опять пошел по аллее, склонив голову на грудь, погрузясь всей мыслью, с тревогой, с недоуменьем, в неясное признание жены.

Она заглядывала ему в глаза, но ничего не видела; и когда, в третий раз, они дошли до конца аллеи, она не дала ему обернуться и в свою очередь вывела его на лунный свет и вопросительно посмотрела ему в глаза.

— Что ты? — застенчиво спросила она. — Смеешься моим глупостям — да? это очень глупо, эта грусть — не правда ли?

Он молчал.

— Что ж ты молчишь? — спросила она с нетерпением.

— Ты долго молчала, хотя, конечно, знала, что я давно замечал за тобой; дай же мне помолчать и подумать. Ты мне задала нелегкую задачу.

— Вот ты теперь станешь думать, а я буду мучиться, что ты выдумаешь один про себя. Напрасно я сказала! — прибавила она. — Лучше говори что-нибудь...

— Что ж я тебе скажу? — задумчиво говорил он. — Может быть, в тебе проговаривается еще нервическое расстройство: тогда доктор, а не я решит, что с тобой. Надо завтра послать... Если же не то... — начал он и задумался.

— Что «если же не то», говори! — нетерпеливо приставала она.

Он шел, всё думая.

— Да ну! — говорила она, тряся его за руку.

— Может быть, это избыток воображения: ты слишком жива... а может быть, ты созрела до той поры... — вполголоса докончил он почти про себя.

— Говори, пожалуйста, вслух, Андрей! Терпеть не могу, когда ты ворчишь про себя! — жаловалась она, — я насказала ему глупостей, а он повесил голову и шепчет что-то под нос! Мне даже страшно с тобой здесь, в темноте...

— Что сказать — я не знаю... «грусть находит, какие-то вопросы тревожат»: что из этого поймешь? Мы поговорим опять об этом и посмотрим: кажется, надо опять купаться в море...

— Ты сказал про себя: «Если же... может быть... созрела»: что у тебя за мысль была? — спрашивала она.

— Я думал... — говорил он медленно, задумчиво высказываясь и сам не доверяя своей мысли, как будто тоже стыдясь своей речи, — вот видишь ли... бывают минуты... то есть я хочу сказать, если это не признак какого-нибудь расстройства, если ты совершенно здорова, то, может быть, ты созрела, подошла к той поре, когда остановился рост жизни... когда загадок нет, она открылась вся...

— Ты, кажется, хочешь сказать, что я состарелась? — живо перебила она. — Не смей! — Она даже погрозила ему. — Я еще молода, сильна... — прибавила она, выпрямляясь.

Он засмеялся.

— Не бойся, — сказал он, — ты, кажется, не располагаешь состареться никогда! Нет, это не то... в старости силы падают и перестают бороться с жизнью. Нет, твоя грусть, томление — если это только то, что я думаю, — скорее признак силы... Поиски живого, раздраженного ума порываются иногда за житейские грани, не находят, конечно, ответов, и является грусть... временное недовольство жизнью... Это грусть души, вопрошающей жизнь о ее тайне... Может быть, и с тобой то же... Если это так — это не глупости.

Она вздохнула, но, кажется, больше от радости, что опасения ее кончились и она не падает в глазах мужа, а напротив...

— Но ведь я счастлива; ум у меня не праздел; я не мечтаю; жизнь моя разнообразна — чего же еще? К чему эти вопросы? — говорила она. — Это болезнь, гнет!

— Да, пожалуй, гнет для темного, слабого ума, не подготовленного к нему. Эта грусть и вопросы, может быть, многих свели с ума; иным они являются как безобразные видения, как бред ума...

— Счастье льется через край, так хочется жить... а тут вдруг примешивается какая-то горечь...

— А! Это расплата за прометеев огонь! Мало того что терпи, еще люби эту грусть и уважай сомнения и вопросы: они — переполненный избыток, роскошь жизни и являются больше на вершинах счастья, когда нет грубых желаний; они не родятся среди жизни обыденной: там не до того, где горе и нужда; толпы идут и не знают этого тумана сомнений, тоски вопросов... Но кто встретился с ними своевременно, для того они не молот, а милые гости.

— Но с ними не справишься: они дают тоску и равнодушие... почти ко всему... — нерешительно прибавила она.

— А надолго ли? Потом освежают жизнь, — говорил он. — Они приводят к бездне, от которой не допросишься ничего, и с большей любовью заставляют опять глядеть на жизнь... Они вызывают на борьбу с собой уже испытанные силы, как будто затем, чтоб не давать им уснуть...

— Мучиться каким-то туманом, призраками! — жаловалась она. — Всё светло, а тут вдруг ложится на жизнь какая-то зловещая тень! Ужели нет средств?

— Как не быть: опора в жизни! А нет ее, так и без вопросов тошно жить!

— Что ж делать? Поддаться и тосковать?

— Ничего, — сказал он, — вооружаться твердостью и терпеливо, настойчиво идти своим путем. Мы не титаны с тобой, — продолжал он, обнимая ее, — мы не пойдем, с Манфредами и Фаустами, на дерзкую борьбу с мятежными вопросами, не примем их вызова, склоним головы и смиренно переживем трудную минуту, и опять потом улыбнется жизнь, счастье и...

— А если они никогда не отстанут: грусть будет тревожить всё больше, больше?.. — спрашивала она.

— Что ж? примем ее как новую стихию жизни... Да нет, этого не бывает, не может быть у нас! Это не твоя грусть; это общий недуг человечества. На тебя брызнула одна капля... Всё это страшно, когда человек отрывается от жизни... когда нет опоры. А у нас... дай Бог, чтоб эта грусть твоя была то, что я думаю, а не признак какой-нибудь болезни... то хуже. Вот горе, перед которым я упаду без защиты, без силы...

А то ужели туман, грусть, какие-то сомнения, вопросы могут лишить нас нашего блага, нашей...

Он не договорил, а она, как безумная, бросилась к нему в объятия и, как вакханка, в страстном забытьи замерла на мгновение, обвив ему шею руками.

— Ни туман, ни грусть, ни болезнь, ни... даже смерть! — шептала она восторженно, опять счастливая, успокоенная, веселая. Никогда, казалось ей, не любила она его так страстно, как в эту минуту.

— Смотри, чтоб судьба не подслушала твоего ропота, — заключил он суеверным замечанием, внушенным нежною предусмотрительностью, — и не сочла за неблагодарность! Она не любит, когда не ценят ее даров. До сих пор ты еще познавала жизнь, а придется испытывать ее... Вот погоди, когда разыграется она, настанут горе и труд... а они настанут — тогда... не до этих вопросов... Береги силы! — прибавил тихо, почти про себя, Штольц в ответ на ее страстный порыв. В словах его звучала грусть, как будто он уже видел вдали и «горе, и труд».

Она молчала, мгновенно пораженная грустным звуком его голоса. Она безгранично верила ему, верила и его голосу. Она заразилась его задумчивостью, сосредоточилась, ушла в себя.

Опершись на него, машинально и медленно ходила она по аллее, погруженная в упорное молчание. Она боязливо, вслед за мужем, глядела в даль жизни, туда, где, по словам его, настанет пора «испытаний», где ждут «горе и труд».

Ей стал сниться другой сон, не голубая ночь, открывался другой край жизни, не прозрачный и праздничный, в затишье, среди безграничного обилия, наедине с *ним*...

Нет, там видела она цепь утрат, лишений, омываемых слезами, неизбежных жертв, жизнь поста и невольного отречения от рождающихся в праздности прихотей, вопли и стоны от новых, теперь неведомых им чувств; снились ей болезни, расстройство дел, потеря мужа...

Она содрогалась, изнемогала, но с мужественным любопытством глядела на этот новый образ жизни, озирала его с ужасом и измеряла свои силы... Одна только любовь не изменяла ей и в этом сне, она стояла верным стражем и новой жизни; но и она была не та!

Нет ее горячего дыхания, нет светлых лучей и голубой ночи; через годы всё казалось играми детства перед той далекой любовью, которую восприняла на себя глубокая и грозная жизнь. Там не слыхать поцелуев и смеха, ни трепетно-задумчивых бесед в боскете, среди цветов, на празднике природы и жизни... Всё «поблекло и отошло».

Та неувядающая и негибнущая любовь лежала могуче, как сила жизни, на лицах их — в годину дружной скорби светилась в медленно и молча обмененном взгляде совокупного страдания, слышалась в бесконечном взаимном терпении против жизненной пытки, в сдержанных слезах и заглушенных рыданиях...

В туманную грусть и вопросы, посещавшие Ольгу, тихо вселились другие, хотя отдаленные, но ясные, определенные и грозные сны...

Под успокоительным и твердым словом мужа, в безграничном доверии к нему отдыхала Ольга и от своей загадочной, не всем знакомой грусти, и от вещих и грозных снов будущего, шла бодро вперед.

После «тумана» наставало светлое утро с заботами матери, хозяйки; там манил к себе цветник и поле, там кабинет мужа. Только не с беззаботным самонаслаждением играла она жизнью, а с затаенной и бодрой мыслью жила она, готовилась, ждала...

Она росла всё выше, выше... Андрей видел, что прежний идеал его женщины и жены недосягаем, но он был счастлив и бледным отражением его в Ольге: он не ожидал никогда и этого.

Между тем и ему долго, почти всю жизнь предстояла еще немалая забота поддерживать на одной высоте свое достоинство мужчины в глазах самолюбивой, гордой Ольги не из пошлой ревности, а для того чтоб не помрачилась эта хрустальная жизнь; а это могло бы случиться, если б хоть немного поколебалась ее вера в него.

Многим женщинам не нужно ничего этого; раз вышедши замуж, они покорно принимают и хорошие и дурные качества мужа, безусловно мирятся с приготовленным им положением и сферой или так же покорно уступают первому случайному увлечению, сразу признавая невозможным или не находя нужным противиться ему: «Судьба, дескать, страсти, женщина — создание слабое» и т. д.

Даже если муж и превышает толпу умом — этой обаятельной силой в мужчине, такие женщины гордятся этим преимуществом мужа, как каким-нибудь дорогим ожерельем, и то в таком только случае, если ум этот остается слеп на их жалкие, женские проделки. А если он осмелится прозирать в мелочную комедию их лукавого, ничтожного, иногда порочного существования, им делается тяжело и тесно от этого ума.

Ольга не знала этой логики покорности слепой судьбе и не понимала женских страстишек и увлечений. Признав раз в избранном человеке достоинство и права на себя, она верила в него и потому любила, а переставала верить — переставала и любить, как случилось с Обломовым.

Но там еще шаги ее были нерешительны, воля шатка; она только что вглядывалась и вдумывалась в жизнь, только приводила в сознание стихии своего ума и характера и собирала материалы; дело создания еще не начиналось, пути жизни угаданы не были.

Но теперь она уверовала в Андрея не слепо, а с сознаньем, и в нем воплотился ее идеал мужского совершенства. Чем больше, чем сознательнее она веровала в него, тем труднее было ему держаться на одной высоте, быть героем не ума ее и сердца только, но и воображения. А она веровала в него так, что не признавала между ним и собой другого посредника, другой инстанции, кроме Бога.

Оттого она не снесла бы понижения ни на волос признанных ею достоинств; всякая фальшивая нота в его характере или уме произвела бы потрясающий диссонанс. Разрушенное здание счастья погребло бы ее под развалинами, или, если б еще уцелели ее силы, она бы искала...

Да нет, такие женщины не ошибаются два раза. После упадка такой веры, такой любви возрождение невозможно.

Штольц был глубоко счастлив своей наполненной, волнующейся жизнью, в которой цвела неувядаемая весна, и ревниво, деятельно, зорко возделывал, берег и лелеял ее. Со дна души поднимался ужас тогда только, когда он вспоминал, что Ольга была на волос от гибели, что эта угаданная дорога — их два существования, слившиеся в одно, могли разойтись, что незнание путей жизни могло дать исполниться гибельной ошибке, что Обломов...

Он вздрагивал. Как! Ольга в той жизни, которую Обломов ей готовил! Она — среди переползанья изо дня в день, деревенская барыня, нянька своих детей, хозяйка — и только!

Все вопросы, сомнения, вся лихорадка жизни уходила бы на заботы по хозяйству, на ожидания праздников, гостей, семейных съездов, на родины, крестины, в апатию и сон мужа!

Брак был бы только формой, а не содержанием, средством, а не целью; служил бы широкой и неизменной рамкой для визитов, приема гостей, обедов и вечеров, пустой болтовни?..

Как же она вынесет эту жизнь? Сначала бьется, отыскивая и угадывая тайну жизни, плачет, мучится, потом привыкает, толстеет, ест, спит, тупеет...

Нет, не так бы с ней было: она — плачет, мучится, чахнет и умирает в объятиях любящего, доброго и бессильного мужа... Бедная Ольга!

А если огонь не угаснет, жизнь не умрет, если силы устоят и запросят свободы, если она взмахнет крыльями, как сильная и зоркая орлица, на миг полоненная слабыми руками, и ринется на ту высокую скалу, где видит орла, который еще сильнее и зорче ее?.. Бедный Илья!

— Бедный Илья! — сказал однажды Андрей вслух, вспомнив прошлое.

Ольга, при этом имени, вдруг опустила руки с вышиваньем на колени, откинула голову назад и глубоко задумалась. Восклицание вызвало воспоминание.

— Что с ним? — спросила она потом. — Ужели нельзя узнать?

Андрей пожал плечами.

— Подумаешь, — сказал он, — что мы живем в то время, когда не было почт, когда люди, разъехавшись в разные стороны, считали друг друга погибшими и в самом деле пропадали без вести.

— Ты бы написал опять к кому-нибудь из своих приятелей: узнали бы по крайней мере...

— Ничего не узнали бы, кроме того, что мы уже знаем: жив, здоров, на той же квартире — это я и без приятелей знаю. А что с ним, как он переносит свою жизнь, умер ли он нравственно, или еще тлеет искра жизни — этого посторонний не узнает...

— Ах, не говори так, Андрей: мне страшно и больно слушать! Мне и хотелось бы, и боюсь знать...

Она готова была заплакать.

— Весной будем в Петербурге, — узнаем сами.

— Этого мало, что узнаем, надо сделать все...

— А я разве не делал? Мало ли я его уговаривал, хлопотал за него, устроил его дела — а он хоть бы откликнулся на это! При свидании готов на всё, а чуть с глаз долой — прощай: опять заснул. Возишься, как с пьяницей!

— Зачем с глаз долой? — нетерпеливо возразила Ольга. — С ним надо действовать решительно: взять его с собой в карету и увезти. Теперь же мы переселяемся в имение; он будет близко от нас... мы возьмем его с собой.

— Вот далась нам с тобой забота! — рассуждал Андрей, ходя взад и вперед по комнате. — И конца ей нет!

— Ты тяготишься ею? — сказала Ольга. — Это новость! Я в первый раз слышу твой ропот на эту заботу.

— Я не ропщу, — отвечал Андрей, — а рассуждаю.

— А откуда взялось это рассуждение? Ты сознался себе самому, что это скучно, беспокойно, — да?

Она поглядела на него пытливо. Он покачал отрицательно головой.

— Нет, не беспокойно, а бесполезно: это я иногда думаю.

— Не говори, не говори! — остановила его она. — Я опять, как на той неделе, буду целый день думать об этом и тосковать. Если в тебе погасла дружба к нему, так из любви к человеку ты должен нести эту заботу. Если ты устанешь, я одна пойду и не выйду без него: он тронется моими просьбами; я чувствую, что я заплачу горько, если увижу его убитого, мертвого! Может быть, слезы...

— Воскресят, ты думаешь? — перебил Андрей.

— Нет, не воскресят к деятельности, по крайней мере заставят его оглянуться вокруг себя и переменить свою жизнь на что-нибудь лучшее. Он будет не в грязи, а близ равных себе, с нами. Я только появилась тогда — и он в одну минуту очнулся и застыдился...

— Уж не любишь ли ты его по-прежнему? — спросил Андрей шутя.

— Нет! — не шутя, задумчиво, как бы глядя в прошедшее, говорила Ольга. — Я люблю его не по-прежнему, но есть что-то, что я люблю в нем, чему я, кажется, осталась верна и не изменюсь, как иные...

— Кто же это иные? Скажи, ядовитая змея, уязви, ужаль: я, что ли? Ошибаешься. А если хочешь знать правду, так я и тебя научил любить его и чуть не довел до добра. Без меня ты бы прошла мимо его, не заметив. Я дал тебе понять, что в нем есть и ума не меньше других, только зарыт, задавлен он всякою дрянью и заснул в праздности. Хочешь, я скажу тебе, отчего он тебе дорог, за что ты еще любишь его?

Она кивнула, в знак согласия, головой.

— За то, что в нем дороже всякого ума: честное, верное сердце! Это его природное золото; он невредимо пронес его сквозь жизнь. Он падал от толчков, охлаждался, заснул наконец убитый, разочарованный, потеряв силу жить, но не потерял честности и верности. Ни одной фальшивой ноты не издало его сердце, не пристало к нему грязи. Не обольстит его никакая нарядная ложь, и ничто не совлечет на фальшивый путь; пусть волнуется около него целый океан дряни, зла, пусть весь мир отравится ядом и пойдет навыворот — никогда Обломов не поклонится идолу лжи, в душе его всегда будет чисто, светло, честно... Это хрустальная, прозрачная душа; таких людей мало; они редки; это перлы в толпе! Его сердца не подкупишь ничем; на него всюду и везде можно положиться. Вот чему ты осталась верна и почему забота о нем никогда не будет тяжела мне. Многих людей я знал с высокими качествами, но никогда не встречал сердца чище, светлее и проще; многих любил я, но никого так прочно и горячо, как Обломова. Узнав раз, его разлюбить нельзя. Так это? Угадал?

Ольга молчала, потупя глаза на работу. Андрей задумался.

— Ужели не всё тут? Что же еще? Ах!.. — очнувшись, весело прибавил потом. — Совсем забыл «голубиную нежность»...

Ольга засмеялась, проворно оставила свое шитье, подбежала к Андрею, обвила его шею руками, несколько минут поглядела лучистыми глазами прямо ему в глаза, потом задумалась, положив голову на плечо мужа. В ее воспоминании воскресло кроткое, задумчивое лицо Обломова, его нежный взгляд, покорность, потом его жалкая, стыдливая улыбка, которою он при разлуке ответил на ее упрек... и ей стало так больно, так жаль его...

— Ты его не оставишь, не бросишь? — говорила она, не отнимая рук от шеи мужа.

— Никогда! Разве бездна какая-нибудь откроется неожиданно между нами, стена встанет...

Она поцеловала мужа.

— В Петербурге ты возьмешь меня к нему?

Он нерешительно молчал.

— Да? да? — настойчиво требовала она ответа.

— Послушай, Ольга, — сказал он, стараясь освободить шею от кольца ее рук, — прежде надо...

— Нет, скажи: да, обещай, я не отстану!

— Пожалуй, — отвечал он, — но только не в первый, а во второй раз: я знаю, что с тобой будет, если он...

— Не говори, не говори!.. — перебила она. — Да, ты возьмешь меня: вдвоем мы сделаем всё. Один ты не сумеешь, не захочешь!

— Пусть так; но ты расстроишься и, может быть, надолго, — сказал он, не совсем довольный, что Ольга вынудила у него согласие.

— Помни же, — заключила она, садясь на свое место, — что ты отступишься только тогда, когда «откроется бездна или встанет стена между ним и тобой». Я не забуду этих слов.

IX

Мир и тишина покоятся над Выборгской стороной, над ее немощеными улицами, деревянными тротуарами, над тощими садами, над заросшими крапивой канавами, где под забором какая-нибудь коза, с оборванной веревкой на шее, прилежно щиплет траву или дремлет тупо да в полдень простучат щегольские, высокие каблуки прошедшего по тротуару писаря, зашевелится кисейная занавеска в окошке и из-за ерани выглянет чиновница, или вдруг над забором, в саду, мгновенно выскочит и в ту ж минуту спрячется свежее лицо девушки, вслед за ним выскочит другое такое же лицо и также исчезнет, потом явится опять первое и сменится вторым; раздается визг и хохот качающихся на качелях девушек.

Всё тихо в доме Пшеницыной. Войдешь на дворик и будешь охвачен живой идиллией: куры и петухи засуетятся и побегут прятаться в углы; собака начнет скакать на цепи, заливаясь лаем; Акулина перестанет доить корову, а дворник остановится рубить дрова, и оба с любопытством посмотрят на посетителя.

— Кого вам? — спросит он и, услыхав имя Ильи Ильича или хозяйки дома, молча укажет крыльцо и примется опять рубить дрова, а посетитель по чистой, усыпанной песком тропинке пойдет к крыльцу, на ступеньках которого постлан простой чистый коврик, дернет за медную, ярко вычищенную ручку колокольчика, и дверь отворит Анисья, дети, иногда сама хозяйка или Захар — Захар после всех.

Всё в доме Пшеницыной дышало таким обилием и полнотой хозяйства, какой не бывало и прежде, когда Агафья Матвеевна жила одним домом с братцем.

Кухня, чуланы, буфет — всё было установлено поставцами с посудой, большими и небольшими, круглыми и овальными блюдами, соусниками, чашками, грудами тарелок, горшками, чугунными, медными и глиняными.

В шкапах разложено было и свое, давным-давно выкупленное и никогда не закладываемое теперь серебро, и серебро Обломова.

Целые ряды огромных, пузатых и миньятюрных чайников и несколько рядов фарфоровых чашек, простых, с живописью, с позолотой, с девизами, с пылающими сердцами, с китайцами. Большие стеклянные банки с кофе, корицей, ванилью, хрустальные чайницы, судки с маслом, с уксусом.

Потом целые полки загромождены были пачками, стклянками, коробочками с домашними лекарствами, с травами, примочками, пластырями, спиртами, камфарой, с порошками, с куреньями; тут же было мыло, снадобья для чищенья кружев, выведения пятен и прочее, и прочее — всё, что найдешь в любом доме всякой провинции у всякой домовитой хозяйки.

Когда Агафья Матвеевна внезапно отворит дверь шкапа, исполненного всех этих принадлежностей, то сама не устоит против букета всех наркотических запахов и на первых порах на минуту отворотит лицо в сторону.

В кладовой к потолку привешены были окорока, чтоб не портили мыши, сыры, головы сахару, провесная рыба, мешки с сушеными грибами, купленными у чухонца орехами.

На полу стояли кадки масла, большие крытые корчаги с сметаной, корзины с яйцами — и чего-чего не было! Надо перо другого Гомера, чтоб исчислить с полнотой и подробностью всё, что скоплено было во всех углах, на всех полках этого маленького ковчега домашней жизни.

Кухня была истинным палладиумом деятельности великой хозяйки и ее достойной помощницы, Анисьи. Всё было в доме и всё под рукой, на своем месте, во всем порядок и — чистота, можно бы сказать, если б не оставался один угол в целом доме, куда никогда не проникал ни луч света, ни струя свежего воздуха, ни глаз хозяйки, ни проворная, всесметающая рука Анисьи. Это угол, или гнездо, Захара.

Комнатка его была без окна, и вечная темнота способствовала к устройству из человеческого жилья темной норы. Если Захар заставал иногда там хозяйку с какими-нибудь планами улучшений и очищений, он твердо объявлял, что это не женское дело разбирать, где и как должны лежать щетки, вакса и сапоги, что никому дела нет до того, зачем у него платье лежит в куче на полу, а постель в углу за печкой, в пыли, что *он* носит платье и спит на этой постели, а не она. А что касается веника, досок, двух кирпичей, днища бочки и двух полен, которые он держит у себя в комнате, так ему без них в хозяйстве обойтись нельзя, а почему — он не объяснял; далее, что пыль и пауки ему не мешают и, словом, что он не сует носа к ним в кухню, следовательно, не желает, чтоб и его трогали.

Анисью, которую он однажды застал там, он обдал таким презрением, погрозил так серьезно локтем в грудь, что она боялась заглядывать к нему. Когда дело было перенесено в высшую инстанцию, на благоусмотрение Ильи Ильича, барин пошел было осмотреть и распорядиться как следует, построже, но, всунув в дверь к Захару одну голову и поглядев с минуту на всё, что там было, он только плюнул и не сказал ни слова.

— Что, взяли? — промолвил Захар Агафье Матвеевне и Анисье, которые пришли с Ильей Ильичом, надеясь, что его участие поведет к какой-нибудь перемене. Потом он усмехнулся по-своему, во всё лицо, так что брови и бакенбарды подались в стороны.

В прочих комнатах везде было светло, чисто и свежо. Старые, полинялые занавески исчезли, а окна и двери гостиной и кабинета осенялись синими и зелеными драпри и кисейными занавесками с красными фестонами — всё работа рук Агафьи Матвеевны.

Подушки белели как снег и горой возвышались чуть не до потолка; одеяла шелковые, стеганые.

Целые недели комната хозяйки была загромождена несколькими раскинутыми и приставленными один к другому ломберными столами, на которых расстилались эти одеяла и халат Ильи Ильича.

Агафья Матвеевна собственноручно кроила, подкладывала ватой и простегивала их, припадая к работе своею крепкой грудью, впиваясь в нее глазами, даже ртом, когда надо было откусить нитку, и трудилась с любовью, с неутомимым прилежанием, скромно награждая себя мыслью, что халат и одеяла будут облекать, греть, нежить и покоить великолепного Илью Ильича.

Он целые дни, лежа у себя на диване, любовался, как обнаженные локти ее двигались взад и вперед вслед за иглой и ниткой. Он не раз дремал под шипенье продеваемой и треск откушенной нитки, как бывало в Обломовке.

— Полноте работать, устанете! — унимал он ее.

— Бог труды любит! — отвечала она, не отводя глаз и рук от работы.

Кофе подавался ему так же тщательно, чисто и вкусно, как вначале, когда он, несколько лет назад, переехал на эту квартиру. Суп с потрохами, макароны с пармезаном, кулебяка, ботвинье, свои цыплята — всё это сменялось в строгой очереди одно другим и приятно разнообразило монотонные дни маленького домика.

В окна с утра до вечера бил радостный луч солнца, полдня на одну сторону, полдня на другую, не загораживаемый ничем благодаря огородам с обеих сторон.

Канарейки весело трещали; ерань и порой приносимые детьми из графского сада гиацинты изливали в маленькой комнатке сильный запах, приятно мешавшийся с дымом чистой гаванской сигары да корицы или ванили, которую толкла, энергически двигая локтями, хозяйка.

Илья Ильич жил как будто в золотой рамке жизни, в которой, точно в диораме, только менялись обычные фазисы дня и ночи и времен года; других перемен, особенно крупных случайностей, возмущающих со дна жизни весь осадок, часто горький и мутный, не бывало.

С тех пор как Штольц выручил Обломовку от воровских долгов братца, как братец и Тарантьев удалились совсем, с ними удалилось и всё враждебное из жизни Ильи Ильича. Его окружали теперь такие простые, добрые, любящие лица, которые все согласились своим существованием подпереть его жизнь, помогать ему не замечать ее, не чувствовать.

Агафья Матвеевна была в зените своей жизни; она жила и чувствовала, что жила полно, как прежде никогда не жила, но только высказать этого, как и прежде, никогда не могла, или, лучше, ей в голову об этом не приходило. Она только молила Бога, чтоб он продлил веку Илье Ильичу и чтоб избавил его от всякой «скорби, гнева и нужды», а себя, детей своих и весь дом предавала на волю Божию. Зато лицо ее постоянно высказывало одно и то же — счастье полное, удовлетворенное и без желаний, следовательно, редкое и при всякой другой натуре невозможное.

Она пополнела; грудь и плечи сияли тем же довольством и полнотой, в глазах светились кротость и только хозяйственная заботливость. К ней воротились то достоинство и спокойствие, с которыми она прежде властвовала над домом, среди покорных Анисьи, Акулины и дворника. Она по-прежнему не ходит, а будто плавает, от шкапа к кухне, от кухни к кладовой, и мерно, неторопливо отдает приказания с полным сознанием того, что делает.

Анисья стала еще живее прежнего, потому что работы стало больше: всё она движется, суетится, бегает, работает, — всё по слову хозяйки. Глаза у ней даже ярче, и нос, этот говорящий нос, так и выставляется прежде всей ее особы, так и рдеет заботой, мыслями, намерениями, так и говорит, хотя язык и молчит.

Обе они одеты каждая сообразно достоинству своего сана и должностей. У хозяйки завелся большой шкап с рядом шелковых платьев, мантилий и салопов; чепцы заказывались на той стороне, чуть ли не на Литейной, башмаки не с Апраксина, а из Гостиного двора, а шляпка — представьте, из Морской! И Анисья, когда отстряпает, а особенно в воскресенье, надевает шерстяное платье.

Только Акулина всё ходит с заткнутым за пояс подолом, да дворник не может, даже в летние каникулы, расстаться с полушубком.

Про Захара и говорить нечего: этот из серого фрака сделал себе куртку, и нельзя решить, какого цвета у него панталоны, из чего сделан его галстух. Он чистит сапоги, потом спит, сидит у ворот, тупо глядя на редких прохожих, или, наконец, сидит в ближней мелочной лавочке и делает всё то же и так же, что делал прежде сначала в Обломовке, потом в Гороховой.

А сам Обломов? Сам Обломов был полным и естественным отражением и выражением того покоя, довольства и безмятежной тишины. Вглядываясь, вдумываясь в свой быт и всё более и более обживаясь в нем, он наконец решил, что ему некуда больше идти, нечего искать, что идеал его жизни осуществился, хотя без поэзии, без тех лучей, которыми некогда воображение рисовало ему барское, широкое и беспечное течение жизни в родной деревне среди крестьян, дворни.

Он смотрел на настоящий свой быт как на продолжение того же обломовского существования, только с другим колоритом местности и, отчасти, времени. И здесь, как в Обломовке, ему удавалось дешево отделываться от жизни, выторговать у ней и застраховать себе невозмутимый покой.

Он торжествовал внутренно, что ушел от ее докучливых, мучительных требований и гроз, из-под того горизонта, под которым блещут молнии великих радостей и раздаются внезапные удары великих скорбей, где играют ложные надежды и великолепные призраки счастья, где гложет и снедает человека собственная мысль и убивает страсть, где падает и торжествует ум, где сражается в непрестанной битве человек и уходит с поля битвы истерзанный и всё недовольный и ненасытимый. Он, не испытав наслаждений, добываемых в борьбе, мысленно отказался от них и чувствовал покой в душе только в забытом уголке, чуждом движения, борьбы и жизни.

А если закипит еще у него воображение, восстанут забытые воспоминания, неисполненные мечты, если в совести зашевелятся упреки за прожитую так, а не иначе жизнь — он спит непокойно, просыпается, вскакивает с постели, иногда плачет холодными слезами безнадежности по светлом, навсегда угаснувшем идеале жизни, как плачут по дорогом усопшем, с горьким чувством сознания, что недовольно сделали для него при жизни.

Потом он взглянет на окружающее его, вкусит временных благ и успокоится, задумчиво глядя, как тихо и покойно утопает в пожаре зари вечернее солнце, наконец, решит, что жизнь его не только сложилась, но и создана, даже предназначена была так просто, немудрено, чтоб выразить возможность идеально покойной стороны человеческого бытия.

Другим, думал он, выпадало на долю выражать ее тревожные стороны, двигать созидающими и разрушающими силами: у всякого свое назначение!

Вот какая философия выработалась у обломовского Платона и убаюкивала его среди вопросов и строгих требований долга и назначения! И родился и воспитан он был не как гладиатор для арены, а как мирный зритель боя; не вынести бы его робкой и ленивой душе ни тревог счастья, ни ударов жизни — следовательно, он выразил собою один ее край, и добиваться, менять в ней что-нибудь или каяться — нечего.

С летами волнения и раскаяние являлись реже, и он тихо и постепенно укладывался в простой и широкий гроб остального своего существования, сделанный собственными руками, как старцы пустынные, которые, отворотясь от жизни, копают себе могилу.

Он уж перестал мечтать об устройстве имения и о поездке туда всем домом. Поставленный Штольцем управляющий аккуратно присылал ему весьма порядочный доход, к Рождеству мужики привозили хлеба и живности, и дом процветал обилием и весельем.

Илья Ильич завел даже пару лошадей, но, из свойственной ему осторожности, таких, что они только после третьего кнута трогались от крыльца, а при первом и втором ударе одна лошадь пошатнется и ступит в сторону, потом вторая лошадь пошатнется и ступит в сторону, потом уже, вытянув напряженно шею, спину и хвост, двинутся они разом и побегут, кивая головами. На них возили Ваню на ту сторону Невы, в гимназию, да хозяйка ездила за разными покупками.

На масленице и на Святой вся семья и сам Илья Ильич ездили на гулянье кататься и в балаганы; брали изредка ложу и посещали, также и всем домом, театр.

Летом отправлялись за город, в Ильинскую пятницу — на Пороховые Заводы, и жизнь чередовалась обычными явлениями, не внося губительных перемен, можно было бы сказать, если б удары жизни вовсе не достигали маленьких мирных уголков. Но, к несчастью, громовой удар, потрясая основания гор и огромные воздушные пространства, раздается и в норке мыши, хотя слабее, глуше, но для норки ощутительно.

Илья Ильич кушал аппетитно и много, как в Обломовке, ходил и работал лениво и мало, тоже как в Обломовке. Он, несмотря на нарастающие лета, беспечно пил вино, смородиновую водку и еще беспечнее и подолгу спал после обеда.

Вдруг всё это переменилось.

Однажды, после дневного отдыха и дремоты, он хотел встать с дивана и не мог, хотел выговорить слово — и язык не повиновался ему. Он в испуге махал только рукой, призывая к себе на помощь.

Живи он с одним Захаром, он мог бы телеграфировать рукой до утра и наконец умереть, о чем узнали бы на другой день, но глаз хозяйки светил над ним, как око Провидения: ей не нужно было ума, а только догадка сердца, что Илья Ильич что-то не в себе.

И только эта догадка озарила ее, Анисья летела уже на извозчике за доктором, а хозяйка обложила голову ему льдом и разом вытащила из заветного шкапчика все спирты, примочки — всё, что навык и наслышка указывали ей употребить в дело. Даже Захар успел в это время надеть один сапог и так, об одном сапоге, ухаживал вместе с доктором, хозяйкой и Анисьей около барина.

Илью Ильича привели в чувство, пустили кровь и потом объявили, что это был апоплексический удар и что ему надо повести другой образ жизни.

Водка, пиво и вино, кофе, с немногими и редкими исключениями, потом всё жирное, мясное, пряное было ему запрещено, а вместо этого предписано ежедневное движение и умеренный сон, только ночью.

Без ока Агафьи Матвеевны ничего бы этого не состоялось, но она умела ввести эту систему тем, что подчинила ей весь дом и то хитростью, то лаской отвлекала Обломова от соблазнительных покушений на вино, на послеобеденную дремоту, на жирные кулебяки.

Чуть он вздремнет, падал стул в комнате, так, сам собою, или с шумом разбивалась старая, негодная посуда в соседней комнате, а не то зашумят дети — хоть вон беги! Если это не поможет, раздавался ее кроткий голос: она звала его и спрашивала о чем-нибудь.

Дорожка сада продолжена была в огород, и Илья Ильич совершал утром и вечером по ней двухчасовое хождение. С ним ходила она, а нельзя ей, так Маша, или Ваня, или старый знакомый, безответный, всему покорный и на всё согласный Алексеев.

Вот Илья Ильич идет медленно по дорожке, опираясь на плечо Вани. Ваня уж почти юноша, в гимназическом мундире, едва сдерживает свой бодрый, торопливый шаг, подлаживаясь под походку Ильи Ильича. Обломов не совсем свободно ступает одной ногой — следы удара.

— Ну пойдем, Ванюша, в комнату! — сказал он.

Они было направились к двери. Навстречу им появилась Агафья Матвеевна.

— Куда это вы так рано? — спросила она, не давая войти.

— Что за рано! Мы раз двадцать взад и вперед прошли, а ведь отсюда до забора пятьдесят сажен, значит, две версты.

— Сколько раз прошли? — спросила она Ванюшу.

Тот было замялся.

— Не ври, смотри у меня! — грозила она, глядя ему в глаза. — Я сейчас увижу. Помни воскресенье, не пущу в гости.

— Нет, маменька, право, мы раз... двенадцать прошли.

— Ах ты, плут этакой! — сказал Обломов. — Ты всё акацию щипал, а я считал всякий раз...

— Нет, походите еще: у меня и уха не готова! — решила хозяйка и захлопнула перед ними дверь.

И Обломов волей-неволей отсчитал еще восемь раз, потом уже пришел в комнату.

Там, на большом круглом столе, дымилась уха. Обломов сел на свое место, один на диване, около него, справа на стуле, Агафья Матвеевна, налево, на маленьком детском стуле с задвижкой, усаживался какой-то ребенок лет трех. Подле него садилась Маша, уже девочка лет тринадцати, потом Ваня, и, наконец, в этот день и Алексеев сидел напротив Обломова.

— Вот постойте, дайте еще я положу вам ершика: жирный такой попался! — говорила Агафья Матвеевна, подкладывая Обломову в тарелку ершика.

— Хорошо бы к этому пирог! — сказал Обломов.

— Забыла, право, забыла! А хотела еще с вечера, да память у меня словно отшибло! — схитрила Агафья Матвеевна.

— И вам тоже, Иван Алексеич, забыла капусты к котлетам приготовить, — прибавила она, обращаясь к Алексееву. — Не взыщите.

И опять схитрила.

— Ничего-с: я всё могу есть, — сказал Алексеев.

— Что это, в самом деле, не приготовят ему ветчины с горошком или бифштекс? — спросил Обломов. — Он любит...

— Сама ходила, смотрела, Илья Ильич, не было хорошей говядины! Зато вам кисель из вишневого сиропа велела сделать: знаю, что вы охотник, — добавила она, обращаясь к Алексееву.

Кисель был безвреден для Ильи Ильича, и потому его должен был любить есть на всё согласный Алексеев.

После обеда никто и ничто не могло отклонить Обломова от лежанья. Он обыкновенно ложился тут же на диване на спину, но только полежать часок. Чтоб он не спал, хозяйка наливала тут же, на диване, кофе, тут же играли на ковре дети, и Илья Ильич волей-неволей должен был принимать участие.

— Полно дразнить Андрюшу: он сейчас заплачет! — журил он Ваничку, когда тот дразнил ребенка.

— Машинька, смотри, Андрюша ушибется об стул! — заботливо предостерегал он, когда ребенок залезал под стулья.

И Маша бросалась доставать «братца», как она называла его.

Всё замолкло на минуту, хозяйка вышла на кухню посмотреть, готов ли кофе. Дети присмирели. В комнате послышалось храпенье, сначала тихое, как под сурдиной, потом громче, и когда Агафья Матвеевна появилась с дымящимся кофейником, ее поразило храпенье, как в ямской избе.

Она с упреком покачала головой Алексееву.

— Я будил, да они не слушают! — сказал в свое оправдание Алексеев.

Она быстро поставила кофейник на стол, схватила с пола Андрюшу и тихонько посадила его на диван к Илье Ильичу. Ребенок пополз по нем, добрался до лица и схватил за нос.

— А! Что? Кто это? — беспокойно говорил очнувшийся Илья Ильич.

— Вы задремали, а Андрюша влез да разбудил вас, — ласково сказала хозяйка.

— Когда же я задремал? — оправдывался Обломов, принимая Андрюшу в объятия. — Разве я не слыхал, как он ручонками карабкался ко мне? Я всё слышу! Ах, шалун этакой: за нос поймал! Вот я тебя! Вот постой, постой! — говорил он, нежа и лаская ребенка. Потом спустил его на пол и вздохнул на всю комнату.

— Расскажите что-нибудь, Иван Алексеич! — сказал он.

— Всё переговорили, Илья Ильич; нечего рассказывать, — отвечал тот.

— Ну как нечего? Вы бываете в людях: нет ли чего новенького? Я думаю, читаете?

— Да-с, иногда читаю, или другие читают, разговаривают, а я слушаю. Вот вчера у Алексея Спиридоныча сын, студент, читал вслух...

— Что ж он читал?

— Про англичан, что они ружья да пороху кому-то привезли. Алексей Спиридоныч сказали, что война будет.

— Кому же они привезли?

— В Испанию или в Индию — не помню, только посланник был очень недоволен.

— Какой же посланник? — спросил Обломов.

— Вот уж это забыл! — сказал Алексеев, поднимая нос к потолку и стараясь вспомнить.

— С кем война-то?

— С турецким пашой, кажется.

— Ну, что еще нового в политике? — спросил, помолчав, Илья Ильич.

— Да пишут, что земной шар всё охлаждается: когда-нибудь замерзнет весь.

— Вона! Разве это политика? — сказал Обломов.

Алексеев оторопел.

— Дмитрий Алексеич сначала упомянули политику, — оправдывался он, — а потом всё сподряд читали и не сказали, когда она кончится. Я знаю, что уж это литература пошла.

— Что же он о литературе-то читал? — спросил Обломов.

— Да читал, что самые лучшие сочинители Дмитриев, Карамзин, Батюшков и Жуковский...

— А Пушкин?

— Пушкина нет там. Я сам тоже подумал, отчего его нет! Ведь он *хений*,— сказал Алексеев, произнося *г*, как *х*.

Последовало молчание. Хозяйка принесла работу и принялась сновать иглой взад и вперед, поглядывая по временам на Илью Ильича, на Алексеева и прислушиваясь чуткими ушами, нет ли где беспорядка, шума, не бранится ли на кухне Захар с Анисьей, моет ли посуду Акулина, не скрипнула ли калитка на дворе, то есть не отлучился ли дворник в «заведение».

Обломов тихо погрузился в молчание и задумчивость. Эта задумчивость была не сон и не бдение: он беспечно пустил мысли бродить по воле, не сосредоточивая их ни на чем, покойно слушал мерное биение сердца и изредка ровно мигал, как человек, ни на что не устремляющий глаз. Он впал в неопределенное, загадочное состояние, род галлюцинации.

На человека иногда нисходят редкие и краткие задумчивые мгновения, когда ему кажется, что он переживает в другой раз когда-то и где-то прожитой момент. Во сне ли он видел происходящее перед ним явление, жил ли когда-нибудь прежде, да забыл, но он видит: те же лица сидят около него, какие сидели тогда, те же слова были произнесены уже однажды: воображение бессильно перенести опять туда, память не воскрешает прошлого и наводит раздумье.

То же было с Обломовым теперь. Его осеняет какая-то бывшая уже где-то тишина, качается знакомый маятник, слышится треск откушенной нитки; повторяются знакомые слова и шепот: «Вот никак не могу попасть ниткой в иглу: на-ка ты, Маша, у тебя глаза повострее!»

Он лениво, машинально, будто в забытьи, глядит в лицо хозяйки, и из глубины его воспоминаний возникает знакомый, где-то виденный им образ. Он добирался, когда и где слышал он это...

И видится ему большая темная, освещенная сальной свечкой гостиная в родительском доме, сидящая за круглым столом покойная мать и ее гостьи: они шьют молча; отец ходит молча. Настоящее и прошлое слились и перемешались.

Грезится ему, что он достиг той обетованной земли, где текут реки меду и молока, где едят незаработанный хлеб, ходят в золоте и серебре...

Слышит он рассказы снов, примет, звон тарелок и стук ножей, жмется к няне, прислушивается к ее старческому, дребезжащему голосу: «Милитриса Кирбитьевна!» — говорит она, указывая ему на образ хозяйки.

Кажется ему, то же облачко плывет в синем небе, как тогда, тот же ветерок дует в окно и играет его волосами; обломовский индейский петух ходит и горланит под окном.

Вон залаяла собака: должно быть, гость приехал. Уж не Андрей ли приехал с отцом из Верхлёва? Это был праздник для него. В самом деле, должно быть он: шаги ближе, ближе, отворяется дверь... «Андрей!» — говорит он. В самом деле, перед ним Андрей, но не мальчик, а зрелый мужчина.

Обломов очнулся: перед ним наяву, не в галлюцинации, стоял настоящий, действительный Штольц.

Хозяйка быстро схватила ребенка, стащила свою работу со стола, увела детей; исчез и Алексеев. Штольц и Обломов остались вдвоем, молча и неподвижно глядя друг на друга. Штольц так и пронзал его глазами.

— Ты ли это, Андрей? — спросил Обломов едва слышно от волнения, как спрашивает только после долгой разлуки любовник свою подругу.

— Я, — тихо сказал Андрей. — Ты жив, здоров?

Обломов обнял его, крепко прижимаясь к нему.

— Ах! — произнес он в ответ продолжительно, излив в этом *ах* всю силу долго таившейся в душе грусти и радости, и никогда, может быть, со времени разлуки не изливавшейся ни на кого и ни на что.

Они сели и опять пристально смотрели друг на друга.

— Здоров ли ты? — спросил Андрей.

— Да, теперь слава Богу.

— А был болен?

— Да, Андрей, у меня удар был...

— Возможно ли? Боже мой! — с испугом и участием сказал Андрей. — Но без последствий?

— Да, только левой ногой не свободно владею... — отвечал Обломов.

— Ах, Илья, Илья! Что с тобой? Ведь ты опустился совсем! Что ты делал это время? Шутка ли, пятый год пошел, как мы не видались!

Обломов вздохнул.

— Что ж ты не ехал в Обломовку? Отчего не писал?

— Что говорить тебе, Андрей? Ты знаешь меня и не спрашивай больше! — печально сказал Обломов.

— И всё здесь, на этой квартире? — говорил Штольц, оглядывая комнату, — и не съезжал?

— Да, всё здесь... Теперь уж я и не съеду!

— Как, решительно нет?

— Да, Андрей... решительно.

Штольц пристально посмотрел на него, задумался и стал ходить по комнате.

— А Ольга Сергеевна? Здорова ли? Где она? Помнит ли?..

Он не договорил.

— Здорова и помнит тебя, как будто вчера расстались. Я сейчас скажу тебе, где она.

— А дети?

— И дети здоровы... Но скажи, Илья: ты шутишь, что останешься здесь? А я приехал за тобой, с тем чтоб увезти туда, к нам, в деревню...

— Нет, нет! — понизив голос и поглядывая на дверь, заговорил Обломов, очевидно встревоженный. — Нет, пожалуйста, ты и не начинай, не говори.

— Отчего? Что с тобой? — начал было Штольц. — Ты знаешь меня: я давно задал себе эту задачу и не отступлюсь. До сих пор меня отвлекали разные дела, а теперь я свободен. Ты должен жить с нами, вблизи нас: мы с Ольгой так решили, так и будет. Слава Богу, что я застал тебя таким же, а не хуже. Я не надеялся... Едем же!.. Я готов силой увезти тебя! Надо жить иначе, ты понимаешь как...

Обломов с нетерпением слушал эту тираду.

— Не кричи, пожалуйста, тише! — упрашивал он. — Там...

— Что там?

— Услышат... хозяйка подумает, что я в самом деле хочу уехать...

— Ну так что ж? Пусть ее думает!

— Ах, как это можно! — перебил Обломов. — Послушай, Андрей! — вдруг прибавил он решительным, небывалым тоном, — не делай напрасных попыток, не уговаривай меня: я останусь здесь.

Штольц с изумлением поглядел на своего друга. Обломов покойно и решительно глядел на него.

— Ты погиб, Илья! — сказал он. — Этот дом, эта женщина... весь этот быт... Не может быть: едем, едем!

Он хватал его за рукав и тащил к двери.

— Зачем ты хочешь увезти меня? Куда? — говорил, упираясь, Обломов.

— Вон из этой ямы, из болота, на свет, на простор, где есть здоровая, нормальная жизнь! — настаивал Штольц строго, почти повелительно. — Где ты? Что ты стал? Опомнись! Разве ты к этому быту готовил себя, чтоб спать, как крот в норе? Ты вспомни всё...

— Не напоминай, не тревожь прошлого: не воротишь! — говорил Обломов с мыслью на лице, с полным сознанием рассудка и воли. — Что ты хочешь делать со мной? С тем миром, куда ты влечешь меня, я распался навсегда; ты не спаяешь, не составишь две разорванные половины. Я прирос к этой яме больным местом: попробуй оторвать — будет смерть.

— Да ты оглянись, где и с кем ты?

— Знаю, чувствую... Ах, Андрей, всё я чувствую, всё понимаю: мне давно совестно жить на свете! Но не могу идти с тобой твоей дорогой, если б даже захотел... Может быть, в последний раз было еще возможно. Теперь... (он опустил глаза и промолчал с минуту) теперь поздно... Иди и не останавливайся надо мной. Я сто́ю твоей дружбы — это Бог видит, но не сто́ю твоих хлопот.

— Нет, Илья, ты что-то говоришь, да не договариваешь. А все-таки я увезу тебя, именно потому и увезу, что подозреваю... Послушай, — сказал он, — надень что-нибудь и поедем ко мне, просиди у меня вечер. Я тебе расскажу много-много: ты не знаешь, что закипело у нас теперь, ты не слыхал?..

Обломов смотрел на него вопросительно.

— Ты не видишься с людьми, я и забыл: пойдем, я всё расскажу тебе... Знаешь, кто здесь у ворот в карете, ждет меня... Я позову сюда!

— Ольга! — вдруг вырвалось у испуганного Обломова. Он даже изменился в лице. — Ради Бога не допускай ее сюда, уезжай. Прощай, прощай, ради Бога!

Он почти толкал Штольца вон; но тот не двигался.

— Я не могу пойти к ней без тебя: я дал слово, слышишь, Илья? Не сегодня, так завтра, ты только отсрочишь, но не отгонишь меня... Завтра, послезавтра, а все-таки увидимся!

Обломов молчал, опустив голову и не смея взглянуть на Штольца.

— Когда же? Меня Ольга спросит.

— Ах, Андрей, — сказал он нежным, умоляющим голосом, обнимая его и кладя голову ему на плечо. — Оставь меня совсем... забудь...

— Как, навсегда? — с изумлением спросил Штольц, устраняясь от его объятий и глядя ему в лицо.

— Да! — прошептал Обломов.

Штольц отступил от него на шаг.

— Ты ли это, Илья? — упрекал он. — Ты отталкиваешь меня, и для нее, для этой женщины!.. Боже мой! — почти закричал он, как от внезапной боли. — Этот ребенок, что я сейчас видел... Илья, Илья! Беги отсюда, пойдем, пойдем скорее! Как ты пал! Эта женщина... что она тебе...

— Жена! — покойно произнес Обломов.

Штольц окаменел.

— А этот ребенок — мой сын! Его зовут Андреем в память о тебе! — досказал Обломов разом и покойно перевел дух, сложив с себя бремя откровенности.

Теперь Штольц изменился в лице и ворочал изумленными, почти бессмысленными глазами вокруг себя. Перед ним вдруг «отверзлась бездна», воздвиглась «каменная стена», и Обломова как будто не стало, как будто он пропал из глаз его, провалился, и он только почувствовал ту жгучую тоску, которую испытывает человек, когда спешит с волнением после разлуки увидеть друга и узнает, что его давно уже нет, что он умер.

— Погиб! — машинально, шепотом сказал он. — Что ж я скажу Ольге?

Обломов услыхал последние слова, хотел что-то сказать и не мог. Он протянул к Андрею обе руки, и они обнялись молча, крепко, как обнимаются перед боем, перед смертью. Это объятие задушило их слова, слезы, чувства...

— Не забудь моего Андрея! — были последние слова Обломова, сказанные угасшим голосом.

Андрей молча, медленно вышел вон, медленно, задумчиво шел он двором и сел в карету, а Обломов сел на диван, оперся локтями на стол и закрыл лицо руками.

«Нет, не забуду я твоего Андрея, — с грустью, идучи двором, думал Штольц. — Погиб ты, Илья: нечего тебе говорить, что твоя Обломовка не в глуши больше, что до нее дошла очередь, что на нее пали лучи солнца! Не скажу тебе, что года через четыре она будет станцией дороги, что мужики твои пойдут работать насыпь, а потом по чугунке покатится твой хлеб к пристани... А там... школы, грамота, а дальше... Нет, перепугаешься ты зари нового счастья, больно будет непривычным глазам. Но поведу твоего Андрея, куда ты не мог идти... и с ним будем проводить в дело наши юношеские мечты».

— Прощай, старая Обломовка! — сказал он, оглянувшись в последний раз на окна маленького домика. — Ты отжила свой век!

— Что там? — спросила Ольга с сильным биением сердца.

— Ничего! — сухо, отрывисто отвечал Андрей.

— Он жив, здоров?

— Да, — нехотя отозвался Андрей.

— Что ж ты так скоро воротился? Отчего не позвал меня туда и его не привел? Пусти меня!

— Нельзя!

— Что ж там делается? — с испугом спрашивала Ольга. — Разве «бездна открылась»? Скажешь ли ты мне?

Он молчал.

— Да что такое там происходит?

— Обломовщина! — мрачно отвечал Андрей и на дальнейшие расспросы Ольги хранил до самого дома угрюмое молчание.

X

Прошло лет пять. Многое переменилось и на Выборгской стороне: пустая улица, ведущая к дому Пшеницыной, обстроилась дачами, между которыми возвышалось длинное, каменное, казенное здание, мешавшее солнечным лучам весело бить в стекла мирного приюта лени и спокойствия.

И сам домик обветшал немного, глядел небрежно, нечисто, как небритый и немытый человек. Краска слезла, дождевые трубы местами изломались: оттого на дворе стояли лужи грязи, через которые, как прежде, брошена была узенькая доска. Когда кто войдет в калитку, старая Арапка не скачет бодро на цепи, а хрипло и лениво лает, не вылезая из конуры.

А внутри домика какие перемены! Там властвует чужая женщина, резвятся не прежние дети. Там опять появляется по временам красное, испитое лицо буйного Тарантьева и нет более кроткого, безответного Алексеева. Не видать ни Захара, ни Анисьи: новая толстая кухарка распоряжается на кухне, нехотя и грубо исполняя тихие приказания Агафьи Матвеевны, да та же Акулина, с заткнутым за пояс подолом, моет корыта и корчаги; тот же сонный дворник и в том же тулупе праздно доживает свой век в конурке. Мимо решетчатого забора в урочные часы раннего утра и обеденной поры мелькает опять фигура «братца» с большим пакетом под мышкой, в резиновых галошах зимой и летом.

Что же стало с Обломовым? Где он? Где? — На ближайшем кладбище под скромной урной покоится тело его, между кустов, в затишье. Ветви сирени, посаженные дружеской рукой, дремлют над могилой, да безмятежно пахнет полынь. Кажется, сам ангел тишины охраняет сон его.

Как зорко ни сторожило каждое мгновение его жизни любящее око жены, но вечный покой, вечная тишина и ленивое переползанье изо дня в день тихо остановили машину жизни. Илья Ильич скончался, по-видимому, без боли, без мучений, как будто остановились часы, которые забыли завести.

Никто не видал последних его минут, не слыхал предсмертного стона. Апоплексический удар повторился еще раз, спустя год, и опять миновал благополучно: только Илья Ильич стал бледен, слаб, мало ел, мало стал выходить в садик и становился всё молчаливее и задумчивее, иногда даже плакал. Он предчувствовал близкую смерть и боялся ее.

Несколько раз делалось ему дурно и проходило. Однажды утром Агафья Матвеевна принесла было ему, по обыкновению, кофе и — застала его так же кротко покоящимся на одре смерти, как на ложе сна, только голова немного сдвинулась с подушки да рука судорожно прижата была к сердцу, где, по-видимому, сосредоточилась и остановилась кровь.

Три года вдовеет Агафья Матвеевна: в это время всё изменилось на прежний лад. Братец занимались подрядами, но разорились и поступили кое-как, разными хитростями и поклонами, на прежнее место секретаря в канцелярии, «где записывают мужиков», и опять ходят пешком в должность и приносят четвертаки, полтинники и двугривенные, наполняя ими далеко спрятанный сундучок. Хозяйство пошло такое же грубое, простое, но жирное и обильное, как в прежнее время, до Обломова.

Первенствующую роль в доме играла супруга братца, Ирина Пантелеевна, то есть она предоставляла себе право вставать поздно, пить три раза кофе, переменять три раза платье в день и наблюдать только одно по хозяйству, чтоб ее юбки были накрахмалены как можно крепче. Более она ни во что не входила, и Агафья Матвеевна по-прежнему была живым маятником в доме: она смотрела за кухней и столом, поила весь дом чаем и кофе, обшивала всех, смотрела за бельем, за детьми, за Акулиной и за дворником.

Но отчего же так? Ведь она госпожа Обломова, помещица; она могла бы жить отдельно, независимо, ни в ком и ни в чем не нуждаясь? Что ж могло заставить ее взять на себя обузу чужого хозяйства, хлопот о чужих детях, обо всех этих мелочах, на которые женщина обрекает себя или по влечению любви, по святому долгу семейных уз, или из-за куска насущного хлеба? Где же Захар, Анисья, ее слуги по всем правам? Где, наконец, живой залог, оставленный ей мужем, маленький Андрюша? Где ее дети от прежнего мужа?

Дети ее пристроились, то есть Ванюша кончил курс наук и поступил на службу; Машинька вышла замуж за смотрителя какого-то казенного дома, а Андрюшу выпросили на воспитание Штольц и жена и считают его членом своего семейства. Агафья Матвеевна никогда не равняла и не смешивала участи Андрюши с судьбою первых детей своих, хотя в сердце своем, может быть бессознательно, и давала им всем равное место. Но воспитание, образ жизни, будущую жизнь Андрюши она отделяла целой бездной от жизни Ванюши и Машиньки.

— Те что? Такие же замарашки, как я сама, — небрежно говорила она, — они родились в черном теле, а этот, — прибавляла она почти с уважением об Андрюше и с некоторою если не робостью, то осторожностью лаская его, — этот — барчонок! Вон он какой беленький, точно наливной; какие маленькие ручки и ножки, а волоски, как шелк. Весь в покойника!

Поэтому она беспрекословно, даже с некоторою радостью, согласилась на предложение Штольца взять его на воспитание, полагая, что там его настоящее место, а не тут, «в черноте», с грязными ее племянниками, детками братца.

С полгода по смерти Обломова жила она с Анисьей и Захаром в дому, убиваясь горем. Она проторила тропинку к могиле мужа и выплакала все глаза, почти ничего не ела, не пила, питалась только чаем и часто по ночам не смыкала глаз и истомилась совсем. Она никогда никому не жаловалась и, кажется, чем более отодвигалась от минуты разлуки, тем больше уходила в себя, в свою печаль, и замыкалась от всех, даже от Анисьи. Никто не знал, каково у ней на душе.

— А ваша хозяйка всё плачет по муже, — говорил кухарке лавочник на рынке, у которого брали в дом провизию.

— Всё грустит по муже, — говорил староста, указывая на нее просвирне в кладбищенской церкви, куда каждую неделю приходила молиться и плакать безутешная вдова.

— Всё еще убивается! — говорили в доме братца.

Однажды вдруг к ней явилось неожиданно нашествие всего семейства братца, с детьми, даже с Тарантьевым, под предлогом сострадания. Полились пошлые утешения, советы «не губить себя, поберечь для детей» — всё, что говорено было ей лет пятнадцать назад, по случаю смерти первого мужа, и что произвело тогда желанное действие, а теперь производило в ней почему-то тоску и отвращение.

Ей стало гораздо легче, когда заговорили о другом и объявили ей, что теперь им можно опять жить вместе, что и ей будет легче «среди своих горе мыкать», и им хорошо, потому что никто, как она, не умеет держать дома в порядке.

Она просила срока подумать, потом убивалась месяца два еще и наконец согласилась жить вместе. В это время Штольц взял Андрюшу к себе и она осталась одна.

Вон она, в темном платье, в черном шерстяном платке на шее, ходит из комнаты в кухню, как тень, по-прежнему отворяет и затворяет шкапы, шьет, гладит кружева, но тихо, без энергии, говорит будто нехотя, тихим голосом и не по-прежнему смотрит вокруг беспечно перебегающими с предмета на предмет глазами, а с сосредоточенным выражением, с затаившимся внутренним смыслом в глазах. Мысль эта села невидимо на ее лицо, кажется, в то мгновение когда она сознательно и долго вглядывалась в мертвое лицо своего мужа, и с тех пор не покидала ее.

Она двигалась по дому, делала руками всё, что было нужно, но мысль ее не участвовала тут. Над трупом мужа, с потерею его, она, кажется, вдруг уразумела свою жизнь и задумалась над ее значением, и эта задумчивость легла навсегда тенью на ее лицо. Выплакав потом живое горе, она сосредоточилась на сознании о потере: всё прочее умерло для нее, кроме маленького Андрюши. Только когда видела она его, в ней будто пробуждались признаки жизни, черты лица оживали, глаза наполнялись радостным светом и потом заливались слезами воспоминаний.

Она была чужда всего окружающего: рассердится ли братец за напрасно истраченный или невыторгованный рубль, за подгорелое жаркое, за несвежую рыбу, надуется ли невестка за мягко накрахмаленные юбки, за некрепкий и холодный чай, нагрубит ли толстая кухарка, Агафья Матвеевна не замечает ничего, как будто не о ней речь, не слышит даже язвительного шепота: «Барыня, помещица!»

Она на всё отвечает достоинством своей скорби и покорным молчанием.

Напротив, в святки, в Светлый день, в веселые вечера масленицы, когда всё ликует, поет, ест и пьет в доме, она вдруг, среди общего веселья, зальется горючими слезами и спрячется в свой угол.

Потом опять сосредоточится и иногда даже смотрит на братца и на жену его как будто с гордостью, с сожалением.

Она поняла, что проиграла и просияла ее жизнь, что Бог вложил в ее жизнь душу и вынул опять; что засветилось в ней солнце и померкло навсегда... Навсегда, правда; но зато навсегда осмыслилась и жизнь ее: теперь уж она знала, зачем она жила и что жила не напрасно.

Она так полно и много любила: любила Обломова — как любовника, как мужа и как барина; только рассказать никогда она этого, как прежде, не могла никому. Да никто и не понял бы ее вокруг. Где бы она нашла язык? В лексиконе братца, Тарантьева, невестки не было таких слов, потому что не было понятий: только Илья Ильич понял бы ее, но она ему никогда не высказывала, потому что не понимала тогда сама и не умела.

С летами она понимала свое прошедшее всё больше и яснее и таила всё глубже, становилась всё молчаливее и сосредоточеннее. На всю жизнь ее разлились лучи, тихий свет от пролетевших, как одно мгновение, семи лет, и нечего было ей желать больше, некуда идти.

Только когда приезжал на зиму Штольц из деревни, она бежала к нему в дом и жадно глядела на

Андрюшу, с нежной робостью ласкала его и потом хотела бы сказать что-нибудь Андрею Ивановичу, поблагодарить его, наконец, выложить пред ним всё, всё, что сосредоточилось и жило неисходно в ее сердце: он бы понял, да не умеет она, и только бросится к Ольге, прильнет губами к ее рукам и зальется потоком таких горячих слез, что и та невольно заплачет с нею, а Андрей, взволнованный, поспешно уйдет из комнаты.

Их всех связывала одна общая симпатия, одна память о чистой, как хрусталь, душе покойника. Они упрашивали ее ехать с ними в деревню, жить вместе, подле Андрюши — она твердила одно: «Где родились, жили век, тут надо и умереть».

Напрасно давал ей Штольц отчет в управлении имением, присылал следующие ей доходы, всё отдавала она назад, просила беречь для Андрюши.

— Это его, а не мое, — упрямо твердила она, — ему понадобится; он барин, а я проживу и так.

XI

Однажды, около полудня, шли по деревянным тротуарам на Выборгской стороне два господина; сзади их тихо ехала коляска. Один из них был Штольц, другой — его приятель, литератор, полный, с апатическим лицом, задумчивыми, как будто сонными, глазами. Они поравнялись с церковью; обедня кончилась, и народ повалил на улицу; впереди всех нищие. Коллекция их была большая и разнообразная.

— Я бы хотел знать, откуда нищие берутся? — сказал литератор, глядя на нищих.

— Как откуда? Из разных щелей и углов наползают...

— Я не то спрашиваю, — возразил литератор, — я хотел бы знать: как можно сделаться нищим, стать в это положение? Делается ли это внезапно или постепенно, искренно или фальшиво?..

— Зачем тебе? Не хочешь ли писать «Mystères de Pétersbourg»?[1]

— Может быть... — лениво зевая, проговорил литератор.

— Да вот случай: спроси любого, за рубль серебром он тебе продаст всю свою историю, а ты запиши и перепродай с барышом. Вон старик, тип нищего, кажется, самый нормальный. Эй, старик? Поди сюда!

Старик обернулся на зов, снял шапку и подошел к ним.

— Милосердые господа! — захрипел он. — Помогите бедному, увечному в тридцати сражениях, престарелому воину...

— Захар! — с удивлением сказал Штольц. — Это ты?

Захар вдруг замолчал, потом, прикрыв глаза рукой от солнца, пристально поглядел на Штольца.

— Извините, ваше превосходительство, не признаю... ослеп совсем!

— Забыл друга своего барина, Штольца, — упрекнул Штольц.

— Ах, ах, батюшка, Андрей Иваныч! Господи, слепота одолела! Батюшка, отец родной!

Он суетился, ловил руку Штольца и, не поймав, поцеловал полу его платья.

— Привел Господь дожить до этакой радости меня, пса окаянного... — завопил он, не то плача, не то смеясь. Всё лицо его как будто прожжено было багровой печатью от лба до подбородка. Нос был, сверх того, подернут синевой. Голова совсем лысая; бакенбарды были по-прежнему большие, но смятые и перепутанные, как войлок, в каждой точно положено было по комку снега. На нем была ветхая, совсем полинявшая шинель, у которой недоставало одной полы; обут он был в старые стоптанные галоши на босу ногу; в руках держал меховую, совсем обтертую шапку.

---

[1] «Петербургские тайны» *(фр.)*.

— Ах ты, Господи милосердый! Какую милость сотворил мне сегодня для праздника...

— Что ты это в каком положении? Отчего? Тебе не стыдно? — строго спросил Штольц.

— Ах, батюшка, Андрей Иваныч! Что ж делать? — тяжело вздохнув, начал Захар. — Чем питаться? Бывало, когда Анисья была жива, так я не шатался, был кусок и хлеба, а как она померла в холеру, — царство ей небесное, — братец барынин не захотели держать меня, звали дармоедом. Михей Андреич Тарантьев всё норовил, как пойдешь мимо, сзади ногой ударить: житья не стало! Попреков сколько перенес. Поверите ли, сударь, кусок хлеба в горло не шел. Кабы не барыня, дай Бог ей здоровье! — прибавил Захар, крестясь, — давно бы сгиб я на морозе. Она одежонку на зиму дает и хлеба сколько хочешь, и на печке угол — всё по милости своей давала. Да из-за меня и ее стали попрекать, я и ушел куда глаза глядят! Вот теперь второй год мыкаю горе...

— Зачем на место не шел? — спросил Штольц.

— Где, батюшка, Андрей Иваныч, нынче место найдешь? Был на двух местах, да не потрафил. Всё не то теперь, не по-прежнему; хуже стало. В лакеи грамотных требуют; да и у знатных господ нет уж этого, чтоб в передней битком набито было народу. Всё по одному, редко где два лакея. Сапоги сами снимают с себя: какую-то машинку выдумали! — с сокрушением продолжал Захар. — Срам, стыд, пропадает барство!

Он вздохнул.

— Вот определился было я к немцу, к купцу, в передней сидеть; всё шло хорошо, а он меня послал к буфету служить: мое ли дело? Однажды понес посуду, какую-то богемскую, что ли, полы-то гладкие, скользкие — чтоб им провалиться! Вдруг ноги у меня врозь, вся посуда, как есть с подносом, и грянулась оземь: ну и прогнали! Вдругорядь одной старой графине видом понравился: «почтенный на взгляд», говорит, и взяла в швейцары. Должность хорошая, старинная: сиди только важнее на стуле, положи ногу на ногу, покачивай, да не отвечай сразу, когда кто придет, а сперва зарычи, а потом уж пропусти или в шею вытолкай, как понадобится; а хорошим гостям, известно: булавой наотмашь, вот так! — Захар сделал рукой наотмашь. — Оно лестно, что говорить! Да барыня попалась такая неугодливая — Бог с ней! Раз заглянула ко мне в каморку, увидала клопа, растопалась, раскричалась, словно я выдумал клопов! Когда без клопа хозяйство бывает! В другой раз шла мимо меня, почудилось ей, что вином от меня пахнет... такая, право! И отказала.

— А ведь в самом деле пахнет, так и несет! — сказал Штольц.

— С горя, батюшка, Андрей Иваныч, ей-богу, с горя, — засипел Захар, сморщившись горько. — Пробовал тоже извозчиком ездить. Нанялся к хозяину, да ноги ознобил: сил-то мало, стар стал! Лошадь попалась злющая; однажды под карету бросилась, чуть не изломала меня; в другой раз старуху смял, в часть взяли...

— Ну, полно, не бродяжничай и не пьянствуй, приходи ко мне, я тебе угол дам, в деревню поедем — слышишь?

— Слышу, батюшка, Андрей Иваныч, да...

Он вздохнул.

— Ехать-то неохота отсюда, от могилки-то! Наш-то кормилец-то, Илья Ильич, — завопил он, — опять помянул его сегодня, царство ему небесное! Этакого барина отнял Господь! На радость людям жил, жить бы ему сто лет... — всхлипывал и приговаривал Захар, морщась. — Вот сегодня на могилке у него был; как в эту сторону приду, так и туда, сяду да и сижу; слезы так и текут... Этак-то иногда задумаюсь, притихнет всё, и почудится, как будто кличет: «Захар! Захар!» Инда мурашки по спине побегут! Не нажить такого барина! А вас-то как любил — помяни, Господи, его душеньку во царствии своем!

— Ну приходи на Андрюшу взглянуть: я тебя велю накормить, одеть, а там как хочешь! — сказал Штольц и дал ему денег.

— Приду; как не прийти взглянуть на Андрея Ильича? Чай, великонек стал! Господи! Радости какой привел дождаться Господь! Приду, батюшка, дай Бог вам доброго здоровья и несчетные годы... — ворчал Захар вслед уезжавшей коляске.

— Ну, ты слышал историю этого нищего? — сказал Штольц своему приятелю.

— А что это за Илья Ильич, которого он поминал? — спросил литератор.

— Обломов: я тебе много раз про него говорил.

— Да, помню имя: это твой товарищ и друг. Что с ним сталось?

— Погиб, пропал ни за что.

Штольц вздохнул и задумался.

— А был не глупее других, душа чиста и ясна, как стекло; благороден, нежен, и — пропал!

— Отчего же? Какая причина?

— Причина... какая причина! Обломовщина! — сказал Штольц.

— Обломовщина! — с недоумением повторил литератор. — Что это такое?

— Сейчас расскажу тебе: дай собраться с мыслями и памятью. А ты запиши: может быть, кому-нибудь пригодится.

И он рассказал ему, что здесь написано.

1857 и 1858 гг.

ОБЛОМОВ. РЕАЛЬНЫЙ КОММЕНТАРИЙ

ЧАСТЬ ПЕРВАЯ

С. 27. *В Гороховой улице...* — Речь идет об одной из центральных улиц Петербурга (первоначальное название — 2-я Адмиралтейская перспектива; Гороховой стала называться в 1756 г. по имени купца Горохова, поставившего здесь первый каменный дом). Берет начало у Адмиралтейства и пересекает четыре административные части города. Упоминается у Пушкина («Барышня-крестьянка»), Лермонтова («Княгиня Лиговская»), Гоголя («Невский проспект» и др.), Достоевского («Бедные люди»), Чернышевского («Что делать?») и др.

Шлафрок — просторная домашняя одежда без пуговиц (халат), в которой не считалось предосудительным принимать гостей (*нем.* Schlafrock).

С. 35. *Святая* (Светлая) *неделя* (седмица) — первая неделя по Пасхе.

С. 42. *Рейт-фрак* — фрак для верховой езды (от *нем.* reiten — ездить верхом).

Ведь сегодня первое мая ~ едем в Екатерингоф. — В Петербурге ежегодное городское гулянье на 1 мая, аналогичное майским праздникам в Польше и Литве и ставшее традиционным при Петре I, проходило в Екатерингофе — парке на западной окраине города (заложен в 1711 г.). В этот день «многотысячная толпа, направлявшаяся в Екатерингоф с чадами и домочадцами, переполняла прилегающие к нему улицы и бульвар по набережной Обводного канала. Вереница экипажей, собственных и наемных, с одетыми по-весеннему седоками тянулась по набережной Екатерининского канала, по Старо-Петергофскому проспекту, по шоссе вдоль Обводного канала... <...> Целая флотилия яликов, шлюпок, гичек и разных лодок плыла по Екатерининскому каналу и Фонтанке, направляясь к Екатерингофу. <...> На двух главных аллеях парка в разных концах гремели назначенные по наряду полковые оркестры в парадной форме и хоры военных песенников, тоже в ярких мундирах. В этот день открывался „Екатерингофский воксал“. На лужайках вертелись карусели, раздавались присказки „панорамщиков“, кричали, нарочито гнусавя, „петрушечники“, щелкали выстрелы у стрельбищ, шла бойкая торговля разнообразной мелочью. <...> Катались с деревянных гор, захаживали в „рогожные балаганы“...» (Русские народные гулянья по рассказам А. Я. Алексеева-Яковлева в записи и обработке Евг. Кузнецова. Л.; М., 1948. С. 37–38).

Сегодня мы с ним в балете; он бросит букет. ~ Ах! ведь нужно ехать камелий достать... — Обычай бросать на сцену букеты цветов и цветочные гирлянды возник в первый сезон петербургских гастролей Итальянской оперы (1843–1844) и, войдя в моду, получил у современников название «цветобесия». Чрезмерность этого увлечения была осмеяна В. А. Соллогубом в водевиле «Букеты, или Петербургское цветобесие» (1845).

С. 43. *Напрасно я забыть ее стараюсь / И страсть хочу рассудком победить...* — Первые строки романса Д. Ленского, известного в музыкальной обработке Вл. Арсеньева (1842), Н. Новикова (1843), Н. Ф. Виteляро (1851), К. А. Тарновского (1862). Другое назв.: «Я не могу ее забыть».

С. 44. *Венецианская школа* — одна из основных художественных школ Италии, которую во время ее расцвета в середине XV–XVI вв. представляли семья Беллини, В. Карпаччо, Джорджоне, Тициан, П. Веронезе, Тинторетто, а в XVIII в. — Д. Б. Тьеполо, А. Каналетто, П. Лонги, Ф. Гварди.

...у генерала... — В обиходе (не на службе) вместо гражданских наименований чинов часто использовались равные им по классу наименования военных чинов, например «майор» вместо «коллежский асессор» или «генерал» для тех, кто имел чины V класса и выше по Табели о рангах.

...то на русском, то на французском театре. — Русским назывался Александринский театр (ныне пл. Островского, 2). В репертуаре театра в 1840-е гг. преобладали русские и переводные комедии и водевили, также историческая драма. Французский театр — Михайловский (ныне Театр оперы и балета им. М. П. Мусоргского; пл. Искусств, 1). Со времени открытия театра в ноябре 1833 г. в нем шли спектакли

французской и немецкой драматических трупп. В течение длительного времени на Михайловской сцене играли выдающиеся французские актеры; французская труппа театра считалась одной из лучших в Европе.

Вот опера будет, я абонируюсь. — Главной оперной сценой Петербурга был Большой (Каменный) театр (находился на Театральной пл., на месте нынешнего здания Консерватории). Абонемент в театр покупался на сезон, т. е. с октября до февраля—марта: театральные представления как в опере, так и в драме заканчивались на масленице, с началом Великого поста.

С. 45. *Это был господин в темно-зеленом фраке с гербовыми пуговицами, гладко выбритый...* — В соответствии с «Положением о гражданских мундирах» (1834) мундир, вицмундир, мундирный фрак и сюртук гражданских чиновников почти всех ведомств был темно-зеленого сукна; на «желтых» мундирных пуговицах изображался государственный герб. По указу Сената от 2 апреля 1837 г. всем гражданским чиновникам воспрещалось носить усы и бороду (военные носили только усы, но не бороду).

С. 46. *...в статские махнешь.* — Статский советник — чин V класса по Табели о рангах.

Еще нынешний год корону надо получить; думал, за отличие представят... — Речь может идти об орденах Св. Анны и Св. Станислава: знаком «возвышенного достоинства» для 1-й и 2-й степеней этих орденов служила императорская корона. Как производство в следующий классный чин (с занятием новой должности), так и получение следующего «в порядке постепенности» ордена осуществлялись либо по истечении положенного срока (обычно три года), либо до срока — «за отличия».

С. 47. *Формулярный список* — послужной список (введен в 1798 г.), в который вносились сведения о рождении, происхождении, образовании, семейном положении, прохождении службы, наградах, отличиях, нахождении под судом и проч.

У нас прибавляют три стола и двух чиновников особых поручений. — Столом назывался особый разряд дел внутри отделений департаментов. Чиновник особых поручений — должность при директорах департаментов министерств (и при губернаторах), предоставлявшая особые полномочия; исполнитель разовых поручений.

С. 49. *Действительный статский советник* — чин IV класса по Табели о рангах.

...дали Владимира... — Орден Св. Владимира (четырех степеней) был третьим в «порядке постепенности» российских орденов (старше орденов Св. Станислава и Св. Анны). Орден Св. Владимира 4-й (низшей) степени давал право потомственного дворянства.

...Олешкин — его превосходительство. — «Ваше (его) превосходительство» — официальная формула титулования (так называемый общий титул) лиц в чинах III—IV классов по Табели о рангах. Пользование общим титулом по чину было обязательно во всех случаях обращения к вышестоящему по службе или по общественному положению. В XIX в. в России существовало пять общих титулов: I и II классы — ваше высокопревосходительство; II — IV классы — ваше превосходительство; V класс — ваше высокородие; VI—VIII классы — ваше высокоблагородие; IX—XIV классы — ваше благородие. Здесь речь идет о чине IV класса (действительный статский советник), соответствовавшем, как правило, должности директора департамента в министерстве.

Такой обязательный... — Т. е. предупредительный, внимательный.

С. 50. *...не то мнение или законы подведешь в записке...*; см. также с. 87: *...писать тетради в два пальца толщиной, которые, точно на смех, называли записками...* — «Записками» официально именовались представления из министерств в высшие органы власти (Государственный совет, Комитет министров). Формуляр записок (и даже формат бумаги) был строго регламентирован и включал обязательные разделы, в том числе раздел «Законы». В «Заключении» «подводилось» (определялось) «Мнение» — официальное (на уровне главы ведомства) заключение по данному вопросу. Министерским «запискам» принадлежала важнейшая роль в системе делопроизводства, они являлись инициативными документами.

С. 51. *...господин, заросший весь бакенбардами, усами и эспаньолкой.* — Эспаньолка (*фр.* espagnol) — короткая остроконечная бородка. Поскольку ношение бороды для государственных служащих было запрещено и преследовалось по закону (см. выше, примеч. к с. 45), наличие бороды служило знаком вольнодумства и фрондерства. См., например, многочисленные свидетельства о преследовании славянофилов за ношение бороды в 1840—1850-х гг.: *Мазур Н. Н.* Дело о бороде: (Из архива Хомякова: письмо о запрещении носить бороду и русское платье) // Новое литературное обозрение. 1994. № 6. С. 127—138.

С. 53. *...называется гуманитетом. ~ В их рассказе слышны не «невидимые слезы», а один только видимый, грубый смех, злость...* — Германизм «гуманитет» (*нем.* Humanität) характерен для гончаровского словаря, хотя общеупотребительным в середине XIX в. был латинизм «гуманность». «Невидимые слезы» — реминисценция из 7-й главы I тома «Мертвых душ»; ср. у Н. В. Гоголя: «...озирать всю громадно несущуюся жизнь, озирать ее сквозь видный миру смех и незримые, неведомые ему слезы!».

С. 55. *...наша редакция вся у Сен-Жоржа сегодня...* — Ресторан Сен-Жоржа находился на набережной Мойки, близ Полицейского моста (сейчас — Народный).

С. 60. *Тарантьев обедать придет: сегодня суббота.* — Первое мая приходилось на субботу в 1843 г. Это дало повод ряду исследователей отнести начало действия в романе к 1843 г.

С. 62. *А под Иванов день еще три мужика ушли...*; см. также с. 210: *Он на Ивана Купала по ночам в лесу один шатается...* — Иванов день (24 июня) по церковному календарю — Рождество Иоанна Крестителя (Предтечи). Совпадает с народным праздником Ивана Купалы, сопровождаемым «купальскими» (языческими) обрядами. Накануне Иванова дня в деревнях проходят гулянья, ярмарки. В ночь на Ивана Купала, по народным поверьям, цветет папоротник, сбором трав в этот день занимались люди, промышлявшие знахарством и колдовством.

Исправник — начальник уездной полиции, председатель земского суда.

С. 66. *Подьячий* — изначально (в XVI—XVII вв.) младший служащий в приказах, подчинявшийся приказным дьякам; в XIX в. — мелкий чиновник при земских судах, писец, ходатай по делам.

...хождения по чужим делам ~ мудреной науки хождения по делам. — Речь идет о должности ходатая, или поверенного по делам, которая существовала при губернских палатах уголовного и гражданского суда и имела крайне низкую общественную репутацию.

...разбирать Корнелия Непота...; см. также с. 203: *...перевод из Корнелия Непота на немецкий язык.* — Корнелий Непот (ок. 100 — после 32 г. до н. э.) — римский историк; его основной труд — сборник биографий «О знаменитых людях» («De illustribus virus», 16 книг) полностью не сохранился. Благодаря ясности изложения и простоте языка написанные Непотом биографии исторических деятелей Греции и Рима в школьной практике считались образцовыми.

С. 67. *Присутственные места* — учреждения (по всем отраслям административной, судебной и иной деятельности), где собирались должностные лица для производства дел.

...в земском или уездном суде... — Земский суд — уездный административно-полицейский орган, ведавший охраной порядка; участвовал в предварительном следствии и исполнял судебные приговоры. Земский суд состоял из заседателей — от дворян (4—5) и с 1837 г. — от государственных крестьян (2), а также возглавлявшего суд исправника (капитана-исправника, земского исправника), стоявшего и во главе уездной полиции. Уездный суд — низшая судебная инстанция в дореформенной России, первая инстанция для мелких уголовных и гражданских дел.

С. 68. *...по винным откупам.* — Откуп — приобретавшееся за определенный денежный взнос в государственную казну монопольное право торговли какими-либо товарами или право взыскания налогов от подобной торговли. В России широкое распространение получил винный откуп (отмененный только в 1860 г.), дававший откупщикам, а через них и казне миллионные доходы.

...два русские пролетария... — Слова «пролетарий», «пролетариат» появляются в русской публицистике со второй половины XIX в. в связи с интересом к положению рабочего класса на Западе и событиям июня 1848 г. в Париже. Однако семантическое наполнение этих слов в течение 40—70-х гг. оставалось неустойчивым («неимущий», «бедняк»); «пролетариями» в России называли обыкновенно и многочисленных мелких чиновников.

С. 73. *...изволь в английском магазине купить*; см. также с. 484: *...и чернила из английского магазина...* — Английский магазин Никольса и Плинке, торговавший разнообразными товарами, от тканей и канцелярских принадлежностей до ювелирных изделий и заграничных вин, находился на Большой Морской улице, недалеко от Невского проспекта.

С. 73. *Красненькая* — десятирублевая ассигнация, по цвету купюры.

Ассигнация — бумажная купюра (достоинством 200, 100, 50, 25, 10 и 5 руб.), введенная в обращение при Екатерине II. Манифест от 1 июня 1843 г. «О замене ассигнаций и других денежных представителей кредитными билетами» положил начало изъятию ассигнаций из обращения. Обмен ассигнаций на кредитные билеты был начат 15 января 1844 г. и завершен 1 января 1848 г. Курс ассигнаций в 1840-х гг. составлял 3,5 рубля ассигнациями за один серебряный рубль.

...в питейной конторе... — Так назывались государственные учреждения, осуществлявшие надзор за розничной питейной торговлей.

С. 74. *...на Выборгскую сторону... ~ Да туда, говорят, зимой волки забегают.* — Выборгская сторона — северная, заречная часть Петербурга; «пустынная зимой, она оживает лишь летом, когда жители из центра города переезжают на дачи. В образе жизни, даже в самых нравах, привычках обитатели Выборгской части сохранили провинциальную незатейливость, добродушие, простоту в наружном обхождении...» (Путеводитель по Санкт-Петербургу и окрестностям его Ивана Пушкарева. СПб., 1843. С. 77).

С. 76. *Там Безбородкин сад, Охта под боком...* — Безбородкин сад (Безбородкина дача) — парк и дворец на правом берегу Невы, на Большой Охте, с 1790 г. принадлежавший графской семье Кушелевых-Безбородко, в 1868 г. уничтожен пожаром (остатки сада сохранились вокруг дома 40 по Свердловской наб.). Сад арендовал владелец ресторанов и завода искусственных минеральных вод И. И. Излер, устроивший здесь увеселительное заведение «Тиволи», пользовавшееся большой популярностью у петербуржцев. Большая и Малая Охта — окраинные районы Петербурга на правом берегу Невы, в первой половине XIX в. заселенные крестьянами.

С. 78. *Целковый* — серебряный рубль.

С. 83. *Надворный советник* — чин VII класса по Табели о рангах; обычно соответствовал должности старшего столоначальника в департаментах министерств.

С. 83. *Акции какие-то... Ох эти мне акции, так душу и мутят!*; см. также с. 486: *...он его еще акциями допечет.* — Акционерные компании появляются в России в 1820–1830-е гг. Первыми в Петербурге возникли страховые акционерные общества; затем в 1830—1850-х гг. — несколько «обществ на акциях» для освещения газом Петербурга, для строительства железных дорог и развития пароходства. После их исключительных успехов «стремление к созданию акционерных компаний вскоре усилилось до такой степени, что, лишь только замышлялось какое-нибудь предприятие, акции его были с жадностью разбираемы и число желающих участвовать в нем своими капиталами нередко превышало определенный для них размер» (Современник. 1847. № 5. Отд. IV. С. 1).

С. 84. *Смирительный дом* — так в XVIII—XIX вв. называлась тюрьма для заключенных за нетяжкие преступления.

С. 85. *Коллежский секретарь* — чин X класса по Табели о рангах; ему обычно соответствовала должность младшего помощника столоначальника в департаментах министерств.

С. 90. *...два-три непривилегированные поцелуя...* — Здесь: непривилегированный — официально не разрешенный, не узаконенный.

С. 91. *...«мучительные дни и неправедные ночи»...* — слова из романса Н. Ф. Павлова «Не называй ее небесной» (1834) на музыку М. И. Глинки (впервые: Романсы и песни М. Глинки. СПб., 1834). Позднее стихотворение (под назв. «Романс») было положено на музыку А. С. Даргомыжским, Ю. Э. Нагелем, Б. А. Фитингоф-Шеллем; в песенники включалось с 1860-х гг.

С. 93. *— И ты, Брут, против меня!...* — Перефразировка легендарных слов Гая Юлия Цезаря (102 или 100–44 до н. э.), обращенных к Марку Юнию Бруту (85–42 до н. э.), в трагедии В. Шекспира «Юлий Цезарь» (1599; д. 3, явл. 1).

С. 94. *...под ферулой мысли и науки.* — Ферула (*лат.* ferula) — розга; здесь в значении: строгие правила.

С. 95—96. *Начальник заведения подписью своею на аттестате ~ Он учился всем существующим и давно не существующим правам, прошел курс и практического судопроизводства...;* см. также с. 447: *...я проходил и высшую алгебру, и политическую экономию, и права...* — В окончательном тексте романа нет прямых указаний на то, что Обломов окончил университет. Однако из перечня пройденных им предметов все же следует, что Обломов учился на юридическом факультете университета, как и Александр Адуев в «Обыкновенной истории», как и Борис Райский в «Обрыве».

С. 99. *...не только Наполеон, но и Еруслан Лазаревич ничего не значит...* — Наполеон I (Наполеон Бонапарт) — французский император в 1804—1814 гг. и в марте—июне 1815 г. («сто дней»), в результате победоносных войн значительно расширивший территорию империи. Еруслан Лазаревич — былинно-сказочный и лубочный герой, близкий образу Ильи Муромца, символ богатырства и рыцарства.

...новые крестовые походы... — Восемь крестовых походов на Ближний Восток (в Сирию, Палестину, Северную Африку) под лозунгом борьбы против «неверных» и освобождения «гроба Господня» были предприняты в 1096—1270 гг. В результате 1-го похода (1096—1099) крестоносцами был захвачен Иерусалим, в результате 4-го (1202—1204) — Константинополь.

С. 100. *...русских Калебов...* — Имеется в виду Калеб Бальдерстон — дворецкий графа Равенсвуда в романе Вальтера Скотта «Ламмермурская невеста» (1819; рус. пер. 1827). «Русским Калебом» В. Г. Белинский назвал Савельича в «Капитанской дочке»; то же сопоставление повторил И. С. Тургенев в повести «Бригадир» (1867).

...рыцарей лакейской, без страха и упрека... — Рыцарем без страха и упрека был прозван французский воин Пьер дю Террайль Баярд (1476—1524).

С. 101. *Гривенник* — 10 копеек серебром.

Гривна — 10 копеек медью.

С. 103. *Транспарант* (*фр.* transparent — прозрачный) — рамка с прозрачной тканью или бумагой с рисунком, рассеивающая свет.

С. 110. *Приходили показывать и зверя морского...* — «Зверь морской» — это, по свидетельству Д. В. Григоровича в очерке «Петербургские шарманщики» (1845), «тюлень, заключенный в ящике и показываемый толпе с обычным присловием: „Посмотрите, господа, на зверя морского“...» (Физиология Петербурга / Изд. подгот. В. И. Кулешов. М., 1991. С. 53. (Лит. памятники). Сцена со «зверем морским» есть и в водевиле Ф. А. Кони «Петербургские квартиры»; во дворе дома журналиста Задарина (Ф. В. Булгарина) раздается пение: «Выходите, господа, / Посмотрите, господа, / На зверя морского, / На зверя морского» (Пантеон. 1840. № 10. С. 43).

Запашка — общая площадь вспаханных земель.

С. 120. *...в Киссинген или в Эмс ~ или в Тироль...* — Киссинген в Баварии, на юге Германии, и Эмс на западе — знаменитые курорты с минеральными источниками. Тироль — альпийская область Австрии.

С. 128. *...ведь нехотя заплачешь, как он станет этак-то пропекать.* — Сцены «пропекания» Захара сближают роман Гончарова с «Выбранными местами из переписки с друзьями» Н. В. Гоголя. Ср. у Гоголя: «...а который посмел бы оказать ему какое-нибудь неуваженье или не послушаться умных слов его, то распеки тут же при всех...», и далее: «Мужика не бей. Съездить его в рожу еще не большое искусство. Это сумеет сделать и становой, и заседатель, и даже староста; мужик к этому уже привык и только что почешет слегка у себя в затылке. Но умей пронять его хорошенько словом; ты же на меткие слова мастер...» (*Гоголь Н. В.* Полн. собр. соч.: В 14 т. [Л.], 1950. Т. VIII. С. 324).

...отвечал барину известной песней, только в прозе. — Чем же я огорчил вас, Илья Ильич? — Имеется в виду народная «любовная» песня XVIII в. «Чем тебя я огорчила...» или же совпадающая с ней первым стихом песня А. П. Сумарокова «Чем тебя я оскорбила...» (<1770>; в песенниках варианты: «огорчила», «досадила»); см.: *Новикова А. М.* Русская поэзия XVIII — первой половины XIX века и народная песня. М., 1982. С. 35; Песни русских поэтов: В 2 т. Л., 1988. Т. 1. С. 79—80, 575 (Б-ка поэта. Большая сер.).

С. 129. *...не поработает, так и не поест.* — Отсылка к новозаветной заповеди (2 Фес. 3: 10).

С. 131. *Отсыпной хлеб* (или отсыпное) — мера хлеба, зерна, выделяемая как паек.

С. 134. *...как в ковчеге завета отцов наших...* — Изначально ковчег завета — ларец, в котором хранились скрижали со священным древнеиудейским текстом («Законы Моисея»).

С. 140. *...воздуха, напоенного — не лимоном и не лавром...* — Реминисценция из «Каменного гостя» (1830); ср. у Пушкина: «Недвижим теплый воздух, ночь лимоном / И лавром пахнет...» (сцена II). В 1840-х гг., когда была написана и опубликована глава «Сон Обломова», Испания оставалась модной темой в русской поэзии и драматургии.

...и вечер тепел там, и ночь душна. — Возможная шутливая реминисценция из песни второй пушкинской «Полтавы» (1828—1829): «Тиха украинская ночь. ~ И летней, теплой ночи тьма / Душна, как черная тюрьма».

...не забывая почти никогда Ильина дня, как будто для того, чтоб поддержать известное предание в народе. — Ильин день (пророка Илии) — 20 июля. По народным преданиям, «Илья пророк управляет громом и молниею, и в то время, когда слышны раскаты грома в воздухе, народ набожно крестится и верит, что это едет Илья пророк в своей огненной колеснице» (*Забылин М.* Русский народ, его обычаи, обряды, предания, суеверия и поэзия. М., 1990 (репринт: М., 1880). С. 96).

С. 141. *Не наказывал Господь той страны ни египетскими, ни простыми язвами.* — Египетские язвы — одно из десяти бедствий, ниспосланных на Египет (Исх. 7: 12—25).

С. . *...ни шаров огненных, ни внезапной темноты...* — Огненные шары в народных поверьях — летающие змеи, демоны. «Всякое затемнение, лунное и солнечное, по уверению грубых невежд, значит неотменно общественное несчастие, то есть или мор, или войну, наводнения, пожары и прочая, и даже доныне никто уверить не может сей сожалительный человеческий род, что то неотменное действие натуры...» (*Чулков М.Д.* Абевега русских суеверий. М., 1786. С. 197—198). Мотив внезапной темноты может восходить и к Библии (см.: Иер. 13: 16; 23: 12).

...не водится там ядовитых гадов... — Один из библейских мотивов (см.: Чис. 21: 6; Прем. 16: 10 и др.).

...саранча не залетает туда... — Развитие библейского сюжета «египетских язв» (см. выше); ср.: Исх. 10: 12—15; также: Откр. 9: 3, 7.

...нет ни львов рыкающих, ни тигров ревущих... — Выражение «львы рыкающие» восходит к Библии (см.: Пс. 21: 14; 28: 15; 103: 21; 1 Пет. 5: 8) и др.

С. 142. *...эпизод о войне двух роз...* — Война алой и белой розы (1455—1485) — междоусобная война за английский престол между двумя ветвями династии Плантагенетов — Ланкастерами (алая роза в гербе) и Йорками (белая роза в гербе). Гибель в войне главных представителей обеих династий облегчила установление абсолютизма Тюдоров.

...картины, которыми так богато населило наше воображение перо Вальтера Скотта. — Исключительная попу-

лярность в России исторических романов Вальтера Скотта (1771–1832) относится к 1820–1830-м гг. См. подробнее об увлечении «картинами» В. Скотта: *Левин Ю. Д.* Прижизненная слава Вальтера Скотта в России // Эпоха романтизма: Из истории международных связей русской литературы. Л., 1975. С. 5–67; *Долинин А.* История, одетая в роман: Вальтер Скотт и его читатели. М., 1988. Ирония писателя в «Обломове» по поводу поэтического инвентаря В. Скотта в целом характерна для постромантической эпохи 1840-х гг.

С. 144. *Подать* — взнос в казну с так называемых податных (т. е. не избавленных от этого взноса) сословий — крестьян, мещан, купечества.

...не запарился до смерти в землянке... — Землянка — «баня в земле... <...> Черная баня в огороде» (Словарь русских народных говоров. Л., 1976. Вып. 11. С. 258). Слово «землянка» в значении «баня» было распространено в Поволжье (быв. Уфимской и Казанской губ.), на родине Гончарова.

С. 147. *Сажень* — 2,134 м.

С. 151. *...к годовым праздникам!*; см. также с. 477: *...ознаменовало годичный праздник.* — Здесь: годовой (годичный) праздник — именины.

С. 153. *Пешня* — тяжелый лом на деревянной рукоятке.

С. 158. *...неслыханной красавице Милитрисе Кирбитьевне.* — Речь идет о героине лубочной повести (сказки) о Бове-королевиче. Авантюрно-рыцарский сюжет повести, возникший в средневековой Франции, приобрел популярность во многих странах Европы; на Руси известен с середины XVI в.

С. 159. *...о подвигах наших Ахиллов и Улиссов...* — Ахилл — один из героев, осаждавших Трою; Улисс (Одиссей) — герой троянского цикла мифов, царь Итаки.

...об удали Ильи Муромца, Добрыни Никитича, Алеши Поповича... — Упомянуты «старшие» богатыри русского былинного эпоса (киевский цикл).

...о Полкане-богатыре... — Полкан-богатырь — персонаж сказки о Бове-королевиче (см. выше), противник Бовы, полуконь-получеловек (кентавр).

...о Колечище прохожем... — «„Калеки перехожие“ — древнейшее, общее и более употребительное в народе название для странников, убогих и им подобных; они же отчасти слагатели, а еще более носители и певцы *стихов*, народных произведений, в которых творчество устремлено

к предметам веры, к содержанию преимущественно духовному» (Калеки перехожие: Сборник стихов и исследование П. Бессонова. М., 1861. Вып. 1. С. I). Стих бытовал и в качестве былины: странники имеют богатырский облик, совершают богатырские подвиги, «стих» сказывается на былинный лад. Написание «колека» («колика») встречается редко (ср.: Общий церковно-славяно-российский словарь... СПб., 1834. Стб. 1173).

Она ~ влагала в детскую память и воображение илиаду русской жизни, созданную нашими гомеридами... — Первоначально гомериды — корпорация древнегреческих эпических певцов (рапсодов) на о-ве Хиос, исполнявших поэмы Гомера и создававших подражания ему; впоследствии гомеридами назывались авторы, занимавшиеся созданием гимнов в стиле гомеровского эпоса.

...и у Алеши Поповича искал защиты... — Алешу Поповича отличает от других былинных богатырей не сила (иногда даже подчеркивается его слабость, хромота), но находчивость, сметливость, хитроумие и лукавство.

...явятся знамения небесные, огненные столпы да шары... — Характерное смешение христианской и языческой символики. Образ огненного столпа восходит к библейским текстам (см.: Исх. 13: 21, 22; 14: 24; Чис. 14: 14; Неем. 9: 12, 19; Откр. 10: 1). Огненные шары в народных поверьях — летающие змеи, демоны.

С. 162. *...что великанов, как только они заведутся, тотчас сажают в балаган...* — Обычай показывать в балаганных представлениях всевозможных уродцев (карликов, великанов и проч.) сохранялся до середины XIX в. Балаганы устраивались в Петербурге на масленой и Святой неделе; главным местом «гульбищ» городской публики была Адмиралтейская площадь.

С. 163. *...в плисовых панталонах, в ~ ваточной куртке...*; см. также ниже, с. 410: *...я только в ваточной шинели... — Я тоже в ваточном платье.* — Плис (*швед.* plys) — хлопчатая ткань с ворсом; ваточная — стеганая, на вате.

С. 164. *Они сносили труд как наказание, наложенное еще на праотцев наших...* — Имеется в виду кара за грехопадение Адама (Быт. 3: 19).

С. 165. *...как огонь Весты.* — Веста в римской мифологии — богиня священного очага городской общины, курии, дома. Жрицы Весты, весталки, поддерживали в очаге храма

Весты постоянный огонь как символ надежности и устойчивости.

...заговенья, розговенья... — Заговенье — последний день, когда можно употреблять мясную пищу, канун поста; розговенье — первый день после поста.

С. 166. *Они отступятся от весны ~ если не испекут в начале ее жаворонка.* — Речь идет о народном обычае встречать («кликать») весну. В разных областях России встреча весны совпадала с днем Св. Евдокии (1 марта), днем Сорока мучеников (9 марта, по-народному «сороки») или Благовещеньем (25 марта). «Сороки с полным основанием можно назвать детским праздником: еще накануне женщины месят из ржаной муки тесто и пекут „жаворонков“ (в большинстве случаев с распростертыми крылышками, как бы летящих, и с хохолками), а утром, в день праздника, раздают их детям. <...> Когда жаворонки поспеют, дети берут их и громадной гурьбой, с криками и звонким детским смехом, несут куда-нибудь в сарай или под ригу — закликать жаворонков. Там они сажают своих птиц, всех вместе, на возвышенное место и, сбившись в кучу, начинают что есть мочи кричать: „Жаворонки, прилетите, студену зиму унесите, теплу весну принесите: зима нам надоела, весь хлеб у нас поела“. <...> Так продолжается до самого обеда: деревня полна детских песен, детского крика, детского смеха. Набегавшись вволю, ребятишки опять собираются в одно место и начинают есть своих ржаных птиц» (*Максимов С.В.* Нечистая, неведомая и крестная сила. СПб., 1994 (репринт: СПб., 1903). С. 293–294).

С. 167. *...уселась было под галереей с донцом ~ пошла за мочками.* — Донце — дощечка, на которую садится пряха, мочка — вычесанный и свернутый пучок льна для прядения, кудель.

С. 168. *...у предводителя в дому!* — Имеется в виду предводитель дворянства, избиравшийся на трехлетие губернским или уездным дворянским собранием.

С. 170. *Баракан* (баркан) — плотная шерстяная ткань для обивки мебели.

С. 173. *Семик* — четверг на седьмой неделе по Пасхе, любимый народный (и особенно девичий) праздник, когда гуляют в рощах, завивают венки, кумятся (целуются сквозь венки), гадают, пуская венки по воде. В семик также принято поминать усопших.

Петровки — время народных праздничных гуляний, хороводов, катаний на качелях, продолжавшееся в разных областях России с первого воскресенья после Петрова дня (29 июня, апостолов Петра и Павла; по земледельческому календарю — середина лета) и до первого Спаса (1 августа, медовый Спас).

...а до Прохора и Никанора гостила. — Память 70 апостолов (в их числе апостолы Прохор и Никанор) отмечается дважды в году — 28 июля и 4 января (день, предшествующий крещенскому Сочельнику и Крещению).

С. 174. *...как дождемся святок ~ ужо будет повеселее ~ И олово лить, и воск топить, и за ворота бегать...* — Речь идет об обычае святочных гаданий девушек; святки — время от кануна Рождества (24 декабря) до кануна Крещения (6 января).

С. 175. *...все хохочут долго, дружно, несказанно, как олимпийские боги.* — Ср. в «Илиаде» Гомера: «Смех несказанный воздвигли блаженные жители неба...» (песнь 1, ст. 599; пер. Н. И. Гнедича).

С. 178. *...играют ~ в свои козыри...* — Свои козыри — одна из несложных карточных игр, в которой еще до сдачи карт каждый называет козырную масть по выбору.

Марьяж (*фр.* mariage — свадьба, брак) — соединение дамы и короля в карточной игре и гадании на картах.

Пришли последние дни: восстанет язык на язык, царство на царство... — Выражение «последние времена» используется в целом ряде библейских текстов. «Восстанет язык на язык, царство на царство...» — евангельская цитата (Мф. 24: 7; Мк. 13: 8; Лк. 21: 10).

С. 179. *...даже кометы в тот год не было...* — Появление кометы считалось предвестием бед. Любопытно, что именно в 1843 г. (предположительное время действия в части первой романа) наблюдали очередную комету.

...потрут бодягой или зарей... — Бадяга (бодяга) — водяное, заря (или зоря) — травянистое растение; оба применяются в народной медицине при ушибах.

...такие огоньки, как в «Роберте-дьяволе». — Имеется в виду сцена на кладбище (д. 3, явл. 2) в романтической опере Джакомо Мейербера (1791—1864) «Роберт-дьявол» (1831; либретто Э. Скриба и К. Делавиня).

С. 182. *— С почтой надо ~ — А что туда стоит? Обломов достал старый календарь.* — В старых календарях содержались сведения по астрономии, географии, истории, роспись церковных праздников, известия о прибытии и отбытии почты и т. п.

Голиков ли попадется ему, Новейший ли Сонник, Хераскова Россияда, или трагедии Сумарокова, или, наконец, третьегодичные ведомости... — Иван Иванович Голиков (1735—1801) — историк, автор обширного сочинения «Деяния Петра Великого, мудрого преобразователя России» (СПб., 1788—1789), составляющего вместе с «Дополнениями к Деяниям Петра Великого» (СПб., 1790) 30 томов. «Россиада» (1779) — эпическая поэма писателя-классициста Михаила Матвеевича Хераскова (1733—1807). Александр Петрович Сумароков (1717—1777) — поэт и драматург. Обломов-старший скорее всего читал «Московские ведомости» (издавались с 1756 г.).

С. 183. *...из Гаги пишут...* — Т. е. из Гааги, столицы Нидерландов.

...сочинения госпожи Жанлис перевели на российский язык. — См. ниже, с. 624, примеч. к с. 237.

С. 184. *...морген фри — нос утри.* — Вероятно, *искаж. нем.*: morgen früh — завтра утром.

«Сегодня родительская неделя ~ блины будем печь». ~ что ученье и родительская суббота никак не должны совпадать вместе... — Поминание блинами совершается во все поминальные дни церковного годового круга. Родительская неделя (весенняя) — последняя (мясопустная) неделя перед масленицей, суббота этой недели — вселенская родительская суббота, день поминовения всех усопших христиан. Родительская неделя (осенняя) — неделя между празднованием Казанской иконы Божией Матери (22 октября) и днем Св. Дмитрия Солунского (26 октября); Дмитриевская суббота (накануне 26 октября) называется родительской, как и другие поминальные субботы — Троицкая родительская (перед Троицей), суббота перед Петровым днем (29 июня), перед Успеньем (15 августа).

...на Фоминой неделе не учатся... — Фомина неделя (апостола Фомы, или Антипасха) — первая неделя по пасхальной. Фомино воскресенье (первое после Пасхи), в народе называемое Красной горкой, — день хороводов, игр, гуляний, деревенских свадеб. Вторник Фоминой недели, Радоница (Радуница), — день поминовения усопших.

С. 185. *...не щадил ~ доннерветтеров...* — Доннерветтер (*нем.* Donnerwetter!) — гром и молния! черт возьми!

Времена Простаковых и Скотининых миновались давно. — Намек на героев комедии Д. И. Фонвизина «Недоросль» (1782).

С. 186. *Между титулярным советником и коллежским асессором разверзалась бездна, мостом через которую служил какой-то диплом.* — По указу Александра I от 6 августа 1809 г. для производства чиновников, не имевших высшего образования, из IX класса (титулярный советник) в VIII (коллежский асессор, — а он давал право потомственного дворянства) требовалось 12 лет выслуги и прохождение специального экзамена по установленной программе.

...воображали его советником в палате... — Имеется в виду скорее всего должность советника в казенной палате — губернском хозяйственно-финансовом учреждении (местный орган Министерства финансов), ведавшем ревизиями податного населения, казенными сборами, питейными откупами, делами по подрядам и проч. Положение советника казенной палаты было весьма выгодным в силу возможности получения «безгрешных доходов», прежде всего по питейным сборам и подрядам. Должность советника существовала и в других учреждениях губернского уровня — палатах уголовного и гражданского суда.

С. 196. *Дедушка-то, я знаю, кто у вас был: приказчик с толкучего. ~ Мать тоже на толкучем торговала крадеными да изношенными платьями.* — Толкучий рынок в Петербурге находился на Садовой улице, внутри Апраксина двора.

С. 197. *Полпивная* — заведение, торгующее полпивом (брагой).

ЧАСТЬ ВТОРАЯ

С. 201. *...разбирал по складам Гердера, Виланда...* — Иоганн Готфрид Гердер (1744—1803) — немецкий философ, писатель-просветитель, теоретик искусства. Кристоф Мартин Виланд (1733—1813) — немецкий писатель-просветитель, поэт, автор религиозно-дидактических сочинений и имевших большой успех исторических романов. Отрывки из сочинений Гердера и Виланда (нравоучительные новеллы, анекдоты, басни, диалоги) в первой половине XIX в. традиционно включались в немецкие хрестоматии и книги для чтения.

С. 201. *...разбирал по складам же «Телемака»*; см. также с. 202: *...он стал читать «Телемака»...* — Имеется в виду роман французского писателя Франсуа де Салиньяка де ла Мота Фенелона (1651—1715) «Похождения Телемака» (1699). Русский стихотворный перевод «Телемака» — «Телемахида» В. К. Тредиаковского (впервые: СПб., 1766. Т. 1—2).

С. 202. *— Добрый бурш будет...* — О бурше см. ниже, примеч. к с. 207.

...и забудется за Герцем...; см. также с. 208: *...варьяции Герца...*; с. 520: *...варьяции Герца...* — Генрих Герц (1803—1888) — австрийский композитор, пианист и педагог, живший в Париже; автор более 100 популярных музыкальных пьес (фантазии, вариации, ноктюрны, вальсы, этюды).

Земская полиция — полицейский орган уезда; во главе земской полиции стоял исправник.

С. 203. *Поташ* — углекислый калий, получаемый из древесной или травяной золы; употреблялся при очистке тканей, в стекольном производстве, мыловарении.

С. 207. *...как бьют зорю в кавалерии и пехоте...* — По воинскому уставу о закате и восходе солнца оповещал барабанный бой.

...что это английская драка. — Имеется в виду бокс, сведения о котором проникли в Россию в 1810—1820-е гг.

...и не вышло из Андрея ни доброго бурша, ни даже филистера. — Противопоставление бурша (*нем.* Bursche — парень, малый, а также: студент, принадлежащий к одной из студенческих корпораций) филистеру (*нем.* Philister — обыватель) приобрело в русской литературе 1820—1830-х гг., вослед немецкой, устойчивый характер.

С. 208. *Талер* (*нем.* Taler) — серебряная монета, впервые отчеканенная в 1518 г.; с середины XVI в. — денежная единица северногерманских государств, Пруссии и Саксонии (1 талер равнялся 3 золотым маркам); упразднен в 1907 г.

С. 213. *...как входят в грот с надписью ma solitude, mon hermitage, mon repos...* — Перечислены обычные названия парковых павильонов эпохи классицизма и барокко.

С. 216. *...отверзалось и откликалось на зов этого сердца.* — Образный строй этой характеристики Обломова отчасти восходит к церковно-славянскому стиху Евангелия: «ищите и обрящете, толцыте, и отверзется вам» (Мф. 7: 7).

С. 218. *Лучше бы дать им паспорты да и пустить на все четыре стороны.* — Помещичьи крестьяне имели право отлучаться «на заработки и для распродажи сельских продуктов» лишь при наличии письменного вида «от своих местных начальств» или особого билета, выдававшегося волостным правлением или удельным приказом, удостоверявшим «отлучку» не долее 3 месяцев и не далее 30 верст от места проживания. Предприятия более длительные (от 6 месяцев до 3 лет) и более отдаленные (более 30 верст) удостоверялись «плакатными паспортами», которые фактически приравнивали крестьян, занимающихся торговлей, к купеческому сословию (см.: *Щербань Н. В.* О паспортах // Русский вестник. 1860. № 1. Совр. летопись. С. 41—51). Отлучившийся без паспорта или вида «подвергался относительно своей оседлости последствиям безвестной отлучки или побега» — «денежному штрафу по 10 копеек в сутки, если же звания своего не докажет, то и суду, как бродяга» (Там же. С. 41). Штольц, таким образом, ратует не за освобождение крестьян, а за превращение их в купцов и предпринимателей.

Грамотность вредна мужику: выучи его, так он, пожалуй, и пахать не станет... — Это утверждение близко ряду положений Н. В. Гоголя в «Выбранных местах из переписки с друзьями». Здесь может звучать и отголосок споров, вызванных появлением в печати статей В. И. Даля «Письмо к издателю» (1856) и «О грамотности» (1857). «Грамота сама по себе ничему не вразумит крестьянина; она скорее собьет его с толку, а не просветит, — писал Даль. — Перо легче сохи; вкусивший без толку грамоты норовит в указчики, а не в рабочие, норовит в ходоки, коштаны, мироеды, а не в пахари, он склоняется не к труду, а к тунеядству» (Русская беседа. 1856. № 3. Смесь. С. 3). Выступления против грамотности вызвали почти единодушную отрицательную реакцию общества и прессы.

С. 221. — *Вот книга! ~ «Путешествие в Африку».* — Это могло быть «Путешествие во внутреннюю Африку» Е. П. Ковалевского (СПб., 1849). Обломов мог читать, к примеру, и сочинение Мунго Парка «Путешествие во внутренность Африки» (М., 1806—1808. Ч. 1—2); оно упомянуто в Автобиографии (1858) Гончарова среди книг, прочитанных им в детстве.

С. 222. *...один чулок нитяный, а другой бумажный?*; см. также с. 418: *...надвязать чулки-то? Я бумаги и ниток за-*

кажу. — Нитяный — льняной или шерстяной; бумажный — хлопковый.

С. 223. *Экзекутор* — особое должностное лицо в присутственных местах, следившее за порядком.

С. 225. *Аренда* — особое вознаграждение за государственную службу в виде казенного земельного надела, отдаваемого в пользование награжденному на определенный срок (обычно 12 лет) или пожизненно; арендой назывался и назначенный в качестве вознаграждения доход с казенного надела.

С. 227. *И пошел о Людовике-Филиппе...* — Людовик-Филипп (точнее: Луи Филипп; 1773—1850) — французский король с 1830 по 1848 г.

Сегодня Мехмет-Али послал корабль в Константинополь ~ Завтра не удалось Дон Карлосу... — Правитель Египта с 1805 по 1848 г. Мехмет (Мухаммед) Али (1769—1849) в 1839—1841 гг. вел войну против турецкого султана, стремясь завоевать Стамбул (Константинополь); фактически отделил Египет от Турции. Дон Карлос Старший (1788—1855) — поддерживаемый «карлистами» претендент на испанский престол, провозгласивший себя королем Карлом V, участник 1-й Карлистской войны (1833—1840) с царствующей династией испанских Бурбонов. Война сопровождалась народными мятежами в отдельных областях, продолжавшимися до 1843 г.

Там роют канал... — Речь идет о проектах строительства Суэцкого канала. Проекты прорытия канала известны с древности, их серьезная разработка была начата в 1840 г. и продолжалась в 1846—1847 и 1854—1858 гг. Движение по каналу открыто в 1869 г.

...тут отряд войска послали на Восток...; см. также с. 241: *...зачем англичане послали корабль на Восток...*; с. 343: *...зачем англичане посылают корабли с войском на Восток...* — Отправка английских войск на Восток может подразумевать как англо-китайскую, или первую «опиумную», войну (1839—1842), так и Крымскую, или Восточную, войну (1853—1856).

С. 229. *— Сейчас же в ломбард ~ и жил бы процентами.* — Ломбард при Опекунском совете принимал на хранение как движимое имущество, так и деньги с выплатой установленных процентов.

С. 231. *...не от сенатского дела...*; см. также с. 233: *...ни одного вопроса о сенате...* — Правительствующий сенат —

высшая судебная инстанция и высший орган административного надзора в России. Сенат рассматривал жалобы учреждений, должностных и частных лиц на незаконные действия властей, главным образом губернских.

С. 232. *Разве у меня жена сидела бы за вареньями да за грибами? Разве считала бы тальки ~ Разве била бы девок по щекам?* — Ср. в поэме А. С. Пушкина «Граф Нулин» (1825): «Занятий мало ль есть у ней? / Грибы солить, кормить гусей...» — и в «Евгении Онегине»: «Она езжала по работам, / Солила на зиму грибы, / Вела расходы, брила лбы, / Ходила в баню по субботам, / Служанок била осердясь...» (глава 2, строфа XXXII). Талька — ручное мотовило для пряжи, а также и мера пряжи — моток ниток, снятый с тальки.

...а выучил бы повара в Английском клубе... — Членами Английского клуба (или Английского собрания), основанного в 1770 г., первоначально состояли жившие в Петербурге иностранцы, позднее — «почтенные особы», в числе которых находились высшие государственные сановники. В 1830—1859 гг. клуб находился в Демидовском переулке (ныне пер. Гривцова, 1, во дворе).

...темно; туман, как опрокинутое море, висит над рожью... — Возможно, Гончаров перефразирует строку из стихотворения Ф. И. Тютчева «Восток белел. Ладья катилась...» (1836). Ср. у Тютчева: «Как опрокинутое небо, под нами море трепетало...»

С. 233. *«Casta diva... Casta diva!» ~ Не могу равнодушно вспомнить «Casta diva» ~ как выплакивает сердце эта женщина! ~ Тайна тяготит ее; она вверяет ее луне...* — «Casta diva» — начало арии Нормы из одноименной оперы (1831) Винченцо Беллини (1801—1835), либретто Феличе Романи (1788—1865). Норма, жрица богини Дианы, принадлежит к касте друидов, жрецов древних кельтских племен, и в своей ночной молитве взывает к Диане, богине Луны: «Непорочная богиня, разливающая сребристые свои лучи по этому древнему, священному лесу, обрати к нам прелестный свой лик без облака и без покрова. Охрани, удержи пылкие сердца от безумного рвения и надели землю миром, которым ты наполняешь небо!» (Норма: Двухактная лирическая трагедия. СПб., 1877. С. 16—17). В 1830—1840 гг. «Норма» неоднократно исполнялась в Петербурге различными оперными труппами: немецкой, русской, итальянской.

С. 235. *Геркулан* — древний город вблизи Неаполя, погибший в 79 г. н. э. во время извержения Везувия. Раскопки города велись с 1738 г. до 1930-х гг.

...гравюры рафаэлевских мадонн, Корреджиевой ночи, на Аполлона Бельведерского ~ стоишь перед произведением Микеланджело, Тициана и попираешь почву Рима? — Кисти Рафаэля Санти (1483—1520) принадлежит большое количество «мадонн», среди которых наиболее известна «Сикстинская мадонна» (1515—1519; первоначально — в церкви монастыря Сан-Систо в Пьяченце, с 1754 г. — в Дрезденской галерее). Речь идет также о картине Антонио Корреджо (ок. 1489—1534) «Ночь», или «Святая ночь», или «Рождество» (ок. 1530; с 1763 г. — в Дрезденской галерее), составлявшей часть диптиха с полотном «День», или «Мадонна со Св. Иеронимом» (1527—1528; музей г. Парма). Знаменитый Аполлон Бельведерский, реплика античной статуи работы Леохара (IV в. до н. э.), находится в Ватикане. Главные творения Микеланджело Буонарроти (1475—1564) в Риме — роспись Сикстинской капеллы в Ватикане, собор Св. Петра (руководил строительством с 1546 г.) и ансамбль Капитолия. Тициан Вечеллио (ок. 1476/1477 или 1489/1490—1576) — глава венецианской школы Высокого Возрождения.

...перевод из Сея... — Французский экономист Жан Батист Сей (1767—1832) — один из основателей политической экономии, последователь Адама Смита, автор ряда популярных трудов, многократно переизданных и переведенных на основные европейские языки.

...на студенческих скамьях в Бонне, в Иене, в Эрлангене... — Упоминаются университетские центры Германии. Университет в Бонне основан в 1786 г., в Йене — в 1547 г., в Эрлангене — в 1743 г.

С. 237. *...с Пречистенки ходил в Кудрино...* — Пречистенка — одна из аристократических улиц в центре Москвы с большим количеством сохранившихся зданий XVIII в. Кудрино — район на западе Москвы.

...отнимал у них романы Коттень, Жанлис ~ хотел очистить их вкус?.. — Мари-Софи Ристо Коттен (1773—1807) — французская писательница, автор популярных исторических романов. Собрания сочинений Коттен выходили в Париже с 1817 по 1826 г. практически ежегодно. Стефани-Фелисите Дюкре де Сент-Обен Жанлис (1746—1830) — французская писательница, автор педагогических сочинений и многочис-

ленных популярных в Европе рыцарских и светских романов, в которых нравоучительность соседствовала с довольно фривольными положениями и картинами.

С. 238. *...двенадцать лет во мне был заперт свет, который искал выхода, но только жег свою тюрьму...* — Реминисценция из лермонтовского «Мцыри» (1839): «Знай, этот пламень с юных дней, / Таяся, жил в груди моей; / Но ныне пищи нет ему, / И он прожег свою тюрьму...»

Я бы уехал в Сибирь, в Ситху. — Один из многочисленных в романе отголосков путешествия Гончарова на фрегате «Паллада». Ситка (Ситха) — город на о-ве Ситка (о-в Баранова) у побережья Северной Америки, административный центр торгово-промышленного акционерного общества «Российско-Американская компания», занимавшегося освоением земель и торговлей на Аляске и Дальнем Востоке.

...наше имя легион! — Выражение восходит к тексту Евангелия (Мк. 5: 9; ср.: Лк. 8: 30).

С. 240. *Это слово снилось ему ночью, написанное огнем на стенах, как Бальтазару на пиру.* — По библейской легенде (Дан. 5: 25—28), на стенах чертога, в котором пировал царь Валтасар, внезапно появились огненные слова «Mene, thekel, fares» (*халд.* «Исчислено, взвешено, разделено»). Пророческая надпись, разгаданная пророком Даниилом, предвещала гибель Валтасара и раздел его царства.

Этот обломовский вопрос был для него глубже гамлетовского; см. также с. 241: *«Теперь или никогда!», «Быть или не быть!»* — Имеется в виду начало монолога Гамлета в одноименной трагедии В. Шекспира (акт III, сцена 1).

С. 242. *...бумага, даже гербовая...*; см. также с. 369: *...с листом гербовой бумаги...* — Имеется в виду бумага для официальных документов, оплаченная особым (гербовым) сбором и имевшая в верхней части изображение государственного герба.

С. 251. *...там Мейербер зашевелит меня...* — Джакомо Мейербер (наст. имя и фамилия — Якоб Либман Бер; 1791—1864) — немецкий композитор, работавший главным образом в Италии и Франции, автор героико-романтических опер «Роберт-Дьявол» (1830), «Гугеноты» (1835), «Пророк» (1849) и др., имевших огромный успех как в Европе, так и в России.

С. 252. *Трельяж* — решетка для вьющихся растений.

С. 260. *Боскет* (*фр.* bosquet) — небольшая искусственная рощица, садик с подстриженными деревьями.

С. 261. *...это вершина прогресса, на которую лезут все эти Жорж Занды...* — Идеи женской эмансипации в романах Жорж Санд (Занд; наст. имя и фамилия — Аврора Дюпен, по мужу — Дюдеван; 1804—1876) приобрели популярность в России в 1830—1840-х гг.

С. 271. *Счастливый, сияющий, точно «с месяцем во лбу»...* — Фольклорный мотив, восходящий к древнейшим славянским преданиям.

С. 272. *...в Абиссинию пошлет!* — Т. е. в Эфиопию.

С. 278. *...смотришь, уж овладел, играет, как будто на инструменте...* — Возможная реминисценция из трагедии В. Шекспира «Гамлет» (1601); ср. реплику Гамлета, обращенную к Гильденстерну: «Ты хочешь играть на душе моей, а вот, не умеешь сыграть даже на этой дудке. Разве я хуже, простее, нежели эта флейта? Считай меня чем тебе угодно — ты можешь мучить меня, но не играть мною!» (д. 3, явл. 2; пер. Н. А. Полевого).

С. 281. *...имения Ольги, которое как-то попало в залог при одном подряде, да там и село.* — При заключении подрядного договора с казенным учреждением подрядчик был обязан предварительно внести залог или поручительство, соразмерное сумме неустойки.

С. 282. *...и в петлице фрака носил много ленточек.* — В России и Европе ленты соответствующих орденов (высших степеней) носили в петлице непарадного мундира или фрака.

С. 289. *Контрданс* (*фр.* contredanse) — старинный танец, род кадрили.

С. 294. *...перед ними Рубикон...* — Рубикон — река в Верхней Италии, замечательна переходом через нее Цезаря, начавшего таким образом гражданскую войну (49 г. до н. э.). «Перейти Рубикон» — сделать решительный, бесповоротный шаг.

С. 295. *...я читал «Историю открытий и изобретений». ~ — Нет, по-английски.* — Вероятно, имеется в виду: *Beckmann J.* A History of Inventions, Discoveries and Origins. London, 1846. Vol. 1—2.

С. 296. *Сонетка* (*фр.* sonnette) — звонок для вызова прислуги или же лента или шнурок (как правило, художественной работы), соединяющиеся с колокольчиком звонка.

С. 299. *...Галатея, с которой ей самой приходилось быть Пигмалионом.* — Пигмалион — в греческой мифологии царь Кипра, знаменитый скульптор, полюбивший изваянную им статую девушки Галатеи, оживленную Афродитой. Разнообразно истолкованное, это предание много раз становилось предметом художественного воплощения.

С. 300. *...услышите шум сфер, будете прислушиваться к росту травы.* — «Шум сфер» («хор», «пенье», «музыка», «гармония сфер») — реминисценция из пифагорейской философии, согласно которой небесные тела через определенные гармонически упорядоченные интервалы издают звуки, воздействующие на людей, но не воспринимаемые ими; представление о музыке сфер вошло в романтическую концепцию любви, получив широкое распространение в поэзии и прозе 1820—1830-х гг. Выражение «прислушиваться к росту травы» восходит к тексту Младшей Эдды (1, 27) и подразумевает особую поэтическую чуткость. Приобрело популярность в романтическую эпоху, в частности благодаря часто цитировавшемуся стихотворению «На смерть Гете» (1832) Е. А. Баратынского, в котором создан образ поэта-мудреца, ясновидца природы: «С природой одною он жизнью дышал: / Ручья разумел лепетанье, / И говор древесных листов понимал, / И чувствовал трав прозябанье...».

С. 302. *...в Финляндию, на Иматру.* — Иматра — водопад на реке Вуокса в Финляндии.

С. 303. *— Нет, я читал «Revue».* — Речь скорее всего идет о петербургском журнале «Revue étrangère de la littérature, des sciences et des arts», издававшемся в 1832—1863 гг. и помещавшем специально для высшего петербургского общества повести и романы новейших французских писателей. Возможно также, что имеется в виду широко читавшийся в Петербурге французский литературный журнал «Revue de Paris» или же журнал «Revue des Deux Mondes».

С. 305. *...с вопросами о двойных звездах: он имел неосторожность сослаться на Гершеля...* — Открытие систем двойных и сложных звезд (т. е. звезд, обращающихся по эллиптическим орбитам вокруг общего центра масс), одно из величайших в астрономии, принадлежит английскому астроному Вильяму (Фридриху Вильгельму) Гершелю (1738—1822), составившему их описание и каталог. Исследованием двойных звезд, туманностей, звездных скоплений занимался также и его сын — Джон Фредерик Вильям Гершель (1792—1871), астроном и физик, лектор и популяризатор астрономии.

С. 306. *Увраж* (*фр.* ouvrage) — сочинение, литературное произведение.

С. 308. *«Это слова... как будто Корделии!» ~ — Жизнь — долг, обязанность; следовательно, любовь — тоже долг...* — Ср. признание Корделии в «Короле Лире» (1605): «Моя любовь не скажется словами. / Я, государь, люблю вас так, как мне / Мой долг велит, не больше и не меньше» (д. 1, сцена 1; пер. А. В. Дружинина. — Современник. 1856. № 11. С. 221).

С. 311—312. *...поднимет ли страстный друг ее перчатку ~ бросится ли для нее в бездну...* — Намек на мотив испытания любви героя в балладах Ф. Шиллера «Der Handschuh» (1797) и «Der Taucher» (1797) — «Перчатка» и «Кубок» в пер. В. А. Жуковского.

С. 328. *С вами не страшна судьба! — Эти слова я недавно где-то читала... у Сю, кажется ~ только их там говорит женщина мужчине...* — Романы Эжена Сю (1804—1857), французского романтика, принадлежавшего к школе «неистовой словесности», были особенно популярны в 1830—1840-е гг. В данном случае Гончаров подразумевает сцену из романа Сю «Плик и Плок» (1831). Ср.: *Сю Е.* Плик и Плок, сцены на море / Пер. В. Волжского. СПб., 1832. С. 227; *Sue E.* Plik et Plok. Paris, 1831. P. 157.

С. 334. *И не родился еще Иисус Навин, который бы сказал ей: «Стой и не движись!»* — Иисус Навин, остановив солнце, продлил день, чтобы довести до конца сражение, сулившее победу его народу (Нав. 10: 12).

С. 335. *...документы для заклада имения в совет. „Пришли я ему доверенность, в палату ступай засвидетельствовать“.* — Имеется в виду Опекунский совет, который осуществлял контроль за соблюдением личных и имущественных прав несовершеннолетних, душевнобольных и т. п. При Опекунских советах существовали ссудные кассы (ломбарды), выдававшие деньги под залог имущества и недвижимости. Для залога имения требовалось закладное письмо, или закладная, — подробная опись имения (количество крепостных душ, состояние строений, имущества), заверенная в губернской палате гражданского суда (гражданская палата).

С. 346. *Селадон* — дамский угодник, волокита; по имени героя романа «Астрея» (1610—1619) французского писателя Оноре д'Юрфе (1568—1625).

ЧАСТЬ ТРЕТЬЯ

С. 362. *...в управу подаст...*; см. также с. 484: *...и бумаги не умеешь в управу написать...* — Имеется в виду управа благочиния, орган городского полицейского управления.

С. 365. *...ковы строят...* — Строить ковы, козни — поступать коварно, лукаво.

С. 369. *...все они как будто сговорились торопиться жить!* — Реминисценция из стихотворения П. А. Вяземского «Первый снег» (1819): «По жизни так скользит горячность молодая, / И жить торопится, и чувствовать спешит!» — строка которого взята эпиграфом к первой главе «Евгения Онегина».

С. 372. *— В канцелярии. ~ — Где мужиков записывают... я не знаю, как она называется.* — Имеется в виду губернская казенная палата (см. о ней выше, примеч. к с. 186).

С. 373. *...с Николы перестала...* — День Св. Николая Чудотворца отмечается два раза в году: 6 декабря (Никола зимний) и 9 мая (Никола вешний).

...в Ильинскую пятницу, на Пороховые Заводы ходили. — Что ж, там много бывает? — Ильинская пятница — пятница той недели, на которую приходится Ильин день (20 июля). Пороховые заводы находились в пригороде Петербурга, граничившем с Выборгской частью; в 1721 г. там была построена церковь Илии Пророка.

Тоня — участок реки с расчищенным дном для ловли рыбы закидным неводом.

С. 380. *Дикий* — сероватый, пепельный.

С. 391. *Блонды* — шелковые кружева с золотистым отливом (от *фр.* blond — белокурый, русый).

С. 393. *— К Рождеству: это наш приход.* — Гончаров обычно точен в топографии Петербурга. Однако ни одним справочником не подтверждается то, что на Выборгской стороне была церковь Рождества.

С. 405. *Успеньев день* — 15 августа, Успение Богородицы.

С. 410. *...листья все упали, feuilles d'automne — помнишь Гюго?* — Речь идет о популярном в России сборнике стихотворений Виктора Мари Гюго (1802—1885) «Осенние листья» (1831).

С. 441. *Какая это церковь? ~ — Смольный!* — Архитектурный ансамбль Смольного монастыря на левом берегу Невы, построенный в 1748—1764 гг. по проекту В. Растрелли.

С. 419. *Это всё Андрей: он привил любовь, как оспу, нам обоим*; см. также с. 474: *...о той любви, которую он недавно перенес, как какую-нибудь оспу, корь или горячку...* — Мотив любви-болезни (оспа, корь, горячка, лихорадка), любви-аномалии (как нарушения искомой «нормы любви») проходит через художественные и эпистолярные тексты Гончарова. В данном случае мотив заражения оспой, вероятно, восходит к роману Ж.-Ж. Руссо «Новая Элоиза», повторяя сюжет одной из гравюр, изданных в приложении к роману.

С. 421. *...мосты уже сняли, и Нева собралась замерзнуть.* — Все три моста через Большую Неву — Исаакиевский, Троицкий и Воскресенский были в то время наплавными, настланными на плоских лодках (плашкоутах), с разводными частями, через которые ночью проходили суда. Выборгскую часть города соединял с центром Воскресенский мост (служил продолжением Воскресенского пр.; ныне — пр. Чернышевского). Просуществовал с 1786 по 1879 г., когда ниже по течению Невы был построен Литейный мост.

С. 433. *...сходить к Сергию пешком.* — Имеется в виду Троице-Сергиева пустынь, мужской монастырь, основанный в 1734 г. и расположенный на 15-й версте от Петербурга по Петергофской дороге, близ Стрельны.

С. 442. *...сколько четвертей хлеба снято ~ сколько ссыпано в магазины...* — Четверть — мера объема сыпучих тел, основная торговая хлебная мера, существовавшая в России с XV в., равнялась одному кулю, или 7 пудам 10 фунтам (210 л). Магазин (*фр.* magasin) — здесь: амбар, склад.

С. 445. *...тридцать рублей с тягла.* — Тягло в крепостном быту — крестьянская семья, облагавшаяся оброком.

С. 449. *Надзиратель* — квартальный надзиратель, полицейский чин, стоявший во главе квартала, низшей полицейской инстанции в городах.

С. 451. *Царское Село* — дворцово-парковый ансамбль XVII–XVIII вв. в 25 км от Петербурга, императорская резиденция, к которой в 1837 г. была проложена первая в России железная дорога.

С. 458. *Ты кроток, честен, Илья, ты нежен... как голубь...* — Восходит, возможно, к евангельскому: «мудры, как змии, и просты, как голуби» (Мф. 10: 16).

С. 459. *...как нищий, которого упрекнули его наготой. ~ «Да, я скуден, жалок, нищ... бейте, бейте меня!..»* — По смыслу и ритму, возможно, восходит к Евангелию: «Ибо ты говоришь: „я богат, разбогател и ни в чем не имею нужды“; а не знаешь, что ты несчастен, и жалок, и нищ, и слеп, и наг. Советую тебе купить у Меня золото, огнем очищенное, чтобы тебе обогатиться, и белую одежду, чтобы одеться и чтобы не видна была срамота наготы твоей...» (Откр. 3: 17–18).

ЧАСТЬ ЧЕТВЕРТАЯ

С. 466. *Милютины лавки* — «фруктовые, занимающие по северной стороне Невского проспекта все пространство от Казанского моста до Серебряного ряда... <...> ...исстари славились продажею ранних фруктов, ягод и привозных сластей. С некоторого времени, однако, между фруктовыми лавками начали там показываться лавки галантерейных товаров и тому подобного» (*Греч А.* Весь Петербург в кармане: Справочная книга для столичных жителей с планом Санкт-Петербурга и четырех театров. 2-е изд., испр. и доп. СПб., 1851. С. 350).

Биржа — торговая площадь, рынок, торговая пристань.

С. 477. *...какому-то господину с большим крестом на шее.* — Форму большого креста, который носился на ленте, надеваемой на шею, имели несколько российских орденов.

...третного будто бы жалованья. — Т. е. жалованья за 4 месяца.

С. 499. *Рубини не слыхал.* — Рубини Джованни Баттиста (1794 или 1795–1854) — знаменитый итальянский тенор («король теноров»); в 1831–1845 гг. неоднократно пел на оперных сценах Парижа и Лондона. Гастролировал в России в 1843–1845 гг. и 1847 г.

С. 506. *Корнет* — первый офицерский чин в кавалерии.

С. 507. *Немезида* (Немесида) — в греческой мифологии богиня возмездия.

С. 508. *«Оставь надежду навсегда»* — надпись над вратами ада в «Божественной комедии» Данте (Ад, III).

С. 526. *Фермуар* (*фр.* fermoir) — ожерелье.

С. 541. *...язык прильпне к гортани.* — Восходит к псалму 136; ср.: «...прилипни язык мой к гортани моей, если не буду помнить тебя, если не поставлю Иерусалима во главе веселия моего» (Пс. 136: 6).

С. 546. *...обнес его перед начальством...* — Обнести — очернить, оклеветать, оговорить.

Бесчестье? Ты заплатишь мне за это! Сейчас просьбу генерал-губернатору... — По уложению 1845 г. бесчестье, или личная обида, являлось уголовно наказуемым деянием. В то же время обиженный мог, не возбуждая уголовного дела, предъявить иск для присуждения платы за бесчестие.

С. 548. *...флигель Эрара.* — Флигель (флюгель) — то же, что рояль. Себастьян Эрар (1752—1831) — владелец фабрики музыкальных инструментов, пользовавшейся европейской известностью; с 1768 г. вместе с братом Жаном Батистом вел дело в Париже и Лондоне; после его смерти фабрика перешла к его племяннику Пьеру Эрару (1794—1855).

С. 550. *...любовь, с силою архимедова рычага, движет миром...* — Греческому ученому Архимеду (ок. 287—212 до н. э.) принадлежит математическое обоснование законов рычага. Ему приписывают фразу: «Дайте мне точку опоры, и я сдвину землю». Возможная отсылка к финальным стихам «Божественной комедии» Данте; ср.: «Здесь изнемог высокий духа взлет; / Но страсть и волю мне уже стремила, / Как если колесу дан ровный ход, / Любовь, что движет солнца и светила» («Рай», песнь 33; пер. М. Лозинского).

...на пастушков с румяными лицами ~ и на их Хлой с барашками. — Хлоя — типичное имя идиллических героинь; речь может идти и о героине буколического («пастушеского») романа «Дафнис и Хлоя» древнегреческого писателя Лонга (II—III вв.).

...застрелившиеся, повесившиеся и удавившиеся Вертеры... — Вертер — главный герой романа И. В. Гете «Страдания молодого Вертера» (1774).

С. 551. *...от праздного раздражения мысли.* — Перифраз строки стихотворения М. Ю. Лермонтова «Не верь себе» (1830); у Лермонтова: «пленной мысли раздраженье».

С. 556. *...бранила его «старым немецким париком».* — Т. е. упрямым рутинером, консерватором; скорее всего подразумевается выражение «vieille perruque» (*фр.*, букв.: старый парик).

С. 557. *...освещал творимый ей космос.* — Здесь присутствует скрытое сопоставление Штольца с немецким путешественником и ученым Александром фон Гумбольдтом (1769—1859), благодаря его последнему, незаконченному произведению «Kosmos» (т. 1 опубликован в 1847 г.; рус. пер.: *Гумбольдт А. Ф. фон.* Космос: Опыт физического мирописания. СПб., 1848—1863. Ч. 1—5) слово «космос» (в значении: мир, вселенная) становится особенно распространенным в Европе и России.

С. 559. *Ужели синий чулок!* — Выражение «синий чулок» (*англ.* blue stocking; *фр.* bas-blue) восходит к названию литературно-ученого кружка в Англии, собиравшегося у леди Монтегю; во главе кружка стоял Б. Стеллингфлит (1702—1771), носивший, пренебрегая модой, синие чулки. Выражение особенно распространилось после того, как Байрон употребил его в своей сатире на леди Монтегю «The Blues» (1820).

С. 565. *...мы не пойдем, с Манфредами и Фаустами...* — Манфред — герой философской поэмы Дж. Байрона «Манфред» (1817). Фауст — герой одноименной трагедии И. В. Гете (завершена в 1832 г.).

С. 575. *...провесная рыба...* — т. е. вяленая или сушеная.

Надо перо другого Гомера, чтоб исчислить с полнотой и подробностью... — Для стиля гомеровского эпоса характерно искусство детализированного, пластически выразительного, поэтизирующего описания труда земледельца или ремесленника, мирного и военного быта, сражений, поведения и поступков героев, их внутреннего состояния.

Палладиум — у древних греков изображение вооруженного божества, считавшегося охранителем города. Палладий (*лат.* palladium) — здесь: оплот.

С. 577. *...точно в диораме...* — Диорама изобретена Ж.-Л. Дагерром в 1822 г. Эффекты диорамы петербургский обозреватель описывал так: «Вообразите себе картину в *десять* футов вышины и в *двенадцать* футов ширины, которая сначала представляется вам ясно и чисто и вдруг начинает бледнеть, фигуры всех предметов начинают искажаться или разрушаться, все покрывается каким-то туманом, из которого обрисовываются *новые* формы, и наконец появляется *новая* картина. Например, картина представляет *вид замка в Швейцарии* в зимнюю пору. Вдруг *зима* обращается в *лето*, и вы видите тот же замок в зелени и, наконец, присутствуете при его пожаре и т. п. Леса, озера, здания вдруг превращаются в великанов, в животных — словом, полное очарование!» (Северная пчела. 1843. № 33. 11 февр.). Многочисленные временные панорамы и диорамы демонстрировались в специально выстроенных павильонах в различных частях города.

С. 578. *...молила Бога, чтоб ~ избавил его от всякой «скорби, гнева и нужды»...* — Слова из Ектении великой: «О избавитися нам от всякия скорби, гнева и нужды». Входит также в Ектению просительную.

...чепцы заказывались ~ чуть ли не на Литейной, башмаки не с Апраксина, а из Гостиного двора, а шляпка — представьте, из Морской! — Перечисляются городские районы (части), в которых располагались дорогие магазины и мастерские.

С. 580. *Вот какая философия выработалась у обломовского Платона и убаюкивала его среди вопросов и строгих требований долга и назначения!* — Сравнение Ильи Ильича с Платоном (427—348 до н. э.) в сюжете романа имеет глубокий смысл, обозначая склонность к мечтательности. Платон различал два основных типа жизни: жизнь «созерцательную» и «деятельную». Согласно Платону, «главное в созерцательной жизни — знать истину, а в деятельной — делать то, что велит разум». И далее: «Созерцание — самое важное и привлекательное, всегда доступное и всегда зависящее от нас самих», «философу пристало непрерывное созерцание» (*Платон.* Диалоги. М., 1986. С. 437—438).

С. 581. *На масленице и на Святой вся семья и сам Илья Ильич ездили на гулянье кататься и в балаганы...* — Речь идет о традиционных городских гуляньях с качелями и балаганами. «Балаганы строятся на масленице и к Святой неделе на Адмиралтейской площади, лицом к бульвару. В старину доступные только простому народу, балаганы посещаются, в первых местах, лучшею публикою, с тех пор что их перевели с Театральной площади и Царицына луга на Адмиралтейскую площадь и начали строить по красивым образцам с удобством для посетителей. Теперь между балаганными знаменитостями отличается Легат; представления его замечательны декорациями и машинами» (*Греч А.* Весь Петербург в кармане: Справочная книга для столичных жителей с планом Санкт-Петербурга и четырех театров. 2-е изд., испр. и доп. СПб., 1851. С. 26). Гулянья и балаганы на Адмиралтейской площади устраивались с 1827 по 1872 г.

...он мог бы телеграфировать рукой до утра... — Подразумевается действие оптического телеграфа, в отличие от электромагнитного передававшего известия с помощью условных знаков.

С. 587. *...он достиг той обетованной земли...* — Выражение «обетованная земля» восходит к Библии (Исх. 3: 8, 17).

С. 594. *Четвертак* — серебряная монета в четверть рубля.

С. 595. *Просвирня* — женщина, занимающаяся выпечкой просфор (просвир).

С. 599. *Не хочешь ли писать «Mystères de Pétersbourg»?* — Иронический намек на роман Э. Сю «Les Mystères de Paris» (1842—1843). «Парижские тайны» в переводе В. М. Строева появились первоначально в 1843—1844 гг. в «Репертуаре и Пантеоне», затем вышли отдельным изданием (СПб., 1844). О романе Э. Сю В. Г. Белинский писал: «...по выходе этого романа отдельным изданием, он в короткое время был расхватан, прочитан, перечитан, зачитан, растрепан и затерт во всех концах земли... <...> ...возбудил множество толков, еще более нелитературных, нежели сколько литературных, и породил великое желание подражать ему...» (*Белинский В. Г.* Собр. соч.: В 9 т. М., 1981. Т. 7. С. 60). Среди подражаний роману особенно популярны были «Лондонские тайны» (1845) П. Феваля (1817—1887), анонимные «Берлинские тайны» (1846) и т. д. В данном случае мог подразумеваться и конкретный «физиологический» роман — «Петербург днем и ночью» (1845) Е. П. Ковалевского.

С. 600. *...померла в холеру...* — После страшной эпидемии холеры 1847—1848 гг. отдельные вспышки заболевания наблюдались в начале 1854 г.

Сапоги сами снимают с себя: какую-то машинку выдумали! — В первой главе «Фрегата „Паллада“» упоминается англичанин, который «снимает с себя машинкой сапоги». Приспособление для снятия сапог (bootjack) известно с 1841 г.

С. 601. *Булава* — жезл с шаром наверху, принадлежность парадной формы швейцара.

А. Г. Гродецкая

СОДЕРЖАНИЕ

Гончаров И.

Г 65 Обломов : роман / Иван Гончаров. — СПб. : Азбука, Азбука-Аттикус, 2015. — 640 с. — (Азбука-классика).

ISBN 978-5-389-01368-1

Когда в 1859 году вышел в свет роман И. А. Гончарова «Обломов», читатели вряд ли догадывались, что держат в руках одну из «краеугольных» русских книг.

Гончаров не только показал удивительный, парадоксальный тип русского человека, но и сделал его имя нарицательным, определив такой образ мыслей и образ жизни, как «обломовщина».

«Обломов» дал возможность Н. А. Добролюбову заклеймить это «знамение времени», которое «необходимо сжечь и развеять» (что, разумеется, так понравилось В. И. Ленину). Однако сегодня гораздо понятнее апология Обломова писателем и критиком А. В. Дружининым: «Он дорог нам как самостоятельная и чистая натура, вполне независимая от той схоластико-моральной истасканности, что пятнает собою огромное большинство людей...»

УДК 821.161.1
ББК 84(2Рос-Рус)1-44

Литературно-художественное издание

ИВАН АЛЕКСАНДРОВИЧ ГОНЧАРОВ
ОБЛОМОВ

Художественный редактор Валерий Гореликов
Технический редактор Татьяна Раткевич
Компьютерная верстка Антона Вальского
Корректоры Галина Тимошенко, Ольга Махрова

Знак информационной продукции
(Федеральный закон № 436-ФЗ от 29.12.2010 г.): 12+

Подписано в печать 24.10.2014.
Формат издания 75 × 100 $^{1}/_{32}$. Печать офсетная.
Тираж 4000 экз. Усл. печ. л. 28,2. Заказ № 4879/14.

ООО «Издательская Группа „Азбука-Аттикус“» —
обладатель товарного знака АЗБУКА®
119334, г. Москва, 5-й Донской проезд, д. 15, стр. 4

Филиал ООО «Издательская Группа „Азбука-Аттикус“»
в Санкт-Петербурге
191123, г. Санкт-Петербург, Воскресенская наб., д. 12, лит. А

ЧП «Издательство „Махаон-Украина“»
04073, г. Киев, Московский пр., д. 6 (2-й этаж)

Отпечатано в соответствии с предоставленными материалами
в ООО «ИПК Парето-Принт».
170546, Тверская область, Промышленная зона Боровлево-1,
комплекс № 3А.
www.pareto-print.ru

YAKB474107R